输赢

— 上 —

付遥 著

四川文艺出版社

果麦文化 出品

目录 | CONTENTS

上部

- 001　序
- 002　第 一 周 | 战场
- 016　第 二 周 | 战机
- 032　第 三 周 | 布阵
- 042　第 四 周 | 反击
- 056　第 五 周 | 策略
- 071　第 六 周 | 战前
- 082　第 七 周 | 对阵
- 091　第 八 周 | 内乱
- 116　第 九 周 | 攻势
- 138　第 十 周 | 绝境
- 152　第十一周 | 败局
- 189　第十二周 | 输赢
- 216　第十三周 | 代价

下部

- 265　第 一 周 | 应聘
- 283　第 二 周 | 战场
- 305　半 年 前 | 往事
- 330　第 三 周 | 情报
- 350　第 四 周 | 盟约
- 369　第 五 周 | 突破
- 394　第 六 周 | 擒王
- 421　第 七 周 | 埋伏
- 443　第 八 周 | 春节
- 455　第 九 周 | 训练
- 464　第 十 周 | 奇正
- 486　第十一周 | 战火
- 514　第十二周 | 屠龙
- 527　第十三周 | 决胜
- 578　第十四周 | 江湖

序

　　老人带着爱犬行走在乡间小路，看着沿途的风景，突然间他意识到自己已经离开了人世。他不知道这条路通往何方，茫然向前走着。走了一段后，看见前面高耸着大理石的围墙，围墙中间是流光溢彩的拱门，上面装饰着各种珠宝，门前的道路由金砖铺就。老人兴奋不已，自己终于到了天堂。他带着狗走到门前，遇到了看门人。

　　"请问，这里是天堂吗？"老人问道。

　　"是的，先生。"看门人回答。

　　"太好了，里面一定有水喝吧？我们赶了很远的路。"

　　"当然有，进来吧，我马上给你水。"看门人缓慢地推开大门。

　　"我的朋友可以进来吗？"老人指着狗问。

　　"对不起，这里不允许宠物进入。"

　　老人沉默一会儿，想到狗多年来的忠诚，不能这样扔下它。他谢过看门人，带着狗继续前行。长途跋涉之后，老人看到路边有一扇破烂的木门，门前是坑坑洼洼的土路。老人带着狗过去，看见一个人在树下看书。

　　"打扰一下。"老人对看书的人说，"请问，这里有水喝吗？我们很渴。"

　　"当然，那边有水龙头，你可以喝个痛快。"看书人指着门内说道。

　　"我的朋友可以进去吗？"老人指着狗问。

　　"欢迎。"看书人说。

　　老人带着狗进了大门，老式的水龙头旁有一个碗。老人盛满先让狗喝了个痛快，然后自己也喝了个够。他们满足地离开水龙头，回到看书人面前，问道："这是什么地方？"

　　"这里是天堂。"看书人回答。

　　"呃，这可奇怪了，一点也不像啊，我们刚才路过了天堂。"

　　"你说的是那个黄金铺地，有漂亮拱门的地方吗？"

　　"对，那里非常漂亮。"

　　"告诉你吧，那是地狱。"

　　"原来是这样，你为什么不介意他们盗用天堂的名字呢？"

　　"当然不，他们为我们省了很多时间，把那些为了自己利益而舍弃良心和原则的人都挑走了。"

第一周　战场

1. 周六，下午三点整

"上个季度是淡季中的淡季，是我们最难的季度。老对手惠康推出了新产品，削价竞争，还给代理商额外返点，各种招数全都用出来了，结果怎么样呢？我们连续八个季度达到了承诺的目标，我们赢了！"

会议室里响起一片掌声，周锐站在上海黄陂南路瑞安中心十五层捷科公司的大会议室前，环顾自己亲手带出的团队成员，微笑着用目光与每个人接触，不急于打断掌声。

"这个了不起成绩属于大家，为了达到承诺，我们付出了巨大的努力。有人连续出差一个月没有回家，可能都想不起来新婚老婆是什么样子了。"周锐看着团队中的一个小伙子，听到大家哄堂大笑后继续道，"杨露为了在最后一天拿到订单，在门口苦等，直到客户都觉得不好意思；方威每天睡四五个小时，客户在哪里他就泡在哪里。我们能够达到销售目标，靠的不是产品也不是价格，甚至不是我们的能力，而是大家的心血。在我被派到上海工作的两年里，最大的收获不是完成了销售任务，也不是得到奖励、升级或者加薪。我最大的收获是能够认识大家。我们并肩作战，一起努力，一起经历挫折和成功。现在，让我们一起庆祝。虽然办公室里禁止喝酒，但是清规戒律管不了最优秀的团队。大家举杯，干了！"

周锐依依不舍地环顾着这支队伍，他几天后要调回北京，就不能像现在这样天天同他们泡在一起了。他将双手举到胸前大声说："我该如何感谢各位在最艰难的时刻做出的贡献？你们最辛苦的应该是双脚了，它们每天驮着你们四处奔波，承受着全身的压力，我真应该好好感谢它们。"

在大家疑惑的目光中，他向门口挥了挥手，变戏法般地走进几位拎着木桶、穿着蓝色碎花小褂、头上戴着翠绿头巾的服务员，将木桶放在一溜沙发前，熟练地将洗脚液倒入热气腾腾的木桶中。周锐看着目瞪口呆的销售人员，开始点名："连续几个季度的销售冠军，方威，上来脱鞋坐在沙发上。"

队伍中站起来一个身材高大西装革履的小伙子，跨上讲台，不客气地直接坐在沙发上，脱掉皮鞋扑腾腾将双脚伸进木桶。他是周锐被派到上海时招进公司的第一个销售人员,冲劲十足,只要发现销售机会就不知疲倦地像豹子见到猎物一样迅速扑上。

周锐又向台下看去:"杨露,最年轻的销售主管,第一次带团队就超额完成了任务,上来脱鞋。"

她中等身高,有一双大眼睛,走到台上不肯脱鞋,问:"我能不洗吗?"

"为什么?"周锐笑着。

两年前,她还是一个普通的客户经理,外表娇弱,内心却坚强,充满对成功的渴望。在周锐的大力扶持和提拔下,杨露开始负责整个上海地区,同时管理五六个销售人员。

"多不好意思啊,我都是自己洗脚。"杨露面露难色。

"那就更应该尝试一下了。"周锐鼓励着,方威趁着两人说话,偷偷解开杨露的鞋带。

杨露从来没有违反过周锐的命令,但在这么多人面前脱鞋确实为难,她正在犹豫,忽然膝盖被轻轻地一击,整个身体向后倒去,惊叫一声的同时感觉到一只有力的手托着她的腰部,让她坐在沙发上,正惊魂未定,又觉得右脚一凉,皮鞋已经被摘了下来。杨露正要发火,忽然看见方威阳光般的笑容正在向自己盛开,瞬间压下了火气。

周锐将手下最优秀的销售人员请到台上后,继续搜寻,他找到了新上任的市场部总监林佳玲,于是说:"现在,请我们新上任的市场部总监林佳玲女士介绍下个季度的市场策略和产品策略。另外,今天晚上新天地见,我订好了酒吧的包间,大家晚上好好聚聚。"说完就走下了讲台。

欢迎林佳玲的掌声响起,周锐与林佳玲擦肩而过。林佳玲来上海前就听说周锐善于笼络下属,洗脚的招数确实高明。北京总部对周锐的评价好坏参半,林佳玲却不打算被别人影响,想自己去评估和判断,反正与他还有很长的共事时间。

周锐有很好的演讲技巧,林佳玲读MBA时受过专业的训练,这一直是她引以自豪的技能,她心中较劲儿,要在掌声上压过周锐。她站在台上,目光扫动间和每个人打了招呼,众人都有被惊艳的感觉,接着便听到她软绵又好听的声音:"谁知道上个季度卖得最好的产品是什么?"

她为什么问出这么个傻瓜问题?方威刚要回答,就被洗脚小妹掐着脖子开始按摩,喊不出来。

台下有人大声说了答案。

"很好,这是我从台湾带来的顶级乌龙茶,送给你做奖品。"林佳玲将茶叶从空中扔过去，会议室中的气氛再次热烈起来。林佳玲不动声色地含笑看着最吵闹的地方，当大家注意到她示意安静的表情和目光，会议室中立即鸦雀无声，她继续说道："很高兴来到上海，向大家介绍公司在新季度里的营销策略以及新上市的产品。我是林佳玲，在台湾长大，第一次被派到大陆工作，负责市场行销和产品策略。"

原来是噱头，方威被小妹脸朝下压在沙发上，看不见林佳玲的正面，只能看见她背后的线条。身材很不错，方威正在点头，又被按住头部挤压太阳穴。他的注意力被林佳玲的开场白吸引过去。

"我高中的时候从台湾去美国，在耶鲁读完MBA后在一家咨询公司工作，在几年前加入捷科这家全球领先的跨国信息系统巨头……"

林佳玲感到前所未有的别扭，洗脚的声音总是打断思路。她深吸一口气，再次聚精会神，突然又被杨露的笑声打断，洗脚的小妹正在按摩杨露的脚底板，她全身颤动地咯咯笑着。林佳玲转过身来，调整呼吸，不被后面的声音影响，又听到耳边噼里啪啦敲背的声音，林佳玲叹口气，继续在这个奇怪的环境中讲着。

2．周六，晚上十点十分

窗边黑黝黝的树梢包裹着灯火辉煌的街道，这是国庆假期之后的第一个周末，新天地街道上满是熙熙攘攘的人群。酒吧不在新天地中心，而是在附近一个老上海遗留下的别墅。要不是事先预定，根本不可能找到这么好的位置。

"恭喜了，祝你回北京后大展宏图，也别忘了我们，敬你一杯。"一个销售人员举着酒杯来拼酒。

"大家都在一家公司，见面的机会还很多。"周锐也舍不得这支浇注了他心血的团队。

"当然，其他区域的业绩都不灵，周锐一定会升职，说不定兼管北方区和华东。"另一个声音说。

"要不是我们华东撑着，中华区的业绩更惨，北京有那么重要的客户，业绩那么差，魏岩也该让让位置了。"他们口中的魏岩是公司北方区销售总监。

"那些客户不好做。"周锐为魏岩辩解。

"让方威去，哪个客户搞不定？"

周锐看一眼方威,实话实说:"方威是天生的销售,我两年前面试的时候,就像寻到宝贝。他这两年横扫上海滩,无单不摧,可是到了北京就是另外一回事了。"周锐喝掉杯中啤酒,回忆起往事,就像老战士回味着曾经出生入死的战斗。

方威露出期待的神情,他厌恶那些几百万的小订单,渴望投入一场真正的较量。

"上海经济发达,最重要的客户总部都集中在北京,各地的分支机构只有权力采购一些小订单。全国性的大型采购都在北京,这些少则千万,动辄上亿的大订单吸引着各路意图扬名立万的公司,他们要在市场内一战成名,并统治整个行业,就必须打下这些总部的超级订单。因此每个公司都将最优秀的销售人员集中到了北京,他们哪个不是当地的顶尖高手?但是能在北京存活下来的寥寥无几。"

方威眼睛亮了起来,这是他一直梦想的战场:"就这些吗?"

周锐迎着方威的目光:"我在北京的时候曾经同他们交过手,绝对是高手中的高手。"

"结果怎么样?"方威看到周锐眼中闪动的火花,猜测到当时的惊心动魄。

"过去的事情不用提了。这不是最可怕之处,你们说说,在这个行业,实力雄厚产品领先,帐下猛将如云的公司是哪家?"

"当然是惠康。"杨露认真倾听,这时也忍不住说道。

周锐继续问:"和我们比,惠康实力怎样?"

"惠康在上海还不是被我们打得屁滚尿流。"另一个销售人员回答。

"我们在上海占了便宜,但是千万不要因此低估对手,惠康的根据地就在北京,老巢就在这些大型客户的总部,惠康建立了盘根错节的关系网,就像布置好的危机四伏的战场,等我们踏进去就粉身碎骨,有去无还,死无藏身之地。"

"应该怎么打?"杨露关心地问道。

周锐停顿了一下,缓缓说:"我的策略只有两个字,侵扰。"

杨露皱着眉头问:"这是什么意思?"

周锐思考了很久,喝了一口啤酒继续说道:"如果我负责北京,绝不和惠康正面硬碰,而要从小订单开始,从我们绝对有利的产品开始,慢慢将战场撕开裂缝,一口一口蚕食。用不了一年时间,就可以彻底攻破这些堡垒。"

方威年轻气盛，不以为然地说："这哪里是销售，分明是自保活命！"

"知道孙子兵法的谋攻篇吗？"周锐从方威的目光中瞧出了不屑，"故用兵之法，十则围之，五则攻之，倍则战之，敌则能分之，少则能逃之，不若则能避之。市场如战场，如果我们要在北京将惠康赶尽杀绝，必须有十倍以上的实力和资源，即使要想与惠康一搏，都必须有两倍以上的实力，因为这些客户都是惠康精心固守的阵地，我们在北京屡战屡败，别说没有优势，甚至只有人家一半，硬拼必死无疑。我们只能用敌则能分之的策略，细分客户、细分产品，在局部形成优势，一口一口地将它吃掉。当我们的实力不断增长，明显超过惠康才可以决战。在这期间，华东地区就是我们的根据地，承担更多的任务，源源不断地盈利并培养出过硬的团队，支持我们在北京的进攻。即使这样，没有前赴后继的牺牲是蹚不开一条血路的，公司能否承担这样的代价还很难说。"

杨露理解，这是集中优势兵力，各个击破敌人。方威也被这席话激起了雄心，这就是他时刻期待的战场，他热血沸腾："我也要去北京，闯闯这个龙潭虎穴，会会那些高手中的高手。"

公司为周锐在徐家汇租了一套公寓，周锐穿上睡衣，轻轻推开卧室的门，台灯的亮度被调到最低，黄静仰面躺在床上沉沉睡着。在几个月前的一天夜里，周锐加班后摸黑上床，额头撞到了床头。从此，如果周锐没有按时回家，黄静就坚持这样开灯睡觉，已经养成了习惯。

周锐走进书房，启动笔记本电脑，一封封邮件跳进了信箱，大多是出差和折扣申请。他无论多晚都会当天回复，免得影响下属计划。此时手机上忽然响起短消息提示音，在深夜里格外清脆："后天不要来北京。"

这是谁？周锐迅速回拨号码，却没人接听。他放下手机，试图继续处理邮件，思路却被打断没法收回，不得不又重新拿起手机在键盘上飞快地用拇指按着："你是哪位？"

短消息又传回来："保密，你后天会来北京吗？"

周锐继续追问："你怎么知道我的行程？"

"千万不要来，你可以请假，可以出差，随便找个借口，但是千万不要回北京工作，再见！"

这条消息之后，对方就再也没有任何回复了。周锐坐在黑沉沉的书房里，电脑屏幕闪着蓝光，不好的预感渐渐升起。这确实奇怪，难道不让魏岩负责北方市场了？公司的组织结构看样子又要变了，每次调整都会带来复杂的内部斗争。他和黄静都渐渐喜欢上了上海，这里有不同的气息和氛围，想到要离开这里，内心不由得弥漫起恋恋不舍的感觉。

3．周一，中午十二点零五分

车子行驶在枝叶茂盛的灌木和错落有致的树木之中，在高速公路两旁快速掠过。十月是北京最好的季节，金色的阳光笼罩着四周，打开车窗，偶尔还能在灌木之中看到一簇簇不知名的鲜花。

捷科公司在十几年前进入中国，现在已经成功站稳脚跟。中华区总部租用了北京嘉里中心好几层的办公室。陈明楷数年前担任中华区总经理，他在香港出生长大，虽然在美国读书并工作了二十几年，但还是喜欢港式的清淡口味。嘉里中心大堂北侧的海天阁是他午餐的首选，他今天点了四份港式点心和一份蔬菜。

"少吃些油腻的食物，这样健康。"陈明楷招呼周锐坐下，两人以往总是与客户共同进餐，这样的工作餐还是第一次，他注视着周锐道，"我直接讲吧，知道将你调回北京的原因吗？"

"为什么？"周锐抬头，陈明楷的黑框眼镜后目光炯炯。

"除了华东，其他区域都没有做到数字，你返回北京，兼管华东。"陈明楷一语道破。

魏岩怎么办？周锐脑中立即浮现出这个问题，陈明楷加入捷科就立即从原来公司挖来了魏岩，听说他们共事近十年。陈明楷平静地解释："我将北方业务分成两部分，你负责北京，魏岩负责北京以外的市场。你们一起把生意做起来。下午开会，你介绍一下华东的情况，然后听他们的汇报，其他的晚上谈。"

陈明楷大义灭亲般托付了最重要的市场，周锐对此大声保证，一定尽力。

销售会议进行了一上午，魏岩总结之后开始讲新季度的打算，重点是分配新的任务。北方区的销售团队看到周锐后倍感意外，不断张望。

"这个季度，周锐将负责北京市场。"陈明楷中断会议做了解释，然后吩咐魏岩继续。他的话引起了骚动，这是对魏岩的明显打击，魏岩不是陈明楷的人吗？这里面有什么文章？魏岩站了出来，他戴着金边眼镜，轻微凸起的肚子显得有些发福，带头鼓起掌来："欢迎，大家并肩作战吧！"

下个会议环节是分配任务，谁都知道目标越高，压力越大，没人愿意打头炮，魏岩只好点名，让东北地区先讲。东北地区负责人身高足有一米八，是一位又高又壮的销售主管，他大倒苦水："我们上个季度表现不好，这个季度一定努力完成任务，但是东北是老工业基地，经济不太好，我们看到的销售机会不多。"

"朝东，你呢？"魏岩叫起会议室中另一位主管。

陈明楷带来了魏岩，魏岩带来了李朝东，一米六左右的身材配着消瘦的面孔，穿着皱巴巴的西服，眼神却很机灵，从外表根本看不出他来自跨国公司，反而更像国有公司的会计。华北区也没有完成目标，在他口中却变成了成绩："我们华北区都是新人，业绩与去年同期相比还是有很大的增幅。华北地区的最大的市场在北京，也有很多不错的机会，新的季度一定可以表现得很好。"他们明显留了一手，避开了压力。

由于周锐出现，组织结构必然调整，变数很大，大家都心不在焉。唯独周锐仔细观察，时不时低头研究着销售报表，将每个人与业绩对照起来。

会议结束后，陈明楷叫了魏岩和周锐一起吃晚饭，两人都知道餐桌上会就组织结构调整有所定论，所以吃了几口就放下筷子，等陈明楷开始。

"亚太区认为我们至少要保持和整个市场一样的增长幅度，数字没有商量余地。"陈明楷目光扫过两人，等于逼着他们承诺数字，见没人回答，就指了指魏岩，"你先说。"

"我建议等比例增长，各个区域都增长百分之二十。"魏岩说完后看着周锐的反应。

这是鞭打快牛的方案，对周锐很不利，华东超额完成任务，基数远超过没有完成任务的北方区，如果按照这样的方案，华东区每个人的任务比北方多出一半，极不公平，于是周锐拿出自己的方案，同级别的客户经理薪水差不多，也该承担差不多的销售任务。

方案遭到魏岩一连串的反对："北方区有很多新人，不像华东区，你在那儿两年来亲自带出来不少精兵强将。还有，上海、浙江和江苏，都是全国最富裕的区域，客户都很有钱。"

"先不要争，和团队商量一下，再看看手里的销售机会，明天上午我们再碰。"陈明楷不愿意参与到细节中间，他习惯让下属提出方案并列出其中的利弊，他只要做决定就可以。

如果周锐没有要紧的事情，是不会在深夜出来的。周锐感到巨大的压力，北京虽然潜力大，但是绝不好做，只能靠华东的数字来补北京了。周锐拨通杨露的手机："休息了吗？嗯，没有就好，昨晚玩得高兴吗？"

周锐寒暄之后，让杨露报出华东区能承诺的数字。杨露的声音消失在电话那边，很久才说出数字。周锐放下电话，觉得异样，应该不止这个数字，她的口气也和平常不太一样，奇怪。这次返回北京，处处都觉得不对。不管怎样，北京的团队需要时间，这期间华东地区需要分担一些了。

4．周二，上午九点整

陈明楷没有参加会议，而是让主管们讨论出方案后向他汇报。在魏岩和李朝东轮番游说下，周锐不得不接受了等比例增长的方案，会议仍不顺利，问题出在北京和其他区域的分解上。

"北京有那么多部委和大型总部，银行、电信、交通运输，随便就能顶得上一个省。"李朝东强调北京潜力，压低其他区域的数字。

"北京的总部是多，客户价值高，但是我们没有基础，竞争对手已经牢牢扎了根，我们想一个季度就把北京业绩做起来，不现实。"周锐仔细研究了北京以往的销售情况，拿出这些数据，希望他们现实一些。

"别急，我们逐个看。"魏岩劝阻了争论，拿出密密麻麻的客户名单估算起来，数字慢慢汇总在一起，提出一个看似合理的建议，"北京的潜力大就多加些任务，上海那边任务确实不少了，把数字减下来，反正都是你的地盘，横竖都由你负责。"

这个分配方案对上海的团队更公平一些，周锐答应："好，向陈总汇报吧。"

陈明楷被请到会议室，坐在最中间，一言不发地听着汇报，面对问题，一下子抓住重点："北京是我们的核心，必须把各大总部的业务做起来，北京的任务能做到吗？"

"很难。"周锐如实回答。

魏岩插话道："可以用华东超出的部分来弥补北京的数字。"

"你以为我不懂吗？我们在华东略占上风，惠康在北京处于优势，僵持不下，各大总部云集北京，北京市场的重要性远高于上海，这就是我们不能完成任务的原因。我最关心的是北京业务，华东超出多少都不能弥补北京业务的重要性，要想以后舒舒服服地活下去，就必须打开北京市场。我想用最强的团队在北京市场打一场决定性的战役，彻底攻入这个市场。这个方案我不同意，你们再商量。"陈明楷说完，腾地站起来离开了会议室。

"老板什么意思啊？我糊涂了。"李朝东问。

"老板是对的，北京市场打开了，大型客户的总部用了我们的产品，就等于通过了选型，各个省的分支机构就容易了，我在上海深有体会。"周锐赞同陈明楷的想法，又觉得这需要时间。

"最强的队伍？老板看中谁了？肯定不是我，老板觉得我不行啊。周锐，陈总想用你呀。"魏岩自言自语地说，将目光放在周锐身上。

陈明楷总是不轻易说出自己的想法，而是让每个人先表态，掌握了大家的想法之后才出击。几个人无言以对，呆呆地坐在会议室里揣摩着陈明楷话中的每一个字。周锐苦笑着说："我们是猜不出来了，相信陈总胸有成竹，还是再请他回来吧。"

陈明楷又被请回来，目光炯炯地说出了真正意图："我希望将北京市场真正地做起来，不想拿其他地区的数字来补。周锐，你来北京，就在这里，不要管华东的业务，也不要出差，就踏踏实实地帮我把这个市场做起来。"

周锐心中一跳，将成熟的地区交出去，然后负责最难啃的市场，这肯定是陈明楷早就想好的方案。陈明楷摆手："让杨露负责华东，汇报给魏岩。"周锐没想到是这样一个结果，觉得一阵迷茫，哪里出了问题？其他主管都露出吃惊的神情，魏岩和李朝东镇定地看着他，他们肯定知道这个安排，装得真像！

"北京的任务一加再加，根本不可能做到这个数字，大型客户都被惠康扎扎实实做了很多年，绝对不能强来，这样不是送死吗？"周锐脱口而出，坚决反对。

"我们刚才不是都说定了吗？你也同意了。"魏岩指着白板提醒周锐。

"杨露是什么意见？"周锐想到了杨露，她是自己一手带起来的，肯定不愿意向魏岩汇报，在这个关键时刻，她应该会站在自己这边。

"好，我们打电话给杨露，现在就拨。"陈明楷指着会议室里的电话系统。

魏岩拨通电话，把麦克风放到陈明楷旁边："杨露，下午好，我是魏岩，陈总和周锐都在电话旁，我们正在谈组织结构的调整，想听听你的意见。"

"哦，好的。"杨露的声音与以往不一样，周锐能听出来。

"陈总想加强北京的销售，调整组织结构，要调精兵强将来北京，你有什么建议吗？"

"应该啊，需要我做什么？"

陈明楷拖过电话:"杨露,你带领上海的团队超额完成任务,公司欣赏你的表现,希望由你负责整个华东地区,向魏岩汇报,带领大家继续向前冲,你能做到吗?"

"一定努力。"杨露回答。

"周锐,你有话说吗?"陈明楷看着周锐,此时说什么都无济于事,周锐摇头。

"好,就这样定了,下午宣布。"陈明楷大步离开会议室。

东北区主管跟在周锐后面,不停地问:"怎么会这样?你做得那么好,团队怎么越来越小了?"其他人都沉默不语,没有人给他答案。周锐刚离开会议室,手机就响起来,是杨露。

"周锐,你还是回上海吧。"杨露声音缓慢,仔细地挑选着用词,"我上周去北京出差,陈总请我喝咖啡,说我表现优秀,要提拔我负责华东地区,我问你怎么办,他说已经有安排了,并且说组织结构还没有确定,让我不要讲出去,我答应他了。对不起,我当时没有告诉你。"

"你做得对。"

"你回上海吧,我去跟陈总讲,我还愿意跟你干。"

周锐听出杨露有所顾忌,询问道:"为什么一定要我回上海?"

杨露口气犹豫起来:"我和陈总聊天的时候,总觉得北京的市场不好做,他们要对付你。"

周锐听出杨露语气含糊,反而下了决心,打消她的愧疚:"你应该被提拔,我也有这样的想法,现在只是比我计划得早些,这个职位很重要,你要好好干。我既然来了北京,就要坚持下去,我现在还能回头吗?"

安慰她之后,周锐越来越混沌,华东地区被分出去,没有可以依托的根据地,侵扰策略行不通了,摆在眼前的只有一条路,就是同竞争对手在战场上硬碰硬,而这正是周锐想极力避免的局面。

5. 周三,上午九点十分

周锐孤零零地坐在会议室里等待新团队,开会时间已经通知,却没有一人准时参加,凭这样的团队怎么去面对以后的残酷竞争?

"没迟到吧?"门被推开,方威冲进来后发现会议室空空荡荡的,看样子,北京规矩不一样,迟到的人不用请吃午饭,这样好,可以睡懒觉了。周锐站起身来："等人来了，叫我一声。"回座位处理邮件了。

半个小时以后，团队成员才稀稀落落出现在会议室，他们前几天见过面，周锐已经将每个人的名字写在记事本上，避免出现认错人的尴尬。他们大多数是在周锐离开北京调往上海期间加入公司的，只有会议桌对面的肖芸曾共过事，她刚结婚，比以前要丰满一些，她向周锐点点头。她旁边的女孩叫谢伊，两人关系很好，形影不离，谢伊有挺拔细长的身材，一直都没看周锐一眼，她和肖芸小声地有一句无一句地聊着。她们的业绩也很接近，总不能达到目标，但也没有差到必须离开的地步。

与她们隔了一个座位是两个坐在一起的小伙子，左边叫崔龙，他的业绩曾经很好，最近几个季度却一直垫底，此刻正在电脑上看着影碟，他旁边是钱世伟，刚加入公司。两个人加在一起的业绩都不如华东区普通销售人员的一半。

李朝东仍然穿着那套皱巴巴的西服，在这四个人的左侧正襟危坐，与周锐成四十五度斜角。方威与周锐一座之隔，一言不发地看着天花板。

"老李，你的人呢？"周锐发现，李朝东的四五个人都不在会议室。

"他们有项目在做，不用参加了，我转述吧。"李朝东语气平常，其他人都抬头看着两人。

"这是全体会议。老李你去办公室看看，把办公室的人都叫过来。"周锐不希望部门之内有部门，转身通知秘书打电话给每个人，都来参加。

"可是，我通知过了，让他们可以不用来。"李朝东双手撑在桌子上，高调地抗议。

"我们要分配销售任务，我想请每个人到场。"周锐的口气没有妥协。

"办公室里的都来了，还有几个在路上。"秘书回到座位，她身后坐着几个销售。

周锐站起来，首先看到肖芸，她轻轻地点头笑了一下，谢伊没有表情地点点头，崔龙继续看电脑，钱世伟看到周锐的目光，站起来自我介绍："我是钱世伟，上个月刚从宏贯过来，负责电信行业。"

宏贯是行业内的一家台湾公司，实力比不上捷科和惠康这样的世界级公司，但却能出奇制胜。周锐听出他话中有话："让你负责？你熟悉哪个行业？"

"我一直做教育行业，面试的时候也这样说的，刚进公司就变成了电信行业。"钱世伟高声地说。他刚进公司，还不知道水深水浅。

周锐听出了不情愿，侧身询问李朝东："老李，可以让他负责教育行业吗？"

李朝东指了指对面，应付说："这挺复杂的，一个萝卜一个坑。"

周锐想了一下，问钱世伟："你熟悉而且最近可能有订单的客户，在教育行业有哪些？"

钱世伟说出名字，周锐一一记录，又询问被李朝东指过的销售："这几个客户你能做出订单吗？"

那个销售低头想了一下，望向李朝东，李朝东的目光与周锐一碰，立即缩回，不敢做出任何暗示。那销售得不出任何信息，只好回答："只有一个客户我在做，其他的可以给他。"

周锐看到钱世伟点头，当场拍板："好，就这样定，这几个客户暂时归钱世伟，如果没有业绩，你下个季度就不能再留着了，明白吗？"

钱世伟为此事没少费劲儿，周锐一来就解决了问题，兴奋地说："一言为定。"

"客户不是谁的私有财产，如果做不出业绩，就得交出来让别人做。"周锐目光掠过李朝东，李朝东左右看了一下，低下头避开。

"大家好，我是周锐，很高兴与大家认识。我先做个自我介绍。我父母都是老师，我小学和中学都是比较不听话的学生，但是我很幸运，这么多次的考试，我考得最好的就是升初中、升高中和高考三次。我大学的专业是计算机通信，研究生毕业之后跟着导师做软件开发。后来加入捷科做售前工程师，一次很偶然的机会跟着别人开始做销售。我喜欢电影、围棋，也喜欢旅游和运动，呃，我已经结婚，还没有小孩，正在努力当中。"

大家哄堂大笑，李朝东也咧着嘴笑一下。周锐打开电脑，投影射到幕布上，显示出了销售目标，数字一出现，各种不可置信的表情和惊讶的声音便接踵而至，会议室顿时乱了起来。

"这么多，比上个季度增加一倍，公司疯了吗？"崔龙站了起来。

"我们每个人得分多少啊？"肖芸发出担忧的声音。

"这是一个艰难的数字，我们先把这个放在一边，现在请大家回去将手里销售线索列出来，看看到底离这个数字的差距有多大。"

他们抱怨着离开会议室，方威依然在座位上，只剩周锐一人时才说道："他们根本不可能完成。"

"你可以说很有挑战或者很难，但不要说不可能。"周锐一向不喜欢负面词汇。

"靠他们？"方威反问。

"不是还有你吗？"

"别开玩笑了,我一个客户都不认识。"方威满脸泄气,"看看他们的数字吧,你就会清醒了。"

一个小时后,数字汇总完成,周锐扫了一眼,还不及任务的一半,并且谁也不能保证这些项目都能赢下来。他知道情况不容乐观,却没想到这么差。时间已到中午,周锐让秘书排出时间表,要与每人进行一对一会议。李朝东突然站起来,大声抗议:"我们部门的人不需要你来谈,我来负责。"

"需要。"周锐毫不含糊地回答。

"不行,我的部门我负责。"李朝东气冲冲地摔门而去。周锐心中一紧,他们将要进入血腥的战场,内部却发生哗变,这场仗还能打吗?

6. 周五,下午三点二十分

一对一会议用了两天时间,周锐深深感受到销售人员身上强烈的悲观和失望。在最后的全体会议中,气氛冰冷,周锐的每句话都得不到回馈,没人主动发言。他不得不强行将销售目标分下去,李朝东当场拍了桌子,再次摔门离开。会议结束,只有肖芸向周锐点头,众人头也不回地离开。秘书很快传来通知:"陈总请您去他办公室。"

周锐筋疲力尽,按摩一会儿头部,边走边想:找我干什么?魏岩和李朝东坐在办公桌的侧面,正面的位置空着,明显是留给周锐。陈明楷没等周锐坐下就问:"会议怎么样?"

周锐直接回答:"任务分了,不顺利。"

李朝东立即表态:"我有意见,我们负责北京的中小客户,任务是上个季度的一倍,肯定做不到,如果贸然答应,既害了公司,也害了自己。"

北京区的每个人都是这么多,周锐知道解释不通,他也觉得任务太高。

李朝东怒气冲冲:"周锐总是越级领导,我还怎么管理团队?"

"呃?怎么回事?"陈明楷让李朝东继续说下去。

李朝东将不满发泄出来,如分配任务没有经过他同意,越级与他的下属谈话等等。周锐没有辩解,等着陈明楷表态。

"每个人都有自己的领导风格,不用抱怨,你有什么打算?"陈明楷看似替周锐开脱,实际上却引导着李朝东。

"我不向他汇报,我还要在魏岩手下,负责自己的客户。"李朝东直接说出想法。

陈明楷先征求魏岩的主意,魏岩点头:"如果李朝东坚持,我不反对。"

陈明楷转向周锐:"你呢?"

"如果李朝东坚持,我同意。"周锐在这件事情上无能为力。

"就这样定了。"陈明楷立即决定,又与李朝东一起把任务切割出去,周锐直到他们谈完,才看着陈明楷问:"我能跟您单独谈谈吗?"他尽力控制情绪,平静地说出这句话,他发现自己落入了一个精心布置的陷阱。

"我来了北京,有些事情一直没有想明白,想请教您几个问题,可以吗?"

"可以,多少个问题都可以。"陈明楷轻松地坐在椅子上。

"我有三个问题。第一个是怎么办,李朝东的团队分出去了,我只有五个人,方威还没有客户,还有一个新人,我怎么将任务分给他们?"

"有道理,任务是太多了,我再给你几个招人名额,他们可以扛些数字。你的第二个问题?"

周锐无语,从招聘到培训有漫长的周期,何况客户都被竞争对手严密守护,这些新人等于去送死。陈明楷无动于衷地说:"找到新人,培训并带领他们是你的责任,你要考虑清楚。"

纠缠这个问题没有意义,周锐继续追问:"华东是唯一完成任务的区域,为什么我完成了任务,队伍却越来越小?"

陈明楷望着周锐的眼睛,一字一句地说:"答案很简单,这是达成整个中华区目标最好的方案。北京市场至关重要,必须找到最强的人专注在这里,魏岩已经失败了,其他人都不行,只有你能做到。"

周锐也对视着陈明楷:"我的第三个问题是,这样做公平吗?"

这句话激怒了陈明楷,他站起来慢慢开口:"你能在这个世界上找到公平的事情吗?有人生来就有残疾,这公平吗?公司的阿姨每天擦桌子洗厕所,比我们都辛苦,薪水只有你的几十分之一,公平吗?她的家庭只能温饱,我的孩子周游世界,公平吗?清醒一下吧,你以为在哪里,这是竞争的世界,弱肉强食的赢家世界,根本不存在公平。"

周锐看了一眼陈明楷,起身推门回到座位,收拾电脑离开公司,他实在不想在公司里再待一分钟。一个季度只有十三周,能够力挽狂澜吗?他被推向血腥战场,身后却是欲置自己于死地的内部势力,多年锻炼出来的团队,被换成几个毫无作战能力的残兵败将。

第二周　战机

7．周一，上午九点二十分

周锐精力充沛地坐在会议室，大脑快速开动，精神已经完全恢复，这要多谢黄静。

无论工作多么辛苦，遇到多大的挫折，周锐回到家里都能进入平静和放松的世界。他会穿上舒服的睡衣，黄静还会端上一盘水果，夏天是西瓜冬天是苹果，然后他看着她做晚餐。晚饭后，他们会手拉手散步，顺便买一份晚报。夜里，周锐只要拉着黄静的胳膊几分钟就可以进入梦乡。

上个周末，黄静感觉到了周锐的压力，她在网上找到一个去坝上骑马的自驾团，两人连夜出发，开了三百公里山路，凌晨二点到了草原，住在农家院的大通铺上，在筋疲力尽之后沉沉睡去。第二天，他们骑着精悍的蒙古马在丘陵中奔驰，到最深的山沟找寻从来没有见过的花草。这一切让周锐将公司的烦恼完全抛在脑后。

尽管每次都通知了开会时间，人员还是稀稀落落地进入会议室，首先是肖芸和谢伊，钱世伟在办公室门口看看又出去打电话，九点半才回来。

报表中的销售机会远不够达到目标，周锐想把手中的项目过一遍，再去找新的线索，问道："谁先开始？"

谢伊将头转到一边，其他人或者低头，或者摆弄着手机，气氛尴尬。如果在上海，人人都会争着讲，周锐通常也会将首先发言的机会交给表现最好的人。

推门的声音打破了沉默，崔龙进来，挨着钱世伟坐下。

"怎么迟到了？"周锐问。

"对不起，有点堵车。"

"今天交通的确很堵，可以理解。"周锐点头笑着说，"你昨天晚上做标书，应该凌晨才到家，对吧？"

"对。"

"你身体不舒服，早上去了医院，所以迟到，是吗？"

"那倒没有。"

周锐放起连珠炮："也许你女朋友生日，你要一早去送鲜花，也许你在路上救起了一位倒地的老太太，然后把她送去医院。也许，也许还有很多理由导致你迟到，我还可以替你找到很多。既然有这么多理由，你是不是就可以迟到了呢？我说过九点会议准时开始，你没有异议，你的承诺是不是可以随便放弃？你完全可以放弃，但是你永远只能是个失败者。"

崔龙觉得周锐婆婆妈妈，但自己迟到在先，只好保证说："好了，我以后尽量不迟到。"

周锐在上海听说过崔龙，接着说："你以前业绩很好，我不知道什么原因，但是，你还相信自己吗？"

"我当然相信自己。"

"好，你先介绍一下你自己订单的情况。"

会议结束后，周锐拿着客户名单打算逐一拜访，希望找到销售机会。

"喂，去咖啡厅聊一下。"方威匆忙走过来说道。

走廊和电梯里很多人，方威一路闭口不言，直到在咖啡厅坐下来才急匆匆说："魏岩和我谈话，猜他说了什么？"

周锐有种不好的预感。方威愤愤不平："魏岩说你不行了，让我跟着他。他们是有预谋的，杨露肯定不会背叛，上海的兄弟们也信得过，都是你一手带出来的，我们回上海吧。"

周锐喝着咖啡沉思，这个季度已经开始，组织结构已经宣布，难道能抽身离去吗？来不及了。

方威继续劝周锐："你负责华东地区，加上技术支持和行政办公人员，管着上百人，业绩连续八个季度都是第一。你来北京，大家都以为你被提升了呢，结果被连降三级。再看看这几个人，基本上就没有完成过任务，陈明楷是将最烂的人都交给你了。"

周锐研究过他们的资料："他们业绩不好，但不是没有能力，而是与魏岩合不来。"

方威依然担心："他们的问题不是能力，而是态度。"

香浓的咖啡总能为周锐打开思路，他又喝了一大口："你说得对，当务之急就是恢复士气。"

一个季度只有十三周，侵扰策略行不通，方威着急："你没有精兵良将，怎么去攻打最坚固的堡垒？"

周锐处于绝境，手中只有老弱残兵，必须和优势敌人硬碰硬，他看着方威："你怕了吗？"

方威毫不示弱："我怕谁？我来北京，就想硬碰硬，看谁硬一些。"

周锐回忆起几年来与方威在上海刀尖舔血的生涯，如果不逼到这一步，他绝对不会硬攻，反问方威："你知道后果吗？这种客户一旦采购就是超级巨单，不仅各个公司的超级高手蜂拥而至，还会惊动公司上下，亚太区甚至全球的老板们都会注视着订单，赢则一战成名，输了，就准备辞职吧。"

方威眼睛里又闪出兴奋的火花，挑衅地看着周锐："你怕了吗？"

周锐坚定地说："我既然回来了，就再拼一拼，看谁笑到最后。"

8．周二，上午八点四十分

为迎接国庆，路边开始张灯结彩，花坛被阳光笼罩上一层金色。肖芸坐在周锐的车上看到路口用花草搭配出的长城。她与周锐共事几年了，在跳槽频繁的时代，尤其在捷科这样的公司已经不多见了。

"喜欢北京还是上海？"肖芸不习惯这种安静不说话的气氛，过了花坛便开始聊起来。

"都喜欢，两个城市完全不同，北京像顶天立地的好汉，上海是精致婉约的佳人。"

肖芸立即开起玩笑："那不是更适合你们男士？"

周锐在上海忙且快乐着，这与北京的感受截然相反。"是啊，我更喜欢上海，北京是政治中心，公司里钩心斗角的争权夺利更多一些，上海人比较实际，都踏踏实实地做事。"

肖芸想提醒周锐，此时正是好时机："你真不应该回来，成熟客户和业绩好的客户经理都被调到其他部门了，留给你的是一个烂摊子。"

周锐笑着："谁说的？你很不错呀。"

肖芸犹豫一下，决定和盘托出："我怀孕了，马上就回家休假了，没一个部门要我。"

"恭喜，快当妈妈了。"周锐扯开话题，他心里翻江倒海，表面却很平静，多谈无益反而打击士气。

"我才不管任务呢，我要开心一些，宝宝才会健康。"提起宝宝，肖芸就兴奋起来。

工作只是生活的一部分，工作中的不愉快不应该带入生活，周锐点头："你该多休息，不要有太大压力。"

"我会的,你又少了一个人。"肖芸看着驾车的周锐。

周锐保持微笑,口气轻松:"无论如何,还是宝宝重要。不是吗?"

汽车从复兴门立交桥进入金融街,这是中国的金融中心,大型银行总部的聚集地,经信银行的总部大楼占据了整个街区,道路环绕着花园,花园环绕着总部,周锐感觉就像进入了鲜花盛开的田野。他驶进地下车库,乘电梯来到第九层。信息中心负责规划和维护整个银行的电脑系统,是销售产品的必经之路。肖芸带着周锐来到信息中心门口,正要举手敲门。

周锐突然阻止她:"等等,等一下,这样不行。"周锐心里很模糊,对即将见到的这个人完全没有概念,只知道姓涂,是男是女,多大年龄,什么个性,这些都不知道,完全没有把握。

肖芸放下手,看着周锐:"我们约定的时间快到了,涂主任正在等我们。"

周锐来到安静的行人通道,问:"你在信息中心有没有熟悉的朋友?"

肖芸点头,她的一个大学同班同学就在信息中心。周锐叮嘱肖芸:"打电话推迟拜访,约你的朋友出来聊一下。"

几分钟后,周锐就在小会议室里见到了戴着眼镜、衬衣随意摆在皮带外、发型凌乱的陈刚。他正在与肖芸热聊:"你真快呀,嫁人生小孩都抢在前面去了。"

周锐喜欢这种亲密朋友之间才会有的气氛,这有别于拜访客户时的客套。

"哎,我们还有正事呢。"肖芸拍了一下陈刚肩膀,提醒他,陈刚停下来看着周锐,露出警惕的神情。

周锐很开放地问道:"我和肖芸负责经信银行,情况不太熟悉,能介绍一下你们信息中心的情况吗?"

"信息中心负责整个银行电脑系统的规划和支持,统管着全部的信息产品……"陈刚一直在做维护工作,对各个系统了如指掌,滔滔不绝地介绍起来。

"喂,我们想了解这些系统会不会更新设备,有没有采购项目。"肖芸打断了他的介绍。

"更新倒是没有,但是行里调研了很长时间,要建立客户关系管理系统,这个项目太大太复杂,论证了一年还没有结论,一直没有启动。"

"这个项目归哪个部门管?"周锐立即关心起来。

陈刚掰着手指头,信息中心负责技术和选型,市场部是使用部门肯定会参与，财务部负责预算，还会有其他人："现在太早了，还没有立项。"

肖芸直截了当地问："谁能做决定？"

"这么大的项目，肯定只有刘行长才可以。"

"这项目能有多大？"

"至少几千万美元吧，现在不好说。"陈刚估算着。

上海根本没有这么大的项目，只有总部才能有这样的手笔，周锐有一种久违的兴奋，他转移了话题去问涂主任情况。"我们要见涂主任，能介绍一下他的情况吗？"

陈刚一口气说出来："我的头儿，技术出身，为人很正派，老伴已经去世，女儿在读大学。"

周锐很关心细节，深入问下去："他女儿在哪里读大学？什么专业？"

"北京音乐学院，好像是大二吧，怎么了？"

肖芸催促陈刚继续讲下去："没关系，继续说，越详细越好。"

半个小时以后，周锐又一次站在门口，他几乎可以想象出办公室里的摆设以及涂主任的样子："这种感觉就对了，好像一切尽在掌握，敲门吧。"

拜访很顺利，涂主任是分析型的客户，他们喜欢数字和讲究逻辑，喜欢刨根问底，询问前因后果。周锐知道怎样与他们打交道，他们都做过技术，有共同语言，肖芸反而插不上话。

"在咖啡厅坐会儿吧，我这个时候不敢进市区。"周锐离开办公室的时候，北京开始了周而复始的晚高峰。

"觉得怎么样？"周锐下午不喝咖啡，肖芸由于怀孕的原故，他们都点了绿茶。

"那个项目能做下来就好了。"肖芸担心，她怀孕后不想在外奔波，"我真不知道该怎么做。"

"会有办法的。"两人等到日头西沉，天上的云彩被映得通红，周锐才开车上路，在西单的路口右拐，进入一个小胡同。

肖芸不解："这是去哪儿啊？"

周锐一边停车一边回答："去买音乐会门票。"

"你喜欢音乐？"肖芸下了车，跟在周锐后面。

"涂主任喜欢。"周锐看着音乐会目录，涂主任的女儿读古典音乐，他选了一场，买了四张连在一起的门票。

周锐拿出两张交给肖芸，自己留下两张："寄给涂主任。"

周锐重新启动汽车,涂主任也提到了这个项目,看来是有谱的,什么时候才能启动?机会有多大?此时的周锐就像在落水后抓住了一根救命的稻草,而这根稻草就是经信银行的项目。这是一场凶多吉少的恶仗,在强大敌人精心布局的战场上,千锤百炼的队伍被换成一支士气低落的残兵败将,这是任何一个指挥官都不想打的战争,但是对于周锐,这是唯一的生机。眼下已经没有退路,狭路相逢勇者胜。经信银行是惠康最重要的客户,必有高手布下天罗地网等待自己,谁会是这幕后的高手呢?千万不要是她!

"你真有办法。"肖芸笑着,把涂主任和女儿请出来,座位连在一起,看完音乐会再消夜,关系就差不多了。周锐却不轻松,涂主任只是第一步。"这个项目这么重要,最重要的客户我们还不认识。"

项目最终拍板人肯定是刘丰行长,他是个什么样的人呢?和惠康关系怎么样?

9. 周三,中午十一点二十分(加拿大西部时间)

刘丰坐在北温哥华格罗斯峰山顶的餐厅,大口饮着热巧克力,望着山下碧蓝的大温地区。左侧连绵不绝的山脉像一道屏风遮住了视线,正面是温哥华市区,英吉利海湾将市区切成两半,山脚到海湾之间是北部温哥华,一座大桥跨越海湾与商业区相连,桥下是大片野生森林覆盖的斯坦利半岛。高楼大厦向南部延伸,右侧是一望无际梦幻般深蓝色太平洋。

"那里就是UBC大学,您用望远镜看看。"骆伽指着与斯坦利公园相望的另一个半岛,UBC的校园是北美地区景色最好的,最近几年出了几个香港小姐。

刘丰在美国参加完亚太金融会议,抽空来到温哥华,紧张的气氛渐渐退去,他举着望远镜,试图与昨天的记忆连接在一起。"我们昨天在UBC的海滩看到的就是这座山峰吗?"

"就是这座格罗斯峰,这是温哥华的标志,冬天这里将被茫茫白雪覆盖,是天然的滑雪场,市民们乘缆车举家来山顶滑雪。"骆伽曾在温哥华短暂居住过,对当地的生活很熟悉。

今天来山顶旅游,骆伽依然穿着剪裁贴身的西裤和淡紫色衬衣,细微的汗珠密布在白皙的皮肤上。刘丰爬到行长位置,上至国家领导人,下至路边贩夫走卒,见多识广。骆伽却是异类,她貌似不精明却有各种经历,她不善言辞，却极善倾听，她目光柔和而坚定，看似普通，却总在关键时刻展露峥嵘。刘丰忽然觉得好笑，她只是供应商的代表，借利益关系互相利用，自己怎么会被她吸引？刘丰想到这里问道："国峰的手续都办好了吗？"

"录取通知书和邀请函这些文件都办齐了，就等签证了。您看，令郎的公寓就在那里。"骆伽指向市中心商业区的方向，刘丰为什么突然问起这件事？他们已经看到他儿子居住和学习的地方。公寓只有五六十平米，位于温哥华的市中心，落地窗正面对着斯坦利公园、英吉利湾和格罗斯山。"车也订好了，宝马的最新款，国内还没有上市。"

这次行程是难得的机会，经信银行是惠康公司最重要的客户之一。骆伽认识刘丰很长时间了，他总是有所保留和顾忌，关系好像始终都有一层隔膜，所以当骆伽知道刘丰此次行程后便力邀他顺便来温哥华看看儿子即将读书和生活的地方。

"什么时间能拿到签证？"刘丰态度冷冰冰的。

"就是这几天，以国峰的条件，把握应该很大。"骆伽此次安排刘国峰到加拿大读书耗费巨大，学费、汽车和两年的生活费。当然这不是无条件的，刘丰只要在经信银行拔出一根毫毛，就足以补偿一切。

"学期冬季开始，国峰元旦前就要动身。"骆伽仔细推敲着用词，以免刺激刘丰，这一切都是为了那个项目。

刘丰听出了话里的意思，心里决定回去就启动项目，只要儿子到了这里，项目一定给惠康，但嘴里却什么都没有说，商场上必须慎重。"呃，还有一件事，国峰新交了女朋友，听说是个空姐。"

刘丰当初本不想多此一举，可儿子又犟又硬毫不妥协。不过让她一起来，互相有个照顾也好。

"哦，您的准儿媳妇啊？我看过她的照片，很漂亮，也很可爱，也都一起办妥了，只是公寓只有一套。"骆伽小心翼翼地试探着，费用又要增加了。

"随他们吧。"刘丰心里无奈，这次为了儿子豁出去了。

10．周五，下午一点整

公司周五计算出每个人的业绩，然后展开层层例会，检查实际结果与目标的差异。如果没有达到数字，就意味着各种摧残。周锐在上海从来没有这样的经历，来北京之前就做好了心理准备，现在，他觉得自己就像进入行刑室的犯人。

捷科一向用数字说话，因此迎接每位销售总监的就是一张报表，上面列着每个人实际完成的销售额和应该达成的目标，以及两个数字相除的百分比。周锐扫了一眼，自己的名字果然排在最后。排名是陈明楷常用的招数，他将业绩最好的名字用绿色框出来放在表格最上方，将业绩最差的用黑框标出来，放在最下方。这个黑框就像祭奠亡灵的黑纱，这也是事实，公司形成了不成文的规定，连续两个季度都在黑框里，必须走人。现在，这个表格就被投影机投射在白色幕布上。

没人敢坐在陈明楷身边，他喜欢这样的感觉，就像坐在宝座上的孤家寡人，只要发现令人不快的下属，就当场除下他的裤子，打他八十大板。惯例是从业绩优秀的绿色开始，按照排名审查业绩，最后有充足的时间抓住黑框里的人，痛快地折磨摧残。陈明楷相信只有压力才可以激发出他们的潜力，潜力爆发的时候，往往连他们自己都不敢相信。周锐是唯一没有被他折磨过的人，陈明楷好奇地想，在没有压力的情况下，他已经有很好的业绩，如果把周锐压到极限，会有什么样的爆发呢？

魏岩得到业绩优秀的华东团队，第一次窜入绿榜，做了简单的介绍轻松过关，陈明楷也懒得夸奖他。华南总监和西区的总监也顺利过关，然后同情地看着周锐。

"看看数字，连三分之一都没有做到，怎么回事儿？"陈明楷开始给他施压。

这是周锐来北京的第一周，他仔细研究了每个机会，这是能够完成的全部的数字了。"我会努力的。"

"崔龙做了多少？"陈明楷不纠缠，翻着报表寻找进攻点，"他以前的两个季度做得怎么样？"

周锐对数字天生敏感，每个人的业绩都清楚地记在大脑中。"上个季度做了一半，前一个季度更差。"

"连续两个季度都没有完成，为什么？"

周锐不得不推断着回答，虽然这样很危险。"他的能力本来可以胜任，但业绩急转直下，应该是态度出了问题。"

"假定你手下有两个员工，一个态度好但能力差，一个态度差但是能力强，必须开除其中一个，你打算开除哪个？"陈明楷抛出了一个类似脑筋急转弯的问题。

"开除业绩差的那个。"这是最基本的管理问题,周锐岂能不知道答案。

"很好,你知道答案,去做吧。"陈明楷用命令的口气说。

"请再给他一些时间。"肖芸怀孕了,方威没有客户,钱世伟是新人,如果再砍去一人,周锐就成孤家寡人了,他不得不为崔龙请求。

"两个季度已经合情合理了,他自己都不会有异议。"陈明楷的声音突然变得很柔和,"去和他谈吧。"

为什么要去咖啡厅开会?这还是崔龙进入公司以来的头一遭。他受不了周锐婆婆妈妈,为避免迟到他提前出发,就算遇到晕倒在街边的老太太,送去医院之后也不会耽误开会时间。咖啡厅在昆仑饭店大堂的东南角,独享两面从二楼延伸下来的巨大的落地窗,窗外是园林,一片翠绿的草地平铺在眼前,伸手就能摸到,高大浓密的绿色植物遮住了过往车辆和噪音,却挡不住阳光穿越树枝洒进来。他看见周锐在两面大落地窗夹角的位置上向他招手。

他来得更早,有什么事情要谈吗?崔龙坐下。周锐为他倒了一杯茶,停顿下来,让崔龙感觉到事情的重要。"我想知道,你的业绩在这两个季度为什么掉下来了。"

"为什么问这个问题?"崔龙直视周锐。

"你连续两个季度都没有完成任务,知道这意味着什么吗?"周锐暗示,他一直想找到答案,现在时机成熟。

"离开,我准备好了。"崔龙早已经想好答案。

"我想知道原因。"周锐继续追问,这里面必然有很多的内幕。

"好吧,我实话实说。我三年前加入公司,业绩不错,这你知道。然后陈明楷进公司,当了中华区的总经理,他带来魏岩,魏岩带来李朝东,老人一个接一个地离开,销售团队都换成了他们信得过的人。"

周锐注视着崔龙,从中读出他的心理状态。常人的大脑皮层左侧负责逻辑分析、推理和数据,右侧负责听觉、视觉和触觉。如果目光在向右侧旋转,表示回忆,这个人所说的应该是事实。如果目光向左侧旋转,表示正在推理和分析。如果目光左右旋转,对方很可能谎话连篇。周锐感受到真实,他听说过这段往事,当时他正在上海忙于建设团队,并不知道细节。

"取得业绩最快的方法不是在市场上打拼,而是从内部夺取,只要把最优秀的客户经理挖来,最优质的客户就能被带走,业绩就能出来。他们要搞垮我以前的主管,请我吃饭,承诺更高的薪水,投奔他们的怀抱。可我们是多年的好友,我不想落井下石,拒绝了。他们开始折腾,真佩服他们的创造力。"崔龙停下来喝了一口咖啡,"他们将销售人员的简历交给猎头公司,我每天都要接到四五个猎头公司的电话,很多同事莫名其妙地去面试然后离开,包括我当时的主管。"

周锐对此并不陌生,这不失为一种好方法,不用赔偿又把不要的人推给竞争对手。崔龙找到发泄的机会,滔滔不绝:"对于没走的,他们借口调整组织结构,将优质客户全部转走,搞出排行榜贴在大门口,连续两个季度没有完成任务,必须走人,他们有的是办法。"

"你为什么没有走?"

崔龙的倔脾气上来,他瞪着眼睛:"我偏不走,在家里睡觉,他们就是不敢正大光明地处理我。"

"他们让我请你走。"周锐不想讲会议中的细节。

崔龙早就毫无顾忌:"我对他们佩服得五体投地,一举多得啊。先把我这个茅坑里的石头搬走,我必然大吵大闹激化团队矛盾搞得你难受,你又少了一个人,更加不可能完成任务了,天才啊,可惜全用在内耗上了。"

"你打算走吗?"周锐要了解他的立场。

崔龙现在过得很舒服很享受,拿着薪水在家休息。"他们没胆量公然和我对抗,我为什么要走?"

"这不是浪费时间吗?你拿到薪水就开心了?还想不想有发展?我欢迎你留下来,但是不能在家休息了,我们应该大干一场!"周锐直截了当地说道。

崔龙抬起头望着周锐,他外表装作得意扬扬,闲在家里,做饭洗衣服也浑身不自在。"我有个问题不明白,陈明楷为什么要对付你?他正需要像你这样能做事的人。"

周锐苦笑一下摇头:"也许像他说的,逼着我将北京的业绩做出来。"

"不像。"崔龙摆手,"陈明楷把残兵败将交给你,分明是不想让你出业绩。"

周锐心里认可崔龙的话,可也只能摇头,肖芸和谢伊出现在咖啡厅,他走过去拍拍崔龙的肩膀:"不管怎么样,置死地而后生吧。"

周锐团队准时赶到,他对着桌上的一摞电影票:"我们争取四点钟开完会看电影。"

"为什么要看电影?"现在是上班时间,谢伊好奇。

"我要感谢肖芸,她发现了一个超级大单,这是完成任务的唯一战机。上班看电影,大家能保密吗?"

众人露出欣喜的表情:"好,这是我们之间的秘密。"指责不能提高团队士气,仔细观察并找到每个人的长处,毫不吝啬的奖赏和鼓励才可以激励下属。他们屡遭挫折并灰心丧气,现在眼里迸出久违的兴奋火花,士气正在缓慢恢复。

周锐切入正题:"我们虽然业绩不好,可是我们手中有公司里最有潜力的客户,还有十一周,还有反败为胜的机会,大家有什么主意?"

崔龙对这个问题有过深思熟虑:"时间是主要问题,大客户总是在销售人员手中转来转去,没有时间深耕,如果只把客户扫一遍,根本来不及。"

客户的组织结构都很复杂,泡一天都不够,蜻蜓点水肯定不行,肖芸赞同:"时间不够,而且在办公室根本谈不出什么。"

"有什么方法能一网打尽?"谢伊参与进来讨论。

方威灵感突现,他常在华东搞研讨会:"找个好的题目,将客户全部请来,一网打尽。"

"用信息安全这个题目,大公司都非常担心系统被攻击。"谢伊负责政府机关,这些客户都非常重视信息安全。

肖芸兴奋地提议:"会后送些小礼品,客户肯定喜欢。"

钱世伟补充道:"干脆管晚餐,每个人负责一个餐桌,关系一次到位。"

大家出谋划策,很快商议出具体计划,包括请柬和时间。周锐很欣慰:"放在档次最高的地方,才会来高层的客户,什么地方好?"

崔龙立即推荐:"当然是中国大饭店,吃饱喝足,再安排活动,八仙过海,各显神通。"

方威提醒崔龙:"别忘了一定要让客户填写反馈表,如您最近有采购意向吗?预算多少?这样我们很快就能找到销售机会。"

计划越来越详尽,时间定在三周后。周锐没看错,他们不是无能之辈。但是仅有士气还不够,还要有方法,他问钱世伟:"你有什么计划?"

钱世伟正要大干一番,摩拳擦掌:"我从下周起就去见客户,把他们都邀请到研讨会上来。"

"别急。"周锐冷静地劝阻,反问:"商场如战场,你说说,打仗第一步应该做什么?"

崔龙抢着说:"拉着队伍向前冲呗。"

"这是土匪的打法,送死。你知道战场地形吗?树林还是山地?前面有没有埋伏?敌人有多少?用什么武器?"周锐借机点拨,"做不到知己知彼就不要上战场。世伟,你下周哪都别去,就做一件事儿。"

"什么事啊?"钱世伟有些糊涂。

周锐加重语气,吊足大家胃口,"大家知道雷励行吗?"

这是一个大家都如雷贯耳的名字!雷励行曾是捷科大中华区总经理,业界的传奇,现在退出江湖,谁也不知道他的去向,只有他的传说。周锐想起当年的岁月,心潮起伏:"五年前,我还是菜鸟,北京通管局启动智能交通项目,对手是高手中的高手,雷先生传授了一套足以倚天屠龙的秘籍,我们创造了奇迹,将第一台深蓝引入中国。"

新员工培训中,关于捷科中国的发展历程里有这么一笔,钱世伟记忆犹新:"我打听过,听说那个项目是一位叫作骆伽的女销售做的,不知道什么原因,赢了订单之后离开捷科跳槽到惠康,你认识她吗?"

周锐避而不谈,幸好被崔龙打断:"有点儿像武侠小说,降龙十八掌,打狗棍法,六脉神剑,你这秘籍叫什么名字?"

周锐笑看看着崔龙:"巧得不能再巧,摧龙八式。"

崔龙差点跳起来,使劲儿鼓掌:"这名字好,正好给我用,别卖关子了,快说。"

摧龙八式包括销售方法,还有相配合的技巧,当初雷励行是用讲故事的方式传授的,周锐自认没有那个火候和功力,他们也不一定有他的领悟能力,略微简化:"无论销售什么,客户采购都需要具备发现需求、立项、设计采购指标、评估比较、购买承诺和实施六个步骤,加上前期的建立关系和后面的收款,便构成摧龙八式。"

钱世伟扑哧笑了出来,这八件事并不像周锐说的那么神奇。

"摧龙八式只是基本路数,还要配合各种销售技巧,熟练使用之后便是高手,但要想成为高手中的高手,首先要练内功。"

"练内功?不会是少林的易筋经吧?"崔龙觉得夸张,"这是不是有点儿,那个走火入魔了?"

"有所成就的人都是相似的,失败的人各有原因。"周锐轻轻说了一句,摧龙八式看似有些离谱,但绝不是忽悠,雷励行传授的方法非同小可,他受益匪浅。现在的重点是销售,多说无益,他提醒大家,"只要掌握摧龙八式,一般的对手都可以应付,可一旦遇到高手中的高手,便束手束脚施展不开。世伟,你说说,应该怎么收集资料?"

钱世伟做过多年销售,这个问题过于简单,脸上露出不屑:"方法有很多种,比如上网查,看客户内部杂志……"

"收集资料如同作战时收集情报,不可疏忽,否则后果不堪设想。"周锐看出他并不服气,"第一式又分成四步。在战场上,收集资料的方法有很多,派出斥候骑兵去战场侦察或者查阅地图等等,但这些方法只能得到皮毛,最了解敌人的永远是敌人自己。"

崔龙恍然大悟:"抓个俘虏,先严刑逼供,实在不行就用美人计。"

周锐把客户内部愿意透露资料的人叫作内线,收集资料是销售的第一式,发展内线又是其中第一步。肖芸想起那天见涂主任的过程,问道:"没错,那天我们去见经信银行的涂主任,你在门口坚决不进去,就是因为没有内线,对吗?"

周锐没有内线,不知道如何下手,见了陈刚全面完整清晰地收集过资料后,便像打开一盏灯照亮了前进的道路。"资料有很多种,包括组织结构、个人资料、竞争对手的情况,等等。"

方威对收集个人资料最有心得,补充说:"个人资料最重要,包括兴趣爱好、家庭情况、运动和饮食习惯、行程……都要摸得一清二楚,甚至他家里有几只老鼠都要数一数。"

资料的收集和分析是制定行动计划的关键,周锐举出一个例子:"知道'二战'中的诺曼底登陆是哪一天吗?"

崔龙是"二战"迷,对各次战役了如指掌,立即回答:"1944年6月6日。"

"为什么要在这一天登陆?"

"盟国答应苏联,尽快开辟第二战场,还有气候的原因。"

"崔龙说得都对,但还另有玄妙。"周锐故作神秘,"因为这天是一个女人的生日,猜猜她是谁?"

崔龙答不出来,咕哝着说:"英国女王的生日?为了庆祝生日?"

"这是中国人喜欢做的事情。"周锐笑他想象力丰富,"不是英国女王,而是隆美尔夫人的生日。隆美尔是指挥德军大西洋防线的元帅。盟军的侦查机关发现他们感情很好,他一定会回德国老家为夫人过生日。因此他们综合多种因素选择6月6日登陆。诺曼底登陆当天,隆美尔在八百公里外的家乡,为夫人举办生日宴会,德军群龙无首,最精锐的装甲师没有隆美尔命令不能投入战斗,盟军顺利登陆,取得桥头堡。"

这足以说明收集资料的重要性,钱世伟听得津津有味,接着问:"第三步是什么?"

"消化和分析资料,否则就是糟蹋。第三步应该对客户的组织结构进行分析，从客户级别、职能以及在采购中的角色，从中找到入手的线索。"周锐接着强调，"很多人只知道向前冲，不清楚客户间的关系，失败就近在眼前。"

"第四步呢？"谢伊一直在听，产生了浓厚的兴趣。

周锐不答反问崔龙："如果谈恋爱结婚，你找女朋友有什么要求？"

崔龙愣了一下。

周锐用比喻回答解释第四步："首先你要找女士而不是男士，除非你有特殊癖好。"大家哄堂大笑完，他继续说，"其次，人家没有结婚，不是说结过婚的就不行，但是可能性小得多，难度也要大得多。年龄也该跟你差不多，你不需要到幼儿园培养，对吧？同样的道理，我们的时间和资源有限，一定要不见兔子不撒鹰。为此第四步就是判断销售机会，挑选客户，免得浪费时间和资源。"

谢伊觉得在这方面自己做得确实不到位，着急地问道："有判断标准吗？"

周锐今天讲了这么多不传之密，故意卖乖："我就白讲了吗？"

钱世伟兴奋地连叫师父，周锐佯作不高兴："不行，要实惠的，今天晚饭谁负责？"

"这要求不高。"钱世伟点头答应，然后立即催促，"怎么判断销售机会？"

周锐扫了一眼团队，说出最关键的部分："要问自己四个方面的问题，客户有预算吗？我们能解决客户的问题吗？我们能赢吗？值得赢吗？每个方面都有五六个判断标准，今天不能全讲，而且也不能一顿饭就把所有好东西都掏出来。世伟，你下周就做一件事，将客户资料全都列出来，分析并判断清楚。"

钱世伟深有体会，受益匪浅，想起周锐三言两语就帮自己要回客户，不禁折服。崔龙做过销售，第一次听到梳理得这么完整的方法，举起手来："下次我请客，值，几顿饭都值。"

"好，现在是电影时间。"周锐看看表，还有最后一个令他困扰的问题，会不会是他们发短信，让自己不要来北京，于是问道，"我回北京前，谁给我发过短信？"

大家都摇头。

周锐让肖芸和方威搭自己的车，提醒肖芸系上安全带。"你怀孕了，我想让方威协助你负责经信银行的项目，做成一人一半，有意见吗？"

这很公平，肖芸点头同意："好，我尽快带方威认识客户。"

"和涂主任去听场音乐会。"周锐刹车，掏出音乐会的门票交给方威，"这个项目交给你，知道这意味着什么吗？"

方威点头，这个订单寄托着周锐完成任务的全部希望，一旦输了，后果严重。周锐叹口气："商场如战场，有的仗可以打，有的千万不能打。只要有可能，我会离这个订单远远的，可是不打，我们完成不了任务，打了还有一线生机。如果输了，你要想清楚。"

方威已经有心理准备，踏入战局的时候，脑袋就被拴在裤腰带上，他轻轻吐出四个字："顶多辞职。"

周锐说声谢谢，方威拍拍他："我们是兄弟，你这样的处境，我怎么能抛下你不管？"

11．周六，晚上九点十分

方威本来对古典音乐一窍不通，今天却开了窍。

为了和涂主任有共同语言，他买了一本肖邦的传记，整整啃了一整天，钢琴曲变成血肉丰满的故事，方威听得入神，直到音乐戛然而止。他和涂主任读音乐学院的女儿聊得兴高采烈，肖芸插不上话，这小子的音乐造诣这么高，居然说得这位音乐专业的女孩儿点头如捣蒜。

车停进停车场，肖芸乖巧地拉着涂主任女儿逛商场，方威和涂主任则坐在星巴克的露天座位上，三言两语就谈到了经信银行的项目，方威请他漏点消息："您看，我们有戏吗？"

涂主任摇头："这是金融行业今年最大的采购，众多公司必然蜂拥而至，要赢下来不容易。参与这个项目的公司可以分成三类，第一类是实力最弱的国内公司，我不是贬低，客户关系管理是新兴技术，国内还没有成功的先例，国内公司加入，可以有效压低跨国公司的报价，但他们没有希望。第二类是港台或者合资公司，他们可能在香港、台湾有过成功案例，但难以承担经信银行这么大的系统，机会也不大。无论大陆公司还是港台公司，都是重在参与，志在各个省延续出来的生意。真正有希望的只有跨国公司，毕竟最先进的技术掌握在你们手中，我们也可以从这些跨国公司的成功案例，学习我们需要的方法和经验。"

方威故意试探，引他多说："那我们不是很有希望？"

小公司吃不着总部的肉，还可以啃各个省项目的骨头，再不成也能喝点儿汤。涂主任开始透露真正的秘密:"猜猜,在这个项目中真正坐庄的是哪家公司?"

"惠康。"方威想也不想。

惠康最主要的对手就是捷科,必然想方设法置捷科于死地,涂主任善意提醒:"他们关系深厚,技术和产品的实力不输于你们,千万不要硬碰硬。"

客户永远是最好的老师,方威虚心请教:"我该怎么做?"

涂主任斟酌着说:"崔行长分管这个项目,他要去上海参加一个展览,专门考察这个项目,你们可以想想办法。"

第三周　布阵

12．周一，上午九点三十分

刘丰回到办公室，找回了状态，他在国内金融界举足轻重，一跺脚整个行业都要颤抖。但在美国和加拿大，他只是一个匆匆过客，显不出尊贵的身份。刘丰坐在包裹全身的大皮椅上，就像穿上铠甲的将军，没有什么不可征服。这一切都和这个行长位置相关，决定着衣食住行的待遇，甚至儿子的前景。屁股下的位置是赋予这种魔力的源泉，他不仅要不断巩固这个位置，还要让屁股越坐越高。

自从巩固了位置，刘丰就将每周的碰头会移到了办公室。办公室直通会议室，但他还是喜欢坐在宽大的皮椅上，居高临下与坐在小沙发上的副行长们开会，这样才更有感觉。他们逐一汇报了工作，刘丰点头，表示知道或给予首肯。最后是负责建设和技术的副行长崔国瑞，他打开小本，刘丰移了移身体，准备认真倾听。

由于并非出身金融专业，所以崔国瑞是银行官员中的异类。随着信息技术的发展，过去专用封闭的银行系统正在升级到以互联网为中心的开放网络体系，这些技术将逐步而深刻地改变金融行业，然而技术走势既难以预料，又商机无限。

刘丰喜欢又红又专的人，尤其是有专长的人才，崔国瑞就是这样的专才。在刘丰的定义中，红是忠心耿耿，专是指踏实工作并有一技之长。在这个越来越开放的时代，忠心难以持久，得势的时候，他们揣摩自己的想法尽力完成，一旦失势，他们便会跑得很远洗脱自己，甚至落井下石。

崔国瑞讲完，刘丰满意地点头，又笑着提醒："有一件事你还没有提到。"

"什么？"崔国瑞抬头不解。

"客户关系管理的项目，我在美国与各国银行专家交流后，深刻感觉到客户管理的重要性。我们不仅要懂金融业务，还要懂营销。这个项目不能久拖不决了，应尽早启动，大家有意见吗？"

崔国瑞是这个项目的坚定推动者，以前卡在刘丰这里，乐见刘丰转变："我举两手赞成，这个项目势在必行。"

一把手和主管副行长都表了态，其他人当然不会反对，刘丰很满意："好，尽快启动，我们不仅要建成国内最先进的客户关系系统，也要通过这个项目改进银行内部的流程，使得银行管理再上一个新的台阶。这件事就由崔行长负责，从相关部门中选拔精兵强将，组成项目组，尽快提交可行性报告。"

13．周三，上午九点整

方威站在白板前，面对肖芸、周锐、林佳玲和工程师们。在上海他自认为做了一些大单，但和眼前经信银行的项目比却微不足道。他就像一位身经百战的将军，面临有生以来最大的一场会战，充满期待和不安。他必须保持足够的耐心，出击之前要仔细研究战场，精心挑选最佳作战时机。他这两天泡在经信银行，利用肖芸已有的渠道，全面收集资料，并将资料分类研究。

方威首先研究经信银行的背景资料，包括发展历史、规模、业务范围、收入和盈利情况等等，就像研究战场地形。然后，他开始研究银行营销的现状，经信银行如何进行客户关系管理？管理模式中有哪些问题？对什么部门造成了什么影响？然后是组织结构，哪个部门和采购相关？部门怎么设置？它们之间的分工是什么？最重要的是个人资料，他仔细列出可能参与这个项目的客户名单，全面完整地收集资料，生日、兴趣、爱好、家庭、住址、经历、休闲方式、行程安排……他不放过任何蛛丝马迹，甚至包括他们的宠物，如宠物的名字、饮食习惯和口味。最后，分析竞争对手，不由得吸口冷气。涂主任说得没错，惠康几乎垄断了经信银行所有生意，甚至在其不擅长的领域都屡屡签单，经信银行被惠康牢牢控制。难怪周锐如此谨慎，他身陷精心布置的包围圈，左突右冲，仍然不可避免地落入圈套。

方威了解到这些后反而踏实下来，对于经信银行这种重要客户，这是极正常的情况。他酷爱竞争，知道竞争有输有赢，也准备好接受惩罚和奖励。就像出生入死的将军，面临强大难以取胜的对手，也要勇敢大吼一声向前冲，毅然亮剑，即使战死疆场，也要面带微笑马革裹尸，这就是销售的宿命。既然选择这个职业，就如同古代的战士，战死疆场是他们的归宿和荣耀，软弱、绝望和放弃只能面临被奴役的失败。还好只是竞争，不像在古代战场上要以性命相拼，也许这就是文明的进步吧，方威为此庆幸，那就更没有什么可担心的了，顶多从头再来。

方威的习惯是将所有与采购相关的客户资料都做成卡片，挂在墙上，周锐把它叫作作战地图。黄色卡片是最重要的决策层客户，蓝色卡片是管理层客户，紫色卡片是操作层的一般客户。卡片上包括每个客户的姓名、职务、部门名称、采购角色，以及详细的个人信息。卡片上还会再贴两个标签，一个是镶红边的关系标签，有认识、约会、信赖和同盟四种选择，另一个是镶绿边的立场标签，有支持、中立和反对三种选择。

卡片越挂越多，方威也越来越兴奋。这是一幅从来没有遇到过的大型作战地图，就像敌我双方首次在战场上聚集自己的精锐部队，准备决一死战。方威在地图上排兵布阵，直到几十张卡片全部贴在白板上，他才转过身用激光笔指着白板，向众人介绍："根据我的分析，经信银行参与项目的关键客户大约有三十几个人，分别在信息中心、市场部、财务部和纪律检查部门。现在没有立项，还不能肯定，不过没关系，最重要的几个人一定跑不掉，只要搞定他们就足够了，我已经将他们编了号。"

激光笔指着白板上最高处的黄色卡片："一号客户刘丰，今年四十六岁，一直在金融系统，三年半前担任行长。家住顺义别墅区，儿子正在与一位空姐恋爱。他精明能干，勇于冒险，在金融系统人脉鼎盛，这是他的照片。"

刘丰的头像闪现在投影屏幕上，这是方威在网上找到的照片，一张威严的面孔。周锐把刘丰的样子印在脑中，在想他的经营目标是什么。周锐问："能不能找到关于他的文章，我研究一下。"

方威将一摞资料送到周锐面前，这是方威通过网络搜索，挑出记者对他的专访和讲话资料。电脑咔嚓一声，刘丰家庭成员的头像一一掠过，忽然定格在一位笑意盈盈的女孩儿身上。肖芸赞叹："这是刘丰女儿吗？一点儿都不像，真漂亮。"

巨大的照片笼罩会议室，清清淡淡的美丽反而更加摄人，方威走到屏幕边，伸手摸到她的笑容："赵颖，空姐，刘国峰的女朋友，今年二十六岁，身高一米六八，重庆人，父亲是出租车司机，母亲下岗在家。"

"呵呵，你对她真了解，你还知道什么？"肖芸对方威收集资料的本领佩服极了。

"我还知道她今天内衣的颜色，你们想知道吗？"方威坏笑，他露的这一手足以震慑工程师们，让他们心甘情愿听令，工程师们哄堂大笑后表示佩服。肖芸急忙摆手，斥责方威变态。

"二号客户是主管技术的副行长崔国瑞，并非金融专业出身，喜欢数据，擅长分析，重视细节，有条不紊，追求完美。对于这个项目，他建议将总部与各个地市的接口合并在一起，尽快启动，但是这个建议被刘行长否定了。

"三号客户是财务总监常仪，五十二岁，负责审批银行内部各种采购预算。按照惯例，他不一定参与采购的整个过程，但最终表决的时候必有他一票，他养了一只可卡爱犬，喜欢户外运动。

"四号是业务发展总监肖晓阳，负责银行市场运作，是刘丰的亲信。他上任以来，业务拓展取得高速发展，他擅长依据设定的目标和指引确定时间表，推动业务向前发展，具有很强的执行能力。喜欢运动，高尔夫是他的挚爱。据我了解，他和惠康有密切长久的关系。

"五号是信息中心主任涂峰，四十五岁，级别低于其他四人，但信息系统建设是他的职责范围。他长期在行里负责软件开发，目前的系统就是他负责实施的，做事严谨认真负责，平常喜欢下围棋。他女儿在读音乐学院，我和肖芸刚陪他们听了音乐会。"

方威一口气介绍完五个客户，给其他人提问的机会。周锐问道："经信银行的上级单位会不会参与，甚至影响这个项目？"

肖芸也熟知客户，替方威回答："经信银行的主管单位是中国银行业监督管理委员会，俗称银监会，只负责对经济的宏观管理和监督，这个项目不在银监会的管理范围。"

"还是去银监会走一趟，有备无患，惠康在经信银行扎下深根，如果不能从客户内部突破，银监会将是我们唯一的机会。"周锐给了建议，他对方威收集的资料颇为满意，但是这个订单非同一般，绝不能漏掉任何资料，"竞争对手的情况怎么样？"

方威翻动页面，另一个笑吟吟的面孔出现在屏幕上，工程师们再次惊艳，今天是美女大聚会。肖芸却小声惊呼："是她！"

肖芸立即解释："惠康北方区销售总监骆伽。"

工程师们鸦雀无声，林佳玲刚来中国，并不知道详情："骆伽是谁？"

林佳玲得到的还是沉默，再次问道："你们到底怎么了？"

一个工程师颤巍巍地用手指着照片，表示难以置信："她是传说中的骆伽？我以为她三头六臂呢？原来只是一个好看的小姑娘。"

方威不知道骆伽有这么大的名气，便开口问道："怎么？你们认识她？"

肖芸对骆伽如雷贯耳："她两年前担任惠康的北方区总监，将我们的客户一一拔起，战无不胜，她已经成为业界的传奇，听到骆伽的名字，竞争对手魂飞魄散，不战而退，没人敢向她挑战。方威，你肯定这次是骆伽亲自出手吗？"

方威已经从内线得到情报，非常肯定："她必然出手。"

肖芸闭口不言，周锐猜到了她的想法："不要有顾虑，什么话都可以说，准备充分才有机会。"

经信银行的项目一旦启动，必定是全年最大订单，公司必然投入巨大的精力和时间，从亚太到中国都会关注，肖芸十分担忧："我们如果输了，后果十分严重。"

会议室众人听到骆伽的名字，已经丧失斗志，肖芸所言不虚，纷纷点头赞同。肖芸得到众人支持，鼓起勇气："我建议放弃，这是最明智的选择。"

骆伽的名声居然让他们闻风丧胆，林佳玲正要说话，方威笑着说："我来北京，就是为了向骆伽这样的高手请教，遇到了，怎么能错过？我下定决心较量一番，只要公平竞争，输了，我心甘情愿立即辞职。"

林佳玲侧身看着周锐："你的意见呢？"

周锐像着了魔一样看着骆伽的照片，仿佛没有听见林佳玲的声音，直到被方威拍了肩膀，才反应过来："你这张照片从哪里找到的？"

方威又好气又好笑，骆伽的照片亮出来，捷科的销售团队当场就要放弃，连周锐都对着照片发呆，他调侃着说："骆伽是美女，你也不用这么神魂颠倒。"

办公室中笑声一片，周锐恢复常态，搞清了状况，站起来坚定说道："不能放弃，方威你继续说。"

方威对骆伽刮目相看，继续介绍情况："骆伽今年二十八岁，五年前被惠康从捷科挖过去，她销售从未失手，这是一个奇迹。骆伽的生日是6月30日，父母已逝，住在朝阳区三元桥附近。与其他人不同，她毕业于北京电影学院表演系。她最爱的动物是狗，养了一只叫作小怪怪的可卡犬，其他方面还要继续了解。"

周锐淡淡说道："如果你还想了解更多，问我好了。"

方威没有想通，眼睛瞪得滚圆："你认识她？"

周锐苦笑着："我保证，我是这个世界上最了解骆伽的人。"

方威听出来各种味道，似乎他们曾有过复杂的纠葛，他还想挖出更多信息:"她今天内衣是什么颜色?"

我不知道她的,但是她知道我的。周锐忍住这句话,换了种方式:"我知道小怪怪内衣的颜色。"

会议室人多嘴杂,方威不再追问:"你了解就好,知道她的销售手法,我们就有机会。"

周锐点头同意:"骆伽是高手中的高手,与我互知底细,却不知道你方威的存在。这个项目由你全权负责,不要被我的思路限制,你才可以出其不意打败骆伽,这是我们最大的优势。除此以外,这个项目什么时候启动?我们没有时间等待。"

肖芸得到最新消息,刘丰昨天开了办公会议准备启动项目:"他们正在做可行性论证,资金已经到位。"

"好啊,抓紧时间,一旦正式立项,项目公布出来,工作就来不及做了。"周锐明白,那些小订单根本不能完成任务,这是唯一的希望,可是能赢吗?输了又会怎么样?经信银行一直采购惠康的产品。

肖芸负责经信银行一年多,每次销售都有特别大的阻力:"采购计划报到决策层,结果就变了,信息中心只能将小订单偷偷给我。"

这是输赢的关键,周锐以往依赖充分的数据来决策,但他后来意识到逻辑分析并不适合处理人和人之间的关系,因此越来越相信直觉:"骆伽肯定与客户高层建立了紧密关系,支持惠康的人是谁?还有,这个项目将耗费巨大的资源,我今天请佳玲过来,如果有需要帮助的地方,都讲出来。"

林佳玲一直在观察和倾听,她以前听过关于周锐的各种议论,看来他的能力果然名不虚传,至少自己以前就没有看到北京其他销售团队这么细致地分析客户资料。她接着周锐的话说道:"我建议尽量请经信银行客户参加我们下周的研讨会,我确保这个会议能给他们留下难忘的印象。"

"尽量把客户请出来,引蛇出洞,办公室是最不适合搞关系的地方。"这是方威的经验之谈。

"尽快约刘行长和崔行长,上门去探探他们的底细。"擒贼先擒王,骆伽的根基到底有多深?幕后坚定地支持惠康的又是谁?

14. 周三,下午二点五十分

网络真是好东西,把收集资料这件最费时费力的事变得如此简单。

刘丰是金融界响当当的人物，周锐敲下回车键的瞬间，屏幕跳出了八千多条信息。周锐仔细检索，寻找着关于刘丰经营战略和理念的文章，然而这些文章却没有特别的新意，一直在随着时局的改变而改变。国家要紧缩银根，他就呼吁控制信贷；国家要处理不良资产，他也就大谈不良资产的危害，难以找到刘丰真实的想法。

忽然一篇有关刘丰家庭的文章吸引了周锐注意，它登在一个时尚杂志网站上，是对刘丰夫人的专访，主题是饮食和保养。周锐开始在字里行间寻找着有用的信息，刘丰应酬繁多，家里需要经常准备醒酒汤，夫人最拿手的是煲汤，为了改变他的不良生活习惯，帮助刘丰培养了打高尔夫的兴趣。刘丰喜欢高尔夫，在哪个球场？和谁去？周锐正准备深入搜索，方威和肖芸就冲了进来。

"要立项了。"方威抛出消息，一场大战即将展开。

周锐打断方威："去会议室，请佳玲过来。"

方威将一间小会议室改造成他的作战室，白板上挂着作战地图，等肖芸和林佳玲进来，方威一口气说完："刘行长召开了碰头会，决定启动项目，崔行长下周汇报立项报告，确定预算和时间表，报财务审批。"

"采购规模有多大？什么时间完成？"周锐问，这是能否完成目标的关键。

"肯定是超大项目，肯定在年内建成。"方威连用了两个肯定，周锐计算着时间，陈明楷正虎视眈眈地盯着这个季度的数字。

方威还有消息，眼里闪动着兴奋："记得金融展吗？我们在上海的时候讨论过。"

周锐在上海的时候亲自组织布置过，打算借助金融展推动销售，现在是杨露负责。林佳玲做过展会支持，十分清楚进展，说："我们申请了最大的展台，展出全线的解决方案，经信银行有重要的客户去吗？"

"崔行长亲自出马，我们有客户关系管理的演示吗？"方威急于落实此事。

"这个题目非常热门，我们当然不会错过。"林佳玲胸有成竹。

这是难得的机会，周锐决定亲自出马，不容有失："我们一起去上海，详细了解一下行程。"

方威早就准备充分，把经信银行办公室主任发展为内线，又报上详细的安排："他们乘下周二上午的CA1132航班，九点三十五分出发，中午十一点二十到达虹桥机场，入住长城假日酒店。他们参加周三上午的开幕式,下午自由活动,第二天上午十点零五分CA957航班回北京。"

林佳玲对方威收集情报的功力见怪不怪,方威还有更进一步的安排:"我约好了,崔行长去我们的展台参观。"

崔国瑞这个级别很难接触,肖芸以往做了很久工作都没有成功,不禁问道:"你怎么做到的?"

"涂主任穿针引线。"方威钻研古典音乐,背了很多音乐家的逸事,都派上了用场,顺利地建立了和涂峰的关系。

林佳玲不知道此事,惊讶于他的神速。肖芸将周锐买音乐会票,方威请出涂主任的经过说出来。林佳玲看了一眼周锐:"下次我去,我很喜欢音乐,不用你们作假。"

方威不放心,还有关键的一环没有准备好:"崔行长不关心产品,他关心怎么解决他们的问题,谁来演示?要懂产品,还要懂金融行业。"

"我来负责。"林佳玲极有信心。

美丽与智慧总是互相排斥,林佳玲这个外来的MBA能向崔行长说清楚吗?

15. 周五,下午一点整

每周五下午一点都是陈明楷规定的例会时间,必须参加,即使去外地出差,销售总监也要通过电话会议参与进来。北京参加的人只有陈明楷、魏岩和周锐,林佳玲在香港出差,也通过电话参加。像往常一样,业绩报表被投射在幕布上,每个人的表现都无可遁形。

魏岩依靠华东超出预期,依然处于绿框之中,华南居于次席,也达到目标,西区排在第三,周锐的名字加着黑框处在垫底的位置,而且差距越来越大,周锐对此结果并不意外。进展符合陈明楷的预期,能否达成目标的关键在于周锐的北京市场,他问周锐:"崔龙的问题,你们谈得怎么样?"

周锐据实回答:"他有能力,承诺完成任务。"

陈明楷依旧避开锋芒,换个方式再问:"很好,如果他没有兑现承诺怎么办?"

周锐沉默,能替崔龙保证吗?他没有做到目标怎么办?陈明楷的声音有巨大的穿透力和杀伤力:"听到我的问题了吗?我在等你回答。"

周锐心中的怒火翻滚了一下,自己本来就缺兵少将,他仍然迫使自己开除还算能干的人。前面有激烈的竞争，内部有心烦的钩心斗角，他只好做出决定："如果这样，我请他离开。"

陈明楷达到目的，缓和口气："一定要等到最后一天吗？看看他现在的数字，不能判断出来吗？不过我还是听你的，但是一定要有书面保证，你找人力取一份PIP，给他签字。"

陈明楷沉默一会儿，再次施压："你自己的数字也太差了，时间不多，你应该知道。"

周锐团队今天开会没人迟到，因为谁迟到谁请客。

这周，他们都像运转的机器，方威每天泡在经信银行，认识了作战地图上的每个人，发展了几个内线，大学毕业的工程师，打扫卫生的阿姨，还有负责订机票的临时工。他们级别不高也不重要，没有厂家重视他们，方威很快就俘获了他们，他们是方威的斥候骑兵，在大战前，会有源源不断的情报涌向方威。

肖芸发现，方威对银行的熟悉程度已经超过了她，为了宝宝，她也不想东跑西颠，便留在办公室打电话，邀请客户参加下周的研讨会。崔龙、谢伊和钱世伟忙碌着确定客户名单，找联络方式，普通客户肖芸打电话邀请，重要客户亲自上门拜访递交请柬。今天，几百份邀请已经发出。

周锐进入会议室的时间是三点十五分："迟到了，我请客，楼下的咖啡厅。"

"不怪你，你在开会。"崔龙说道，其他人都点头。

"没有借口，记得吗？"周锐其实也想喝杯咖啡，他让其他人先去，把崔龙留下，等他们离开，周锐拿出一份文件交给崔龙。"陈总又谈到你的业绩了，公司是用数字说话的。这是PIP，如果你不能完成任务，必须立即无条件离开公司。"

离开公司的人有很多种。主动辞职是最常见的，一般是找到更好的公司和职位之后跳槽。其次是裁员，公司的战略出了问题，导致组织结构精简，补偿员工遣散费。如果员工业绩不好，通常劝退，为员工保留面子，不影响他们工作。PIP是对员工无情的惩罚，得不到任何的补偿反而充满谴责的味道。最严重的就是开除，用于惩罚严重违反公司制度的员工，不但得不到补偿，在这个圈子也难以立足。崔龙明白这些，低头看着PIP，拿出笔就要签字。"魏岩不敢给我PIP，因为他们知道我不会善罢甘休，肯定会让他们难堪。他们只敢嘀嘀咕咕，当面却会拍拍你的肩膀，像好朋友一样。"

"等一下，我问你，你能完成吗？"周锐阅读着崔龙目光中的信号。

"能，我保证。"崔龙郑重承诺。

"好，我陪你，要赢一起赢，要输一起输，背水一战，没有退路。"周锐取出另外一份PIP。

崔龙按住周锐："你何必跟我绑在一起？我的事情我承担责任，不用拖累你。"

他们已经是难兄难弟，周锐早已身陷绝境："呵呵，还说不准谁拖累谁呢。"

这句话不无道理，陈明楷也许是为了打击周锐才对崔龙下手，崔龙百思不得其解，他们为什么一定要逼着周锐离开？周锐也不明白，公司业绩不好，大家应该齐心协力去做事，不应该内部钩心斗角，可是事实又偏偏摆在这里，只能走一步瞧一步了："算了，别聊这些了。"

第四周　反击

16．周一，上午十点十五分

"你看。"方威指着一位空姐。

"很漂亮。"周锐顺着他手指看过去，空姐从前舱走出来，叮嘱乘客系好安全带，调节座椅靠背。

"只是漂亮吗？简直是闭月羞花，倾国倾城，沉鱼落雁。"方威从嘴里蹦出一串形容美女的词汇。

"你这是什么年代的话？"周锐对空姐印象颇佳，她正在帮一位老太太系安全带。

"我鼻血差点涌出来，明白了吧？"方威压低声音，空姐走到不远处。

"这不就说清楚了？用销售技巧，要到她的电话号码。"周锐出了个题目，想安静一会儿。

飞机进入起飞轨迹，发动机轰鸣，猛地抬头冲出地面，在空中盘旋，侧身向南边飞去，遨游在蔚蓝的天空。空姐开始分发报纸，周锐取了《新京报》和《环球时报》，方威撑着下巴，苦思冥想。

"谢谢，赵颖，可以用电脑了吗？"周锐接过饮料，注意到她胸前的名牌。赵颖？听说过这个名字。

"可以了。"赵颖看一眼周锐，向后排走去。周锐起身取下电脑，脑中构思起策略和计划这些东西。

"换个座位。"方威沉寂了一会儿，看来想到了主意，他刚坐到靠过道的位置，便满脸笑容地按响呼唤铃——"叮咚"。

"你干什么？"周锐吃惊地看着方威。

"想到办法了，别动，也别说话，她来了。"方威叮嘱。

"先生，有什么事儿吗？"赵颖匆匆来到方威身边。

"我三岁的弟弟在上海，我想把他接到北京，但是没有大人陪，听说你们有邮寄小孩的业务，是吗？"方威用起了顾问式销售技巧。

"是委托运输。你弟弟？多大？"赵颖没有意识到背后的圈套，不相信他弟弟只有三岁。

"表弟，想来北京旅游，怎么办委托运输的手续。"方威的回答让周锐很吃惊，没听说他有表弟。

"帮他办理好登机手续后，交给乘务员就可以了。"赵颖弯着腰，方威就不用抬头仰视。

"他爸妈能通过安检吗？"方威仔细地询问，好像真有这样的计划。

"不行，只能交给乘务员。"赵颖认真回答，她总遇到不怀好意的乘客搭讪，但这回不像。

"很危险吧？要是把他搞丢了，罪过可大了，得找个认识的乘务员，可以把小孩子交给你吗？"方威阳光的形象总能给人极佳的第一印象，这对赵颖也不例外。

"可以，我每周都飞这条线。"赵颖喜欢和小孩相处，高兴地答应下来。

"你能照顾小孩吗？"方威装作不放心的样子继续问，她已经进了圈套。

"当然可以，这是我的工作。"赵颖很确定，反而怕方威担心。

"那我就放心了，他的父母怎么和你联络呢？"方威委婉地要电话号码。

"我通知他们。"赵颖涉世不深，也无暇多想。

"好，我把他们的电话给你，他们可以和你约时间吗？"方威开始使用暗示技巧。

"可以。"

"他们怎么和你联系呢？"方威心中高兴，外表还是很诚恳的样子。

赵颖看着一脸严肃，而又无辜的方威，他好像没有不良的意图。"你等等。"她回到飞机中部，过一会儿，拿着纸条交给方威，匆匆离开。

方威展开纸条，上面写着赵颖的手机号码："任务完成。"

"顾问式销售，聪明。"周锐接过纸条揉成一团，扔到前面椅背的袋子里，"你真有表弟吗？"

"有啊，现在找也来得及。"方威打开电脑，转给周锐，赵颖的简历清清楚楚，手机号码、电子邮箱，早就在文件中。周锐顿时明白，赵颖是刘国峰的女朋友，方威选择这个航班绝非巧合。

17. 周三，上午九点五十分

音乐安静下来，开幕式就要开始了，各种领导讲话之后，参观展览的客户就要进入展厅，林佳玲正在紧张地观察演示环境。她讨厌公司内部的勾心斗角，力求避免卷入到内部政治斗争。可是她负有特殊使命，在她来中国前，亚太区总监罗林斯单独和她谈了一次，他与林佳玲同一所大学毕业，担任过她的直接老板，可以无话不谈。罗林斯不满意捷科在中国的表现，请林佳玲找到原因。林佳玲定下原则，绝不加入复杂的斗争，这样才能保持客观和超然的立场。周锐业绩出众，陈明楷为什么削减他的团队，使他陷入困境？林佳玲不想裁决他们之间的是非，但帮助周锐赢取经信银行的订单，是她的分内之事，她心甘情愿地卷入到项目之中。然而，这样是不是违反了不卷入政治斗争的初衷？林佳玲不知道。

为准备今天的演示，林佳玲不断和相关人员联系，作为全球领先的信息系统供应商，捷科帮助很多跨国金融机构建立了类似的系统，香港是跨国金融机构的运营中心，运行着很多捷科提供的系统。她找到香港负责跨国银行的客户经理，仔细了解了系统使用情况，拷贝出操作界面和功能。

客户拥进展览馆，旁边的站台模特开始热场。林佳玲走到接待处，今天的她戴着小巧的耳环，上衣点缀着小胸针，既专业又显得易于接近。她向每个靠近展台的顾客点头微笑，等着崔国瑞。

方威陪在三四个人身边，徘徊在展馆中，慢慢靠近捷科展台。林佳玲再次笑起来，崔国瑞忽然感觉周遭一切嘈杂消失了，只有一位身材高挑的漂亮女士在注视着他。

"崔行长，这是我们的市场总监林佳玲。"方威先把林佳玲介绍给崔国瑞，这是基本的商务礼仪。

"欢迎光临。"林佳玲主动与崔国瑞握手。

"你们展台很大啊。"之前涂主任屡次提到捷科，展台果然能够显示出这家跨国公司的实力。崔国瑞不喜欢一堆人跟着前呼后拥，与林佳玲打了个招呼后就在捷科展台上来回转，搜寻着与客户关系管理相关的内容。他工作繁忙，不可能花太多时间了解最新资讯和动态，所以他特别喜欢逛展览，各种先进技术和发展趋势一网打尽。林佳玲轻轻地跟在后面，留意他的眼神。周锐匆匆从休息室跑出来，林佳玲摆手，示意他不要打扰。于是周锐转去与涂主任握手寒暄。

崔国瑞打开界面，一边看一边想，虽然找出可供借鉴的地方，却也有不解，抬头想找工作人员。林佳玲一直侧身站在他五六米之外，看到他的动作，立刻走过来问道："您需要我讲解一下吗？"

"我要找位技术人员。"崔国瑞没有将眼前这个漂亮的女士和技术联系在一起。

"我就是啊,您需要了解什么?"林佳玲的普通话夹杂着台湾的腔调。

崔国瑞不相信她能够解释这么复杂的系统:"我想找技术方面的工程师。"

"要是我回答不了,就帮您另外请一位,可以吗?"林佳玲对他以貌取人暗暗不服。

"你们怎么和银行现有系统连接?例如财务和绩效管理系统。"崔国瑞犹豫了一下问道,她和想象中的工程师形象完全对不上。

"这确实是系统中的关键部分,只有将信息系统有效整合在一起,客户关系管理系统才能够发挥效用,我给您演示一下。"林佳玲弯腰,崔国瑞将信将疑地将鼠标交给她,两人肩并肩面对着电脑。鼠标飞快地在屏幕上点击,证明这个漂亮的女孩子不是花瓶。

周锐的目光时不时向崔国瑞和林佳玲这边扫来,看见崔国瑞和林佳玲头碰头在屏幕上指指点点,放下心来。他带着涂主任看遍展览后,林佳玲和崔国瑞不知从哪里拖来高脚椅,正端着咖啡相互讨论。时间已经接近中午了,他指指手腕,暗示林佳玲午餐时间到了。

"十二点了,该午餐了。"两人谈完一个话题,林佳玲提醒。

"看不出来,你是专家啊,小看你了。"崔国瑞的思绪还在交谈中,他与林佳玲畅谈,感到余兴未足。

18. 周三,晚上七点十分

天渐暗下来,街头霓虹灯闪烁,白领们在写字楼进进出出。方威借口托运小孩,约赵颖出来,他选了二楼靠窗的位置,舒服地靠在沙发上。

"嗨,晚上好。"赵颖来到方威身边,她今天穿了牛仔裤和一件短袖衫,领口处挂着一条晶莹的绿色翡翠项链。她气喘吁吁,双腿并齐坐到沙发上,两手互相握着放在桌面。

方威仔细端详赵颖:"感觉你和飞机上完全不一样,我喜欢你披散头发。"

"这是航空公司规定。"赵颖解释。方威不再多谈外表,把菜单递过去:"吃什么?这里我不熟。"

"建议这个,可以试一下。"这家餐厅是赵颖选的,方威领命后向服务员点了菜。赵颖俏皮地侧头看着方威,长发像瀑布一样,"你打算什么时候托运表弟？"

方威没有躲避赵颖的目光："我说实话，能原谅我吗？"

赵颖坐直身体拉开距离："你不会没有表弟吧？"

"当然有，他想去北京旅游，我回北京之后带他去故宫和长城，可是，我还另外有目的。"方威看着赵颖，直到她催促才说，"目的是认识你。"方威不给她思考时间，接着问道，"什么时候从上海飞北京？"

"真狡猾，经常这样骗女孩子的电话吗？"赵颖前倾身体反击道。

"你是我遇到的第一个值得要电话的女孩。"方威嘴角的笑容消失得干干净净。

他目光坦诚没有油滑，看不出撒谎的痕迹，赵颖虽然不舒服但仍然原谅了方威："还算诚实，我就原谅你了，看你以后的表现。"

精致的饭菜送上餐桌，赵颖拿着刀叉将食物切成小块轻轻咽下。方威大口大口吃起来，不到十分钟就吃得干干净净，然后坐在那里欣赏赵颖慢悠悠的吃法："平常下班都做些什么？"

赵颖没有急于回答，轻轻咽了口中的食物才说："睡觉啊，看看书和电视。"

"那不是很枯燥吗？周末和节假日呢？"

"都照常飞，会有倒休，每个月都有几天休息时间。"

"不去逛街、看电影或者旅游吗？喜欢运动吗？"方威了解着她的兴趣爱好，这是他的职业习惯。

"会逛街看电影，没时间运动和旅游。"赵颖说。

"陪男朋友看？"方威继续刺探军情，侧面打听刘国峰消息。

赵颖目光一闪听出话中之意，点头承认，回味认识方威的过程，他并非简单地托运表弟。"你挺有心机的。"

"陪你逛街吧。"方威叫来服务员买单结账。

"不用了，我回宾馆休息，明早还要飞。"赵颖表情淡淡的。

19．周三，晚上九点四十五分

周锐和上海的老部下吃了晚饭，来到新天地那家酒吧，方威匆匆忙忙赶过来，坐在杨露身边。

"怎么样？"周锐问方威，他最关心崔国瑞。

"我没陪他们。"方威去见赵颖，没人知道。

"呃？"周锐奇怪，难得方威没有陪客户。

方威很放心地把崔国瑞交给林佳玲："林佳玲带他们去了，她知道黄浦江边有一家许留山水果捞，可以一边吃柠果冰一边欣赏对面的夜上海，团队作战，我可以休息了。"

周锐听出一丝酸溜溜的感觉："你的风头好像被她抢去了。"

方威承认，那些银行发展趋势的话题，他根本插不上嘴："她帮了大忙，只有她能讲清楚。"

方威以前对林佳玲有误解，以为只是因为她的国外MBA背景才能担任重要职位，现在已经服气："佳玲电话我，崔行长要请她在行里做个技术交流，他要把相关的人都召集过来。"

周锐非常高兴，这标志着崔国瑞不仅信赖捷科，客观上也已经成为同盟。"这个交流比什么都重要，既可以灌输理念，引导客户的思路，还可以更加全面深入地推进关系，能不能请他安排去见刘行长？"

杨露更关心周锐在北京的处境："这个订单能拿下来吗？"

现在虽然有进展，但是这只是刚开始，结果并不乐观，周锐保持谨慎："不知道，尽力而为吧。"

"如果赢不下来，你这个季度怎么办？"杨露问了大家都关心的问题，每个人都安静下来看着周锐。

"我在北京做了两件事情，第一件是恢复团队士气，基本做到了；第二件是找到了经信银行的订单，至少有了生存的机会。鹿死谁手，难以预测，坦白地说，我们根本没有十足的把握，所以只好硬着头皮打这个订单，不打不行。"周围都是信得过的朋友，他毫不避讳地说出实话。

"怎么回事儿？你不是升职了吗？区域小了，只管五六个人，不对劲儿啊。"

周锐把他们招进公司，一起出差见客户，手把手带出来，一个战壕里爬出来。他们义愤填膺："华东区划给魏岩，你在前面耕地，他在后面收粮，凭什么？"

"咱们别太卖力，大家一起差，倒霉的就是陈明楷。"大家议论纷纷，有人出了一个主意。

方威觉得这个办法不错，立即附和："好，你们把订单压着，看他急不急，陈明楷好几个季度没有完成任务了，时间对我们有利，陈明楷就要完蛋了，到那时就是咱们的天下。"

杨露没有表态，周锐劝阻："我还是那句话，职务和收入都是浮云，我不太在意，大家都压订单，公司不是也跟着倒霉吗？"

方威血气方刚，不以为然："活该公司找陈明楷当老板，你们能压就压，别丢了订单，咱们给陈明楷一个反击，不能让他猖狂，必须得给他点儿颜色，业绩是咱们这些冲在一线的人做出来的，而不是魏岩那样成天在公司里算计出来的。还有，这事儿大家自愿，没人强迫，怕影响业绩和奖金，随便。我绝不生气，咱们还是朋友。以前业绩不好的人不用参加，免得被公司开除。"

方威举着酒杯，站起来干杯："我还有一句话，咱们今天商量的事儿，谁都不能说出去，如果让陈明楷知道了，后果很严重。你可以不跟着干，但是不能出卖朋友，成吗？"

大家轰然答应："行。"

方威以前在上海过得很痛快，去北京一个月，跟着周锐一起受了不少窝囊气，现在就只有经信银行这个谁都不敢碰的客户。其他部门知道他是周锐这边的，都不敢和他一起午餐。今天开始反击，方威出了口气，如果把订单压下来，陈明楷就得反过来求周锐，那就扬眉吐气了，方威举杯："市场如战场，实力就是一切，只要大家抱成一团，就能打出一片天地，我谢谢大家，来，再干。"

深夜，众人醉意蒙眬，纷纷回家洗洗睡觉，酒吧里只有周锐、方威和杨露三人，周锐问方威："晚上忙什么呢？"

"记得赵颖吗？"方威斜靠在沙发上。

周锐笑着调侃："呵呵，飞机上刚认识，晚上就约会了。"

方威接近赵颖本来为收集资料，现在却被她吸引，向杨露请求："借用你侄子几天。"

20．周四，凌晨零点十分

方威回到酒店，打开电脑浏览电子邮件，屏幕忽然跳出了MSN请求添加联系人的窗口，他随手点击同意，一个叫泡泡龙的联系人出现在列表中。方威在键盘上敲着：你是哪位？

泡泡龙：你是方威吗？

方威：我是。

泡泡龙：听说你请崔行长去上海了？

方威像被人泼了一盆冷水，立即警觉：你怎么知道？

泡泡龙：保密，这个项目，你有机会吗？

方威：项目才开始，我哪里知道结果。

泡泡龙：输赢关键在于刘丰和惠康公司之间的关系。

这句话说完，对话窗口消失，对方下线了。方威呆在椅子上，手脚并用地查找对方资料，毫无所获。他立即拨通周锐手机，将过程说了一遍。

"他应该没有恶意，他会是谁？"周锐帮着方威分析。

泡泡龙无非来自三个地方：经信银行内部、惠康或者捷科内部。会不会是陈明楷捣鬼？或者公司内部有人恶作剧？经信银行采购惠康的产品，内部高层必然有人坚决支持惠康，初步接触下来，可以排除涂主任和崔行长，刘丰支持惠康的可能性很大，周锐说："泡泡龙提醒我们注意刘丰，应该是帮我们的。"

"怎么才能知道刘丰和惠康的关系？"方威渐渐意识到，这是输赢的关键。

"他必然有特殊用意，你继续通过网络联系吧。"周锐也猜不出结果，挂了电话，翻来覆去难以入眠，崔国瑞来上海，希望越来越大，这个神秘的泡泡龙，让他从美梦中突然警醒，前景莫测。

21．周五，上午十点十分

即使今天生日，赵颖仍然按时起床，在飞机上度过了一个白天，也许晚上回到北京可以得到国峰的意外惊喜，她期待着。拖着行李箱经过专用通道的时候，她听到有人叫自己名字。

"有人指定请你照顾小孩。"机场工作人员带着赵颖走向值班柜台，一位年轻的漂亮女士拉着一个五六岁的小男孩站在柜台前，脚下有一个运动背包。

"是赵颖吗？方威让我找你的。"杨露迎了几步，方威向她借侄子，谁肯将宝贝借出来托运到北京？杨露很羡慕那个空姐，让方威这么动心，他肯定爱上了她。杨露见到赵颖，立即产生了好感。她的漂亮并不张扬，轻微烫过的黑色长发下五官精致，几缕似有似无的淡紫色夹在其间。

赵颖立即明白，弯腰看着这个脸蛋儿红扑扑的小男孩，拉着他的小手："你叫什么名字啊？"

"天行者。"小男孩仰望着赵颖，回答。

"这是什么名字？田行则？"赵颖没有听清楚。

"我是天行者，阿纳金。"小男孩刚看过电影《星球大战》。

"你是方威的表弟？"赵颖怀疑，他们的年龄差距太大。

"远房表弟。"杨露插话，经过反复解释，她哥哥才同意借出儿子。

"放心吧，我一定好好照顾他。"赵颖的同伴们消失在候机长廊尽头，她与杨露告辞，拉着自称天行者的男孩向登机口走去。

上了飞机，赵颖将男孩安排在靠近自己的座位，开始了飞行前准备，发送报纸，逐一检查安全带和座椅靠背。周围乘客看见男孩孤身一人，就逗他聊天，小家伙喜欢说话，有问必答。赵颖忙完，正要坐下休息一会儿，看见小家伙在向自己招手。

"有事吗？阿纳金。"赵颖走过去，拉长声音。

"我要拿包。"小家伙手指头顶的行李箱，赵颖为他拉出背包。

"我有礼物送给你。"小家伙站在座椅上拿到背包，认真地说。

赵颖不可置信地望着小家伙，想起今天是自己的生日。小家伙拉开背包，一大束玫瑰从包裹中挣脱出来。他继续毫不怜惜地拉扯，花瓣掉了出来。赵颖帮他取出玫瑰，放在鼻前深吸一口花香。小男孩圆润的胳膊在背包里继续翻，找到一张红色生日卡，他粗鲁地撕开，"祝你生日快乐"的音乐声飘了出来，吸引了周围的乘客。小家伙打开贺卡，有板有眼地念道："在三天前的航班上，你出现在我面前，我的世界突然改变。"

所有的乘客都莫名其妙地伸着脑袋望着赵颖和这个小家伙，充满好奇。小家伙看了半天，转身问旁边的乘客："叔叔，这个字读什么？哦，赵颖，我爱你，就像老鼠爱大米。"

一个五六岁的小家伙说出这句话，乘客们哄堂大笑，捶胸砸背，笑得前仰后合。小家伙的声音顿时被笑声淹没，等到安静下来，他又大声说："祝你生日快乐，方威。"

指使小家伙的是一个叫方威的人，乘客们的情绪被调动起来，纷纷向赵颖祝福，掌声从机舱中爆发出来。赵颖慢慢从窘境中缓解出来，隐约有一些感动，不经意间几滴眼泪从脸庞滑下。

22．周五，下午一点整

屏幕上显示出四个大区的销售业绩，华南区抢走了魏岩华东区第一名的位置进入绿框,周锐的北京区依然垫底,与目标差距继续扩大。由于华东区的意外滑落和北京区的难看数字,中华区的数字与目标拉开了距离。陈明楷一声不吭,一脸阴沉,斥责魏岩:"华东怎么了?"

"几个肯定能下的订单延迟了,下周能够进来。"魏岩不太担心,陈明楷有些疑惑,叮嘱他注意。周锐明白,华东的兄弟们开始压订单了。

陈明楷转向周锐:"崔龙的PIP签了吗?"

"签了,交给人力了。"

陈明楷点头,又找了一个施压的新方向:"数字越来越差,已经一个月了,你什么时候才能承担起责任?"

"我会尽快将业绩做出来。"周锐再无话可说。

"你是不是将精力都放在那个大单子上了?"陈明楷岂肯善罢甘休,接着问。

周锐没有把鸡蛋都放在一个篮子里,他已经恢复了士气,确定客户拓展计划。"其他的机会,我们也在努力寻找。下周一将举办信息安全研讨会,重要的客户都会应邀参加,希望打开大网,找到战机。"

陈明楷不动声色:"嗯,不要把希望都寄托在经信银行的项目上,如果输了,你知道对你会有什么影响?"

周锐沉默一阵,才回答:"不能完成目标。"

"还有呢?"陈明楷毫不放松。

"不知道。"周锐不愿意说下去。

"想想吧,不是那么简单,第四周结束了,你需要考虑清楚。"陈明楷慢悠悠地说。

23. 周五,下午三点四十分

周锐抑制住情绪,他不希望任何负面因素影响到正在进入状态的团队。他赶往昆仑饭店,大家都很喜欢的开会环境。大风控制了北京城,路人穿上风衣,金色的树叶被狂风从树梢上撕扯下来,漫天飞舞。周锐饶有兴致地看着亮马河畔的秋日。

他要了一杯热咖啡,暖意逐渐在身体里扩散,与上海百人的庞大队伍相比,北京只有四个人,周锐开始觉得如烹小鲜,得心应手。周锐先说了销售结果,在捷科这种用数字说话的公司,不好的数字意味着巨大压力,每个人都心知肚明。

周锐最担心钱世伟："客户名单和资料收集好了？找到像样的销售机会了吗？"

钱世伟负责熟悉的教育行业，倒是有一个销售机会，不知道该不该讲，于是说："教育行业注重价格，一直是宏贯公司的天下，我听说他们正在做一所大学的订单，我这几天去了一趟，就要招标了。"

周锐喝着咖啡，耐心等着，钱世伟吞吞吐吐地说："宏贯的销售叫作唐勇，公司的头号杀手，没有他搞不定的客户，他与负责采购的处长有很深的关系。"

崔龙很关心："有多深？"

"他们常一起吃饭，卡拉OK，然后就是桑拿。"

方威如释重负，哈哈笑起来："又是一把三板斧。"

肖芸好奇："什么三板斧？"

第一板斧是拉客户吃饭，第二板斧就是带着客户到卡拉OK找小姐，第三板斧就是去桑拿按摩，关系好像就到位了，方威如数家珍。钱世伟听出言外之意，这似乎意味着有打败三板斧的方法。方威知道了唐勇的水平，就有破解方法。"他们就像程咬金，三板斧下来还真劈下不少对手，但是遇到高手，三板斧就不灵了。这种套路是单一的下三烂打法，有致命缺陷，不都适用。尤其决策层客户很少做这种事儿，唐勇和处长去搞三板斧，证明他没做通客户决策层领导的工作。"

"那怎么办？"钱世伟请教，他还没有看过方威的本事，并不服气。

这是摧龙八式的第二式，也是周锐传给他的，必须周锐同意。周锐看着大家期待的目光，接着方威的话说："销售的第一步是收集情报，第二步就要推进关系了。就像作战时的排兵布阵，攻哪个客户？怎么攻？低代价迅速推进客户关系，我就拿方威追空姐的事儿分析一下吧，行吗？"

方威笑着点头，周锐便没有顾忌："方威在飞机上认识了一个空姐，一见钟情，方威晚上请她出来吃饭，九点钟吃完饭，该做什么了？"

崔龙听到空姐兴奋起来："逛街？看电影？"

谢伊按照自己的喜好说："送花？购物？"

方威佯作生气："我被周锐叫去开会了，什么都没做。"

"你们说的这些都是原地踏步，没有进展。"周锐对方威说，"还是你自己说吧。"

方威不想拿自己说事儿："我对赵颖是认真的，假定是崔龙吧。"

崔龙大笑，反正他没有女朋友："随便。"

周锐把客户关系分成认识、互动、支持和同盟四个阶段,方威收起笑容介绍:"我们和客户的第一个关系阶段都是认识,然后进入第二个互动阶段,无论吃饭、逛街和看电影,都是互动阶段,没有进展地原地踏步,浪费时间和资源。怎么样才能突破,关系能够升级到更高阶段?"

崔龙满脸兴奋,出了坏主意:"去酒吧把她灌醉?"

谢伊生气地数落:"你看你,满脑子装的都是下三烂的招儿。"

肖芸也指责崔龙,方威连忙替他解围:"崔龙手段恶劣,思路是对的,必须要和她亲密接触,手拉着手,关系就从互动发展到第三个阶段,想否认都不行,当天晚上就得手拉手,有可能吗?"

肖芸和谢伊把头摇得像拨浪鼓:"认识一天就手拉手,不可能。"

其实那天方威已经计划好了,只是忽然被周锐叫走才不得不搁置。"先看恐怖电影,然后跳舞,看手相算命,实在不行,带她去溜冰,不信不能拉手。"

崔龙佩服得五体投地:"哥们,你真行,佩服,我得拜你为师。"

"这是销售技巧。"周锐阻止崔龙瞎学用来追女孩子,"如果方威把这些方法用出来,他有多大的把握得逞?"

谢伊拍拍胸口:"坏男人,真卑鄙。"却不得不承认把握不低,"你下一步请她做什么?"

方威用销售技巧接近赵颖,本为订单,在飞机上见到她之后却怦然心动,他严肃声明:"我见到赵颖,大脑一片空白,前半生过得太没意思了,如果不把她娶回家做老婆,下半生一定暗淡无光,毫无意义。"

崔龙才不管这些,坏笑着说:"快说说,你小子打算下一步做什么?"

方威对崔龙的语气转变很不满,装作生气:"刚才还叫我师父,你嘴脸变得真他妈的快。"

崔龙搂着方威,赔礼道歉又催着他说追赵颖的计划。方威坦承:"我们周末去嘉年华。"

崔龙笑着站起来:"我对你的敬仰有如滔滔江水,一发不可收拾。你一定先带她去鬼屋,然后再带她玩过山车,你就趁机达到拉手的目的了,是吧?"

方威哈哈大笑:"孺子可教,我就收下你这个徒弟了。"

两人坏笑着以师徒相称,周锐透出怒气:"方威,你把擒龙八式都用歪了,如果她知道真相,会怎么样?你走火入魔了。"

方威嘻嘻哈哈地说:"为了达到好结果,想些办法有什么错?"

这是方威的天性,因此他才能够成为高手中的高手。周锐仍不放弃去说服他："为了达到好的目标，就可以不择手段吗？"

方威求饶，保证不辜负赵颖，把话题转走："怎么扯我这里了，还是谈摧龙八式吧。其实做客户关系也一样，关系发展的第三个阶段叫作支持，其实就是私交，家庭活动，打高尔夫球，关键要看客户的兴趣。在这个过程中，时间和费用越少越好，很多人总是原地踏步，浪费时间。"

钱世伟若有所思地点头，方威开始说拉关系的最高境界："很多人认为搞定客户就够了，其实不然。只有客户帮我们才能达到目的，比如透露资料、出谋划策、穿针引线、为你说话，他就是同盟者。如果我追到赵颖，就要通过她做她父母的工作，这时赵颖就是我的同盟。拿经信银行的例子，周锐通过内线掌握了涂主任的个人资料，建立好感，这是第一个阶段，认识。他投其所好买了音乐会门票，我带着涂主任听音乐会，这时我们开始互动的阶段。我请他们喝咖啡，取得了他的支持，他穿针引线，把崔行长带到我们在上海的金融展台参观，他便成为我们的同盟。"

这种方法看似简单，但是每个人都有不同个性，周锐久经商场，常常不能在一面之间判断出客户的性格，这就需要多年锻炼出来的眼力。周锐看看时间，对钱世伟说道："推进客户的关键是找到兴趣点，别担心唐勇，三板斧是土匪打法，当土匪遇到正规军，结果会怎么样？"

24．周六，下午三点十五分

连续几天的大风终于过去，暖洋洋的日光再次笼罩北京，这是秋天最后一次反攻，冬季必然无情，将冰冷带给这座城市。难得的好天气也为赵颖带来了好心情。她冲进嘉年华，被各种各样的游乐设施搞得眼花缭乱，游人兴奋的声音刺激着她的情绪，她融入这样的氛围中，从简单的项目开始，赢了几个小布熊，交给亦步亦趋跟着的方威。

"你喜欢什么？"赵颖只顾自己玩，忽略了方威。

"这些不刺激。"方威对旁边的游乐项目不屑一顾，指向远处呼啸而过的急流勇进，独木舟沿着水道升起到最高位置，经过拐点加快速度向下冲去，雪白的浪花劈头盖脸地向人们砸去，她有点儿害怕。

"别担心。"方威鼓励赵颖，将手伸去。

"一定要玩吗？"赵颖轻轻闪开，看到方威坚持地点头，只好跟着他向急流勇进跑去。

方威跨上独木舟，伸手拉住赵颖，独木舟一沉。赵颖坐在方威背后，双手抓着方威的后背。独木舟向前移动，被缓慢拉上小坡后忽然高速冲了下来。赵颖紧紧地抓住方威后背，急促地惊叫。等到独木舟冲入平缓的水道，赵颖才重新坐直，收回双手。独木舟慢慢爬上最高斜坡，上升让她心跳加快，双手紧紧搂住方威，身体紧紧贴在他的后背。独木舟抵达拐点，向下呼啸而去，赵颖惊叫，再次不顾一切搂住方威，向下冲去。

大浪迎面扑来，赵颖兴奋大叫，方威闭上眼睛享受这奇妙的感觉。独木舟到达终点，他跳下来向赵颖伸手，她犹豫了一下，终于将手交给方威，任由他拉着向过山车跑去。

既浪漫又刺激，赵颖被一种不可思议的体验所控制。

第五周　策略

25．周一，上午八点四十分

　　两百多位客户进入嘉里中心酒店二楼的会议大厅，凭请柬领取胸牌。周锐放下心来，大多数重要客户都来了。至关重要的研讨会终于登场，能否建立良好印象，找到销售机会，是完成任务的又一个关键。

　　周锐独自来到讲台后，这是他的习惯。每次开始重要演讲前，他都要安静回忆内容，甚至精心设计手势与用词。他轻轻整理了西服和胸牌，深吸一口气，快速登上讲台，向全场看去。客户基本都进入了会场，三五成群打着招呼。音乐停止，周锐来到讲台中间，表示会议即将开始。客户们找到座位后逐渐安静。林佳玲坐在前排右侧，从这个角度能清晰看到周锐的细小动作。他西服挺拔，一条鲜艳的红色领带很有质感。他用柔和并带着微笑的目光与会场中的每个人进行目光接触，亲和力立刻扩散开来。

　　"欢迎光临研讨会，我将用三十分钟为大家简单介绍捷科公司。首先我想做个小测验，大家知道捷科成立多少年了吗？"周锐停下来，挥挥作为礼品的苹果手机，会场中一片寂静，一个声音传出来："一百年。"

　　"没有那么老。"周锐笑着。

　　"九十一年？"一位老客户回答得很有把握。

　　"对了。"周锐将手里的手机递给工作人员，示意传过去。

　　"九十一年前，捷科由沃森创建，如今捷科早已成为全球最大的信息系统供应商，我们拥有五个诺贝尔奖获得者，我们发明了硬盘、内存以及PC等各种各样的技术。这么多客户选择捷科，原因是什么？我现在荣幸地为大家介绍捷科的发展历程和经营模式，以及这种模式给您带来的益处和价值。"

　　周锐用几个小问题牢牢抓住客户的好奇心，就像一个个小钩子，然后再把故事穿插其中。林佳玲听得津津有味，周锐结束时，台下掌声热烈。林佳玲走向讲台，她有心要比试一下，希望获得的掌声能超过周锐。

　　会议之后，大家集合在一起，急切地想知道效果，周锐问道："效果怎么样？有帮助吗？"

肖芸第一个回答："我和客户聊过了，他们很满意，尤其是对林佳玲讲的内容，印象很深。"

方威补充："经信银行信息中心、市场部和财务部的工程师们都来了，环境很好，林佳玲讲得更好。"

"效果好不好，还要看反馈表，统计结果出来了。"周锐拿到反馈表，大家立即安静，"我们收到198个客户反馈表，百分之五十七选择满意，百分之四十三选择非常满意，满意度为百分之百，我们要先谢谢佳玲，她安排了一场完美的市场活动。"

掌声之后，周锐继续深入反馈："百分之六十的客户表示最近有采购机会，总共有数千万的销售机会，百分之九十以上的客户希望保持联系。"

吃着碗里的订单，看着盆里的销售机会，惦记着锅里的目标客户，这是销售管理精髓，虽然碗里的订单不够，但还有盆里和锅里，周锐看到了希望："在这之前，我们不认识客户，看不到机会，今天我们将客户成功约了出来，他们把采购计划告诉我们。在这之前，我们看不清方向，今天我们找到了明确的目标，我们只要抓住这些机会就能完成任务。我只有一个要求，请大家泡在客户那边，把一个一个订单签回来，这是我们兑现承诺，完成任务的唯一机会。"

周锐仔细看着每个成员，用眼神激发他们的内心斗志："我们业绩垫底，但是我们不是孬种也不低人一等，更不是别人可以瞧不起的失败者，我们有能力有决心达成目标，不多说了，一切看行动。"

火花从崔龙、钱世伟、肖芸和谢伊的眼眸中跳跃出来，他们摩拳擦掌，跃跃欲试，他们要拼了，豁出去了。林佳玲深深被感染，激起斗志，想与他们并肩作战。

26．周二，下午三点三十分

赵颖心里各种感觉撕扯在一起，有兴奋也有担忧，有期待也有遗憾，有幸福感觉，又隐隐心痛。为什么在这个节骨眼上遇到方威，天啊，不该胡思乱想，应该想着怎样去加拿大使馆面试。她本没有出国读书的想法，刘国峰请求她一起去加拿大，开始她觉得非常遥远，直到她开始办理各种证件，参加英语培训，她依然没觉得能申请成功，但是后来收到使馆的面试通知，赵颖才觉得真实，她的人生走到了一个十字路口，出国读书是在遥远的过去早已破灭的梦想。她父亲每天早出晚归开出租车，赚到的钱不可能支持她出国，甚至不够她继续读大学。于是她放弃学业，高中老师都为这个品学兼优的学生遗憾，后来她报考航空学校，想早点开始赚钱，因为家里没有能力继续支持她读书了。

期望越高失望越大，赵颖控制自己不去想，权当这是一个白日梦，这样就可以不被失望击垮。她没有将这件事告诉任何人，包括父母。但随着手续不断进展，她又觉得距离梦想越来越近，国峰昨天拿来了录取通知书，温哥华公寓和新款宝马的照片，于是赵颖开始放纵想象。公寓周围高楼林立，背后是皑皑雪山，赵颖想象着重新回到教室，在图书馆里读书，在雪山下散步，还有之后新的机会，这才是生活。她突然发现，梦想中竟然没有国峰，他应该和自己在一起才对。

国峰是每个女孩儿都梦想得到的男友，赵颖在朋友聚会时认识了他，风趣的谈吐和开朗的笑容让赵颖留下了深刻印象。赵颖对国峰的第一印象是好感，国峰却对她着了魔，从此加入了追求赵颖的大军，开始了几年长跑。在这个过程中，他痴心不悔，乐在其中，宣称击败众多对手赢得赵颖，是他一辈子最值得骄傲的事。赵颖是喜欢国峰的，但是为什么今天她想到的是方威，而不是国峰？

第一次在飞机上与方威见面，他的笑容给她留下了极佳的好感；第二次见面有些不欢而散，她甚至决定忘记这个人。但那个小男孩在飞机上献花打动了赵颖，她平静的心湖产生了幻想。然而，既然选择和国峰出国读书，明智的做法就是忘记方威。方威打来电话，赵颖都轻轻挂掉，他应该明白这是拒绝的意思吧？

"下车吧。"国峰走下宝马，走过去为副驾驶的赵颖开门。

他的声音这么遥远，赵颖自己都觉得想法很奇怪，人在做重要抉择之前是不是都会浮想联翩？赵颖甩脱国峰的手，她能够容忍国峰私下拉自己的手，但在公开场合或者有朋友在场却不行。国峰很喜欢她的羞涩，他从内到外无条件地爱着她，甚至很欣赏赵颖甩开他的手。

赵颖没有拒绝拥抱，这是一种鼓励，她需要。签证是通往加拿大的最后一关，如果被拒签，就前功尽弃。如果这样，她就必须从梦中苏醒，她能面对这样的打击吗？拥抱之后，赵颖整理了衣服进入使馆大门。

国峰一直在门口等她，直到赵颖抹着眼泪出来。他递上纸巾，小心翼翼搂着她的肩膀，闻着她身上淡淡的香味安慰她："没关系，还有其他办法，顶多出不去，怕什么？"

赵颖拿出护照，翻开到签证位置，国峰看到一张淡蓝色纸片，这是签证："拿到签证哭什么啊？我都被吓着了。"

泪水涌出来，赵颖用纸巾按住双眼。他不明白，她的生活轨迹已经改变，一切都将天翻地覆。她的喜悦没有持续很久，便开始为难。有了签证和录取通知书，出国读书没有任何障碍，摆在眼前的就是出国的大笔费用。她工作几年，收入比同龄女孩子多些，但还远不够学费、生活费和各项杂费。国峰对此很不屑，让她不要管，赵颖更加不放心。国峰打算支付全部费用，这意味着什么？他也许没有期望任何回报，可她能接受吗？国峰催促自己拜见他的父母，这不是一般的见面，那是什么样的家庭？自己的父母普通得不能再普通，他们会满意吗？会不会阻止国峰与自己来往。即便满意，他们会提出什么要求？结婚？国峰没有提起，只是吞吞吐吐绕着弯表示有这样的打算。这些都是赵颖以前从来没有想过的问题，也完全没有做好准备。

赵颖又想起方威，想起那个小家伙在飞机上送花的闹剧。方威如果是国峰该有多好，可国峰不是这样的类型，那天赵颖回到宿舍，国峰的花虽然也摆在门口，但他总是给人感觉很平淡，永远不会有方威那样异想天开的想法。

27．周三，上午九点三十五分

刘丰会客室的正中间有张大会议桌，至少可以举行二十个人的会议。周锐、方威和林佳玲三个人并排坐着，涂主任隔了几个座位陪同。金黄色的树叶密匝匝地堆叠在窗前，几个人看着窗外的景色，格外规矩。

他们一致认定刘丰就是幕后支持惠康的关键人物，所以这次拜访一定不会轻松，但没想到会让他们在办公室等这么久。他们提前十五分钟到了会客室，但五十分钟过去了，刘丰还是没有出现。会客室与刘丰办公室相连，隔壁传出接听电话的声音，他就在办公室。

终于，门响了，刘丰不紧不慢地走进来，感觉就像在领地里巡视的老虎，不怒自威。涂主任迅速站起来介绍："刘行长，这是捷科公司北京区销售总监周锐、市场总监林佳玲和客户经理方威。捷科是世界著名的信息技术公司，在银行领域也有很多成功的案例。"

周锐、方威和林佳玲站起来恭敬地将自己的名片递过去，刘丰收了名片，坐下来将名片从上到下排列起来，看着每个人的职务。

"您好，刘行长，很高兴有机会拜访您。"周锐寒暄之后简单介绍起公司，"捷科是一家全球领先的信息系统供应商，致力于帮助我们的客户利用信息技术提高管理水平，提升效率。"

刘丰点头，嗯了一声表示知道了。

方威接替周锐："通过前期与信息部门接触，我们了解到经信银行正在规划客户关系管理系统，我们在这个领域有很多成功案例，因此专程拜访刘行长，希望了解您的设想，看看我们是否可以参与和配合，帮助经信银行建立起业界领先的系统，进行客户拓展和维系。"

"我们正在进行可行性研究，一旦立项，就会采用招标形式采购。捷科是有实力的世界级公司，我们欢迎你们参与。"刘丰虽表示欢迎，语气中并没有任何热情的感觉。

"客户关系管理可以帮助银行系统有效进行市场营销，一定会给您的营销体系带来深入改变，您有什么要求和期望呢？"林佳玲听出了敷衍，帮助周锐问道。

"具体计划由崔行长和涂主任负责，可以跟他们谈，你们在金融行业有成功案例吗？"刘丰看了一眼林佳玲，从她身上可以看到骆伽的影子，几乎都是一样的套装，只是项链和耳环不同。骆伽当初也像眼前的林佳玲一样，坐在会客室同样的位置。刘丰能够想起初见骆伽的情景，她是温暖和诱人的，林佳玲则显得高贵难以接近，虽然感觉不一样，刘丰却升起了同样的好感。骆伽大多在高尔夫球场与自己见面，很少来银行，即使来了，也不会来会客室。

林佳玲点头，然后反问："我们几乎为国际几大银行都提供了类似系统，您希望了解成功案例的哪些部分呢？"

"我懂金融，不懂电脑，技术上的东西还是和技术专家谈吧，可以和他们多做些交流。"刘丰对信息技术没有任何兴趣，将话题转移到招标上来，"这个项目马上就要开始招标，我们一定公正、公平、公开，欢迎你们参与。"

这句话明显有逐客令的味道，周锐又简短地聊了几句，便起身告辞。离开会客室，周锐看看表，拜访只用了十五分钟。他们一言不发地走到停车场，方威仍然想知道林佳玲的看法："觉得怎么样？"

林佳玲摇头："感觉不好。周锐，你呢？"

周锐也叹了一口气："对于刘行长，我们要做最差的准备。"

28．周三，下午五点四十分

拿到签证之后，赵颖就像生活在梦境之中，突如其来的各种事让她应接不暇。拜见国峰父母是第一件大事，所有手续都是国峰家里一手操办，费用也是人家出的，两人要在国外互相照顾，赵颖逃无可逃，有点紧张，他们会不会不喜欢自己？

办理离职手续并不困难，但是离开工作岗位和姐妹们，再也不能穿着制服，还是让她觉得依依不舍。令赵颖兴奋又担忧的是自己的父母，他们知道后一定会非常非常高兴。她当上空姐的时候，父母将亲戚朋友都找来，赵颖就穿着制服像模特一样在大家面前走来走去，他们乐得鼻子眉毛眼睛好几天都不在原来的位置上。这次他们会再高兴十倍，不知道他们又要怎么折腾。可是一旦出国，就无法工作，就不能定期寄钱给他们，父亲又要像以前日没夜地开出租车了。

赵颖不愿意向姐妹们公开男友，国峰只好每次都在停车场等她，今天也不例外。国峰把空调调到最舒适的温度，音响里播放着赵颖最喜欢的音乐。无论她多辛苦，只要听着音乐，都可以在汽车的颠簸中睡着。赵颖换好衣服找到国峰，今天她却睡不着，马上就要见家长了，赵颖越来越焦虑，一想起这件事她就会紧张得透不过气，开始向国峰打听他父母的情况。

"不用担心，有我在呢。"国峰开着车，这是一个完全没有心机的男人，也许是家庭太优越，他不需要动什么心眼就有了一切。

别人为了谋生去工作，对于国峰，薪水是那么微不足道。别人为了加薪努力工作，看老板脸色行事，国峰内心深处却觉得很好笑，值得吗？生活才是生命中最重要的事情，他去过各种地方，体验过各种各样好玩的事情，时间久了，却又觉得枯燥。直到他遇到赵颖，她的生活非常寡淡，几乎没有去过其他地方，国峰陪着她购物，唱歌，嘉年华，骑马……赵颖玩得兴致勃勃，国峰发现曾经玩腻的东西居然那么好玩，只要和赵颖在一起，简单的事情也变得精彩起来，赵颖把国峰的世界从黑白变成了彩色。

汽车穿过林荫路，进入大门后就是另外一个世界。膝盖高的白色篱笆分隔在一栋栋别墅之间，每户都有大片绿地，高低错落的植物就像立体的画面，周围还有一片湖泊。汽车在小径中拐了几个弯，停在一栋小楼前，电动大门迅速打开，汽车滑进车库。

国峰推开家门，赵颖立刻感觉自己就像乞丐进入了五星级宾馆大堂。椭圆形客厅有一扇大落地窗，挂着金黄色的流苏窗帘，旋转扶梯将客厅与二楼连接在一起，墙壁上挂着许多照片，很多都是国峰的。

国峰把赵颖带到鞋柜边，弯腰去解她的鞋带。赵颖正要拒绝，就看见一位年长的女士笑着从扶梯上走下来，后面跟着一位面目威严的男士。赵颖不知道怎么打招呼，轻轻碰了碰国峰。他们应该就是国峰的父母，见自己的第一面竟然是国峰在给自己脱鞋，赵颖的脸腾地红了，站在原地手足无措。国峰左手拿着拖鞋，右手使劲想要把她的鞋脱下来。结果赵颖单脚站立不稳，全身又处在紧张中，突然的拉扯让她失去重心，身体向后摔倒，砸在国峰背上。国峰手脚一软，像八爪鱼一样被赵颖压在身下，两人结结实实地摔在地板上，眼前是已经走下来的国峰父母。

赵颖全身僵硬，她预想过各种见面情况，提前精心挑选了一件淑女外套，做了头发，甚至包括打招呼和握手的姿势都提前排练过，但怎么也没有想到会是这样的场景。

疼痛感从鼻子传来，国峰手一抹，有血。紧接着听到两个女人的惊呼声。赵颖翻身起来，国峰脸上冒出了血，她吓坏了，眼泪涌出来，隐约带着哭声。国峰赶紧挺身站起来，三两下用纸巾擦干鼻血，跨步到赵颖旁边，看见她泪眼模糊，联想到刚才，哈哈笑了起来。

笑声缓解了气氛，赵颖擦干眼泪坐到沙发上，与国峰父母面对面。

"爸，妈，这是赵颖。赵颖，这是我的爸爸妈妈。"

"伯父，伯母，晚上好。"赵颖小心翼翼。

"你还好吗？有没有摔痛啊？"刘丰也觉得好笑，儿子在家里就像小皇帝，女朋友第一次进门就压在他背上，也许是命中注定的，也未尝不是好事。

"我没事儿，你怎么样啊？"赵颖看着国峰，纸团塞在鼻孔中，很滑稽的样子，她用纸巾轻轻帮国峰擦着周围的血迹。

"人家说，世界上总有一个女孩儿为了折磨你，来到这个世上，哈哈。"国峰居然开起这样的玩笑，随后哈哈大笑。他看见母亲和赵颖一起变了脸色，才收起笑容。"刚才怪我，我使劲拉，把你扯倒了。"

国峰回味着赵颖柔软的身体压在身上的感觉，就像占了便宜，如果父母不在，他一定会让赵颖多压会儿。

"这次请你过来，希望你能认认门，这里离机场很近，有空来坐坐，把这里当作自己的家。"刘丰说着场面话，平常话多的夫人今天一言不发，很是奇怪，他站起来，"我们去外面散散步，你留下来一起晚餐吧。"

刘丰拉开大门先出去，等夫人问道："未来的儿媳妇怎么样？过关了吗？"

夫人心疼儿子，对赵颖极为不满："都骑到国峰的头上了，儿子还说什么为了折磨他来到世界，这真是，真是，一物降一物。"

"那是意外。"刘丰摆手，"还不是你儿子拉的，你看国峰多高兴，他真喜欢她啊。你又不能跟儿子一辈子，她是一个涉世不深的女孩子，刚好配我们没心机的儿子。"

"现在有什么办法？手续都办好了，生米都做成熟饭了。"国峰母亲脑海中怎么都抹不去赵颖压在儿子身上的样子，"看样子，国峰一辈子都要被她管了。"

刘丰见夫人默认，高兴地说道："那有什么不好，男人需要女人管，你不是总管我吗？既然过关了，我们就在他们出国前把婚礼给办了，便于出国后互相照顾，国峰年龄也不小了，早点儿定下来好。"

刘丰夫人也认了，问："什么时间办呢？"

"国峰的MBA是冬季班，春节前报到，就元旦吧。"刘丰又想起客户关系系统，他答应骆伽在儿子出国前签合同，时间来得及吗？要抓紧了。

29．周三，晚上十一点十分

方威参加了经信银行的技术交流，这是林佳玲在上海的安排，崔国瑞将相关人员都请来了，他自己也全程参加。结束后，崔国瑞和涂主任各自回家，把年轻的工程师交给方威。没了领导，他们在饭店包间痛快地吃了一顿，方威又带着他们去酒吧灌了一肚子啤酒。清醒的时候，方威想着订单，现在醉醺醺，大脑中只有赵颖。她为什么不接电话？方威回味着在独木舟上与赵颖紧紧相拥的柔软。此后赵颖就像失踪了，到底发生了什么？

方威再次点开赵颖电话，依然显示不在服务区，看样子她在飞机上。方威连续几天坐卧不安，心神不宁，心里下定决心，如果还联系不上就去机场找她，将事情弄个水落石出。方威去过她的宿舍，已经把宿舍管理员发展成内线，总是可以获得及时消息。

方威的情绪渐渐平复下来，他习惯性打开电脑，在床上看着新闻。忽然传出MSN对话声音。方威打开，泡泡龙对话框显示出来："见到刘行长了？"

方威仅剩的酒意被驱走："你怎么知道？"

"周六，锦湖高尔夫球场。"泡泡龙发完这条就下线了。

30．周四，晚上七点十分

赵颖家在重庆，毕业后分配进航空公司，她每次有飞行工作时都住在老机场的宾馆。老机场紧挨首都机场，已经被废置二十几年，方威乘车从机场高速公路下来，狭窄道路两边的杨树将阳光遮蔽。北风已经掌控了十一月的北京，车子迎着漫天飘落的金色树叶，在林荫道中驶过。

嘉年华之后，赵颖一直很冷淡，要么推脱有飞行，要么说最近不在北京，后来干脆不接电话。方威从摸不着头绪到意识到是因为刘国峰。方威瞧不起他，认为赵颖不是那种追逐名利的女孩，但目前的种种迹象迫使他不得不思考这个问题，毕竟在大多数女孩子眼中，经济条件还是一个重要标准，财富是衡量成功的重要因素。

方威从宿管员那里打听到赵颖的航班，于是在大堂等着赵颖的班车。

赵颖从早上六点到现在一直没有休息，突如其来的雷阵雨使得飞机已经延误了三个小时。乘客们的不满终于爆发，赵颖双脚发软，只能继续笑着解释。她理解乘客，可是谁理解自己？等到了北京，她一上车就睡着了，下车时恨不得立即钻进被窝。忽然听到有人叫自己的名字，抬头就看到方威站在面前。他穿着压皱的西服，眼睛布满红丝，应该已经等了很久，赵颖觉得内心像炸弹投入水面，巨大波浪从内心深处炸开，迅速向全身扩展，她一只手掩住嘴巴，免得惊叫出来。

"等我一下，好吗？"赵颖说，然后跟上姐妹来到房间，洗了脸换了衣服，开始整理纷乱如麻的思绪。自从拜见了国峰父母，时间迫使赵颖做出决定。从国峰那里知道他的父母很满意。但她却觉得他母亲有些保留，那天表现那么差劲，人家满意才怪。赵颖看不出刘丰的态度，他既热情又难以琢磨。

国峰让她立即办理辞职手续，这份工作是她从小的梦想和奋斗目标，她曾经认为当上空姐就像鲤鱼跳龙门。她父母也这想样，如果告诉他们辞职的消息，他们一定会以为自己疯了。可又能怎么办呢，总不能一边在加拿大读书，一边继续飞行吧？赵颖向航空公司提出辞职的时候，领导感到很意外，公司常将一些差事交给赵颖，比如宣传广告、各种庆典，她也屡次给公司增了光。

告诉国峰自己已经辞职后，他又提出要去重庆见自己的父母，赵颖无法拒绝，两人相处三年多，国峰是自己名正言顺的男朋友，父母也早就想见他了。赵颖答应了，国峰想拜见完家长后，顺便在周边旅游。于是国峰大张旗鼓地准备礼品,一副准女婿上门拜见岳父岳母做派。

赵颖其实经常想起方威,她完全不理解自己。既然决定去加拿大读书,就必须在两个月内离开,为什么还要去和他交往?还一起去了嘉年华,是什么在吸引自己?不能越陷越深,必须悬崖勒马,否则对方威不公平。怎么向他解释?赵颖发现居然这么害怕手机铃声,害怕听到方威的声音。恐惧从赵颖的内心升腾起来,难道自己内心深处喜欢方威?这种想法太荒谬太可怕,她不敢朝这个方向思考。

方威找上门来,赵颖无路可逃,她来到大堂,方威就在眼前,赵颖不知道怎么面对,但却不得不一步步地走向方威,面对他。方威又困又饿,心里七上八下,赵颖就在眼前,目光却非常遥远,既不是第一次约会时的好奇,也不是去嘉年华时的兴奋,这是一种故作镇定,包含了无奈,甚至有一些悲伤。

赵颖不让方威坐在身边,坚持让他坐对面,她不想再心软。

"为什么不理我了?"方威直挺挺坐着,一种公事公办的感觉。

"我要出国读书了。"赵颖实话实说。

"呃,这是好事,去哪里?"方威心中一跳,果然发生了什么。

"去加拿大,和男朋友一起。"赵颖不打算给方威丝毫机会。

声音柔和,却击中要害。方威猜测过各种可能,却没有想到是这种断无希望的情形,甚至剥夺了他竞争的机会。绝望的情绪开始侵入,噬心般的痛苦由内而外扩散,他表情僵硬地注视着赵颖,她的面孔还是那么漂亮,却没有任何表情。

这是一个打击,希望不要摧毁这个男人,赵颖继续表达着拒绝:"你是一个很有吸引力的男人,你肯定会遇到好女孩儿,她只是还没有出现,也许,我们可以成为很好的朋友。"

方威直视着对赵颖的眼睛:"可以问你一个问题吗?"

"问吧。"

"你和他认识几年?"

"三年多。"

"我们在一起的时候,我完全感觉不到他的存在,不存在于你的言谈之中,也不存在你的心里。"方威反击道,"他根本不是你梦想中的那个人!"

赵颖涌出怒气:"你凭什么这样说?"

方威异乎寻常地镇定,心中却依然绝望:"你只是喜欢他,不讨厌他,他不是你的真爱。就在一周之前,我们还手拉手在一起,那天的情景还历历在目,你今天就告诉我,要和另外一个人出国?"

赵颖被最后这句话捅了一下,回想一周以前的事情。方威身体向后靠,试图给她减少一些压力:"只要你没有结婚,我就不会放弃。"

两人面对面地僵持,都不退让。最终还是方威软化下来,问道:"你计划什么时候动身?"

"元旦前。"赵颖还是冷冰冰的。

"我还有八周的时间,是吗?"方威不服输地看着赵颖。

"做什么?"

"把你抢回来。"方威想一下,纠正自己,"也许更长一些,一辈子的时间。"

31. 周五,下午一点整

排名顺序又发生了变化。华南区继续领先,西区超越华东和东北,北京区虽然落后,已经开始反弹。除了一些小订单,华东区连续两周颗粒无收,这十分反常。华东区本是业绩最好的区域,如果这样持续下去,任务就难以完成,陈明楷根本无法向亚太区交代。魏岩站起来的时候,阵脚已乱,知道事态严重。

陈明楷不等他开口,质问道:"怎么回事?华东区罢工了吗?"

魏岩猜到有事情发生:"我下周去上海。"

陈明楷目光凌厉:"不行!"魏岩不知道原因,露出疑惑的目光。陈明楷深吸口气,强行压下情绪,"你去查航班行程,今天就去上海,找杨露谈谈,然后去见客户,看看到底出了什么问题。"

魏岩慌忙离开会议室。他不能打开市场,就连成熟市场也守不住,他如果有周锐的能力就好了。陈明楷扫了一眼周锐,他的数字开始反弹,继续纠缠就显得很无趣:"你的数字很不错,讲讲吧。"

32. 周五,下午三点整

"现在是第五周,我们还有八周时间,现在虽然数字不好,却看到了希望。研讨会后,大家都泡在客户那边,来,说说吧。"周锐示意道。

崔龙从反馈表中挑了几个最有希望的客户逐一拜访,他首先站起来:

"有个项目马上招标,如果能拿下来,保证超出任务,我只是担心价格。"

周锐向来雷厉风行,追问:"什么价格能赢?"

"按照正常折扣很难赢下来。"崔龙回答,"至少还要再低百分之十。"

周锐举起电话,注视着崔龙:"我再问一句,这个价格你肯定赢吗?"

崔龙斩钉截铁地回答:"我肯定,只要你申请下来,我每天不回家,住在客户家里。"

周锐仍然不放松,逼他表态:"如果赢不了呢?"

崔龙沉思一下,立下军令状:"如果用这个折扣赢不下来,我提头来见。"

"我要你头有什么用,当尿壶吗?你必须赢。"周锐拨通陈明楷手机按下免提,"陈总,您好。"

"哦,周锐。"陈明楷慢悠悠的声音。

周锐直截了当:"我们手里有一个重要订单,需要向您申请折扣。客户非常注重价格,按照正常的价格很难赢下来,希望您再给我们额外的十个点的折扣。"

"是谁的订单?"

"我的,崔龙。"崔龙在电话旁边说道。

"产品配置和报价以及产品销售毛利发电子邮件给我,零利润我也给你批。崔龙,你要好好干。"陈明楷说完挂了电话。崔龙抓起电话,让工程师立即发邮件。

钱世伟也报上好消息:"我搞清楚处长家里有多少只老鼠了。"

大家吃了一惊,才想起周锐上周让他数老鼠的事情,周锐露出笑容:"有几只?"

"一窝五只,一公一母两只大的,还有三只小的,都藏在厨房里。处长要搬家,我请了搬家公司帮忙。"

他们各有进展,说完之后,肖芸催促起来:"该说摧龙八式了,建立信任之后该做什么?"

摧龙八式第三式是挖掘需求,这是销售关键,周锐启发着问:"大家说说,什么是需求?"

钱世伟想也没想:"需求就是欲望呗。"

崔龙大笑:"你小子就知道欲望,你有了欲望就有了需求?"

大家争论了很久,周锐说:"别争了,我说答案吧。"

周锐想起五年前的往事,于是学着雷励行,说:"我讲个故事,你们自己琢磨吧。有一天，一个老太太去菜市场买水果，问摊主，你这李子怎么样？摊主说又大又甜，特别好吃。老太太摇摇头，没有买，又问旁边的摊主，你的李子好吃吗？摊主说各种各样的李子都有，您要什么样的？老太太说要酸的，越酸越好。"

谢伊听出味道，说："第二个小贩会倾听。"

周锐点头，继续讲故事："摊主继续问，别人都买又大又甜的，您为什么买酸的？老太太说儿媳妇怀孕了，想吃酸的。摊主说您肯定要抱孙子了，您知道孕妇需要什么营养吗？最需要维生素，千万不能缺，轻则影响胎儿发育，重则导致早产或者流产！"

问题可严重了，怀孕的肖芸吓了一跳："真的吗？那怎么办？"

周锐继续讲："老太太很害怕，于是摊主说，水果中维生素含量最高的就是猕猴桃，您要是经常给儿媳妇吃，肯定不会因为缺乏维生素而影响婴儿发育。"

肖芸拍拍胸口，"嗯，我下班就去买猕猴桃。"

在周锐的故事里，老太太不仅买了李子还买了一大堆猕猴桃，他讲完问道："两个摊主面对一个老太太，为什么销售结果完全不一样？"

第一个小贩显然没有掌握客户的真正需求，谢伊一直在认真思考，立即回答："第二个摊主掌握了深层需求。"

需求有表面和深层之分，周锐不断提问激发他们的思路："老太太深层次的需求到底是什么？"

"当然是给儿媳妇吃了。"崔龙想当然地回答。

周锐摇摇头："婆媳矛盾很尖锐，老太太拿着擀面杖正在追打儿媳妇，儿媳妇眼看就跑不动了，干脆停下来等着婆婆。婆婆举着擀面杖问：怎么不跑了？儿媳妇回答说：打吧，我怀孕了。老太太还打不打呢？"

肖芸怀孕在身，集全家宠爱于一身，深有体会地说："当然不敢打了。"

周锐终于说出答案："买李子是为了抱孙子，这是客户采购的目标和愿望，也是产生采购的根源。因为儿媳妇面黄肌瘦，所以老太太发现儿媳妇营养不良。客户有了目标和愿望，就会发现问题和障碍，这叫作痛点。补充营养是解决方案，李子或者猕猴桃，就是产品。李子要酸的，这是采购指标，第二个摊主帮老太太加了一个采购指标，就是维生素含量高。所以，需求是一个五层次的树状结构，目标和愿望，痛点，解决方案，产品和服务，以及采购指标。产品和采购指标是表面需求，痛点才是深层的潜在需求，如果问题不严重或不急迫，客户不会花钱，因此痛点便是客户的燃眉之急，任何采购背后都有燃眉之急，这是销售的核心出发点。潜在需求决定表面需求,是引导客户的采购指标,也是激发客户采购的基础。"

周锐联系到经信银行的项目:"比如说,经信银行表面上是要建立客户关系管理系统,其实深层次的原因是崔行长知道一旦国外跨国银行进入中国后,对国内银行系统产生的致命威胁,这就是他的燃眉之急。钱世伟,你那个客户的燃眉之急是什么?你既然知道他家里有几只老鼠,下周就去解决他的燃眉之急,我一会儿教你几招提问技巧。"

方威没穿西服,头发蓬乱,几乎没有说话。周锐发现了他的异常,问道:"你怎么了,无精打采的。"

"赵颖要出国了。"方威垂头丧气。

"你知道追女孩子的四草原则吗?一草原则:疾风知劲草;二草原则:兔子不吃窝边草;三草原则:好马不吃回头草;四草原则:天涯何处无芳草。现在第四条正好适合你。"周锐开着玩笑。方威没有像往常一样哈哈大笑,仍然失神地靠在沙发上。

方威向来拿得起放得下,商场或情场都是这样,可这次却不同。周锐提醒他:"赵颖是刘国峰的女朋友,刘国峰是刘丰儿子,你要清醒一些。"

方威一开始只是好奇,才故意订了赵颖的航班,哪知见了面就像灵魂离开了身体。"我突然觉得以前毫无意义,暗淡无光,下半生只有和她在一起才有意义。她在我对面吃饭,我紧张得只能埋头吃饭,过几分钟才可以和她对视。在她面前我不能隐藏一点点秘密,甚至莫名其妙坦白了用托运表弟要电话的伎俩。"

赵颖竟有这种魔力?方威可是个从不会紧张的人,周锐说:"这也是好事,该有个女朋友来管你了。"

"刘国峰是富二代,马上要出国留学,开着宝马,而我骑着自行车,我能怎么办?难道横刀夺爱?"方威十分沮丧。

"你真的喜欢赵颖?其实你还不了解她。"周锐试探着方威的想法。

"你相信一见钟情吗?"方威眼睛闪亮。

周锐低头回忆起初次见到骆伽的情景:"我有过那种感觉,世界在你面前消失,你的世界只有她的一言一笑,我相信。"

方威拍着周锐肩膀:"对,就是那种感觉。嗯?你怎么没说过呀?是黄静吗?"

周锐摇头:"不是,另有其人。"

方威开玩笑:"哈哈,你复杂着呢,她是谁啊?"

骆伽就在这个圈子,周锐倒希望不要见面才好,见面就是对手。"她可不是你以前遇到的那些普通的对手。"

方威猜到是骆伽，那个传说中高手中的高手，让肖芸和工程师们魂飞丧胆的传说。"骆伽？难道我们真的打不过她？林佳玲是最棒的产品经理，我冲在一线，你来出谋划策，协调资源，我们三个人加在一起都打不过一个小女孩？"

当初骆伽打败惠康的韦奇峰，还把自己、代理商甚至雷励行玩得团团转，这些哪个不是绝顶高手？尤其雷励行，是何等人物！周锐不想再说往事，苦笑着把话题拉到赵颖身上。"既然你那么喜欢赵颖，你打算放弃吗？我问你，刘国峰和赵颖感情好吗？她幸福吗？这些你不知道，所以你不能放弃。赵颖有了男朋友，为什么要和你见面？因为对你有好感。如果你现在放弃，我不知道你最终会和谁在一起，但是我知道，当你已经七老八十，抱着孙子的时候，你心中会有一块阴影和怀疑，你根本没有努力就放弃了。你真的对她一见钟情吗？你甚至不愿意去试试。"

方威向来就是火热的性格，立刻被这句话点燃："对，管他宝马奔驰，我决不放弃。"

"对，无论身处什么样的困境，都要有永不放弃的精神，否则活着还有什么用！"两个人哈哈笑起来。

周锐的压力越来越大，想到任务总是心惊肉跳。如果没有达到目标，陈明楷会怎么对自己？经信银行是唯一的救命稻草。方威是销售天才，配合自己和林佳玲，组成一个绝佳的团队，并非没有机会。但是，这是骆伽的根据地，盘根错节，遍布埋伏，危机重重，经信银行内部隐藏着巨大危机，就像地雷一样埋在脚下，随时都会将自己的努力炸得粉身碎骨。周锐离开咖啡厅前叮嘱："经信银行周一发标书，大战就在眼前，我们要做好准备。"

第六周　战前

33．周二，中午十二点十分

周锐、方威和几位工程师坐在会议室，手里捧着招标书，林佳玲边看边说："标书对我们挺有利的。"

林佳玲的技术交流和方威的关系都起到了作用，客户更加深入地了解了捷科，周锐说："肖芸，把招标的情况介绍一下吧。"

"十个厂家领取了招标书，不是每个公司都有机会，有些参加投标只是象征性参与，向各个省市分行炫耀自己在总行邀请名单里，才有机会入围各个省市的相关项目。真正的竞争对手只有两家。第一家是惠康，他们有类似方案和实施案例，经信银行一直使用他们的系统。第二家是来自台湾地区的宏贯系统公司，台湾大多数银行都采用宏贯的方案，他们的优势在于价格。"肖芸一口气将竞争情况介绍了一遍。

"时间表是什么？"周锐关心这个订单能不能在这个季度前结束。

"下周一提交建议书，经信银行用一周时间评标，初步确定供应商后开始谈判，这也需要一周，所以最快会在第九周确定。但是这么大的项目很可能会出现波折，时间其实难以预料。"肖芸推测着，见大家没有异议，继续介绍，"根据以往的采购经验，他们会组成项目小组对方案进行评估打分，商务分和技术分加在一起，会产生最终结果。项目小组的副组长是崔行长，涂主任负责组织和联络工作，还有市场部、财务部、信息中心主管和几个工程师，最终的决策者是刘行长，项目小组的组长，总共九个人。"

方威走到作战地图旁，指着刘丰说："我们和刘行长只是认识，人家都不一定能叫出我名字，根据以往的采购记录，他很可能会坚定支持惠康反对我们，我们要做好最坏的打算。"

"还来得及做他的工作吗？"林佳玲仍不想放弃，刘丰至关重要。

方威试图通过各种渠道做刘丰的工作，回答："除非通过更高的层面压下来，否则很难。不过崔行长参观上海金融展后对我们印象很好，亲自组织并参加了我们的交流，成为我们的同盟者，应该会支持我们。"

林佳玲在上海陪崔国瑞散步时，从他的只言片语中听出一些无奈，难以琢磨，她说："他对我说，不能一口吃成一个胖子，要我们不要太在意结果，放眼未来。"

众人都品出了消极，沉默之后，方威指着涂峰的照片："涂主任和我们关系不错，应该会支持我们，但我却感到一些保留。陈刚是肖芸的同学，绝对支持我们。市场部和财务部的人选这几天才确定出来，我和周锐曾经拜访过，却没有过硬的关系。在九个人中，我们可以确定三个人支持，最重要的刘行长可能反对，其他几个人中立。"

周锐回想着见面的情形："财务总监常仪和业务发展总监肖晓阳表面上客套，根本没有谈到实质内容，肯定不会支持我们。考虑到惠康与经信银行的长期关系，我们不能乐观。表面中立的人往往最危险，从最坏的角度分析，肯定支持的只有陈刚一个人，是九个人中职位最低的，崔行长和涂峰中立态度，其他六个人反对我们。"

肖芸吐吐舌头："没有这么悲观吧？"

周锐苦笑着说："骆伽绝对是高手中的高手，经信银行内部一定遍布惠康眼线，我们在明她在暗，凶多吉少。"

方威不禁对他们的关系好奇起来："你对骆伽那么熟悉，你们交过手吗？"

周锐知道自己肯定打不过骆伽，回想两人在一起的日子，浮起各种滋味："还没交过手。"

周锐从来没有过这种表情，林佳玲从未见他如此谨慎，她走到白板前边写着边说："我们没有退路，只能一搏。我将事情列在白板上，商量一下分工。建议书由我负责，肖芸协助。下周一十点前提交，这周五前完成第一版，讨论后确定最终版本。方案介绍的环节由我负责。"

周锐打断她："我也负责一部分。"

"还是佳玲好，崔行长听了她的介绍，非常认可。"方威直截了当地说。

"我们下面商量一下。"林佳玲走到工程师身边问了几句，抬头看着每个人，"我们按照招标书做出了报价，如果不计算折扣，报价是一亿八千九百六十五万，单位是美元。"

方威从来没有做过这么大的项目，兴奋地轻呼一声："将近两亿美元！"周锐也看到希望，只要拿下这个订单，这个季度的任务便能完成。

34．周三，晚上八点十五分

赵颖与朋友何玲有一句没一句地聊着，何玲好奇方威，叹气说："真可惜，其实你们在一起特别般配。"

赵颖不禁想，如果重新选择自己会选谁？国峰的家庭条件是大多数女孩都梦寐以求的，出国留学是赵颖心中沉寂已久的梦想，然而，赵颖不会拿感情去交换金钱，如果某个大款开出这样的条件追求她，她一定会将钱摔在他脸上。国峰是脱颖而出的那个人，他在物质条件上轻易地击败了他们，其他方面也绝对过硬。想到那段时间，赵颖就感到甜蜜，他现在成为正牌男友后仍然对她一如既往。除了父母，国峰是自己最值得信赖的人。

可面对方威，赵颖仍想不清楚为什么会发展这么快，他用了几周时间就走到了自己身边，他有种魔力，无可救药地吸引着赵颖，使她处于大脑和内心挣扎的矛盾中。

思绪被手机铃声打断，国峰到楼下了。赵颖看到国峰的打扮不同以往，穿着一套深色西服，今天会有什么事发生？赵颖的心脏随着汽车启动而怦怦跳动。

红彤彤的蜡烛烘托出浪漫的气氛，两人吃完烛光晚餐，服务员收拾起桌上的餐具，赵颖看清服务员的胸牌，轻轻向她道谢："谢谢你，小燕。"

叫小燕的服务员脸色更红，笑着走开了。

"你的笑容都迷倒了服务员。"国峰坐在对面，再次发现赵颖的可爱之处，惊喜不已。赵颖的笑容越来越多，是不是因为要出国了？

赵颖放弃方威之后，开始重新认识国峰，他无论哪个方面都是理想选择。国峰成长在高官家庭，却没有一丝骄横，这不仅是对赵颖，对同事和朋友也一样。他虽然暂时没有成就，但是他毕业于清华大学，充满潜力，他只比自己大两岁，拿到MBA之后一定有更好的发展，国峰早已远远超过了期望。对待自己就更无可挑剔，他早就将自己捧在手心，完全没有保留。正当赵颖沉醉的时候，国峰忽然轻轻说："我准备了小礼物，闭上眼睛。"

赵颖紧张起来，今天将是决定命运的一天，她的左手被轻轻拉开，指尖碰到一个坚硬的圆环。圆环轻轻地旋转，顺着手指缓慢向上移动。赵颖睁开眼睛，一只闪闪发光的钻戒出现在手指上，她的泪水瞬间从眼眶中溢出。国峰正期待地看着自己，她忍住泪水，微笑着向他使劲点头，忽然又有泪水淌下，仿佛淹没一切。

35．周五，下午一点整

陈明楷脸色铁青地看着销售报表，业绩离目标越来越远，照这样发展下去，不但完不成任务，很可能成为上任以来最惨淡的季度。那么下个季度自己还能坐在中华区总经理的位置上吗？华南和西区没有达到预期，依然保持前两名，华东地区连续三周没有收入，销售额原地踏步，北京地区却取得了很好的进展。此消彼长，北京将华东地区挤进黑框，周锐逃脱被修理的命运。

华南和西区的销售总监介绍完毕后，陈明楷身体缓慢转向魏岩："华东出了什么问题？"

魏岩手里拿着一份报表，他之前去了上海。"主要原因在客户，比如上海电信有个项目，客户宣布我们中标了，正在讨论合同细节。有的签了合同没有付款，业绩还没有记入。"

"都是客户原因？我们内部没有问题吗？怎么这么巧，所有订单突然间都出了问题？我不相信只是客户原因。"陈明楷打断了魏岩，转问周锐，"你熟悉华东，你觉得呢？"

"外部原因肯定有，内部也一定有问题。"周锐知道真实情况，这对自己的处境有所帮助，陈明楷已经无暇打压自己。这种做法不能解决问题，只能暂时转移矛盾，也许还会激化矛盾，弊大于利。

"什么原因？"陈明楷追问，他已经嗅出了异常。

"不知道。"周锐不想出卖上海的兄弟们。

"应该怎么办？"陈明楷的目光透过镜片阅读着周锐的表情，试图探索他心中的波动。

既要保护上海团队，也要把订单迅速签进来，周锐放下患得患失："应该激励他们，我建议，只要能够在十一月份内完成一定金额的销售人员，每人可以得到五千元的奖金。"

"好主意，就这么办。"陈明楷点头，示意魏岩可以坐下，继续问周锐，"崔龙的订单签下来了吗？"

"客户已经宣布捷科中标。"

陈明楷点头，打算给崔龙奖励："下周一开会，我亲自发奖金给他。我要让大家明白，只要取得业绩，公司管理层是不会忘记的。"

会后他把魏岩留下，问道："上海有没有哪里不正常？"

魏岩并非傻瓜，看出不少问题，只是不想在会议中说出来："杨露有些吞吞吐吐。"

周锐去一次上海，华东业绩就往下掉，两者之间有没有关系？陈明楷当即决定："我去上海看看。"

魏岩沉吟："是不是稍微等等，我先去公布激励政策，看看反应。"

陈明楷近期行程已满，他也想看看激励效果："你给杨露一些压力，她刚升职，这是周锐最薄弱的一环。"

魏岩不由得佩服，应该给她足够的压力，让她每天都睡不着觉，让这最薄弱的一环断裂。"为什么给崔龙奖金？他不是应该离开吗？"

陈明楷始终在做一件事情，找到正确的人放在正确的位置上。"崔龙可用，我们需要。"

魏岩还是不解，为什么以前没有用他？决定业绩的只有能力和态度两个因素，能力很重要，更重要的是态度，陈明楷最重视的态度是忠诚，只要付出足够的利益就可换回忠诚，于是说："希望崔龙认清局面，站到我们这边。"

36．周五，下午二点五十分

崔龙签下的这个订单让他提前完成了任务，他手里还有其他机会，将有可能大幅超额完成任务。

谢伊暗自犹豫，她的业绩一直很稳定，虽然没有达到目标，却永远不会下滑到最差。她不是不能，而是不想完成任务。这几个星期周锐陪她见了几个重要客户，周锐的认真让谢伊欣赏，学到的东西也收获匪浅。他是一个不错的领导，但是能坚持多久？谢伊藏了不少订单留给下个季度，觉得自保就可以，没有必要不留余地。

钱世伟在研讨会上认识了所有客户，他们都对活动安排赞不绝口，更重要的是钱世伟发现不少信息，追踪下去应该会有收获，尤其是那所大学的订单。新员工在第一个季度通常只能完成百分之二十，钱世伟发誓要超过这个数字，给自己开个好头。肖芸将经信银行交给方威负责，如果能签下来，每人各得一半业绩。她把精力转移到其他客户上，凭着老客户，肖芸有把握完成任务。她本来不需要这么努力，只是她喜欢上现在的氛围，不希望这个团队只维持一个季度就被拆散。方威把全部精力都扑在经信银行上，他喜欢破釜沉舟的感觉，尽力放手一搏。想着以后有机会再去做小订单，但现在他必须全力以赴。

锅里是全国最优质的客户，盆里的销售线索有了，那么怎么吃掉碗里的订单？商机就像漏斗中的水，其间可能停滞也可能流失。以前周锐的漏斗中有足够的水，是研讨会将机会汇入漏斗，展现出勃勃生机，足够他完成任务。然而销售机会是不会自动变成订单的，周锐要确保他们不停滞，不流失，这就必须要有明确的销售计划。他仔细帮他们出谋划策，也愿意花时间带队伍，这支团队终于走上正轨，假以时日就能做出成绩。

周锐站起来，"有一个好消息。"

肖芸笑呵呵地问："什么好消息？"

周锐看着崔龙："崔龙在全国率先完成销售任务，他将拿到快速启动奖金五千元！"

崔龙吃了一惊，完全没想到，当即表态："没说的，今晚我请客。"

肖芸跳起来提议："咱们干脆去KTV吧，有自助餐。"

大家纷纷支持，周锐不会唱歌，但被气氛感染，立刻让肖芸去订包间，又问钱世伟："找到处长的燃眉之急了吗？"

"大学买电脑配给全体老师，双方各出一半钱，老师希望价格越低越好。"钱世伟很担心，"我们的价格肯定拼不过宏贯。"

周锐点头："要改变游戏规则，让宏贯进入我们布置的战场。"

谢伊好奇："怎么改变游戏规则？"

周锐想到方威："方威认识一个空姐，人家的男朋友不是一般人，开宝马住别墅，他怎样才能把她带到自己的自行车上呢？"

崔龙兴冲冲出主意："买辆劳斯莱斯，把宝马压下去。"

周锐笑说："你出钱？方威是个穷小子，买不起！"

钱世伟想了半天，泄气地说："那干脆放弃吧。"

肖芸不想放弃，又想不出办法，周锐借机讲起摧龙八式。"今天讲竞争策略，美女难追，不是我们不能满足她的需求，而是竞争对手太多，所以竞争是销售中最有意思的部分。我讲个故事吧，有位大学老师去电视台办事儿，在电梯里遇到一个漂亮的女人。出了电梯后立即打听，得知她是电视台里有名的娱乐节目主持人。"周锐把杯子递给崔龙，"倒杯咖啡。"

崔龙立刻跳起来，又一路小跑回来，周锐接过咖啡慢吞吞喝了一口，继续说："但是他又马上得知，追女主持的人排到法国了，而大学老师只有一辆自行车，住集体宿舍。"

"这老师条件是差。"谢伊沉浸在故事里。

周锐继续讲："老师垂头丧气回到宿舍，当晚就失眠了，又觉得不能放弃。他教经济学，懂得竞争分析，于是爬起来开始罗列自己的优势和劣势。"

崔龙想都不想就说:"老师劣势太明显了,没钱没权势。"

周锐反问:"老师有没有优势呢?"

谢伊边想边说:"他有知识,还有人好。"

崔龙摇头不承认:"知识有什么用啊?"

周锐不理争论继续说:"老师觉得自己年轻,有知识,人好,有寒暑假……于是又恢复了信心。"

肖芸呵呵笑着:"这老师还真会给自己找优点。"

周锐继续讲故事:"他没有放弃,通过电视台的朋友和主持人相识。有一天老师问主持人:'你条件那么好,会选什么样的老公呢?'主持人已经挑花眼了,反问老师:'你是大学老师很有学识,你觉得呢?'老师回答不知道但是告诉主持人,有几类人一定要小心,其中就包括正在追求女主持的那些人。慢慢地主持人发现,靠谱的只有大学老师一个人了。主持人嫁给了老师,这个故事说明什么?"

谢伊听完后大受启发:"任何人都有优点和缺点,让客户接受我们的产品和方案,无非有两种方法,要么介绍自己,要么屏蔽对手。"

这就是周锐要讲的主题,他打比喻:"就像打仗,要将竞争对手引到对我们有利的战场,我们挖好碉堡布置好陷阱,占据有利地形。销售是竞争世界,无论你做得多好,对手只要比你好一点,你就会惨败。可是我们往往只注重介绍优势,忽略了砍对手三刀。世伟,你仔细分析客户需求,找到我们的优势和劣势,再来见我。"

钱世伟还有难题,犹豫了一下还是提出来:"不过,处长提出要我们意思意思。"

周锐皱起眉头,一听就明白是在要回扣:"不行,什么都可以商量,唯独这件事想都别想。"

钱世伟被严词拒绝,可是宏贯的政策灵活,唐勇肯定能给,又说:"我们不给,这个订单就悬了。"

"宁可输,也不给,明白吗?"周锐从来没有这么生气,打断钱世伟。

方威知道这是周锐的底线,劝钱世伟:"羊毛出在羊身上,宏贯给回扣价格必然会提高,你抓紧时间做工作,也犯不着得罪他,不信他就能一手遮天。"

肖芸在周锐的指导下做过竞争分析,高兴地说:"我们与惠康的方案进行了对比,找出十五个优势和九个劣势。我和方威这几天没有闲着,通过支持者巩固优势,把优势带来的好处揉碎掰细,都讲透了。对于劣势我们想出了应对方案。在评标的时候，支持者都会跳出来，对于反对者我们也有化解方法。等着看好戏吧，评标肯定一边倒。"

崔龙觉得有些不妥，这个项目进展得也太顺利了："惠康不是笨蛋，没有这么简单。"

周锐点头，他也有种不好的预感，惠康越安静越说明他们有把握："人家早就把工作做透了，等着我们进战场呢。"

肖芸指着方威："赵颖的男友没有什么缺点，怎么办？"

"任何人都有劣势，你必须找到才有机会。"周锐对方威说。

周锐开车出来，立刻做出决定："让上海的兄弟们尽快下订单，别压着了。"

方威得意扬扬："为什么？现在的效果不是很好吗？"

效果的确明显，周锐的业绩超过魏岩，只要上海订单不下，魏岩就得垫底，他的日子就很好过。但周锐担心杨露："杨露刚负责华东地区，连续三周不下订单，压力肯定都集中到她那里了。陈总同意设奖金，前两个月前能够完成都可以得到五千元的奖金，正好有个台阶下。"

方威还是不同意，如果这样，压力又转到周锐这里。"上海的兄弟们不会为了五千就不顾你了，你把他们招进来手把手培养，五千元算什么？"

周锐向来四平八稳不愿意冒险："这是两回事儿，大家不仅是同事，也是好朋友，我希望你们好好干，有好的发展。千万别拉帮结派搞内斗，浪费时间、资源和精力，没必要。还有，你把胡子刮刮，失恋了也不至于这么狼狈吧。"

"好吧，我跟他们说。"方威同意，觉得他们拿到五千块，不吃亏，只是不能把订单都下了，容易被陈明楷看出问题。

随即两人陷入沉默，经信银行就要开始招标，竞争一触即发，惠康那边却安静得可怕，方威惴惴不安地问："惠康太安静了，你觉得呢？"

周锐点头，惠康肯定不会放弃这个订单，以骆伽的高手风范也不可能疏忽："有一种可能，惠康其实做了很多事情而我们不知道，这样就太危险了。"

方威摇头，他在经信银行内部遍布内线："这不可能，如果他们出手，我肯定知道。"

周锐又想到另一种可能："我最怕另一种情况，惠康其实早就做了准备，该安排的也安排好了，只等着我们不知天高地厚地冲进去，前面等着我们的不是地雷阵就是刀山火海。"

方威看着远方的黑夜："猜也没用，现在是战前的安静，猜不透也看不清，但跟高手过招的感觉真好。"

37．周五，晚上八点十分

啤酒一打一打送进KTV包间，崔龙为每个人开酒，举杯说："今天我很开心，两个月就完成了任务，我不是孬种。我以前总垫底，外表看着大大咧咧，其实心里特郁闷。从今天起，我不用夹着尾巴做人了，声音也可以响亮一些。大家干一杯，你们随意，我全干。"

崔龙喝完抹抹嘴角的泡沫说："周锐，你收留我，激励我，帮我恢复斗志，在公司里我就服三个人，第一个就是你，来，咱俩再干一个。"

周锐也一口气喝完，肖芸立刻问："另外两个人是谁啊？"

崔龙打了个酒嗝："还有一个是林佳玲，她没做过销售，但身上有种魔力，客户的魂啊窍啊都被抓过去了，我这个订单就是请她讲的方案，赢下来有她一半功劳。"

肖芸继续问："还有一个是谁？"

崔龙摆手说，还有两个，谢伊奇怪："你不是佩服三个吗？还缺一个。"

崔龙呵呵笑着，伸出两根指头："陈明楷半个，方威半个。这两个人我都只佩服一半，合起来就是一个。我不喜欢陈明楷，但是他用人有一套，他将周锐调到北京负责大客户，只要成功打开市场，就满盘皆活。"

周锐渐渐也明白了陈明楷的用意，说："我本想用侵扰策略，这很稳妥，但业绩在短时间内做不起来，从全局来看也许并非最佳方案。他不让我兼管华东，逼着我攻入惠康最核心的堡垒，也并非错误。"

崔龙抢过话头："他高高在上，不能和我们志同道合，我只服他一半。"

"为什么还有一半方威？"钱世伟也很好奇。

方威刚来北京的时候崔龙并不服他，现在却不得不服："他追赵颖，我对他印象变了。"

自从赵颖和方威摊牌，他就不太说话，听到这里心中一痛，咧着嘴说："别忽悠，我这边失恋，你那边说笑话。"

崔龙觉得方威虽败犹荣，况且他还没败。"我佩服你的胆略，你做了别人根本不敢做的两件事：第一就是追赵颖，人家有了优质男朋友，你却知难而进横刀夺爱，这股勇气让人佩服；另外，经信银行是大家都不敢碰的订单，你明知山有虎偏向虎山行，其他客户一概不要，死磕这个订单，不留退路。我现在只服你一半，如果你能赢其中一项，我百分百服你，要是你都能赢，我家里将你的牌位供起来。"

方威猛推崔龙："你供我牌位干什么？我活得好好的。这两件事不能相提并论，订单输赢无所谓，顶多我辞职。赵颖我要是不能把她娶回来做老婆，人生彻底失败。"

肖芸不同意他的说法："你不能光顾自己，周锐怎么办呢？"

方威想都不想："他还用我担心？咱们已经超过魏岩了，陈明楷拿他没办法。只要这个最难的季度熬过了，就更不用担心。"

周锐喝着啤酒，他已经开始物色新人了："只要能挺过这个季度，下个季度有了人手，形势就会好很多。"

崔龙很高兴，他已经把摧龙八式做成演示文件："我来给他们讲销售技巧。"

这正合周锐的心意："这就对了。销售是最锻炼人的工作，收入高，发展机会多。但是你总得有发展吧？不能总是在前面打打杀杀，你带两个新人，手把手教他们，这是主管的基本功。"

崔龙举着啤酒顾不上喝："人往高处走，咱们就越来越壮大了。"

周锐摇头，他倒是希望少管点地域，团队也小一些。"只要你们业绩起来，我就可以休息了，我和黄静都喜欢旅游，最好每年都能旅游几次，练练高尔夫。我回北京之后团队和区域都小了，其实只要业绩好，我求之不得，高兴都来不及，怎么会不高兴。我的待遇又没有降，责任少了不少，我是占了便宜。我反而害怕北京的业绩起来之后又把我调到西区或者华南了。销售如战场，没有谁能百战百胜，像我这样总被派到节骨眼上的，早晚都有惨败的时候。我是知道进退的，想好好休息了，毕竟工作是为了生活。"

工作为了生活，谢伊深有同感："凭你百万年薪，应该好好享受生活了。"

方威从来没有想过这个问题，赵颖和经信银行将他大脑占满了。崔龙又问他："你对赵颖真这么认真？天涯何处无芳草。"

方威摇头："你个粗人，说了你也不明白。"

崔龙也不生气，拿经信银行订单和追求赵颖做比较："经信银行和追赵颖，哪个机会大些？"

方威灌了一口啤酒："经信银行前途莫测，我就像一头困兽，明知前面是明晃晃的屠刀，也要硬着头皮向前冲，冲出一条血路。赵颖那边，唉！她收了订婚戒指了。"

事情居然绝望到这种地步，大家都不知该怎么安慰他，周锐问："你找到对手的缺陷了吗？"

方威闷头喝酒，麻醉痛苦："刘国峰在通信公司工作，名校毕业，出身豪门，无论人品和才华都挑不出任何缺陷，他们马上要去加拿大留学，我没有时间了。"

每个人都有缺陷，周锐按住方威的酒杯："即使没有缺陷，你也可以创造出来。"

38．周六，凌晨零点二十分

方威宁可被灌醉也不愿意独自回到房间，大脑稍有空闲就会闪出赵颖的样子，伴随而来的是内心的痛。这算不算失恋呢？感觉更像是单相思，方威虽然表示永不放弃，但是她那么明确那么坚决，不给一点机会，他无计可施，无能为力。方威选择逃避，大家刚才唱歌的时候都抢麦克风，唯独方威取了自助餐，在角落里痛快地吃着。别人用餐的时候，方威又开始唱歌，试图将满心苦闷发泄出来。

方威回到家，打开笔记本电脑后去卫生间冲澡。全身的毛孔都在蒸汽中舒展开来，非常放松。就在这一刹那间，方威突然找到了竞争对手的致命缺陷，决定发动致命一击。

只要有希望，就决不放弃！

他披着浴巾，MSN对话框再次跳出来：去了吗？

方威想起高尔夫球场，自从周四见到赵颖之后，他就将这件事忘得干干净净，他强词夺理地在键盘上敲着：为什么去？你谁呀？

明天和后天一定要去。这句话之后，对方又消失了。

方威自言自语："他是谁？什么目的？"

第七周　对阵

39．周日，上午十点十五分

昨天方威忍着酒后头痛早早去了高尔夫球场，一直待到夕阳西沉也没有发现刘丰，他开始怀疑这是一场恶作剧。到了今天早上，他最终还是被好奇心驱使，再次来到高尔夫球场。出租车进入机场辅路，再往前就是赵颖的宿舍。

不久后球场大门出现在眼前，他走进停车场，一辆一辆看过去，停在一辆黑色奥迪前，刘丰的坐驾就是黑色奥迪，平常有司机接送，到了周末则自己开车回家。方威看了一眼车牌号码，就是这辆。方威忽然涌出捕猎般的兴奋，而奥迪旁边是一辆深红色宝马越野，不难看到里面的粉红坐垫，挡风玻璃前还有一只可爱的玩具狗。谁会和刘丰在一起？方威向后望去，远处果岭上零落地站着几个人。

方威走过去，服务生立刻迎上来，方威摆手示意时间有限暂时不打。场中有二十多个练习位置，铺着绿色地毯，洁白的小球摆放整齐。方威点了饮料，仔细辨认练习场上的人，忽然一个熟悉的身影跳入眼帘。刘丰穿着黑色运动裤和白色T恤，正挥动小臂测试着击球位置，突然身体向右倾斜，带动手臂上扬，迅速划出一个圆弧，白色小球立刻飞了出去。

"好，200码。"一个女声吸引了方威的注意力，只见一个漂亮女人放下球杆，走到刘丰身边，握住他的手腕纠正握杆姿势。方威迅速起身走出门外，落荒而逃，那是骆伽。

40．周一，下午三点五十五分

建议书一改再改，逐字校对，共印出十六本，八本被封入包装箱。

方威抱着箱子冲进经信银行大门，交给招标办公室的人员，时钟正指向三点五十五分，距离截止时间只有五分钟。工作人员拆开包装，把每本建议书封起来，盖上公章。

周锐和林佳玲等在作战室，方威气喘吁吁说道："招投标从明天开始，每个厂家有半天时间介绍方案，我们的时间在周三上午九点。"

"时间不错，方案介绍越早越好，比较容易灌输。"周锐点头，"我和佳玲分工，我介绍方案，她介绍实施计划和服务体系。"

肖芸觉得这像打擂台："客户是擂主，每个厂家轮流过招，只有一个厂家最后胜出。"

方威摇头："更像比武招亲，客户只选一个入洞房，要是赵颖比武招亲就好了，太不公平了，我还没正式上阵就没戏了。"

周锐看了看方威，觉得他能迅速地回到项目上已经不错了，让他快速忘掉赵颖显然不现实，于是接着说："这次比武非常重要，以前大家暗中准备，现在终于亮剑了。客户将会得到第一手的直接印象，这个印象会一直影响整个决策，这是惠康的势力范围，必须在比武招亲中取得明显优势，才有机会取胜。"

安排完毕后，方威终于抛出一个消息："猜猜，我昨天在高尔夫球场遇到谁了？"

"你开始打高尔夫了？"周锐好奇地问。

方威没有理会，接着说："我昨天去高尔夫球场遇到了刘丰。"

大家一脸吃惊，肖芸难以置信："你请刘行长打高尔夫？"

如果方威做到这一点，订单就唾手可得了，方威直勾勾地看着窗口："不是我，骆伽正在教刘行长打球。"

"什么？"所有人都从椅子上跳起来，在招投标前的节骨眼上，刘丰与骆伽打球！

这个消息极其不利，林佳玲看着周锐。这段时间，两人惺惺相惜，每次遇到问题他总能找到解决方法。周锐锁着眉头，想了很久，才说："天要下雨，娘要嫁人，随他去吧！我们管不了刘行长，随他去吧。我们就像脱了弦的箭，不能回头了。不计输赢，硬着头皮向前冲。经信银行不是刘丰个人的，我们打赢了民心，他也不能独断专行。"

41．周三，上午十点整

项目小组所有成员都坐在会议室，气氛严肃，崔国瑞礼貌地向林佳玲点头，没有微笑也没有握手。采购进入到关键时刻，在这之前，项目就像隐藏在水面下的冰山，没人注意。一旦招标，项目就从海面露出峥嵘，吸引了很多公司的注意。这将是今年银行系统最大的一次采购，所有人都千方百计试图分一杯羹。大多数厂家虽然错过了前期阶段，但是肯定不会输得最惨，因为他们不用投入全部兵力和资源。最有希望的公司反而可能最惨，因为他们投入重兵正面搏杀，赢者全赢，输者全输。

周锐对经信银行进行了深入研究，他技术上不如林佳玲，但在了解客户方面自认为更胜一筹。他有心与林佳玲比试谁更能征服客户。林佳玲坐在椅子上，也好奇地看向周锐，两人目光一碰，一起微笑，他们既并肩作战，又相互较量。时间已到，周锐走到正前方，目光扫过众人，涂主任正在与财务部总监常仪热烈讨论，看到周锐后停止说话，捅捅常仪，周围迅速安静下来。

周锐缓缓开口："我们公司在嘉里中心，最近搬进一家金融机构，摩根士丹利获准在中国开办人民币存款业务，他们将专注于高端客户。我们国内的银行系统能否抵挡住这些既有资金又有先进管理经验的跨国金融巨鳄的冲击？"

周锐这段话打动了听众，像钩子般把他们的注意力凌空抓紧，林佳玲点头，他很会开场。

"告诉大家一个秘密，摩根士丹利的客户关系管理系统是捷科提供的，所以大家不用担心。"周锐等到一阵哄笑过后继续说，"感谢大家，让我来介绍捷科公司的客户关系管理解决方案，我将重点介绍经信银行面临的挑战，以及解决方案。之后，我们的市场总监林佳玲女士介绍实施计划和服务体系。"

周锐继续抓紧钩子："首先，经信银行面临的首要挑战是没有按照二八原则区分客户，对任何客户都采用同样的模式。那些业务贡献大的核心客户，也要像普通个人客户一样，在营业厅办理业务。国外竞争对手则招聘经验丰富的客户经理，提供一对一贵宾服务，再加上先进的服务体系，我们的核心客户很有可能流失到他们手中。"

周锐顿了一下，听众反应良好："其次，我们对新老客户一视同仁，一样的营销和服务体系，考核体系也一模一样。新客户的扩张应该注重吸纳业务收入，老客户应该注重经营利润。我们的竞争对手利用优惠吸引新客户，从老客户身上精耕细作产生利润，我们的营销模式处于被动防守。"

周锐成功激发了客户内心深处的急迫，语气一转，将话题引入捷科的解决方案："应该怎么解决上述问题呢？接下来我来介绍捷科的客户关系管理解决方案。"

周锐的讲法有很大风险,他却想冒险尝试,林佳玲聚精会神地听着,似乎有股魔力从他身上涌出,逐渐控制了每个听众。他走到人群之中,缓慢而坚定地总结:"刚才,我们完整地探讨了解决方案,在这个方案中,我们可以为重要客户提供最佳金融服务,也可以根据客户份额,在老客户方面积极防御,在新客户方面主动进攻,改变以往消极防守的局面。采用这套方案,我们不但可以抵御国外银行的疯狂进攻,而且能够凭借和依托越来越强大的中国企业,跨出国门决胜境外,大家有信心吗?"

"有信心。"几位年轻客户大声喊,随即才意识到这是招标现场。

周锐马上结束:"好,我就到这里,下面由林佳玲小姐介绍实施计划和服务体系,谢谢大家。"

周锐在掌声中深鞠一躬,林佳玲与周锐擦肩而过,他能够在正式的招标中激励客户喊出来,就说明客户对方案认可。林佳玲心中激起比试的欲望:我不一定输给你。方威看着浅笑的林佳玲,对周锐轻声说:"她真厉害,不用说话仅凭笑容就能将客户搞定。"

林佳玲先表示欢迎和感谢:"在开始之前,我想讲一个在台湾捷科工作时亲身经历的故事。三四年前,我同事接到银行客户请求服务的电话,按规定两小时内必须达到,道路很拥挤,工程师在一个红绿灯路口不小心把一个老人家撞倒在地,好在汽车速度不快,老人只是擦伤了手臂。于是他犹豫起来,先送老人去医院还是先去客户那边?"

"当然先去医院。"经信银行市场部总经理肖晓阳喊起来,他作为使用部门参与采购。

"老人伤势不严重,可是银行的信息系统中每秒钟都有数以亿计资金流动,一旦出现问题,后果十分严重。"林佳玲向肖晓阳解释。肖晓阳知道银行数据的重要性,点头认可。

"我们的工程师把名片放入老人口袋,然后毅然去银行处理故障,幸亏他及时赶到才没造成严重损失。处理完之后他又回到事故现场,交警正在拍照,他正好自投罗网。"林佳玲顿一下,发现客户都听得入迷,这正是切入正题的好时机,"为什么捷科工程师出了交通事故,宁可承担肇事逃逸的危险,也要先去为客户提供服务呢?"

涂主任好奇:"是不是和绩效考核挂钩啊?"

"当然有关,每个工程师的表现都被纳入绩效考核体系。"林佳玲认可,她继续补充,"这也与我们的服务和支持体系有关,现在我来具体介绍。"

"等等,那个工程师后来怎么样了?"常仪打断林佳玲。

"警察在老人身上找到了名片，没有按照逃逸处理，仅仅处以罚款。"

"吹牛吧，你们的服务真有这么好？"涂主任笑说。

中午时分，会议结束，方威带领大家到附近的咖啡厅。

肖芸难掩喜悦："完美表现！没有人走神儿，都听得特别认真，涂主任一直在点头。"

"方威，你注意肖晓阳没有，他心不在焉，听不进去，很可能已经被惠康洗脑。"周锐一直在观察每个人的表现，肖晓阳至少看了五次手机，走了六次神儿。

肖芸突然提出一个大家都很感兴趣的问题："谁表现好？佳玲还是周锐？"

方威负责情报和客户关系，林佳玲负责设计、制作方案，周锐出谋划策，组成了绝佳的铁三角。方威如鱼得水，夸奖林佳玲："只要佳玲在前面轻轻一笑，客户大脑肯定空白，全都晕了。他们可能忘掉内容，但她说的话一定牢牢地刻在他们脑子里。坦白说，你刚到大陆的时候，我还不服你呢。"

林佳玲依赖的是演讲技巧，而周锐是对客户的深入了解。"周锐对客户需求研究透了，掌握了客户的燃眉之急。他讲完经信面临的挑战，崔行长的眉毛就皱起来了，这正是他的痛点，整个过程他一直身体挺得笔直，当周锐说解决方案的时候，他拳头还挥了一下，虽然没有发出声音，但他一定在心里喊出来了。所以啊，还是周锐好些。"

周锐冒了极大风险，直指客户痛点，效果看来还不错，现在他的心思已经转移到了其他方面。林佳玲问方威："你下一步怎么办？"

"项目小组要连续五天听每个厂家的介绍，直到周六，周日休息一天，下周一开始内部议标，在这期间禁止厂家与客户接触。"方威回答，"招标期间，我们只有等待了。"

周锐回想起一个异常情况："有一位四十岁左右的客户坐在最后，也不换名片，非常神秘，他是谁？"

方威收集资料很到位："他是银监会的吕传国，我只见过他一面。"

周锐不解："项目不是完全由经信银行负责吗？为什么银监会介入？"

方威也不知道："我从其他途径问问，项目小组全都封闭在酒店里，不允许和厂家私下接触。"

42．周五，下午一点整

陈明楷看着销售数字，心中阴晴不定，华南区和西区依然领先，华东区经历急剧下滑后触底反弹，北京区保持了强劲增长，超越华东区并逼近西区，魏岩看着黑框里自己的名字一言不发。由于华东地区的新订单和北京销售增长，中华区拉近了和目标的距离。陈明楷非常满意用人策略，周锐大展拳脚，北京业务渐渐起来，只要华东地区的业绩恢复正常，这个季度就有指望。然而，陈明楷大脑高速转动，华东地区的数字开始回升，激励措施有了效果，这说明什么？这些订单本来能够下，只是被人压住了。到底发生了什么？这件事刺激着陈明楷的神经。

会议结束后，陈明楷叫住魏岩："我们去趟上海，看看到底发生过什么。"

43．周五，下午二点十分

介绍产品和方案之前，必砍对手三刀。

怎样才能砍得狠砍得准？宏贯的优势是便宜，缺点是产品质量。钱世伟仔细研究完宏贯的产品后，终于找到了缺陷，就是液晶显示器的健康标准。学校里好像有好几位怀孕老师，还有很多正在备孕。钱世伟在网上找了些电脑辐射造成的畸形儿照片。女老师看过之后都吓坏了，钱世伟表示，液晶屏幕一定要符合健康标准认证，有的厂家为了降低成本而选用廉价产品。女老师立刻向领导反映了情况，健康标准被写入标书，这一刀砍得又狠又准。

钱世伟正焦急不安地在会议室门前徘徊，就看见膀大腰圆、满脸横肉的唐勇走过来。几个月没见面，唐勇更像土匪了，不仅外表像，口气也像。两人算是老相识，钱世伟离开宏贯公司加入捷科时，唐勇已经是赫赫有名的王牌销售。钱世伟像被土匪绑架了一样，被拉到楼道拐弯处，唐勇掏出一支烟点着："在捷科混得怎么样？你们在搞经信银行那个项目？"

烟气缭绕在钱世伟鼻尖下，唐勇在客户面前绝不敢这么放肆，他不计较，心不在焉地点头，心里想着招标结果。这次采购直接开标，当场有结果。钱世伟积累了不少小订单，已经说得过去，但他仍憋着口气要超过其他新人，尤其是眼前的招标至关重要。

唐勇拍了拍钱世伟："你们就省省心吧，那个订单肯定是惠康的，你们就别惦记着了，眼前这个订单你也不用惦记了。"

钱世伟没给回扣，心里七上八下。唐勇觉得钱世伟在宏贯都不灵，不信到捷科就行了，他说："我立了军令状，如果我丢了这个订单，立马拜你为师。"

唐勇在宏贯自认为老大，除了老板谁也不服，钱世伟在宏贯时没少受他奚落，没想到换了公司还要被他挑衅。唐勇还想继续数落几句，忽然听见里面正在招呼厂家代表。

唐勇立刻离开，钱世伟忽然觉得他以前高大威猛的形象全部消失了，现在完全是个胖乎乎的土匪。

客户和专家评委围着会议桌，厂家代表们坐在外圈，屋子挤得满满当当，主持招投标的副校长正在发言，厂家代表们的脖子拉得跟鸭子一样，紧接着开始宣读评分结果，唐勇的胖眉头凝在一起，目光向钱世伟这边扫来，对碰后迅速躲开，他心虚了。钱世伟将分数相加，赢定了！

钱世伟轻轻挪到唐勇身边，在他耳边说："你输了，土匪能打过正规军吗？"

44．周五，下午四点十分

钱世伟描述完过程后，所有人都大笑起来，他终于扬眉吐气："今天真爽，那土匪的表情就像被镇压了，他立了军令状，这回死得很难看。"

周锐心情愉快，崔龙第一个完成任务，钱世伟也肯定要打破新人的销售纪录了。钱世伟举起手继续说："今天我请客，佳玲不在，我得先感谢她，她做方案，参加交流，军功章有她一半。我还得感谢周锐，摧龙八式真厉害，一招一式打下来，轻轻松松就干掉了土匪。"

"摧龙八式只是基本功，打土匪可以，遇到真正的高手就不行了。"周锐肚里还有不少好东西，"摧龙八式是方法论，销售技巧也很重要，还有内功心法。"

周锐提起过内功心法，钱世伟不太相信，以为他在开玩笑："真的假的？内功不是武侠小说中的东西吗？现实中也有？"

周锐并非虚言，雷励行倾囊传授才让他这个工程师在商场如鱼得水。"托尔斯泰说过，我记不太清楚了，好像是不幸的家庭各有不幸，幸福的家庭却是相似的。人也一样，失败各有原因，成功却在很多地方是一样的，将这些因素找出来养成习惯，就是内功。如能练成此功，用于销售，才能击败高手中的高手，如果用来带领团队，将战无不胜，如果用来培养孩子，你孩子肯定震古烁今。"

崔龙喜欢武侠小说，难以相信："岳不群得到葵花宝典的时候，也是这样说的。"

周锐笑呵呵地让他放心："我不会让你挥刀自宫的。"

钱世伟催促周锐快讲，周锐觉得火候不到，说："这不是一天两天能够练成的，过了这段时间，慢慢说。"

钱世伟还有事情，便不再纠缠："下周谈判，该怎么谈呢？能陪我一起去吗？"

周锐打算让钱世伟从头到尾自己搞定："我还是讲个故事吧。一个妈妈带了一个橘子回家，两个女儿都抢着要，但是只有一个，她应该怎么办？"

"一刀两半。"崔龙的回答干净利落，其他人想不到更好的办法，一起点头。

"妈妈也是这么做的，两个女儿拿着橘子回到房间。过了一会儿，妈妈先去了小女儿的房间，她吃完了橘子，橘子皮扔在垃圾桶里；妈妈又来到大女儿房间，大女儿把橘子肉剥出来扔在桌上，橘子皮被泡在水杯里。"

谢伊恍然大悟，应该将橘子皮给大女儿，将橘子肉给小女儿。周锐通过这个故事讲谈判技巧："谈判就是双方妥协，交换，达成一致的过程。商务谈判的核心似乎是价格，可是什么决定价格呢？"

肖芸举起矿泉水说："产品决定价格了，例如这瓶水的品牌、容量和包装，都决定价格。"

周锐也举起一瓶水，反问肖芸："如果产品决定价格，这杯水五元钱你买吗？"

肖芸摇头，周锐追问多少钱会买，她伸出一根手指。周锐突然拧开瓶盖喝一口："五百元，买吗？"

谢伊伸手在周锐眼前晃了一下："你疯了吗？"

周锐却仍看着肖芸问："你确定不买？什么情况都不买？"

肖芸看一眼谢伊，认真地摇头："肯定不买。"

周锐突然加上前提："如果你在沙漠里，已经三天三夜没有喝一口水，五百元你买吗？"

崔龙大声说当然买，周锐启示肖芸："什么决定价格，是产品吗？"

谢伊的思路跳出来："需求！"

周锐痛饮一口咖啡说："客户的需求决定价格，这就是橘子皮和橘子肉的关系，围绕客户的需求反复妥协和交换，你就可以得到满意的价格。"

45．周五，晚上七点三十分

方威晚饭后回到房间，打开电脑等着泡泡龙，对方好几天没有出现了。自从在高尔夫球场见到刘丰和骆伽，方威就看见眼前悬着的利剑，随时都可能迎头斩下，他再也不敢乐观。

泡泡龙的头像变成彩色，方威立即键入：你好。

泡泡龙：听说你们在招标时表现不错。

方威：还行吧。猜猜在高尔夫球场遇到谁了？

泡泡龙：除了刘丰还有一个女的，那个女的是谁，你知道吗？

泡泡龙居然洞悉一切，震住了方威，他不敢耍滑头，老老实实回答：惠康公司的北方区销售总监骆伽。

泡泡龙的图标瞬间消失，留下方威呆呆地看着屏幕。

第八周　内乱

46．周日，晚上十一点三十分

　　赵颖接受了求婚戒指，领证和婚礼都排上日程，一切骤然加快。国峰沉浸在兴奋中，掰着手指头倒推日期，他们明年一月份出国，婚礼只能在年内举行，只有一个多月时间。刘国峰父母更着急更兴奋，这可是他们宝贝儿子的终身大事。赵颖则进入一个不可逆转的洪流，她不得不加紧处理各种事情，交接工作、告别朋友。离职日期定在周末，然后赵颖就要回重庆把自己爸妈接来北京。

　　今天是朋友聚会，赵颖明天要飞最后一次航班，告别几年的空乘生活，各种滋味都掺杂在一起。在同事中，赵颖最感激入职时带自己飞行的师父，航空公司为了帮助新乘务员适应工作，在实习期内会安排资历较深的乘务员指导她们工作，赵颖的师父比她大不了几岁，在飞行间隙就带着她逛北京秀水街和上海淮海路，在广州茶餐厅吃饭，成为好友。赵颖几个月前也当上了师父，徒弟比她入职时还年轻，很听话。除了师父和徒弟，重庆老乡何玲也来参加聚会，她们是航空学校的同班同学，同一批加入航空公司，经常飞一个机组，以后什么时候才能聚在一起？赵颖一想到这些心里就泛起酸楚。

　　她们要了红酒，赵颖师父举起酒杯祝福："祝我们最可爱的颖颖，到加拿大心想事成，早日学成归来。"

　　外面冰冷，屋子里暖烘烘的，赵颖全身都是热的："谢谢大家，在那边我会想念大家的。"

　　何玲想起开会的情形："队长提起你了，他平常总板着脸，其实是最失落的。"

　　赵颖师父摇头说："他是表面最失落，失落的不止他一个，其实最失落的是咱们分公司的领导。"

　　领导有家有室，赵颖徒弟极为吃惊："不会吧？"

　　赵颖师父比赵颖徒弟大不了几岁，见识却不在一个层次："你想歪了，不是这方面。我们西南分公司有三件引以自豪的宝贝，你们知道吗？"

　　赵颖徒弟想了想："第一个应该是安全纪录，第二个好像是飞机，还有一个，哎呀，我实在想不起来了。"

"第三件宝贝没有进入入职培训课程，只是口口相传。"赵颖师父得意道，"四川出美女，美女在哪里最集中？当然是我们空乘。每次总部有活动，西南分公司的重要任务就是贡献美女，每次都谁去？"

每次这种活动，肯定都是赵颖毫无争议地参加，赵颖师父很骄傲："颖颖一出马，便力压群芳，赵颖标志着公司美女的水平，就像飞机一样，如果我们有波音777，档次就更不一样了。"

只要有重要活动，赵颖就被拉去当花瓶，刚开始代表分公司，后来被总部的领导看中，就开始参加一些世界级活动。她们夸完长相夸气质，赵颖开始求饶："别夸我了好吗？全身都哆嗦了。师父，领导的失落还没有讲完，怎么扯了这么远？"

赵颖师父将话题一转，继续夸着："赵颖辞职了，西南分公司美女水平大幅度滑落，总部以后安排下来任务派谁去，如果被其他航空公司比下去，上面不满意，领导当然要失落。"赵颖师父看着何玲，何玲佯作生气："我有那么惨吗？"

赵颖师父总是和何玲斗嘴："你也漂亮，在西南分公司数得着，能代表咱们四川水平。"

何玲还是不服气："哼，赵颖在你眼里就是地球第一美女。"

直到何玲抓起麦克风，大家才想起今天是来唱歌的。何玲偏挑伤感的歌，赵颖的泪水哗啦啦冒出来，她们抱成一团，对着麦克风用哭音唱着，眼泪都抹到了一起。

北京十一月底的气温接近零度，大风肆无忌惮扫走身体的余温。结束之后，她们一起向门口走去。赵颖却突然僵在台阶上，两个熟悉的身影出现在视线中，左边是国峰，他开车来接自己，右边是方威，脸埋在皮夹克衣领里。他们没有互相见过，但此刻却等着同一个人。此情此景远远超过了赵颖的想象，她僵立在两人中间，不知该转向谁。师父和徒弟向国峰打招呼，何玲却向方威打招呼，赵颖心里疑惑，她怎么认识方威？

方威把何玲发展成内线，知道了聚会的事，立即决定来见赵颖一面。方威来到门口时就看见有个年龄相仿的男人在另一侧踱步。国峰不想进去打扰她们，便在门口默默等待。国峰也注意到了方威，一个高大挺拔的男人，他们甚至点点头，心照不宣地笑了一下，对方也像自己一样在等待心上人。

赵颖依然僵在门口，他们同时走向赵颖，越走越近，突然意识到对方的存在，停住脚步。方威曾经见过刘国峰照片，仔细回想后确定，这就是刘国峰，刘丰的儿子，赵颖的男友。

赵颖跌跌撞撞向前几步，她走向国峰，拉着他的手走到方威面前。赵颖从来没有提过这个人，他突然出现在这里，用意自然很清楚。国峰伸出手来，方威回应，两人的手握在一起。

"方威，你怎么在这里？"赵颖不用问国峰，他一定担心自己，这已经成了习惯。

"嗯，我来看看你。"方威支支吾吾，国峰就在旁边，他不知该怎么说。

"你怎么知道我在这里？"赵颖质问。不出卖内线，是方威的一贯原则，何玲伸舌头，做鬼脸招供了。

"我有话要和你说。"方威希望有单独相处的时间。

"在这里说吧。"赵颖依偎在国峰怀里，感受着他的体温。

"你和她单独谈，我在车里等。"国峰不明白原委，却可以猜个大概。

"国峰，你留在这里。方威，你说吧。"赵颖拉住国峰，她不想在他心中留下刺，这很可能为未来生活带来潜伏的阴影。

方威想了一下，直截了当说道："好，我以销售产品为生，毫不留情地击败每个拦在面前的对手，五天杀一单，千里不留行。自从我在飞机上遇到你，人生突然变了，这些输赢游戏完全没有意义，我只想和你在一起。"

赵颖觉得很奇怪，国峰也经常说这样的话，他们语气差不多，难道自己真有魔力让男人放弃一切？方威越说越激动，大声宣誓："我永不放弃。"

赵颖浑身发凉，贴到国峰的怀里。国峰感觉到了她的颤抖，把她紧紧搂住，一字一句地说："我认识赵颖三年多了，面临过数不清的对手，不比你的竞争对手少。"国峰拉着她冰冷的手，感受到一个坚硬的凸起刺着手指，那是求婚戒指，她每天戴在手上，证明她对自己的承诺。国峰吸了一口气，"来吧，我不怕，你必输。"

47．周一，上午十点十分

按照招投标规则，只要愿意购买标书并达到最基本资信条件，经信银行来者不拒，因此参与招投标的十个厂家鱼龙混杂，少数不自量力的厂家表现活像闹剧，但捷科和惠康这几家跨国公司的表现都非常好。可是能够让人感到惊喜的只有捷科一家，崔国瑞格外振奋，像是宝贝一样捧着捷科的建议书研究，在他手中被翻得破烂不堪，其他公司的依然崭新。尤其周锐和林佳玲在方案论证上表现出色，这次面对面的较量捷科无疑大占上风。

按照流程，技术分和商务分相加后成绩最高的公司成为赢家，现在到了最后环节，每人陈述意见讨论，在表格上打分。捷科的技术分一定领先，唯一让陈刚担心的就是价格。

市场发展部肖晓阳首先发言，他们是最终使用部门，影响力很大，肖晓阳说："通过五天的方案论证，厂家都做了充分准备，但水平差异较大。在技术上惠康和捷科优势较为明显，宏贯经验很丰富。"

他表面中立，却将惠康放在前面，众人都听出了味道。财务总监常仪接着发言："我是财务，负责采购预算，最关心价格。但是五天听下来，我对捷科印象深刻，他们说到点子上了，以前我们靠国家扶持总能旱涝保收，一旦金融市场放开，就是我们生死存亡的关头。捷科实实在在找到了固有的症结，我相信他们能够通过信息系统妥善解决问题。惠康也是世界级公司，和我们多次合作，对我们的业务更了解，但他们似乎准备不充分，总是在介绍产品的功能特点，说句实在话，我关心业务，不关心他们卖什么产品。"

常仪支持捷科，涂主任和陈刚两票，捷科有三票了，三比一。涂峰再次替捷科吹风："我同意老常的观点，信息系统必须服从业务需要，捷科优势明显。另外林佳玲介绍的服务体系我信得过，如果系统总是瘫痪，再先进的系统也没用。无论功能、扩充性还是系统可靠性和稳定性，我都认为捷科和惠康是最优的选择，其中又以捷科表现突出。"

崔国瑞没有表态，直接请工作人员介绍评分规则，各个部门在评估表上打分，形成最终的技术得分。墙上已经贴了表格，左侧从上到下写了厂家的名字，右边分别是技术分列和商务分列，都是空的。他们分成三组，各自讨论，三十分钟后，三份表格都交到了崔国瑞手中，他没有劳烦工作人员，自己走到评估表前一一填写。

第十名竟只有二十五分，居然敢来投标。排名靠后的五个厂家成绩列出，分数上升到了四十三分。

"第五名宏贯系统工程公司，四十五分；第四名昂天软件公司，四十八分；第三名，联拓系统集成有限公司，五十二分。"崔国瑞一边写一边念，众人不知道其他组的打分情况，都坐得笔直。

"第二名，中国惠康有限公司，六十二分。"会议室中鸦雀无声，"第一名，捷科科技中国有限公司，六十八分。"

陈刚吐出一口气，双手拍在一起，噼啪声回响在会议室中，紧接着热烈的掌声在会议室中回荡，唯有肖晓阳面无表情。工作人员检查文件印章封口，示意给众人，报价文件完整，没有被动过手脚。陈刚不放心，如果惠康放出超低价，还有机会反败为胜。

商务分与技术分之间有明显规律，技术分越低，商务分就越高。一家一家读出来，捷科的价格果然最高，商务得分最低，十二分。陈刚心跳加剧，其他人也竖起耳朵，价格分陆续报出，最后工作人员终于报出惠康的商务分：十分。

惠康的价格高得让人吃惊，无论技术还是商务都彻底地输给捷科。台湾宏贯系统报出了全场最优惠的价格，反超技术分靠前的几家公司，成为第三名。陈刚再次带头鼓掌，漫长的招投标结束了。

陈刚低头一看，手机上有几十个未接来电，大多来自肖芸。他回到房间收拾好提包，一溜烟地上了大巴，下车后才拨给肖芸："喂，肖芸。"

"解除封闭了？有结果了吗？"肖芸知道他手机上缴，可还是不断打电话试探，她太急于知道结果。

陈刚卖着关子："现在不能说，周五公布。"

肖芸知道纪律，好几天都睡不着："哎哟，老同学，透露一点儿。"

招标规则禁止将资料透露给厂家，陈刚却可以暗示："不要着急，等着好消息吧。"

"见面聊聊吧，中午一起吃饭？"肖芸不想放弃。

解除封闭便可以与厂家见面，却必须对招标结果守口如瓶，陈刚犹豫："可以见面，不能谈招标。"

肖芸连忙答应："行，行，你一句话不说都行，我去你那儿吧。"

敏感时期，不必要的接触可能带来意想不到的后果，陈刚说："我去你那儿。"

肖芸在嘉里中心一层日料店的包间里等陈刚，急于得到第一手消息。陈刚终于进来了，肖芸倒了一杯大麦茶给他，急切地问道："结果怎么样？"

陈刚摇头："具体分数不能讲，你就放心吧。"

肖芸吃了定心丸，继续问道："惠康呢？他们跟我们比呢？"

陈刚小心措词："也不错。"

肖芸着急起来："你到底说什么呢？他们也不错，又让我放心，我能放心吗?"

陈刚也不客套,直接说道:"我让你放心,你自己琢磨吧。"

肖芸立即求饶,绕了个弯继续问:"好好好,不问结果,问过程,我们表现怎么样?"

陈刚对方案介绍印象深刻:"如果你们赢,就赢在方案;如果惠康输,也输在这里。"

肖芸问:"为什么这么说?"

"经信银行这次严格按照招标流程采购,并确保招标过程的公正、公平和公开,招标结果就是技术分与商务分累加。领导没功夫研究厂家建议书,方案介绍就成为重中之重,直接决定了技术分。"

肖芸补充:"就像比武招亲吧?"

陈刚笑着承认:"确实挺像,项目小组都在,好就是好,坏就是坏,清清楚楚。"陈刚忍不住把大拇指跷起来:"你们的表现,这个。"

包间里只有两人,肖芸得知项目小组即将向刘丰汇报,问道:"会有变化吗?"

陈刚摇头:"招标结果都记录在案,除非废标,捷科标书没有明显缺陷啊,这种可能性可以排除。"肖芸放下心来,想起方威要她了解的问题:"对了,银监会怎么有人参加投标?"

"我也不知道啊,银监会的人好像只旁听了惠康和捷科的汇报,确实奇怪。"

48. 周一,深夜十一点十五分

为了等泡泡龙,方威回酒店第一件事就是打开电脑。

肖芸那里有好消息,他却高兴不起来。按照招标程序,汇报之后就公布招标结果,按说不会有变化。方威感觉没那么简单,必然有定时炸弹等着他们,至于这颗炸弹会在什么时候用什么形式爆炸,没有人知道。他躺在床上,不着边际地乱想,叮咚声响起,泡泡龙上线了:恭喜,恭喜。

方威:恭喜什么?

泡泡龙:招标的消息啊。

方威不确定他的身份,就绝不暴露自己已经得到的情报:什么消息啊?

泡泡龙:别跟我装糊涂,你不是有那么多内线吗?比如陈刚和涂峰,没得到招标的消息？

方威不敢说谎：知道一些。

泡泡龙突然将话题扯开：刘丰在一个月前去了美国。

方威：我知道。

泡泡龙：可你知道在这之后他去哪里了吗？

方威：哪里？

泡泡龙：加拿大。

赵颖要和刘国峰去加拿大读书，刘丰刚刚去过，这说明什么？方威打开窗户让冷风吹进来，他冷静下来，把两件事联系在一起：刘丰的儿子要去加拿大读书。

泡泡龙：是吗？你怎么知道？

方威：他儿子叫刘国峰，女朋友赵颖是个空姐，92年出生，生日是10月10日，身高1米72，体重48公斤，重庆人，他们两人一起去加拿大。

什么？真的假的？泡泡龙的一串文字跳了出来。

自从在网上认识神秘的泡泡龙，方威总被笼罩在魔力下，泡泡龙无所不知无所不晓，方威终于反客为主：刘国峰开一辆宝马轿车，两人在10月14日同一天拿到去加拿大的签证。

泡泡龙长什么样，是男是女，方威都不知道，他已经将对方想象成一个可爱小龙的模样，也许泡泡龙在网络那边正吃惊地满地打滚。方威说出赵颖和刘国峰的信息，但对如何得到这些资料却守口如瓶，他不想把泡泡龙喂饱。

方威：你是谁？

泡泡龙：你别管。

自从在网络上认识泡泡龙，方威总是处于绝对的被动，现在终于掌握了一次主动权。方威感觉泡泡龙对刘丰了如指掌，对经信银行的订单也有直接影响，对于可能影响订单的任何线索，方威都不会轻易放过。除非泡泡龙亮出身份，否则方威不打算再提供更多信息给他。

49．周二，上午十点十分

刘丰刚当上行长的时候，有公用的会议室供下属汇报工作，现在只在专属的会客室听取汇报。崔国瑞忐忑不安，所有人都在等待刘丰的出现。

刘丰会有什么反应？他明显偏爱惠康。

刘丰走进来后逐一与项目小组成员握手："大家辛苦了，周末都没有休息，白天交流晚上开会讨论，尤其是老同志有家都不能回，谢谢。"

"为了工作，应该的。"崔国瑞代表大家表态。

"进展怎么样？"刘丰问。

"我们与十个厂家进行了交流，经过评估，初步结果出来了。"崔国瑞抬头看了一眼刘丰，见他没有反应，接着说，"捷科八十五分，惠康七十二分，宏贯系统七十分，排在前三名。"

"下一步计划是什么？"刘丰没有发表意见，继续问。

"先向您汇报，然后准备宣布结果。"崔国瑞说，这也是正常的招标流程。

"与各个省行的接口工程怎么办？"刘丰看似无意随口提起。

"骨干网络开通之后，再开始实施。"崔国瑞很奇怪，刘丰为什么提到计划中的第二期项目？

"你们有把握吗？"刘丰开始反击。

"根据对建议书的研究，捷科是最佳选择。"崔国瑞回答。

"你们觉得呢？"刘丰要摸清底儿，才能对症下药，他鼓励地看着涂峰，示意他表态。涂峰听不出来刘丰的意图，与崔国瑞保持一致："捷科的产品确实很先进。"

"你们几个年轻人也说说吧！"刘丰看向其他人。

"捷科优势显而易见，方案先进，价格相对合理。"陈刚年轻没有城府，把立场暴露无遗。

刘丰又问财务常仪："老常，你的意见呢？"

"我对技术不懂，主要关心价格。捷科和惠康都是国际知名公司，技术不相上下，惠康的价格有点太高了，如果价格降下来也是不错的选择。"常仪的立场比较中立，留下了余地。

刘丰最后一指市场发展部肖晓阳："晓阳，你的意见。"

肖晓阳早有准备："捷科的方案确实不错，我只是担心，各省项目与总行脱钩，会不会耽误进度。"

"晓阳说得很好，值得深思，三家公司各有优势也各有不足，这个项目十分重要，我们应该再仔细斟酌一下，想明白再做决定。大家在招标工作中非常努力，做到了公正、公平、公开，谢谢大家。"刘丰表态完毕，推开椅子准备离开。

"结果怎么样？"涂峰没听明白。

"暂时封存，周五再讨论。"刘丰已经离开会议室。

50．周四，下午三点整

由于周五有招标会议，周锐把部门会提前了一天。他发现只要在办公室里开会，大家都会过于拘谨不愿意多讲，于是周锐干脆就把会议移到昆仑饭店咖啡厅。

崔龙时不时把一些做不过来的小订单抛给钱世伟，加在一起已经很可观了。崔龙完成任务后也没有闲着，憋着气又多做了一些。肖芸的销售额稳定增加，渐渐接近目标。压力转到谢伊这里，她以前总保持不高不低的成绩，现在大家的数字都起来了，反而将她抛到了最后。要不要把藏着的订单拿出来？肖芸对她了如指掌，捅捅她，又踩一脚，她还是没有反应。肖芸干脆挑明："谢伊，都什么时候了？你要是还不把压箱底的东西拿出来，你就垫底儿了。公司搞周锐，他帮咱们撑着，你再不拿出来，周锐被搞走了，魏岩不就直接搞你了吗？咱们现在多好啊，部门散伙了还能来这舒舒服服地喝咖啡吗？"肖芸的"搞"字，搞得大家哈哈大笑。

谢伊被兜了老底，形势确实如此，红着脸保证把订单都拿出来。周锐拿起计算器，把数字相加，把结果亮给大家看："这样，我们能完成承诺的数字了。"

"太好了，我请客。"崔龙站起来向服务员喊，"一瓶芝华士十二年，加冰。"

周锐以前总在黑框里徘徊，现在终于扬眉吐气了："大家的数字给了我信心，但是千万不能放松，必须要把桌上的、锅里的都盛到碗里来，把纸上数据变成订单。"

51．周五，上午十点整

自从上次汇报以后，项目小组再也没有开会讨论过，涂峰只和常仪聊过，告诉他："别强出头，这事不好说。"

涂峰一直没有出头，以前无论招标排名怎么样，最终赢家都是惠康，看来这次又会是同样的结果，他再次进入会议室时依然不断地提醒自己：不要出头。刘丰没有迟到，早早坐在中间，说："这个项目事关重大，应该仔细想清楚了，大家考虑了一周，还是请大家发表看法。你先说吧，老常。"

常仪不敢明确表态，清清嗓子说："招标得分在前三名以外的，不用考虑。宏贯价格最便宜，在台湾有成功案例，都是地区性银行，没有跨国金融企业实施经验，难以支持我们全国范围系统，可以首先排除。捷科和惠康都是世界级知名公司，实力和经验都相差无几，我建议两家都进入商务谈判，看看他们的最终承诺再做决定。"

"晓阳，你的意见？"刘丰看出来常仪是墙头草，不再担心。

肖晓阳早有准备，顺着常仪的话说："老常的意见有道理，两全其美，我却在考虑另外的环节，如果一期和二期项目分别招标，会不会带来意想不到的后果？各省数据传不上来，系统会不会徒有其表，不能发挥作用。"

他继续问："涂主任，你呢？"

涂峰立即退却："按照招标流程，我们应该直接宣布中标结果，但是老常的考虑有道理，我们应该对这个项目负责，再深入比较一下。"

刘丰的目光越过其他人，看着崔国瑞："老崔，你的意见呢？"

崔国瑞深知招标弊端，坦然说出想法："应该严格按照招标流程办事，如果再次选择多个厂家进行商务谈判，必然会带来很多负面问题。厂家投标时就不会报出底价，等到后面的商务谈判去讨价还价，招标就走了过场，回到以前的采购模式，容易滋生暗箱操作。何况我们解除了封闭，很可能会走漏信息，造成不公平的竞争。"

刘丰心中暗自生气，他压住情绪说："对，我们必须坚持招标流程，不能轻易改变。"

陈刚奇怪，难道他不支持惠康了？结果刘丰话题一转："上周会议之后，晓阳提出的问题让我一直睡不好觉，崔行长建议过把一期和二期合并，有道理啊。"

崔国瑞措手不及，他曾强烈建议不要分一期二期，一起上马，刘丰却说那是摸着石头过河。在这个招投标的节骨眼上，他又抛出这个问题，以子之矛攻子之盾，让崔国瑞难以招架，只能说："应该尽快全面启动，可是现在一期招标到了这个阶段，怎么合并？"

刘丰把崔国瑞绕了进去："对，就是应该全面启动，不应该只启动总部系统，我们必须既遵守招标规则，又要兼顾业务发展，大家有什么建议？"

肖晓阳登场："我倒有个两全其美的办法，我们挑选前几名重新招标，不但肯定了厂家前期的表现，而且刚好将一期二期合并。"

肖晓阳竟是要把第一轮招标结果完全废弃,崔国瑞心里矛盾,全面启动一直是他的愿望。现在刘丰想通了,未尝不是好事。刘丰不等崔国瑞表态,立即赞成:"好,如果能够将二期提前,市场发展部就可以早日实现全国一盘棋。"

"不行,我很支持二期合并,但是太晚了。"崔国瑞犹豫之后,还是坚持想法。

"为什么晚了?二次招标违反了招标流程吗?"刘丰看着崔国瑞,他多次否定自己的意见,唱对台戏,刘丰极为不满,继续拉一批打一批,"我想听听大家的意见,你们三个部门表态吧。"

肖晓阳带头举起手,理直气壮:"我们市场发展部支持将两期项目合并统一招标。"

涂峰犹豫,在刘丰咄咄逼人的目光中,慢慢举起了手。只有陈刚毫无反应,他只是一个普通的工程师,顶头上司都举手赞成,他不会不识好歹吧?刘丰希望全体支持二次招标,注视着陈刚,陈刚感到前所未有的压力从四面八方涌来,缓缓举起手来。

"好,二次招标。"刘丰达到目的,十分满意。

52. 周五,下午二点整

十个厂家的近百位销售代表挤在会议室,等候宣布招投标结果。方威从上海过来,一个人都不认识,东张西望寻找着骆伽,想见见这个高手中的高手。现在他脑海中的是骆伽在高尔夫球场的形象,他把她和那辆酒红色的宝马越野车联系在一起,动感,线条优美,有冲击力。

可方威今天看到了另一个骆伽,优雅的套装遮掩了她的曲线,步伐轻柔,难道她已经修炼到可随环境改变气质的程度?方威想起《聊斋》中的美丽狐仙。方威紧盯着骆伽,她和同事打了个招呼,朝自己这个方向走来。她越走越近,方威心里不停打鼓,她在高尔夫球场见到自己了?方威不害怕和别人对视,仍然直视骆伽,心里却虚了。

骆伽越来越近,方威收回目光,渐渐地,他的耳鼻中充满了淡淡的香味,是香水还是她的体香?香水不可能这么轻柔,也不可能这样沁人心脾。她走到后面干什么?方威全线失守,觉得无论骆伽说些什么做些什么,自己都无法拒绝。

"我很想念你。"骆伽的声音轻轻地从右耳飘来,方威耳边酥麻,半边身子都被声音化掉,遇见狐仙的书生在听到这样的声音后一定会不可救药地拜服在狐仙脚下。方威用手将自己的脑袋推向右侧,看到骆伽两手搭在周锐肩膀上,嘴唇贴在他的耳边,像最亲密的朋友一样。

周锐没有转身,任由她抓住肩膀:"是你吗?伽伽。"

"为什么要去上海呢?既然去了,为什么还要回来?"骆伽的声音只有身边的人可以听见,林佳玲侧了一下身体,似乎注意到了骆伽。

"我回北京是因为北京有我牵挂的人。"

"谁呢?"

"我们应该在这样的场合谈这些吗?"

"我很想知道,不过我们可以以后再谈,你为什么要来这里?"

"你知道的。"

"为了这个订单,你能赢吗?"骆伽的嘴唇几乎贴到了周锐的耳边,就像亲密的朋友说着悄悄话。

"我能。"

"你不能,因为有我,我可以不计代价去赢,你却不可以,你有太多放不下的事情。"

"的确,有的事情我做不出来。"周锐坦白地承认。

"这就是你致命的弱点,在较量之中,犹豫和懦弱将使你失去机会。"

"我可以接受失败。"周锐平淡地回答。

"所以你将是失败者,我本来对你寄托了希望。"

"我不会辜负最信赖我的人,将一生托付给我的人。"

骆伽轻轻地按了按周锐的肩膀,细心地帮他掸去西服领边上的一点灰尘,动作缓慢得到了不能分辨的程度。她在给周锐最后一个机会,方威心里想,周锐却像被冰冻住一样。骆伽的手从周锐的肩膀缩回,嘴唇在周锐耳边轻轻碰一下转身而去,方威看见了她眼中的泪花。

方威回头面向讲台,客户一一出现。崔国瑞坐在中间,看着会议室中黑压压的人群说道:"欢迎大家参与招标,这是经信银行信息化的重要里程碑。无论招标结果如何,我们都一如既往地希望继续与大家建立长期合作关系,现在,请工作人员宣布招标结果。"

工作人员打开投影机,迅速介绍了一遍招标流程、评标规则以及纪律等等。屏幕一翻,显示出各个厂家的技术评分和排名,厂家代表屏住呼吸,寻找着自己的位置和排名,工作人员用异常清晰和标准的口音缓慢地读出得分，留下相当长的时间等候厂家确认和记录。屏幕翻到价格评分，众人开始把技术分和价格分相加，估计着胜算。屏幕上最后一页出现的时候已经没有任何悬念，捷科果然是第一名，肖芸欣喜地跳起来，又忽然想起自己腹中的胎儿，放慢动作转身拥抱了林佳玲，她走到方威前面，想给他一个更热烈的拥抱，却发现方威脸上没有丝毫开心的表情。

崔国瑞的声音传来："前五名的厂家代表注意，下周二上午十点前，请前往招标办公室，领取二次招标文件。"

笑容从肖芸的脸上消失，她不禁大声问道："怎么会有二次招标？"

崔国瑞向台下看，想找到说话的人。乱哄哄的厂家代表在会议室拥挤不堪，哪里能分辨出来，他提起麦克风，宣布："再次谢谢大家的参与，会议到此结束。"

53．周五，下午四点二十五分

竞标过程充满危机，周锐对结果毫不意外，他深知骆伽的个性，如果她不惜代价地去赢，自己就不是对手。他与骆伽师出同门，自从知道她在幕后操控这个项目后，周锐就决定尽量少参与，鼓励方威独自做决定，不受自己的影响。方威也像骆伽一样，为了输赢可以牺牲一切。周锐打不过骆伽，但可以找到一个能够打败骆伽的人，方威就是最恰当的人选。骆伽不知道面前潜伏了方威这样一个和她类似的对手，也许这样会带来胜机？骆伽在周锐平静的心湖里掷下一块巨石，难以将她从回忆中赶走。

周锐驾车返回办公室，感觉到了明显的反常和怪异，公司的平静只是一种掩饰。由于投标，他已经向陈明楷请假，公司却突然打电话让他务必回去参加会议，大家可以等他。这不是陈明楷的风格，到底有什么要紧的事？坐在副驾的林佳玲同样思考着这个问题。

他们走进办公室，杨露静悄悄地坐在桌边，冰冷的目光在周锐脸上一滑而过，没有丝毫停滞。她的出现像闪电一样击中周锐。周锐意识到近在眼前的危机，杨露来北京却没有给自己电话，这是糟糕的信号。周锐到上海的时候，她还是一个大眼睛里闪着纯真光芒的新人。周锐把她当成了徒弟，毫无保留地将销售方法倾囊传授。上海地区需要销售主管，方威的业绩比杨露好，周锐却推荐了她。

林佳玲察觉出了不一般的气氛，轻轻地坐在周锐身边，她没有坐在往常的地方，或许这样可以给他一些支持。陈明楷宣布会议开始："看销售数字之前，我想宣布一个决定。华东地区，尤其是上海地区在杨露的带领下表现优异，公司决定将杨露提拔为华东区销售总监。杨露，希望你继续努力，保持优秀的业绩。"

陈明楷带头鼓掌，魏岩附和，周锐慢慢抬手，这让他意外，但还是应该恭喜，将她培养起来，这不也是自己一直的愿望吗？陈明楷继续说："既然华东独立出来，魏岩将专注于北方市场，继续担任北方区销售总监，管理东北、华北和北京的业务。魏岩，这是最艰巨的任务，你要奋起直追。"

这个组织结构中竟然没有周锐，陈明楷冷冰冰地看着周锐："周锐，你不用出席会议了，你直接向魏岩汇报，他会代表你的。"

怒火从身体内部升腾，周锐试图缓和情绪，吸了一口气，却根本没有办法控制："为什么？"

陈明楷在上海和杨露进行了深谈，开始她还为周锐辩护，提到华东区销售总监职位的时候，她尽力掩饰的目光，让陈明楷感觉到她轻微的紧张，她动心了。由于设置奖金，华东的销售团队痛痛快快地将订单都签进来，数字向上一跃，陈明楷压力骤减，现在可以处理周锐了："你想知道为什么？我也想知道，为什么你去上海出差之后，华东地区就把订单压下来？"

周锐震惊，就像一盆冰水从上泼下，全身冰冷。杨露目光移开，不与自己对视，这里不是大吵大闹的时机和地点，他和陈明楷也不是这样的人，他轻声说："陈总，可以单独谈一下吗？"

"等会议结束来我办公室，现在请你离开。"陈明楷根本不看周锐，仿佛他是被清理出去的垃圾。

愤怒伴随周锐离开办公室，他无法接受汇报给魏岩的安排。取得业绩有两种方式，带领团队击败竞争对手，或者从内部抢到最好的客户资源，魏岩总是用后面的方法，这却是周锐最不喜欢的方式。想到魏岩，周锐的愤怒中掺杂了一些厌烦，他又想到杨露，一股怨气汇入胸腔。杨露为什么告诉陈明楷压订单的事情，这件事情不是已经解决了吗？难道两年的友谊竟然比不上一个销售总监的职位？

对陈明楷的愤怒，对魏岩的厌烦和对杨露的怨气，纠结在周锐胸口。会议结束后，他走进陈明楷办公室。陈明楷坐在宽大的皮椅上，慢吞吞地问道："找我什么事？"

周锐回答："我想解释上海的事情。"

陈明楷拒绝讨论："我不想浪费时间讨论以前的事情，你有什么打算？"

周锐也不想纠缠，他难以接受汇报给魏岩的结果："道不同，不相为谋。"

陈明楷不慌不忙："嗯，我也劝你考虑其他的机会，如果需要，我可以帮助你？"

周锐不解，陈明楷非常轻松："我可以写推荐信，帮你介绍一家公司，我不想你突然没事可做。"

陈明楷竟如此决定，周锐愕然："这是劝退吗？"

陈明楷寸步不让："你可以这样理解。"

周锐的怒火再次被激发，愤愤不平："我努力工作，没有违反公司的规定，你没有资格让我离开。"

陈明楷靠在椅背上："我有，因为我是中华区总经理，这是我的权力。"

多说无益，周锐起身摔门而去，办公室里回荡着咣当的声音，他铁青着脸，离开办公室。林佳玲匆匆追出来："怎么了？你和陈总吵起来了？"

"我不能接受他的安排。"周锐上了电梯，里面只有他们两人，"他还有另外一种选择，让我辞职。"

林佳玲思考着缘由，带头向咖啡馆的方向走去，周锐转向停车场："我先回去了。"

林佳玲笑起来："陪我去喝杯咖啡，好吗？"

周锐并不想回家，只是心烦意乱，不想待在办公室中，他接受了林佳玲的提议，闷头向咖啡馆走去。林佳玲小跑跟着："慢点啊，我跟不上。"

华东地区压下订单，陈明楷手中握有把柄，周锐很难讲清楚，即使投诉到亚太区也没用。林佳玲追上周锐："你打算辞职吗？"

在一家关系错综复杂的公司里，林佳玲值得信赖吗？连手把手培养出来的杨露都出卖了自己，利益已经扭曲了人与人的关系："我没有做出违反公司规定的事情，他这样做很不公平。"

林佳玲继续问："他为什么这样做？"

这句话问住了周锐，陈明楷为什么处心积虑将自己赶走？他们并没有严重的矛盾，自己对他完成中华区的业绩只有好处没有坏处。林佳玲没有等到回答，先走进咖啡厅坐下，笑吟吟地说："天气变得真快，已经这么冷了。"

周锐压制住心慌意乱，说起天气："是啊，现在都要穿大衣了。"

林佳玲突然跳转话题："为什么陈总这样对你？"

林佳玲有些异常，话题跳跃，周锐顺其自然："为什么？"

林佳玲笑着说，指指咖啡厅："你看，这里不是办公室，算是朋友间的聊天吧，先点杯饮料吧。"

　　周锐起身去点咖啡，林佳玲板着脸摇头："我不喝咖啡。"

　　周锐满腹心事，忘了问她要什么，就点了自己喜欢的咖啡："你喜欢什么饮料？"

　　林佳玲向咖啡厅的招牌上看去，伸出食指说："我要那种吧。"

　　林佳玲平常总是很专业，今天却像一个普通的女孩子，她真是说变就变。周锐重新点了饮料回来，林佳玲又摇头说："不要加冰。"

　　周锐笑着承认："对不起，我忘了问了，没关系，我再去。"

　　周锐喝完一杯咖啡，开始续第二杯。林佳玲用小勺将杧果汁放入口中，她第一次单独与周锐在一起，不愿意破坏这种奇异的温暖，缓缓说道："陈明楷如果这个季度不能完成任务，位置就岌岌可危。"

　　周锐不明白这和自己的处境有什么关系，林佳玲看着周锐："谁接替他？"

　　周锐心中一动，捷科没有从外面找空降兵的传统，一定是从公司内部挑选，要么从总部选派，要么从内部提拔，公司从国外选派过几任总经理，他们不懂中国市场，都不成功。

　　林佳玲来中国，担负了特殊的使命，亚太区总裁罗林斯请她深入了解大陆地区业绩上不去的原因，她现在渐渐看出些门道："公司希望从中国的团队中选拔。"

　　周锐警觉，她是市场总监，怎么会知道这些？

　　林佳玲接着问："你汇报给魏岩，有什么想法？"

　　周锐坦然相告："我告诉陈总，道不同不相为谋，我拒绝了，看来我只能辞职了。"

　　这是林佳玲最担心的结果，她刻意保持中立，却喜欢上与周锐并肩作战的感觉，心中的天平渐渐倾向于他。她终于下决心挑明："如果陈总不能达成业绩，要从内部选拔中华区总经理，会是谁？"

　　周锐自身难保，就要辞职了，无心猜测。林佳玲突然笑了："不瞒你说，只有一个人选，他连续两年带领团队，打败竞争对手，完成目标。"

　　周锐大脑一阵迷糊，怀疑地问："我？捷科没有本地员工担任总经理的先例。"

　　林佳玲不想说得过于肯定："如果从内部选拔，除了你谁还有资格？"

　　周锐无语苦笑，他被一降再降，杨露都比他高出一级。

"不要离开，留下来。"

周锐反问："我留下来汇报给魏岩？"

林佳玲点头："对，留下来汇报给他。"

周锐从上海回到北京，名义上还是总监，团队和区域却一减再减，他已经忍了很久，汇报给魏岩实在难以接受："在这个位置，我能有什么表现？前有强敌，后院却起了火。"

林佳玲加重口气劝说周锐："你可以尽力完成承诺的数字，你比他年轻，可以忍耐，你可以集中精力打赢经信银行这一仗。"

与骆伽决战，周锐毫无把握，经信银行的订单机会渺茫，难以看到希望："如果输了呢？"

林佳玲想想回答："你有两个选择，现在你的业绩开始好转，你可以暂时放弃经信银行的订单，集中精力完成任务，先把内部稳定下来，继续等待机会。"

这是攘外必先安内的做法，稳定内部积蓄力量，等待陈明楷被亚太区废掉。周锐不想这样："还有吗？"

林佳玲说出第二种选择："仍然决一死战，打败惠康拿下经信银行的订单。这样，陈明楷依靠这个超级订单，轻松完成任务，坐稳了位置。我今天是作为朋友跟你谈的，站在公司角度我不会这样说。你自己要想清楚，你能一直忍受汇报给魏岩吗？"

周锐当然不想汇报给魏岩，却也不想放弃："我宁可被赶出公司，也不愿意退出经信银行的竞争。大家为了这个项目付出多少心血？方威、肖芸、工程师们，还有你，我能放弃吗？"

林佳玲就是要劝说周锐留下来："你决定了吗？"

现在就像在战场上，前有强敌后有内乱，如果回头先安定内部，前线必然崩溃，大家一起完蛋。只能完全放弃后方，一鼓作气打败前面的对手，内部的危机或许才可以化解，这是眼前唯一的一线生机，周锐点头："我决定了。"

公司组织结构已经调整，周锐被降职，林佳玲提醒道："公司的环境会更加恶劣了。"

周锐的处境不仅艰难，甚至会变成屈辱，周锐并没有把握忍受下去："我会试试的，谢谢你的提醒。"

林佳玲达到目的，露出浅浅的笑容："我也不完全是为你，你如果离开捷科，最有可能去什么公司？"

周锐恍然大悟，更加佩服眼前这个深藏不露的漂亮女孩："担心我去惠康？"

如果周锐去了惠康，华东区的人马肯定也会跟去，这是捷科最精锐的团队和最后的根据地，经信银行的订单也将不战而败，捷科在中国根本没有机会与惠康竞争，所以林佳玲才尽力挽留。

电话铃声骤然响起，一个沉寂两年的号码出现在屏幕上，周锐忍不住脱口而出："骆伽！"他把话机贴在耳边走到一边，轻轻细语几句回来，仿佛失去感觉一样，将本来为林佳玲点的杧果汁一饮而尽，然后抬头茫然地看着林佳玲，"骆伽约我见面。"

骆伽来得真快，林佳玲深深地看一眼周锐："为什么是她？如果招你去惠康，应该是人力资源。"

周锐今天在招标现场见到骆伽，便猜到今晚肯定要见面："她找我，不是为这件事。"

林佳玲好像要看穿周锐一样，问道："这么肯定？"

周锐不想多说，这是他和骆伽之间的秘密，那些令人惆怅的往事，令人心醉，也令人心碎。他站起来回答："我们走吧。"

林佳玲噘起嘴角，表示不满："你接到她的电话，就魂不守舍了。"

他们走出饭店，冷风将热气吹散，林佳玲看着黑漆漆的夜空问道："漫长的一天，是吗？"

54．周五，晚上六点四十分

虽然有两年时间没有见面，但骆伽在周锐的记忆中没有褪色，反而更加深刻和鲜活。他们作为新人加入捷科，骆伽做销售，周锐是工程师，两个菜鸟面对北京通管局智能交通系统的订单，与高手中的高手对决。他们一起奋斗，打败惠康，最后却发现，这全是骆伽的圈套。他们曾经那么相爱，日夜朝夕相处，她的一个眼神一个动作，至今都清晰地刻在周锐的回忆中。

然而，一切都已经逝去，周锐唯一能做的就是忘记。但是真能做到吗？周锐曾经以为自己淡忘了，可在即将面对骆伽的时候，周锐知道这些记忆只是暂时被掩埋起来了，不但没有褪色反而更加清晰。以至于当骆伽出现的时候，周锐感觉好像就是一次昨天的约会，他不由自主地向骆伽伸出手去。她先是吃惊，随即嫣然一笑，乖乖地将手递过去。可当她温暖细腻的手掌滑入周锐的手中时,他突然一惊,意识到一切都已经过去,于是粗鲁地甩脱她的手掌,拉远与她的距离。

骆伽没有介意周锐的举止,笑着说:"我迟到了。"

周锐对视着:"你迟到了,好,很好,非常好。"

骆伽保持着笑容:"我终于学会迟到了。"

周锐仔细地研究骆伽,从脸到脚:"你以前是从来不迟到的。"

骆伽向上翘起嘴角,笑容更加清晰:"这不是你希望的吗?"

周锐欣赏着骆伽,两年的时间削去了她的咄咄锋芒,她变得含蓄和迷人:"你是怎么做到的?"

骆伽将身体靠回椅背:"这是自然而然的事情,也许是年龄的原因吧。"

周锐不同意她的看法:"你以前追求完美,现在好像不是了。"

骆伽要求一切必须完美,每天订出很多目标,对身边的人也是这样:"所以,有人为此逃离了我。"

周锐知道她是指自己:"那是五年前,两年前你已经不是这样了。"

骆伽的目光移到两人中间的鲜花:"的确,我发现每天在做的都是一些不重要的小事,因为大事不可能每天发生,因此我每周只要做到五件事就可以了,这样就轻松多了。"

周锐回想往事:"可是你对每周的计划要求更高了,如果做不到你就会不高兴。"

"的确,大多数人都达不到我的要求和期望,可是却不得不和他们合作,我发现,这不是别人的问题,而是我的问题。你走之后,我就改变了,我每年只给自己三个目标,其他的事情都不重要了,从此我学会了迟到。大家都说我变了,他们不再害怕我了而是更喜欢我了。"

骆伽以前每周实现五个目标,每年两百六十个,现在压缩到三个,周锐仿佛回到五年前两人一边磋商一边销售的时光:"的确轻松多了,但是还没有达到最高的境界。"

骆伽说:"我现在能做到每年做三件事,要是能够做到一辈子只做三件事就好了。"

周锐此刻已经彻底摆脱了见到骆伽的尴尬,笑着说:"你只用了五年就达到了现在的境界,很多人一辈子也悟不到这个道理,也就一辈子捡了芝麻丢了西瓜。难怪你的气质完全不同了,不会让我感到压力。对了,今年的三个目标是什么?"

骆伽轻轻笑着:"先从比较不重要的第三件事说起吧,只要第一件事和第二件事做完了,这件事就是什么事都不做。"

周锐没有明白，皱眉摇摇头，骆伽浅浅地喝了一小口咖啡："休息，每天睡到自然醒，想做什么就做什么，如果不想做就什么都不做。"

周锐懂的，她的确应该好好休息："那第二件是什么呢？"

骆伽用咖啡暖着手掌，缓缓回答："第二件事就是经信的订单，之后就不做销售了。"

这句话出乎周锐的预料，骆伽确实是与以前不同了："你不做销售了？"

骆伽反问："我适合做销售吗？"

销售是很辛苦的工作，压力非常大，周锐从不找漂亮的女孩子做销售，她们有太多的机会和依靠，不需要进入残酷的竞争之中。"你擅长，很适合，但是我知道，你并不喜欢。"

骆伽同意，还是周锐最了解她的想法。"我明年开始负责公关部了，元旦后去美国培训，这是我的最后一个订单了。"

周锐不想谈起订单，扯回到以前的话题："除了休息和这个订单，你今年还有什么事？"

骆伽喝了口咖啡，凝望着周锐："你走之后，我想通了一个道理。人生中只有两件事，一是工作二是生活，哪件事更重要些？"

周锐想了想："年轻的时候事业重要，年纪大的时候生活重要些。"

骆伽摇摇头："我以前也是这样认为，但现在觉得工作其实也是为了生活，所以最重要的一件事是关于生活的，你猜猜？"

周锐发现自己又进入了一个敏感的话题，却不得不回答："猜不到，告诉我。"

骆伽将目光从周锐身上收回，"你和我都是不愁吃穿的人，物质条件很好了，这时什么最重要呢？"

周锐试图避开这个话题："是啊，每次回想起你家门口的热干面，口水都禁不住流出来，还记得吗？"

骆伽不理这句话，轻轻贴近他耳边："人生中最重要的，就是找到喜欢的人陪在身边，所以我今年最重要的事情就是将这个人找回来。"

周锐沉默不语，骆伽的声音仍然清晰地传进他耳中："爸爸去世之后，你就是我在这个世界上唯一可以信赖的人了，而且，爸爸也是将我托付给你了，是吗？"

周锐勉强点头，骆伽继续说："我只要做成这一件事就足够了，其他都不重要了，包括那个订单。我可以现在打电话给刘丰，说我不要那个订单了。"

她居然将这两件事情联系在一起，周锐不知该如何回答，只好反问："你怎么向公司交代？"

骆伽轻轻笑着："只要按照以前的招标方式，第一期项目让给你，刘丰自然会将二期给我。"

周锐好奇："你能说服刘丰取消二次招标？"

骆伽含着笑："为什么会有二次招标？谁在什么时候决定二次招标？"

这正是这个项目的关键，周锐追问："为什么？不是这两天才决定的吗？"

骆伽笑意更加清晰："傻瓜，我不能说太多，二次招标在一个月前就定了。要我打电话给刘行长吗？我现在就放弃。"

周锐立即想到黄静，她此刻正在家里做晚饭吧？他抓起手机走到旁边，给黄静发了一条短信，告诉她晚上有事，不回去吃饭。他发完短信回去的时候，骆伽站起来懒洋洋地说："今天不逼你了，你都紧张起来了。但是时间不多啊，这个订单马上就要决定了。现在做什么呢？看电影吧，自从你去上海之后，我就再没有看过电影了，陪我一次好吗？"

周锐看着她渴求的目光，不忍拒绝，点头答应，她高兴地拉着周锐，向通往停车场的电梯跑去。

骆伽驾驶着宝马车沿着亮马桥路向东疾驶，窗外有熟悉的景色掠过，目的地是露天森林电影院。车子灵活地转进小径，汽车大灯只能在林中的雾色里照出朦胧的亮光。周锐回忆起以前两人密会的情景，这里是他们找到的最隐秘的地点，周锐通常是乘坐出租车来林中，买些路边小吃，然后钻进骆伽的车子。不久之前的往事现在回忆起来却显得那么的遥远。

车子戛然停下，骆伽看看时间，打开CD，然后拍拍周锐的肩膀，示意他下车。这是两人几年前的习惯，他们不喜欢坐在前座，更喜欢挤在后座。当周锐坐进后座，故意与骆伽保持一点点距离的时候，歌声缭绕在车厢之内。

亲爱的你为什么不在我身边
这里的空气很新鲜，这里的小吃很特别
这里的latte不像水，这里的夜景很有感觉
在一万英尺的天边，在有港口view的房间
在讨价还价的商店，在凌晨喧闹的三四点
可是亲爱的，你怎么不在我身边

111

我们有多少时间能浪费
　　电话再甜美，传真再安慰
　　也不足以应付不能拥抱你的遥远
　　我的亲爱的，你怎么不在我身边
　　一个人过一天，像过一年
　　海的那一边，乌云一整片
　　我很想为了你快乐一点
　　可是亲爱的，你怎么不在身边

　　骆伽看着窗外，歌声结束才将目光收回来投向周锐，眼圈中隐隐含着泪光。骆伽心情恢复平静后淡淡地说道："你走之后，我经常来这里，不是看电影，而是来听这首歌。"

　　周锐无言以对，骆伽轻轻叹口气："我们见面后一直都在谈我，你回北京之后还好吗？"

　　周锐如释重负地说："还好。"骆伽的泪光还没有完全消逝，嘴角却换上笑容："真的很好吗？从上海回来应该升职了吧？"

　　周锐立即想起公司的险恶环境："实际上是不太好，不但没有升职，反而被降职了。"

　　骆伽已经得到了消息，明知故问："哦？你在上海的业绩很好，你离开的时候，我们上海的分公司还庆祝了呢。唔，到底有多不好？"

　　周锐装作没事的样子："没什么，顶多换家公司。"

　　骆伽孜孜不倦地追问："要不要我帮你介绍？"

　　周锐警觉起来，她毕竟是最强劲的竞争对手："你的消息真灵通，今天发生的事情，你都知道了。"

　　骆伽依然保持笑容："不但知道了，而且还替你想好了出路呢。"

　　今天自见面以来，骆伽每句看似普通的话中必有深意，她有什么意图？周锐故意不理会骆伽的提议，"这次见面，你真的变了，笑得更多了。"

　　骆伽笑得更加灿烂："虽然你不在我身边，虽然每天都想着你，却仍然可以保持笑容，好看吗？"

　　周锐由衷地点头，笑容确实增加了她的魔力，骆伽做了一个鬼脸，突然板起面孔："我是认真的，不要转移话题，我与公司高层谈过，他们愿意请你来惠康。"

　　骆伽果然另有深意，周锐不由得佩服林佳玲的先见之明："哪位高层？"

　　周锐在上海将惠康打得落花流水，惠康中国公司的总经理林振威就有这样的想法，骆伽想了一下，毫无保留地说出来："林振威先生，他愿意请你来接替我的职务。我明年转到其他部门，我也建议你接替我，这是最好的选择。捷科既然赶你走，你何必要留在那里？现在是开放的环境，每个人都可以自由选择。如果你愿意，你可以将手下都带过来，我们都欢迎，你也不用担心他们的待遇，保证让你满意。"

周锐不得不承认，这是不错的选择，而且骆伽值得他信赖。骆伽继续游说："你在一线销售不如我，但是选拔团队、知人善任、培养人才、激励士气方面，我不如你。你一定可以做好这个位置。好了，不用今天给我答案，想想吧，但是时间不多。"

骆伽笑着眨眨眼睛："别忘了，两件事你要给我答复：一是你要不要我放弃这个订单，二是要不要到惠康来。你看，我将什么都替你准备好了，你愿意留在捷科，我就把订单让给你，你不愿意留，我就将自己的职位让给你。"

骆伽伸展了四肢，自然而然地把身体靠在周锐肩膀上："电影要开始了，我最喜欢的恐怖片。"

周锐口鼻中都是她独有的香味，恍然回到了从前。他的心中突然惊醒，骆伽固然还是以前的她，可是自己却不是以前的自己，他轻轻将她身体扳直靠在座椅上，换来的却是骆伽幽怨的目光。周锐无心看电影，仔细地看着她的侧影，她的确变了，朝自己喜欢的方向上变了，如果早变两年，还会分手吗？

随着恐怖音乐响起，骆伽的两只拳头紧紧地攥在一起，托着下巴。周锐不理解，骆伽为什么喜欢看恐怖片，每次总被吓得全身发抖却还要看。她突然惊叫一声，紧紧抓住周锐的胳膊，周锐感到一阵刺痛，这是她的习惯，以前周锐的胳膊总是被掐得青一块紫一块。周锐看着骆伽惊恐的表情，终于没有把她的手推开，任由她紧紧抓着。骆伽完全被电影吸引，紧张地屏住呼吸看着最紧张的情节，骤然大叫一声，紧紧钻进周锐的怀抱。

55．周五，晚上九点五十五分

电影结束之后，骆伽将周锐送回家，这让周锐更加体会到她的变化，她以前可不是这么体贴。骆伽只用了十分钟就开到周锐的公寓。看着周锐消失在大堂，骆伽一踩油门，冲进夜色。

还不到十点，黄静应该没有休息，明天就是周末，应该做些什么呢？打高尔夫吧，北京寒冷的冬天就快来了，球场快被封了。黄静不会打球，但喜欢看，只有她才可以帮助周锐从一整天的纷乱中解脱出来。

黄静像往常一样用拥抱迎接周锐，可是今天的拥抱与往常却不同，黄静僵硬在周锐怀中。周锐的大脑突然一片空白，骆伽的香味正在钻进鼻孔。黄静使劲推开他，目光直截了当地洞穿呆若木鸡的周锐，最后停留在他衬衣上。周锐走到镜子前扯开领子，上面清晰印着骆伽悄悄留下的玫瑰色口红。

周锐上前拉住黄静的胳膊，被她甩开，她问道："伽伽？"

周锐点头承认，又去辩解："不是你想象的那样。"

黄静根本不想听，转身进入卧室，砰地将门关上锁住。

周锐躺在狭窄的沙发上翻来覆去，默默数着下午喝了几杯咖啡，与林佳玲见面的时候喝了两杯，与骆伽两杯，四杯咖啡刺激着他的神经，他筋疲力尽，精神却异常兴奋。

周锐回想着今天的事情，下午参加经信银行的开标会议，然后在办公室里被陈明楷逐出会议室，林佳玲透露亚太区的内幕，然后与骆伽见面。在经历了这么多刺激之后，周锐本希望能够回到家里好好休息，如今却被黄静赶出卧室。周锐满脑子想的都是怎么办？怎么在公司里生存？怎么打赢经信银行的订单？怎么答复骆伽？最后，周锐只想一件事，如何向黄静解释？周锐急需充分的睡眠，却只能睁着眼睛看着天花板胡思乱想。直到天边放亮，他才耗尽所有的精力，进入了梦乡，早上的阳光和喧闹却很快将他从浅浅的睡眠中惊醒。

周锐从沙发上爬起来，立即去推卧室的门，没有锁，周锐心中有一点安慰，黄静应该原谅自己了，他打开门轻手轻脚地爬上床，只要到了那里就可以再度进入梦乡，迅速恢复过来。但是当他爬上去的时候却发现黄静并不在，四处都找不到黄静的身影。

终于，他在茶几上发现了黄静的纸条：

锐：

  我回杭州父母家了，好久没有陪他们了。虽然我们在一起，你仍然有选择的权利，可以选择你自己想要的生活。我离开了，你自己选择吧。

静

周锐沮丧地躺在沙发上，在公司内部陷入困境，家庭也因为骆伽出现了危机。正在周锐百无聊赖消磨时间的时候，他大脑中突然灵光一闪，骆伽提到二次招标在一个月前就决定了，怎么可能？

56．周五，深夜十一点五十分

方威打开电脑，屏幕上弹出了对话窗：你知道为什么二次招标吗？

泡泡龙每晚都在MSN上主动打招呼，方威却开始不理不睬，以前是方威主动，现在正好相反，方威不着急，泡泡龙掌握大量足以影响输赢的资料，方威等着他主动吐出来。

方威在对话窗口键入：不知道，为什么呢？

一行字跳入对话栏：崔国瑞主张采用捷科的方案，刘丰坚决主张二次招标。

泡泡龙确实深谙招投标内幕，内线的信息印证他没有说谎。他到底是谁？他肯定参加了经信银行的内部会议，否则不可能对当时的情况这么了解。方威脑海中一一浮现出项目小组的每个成员，仍不能将泡泡龙和他们联系在一起：你是谁？怎么知道这些？

泡泡龙：你怎么知道刘国峰和赵颖的情况？

方威：告诉我你是谁，我就告诉你，交换，公平吗？

泡泡龙也许远在天边，也许近在眼前，藏匿在无限的网络世界中，方威只能紧张地等待。屏幕上显示着对方正在输入信息，时间在黑夜中慢慢滑过，泡泡龙仍然在网络那边犹豫不决，过了一会儿，屏幕显示出来：你先说。

方威不相信对方：你先说。

两人僵持着，方威断然关掉窗口，他要掌握主动权，对方既然想知道刘国峰的事情，必须吊足他的胃口，这样他才会拿出有分量的资料同他进行交换。

第九周　攻势

57．周日，中午十一点二十分

两年前，骆伽与周锐之间纠缠不清的情感由于他调到上海戛然而止，重逢给骆伽带来了回忆和遐想。但是一旦面对客户和订单，骆伽就能够抛开一切。在这么多年的输赢较量之中，骆伽学会了冷静，现在她已经切断了与周锐之间的每一丝牵挂，周锐只是一个必须打败的竞争对手。

骆伽不急于练球，打开汤力水，看着面前依然绿茵茵的草地。周日是她铁打不动的高尔夫日，自从第一次接触这个运动，她就乐此不疲并且越来越感兴趣。骆伽走到击球点，双手握杆轻抬手臂，移动身体将球击出，击球前的动作是打出好球的关键。骆伽将这个理念用在销售，当客户开始采购时，骆伽自己完成谋划，然后竞争对手踏入自己设计的战场，粉身碎骨。

骆伽还将高尔夫变成了销售的武器，刘丰本来不打球，在她极力推荐下才迷上这项运动，两人边打球边谈项目，其他公司的销售人员还在办公室做技术交流的时候，订单已经在球场上敲定了。骆伽成功得到了刘丰夫人的支持，她支持丈夫打高尔夫，夸奖骆伽，说她不像其他人，净带着客户做些对身体不好对家庭不好的事情。

刘丰拎着大信封从门口进来，并没有立即戴上手套，而是点了一杯汤力水，这是他们两个人的共同爱好。

"骆伽啊，觉得怎么样啊？"

"您说招标吗？多亏您了，要不然就危险了。"骆伽用感谢的语气回答。

"你们疏忽了，不能光陪我打球，也要和技术人员交流，讲讲方案，讲讲感情，台面上的和饭桌上的都要有，白天要做工作，晚上也不能闲着，是不是？要不是二次招标，你就真输了。"刘丰语气并不严厉，每次见到骆伽，他的心情都会好起来。

骆伽在刘丰面前总是像听话的女儿，刘丰只有儿子，应该喜欢这样的角色定位，她乖乖答应："您说得对，我们在二次招标中，争取有好的表现。"

刘丰替骆伽分析："银行各方面的监管机制越来越严格，我顾及方方面面的影响，你们评分过低，我可就帮不上你了。"

刘丰是最好的内线，骆伽寻求他的建议："下次招标我们应该注意些什么？"

刘丰戴上手套准备打球："两期项目合并，你们在技术方面要做好准备。上次介绍方案的时候，评标小组对捷科赞不绝口啊，其次价格也要有优势，价格不一定最低，但要适当。"

骆伽立即试探："第一次招标需要方案介绍，这都第二次了，您看还需要吗？其实讲十分钟就够了。"

刘丰侧头看着骆伽，将手套解了下来，听出了她的言外之意："聪明，好，我们就将技术交流压缩到十分钟，还有什么想法，尽管说吧。"

骆伽立即噘起嘴角，佯装生气："您不是说招标要公正公平公开吗？我却觉得没做到。我才知道，项目小组的陈刚是捷科公司肖芸的同班同学，这能叫公正吗？万一泄露出招标的内幕消息，说得清楚吗？"

刘丰根本不知道这回事，好奇地看着骆伽："你神通广大啊，对我们银行的消息比我都清楚啊。可是同学关系并没有违反招标规定啊，不属于需要回避的范围！这样吧，总行刚好要到各个省级分行去走访，我让信息中心推荐个人选，把陈刚派去就行了。"

骆伽达到目的，立即笑着说："谢谢您，我们一定请最好的工程师来做方案。其他方面，我们应该注意些什么？"

刘丰反而询问骆伽："崔国瑞为什么坚决支持捷科？你们做工作了吗？"

"我们当然做了，各种各样的方法都试了，总像隔着一层。"骆伽试过很多种方法。

"不要总在办公室外做工作。老崔这个人我了解，搞技术的，做事严谨精细，讲究前因后果。他下班就回家，越是手段多，他越反感。"

两人该说的都说了，刘丰抬眼看着球场："今天下场吧。"

"好啊，今天较量一下。"骆伽站起来。

刘丰把厚厚的信封递给骆伽："研究一下，不要复印，不要给第三人。"

骆伽揭开信封，手指在页脚翻动，上面清晰地印着：捷科科技中国有限公司。骆伽立即放心，只要有了捷科的建议书，不愁方案做不好。

58．周三，上午八点五十分

经信银行的订单正在节骨眼上，方威、周锐、林佳玲、肖芸和工程师们聚在会议室中，在明显的技术优势和价格优势下没有确定胜局，他们都感到了无能为力的悲观。自从见过骆伽后，周锐一直在想，为什么要二次招标？

"崔行长坚持选择我们，肖晓阳建议将两期项目合并，二次招标，刘行长采纳了肖晓阳的方案。"方威掌握了会议的经过。

周锐摇头，那是演戏。"我们一直在这边忙活，惠康那边做了什么我们一点儿都不知道。要么惠康做了事情，我们被蒙在鼓里，要么就是惠康将该做的都做了，现在不需要做什么，我现在终于想通了。如果我告诉你们，二次招标在一个月前就定下来了，你们怎么想？"

林佳玲感到不可思议："怎么可能？不是上周开会定下来的吗？"

周锐本来也是这样认为，自从骆伽亲口告诉他，他越想越觉得有问题。

肖芸自言自语："陈刚没有告诉我啊，如果要二次招标，他不会不说啊。这件事是在上周的会议中才确定的，这点是千真万确。"

周锐沉思："也就是说，二次招标也瞒着经信内部的人，陈刚和涂主任都被蒙在鼓里。"

肖芸睁大眼睛，不可置信："这太离谱了吧？"

会议室中陷入沉默，方威一直没有说话，皱眉仔细想着，终于恍然大悟："我想明白了，骆伽的确出手了，但是也可以说没有出手。"

大家都听糊涂了，肖芸问："你是什么意思？到底出手没有啊？"

方威整理好思路，仔细推敲，才缓慢说道："骆伽在一个月前就出手了，她出了一个虚招，就轻轻松松地将我们所有的招式都化解了。"

肖芸吐吐舌头："太玄了，这是现实生活，可不是武侠小说。"

方威没有理会，骆伽是高手中的高手，不能等闲视之。"什么是高手中的高手？如果跟对手你一拳我一脚打在一起，顶多是个强手，高手中的高手应该是料敌如神，不战而屈人之兵。经信银行的招标肯定会引来众多高手，他们气势汹汹，势头正旺，如果正面交锋，杀敌一千也自损八百，即使赢了也损失惨重，骆伽既然是绝顶高手，一定会避免这样的情况出现。因此她在一个月前出了一个虚招，这就是第一次招标。各路高手不明白玄虚，都以为是真招标，八仙过海各显神通，把所有力气和本事都使了出来，却全部落空，骆伽没费一点力气，就化解了全部招数。我们这些人自以为高手，人家却连一个小指头都没动。"

周锐一直没有说话，怕影响方威的思路，此时忍不住了："这个虚招还有用意，大家都知道经信是惠康的地盘，第一次都瞄准惠康使劲打，可既然是虚招，骆伽根本没有出头露面，我们就拿了第一名。第二次招标的时候，我们就成了靶子，所有的厂家都朝我们来了，我们便成了她的挡箭牌，骆伽那边轻而易举地就可以将订单揽入手中，我们却被刺成了刺猬。"

方威思路大开，脑细胞跳跃："还有更厉害的，骆伽在第一次招标时根本没有暴露虚实，我们毫无保留地将真本事都拿出来了，骆伽笑呵呵地照单全收，对我们的优点和劣势一目了然，等到二次招标，人家找准了我们的缺陷，一击致命。"

肖芸着急："我们以前找到的十五个优势和九个劣势全部暴露了吗？"

方威点头："只要骆伽稍微动动小指头，就可以拿到我们的建议书，把我们的方案掌握得清清楚楚，对于我们的优点，她补充到自家的方案中，对于惠康的缺点也会好好地补上。二次招标的时候，我们根本就看不到她身上的弱点，自己却是漏洞百出。"

肖芸自我安慰道："还好，我们已经识破了，总能找到办法。"

周锐回想着骆伽说话的神态，她肯定不会说漏嘴："人家故意透露信息给我，根本不把我们放在眼里。"

肖芸刚得到消息，一脸焦急："他们已经动手了，刚才陈刚告诉我，他去参加省级分行的巡检，不参加二次招标了。"

骆伽行动这么快，超出方威的想象："陈刚是经信内部内线，没有他，我们就断了信息源，如同瞎子一样了。"

肖芸不等方威说完，又说出第二个消息："陈刚告诉我，方案介绍只有十分钟了，我们上次就是靠周锐和林佳玲的方案交流取胜的，这次我们根本就展现不出来了。"

方威咬着牙："骆伽一手切断眼线，现在又断手足，还没有上阵就把我们搞残了，厉害！"

林佳玲很担心他们失去斗志，反问方威："骆伽神乎其神，你打算怎么办？放弃吗？"

放弃这个词是方威最不喜欢的词汇，林佳玲一句话就激起他的斗志，他抬头笑着说："好，越来越有意思了，遇到这种高手中的高手，我是梦寐以求，只求拼死一搏，就算败在她的手下，我也心服口服。"

周锐佩服林佳玲的激将法，追问方威："你打算怎么办？"

方威遇挫更强："只要我们在技术上继续领先，价格保持优势，刘丰也不能只手遮天。我们的技术和方案已经暴露，只求打个平手。周锐，你负责申请折扣,这是关键,惠康也做不出什么手脚,只要在价格上有优势,我们就能在总分上打败骆伽。"

周五提交建议书,厂家用十分钟介绍方案,项目小组在周六讨论一天,很快就会有结果。周锐征求大家意见:"如果没有其他的事情,就尽快开始写建议书吧。"

方威还沉浸在被林佳玲激出的斗志中:"骆伽,咱们就面对面较量一下吧。"

周锐拉了一把方威:"别咬牙切齿了,赶快行动。"

方威却突然问道:"骆伽和你是什么关系?"

周锐摇头:"这都是过去的事情了,不要提了。"

方威不依不饶:"你上周五去见骆伽了?"

周锐一言不发只是点头,方威看出问题来:"你今天精神不振,衣衫不整,这么大的风,这么冷的天,你怎么只穿一件西服?"

周锐看了一眼肖芸和林佳玲:"黄静去了杭州,我翻箱倒柜也找不到大衣。"

方威将几件事联系在一起:"你刚见骆伽,老婆就跑回杭州,有文章。"

周锐本不想讲,却看见大家都看着自己,只好承认:"我见了骆伽,黄静就不高兴了。"

方威满脸坏笑,他很了解黄静:"如果你只见骆伽,她不会生气,你肯定犯错误了吧?"

周锐叹口气:"大错误没犯,小错误犯了。"

方威笑呵呵地问:"犯什么错误了,骆伽是你的克星啊,你怎么还招惹她?"

周锐被刨根问底,还不如实话实说:"我就说了吧,免得你们乱想。"

周锐讲完,方威却皱起眉头:"老婆大人生气了,后果很严重。但是你觉得骆伽在你身上留下香味,是有意还是无意?"

这句话问得周锐心脏一跳,想到骆伽古灵精怪的个性,缓缓点头承认。方威哈哈笑着:"这本来是我要对付赵颖的手段,却让骆伽用出来了,而且用得出神入化,连你这老江湖都被骗了。你曾经说过,如果对手没有缺陷,也要制造出来,骆伽就是以你之道还你之身,你和黄静之间不是情投意合吗?好像没有缺陷,骆伽和你看场恐怖电影,硬是制造出来了。你冤啊,比窦娥还冤,可是有冤说不出。骆伽周五就这么轻轻一露面,咱们的订单就被折腾得七上八下，你家也风雨飘摇了，遇到这样一个对手，我是三生有幸啊。你怎么就招惹了这么个魔头啊？你和黄静从此没安静日子过了，不过，骆伽对你倒没有什么坏心眼。"

肖芸皱着眉头，订单凶多吉少，周锐的老婆也跑了："亏你还笑得出来。"

方威哈哈大笑："输赢本来就是一场游戏，机会越渺茫，游戏就越有意思。"

肖芸反驳方威："你不在乎输赢，赵颖你在乎吗？"

方威被戳到痛处，点头承认："你说得对，这我输不起，这次来北京真不顺，周锐被降职，还跑了老婆，我的订单前景渺茫，赵颖又要嫁人了。可是我们还没有输，何必愁眉苦脸？我还是要笑，笑，唉，可是我怎么笑不出来？"

方威强作笑容，想到赵颖后却怎么也笑不出来了。

59．周三，上午九点整

骆伽喜欢尝试各种各样不同风格的衣服，便于在不同的场合面对不同的人，但在公司时永远是千篇一律的西服套装，仿佛给自己打上标签，束缚着喜怒哀乐，对此她已经感到厌倦。这一切就要结束了，经信银行这个项目结束，就可以换一份截然不同的工作了。

骆伽是主角，第一个来到会议室，打开笔记本电脑将思路集中。销售人员和工程师们陆续进来，这是骆伽信得过的团队。林振威在九点整进入会议室，坐在中间的椅子上，做了一个手势，示意骆伽开始。惠康公司中华区总经理林振威对此叫作"作战会议"，每当有重大项目的时候他才亲自出席，仿佛司令官亲自指挥战役，制定战略战术，调兵遣将。

骆伽的目光扫过每一个人，开口道："经信银行第一次招标上周五宣布结果，五个厂家进入二次招标，我们正在制作二次招标的建议书，周五提交，招标结果下周就要出来了。"

林振威问："现在形势怎么样？"

"一切都照计划进行，五个厂家之中真正有希望的就是捷科和惠康。"骆伽胸有成竹，"通过这次招标，我们掌握了捷科的方案，在二次招标的时候，我们就会拿出真正的实力。"

林振威对捷科的方案很有兴趣："他们的方案怎么样？"

惠康的技术总监替骆伽补充："我看了，非常好的方案，比我们原先的方案还要好。"

林振威点头："这个方案是捷科谁负责做的？"

骆伽对捷科的动态了如指掌："捷科市场总监林佳玲，几个月前刚从新加坡被派到中国。"

林振威把这个名字告诉秘书，继续问："我们的建议书能超过捷科吗？"

技术总监思考后说："捷科的方案非常有特色，当然我们也不是一无是处。比如……"

"你的建议书能不能比捷科好？能还是不能？你可以考虑一下。"林振威平静而又坚定地打断他。

他紧张地取下眼镜，知道这是一个必须兑现的承诺，低头和工程师商量了一会儿，"不敢保证。"

骆伽从面前的文件中抽出一本："你们看一下捷科的方案。"

林振威不慌不忙："你们仔细地看，我可以等。"

技术总监戴上眼镜和工程师聚在一起，一页一页看起来，会议室中只听到翻页的声音。骆伽双手交叉搭在桌上，一言不发，这是招标中的关键。

技术总监仔细研究和斟酌后，站起来语气坚定地说："可以。"

林振威注视着对方，给他最后一个收回承诺的机会："你确定？"

如果没有看到捷科的建议书，他没有办法超过，现在既然看到了，他就有了信心："我保证。"

林振威没有一丝微笑，冰冷的目光注视着他："我们看评标结果中最终的技术得分，如果分数低于捷科，你知道后果吗？"

技术总监不禁打了一个寒战，这是逼着自己立军令状："我保证二次招标的技术得分超过捷科，做不到就辞职。"

林振威露出孩子一样的笑容，目光扫了一眼捷科建议书："这个东西看完了吗？立即销毁，不要复印不要抄录。不要把这样的东西拿到我面前，也不要在我面前谈起，你们做应该做的事情，但是我不想知道。"

惠康在第一次招标中故意落后，这第二次招标是决定性的，必须不遗余力地击败捷科，骆伽拿出具体计划："在第一次招标中，我们摸清了捷科的关系，支持他们的主要是三个人，分别是崔行长、涂峰和陈刚。林佳玲在上海的金融展上接待了崔国瑞，我猜是那次打动了他，陈刚是肖芸的大学同学，铁了心支持捷科的，于是刘行长暂时把他调走了。"

林振威又转向秘书:"告诉人力,通过猎头公司与林佳玲接触一下,看看她的意向,不惜代价。"

骆伽继续说:"二次招标只有十分钟介绍时间,取消技术交流,林佳玲的优势发挥不出来。"

林振威摇头,不敢大意:"我们放弃第一次招标有利有弊,先入为主的观念很难改变,这次建议书无论如何不能落后。"

骆伽承担责任:"我疏忽了,前期没有做好崔行长的工作,让捷科将他请到上海去了。"

林振威对这个项目志在必得,捷科突然杀出来打了他一个措手不及。"周锐本来在上海,把我们华东团队打得大败,现在又跑回北京了,加上这个厉害的林佳玲,给了我们不小的威胁。如果一次决胜负,我们可能就折在这次招标上了,我们不能再疏忽了,要按照最坏的情况打算。"

骆伽边走边思考,招标得分包括两个部分,技术分和商务分,她拿到捷科的建议书,在技术分方面立于不败之地,唯一的缺陷就是在价格,她不想在这个订单上牺牲利润。"如果捷科杀出低价,我们肯定要损失价格分了。"

林振威沉思一下,这个订单十分重要,捷科必然在价格上倾尽全力:"在价格方面,我绝对不给你拖后腿,只要捷科能做到,我都支持你。"

二次招标后才有商务谈判,骆伽有把握得到捷科的价格,捷科的眼线被断掉,无法了解惠康的虚实:"不到最后关头,我不会杀价,那是两败俱伤的打法。"

林振威注视着骆伽,让她坐下:"这个订单不同一般,应该站在更高的层面上看。我们处于领先的地位,却始终是老二,我们追了这么多年,并购了这么多公司,只能拉近与捷科的距离。我们的全球总裁毅然并购了行业内第三大公司,与捷科更加接近,但是老二与老三加在一起仍然不如老大。两家公司整合失败,她功亏一篑被董事会逐走。经过这场大变,我们付出了惨重的代价。我们应该在漫长的战线上与捷科进行较量,两家公司在美国和欧洲竞争这么多年,惠康始终处于下风,中国是发展最快的新兴市场,已经成为全球逐鹿的关键。只要在中国打败捷科,我们就能凭借中国市场的高速成长,乘胜追击,一举在全球打败捷科。"

林振威侃侃而谈,走到骆伽身后,扶着椅背:"我们和捷科在中国打了这么多年,成绩怎么样呢?"

骆伽能够感到他语气激动,就实话实说:"我们一直在追赶,捷科仍然是中国市场的老大。"

林振威可以闻到她身上让自己着迷的味道，深吸一口气："我们不断拉近与捷科的距离，却始终没有超过。骆伽在北方市场打败了捷科，可是捷科在上海将我们打得溃不成军。在西区和南区，我们不断地进攻，也不能突破捷科的防线，在中国市场上始终是胶着的形势。现在战局却突然被捷科打乱，捷科突然将华东区总监周锐调回北京，似乎希望在北京与我们决一死战。这让我百思不得其解，北京是我们的地盘，如果要决战，也不应该挑北京啊？可是如果不挑北京，我们也不会理，继续蚕食捷科的市场，那就打不起来了。捷科为什么要不惜代价，在我们优势的地点与我们决战？"

骆伽把得到的信息补充给林振威："据我所知，周锐刚被降职，这不像决战的样子。"

林振威从骆伽背后走开，继续在会议室中踱步："这就更加奇怪了，上海那边也传来消息，已经有捷科的人来面试了，捷科内部斗得很激烈，前段时间他们竟然一起压订单，他们的阵脚乱了。陈明楷难道老糊涂了？怎么会在关键时候搞起内斗？"

林振威回到座位边："经信银行订单成为竞争的制高点，如果捷科击败我们，便会在北京站稳脚跟，再回头稳住华东，我们就全局失利。如果我们击败捷科，他们内部的斗争就更加激化，周锐必然难以立足，最理想的情况就是将他整个团队全部接过来，包括林佳玲和方威，我们在华东区就不战而胜了。那时，捷科还有什么资格来与我们逐鹿中原？因此，对于经信银行这个订单，我是不惜代价的，只要能赢下来，任何价格我都批给你。骆伽，不要在小地方精心计算却忽略大局，一叶障目，不见森林。现在捷科已经进入了我们精心布置的战场，我们现在要做的，就是毫不留情并且不惜代价，一举打败他们。在这个过程中，我们一定要考虑到最坏的情况，做好充分准备，不能再有一丝的疏忽。"

大家纷纷点头，林振威结束会议，唯独留下骆伽。

"跟周锐谈了吗？"

骆伽点头："谈了，他需要考虑一下。"

林振威身体靠在椅子上："人力将会给他满意的待遇，你转达给他。"

"嗯，现在他已经没有出路了。"骆伽侧头思考，周锐固执得难以置信，然而他在捷科处境艰难，陈明楷要赶走他，这时惠康敞开大门，他没有道理拒绝。

管理公司最重要的就是用人，林振威露出笑容，他不但要把周锐收揽过来，他手下的那些人，像林佳玲、方威和杨露这样的人才，都要挖过来，将最优秀的人才聚在这边，输赢就注定了。他转念又想到另一处关键："还有，刘公子的事情安排好了吗？"

骆伽点头，这就是林振威在会议室中留下自己的原因，他一向在这方面小心翼翼。骆伽早已把刘国峰出国的事情安排好了："都安排好了。还有在价格方面，宏贯将报出惊人价格，将价位空间拉开，我们在价格方面的劣势换算成分数，就不会很差。还有金主任，这将是致命一击，他们绝对想不到。"

林振威依然死锁眉头，走到窗边背对骆伽："万一崔国瑞死保捷科，怎么办？"

骆伽手支在腮边思索着："我们在项目小组中取得足够票数，少数服从多数，刘行长仍然可以拍板。"

林振威仍然不放心，如果崔国瑞和刘行长僵持起来会怎么样？他终于想到对策："说实话，我总是心中没底，捷科真的会这样扑上来送死？你去做党委成员的工作。"

自从骆伽被挖到惠康，从最基层走到现在的位置，背后都有林振威的欣赏和支持。当然，他也没有失望，骆伽为他打下了北京这块最核心的市场。林振威走到骆伽侧面，欣赏着她的容颜："知道我为什么留下你吗？你的转职申请批下来了，你就要去哈佛商学院参加三周的EMBA课程，那是我的母校。"

林振威两个月前提出将骆伽转到公关部门，骆伽的困惑依然不解，自己是他最得力的部下，为什么要把自己转走？他是好意还是有其他的想法？

林振威站起来，面对骆伽："销售是最残酷的职业，你把北方地区拓展出来，已经达到顶峰了，你已经成为所有公司的眼中钉肉中刺，年轻的顶尖销售人员将不断挑战你，以击败你为荣。你即使有通天本领，也无法一一击败这潮水般的对手。终于有一天，你失手的时候，你就一钱不值了。销售如同战场，也如同江湖，在经信银行这一战之后，你就退下来，让江湖流传着你不败的传说。惠康每个销售人员都将仰望你的辉煌，你的传奇将成为他们追寻的梦想，成为激励他们的永恒的力量。这将是你这段人生最好的归宿，然后，我会为你创造出另外一段精彩的历程，你将成为惠康最美丽的公关总监，按照自己的时间表旅行于世界各地，巴黎、纽约和东京，成为媒体追逐和包围的焦点，摆脱输赢的压力，去做自己喜欢的事情。"

林振威眼中充满神采，声音似乎已经飘到异域："你去哈佛的时候，正好是中国的春节假期，美国东部那时冰天雪地，但却是滑雪的好去处，我可以抛开这一切纷争，安静地陪你去滑雪了。"

眼前这个男人是雄才大略的领袖，四十岁就掌管世界顶尖跨国公司的中国业务，无论在哪个方面都是女孩子托付终身的最佳人选。林振威从来没有直接表态，骆伽却能够清晰感受到他的爱恋，而自己总是默默拒绝。想到周锐，骆伽心中涌起恼怒，自己难道一定要低声下气，毫无希望地等待吗？他值得吗？

60．周三，下午三点十五分

唐勇开着车，他的老板宏贯系统公司总经理李明雄坐在后座，他输给钱世伟，在公司里受了不少奚落，因此他丝毫不觉得临时当司机有什么不好，相反这说明老板还没有抛弃自己。自从输了订单之后，唐勇在公司里不得不夹着尾巴做人。

肖晓阳为什么在这个时候找我？在这个招标的敏感时期，必有要事。李明雄猜测着，宏贯无论实力和关系都难以与惠康和捷科抗衡，宏贯不奢望得到经信银行的订单，李明雄另有企图。宏贯在各个省市的市场广阔，商机无限。参与总行项目等于得到了总行认可，示范的意义重大。况且不打不成交，李明雄希望在招标过程中，给这些手握大权的重要客户留下一个好印象，在省级项目中分一杯羹。

不管怎样，肯定不是坏事，招标纪律约束的是客户，又不是自己。李明雄到了茶馆，示意唐勇在外面等，服务员将他领进包间。肖晓阳独自坐在角落里饮茶，笑着寒暄客套，东聊西扯闲谈几句后，肖晓阳就关心地问："李总，坦白说，眼前这个项目，你觉得机会怎么样呢？"

李明雄猜测着对方的想法，故意说得模棱两可："坦白说，机会有，但是不大。"

肖晓阳点头，旁敲侧击："你说得对，其实你们的优势在省级银行，江西的项目怎么样了？"

为什么突然扯到了江西？这个项目就要开始招标，自己没有明显的优势："还好吧，没有把握。"

肖晓阳语气平淡地说："江西的田行长过几天来北京，我带他去山里住两天，吃吃农家菜，爬爬野长城，咱们一起去吧。"

江西分行一定给总部面子，肖晓阳为何要穿针引线，牵线搭桥，肯定另有目的，李明雄装起糊涂："好啊，太谢谢了，我一直想认识田行长。"

　　肖晓阳又绕回总行项目："都是朋友，不用客气，我介绍你们认识，工作还要你来做。但是，我想听你一句真心话，你能拿下总行的项目吗？"

　　李明雄故意反问："您一直参与投标，怎么问起我来了呢？"

　　"恕我直言，惠康和捷科比你机会大多了，我劝你，与其将精力放在总行项目上，还不如多看看江西的项目。"肖晓阳有些恼怒，这李明雄不把自己当朋友，一点儿都不配合。

　　肖晓阳似乎在暗示自己牺牲总行，换取江西的项目，这当然求之不得。然而对方必有所图，到底是什么呢？他试探着问："只要拿下江西项目，我就知足了，总行我就不掺和了，您看行吗？"

　　"你还得掺和。"肖晓阳拿出一张纸条，压低声音说，"照这个价格报。"

　　李明雄低头看纸条，顿时明白，肖晓阳是为惠康做说客来了，惠康竟然有这么大的本事指使肖晓阳。李明雄正要收好纸条，肖晓阳却伸手要回去："你记住这个数字就行。"

　　肖晓阳抽出火柴，将纸条化为灰烬，他们又喝了几口茶，肖晓阳先起身离开。李明雄等他离开茶馆十几分钟，才走出大门，看到唐勇，问："你怎么不上车？外面多冷。"

　　唐勇在车外冻得全身打战，擦擦冻红的鼻子："我想给您省些油啊。"

61．周五，下午一点十分

　　看着屏幕上的数字，陈明楷额头开始冒汗。本周业绩急剧下滑，数字不堪入目，华东颗粒无收，北京周锐的团队也停止销售。陈明楷担心的事情终于爆发了，华东和北京的销售团队造反了，其他区域难以自保，更没有办法补上这个窟窿。

　　杨露在电话中紧张地解释，发生这样的事情，她完全失去了方寸。陈明楷说："他们都是找借口，不是不能，而是他们不想下订单，你打算怎么办？"

　　"我和他们谈过了，您建议我怎么办呢？"杨露的声音嘶哑，她的状态不好。

　　"你有什么建议？"陈明楷问林佳玲，会议室中除了指望不上的魏岩，就只有她了。

林佳玲一直沉默，却仔细地看着陈明楷，他表面不动声色，但心里已经发焦了。周锐把心思用在市场和客户身上，陈明楷是聪明人，却将心思和精力放在公司内部的政治斗争上，她摇头，表示没有建议。

陈明楷意图故技重施："十二月份再进行激励，下了订单就有奖金，你有把握吗？"

"没用的，周锐和他们的关系不是用奖金能改变的。"杨露脱口而出，没有顾虑到这句话的后果。

陈明楷啪地挂上电话，挥手示意会议结束，林佳玲推门而出，她实在不愿意在会议室里多待一分钟。陈明楷问身边的魏岩："应该怎么办？"

魏岩与陈明楷在一个战壕里，同进同退："发奖金可能效果不大，只要周锐离开公司，他下面那些人断了希望，就没必要压下订单，否则不是和自己过不去吗？那时，北京地区的业绩起来了，您也达到目的了。"

陈明楷半晌没有出声，想了很久："经信银行那个订单怎么办？我希望他赢，这样我们就能完成任务，渡过难关。他在公司里拉帮结派，带团队打仗还是有办法的，不要为了公司内部的事情影响销售。"

魏岩不以为然，经信订单已经被惠康翻转："他能赢吗？"

陈明楷的目光从金框眼镜中直射魏岩："你是不是觉得根本没有希望，才将经信银行转给周锐？你呀，将精力多分一些在客户上就好了。今天不说这些，马上二次招标了，情况怎么样？"

这么大的项目，惠康不可能不重视，魏岩仍然不看好周锐："只要合同不签，什么事情都有可能发生。"

陈明楷也是这么想的："世事难料啊，输了或者赢了，我们有什么对策？"

魏岩知道，陈明楷心中已有答案，只是希望自己说出来并帮他实施和操作，这就是自己的价值："如果输了，事情就简单了，周锐只能引咎辞职。"

陈明楷不想强行赶走周锐，正好借刀杀人："有道理，输单的那天，就是他辞职的日子。"

魏岩猜中了陈明楷的想法："这个办法好，周锐输了订单承担责任，谁也说不出什么，也不会引起内部的矛盾，因此无论输赢，对我们都有益处。"

陈明楷担忧地摇头，周锐自恃有办法笼络人心，让华东和北京的区域压下订单："我担心时间，久拖不决就麻烦了。"

如果陈明楷的业绩被拖下来，那就是周锐的天下了，魏岩明白了他的苦衷："好在二次招标下周就有结果了。输了，他就得辞职，赢了，我们就超额完成任务，这是好事啊，亚太区对您没话说了。"

陈明楷脸上露出笑容:"关于输赢,你分析得都对,但是我希望周锐赢,这是双赢的结果,也是我把他调到北京的初衷。他地盘越来越小,手下人也越来越少,任务高压力大,心里有怨言,压下订单这件事做得有些出格,但我还是能理解和包容的。在做市场这个方面他没有辜负我的期望,用了两个月的时间就把北京市场做起来了,如果再赢下经信的订单,我们就主动了。到那时我就把他派到广州去负责华南,一点点把市场给我打出来。"

62. 周五,下午五点十分

周锐团队的人准时进入办公室,魏岩的人则稀稀落落地进来,这是周锐被取消会议资格后第一次参加魏岩的部门会议。李朝东坐在魏岩旁边,嘿嘿得意地笑着。魏岩拿着范儿,气势和在总监会上完全不一样,他抬头挺胸慢慢悠悠地走进来,最后进入会议室。李朝东给他倒了一杯茶。魏岩总是笑呵呵地给陈明楷倒咖啡,动作几乎如出一辙。上恭则下傲,心理才能平衡。魏岩也像陈明楷一样,将销售数字投射到屏幕上仔细看着,就像在挑选待宰的羔羊。

"谢伊,介绍一下你的情况吧。"魏岩挑了谢伊下手,他从来不敢惹崔龙,却敢捏谢伊。

"什么情况啊?"谢伊被问得莫名其妙。

"当然是销售业绩啊。"李朝东替魏岩说着,充当打手。

"业绩不是在屏幕上显示了吗?"谢伊在周锐那儿没受到过这种待遇。

"怎么那么差啊?"李朝东抢在前面。

"我还有一些订单,下周可以好些。"谢伊曾经答应肖芸尽力,周锐被降职之后,她们就打定主意不多做了,适当地下些小订单应付魏岩。

"可以下多少?"李朝东不放过谢伊,他已经和魏岩商量,要找一个人开刀树威。

"这跟你有什么关系,她不需要向你汇报。"崔龙忍无可忍,死死盯着李朝东。

李朝东确实不是谢伊的主管,他无话可说,魏岩出来继续盘问谢伊:"你下周能下多少?"

"谢伊汇报给周锐,也不归你管。"肖芸早就看不惯这些人的嘴脸,也开口为谢伊帮忙。

"现在周锐汇报给我。"魏岩大怒,肖芸胆敢和自己顶嘴!

"狗屁!"崔龙大声说。

"你说什么?"李朝东站起来,瞪着眼睛。

"周锐汇报给狗屁,怎么了?"崔龙不甘示弱,站起来压李朝东一头。

李朝东看了一眼粗壮的崔龙,嘀咕着坐下来:"不讲理还骂人。"

"骂你怎么了?你成天干正经事儿吗?中午起床,下午到公司晃两圈,晚上就去卡拉OK找小姐,费用全拿到公司报销。不干正事也就算了,成天净琢磨人,成事不足败事有余,你活着也真没意思,干脆自己跳楼得了。"崔龙早对李朝东看不顺眼,一口气,连说带骂全出来了。

魏岩拿崔龙没有办法,李朝东坐下去打蔫,自己团队幸灾乐祸地坐着看戏,只好对周锐说:"你看,你的人怎么能骂人?崔龙必须道歉。"

"我只管崔龙的业绩,其他的不管,会开完了吗?"周锐不愿意参与到这种无意义的口角中。

魏岩被气得心怦怦跳着,向周锐喊:"好,会议结束,你别走,我和你单独谈。"

"你先和陈总谈吧。"周锐不理他,拉门出去,崔龙、谢伊和肖芸鱼贯而出,钱世伟走在最后,没有加入战团,边走边说:"虎落平阳被狗欺。"然后将大门"砰"地甩上。

魏岩两眼冒火,一语不发,李朝东等崔龙出去,大声说道:"这不是反了吗?"

一个销售人员也想尽快离开,小声地问道:"我们能走了吗?"

"你们就想走,刚才一句话都不说!你看人家都出来帮忙。"李朝东觉得被自己人出卖了。

那销售受到崔龙的传染,理直气壮:"他们摸爬滚打都在一起,那是什么关系?就像一家人。"

李朝东更加生气,大声质问:"你怎么替周锐说话?"

那销售不买账,顶回来说:"我说的是事实。"

魏岩摆手劝住李朝东:"会议就到这里吧,今天是周末,早点休息。"

63. 周六,上午十点十分

赵颖辞去工作,作为普通乘客飞回重庆,计划陪父母住一段时间,然后一起返回北京参加婚礼。赵颖看着忙碌的空乘，心里十分惆怅，她曾经多么喜欢这份工作，现在再也不是其中一员了。

听说女儿回家，赵颖爸爸十分兴奋，坚持要来机场接机。赵颖无法反对，她取了行李，穿梭在人群中寻找父亲。在出口附近，赵颖看见父亲正在接机口拼命地招手，父亲已经不像记忆中那样高大和健壮，在人群中显得那么瘦弱和单薄，早起晚归催生了他的白发，父亲比同龄人看起来苍老很多。

他每天十个小时缩在驾驶座位上，呼吸着掺杂着汽油的空气，身体大受损伤。赵颖工作后，每个月都拿出一些钱寄给家里，希望他少开车多休息，现在就要出国了，他们短时间收不到这份钱了。赵颖把头转向车窗外，高速公路边的灌木飞快向后退去，她抬眼远望四周雾茫茫的山头，雨气若有若无地弥漫着，空气中还掺杂着树木的味道。赵颖虽然无数次走过这条机场高速公路，但还是会仔细看，希望将这些记忆储存起来，带到异国他乡。

赵颖的爸爸同样心情复杂，女儿拿到签证后才得到消息，他既吃惊又感到由衷的高兴。女儿在中学里品学兼优，本来可以继续读高中，考大学，只是由于家里条件太差，才报考了航空学校，他愧疚在心。女儿出国读书，没有上大学的遗憾便可以弥补了。可想到很长一段时间内将看不到女儿，他又不免伤心难过。

出租车沐浴丝雨，驶入市区，穿行于街道之间，在一栋老旧的居民楼前停下。她曾经居住和成长的家与国峰的家相比，简直就没法比，乱七八糟的环境，柜子随意堵在门口，赵颖需要侧身才能通过。她上了三楼，推开家门，眼前霍然出现一屋子人。最前面是妈妈，姑姑拉着小侄女坐在沙发上，后面是她小学和中学同学，带着她们的丈夫和孩子，都来看望赵颖。赵颖扑进妈妈怀中，她从小就是家里的宝贝，这种温暖的感觉和气味那么久远却那么熟悉。赵颖出国后就要长久分别，她不禁鼻头发酸，眼睛湿润，没等她从母亲的怀里出来，亲戚朋友同学就把她围在中间，一股暖流从下到上在赵颖体内旋转而起。

当亲戚朋友同学们离开后，赵颖终于可以与父母一起安静地吃午餐了。因为先前的保密工作，他们也是刚得知赵颖出国的消息，显然有一肚子疑问。赵颖看着他们，决定再让他们吃惊一下，突然宣布："我和国峰决定在出国前结婚。"

这显然让父母措手不及，这个消息超过了他们想象。出国读书让他们高兴，内心里却很失落，他们互相安慰过后无比赞成。但听到女儿即将结婚的消息，他们吃了一惊，看着女儿越来越大，越来越漂亮，嫁人这一天早晚会来，只是没有想到这么突然。赵颖常常提起国峰，但是这个小伙子到底怎么样？

"我们商量了，他先在北京办理辞职手续，过几天来重庆，然后我们带着你们一起去北京参加婚礼。"赵颖试探着父母的反应。

"等等，我们还没同意呢！你这丫头真有主意！都不告诉我们就私订终身了？"父亲心中不满，随即坦白了顾虑，"我们都没见过刘国峰，不放心！"

赵颖希望打消父母的顾虑："我相信国峰，他人品和家庭也不错。"

赵颖妈妈从中撮合："你们在一起这么多年，我们相信他的为人，你爸爸担心的不是这些。"

赵颖摸不清父母的想法，那会是什么？赵颖爸爸不想在结婚前扫兴，却不吐不快："我在外面开出租车，见过的人也多，现在这个社会复杂，一辈子的终身大事马虎不得。"

"你担心什么，就说吧。"

"我最担心两类人。"父亲看了一眼搂着女儿的老伴，"首先是有钱人，我见惯了这些人，他们什么事都干得出来，给老婆打完电话，转身就搂小姐。"

赵颖噘嘴，以示抗议："爸，国峰肯定不是这样的人。"

父亲的担心和顾虑很多，这也难怪，就这么一个宝贝女儿："很多有钱人来路不正，弄不好就身败名裂啊，还有一些人表面风光，其实说不准欠了一大笔账，到时候卖房子卖车子，甚至卖老婆。"

赵颖听不进去，父亲想得太多："爸，国峰自己没有钱，怎么会乱来呢。"

这是赵颖爸爸最担心的，刘国峰住别墅开宝马："他家里哪儿来的那么多钱啊，现在当官冠冕堂皇的，那是人家有求于他，背后被老百姓骂祖宗十八代。"

赵颖觉得父亲大惊小怪，追求自己的要么有钱，要么有权有势，便反问："有钱反而成了缺点吗？不找这两类人还能找什么样的？"

这些话在赵颖爸爸心口压了很久，女儿难以听进，他还是要说出来："颖颖，过得好不好，不在乎有多少钱。一家人在一起，不是过得也很好吗？只要人品好，对你好，年轻有潜力就行了。房子和车子都可以买的，靠自己本事挣来才踏实。我们一家三口不是也很幸福吗？不缺吃穿，晚上睡得踏实，总比那些外面风光晚上却睡不着觉的人好。不管你怎么答应刘国峰，如果我看不上，就不去北京。"

年轻有潜力，靠自己本事谋生，这不就是方威吗？随着婚期的确定，赵颖将方威扔到记忆深处，此时此刻突然间就想起了他。赵颖妈妈没见过刘国峰，心里没底儿："你长大了，越来越有主意了，但是婚姻大事不能不和我们商量啊，你匆匆说要出国读书，我们能接受，今天突然回来说要结婚，可是我们连刘国峰的样子都没见过，难怪你爸爸生气。"

赵颖知道自己不对，不知怎么解释："爸妈，你们放心，你们肯定会满意国峰的。"

父亲听不进去："你这么远回家，先去休息吧。结婚的事情，我们再商量，但是有一点，如果我们不满意，我坚决不去北京，你也不许去。"

64．周六，上午十点二十分

涂峰拿着惠康和捷科的建议书，越来越觉得诡异，建议书的外观、装订形式、排版格式、内容和产品介绍等并不一样，但凭他这么多年的经验，一眼就看穿，方案的核心部分一模一样，惠康抛弃了以往的方案。这绝不是巧合，肯定有人将捷科的方案透露给了惠康，这明显严重违反招标规则。怎么办？检举？他想都不敢想。

涂峰走出房间，去敲崔国瑞的门，进门之后把两本建议书往桌子上一放，一点一点地把方案相同的地方指出来。崔国瑞沉默半晌："这件事不是闹着玩的，去游泳吧，再想想。"

自从被封闭在这家宾馆，涂峰养成了游泳的习惯，他们各自取了泳裤，穿行在园林中的小径，深秋刺骨的北风将树木吹得光秃秃，树叶铺满小径和大地。进入室内游泳馆，湿气扑面而来，崔国瑞小跑着去换泳裤，扑通跃入池中。温热的水将他全身上下都包裹起来，冷气从内到外被彻底驱除出来。

骆伽不停来拜访，他从来都是敬而远之。惠康从经信银行拿了很多订单，这都是刘丰的授意，这也无可挑剔，惠康是有实力的世界级公司，产品和服务都让银行上下满意。可如果惠康真的抄袭捷科方案，性质就不一样了。作为项目小组负责人，他有责任查出真相。是谁把捷科的建议书明目张胆地交给惠康的？崔国瑞游到泳池边，双手轻碰了边缘，掉头猛蹬池壁，倏地滑向另外一个方向。

游泳是崔国瑞最喜欢的运动，方便又舒服，可以锻炼全身。他每次从游泳池中爬出来都能感到力气一点一点恢复，整个人精神饱满。他游了二十个来回，才从水中钻出来。涂峰早已披着毛巾，气喘吁吁地坐在长椅上。崔国瑞抓起一瓶矿泉水，大口灌下去，瓶子立即空了一半。

崔国瑞披上浴衣坐到躺椅上，缓口气说道："老涂啊，你验证了我的想法，我也觉得两家的方案很相像，方案像倒没关系，可如果惠康没有方案上的实施能力，那就要出大问题了。"

涂峰拿不准主意："下午就讨论方案了，要不要谈这个问题？"

下午会议的重点是评估方案，崔国瑞不想碰这个问题："这是大事，捅出去，招标就进行不下去了。"

肖晓阳被封闭在宾馆，打心眼里不情愿，他早就厌烦了这种千篇一律的生活，上午看建议书，下午讨论，一场一场地听厂家介绍。他开始幻想出去之后有滋有味的日子，骆伽应该已经安排好了吧？

骆伽是几年前刘丰在饭桌上介绍认识的，他聊起自己的可卡犬，从此她去办公室时，就带一份罕见的狗罐头。他每次回家，爱犬总是摇头晃脑、兴高采烈地冲上来享用美食，以致肖晓阳看见爱犬，就想起骆伽。她的心意总是在适当的时候出现，中秋节是一瓶价格不菲的洋酒，他学习网球时，从她那里收到一副上好的球拍。

肖晓阳知道自己的角色，他是骆伽和刘丰联合派入项目小组的内线，承担了无法推卸的使命：按照领导的意图影响招标结果。他不需要仔细阅读建议书，只要把惠康的优点列出来，再找出捷科的缺点，这是用于进攻的炮弹，开会讨论的时候抛出来。

项目小组进入会议室，崔国瑞宣布会议开始："我们方案评审，首先请市场发展部、信息中心和财务部分别发表意见，然后按照打分表格进行评估，大家有意见吗？"

肖晓阳清清嗓子，环顾会场首先表态："在二次招标的五家公司里，最好的方案还是出自惠康和捷科。他们技术先进，有丰富的实施经验，我们可以重点评估这两套方案，大家的意见呢？"

财务部总监常仪表态："肖总说得有道理，我同意。"

崔国瑞也有同样感觉："两套方案之间应该如何评估？"

肖晓阳早有答案，先客套一句便抛出捷科的缺陷："在主要功能特点上，两个方案都非常优秀。但是惠康有一个优势，他们的产品在银行里大量安装，和现有设备的兼容性将大大优于捷科。我们一线营业厅的营业员，全国好几万，培训是小事儿，万一用不惯新系统，出现录入错误，这就是恶性事故了。"

肖晓阳的说法不无道理，各个系统牵一发动全身，兼容性十分重要，他继续说："除了惠康具有兼容性的优势，工程师对惠康系统非常熟悉，维护和支持十分方便，这将给售后服务带来极大益处。如果换了捷科的产品，一旦出了故障，我们的工程师不能解决，会不会导致系统瘫痪，以至于银行无法向公众提供服务？"

肖晓阳上纲上线，无限扩大问题的严重性，放炮又准又狠，涂峰不知怎么回应。一位年轻的工程师突然说："我发现一个问题，不知道要不要讲？"

崔国瑞点头："知无不言，讲吧。"

戴着眼镜的小伙子站起来："我仔细研究了两家的方案，也看了上次的方案，惠康完全抛弃了以前的方案，与捷科几乎一模一样，这简直就是抄袭。"

众人从昏昏欲睡中惊醒，肖晓阳吓了一跳："这种事儿不能乱说，你有证据吗？"

小伙子初出茅庐，根本没有考虑过其中的利害关系："这不明摆着吗？"

肖晓阳连哄带吓："如果惠康抄袭，他们从哪里抄的？所有的建议书都被密封起来，只有我们在座的人能看到。如果证明是抄袭，就必须废弃招投标，我们都要接受调查，你必须找出证据。"

涂峰不想平白弄出这么大的娄子，用胳膊碰碰他，这小伙子确实没有证据，沉默不语。崔国瑞不想会议被彻底打乱："涂主任，你也讲几句吧。"

涂峰顺着肖晓阳的话说："我同意肖总的看法，捷科和惠康是五家之中优势最明显的，惠康在兼容性方面得天独厚，我们的工程师也容易上手。不过我对惠康还是有顾虑，两次方案改动太大，改动容易，实施就难得多，一旦出现问题，后果严重。"

各自立场明确，讨论不能改变什么，崔国瑞结束争论："大家都谈了各自的想法，现在评估打分。"

三个部门分别聚在不同区域，他们都有成熟想法，评估表很快上交。工作人员计算分数，项目小组成员纷纷起身离开会议室，肖晓阳右手夹着香烟，左手端着咖啡，伸长脖子张望。数字很快写在白板上。肖晓阳不想显得过于关心，熄灭烟头饮着咖啡，等待开标时间。

崔国瑞非常关心结果，走到白板前。惠康和捷科依然领先，只是调换了顺序，惠康技术分69分，捷科67分，价格分还没有揭晓，输赢未分。肖晓阳斜眼看着白板，心中七上八下怦怦跳着。工作人员拿起报价书，展示密封完整无损，得到确认后，拆开封皮，大声宣布报价。

为防止厂家低价取胜，经信银行用复杂的公式计算价格分，将价格区间分成三十级，每级是一分。涂峰心脏紧张得揪在一起，惠康仅仅领先两分，价格分成为关键。惠康仍维持相当高的价格，接着是捷科，肖晓阳不眨眼地看着白板，捷科的价格比上次招标又有优惠，明显低于惠康。下一家公司给出了惊人的折扣，第四家公司价格中规中矩，只要宏贯不报出离谱的价格，捷科的总分应该可以超过惠康。

工作人员的报价声音刺穿了涂峰耳膜，他差点跳起来，宏贯报的价格远远高于惠康，难道疯了吗？宏贯明明没有技术优势，却报出最高价格。肖晓阳暗暗得意，价格陷阱奏效了，宏贯的高价拉大了价格区间，缩小了惠康与捷科之间的价格差异。

结果终于出来："第五名，宏贯系统工程公司，技术分42分，价格分10分，总分52分；第四名，昂天软件公司，技术分45分，价格分25分，总分70分；第三名，联拓系统集成公司，技术分52分，价格分22分，总分74分。"

工作人员停顿下来，围在一起商量，项目小组猜不出结果，坐得笔直。几分钟之后，工作人员继续宣布："捷科科技（中国）公司，技术分63分，价格分18分，总分81分；中国惠康公司，技术分65分，价格分16分，总分81分。"

得分一样！

这显然是项目小组没有想到的结果，他们本以为招标在今天就可以告一段落，现在平添变数。涂峰支持捷科，觉得情况不妙，两家看似各有机会，一旦提交到刘丰那里，天平一定会倾向惠康。肖晓阳却落下一块石头，虽然没有让惠康领先，至少没有落后，既可以向骆伽交代，也可以让刘丰满意。

65．周六，晚上七点四十五分

周锐身心俱疲地躺在沙发上，突然想起应该将冬天的衣服找出来，他翻箱倒柜，最后弄得一团乱。他对黄静有些怨气：我又没有犯错误，凭什么不听解释就离家出走。他因此一直没有主动给她电话，坚持冷战。随着时间的流逝，周锐的不满迅速消退，她生气是可以理解的，自己带着以前恋人的口红和味道回家，没有哪个妻子可以接受。

周锐拨通黄静父母家的电话，听到黄静妈妈的声音："妈，我是周锐，您身体好吗？"

黄静妈妈语气很高兴，看来黄静没有说出内情，事态不那么严重："周锐啊，挺好的，怎么没一起来杭州啊？"

周锐调回北京工作，不像以前那样常常去杭州："现在是年终最忙的时候，在拼命完成任务。"

她仍然劝周锐："别那么忙，早点来杭州，干脆住一段时间。"

周锐不敢答应，询问黄静的行踪："您看，黄静不是先回去了吗，妈，她在吗？"

"她啊，回杭州后就忙得不得了，每天都安排得满满的，今天兴高采烈地去参加晚会了。"

周锐连晚饭都没吃，现在还穿着单衣，越发委屈："妈，让黄静回个电话吧？我找不到冬天的衣服了。"

丈母娘心疼女婿，满口答应。周锐挂上电话，躺回到沙发上，打开电视无聊地把频道换来换去。

第十周　绝境

66．周日，中午十二点四十分

赵颖爸爸本想开出租车去机场，却被妈妈劝住："老丈人怎能去接未来的女婿？必须让他自己上门。"赵颖想想有道理，便独自去接国峰，临出发前爸爸说："进门的时候别叫爸，我还没同意，别高兴得太早。"

国峰能不能通过考验？赵颖忐忑不安地从机场接到他，两人钻进出租车，手拉手坐在后座上。一位三十岁左右的女司机，开着当地产的羚羊车，把赵颖和国峰都当作了外地人，一路上介绍，这是开发区，那是某某银行。

赵颖看着道路两边，离家不远了。女司机叹了口气，"油又涨了，每天几乎一箱油啊。去一趟机场，来回百公里油就要花掉四十多元，加上过路费，就剩不了多少钱了。"

"你的生活水平还可以吧？"国峰问。

女司机说："我和老公还没有房子，和父母住一起，我老公和我一起开这辆出租车。"

"和父母在一起住啊？那很不方便呀。"

女司机想起烦心事情，无奈地说道："家里本来还有一套市中心的老楼，被拆迁了，补助的钱不太多。只能再赚几年，想办法在郊区买一套房子。主要是为了孩子读书，农村小学的教学质量不行啊。"

国峰在北京开宝马，从不坐出租车，难得有这样聊天的机会："男孩儿还是女孩儿？学习好吗？"

"是女孩儿，学习不错，老师都说她有潜力，我一定要孩子上大学。"女司机提到女儿，眉头就舒展开了，女儿还有两年就上中学。

孩子是这家人最大的希望，国峰赞同："是啊，只要上了好中学，考上大学的机会就大多了。"

"上中学也不容易，大学费用就更高了。"

赵颖想起父母，想到自己就要远走高飞，去万里之外的加拿大，心里难受起来。国峰突然想起他们夫妻两人都开出租车："你们俩开一辆车，那不是很少见面了吗？"

女司机每天凌晨四点钟开始，下午一点交车，她老公干到凌晨一点回家，上床睡觉。"每天在一起三个小时，但还是见不到。"

国峰想了一下，恍然明白："呃，明白了，因为你在睡觉。"

"我走的时候不忍心叫醒他，只有交接车的时候能说句话，一起吃顿饭的时间都没有。"

"每周总能有一天可以在一起吧？"

"不能，我们每周七天都要干，节假日是生意最好的时候，累得动不了才能休息一天。每天开车八九个小时，只能坐在车里，身体也坏了。可是没办法，心里着急啊，每天起床时就欠公司两百多元钱，哪能休息啊？我挺担心的，万一身体出了点毛病那可怎么办呢？或者车出了故障，我们也没法过了。我们夫妻的关系都越来越远了，每天欠人家这么多钱，压得我都没心思跟他一起吃饭聊天，更别说逛街了。我真不想干了，想去见见父母，给老公做顿饭吃，然后带女儿去次公园。"

她的声音模糊起来，用手抹去眼眶中的泪水。赵颖不知道该怎么安慰，想起父母也心里酸酸的，为什么要抛下他们去那么远的地方？车子沿着道路前进，家就在眼前。国峰取出二百元钱，表示不用找了。这点零钱很快就会被吞噬，国峰只希望让她觉得世间还有一点温暖。

下了出租车，国峰说："祝你女儿能考上重点中学。"

女司机点点头表示谢谢，然后便匆匆离开，现在不到下午二点，离交班还有几个小时，她还可以再多拉几个客人。国峰转身去拉赵颖，却发现她眼中湿润，眼泪一滴滴地顺着脸庞流下来。

"怎么了？"国峰诧异。

"想起父母，有点儿不舒服。"赵颖拭去眼泪，对国峰笑笑，"走吧，到家了。"

国峰看着驶去的出租车，深吸一口气："我想到自己的生活就觉得不安，依靠父亲过着奢华的生活，我们家在外面吃餐饭，就可能花掉她家一年的生活费。"

67．周日，晚上六点四十分

国峰进了家门，赵颖爸爸说话客气，却始终板着脸。赵颖想起父亲曾说过他不去北京，也不让自己去，忽然紧张起来。趁国峰不在的时候，赵颖小声说："爸，你别那么严肃，他好像被吓着了。"

赵颖爸爸却摇头："你把他领来了，并不表示我就同意了。"

赵颖特别希望父母能够喜欢国峰，父亲却有意刁难，她着急起来："那你怎么才同意啊？"

赵颖爸爸想想说："他的学历和背景，一句话，那是很不错了。可是让我把女儿嫁给他，最重要有二点：第一人品要好，第二要对你好。我都没看到。"

赵颖向爸爸撒娇："人家才来几天，你怎么能看出他人品？"

父亲说："你这孩子越来越不听话了，出国不告诉我们，跟人家都要结婚了，我都不知道，突然带着他上门了，你这不是先斩后奏吗？"

婚礼就在眼前，爸爸还是固执己见，赵颖不知该怎么说服父亲，有些发急："爸爸，我都答应了，请柬也发了，怎么跟人家说？"

赵颖妈妈第一眼就对国峰有好感，走过来劝道："你们别争了，人家从北京来，怎么说都是客人，把人家晾在客厅，你们在房间里嘀嘀咕咕，像话吗？现在快七点了，先吃饭吧。他从北京来，找个好点的地方吧。"

赵颖爸爸固执地摇头说："不能惯着他，我经常在大街小巷的餐馆挨家试吃，有家门面不大，卫生条件也一般，不过小火锅味道很好，价格也不贵，就去那里。"

那地方一定好不到哪里去，赵颖担心国峰难以适应，却又担心父亲生气，点头答应："要不要订一下。"

赵颖爸爸站起来："那地方不用订，下楼开车出发。"

国峰坐在后座，试图去拉赵颖的手，她轻轻摇了摇头。出租车在街道中左右穿行，停在一个小小店面前，浓烈的麻辣香味扑鼻而来。国峰进门后皱起眉头，小店有点简陋，他们找到一个窗边的圆桌，正在点菜的时候，一个老乞丐推门而入。

饭店地处繁华地带，常有乞丐，赵颖爸爸见怪不怪。小饭馆的老板挺有人情味，或多或少他要施舍点，今天也不例外，没等老人开口，他便掏出一块钱递过去。老人声音很含混地说："不要，不要钱，有剩饭给口就成。"国峰诧异，这是一个真正"要饭"的。老人有八十多岁，身板硬朗，腰板挺直，一身衣服虽然破旧却干净，在乞丐中绝对少见。这家小饭馆的主食是火锅，都是现做，老板没有剩饭剩菜，但也不能给老人上这么一个火锅。

赵颖这桌上了一碟烧饼，老板很有一套，点完菜后随口问一句，几个烧饼？口气不容置疑，你会下意识地选择数量。国峰招呼老板，把这碟烧饼给老人拿过去。没有太多顾客，老板不拦着老人坐下，让他随便吃桌上的调料，老人喃喃道谢，从包袱里掏出一个搪瓷茶缸，要口水喝。国峰吃了一惊，缸体一行斑驳的红字：献给最可爱的人！国峰问："您这缸子哪来的？"

"我的，是我的，发给我的。"

赵颖爸爸看看国峰，看看老乞丐："你过来坐，过来坐，咱们唠唠。"

老人说不用不用，国峰把他扶到桌前："老爷子，你参过军？"

"是呀是呀，当了七年兵哩！"

"您参军七年应该是干部了，怎么复员了？"

"没有文化啊，当不了干部，你们两个娃不信吗？我有本本的！"老人慌慌地摸出一个精心包裹的布包，里面是两个红色塑料皮的小本，一个是复员军人证书，另一个是二等残疾军人证书。老人卷起左边的裤管，里面是一条木腿。包里还有一张白纸，国峰看后递给赵颖爸爸，这是一张村委会的介绍信，大意是持该介绍信者为我村复员残疾军人，无儿无女，丧失劳动能力，由于本村财政困难，无力抚养，特准许出外就食，望各地政府协助。大印红得刺眼，饭店老板目瞪口呆，好久才结结巴巴地说："给老爷子一个火锅，以后吃饭的时候您就上我这来，只要我这饭馆开一天，您就……"

老人打断他，说还能走动他就不用别人养着。国峰纳闷地问："您为什么不要钱呢？"老人盯着他："我当过七年兵的，我还是个共产党员哩，怎么能……"

老人慢慢吃完离开座位，国峰低头，心里真不是滋味："唉，堵得慌。"

赵颖回忆着老人衰老的样子："确实不公平，可是我们又能做些什么？"

国峰叹了口气，迟疑一下："我只是普通百姓，确实不能做些什么，但是看到这个老人，我突然十分惭愧。我早就有个想法，一直没有说，我想退掉加拿大的宝马和豪华公寓，我攒的钱够买辆二手车了，我们租普通的公寓住，我只是担心亏待你。"

赵颖来自普通家庭，笑起来："就是搭公车住宿舍，我也可以适应，你从小娇生惯养，能受得了吗？"

国峰沉醉在她的笑容中，拉着她的手说："只要和你在一起，我吃糠咽菜露宿街头，也会幸福温暖得不得了。"

赵颖妈妈装作没有听见，悄悄看一眼老伴，他向自己点头，知道他心里接受了这个未来的女婿。刘国峰出身豪门，却那么单纯，没染上那些乱七八糟的习性，难得。

68．周一，上午九点四十分

常仪犹豫不决，经信银行要在十点钟的会议上做出最终决定，他曾经支持捷科，但考虑到刘丰的立场，他在第一次招标中没有明确表态。二次招标惠康方案大变，核心部分与捷科几乎一模一样，宏贯报出了最高价格，处处透着反常，这里面有什么玄机？要不要保持中立？他站起来拿着文件夹，走进电梯正遇见肖晓阳。电梯里人多，两人都没有说话。

项目小组已经到齐，刘丰主持会议，说："大家辛苦了，封闭在宾馆里的滋味不好受吧。招标以后给大家放三天假，休息一下，以后还有很多工作。"

刘丰停顿一下，继续说："说说招标结果吧。"

崔国瑞看着评估表，客观地说："我们收到五个厂家的建议书，并进行了讨论和评估。我们认为，在二次招标中，捷科和惠康依然明显领先于其他厂家，报价在我们的预算范围以内。在兼容性和工程师的熟悉程度上，惠康更优，捷科在实施能力和价格方面更胜一筹。"

刘丰已经从肖晓阳那里知道了分数，故作不知："最终的打分结果怎么样？"

崔国瑞简洁地回答："捷科和惠康都是八十一分。"

刘丰不想贸然行事，他在拍板前一定要掌握会议室中每个人的想法："大家的意见呢？"

肖晓阳开始表现，振振有词："惠康是国际级公司，只要他们能做出方案，就一定具备实施能力，他们不可能拿信誉来冒险，如果出了问题，惠康还想在国内市场存活吗？"

崔国瑞驳斥肖晓阳："惠康不能拿信誉冒险，我们更不能冒险。为了得到订单，厂家总会夸大自己的产品和实施能力，我们不能贸然相信他们，更不能因为是跨国公司就放松评估标准，越是跨国公司，也许埋藏的风险越大。"

双方意见对立，肖晓阳闭上了嘴，众人沉默不语。刘丰决定不激化矛盾，提出建议："既然惠康和捷科分数一样，各有擅长，难分优劣，我建议两个厂家都进入商务谈判，同时进行深入的技术评估。这个项目时间紧迫，要抓紧时间啊。"

这是一个公正的裁决，崔国瑞同意："好，我们立即通知两个厂家，这周就开始。"

刘丰点头："好，我们不能闭门造车，我建议邀请银行业务专家参与进来，我们可以参考他们的建议决策。"

这个建议必有深意，又合情合理，崔国瑞无法拒绝，项目小组也没有意见，肖晓阳立即提议："我建议，邀请软件中心的金主任参加。"

软件中心是从银行系统中剥离出来专门开发软件的公司，多次与惠康合作，金主任与惠康交情深厚，多次受邀去美国参加技术交流，这对捷科非常不利。涂峰本来不想出头，但实在觉得不够公正，鼓足勇气说："请外部专家非常有意义，是否多邀请几位？"

刘丰不动声色地说："当然好啊，但是邀请的专家一定要懂得银行业务。你们拟一个名单，尽快交给我。"刘丰见大家没有异议，站起来，"大家再接再厉，早日把客户关系管理系统建设起来，今天的会议到这里吧。"

69．周三，晚上七点十分

商务谈判在经信银行会议室展开。方威在谈判前得到了金主任的背景，惠康就是软件中心多年的合作伙伴，惠康赠送开发平台，帮助他们培训工程师，经信银行的不少软件都是由他们在惠康的平台开发出来的。这就注定了捷科在今天将始终处于被动，林佳玲对于兼容性进行了深入研究，但是金主任反复纠缠又让人接受不了，一个一个的细节不断抛出，连项目小组都受不了他的啰唆，溜了出去。会议室中充斥着金主任阴阳怪气的尖刺声音，交流变成了他一个人对捷科的摧残折磨。

一天谈判下来，捷科每个人都筋疲力尽，心情忧郁，他们找了个咖啡厅围坐在一起，周锐看着团队："觉得怎么样？"

林佳玲从来没有遇到过这样的客户，身心疲惫地抱着咖啡："现在这个阶段，很多细节问题没办法详尽回答。"

方威看出来，金主任是故意刁难："他与惠康关系深厚，这个时候出来，就是要难倒我们。"

这个项目正在朝着无法挽回的败局上滑去，肖芸忧心忡忡，方威继续分析："骆伽第一次招标时一招未发，这次却一招比一招狠，陈刚调出项目小组后，我们就没有了信息来源。现在又冒出个金主任对我们死缠烂打，不知道以后还会使出什么招式，可这都不是我最担心的。"

形势不容乐观，方威说出更坏的可能："我担心惠康降价，我们的技术得分输了，如果惠康再把价格拉下来，我们就没有机会了。"

肖芸不想接受："这违反招投标规则。"

方威点头："直接降价是违反招投标规则，如果采用暗降呢？比如赠送产品,安排出国培训,你能说违反规则吗?骆伽对这个订单志在必得,肯定会抛出诱人条件。"

肖芸怔了一下,随即问道:"你既然想到了,就有应对办法吧?"

方威抱着咖啡,苦思冥想:"骆伽在时间上做了巧妙安排,我们先商务谈判,该谈的都谈完了,想降价也错过了时机。惠康明天商务谈判,我估计,现在就有人将我们的一切情况送到骆伽手上,她有一个晚上的时间进行分析判断,该降价她一定会降,主动权完全在她的手里,没有其他的办法。我们唯一的希望就是崔行长,我看得出来,他内心里还是支持我们的。"

林佳玲在众人中接触崔国瑞次数最多,她回想起在上海,两人在外滩散步,还有在北京的几次会议,都能感受到,她说:"崔行长会支持我们的。"

方威将咖啡一饮而尽,胸口顿时生出一股暖意:"就看崔行长能不能顶住了,这可是我们的一线生机。"

70. 周三,晚上八点二十五分

方威回到酒店打开电脑,然后去卫生间冲澡,这是他恢复精力和体力的方式,水流冲在身上击打着皮肤,他感到彻底的放松。来北京之后,方威被缚住手脚,除了前期在涂峰和崔国瑞那里取得突破,后来他就有力使不上,现在正在一点点向失败滑去。

更加让方威心痛的是赵颖,他从何玲那里得知,赵颖的婚期定在出国前,只有半个多月的时间了。方威束手无策,他就像被宣布了死刑的囚犯,充满不甘。看着最后日期来临,该试的方法都试了,该想的方法都想了,方威不愿意,也不甘心接受失败。

方威脑中只有经信银行和赵颖这两件事,意义却不同。方威曾经横扫上海滩,恨不得有个旗鼓相当的对手,现在骆伽出现了,方威其实满心欢喜,他不看重结果,只是沉醉于较量的过程。可赵颖却是他未来幸福生活的唯一通道,这辈子必须拥有赵颖,必须赢,不能输。

他披着毛巾从卫生间出来,坐在床上呆呆地看着电脑,等着泡泡龙。不知多长时间,MSN跳出对话窗口。

"晚上好。"

"不理我?"

"你怎么对刘国峰和赵颖知道得那么清楚?"

"喂,喂,喂。"

方威不慌不忙地在键盘上敲着：对不起，刚冲完澡回来。

窗口中很快弹出一行字：没关系，你们的项目怎么样？

方威坦白承认：机会越来越小。

泡泡龙：为什么？

方威：刘丰支持他们。

泡泡龙：为什么？

方威不知该如何回答，惠康为什么与刘丰关系这么好？他在电脑上反问：为什么？

泡泡龙显然也在思考这个问题，屏幕上显示出：我也不知道，只有搞清楚刘丰支持惠康的原因，你们才有希望。方威正在琢磨着，屏幕上又跳出一行字：他们为什么去加拿大？

71．周三，晚上九点十五分

金主任离开经信银行，来到停车场，找到别克君威轿车。他开这辆车已经好几年了，没人知道这辆车的来历。几年前的夏天，他在驾校通过一系列考试，骆伽开着崭新的别克君威送去取照。他拿着驾照翻来覆去地研究，忽然一把车钥匙出现在眼前……他一路小心翼翼把车开回家。直到现在他都清清楚楚记得自己紧张又兴奋的心情，以及骆伽不断提醒他好好开车。

金主任回家吃过晚饭，又再次驶上长安街。十二月的北风寒冷刺骨，行人在路灯下匆匆行走。金主任过了建国门立交桥，前方国贸的斜对面就是惠康公司总部大楼。金主任向右猛打方向盘，车子盘桥上了东二环后立即驶进路边的小巷，在一个茶馆前停下。他下车，径直进入包厢，骆伽坐在里面。

骆伽前几年还留着长发，精致的眼睛和眉毛常常被掩盖在发梢下，天生的丽质不免打了折扣。两年前，骆伽把长发剪去烫起了发，染了几缕红色掺杂其中。骆伽就应该留短发，黑亮的眼球，细长而轻微上挑的眉毛，直挺的鼻子，配上精心搭配的衣服，既不失女人的柔意，也不乏职业女性的果敢。

骆伽站起来："金主任，辛苦了，这次多亏您帮忙。"

金主任在骆伽面前绝不敢以客户自居，觉得自己只是这家世界级公司的一个小合作伙伴。所以他总能从惠康拿到源源不断的资源，包括昂贵的开发平台、顶级的金融顾问、出国培训的机会……一些在其他公司根本不敢想象的东西。软件中心名义上属于经信银行，实际上是被金主任承包的。他用讨好的语气说:"都是我应该做的,你也忙吗?"

骆伽将话题引到招投标:"不是一直忙着这事儿吗?今天的会议还好吗?"

金主任要凸显自己的价值,反问:"现在形势怎么样?"

周锐突然返回北京,林佳玲成功取得崔国瑞的支持,方威不断突破客户关系,让她措手不及,骆伽坦率承认:"我们第一轮有些被动,但是我不相信会输。"

金主任知道惠康的背景,点头同意:"你们第一轮没有出手,不过捷科的实力确实很强,我重点询问他们方案与现有系统兼容的问题,他们基本上都回答上来了。"林佳玲的样子很像几年前的骆伽,只是略高几公分,可是骆伽也不矮,那么林佳玲至少有一米七以上了吧,他忽然想到。

骆伽问道:"然后呢?"

金主任回过神,自己怎么会把骆伽和林佳玲进行比较?他回答:"还是有办法的,我问了很多细节,她要记录下来,回去研究之后再给我答案。在这些问题上,我们可以说他们没有充足的准备,这就是捷科的缺陷。"

骆伽过滤着话中的每个字,逐字逐句分析,这个"她"字让骆伽心里一动,捷科应该有很多人,为什么金主任偏偏只提"她"?骆伽饶有兴致:"她是谁?"

金主任还在回味着上午的交锋,他已经被林佳玲折服:"她叫林佳玲,捷科的市场总监。"

难怪这次捷科这么厉害,不止周锐一人,还有林佳玲,骆伽停顿一下问:"我们明天应该如何谈?"

"技术方面不用担心,你照这些内容准备,这都是我的问题,但是明天开会就要对不起了,我不能和你客气。"金主任把几页文件交给骆伽,上面列出了问题和答案。

这是演戏,骆伽明白,台面上必须公正公平公开:"您尽管问吧,就当我们不认识。"

她轻轻贴近金主任的耳边,压低声音问出最重要的问题,这也是今天见面的关键:"捷科最终的报价是多少?"

这是招投标绝对机密,但金主任却不敢不答,在她耳边轻轻说出那个数字。

72．周五，上午十点十分

刘丰等着项目小组的汇报，项目进行到现在，他遇到了很大阻力，崔国瑞和信息中心明显支持捷科，常仪态度暧昧表现中立，但肯定也站在捷科那边。金融行业的监管越来越严格，稍有不慎就会掉进无尽的深渊，他不想冒任何风险，必须小心翼翼地按照招标流程走，不能留下任何把柄。刘丰并不怎么担心，通过这么多年历练，只要抓住两个原则：首先不能得罪领导，便没人从内部抓自己的把柄；其次是宁可无所事事，也不要把事情搞砸，这样就没有人主动追究责任。只要把握这两个原则，便可高枕无忧。

涂峰开始长篇大论，汇报谈判细节，刘丰不耐烦起来："过程我知道了，结果是什么？"

"还没有结果。"涂峰回答。

这次会议一定要有结果，刘丰不愿意纠缠，让肖晓阳放炮："你的意见？晓阳。"

肖晓阳拿出记事本，一本正经地汇报："我们重点谈了捷科的兼容性和惠康的实施能力，我个人认为结论是清楚的，惠康提出了完整详尽的实施计划，证明我们以前的判断是多余的。捷科对兼容性也做了详细的解释，毕竟以前的系统并非来自捷科，能否连上还要看惠康是否配合。这样比起来，惠康明显优于捷科。"

刘丰满意地点头，目光转向金主任："你的意见呢？"

金主任信心满满："现有系统就是我们开发的，我应该有发言权，我对两套方案都进行了深入研究，也与两个厂家进行了充分沟通。捷科是做了充分准备，但仍然拿不出详尽方案，我十分担心。"

"关于捷科的兼容性以及惠康实施能力的问题，应该都明确了，还有不同意见吗？"刘丰看了一眼崔国瑞。

崔国瑞心里不停翻滚，招标过程中出现了不少奇怪现象，他觉得非常不踏实，然而如同金主任和肖晓阳所说，他没有反对的道理："没有了。"

"好，既然没有意见，答案就很清楚了。显然，惠康在招标过程中都显示出了过人的实力，这也证明我们以前选择惠康的判断是对的。"刘丰看着会议室里的众人，肖晓阳和金主任抬头，等待他最后的决定。崔国瑞、涂峰以及常仪都低头不语，显然并不服气。刘丰不想就此搞僵关系，安慰说："当然，捷科的表现也非常不错，从始至终都表现出了高超的水平和风范，我们也应该加以考虑，从小项目开始逐渐建立合作关系。晓阳，你查查，看看最近有什么项目，在条件相似的情况下优先考虑捷科，或者在这个项目中有没有些可以分割出来的产品交给捷科,他们对于完善方案是有功劳的。"

大局已定,肖晓阳顺着刘丰的思路说下去:"项目中有不少终端产品,捷科在这方面有优势,价格公道,我建议交给他们来做。"

崔国瑞最关心项目的核心部分,不为刘丰的承诺打动:"我有不同看法。"

刘丰心里有股火向上冲,已经给足了他面子,他还得寸进尺:"什么看法?"

崔国瑞终于将忍了很久的话说出来:"招标过程中出现很多意外:首先惠康的第二次方案与捷科过于接近,其次宏贯的价格高得不可思议,有人为操作的可能,这次招标极不正常。"

他竟敢在会议中试图推翻招标,刘丰没有料到:"呃?你有这样的感觉,有证据吗?"

"没有。"崔国瑞不得不承认。

刘丰给了崔国瑞台阶,他既然不接受,也没有示软的道理:"没有证据就不能随便说,你尽可以去调查,一旦查出真凭实据,我们立即取消惠康的招标资格,查处相关人员。如果没有,我们必须实事求是地按照招标流程,宣布招标结果。"

"如果选择惠康,我不能保证这个项目成功。"崔国瑞下定决心,要把事情搞个水落石出。

崔国瑞是主管副行长,他坚决反对,刘丰不得不有所顾虑,他一时之间不知道该如何处理。会议室中静悄悄的,众人都在思考,涂峰屏住呼吸,这是关键的时刻,如果站错队,那将坠入深渊,他咬咬牙大声说道:"我们信息中心支持崔行长的意见,不能这样就决定了。"

涂主任突然打破沉默,一向明哲保身的他怎么会如此反常?常仪被他震动,脑海中浮过林佳玲认真回答问题的样子,不再徘徊不定,镇定地说出心里话:"惠康确实有抄袭的嫌疑,崔行长既然提出了招标中的问题,我们还是慎重为好。"

刘丰心中剧烈震动,崔国瑞、常仪和涂峰竟然联手与自己抗衡。他毕竟经历过大风大浪,冷静下来想起骆伽提出的应对方案,对她暗自佩服,缓慢说道:"有不同的意见很正常嘛,这说明大家认真负责,我们就要这种态度,这个项目十分重要,因此,我建议提交党委会讨论。"

崔国瑞愣在座位上说不出话来,这个建议他根本无法反对。刘丰拿出党委会的金字招牌压住众人,看无人异议,舒坦地宣布:"今天的会议到这里,下周一的党委会继续讨论。"

73．周五，上午十一点零五分

骆伽放下电话，看着会议室中满心焦急的众人，发现林振威也正看着自己，她不得不佩服这个料事如神的总经理。她对大家点头，轻声说道："崔国瑞坚决支持捷科，会议没有结论。"

看见会议室每个人都失望起来，骆伽露出笑容："如我们所料，提交党委会讨论。"

林振威笑了起来，站起身拍拍衣领轻轻说道："大局已定，准备庆祝。"

这是实话，在七位党委成员中，骆伽得到了四个人支持，加上一把手刘丰，确实大局已定。经信银行是她经营多年的地盘，本来就有错综复杂的关系。骆伽几天前建议刘丰提交党委会讨论，他还觉得没有这个必要，现在看来这一招已经成为输赢的关键。

几乎同时，消息传到捷科公司，周锐本已准备接受最坏的结果，没想到关键时刻崔行长的坚定支持让自己有了苟延残喘的机会。

"我们必须抓紧时机去做党委成员的工作。"周锐知道刘丰将决定权转移至党委绝对不是好事，常仪和涂峰并非党委成员，刘丰彻底摆脱了他们，崔国瑞将孤身作战。肖芸掌握了会议的过程，提议说："我们的表现很受认可，刘行长说可以考虑以后合作，肖晓阳建议把终端设备给我们，也能占到五分之一，拿下这部分，我们就能大幅完成任务了。而且，只要能够拱进去，我们就能慢慢地提高份额。"

方威反对切分，要是按照他的想法，必然分出一个你死我活不可，想想周锐的处境也就忍了，还是先帮他渡过难关吧。周锐不反对切分，却不敢乐观："我们永远不能把自己的希望寄托在别人手中，我们的当务之急，是尽快做党委成员的工作，方威，你迅速列出其他党委成员名单，我们分头上门拜访。"

74．周五，下午一点十分

陈明楷绝望地看着销售报表，提拔杨露打击周锐的做法显然激怒了华东和北京团队，他们立即压下订单对抗，强劲的势头被硬生生压下来，距离季度结束只有三周时间了，差距越来越大。

陈明楷希望经信银行的订单拯救自己，问对面一言不发的魏岩："经信银行的订单怎么样?"

魏岩打听到这个项目的最新进展:"听说这个项目要提交经信党委讨论了,全赢的可能性不大,很有可能分到一部分。"

只要从这个超级大单中分出一点点,陈明楷就可以达成任务渡过难关了。魏岩又想起周锐的问题:"如果切分了,周锐怎么办?我们部门会议已经冲突起来了,关系这么紧张,以后怎么在一起共事?"

陈明楷早有筹划,并不担心,叹了一口气:"周锐坚持拉帮结派,无法与同事共处,但是能力还是有的,我能包容,但是他压下订单,性质就严重了。"

75. 周五,晚上七点二十分

方威从来没有这么绝望,骆伽精心布局,自己一头冲了进来,像左冲右突的困兽,不慌不忙的猎人正在慢慢将包围圈收小,他可以看见悬在眼前的屠刀。唯一的希望就是找出骆伽的破绽,它一定存在,但是在哪里?刘丰为了儿子去加拿大,骆伽为什么要去?里面一定有原因,方威小心翼翼地寻找着答案。他坐在鹿港小镇靠窗的座位上等候何玲。

晚餐过后,时机成熟,方威开始打听:"赵颖什么时候回北京?"

何玲喜欢他的痴情:"应该这几天吧,她必须回来了,婚礼定在两周以后,婚礼后就要动身去加拿大了。"

方威不动声色:"她到那边怎么生活?温哥华是冰天雪地吧?"

何玲毫无心机,一口气说出来:"他们的公寓早买好了,我看过照片,在市中心,景色特别好,对面就是海湾和雪山,交通也很便捷,走路五分钟就能到温哥华最繁华的商业街。"

"住的地方有了,怎么上学?"方威继续索取更多的信息。

"国峰买了最新款的宝马跑车,我也见过照片,真棒。"何玲就像看见了那辆车,语气里带着兴奋。

"这得需要几百万吧?他们怎么这么有钱?"方威试探着何玲。

何玲沉浸在公寓和跑车的幻想之中,感叹着:"人家国峰家里有钱啊。"

何玲并不知道更多消息,但已经足够,方威可以肯定,骆伽去加拿大肯定跟国峰出国留学有关。晚饭后,方威送何玲回宿舍,然后用最快的速度返回酒店,等待泡泡龙。他在床上几乎睡着的时候,叮咚一声,泡泡龙上网了。

方威：我知道骆伽去加拿大的原因了。

泡泡龙：是什么？

方威狠狠地在键盘上敲出：帮助刘丰的儿子办理出国手续，买房买车，这是刘丰支持惠康的原因。

泡泡龙：你有证据吗？

方威：没有。

泡泡龙：去拿到证据。

76．周五，晚上八点十分

黄静在家的时候，周锐才能得到彻底放松。现在，那些纷争压榨着周锐的精神，为了能够将它们排解出去，周锐甚至开始学习洗衣服，却将水弄得满地都是，衣服还是皱巴巴地堆在盆里。

黄静一直没有回电话，周锐赌气，本想坚持冷战，但是经历了洗衣服的挫折后，他回到沙发边，拿起电话，又是黄静妈妈接了电话。丈母娘很关心周锐，问候之后，周锐开始诉苦："洗衣机那么多按钮，都不知道按哪个。而且，我怎么也找不到冬天的衣服……是啊，一年前收的，我怎么可能记得住……"

丈母娘帮周锐出主意："你既然找不到，就去买几件衣服吧。"

周锐苦笑，向丈母娘诉苦："我没有现金了，卡里有钱，可是我忘记密码了。是啊，静静说过，可是我忘了啊，要不然让她打电话给我？"

丈母娘从不抱怨女儿，同情地说道："静静说现在是香港的圣诞购物季，她约朋友去香港了，昨天的航班。"

第十一周　败局

77．周一，上午九点二十分

周锐离开经信银行，心里郁闷的同时也觉得好笑。工会主席是位五十多岁的大妈，主抓生育工作，是党委成员之一。为了拉近距离，周锐聊了很长时间生育，说到自己还没有孩子，这位大妈拼命劝他快点生孩子。周锐向她解释客户关系管理系统，她目光炯炯地说："这玩意儿也能帮助生育？"周锐才想起还没有介绍项目的背景，半个小时以后，他逃出了她的办公室，因为这已经不是周锐介绍项目情况，而是她向周锐普及生育知识了。

周锐在咖啡馆里等着林佳玲和方威，由于时间紧迫，大家分头去见了银行的主要领导。没一会儿，他们就带着失望的神情走进咖啡馆。

78．周一，上午十点整

肖晓阳作为最终使用部门代表，金主任作为外部技术专家，列席党委会，他们将是惠康用来进攻的大炮。刘丰有绝对的把握，他担任一把手以来，反对者已经被清理出去，等这个项目过去，下一个清除对象便是崔国瑞了。

例行的政治学习结束之后，刘丰缓慢说道："客户关系管理系统是发展客户和拓展市场的重要基础，我们必须建立起强大可靠的客户系统，才可以在市场中取得优势。项目招标到了关键时刻，对于这么重大的项目，党委有责任站出来把好关。市场发展部直接使用系统，软件中心是技术权威，因此邀请他们列席党委会。晓阳，向党组成员介绍一下招标情况。"

肖晓阳用投影屏幕认真地介绍了招标过程，重点对惠康和捷科的方案进行了对比，客观背后，隐藏的完全是惠康的优势。刘丰转向崔国瑞，让他表态："老崔，你一直具体主管这个项目，也发表一下意见吧。"

崔国瑞孤掌难鸣，周围都是刘丰的亲信，支持自己的涂峰和常仪都被排除在外，他抬起头："惠康和捷科的方案都是优秀的，但是我认为在招标过程中，尤其是第二次招标中有不少疑问，惠康大幅度修改方案，十分接近捷科第一次招标的方案；另外，宏贯公司给出了莫名其妙的价格，都对招标产生了严重的影响，我建议调查清楚再下结论。"

他仍然这么强硬，刘丰怒火中烧，表面仍然不动声色，拉出肖晓阳放炮："晓阳，崔行长认为招标过程中出现了问题，你的观察呢？"

肖晓阳挺直身体，毫不含糊："我没看到任何问题，我们把两期工程合并，必须修改方案，捷科不也这么做吗？至于宏贯，当然有权利报出任何价格，他们完全没有机会，报价不慎重完全有可能。"

刘丰趁热打铁，点出金主任："你是专家也是技术权威，谈谈你的观点吧。"

金主任不负厚望，打开投影机有条有理地说："我对两家的方案从技术上进行了研究分析，惠康和捷科都是先进的，体现了国际领先水平，通过这个项目，一定能够推进经信银行的信息化水平。然而，我们一直采用惠康系统，在兼容性上惠康有着先天优势，而且我们的工程师熟悉惠康的产品和方案，便于支持和服务，既是最佳方案，也是风险最低的选择。"

崔国瑞依旧顽固不化，刘丰失去耐心，提议道："我建议举手表决，同意选择惠康公司方案的，请举手。"

崔国瑞豁了出去，强硬地表态："我反对，我还是坚持调查清楚再继续招标。"

"允许保留个人意见，少数服从多数。支持惠康的请举手。"刘丰再次强行闯关，推动方案通过。

大多数党组成员举手，崔国瑞控制着怒火，拒绝表态。那位负责生育的大妈也坐在那里，慢悠悠地说："好商量嘛，何必生那么大的气呢？我们向来是实事求是，没有调查就没有发言权，理论联系实际嘛。"

"五比二通过，少数服从多数，允许保留意见。"刘丰没想到，即将退休的老太太居然站在崔国瑞一边，"晓阳，准备合同，筹备签约仪式。"

79．周一，中午十一点三十五分

骆伽没有召集会议，但是所有与项目相关的同事们都自动出现，等着结果。骆伽手机响起的刹那，所有目光都汇集在她脸上。从她的称呼中可以猜出是经信银行的工作人员，骆伽放下电话。她眼睛眯起，嘴角从两边轻轻翘起，笑容甜甜地绽放出来，紧张气氛被这个横空出世的笑容一扫而空，众人顿时沐浴在笑容中。

骆伽收敛笑容，大家才意识到惠康赢了，她这才宣布："现在是庆祝时刻，我们一起打赢今年国内最大的项目，这也是亚太地区最大的订单，我们还有最后一个任务，庆祝！"

掌声响起，欢笑四溢，消息迅速在公司传播，大量祝贺的邮件从世界的各个角落传来，直到骆伽的电子信箱被挤爆。

大家离开会议室后，林振威注视着骆伽，此刻他忘记了输赢，只记得她的笑容。他走到骆伽身边，将文件递给她。文件上附着机票，这是一张飞往纽约的头等舱机票，时间是去哈佛参加EMBA课程的前一周。文件是公共关系总监的职位待遇书，这是一个非常让人满意的数字。文件之间还夹了一张音乐会门票，日期是圣诞前夜。骆伽抬头看着林振威，他笑着用手指自己。骆伽心中犹豫起来，这是林振威的约会邀请，她明白意思，要接受这个邀请吗？林振威总是很绅士，骆伽却能感受到他隐隐的追求之意。骆伽看着林振威，想着周锐，终于还是将音乐会门票抽出来，还给林振威。林振威没有任何变化，把票放进西服口袋，有风度地坐回座位，将另一份文件递给骆伽。

里面是北方区销售总监的岗位说明书和密封文件，信封上写着周锐的名字，按照公司规定，只有收信人才可以打开。经信银行的订单已见分晓，林振威开始了新的布局："我们不仅要击败捷科，还要彻底摧毁他们的力量。这就像打仗，夺下一个城市，还要击溃敌人的有生力量，甚至把敌人的队伍收编，这样对手就永远失去了抵抗能力。我希望你的职位由周锐担任，你去和他谈谈，有把握吗？"

骆伽得到了消息，周锐已经被降职，输了这个订单，他更加走投无路了："我们此时敞开大门，他本不应拒绝，但是他有时非常固执，死守原则，我不能确定他的态度。"

"他来最好，不来也没关系，我们也是人才济济。"林振威态度淡然，又叮嘱骆伽，"签合同后，别忘了发邮件通知亚太区，让那些总部的大老板见到你的成绩，有机会的时候，他们才会想起你。"

80．周一，中午十二点十分

周锐对失败做好了充分准备，就像即将上战场的士兵，上阵之前已经接受战败覆亡的可能。这个世界上根本没有常胜将军，既然选择战斗，就应该准备面对失败，无论结局多么惨烈。在周锐的销售生涯里他经历了无数次输赢，能够接受各种局面而就像经历生死的老兵，只有保持平静的心态，才可以在临死的瞬间寻找到最后一丝机会，反败为胜。

周锐知道这次毫无反击机会，骆伽封死了前进之路，陈明楷堵住了后路，他失去再战的可能。得知结果之后，周锐开始思考下一步计划，他和陈明楷之间不可调和，留在公司就是自取其辱，只能离开公司。周锐并不担心工作，打个电话就会有猎头公司蜂拥而来。让他惆怅的是，这家公司里有太多无法抹掉的回忆。

陈明楷下午将要召开的会议，就是针对自己，周锐在捷科没有什么前途了，但还要为自己的团队做好安排。他把所有人都请到公司附近餐馆的包间，让他们有所准备。他们都知道了经信银行的结果，默默坐在桌边，没人主动点菜，周锐说："老规矩，每人一道。"

饭菜上齐，谁也不想提下午的事。眼见饭菜见底，周锐觉得再不说就没有机会了，终于开口："大家应该都知道了招标结果，虽然没有正式公布，但是我们已经输了，这么重要的项目失利，应该有人承担责任。"

方威不等他说完就大声说："这个项目我负责。"

"我只是和大家聊聊，把第一手信息给大家，不是要分出责任，这个季度没有结束，经信银行也没有最终签合同，只要有一线希望，我们还会继续努力。"周锐希望他们做好心理准备，苦笑一下说，"但是公司可能想法不一样，陈总要和我谈话，下午要开全体大会。我们即便输了这个订单，却在短短两个月就打开了北京市场，我虽然遗憾却也无悔，以后不能并肩作战了。对于经信银行，我们即使输了，但只要以后好好耕耘，在佳玲的支持下，肖芸，你还是可以赢回来。"

崔龙拍着桌子说："即使经信的订单输了，我们拼命也要把这个季度任务做完，你不需要辞职。"

现在只有谢伊没有完成任务，她表态道："我也不藏着了，把所有的都拿出来，逼着经销商将明年的订单也下了，咱们一定超额完成任务，陈明楷还有什么话说？"

"现在这家公司，我是不想待下去了。"周锐苦笑，离开公司是解脱，未尝不是好事，现在不是告别的时候，他不想把气氛搞得这么凄惨，"我讲个故事吧。我的小外甥不到十岁，有一次和好朋友发生了争执，两人决定'剪刀、石头、布'，谁赢听谁的，我来做公证。他朋友说，喂，咱俩是好兄弟，分胜负就太伤和气了，待会儿都出剪刀吧？我外甥一脸纯真地说没问题。我喊一二三开始，结果，他朋友出了石头，我外甥出了布。"

155

肖芸露出笑容说:"呵呵,你侄子真厉害。"

气氛活跃了,周锐借用这个故事讲着现实:"可是,人和人之间还有信任吗?大家为了争权夺利就更变本加厉。在我们公司里,团队之间互不信任,于是互相猜疑,猜疑不断产生误解,误解产生怨气,怨气爆发冲突,相互之间陷害倾轧,接着就是背叛和仇恨,仇恨产生暴力和杀戮。"

大家默不作声,周锐勉强笑笑:"现在公司就是这样,离开未尝不是好事。"

崔龙觉得这里没有外人,于是说:"我倒有个想法,此处不留爷自有留爷处。周锐,我们大家跟你去,就凭咱们这些人,到哪都能打出一片天地来。"

"这个季度没有结束,不能放弃。经信银行难以挽回,我们还要努力完成任务。"捷科干不下去,自然可以换家公司,周锐不反对,只是觉得时机不到,"当初,我们压下订单是无益的做法,不但没有解决问题,反而加剧了冲突。大家努力把订单都签下来,即便走了也要把任务完成,不留遗憾。"

方威点头,拿出手机:"既然你这样说,我给上海打电话。"

周锐明白,方威想通知上海下订单:"你现在就打,这个季度只有两周就结束了。"

方威出去打电话,周锐继续笑着说:"摧龙八式还有几步,我今天说完吧。"

饭桌上寂静无声,周锐语气饱满,想完美地讲完,"经过前几个步骤,马上就要谈判签合同了,这就像领结婚证,领了证是不是恋爱就结束了?不是,这是开始,可是如果服务不好,老婆会跑掉。现在'80、90后'闪婚闪离的不少。哎,谢伊,你怎么抹起眼泪了?没什么大不了,算了,大家既然没有心情,我就不说了,反正也不是生离死别。"

方威打完电话回到饭桌,咬着牙一句话不说,他隐隐约约还抱着反败为胜的希望,只要拿到刘丰的证据就可以改变招标结果。怎么拿到呢?即使拿到又能怎么样?前途不可预测,但是方威不会放弃,不会像周锐这样,接受失败的命运。他抬起头来,目光坚定:"经信银行的合同没有签,只要有一线生机,我们就不能放弃。"

81．周一，下午一点十分

经信银行选择惠康的消息引发了连锁反应，陈明楷决定立即采取行动，周锐不但已经毫无价值，而且成为阻碍完成任务的绊脚石，必须立即处理，积压的订单才能顺利签下来，这样还是可以完成任务的。

人力主管王莉坐在陈明楷对面，她个子不高，短发齐耳，这件事必须由她出面。陈明楷不便直说，先探她的想法："我们丢了经信银行订单，周锐有直接责任，然而他的业绩有目共睹，我想听听你的建议。"

王莉知道其中复杂的关系，尽量恪守职责不参与内部斗争，摆明客观公正的立场："一般来说，有四种方案可以选择。第一种主动辞职，这是最简单便捷的方式，大家好聚好散，两不相欠。第二种是签署业绩改进计划，也就是PIP，让员工在指定的期限内达到目标，通常是60到90天，如果没有达到，公司可以理所当然地开除他，这是开除员工的必经手续，劳动保护法不允许因为业绩或者丢失订单而开除员工。如果员工违反公司规定或者国家法规，公司则可以直接开除，周锐显然不属于这种情况，这是第三种。第四种是劝退，公司希望他立即离开，又没有正当理由，可以根据员工的服务年限制定补贴方案，周锐在公司服务时间较长，我们至少要拿出五到七个月的薪水，他的收入又很高，这笔数字相当可观。"

陈明楷首先排除PIP方案，他没有时间等，周锐必须立即离开。他没有违反公司规定或者法律，第三种方案也不可行，便只剩下主动辞职或者通过补贴劝退了。陈明楷盘算已定，对王莉说道："你做一套补偿方案，周锐是有贡献的，按照最优厚的方案做，立即打印出来交给我。"

王莉离开办公室，陈明楷深思一阵，通知秘书把周锐找来。周锐很快出现在办公室，坐在陈明楷对面。陈明楷看着报表沉默不语，办公室竟陷入浓重的对峙气氛。

周锐先放弃了僵持："陈总，您找我什么事？"

陈明楷明知故问："经信银行招标有结果了？"

周锐直截了当地回答："对，他们决定采用惠康的方案。"

陈明楷目光注视着周锐："你肯定。"

周锐点头："肯定。"

陈明楷继续问："输了这么重要的项目，你打算这么办？"

周锐的回答更加简洁："我打算辞职。"

事情变得这么简单，陈明楷反而不知道该说什么，想了一下："输了，不完全是你的责任，但是总要有人承担责任。"

周锐没有反驳,在这点上同意他的观点。陈明楷反而些有同情他:"你有什么打算?"

周锐打算先休息一段时间,然后再看工作机会,不过这个季度还没有结束,现在言之尚早。陈明楷心中不忍,安慰他:"我和人力谈了,你做了不少贡献,我帮你申请了N+3的补偿计划,你等等。"

陈明楷打了个电话,王莉很快出现在办公室,把一份打印文件交给陈明楷。陈明楷把文件推到周锐面前,周锐明白N+3的含义,N表示在公司的服务年限,他不缺生活费,但是八个月的薪水仍然相当诱人,陈明楷没有让他在经济上吃亏,甚至十分大度。他们此前还针锋相对,此刻竟也缓和下来了。

陈明楷苦笑着说:"我其实不想看到这一步,我希望我们还能保持友好的关系,你尽快办理手续吧。"

周锐一直希望坚持到最后一刻:"我打算这个季度结束以后再向公司提出来。"

陈明楷突然警觉,只要周锐不走,华东和北京的订单就下不来,他断然拒绝:"不行,必须在本周内办理全部手续。"

周锐没料到这么突然,解释说:"这个季度还没有结束,经信银行的订单也没有签,我现在不认输。"

陈明楷也有些意外,早一周两周又有什么关系:"早晚都一样嘛,为什么要等到下个季度?"

周锐恍然大悟,猜到原因:"我会帮你将华东和北京订单都签下来。"

陈明楷被猜中心事,十分不快,只要周锐在公司,就是致命威胁,他断然拒绝:"不行,你必须本周辞职,这样就有八个月的薪水,否则一分没有。"

周锐并没有把八个月的薪水看得太重,斩钉截铁地拒绝:"即使输了,我也要坚持到最后,不坚持到最后,我决不放弃。"

"你有没有想过后果?"陈明楷质问,空气陡然紧张起来,一点火星就可以引爆。

"没有想,也不需要想。"周锐更加坚决,他们之间的和平气氛只是暂时的。

陈明楷没有退缩的余地,站起来:"周锐,你不要一意孤行。"

周锐语气坚决:"我现在不能放弃。"

陈明楷抓起电话,通知秘书:"立即召开员工会议,北京所有员工必须参加。"

方威处于前所未有的矛盾中，不甘心失败，可又找不到反败为胜的方法，只有泡泡龙虚无缥缈的指引。即使找到骆伽为刘丰儿子办理出国手续的证据，又怎么样呢？泡泡龙是谁？方威甚至觉得这有可能是骆伽刺探情报的通道。如果泡泡龙是骆伽，那这个玩笑可就大了，能够掌握这些隐私的除了骆伽和刘丰，他还真想不到其他人。方威隐约想到一条途径，如果能从赵颖那边拿到证据？后果无疑不堪设想，方威不能预料也不能控制，这是两败俱伤的打法，他或许再也不能做销售。如果这样，怎么面对赵颖？方威心中一动，也许这是拆散国峰和赵颖的唯一机会，但她会原谅自己吗？方威心不在焉地来到大会议室门口，北京地区的人全部坐在里面，他立即有了不好的预感，一定和经信银行的项目有关。陈明楷坐在正前方，旁边是魏岩和李朝东，林佳玲坐在侧面，周锐隔着桌子，独自一人与他们面对面，仿佛待审的被告。

陈明楷站起来，目光划过每个人的脸："大家可能听到了消息，经信银行决定选择我们的竞争对手，今天开会的目的是向大家通报一下，然后介绍我们针对这件事的计划。周锐的团队一直在跟这个项目，付出了巨大代价，通过两轮的招标还是功亏一篑。我们虽然在这个项目上失利，但并不影响我们继续与经信银行建立更加深入的关系，这次失败将是未来胜利的基础。"

陈明楷话锋一转，看了一眼周锐："就在刚才，我和周锐谈了话，他提出为失利负责，具体的细节还在商量之中，但是，我相信周锐一定会继续支持我们完成这个季度承诺达成的目标。"

陈明楷的宣布引起一片喧哗，这件事的严重程度和处理速度出乎预料。周锐迎着众人不解的目光，缓缓站起来，努力控制着声音："经信银行在今天上午选择惠康，我理应为失利负责，我们如果最终输掉，我将离开公司。但是经信银行没有签订合同，这个季度也没有结束，虽然机会渺茫，我还是不应该放弃，辞职是这个季度以后的事情，现在我还和大家在一起。"

两人的意见明显不一致，方威要替周锐辩解，魏岩突然站起来帮腔，这是关键时刻，绝不能放松："不要自欺欺人了，既然客户做出了决定，你就应该承认现实，承担责任，拖延有什么益处。"

只要宣布周锐辞职，华东和北京地区的销售团队就没有了指望，订单可以尽快下来，陈明楷已经达到目的，大声宣布会议结束："今天的会议就到这里，人力将会继续处理后续事情，无论发生什么事情，都不能影响我们的业绩。"

周锐感觉也许这是最后一次当众发言，不能这么不明不白，立即阻止道："等一下，我可以再说几句吗？就当是临别赠言吧！"

继续下去，必然带来负面影响，陈明楷本想离开会议室，正遇到怒气冲冲的崔龙。方威和钱世伟已经站起来，他突然意识到，如果拒绝周锐发言可能会产生肢体冲突，只好点头。

周锐情绪激动，稍微平复才说道："我们一起共事，不管大家怎么看我，我都将大家看作好朋友。请大家不要为我担心，既然负责了这个项目，我就有心理准备去失败。只要有坚强的团队，失败不可怕，只要聚拢在一起舔舔伤口，还可以继续拼。我不担心这个团队，我们已经有了一支走向巅峰的团队。"

周锐蔑视着魏岩和李朝东："真正的失败是丧失团队精神，这才是我真正担心的，领导者不能把自己的利益凌驾于团队之上，为了自己出卖团队。如果大家都心怀鬼胎，各自盘算，这个团队根本不能在竞争中生存，最终必然是失败。可是，有人偏偏喜欢搞这一套，自以为捡了便宜，其实不知道团队的覆灭就在眼前，这是个人利益的捷径，却是团队的绝路。"

周锐走到陈明楷身边，把大家的目光也吸引过来："还有人自以为高人一等，翻手为云覆手为雨，其实每个人都看得清楚，心里明明白白，你到底是真帮助他们，还是在利用他们。你对别人有价值有帮助，别人才会相信并依赖你，依靠手中的权力去控制团队，早晚会被人打翻在地。你坐在这个位置上，权力并非上天赐予，你的每一分收入和荣耀都是你的团队帮你拼出来的，你有什么权力高高在上，喊打喊杀？"

周锐离开陈明楷，走回去继续说："捷科是非常好的公司，大家有好的学习和发展机会，以后当你们成为一个管理者的时候，请记得我说的话：让你的团队内部保持诚信。我还要感谢我的团队，刚回到北京时死气沉沉，看不到任何希望，我们在最短时间内恢复了斗志，并肩作战，赢得了一个又一个客户。现在距离季度结束时间还有两周，我们已经提前完成了目标，这是我们共同创造的奇迹，能够一起度过这段时光，我感到骄傲和光荣，谢谢你们。"

周锐胸腔不停地起伏，他在控制自己的情绪。会议室中一片寂静，接着掌声从每个角落里爆发出来，连魏岩都尴尬地附和着。方威排开众人走到会议室中间,他是经信银行项目真正的操盘手。大家看他站出来,都安静下来。方威大大咧咧地宣布:"我负责经信银行这个项目,如果输了应该我承担责任,我辞职。我和周锐在一起这么多年,他带着我东跑西颠冲在一线,打下这么多订单,赢得那么多客户,销售本来就有输有赢,因为一次输赢就赶走自己人,不是自杀吗?经信银行这个订单输了,又有什么了不起?只要我们态度好,客户会记得我们,他们已经要找些订单来安慰我们了,我们已经杀入惠康防守最坚固的堡垒,并且在防线上撕开了缺口,我们将从这个缺口冲进去,彻底打下这个堡垒,然后将惠康的据点一个一个拔掉。现在将周锐赶走,最高兴的就是惠康,他们一定要庆祝了。如果周锐都走了,捷科在中国还有什么前途,他走,我也走。"

众人都觉得惋惜和遗憾,肖芸抓住这个节骨眼站出来:"还有我,这个项目我也负责,凭什么让周锐一个人承担责任?有本事把我也撵走啊。"

肖芸人缘很好,她小腹隆起,公司不可能开除孕妇,很多人都笑出声来,肖芸摆摆手:"我几年前就认识周锐,这个季度又在一起,他在前面冲锋陷阵,就有人在后面捡现成的,做的事情越多,出错的可能性越大,即使没有出错,也可以捏造出莫须有的罪名,不做事的千方百计从做事的手中抢业绩,不惜一切手段。唉,前面打仗的成天想着正事儿,后面的奸臣总想着谋害好人,我现在是理解岳飞怎么被害死的了。"

大家笑声中掺杂了一些悲情,陈明楷担心会议会向不妙的方向延伸,示意阻止会议。魏岩趁肖芸停顿喘气的空当,突然站起来:"大家说得有道理,但与今天会议内容无关,我们接下来好好谈谈,一定妥善回答并处理大家的疑问。"

肖芸抢在前面一吐为快,崔龙早就憋了一肚子话,用粗厚的嗓门说:"别急,我还没说呢。肖芸说到了岳飞,这个比喻太有道理了。如果周锐是岳飞,我们这里有些人就是秦桧和宋朝皇帝,每天躲在办公室里琢磨自己人,不敢出去见客户。可是,就你们这些人渣能笑到最后,为什么?岳飞将心思用在对外作战上了,你们成天罗织罪名。岳飞认为你们是自己人,拼命尽忠尽孝,你们却将岳飞看作是最大的威胁,心怀鬼胎设计陷害,置之于死地而后快。谁跟你们在一起谁倒霉,你们就是一个大酱缸,老子也不干了。"

崔龙用胳膊碰了一下钱世伟,示意他出来表态。这工夫,李朝东突然跳起来:"你怎么能这样说?我是秦桧吗?"

崔龙又蹦起来回应:"你不是秦桧,你不配。"

钱世伟是新人,有些怯场,结结巴巴说道:"我也走,试用期还没满,你们开除我也容易。我以前也在其他公司干过，跟了不少老板，不过我最佩服周锐，他手把手教我，我已经把他当作老师了。师父，我叫你一声师父，谁跟我师父过不去，我跟他没完。"

气氛被崔龙、肖芸和钱世伟彻底搅乱，大家兴奋地鼓掌喝彩，压抑很久的郁闷被释放出来。谢伊慢慢站起来说："我真不明白，公司为什么要现在赶周锐走，他不是说了吗？这个订单输了他就辞职，现在合同没有签，为什么现在就宣布他离开？"

经谢伊这么一说，众人也觉得反常，谢伊看着陈明楷，不慌不忙地说道："公司最起码应该让周锐留到这个季度结束，等到最终的结果出来再处理。"

谢伊的说法合情合理，魏岩没有制止住周锐团队，陈明楷又焦急又生气，紧咬嘴唇，等到谢伊说完才缓慢开口："说完了吗？你们既然要走，欢迎，现在就办理手续，全部离开，捷科照样可以生存。"

会议室再次安静，事态居然发展得这么严重，完全出乎想象。陈明楷压下的赌注果然奏效，刚才狂热的气氛被泼了一盆冷水。陈明楷宣布会议结束，向大门走去，既然他这样讲，周锐铁定要离开了，众人纷纷退去。

"等等。"林佳玲在关键时刻站起来，她身材高挑，穿着剪裁合身的套装，在门口拦住众人。她来自亚太区，非常有分量，她向来给人优雅的印象，似乎不适合这种竞争激烈的公司，不过她却能保持一份淡淡的从容，连周锐都自觉难以做到。林佳玲像处于大风大浪中的一叶小舟，声音却十分沉稳："这个季度之初，我不认识周锐，却听说过他，好坏都有。有人说他有能力，有人说他喜欢拉帮结派。为了经信银行的项目我们共事了一段时间。这么多人和他同进同退是有原因的，他诚实对待下属，尽可能帮助他们，作为一个团队的领导，这些好像就是他每天都应该做的。请设身处地想一想，如果一个人不求回报地帮助你，你是否愿意和他并肩作战？我想我愿意，所以，想请陈总重新考虑，做出正确的决定。"

陈明楷处于被动，却没有退缩的余地，他大声拒绝道："我已经考虑清楚了，我们不姑息严重的失败，周锐提出了辞职，承担了责任，我希望大家能够坚守岗位继续工作，今天的会议就到这里。"

这么多人都拦不住陈明楷的一意孤行，他说完就要推门出去，方威大声阻止："等一下。"

陈明楷好奇地看着方威，已经说得这么明确，他还有什么好说的？会议室的每个人也都看着方威，林佳玲都不能改变陈明楷的想法，他能有什么办法？在这瞬间，一个主意跳入方威大脑，不管付出什么代价面临什么后果，都不能让周锐被陈明楷踢出公司，他笑着说："给我一周时间，我可以反败为胜，打败惠康，赢下经信银行的订单。"

陈明楷被打得措手不及，他开除周锐借口便是输了订单，如果方威保证赢回来，就失去开除周锐的理由。况且赢下这个订单的利益极大，陈明楷目光灼灼地看着方威，反复权衡，一字一句地说道："好，我给你一周时间，你必须保证，如果你做不到，怎么办？"

"我离开公司。"方威说道。

"你呢？"陈明楷看着周锐。

"我一样，同进同退。"周锐回答。

"好。"陈明楷答应着，然后转向人力王莉说道，"现在就给他们准备PIP。"

几分钟后，周锐和方威签了PIP。两人在办公室中面对面无话可说，手机突然响起，周锐接了电话，短短几句挂掉后，苦笑："骆伽。"

方威兴趣大增："什么事？"

"约我晚上一起吃饭。"周锐诧异极了，自己刚签了PIP，骆伽就得到消息，她肯定在捷科内部也有内线，难怪打不过人家。

方威夸张地说："你上次和这魔女见面之后，就跑了老婆，还敢去啊？"

周锐猜出了骆伽的动机："她上次让我回答两个问题：第一个是要不要把经信银行订单分给我一些，第二个问题是问我是否愿意去惠康。我没有回话。今天她是来要答案的。"

方威更加好奇："你怎么回复？"

周锐也不知道："按说切分订单有点晚，骆伽应该有能力可以说服经信银行分出一些残羹剩饭，然而肯定不是无条件的。至于第二个问题，去惠康对我应该是个选择，可是我心里总是不能接受，好像在战场上缴械投降。"

方威也很矛盾，想劝周锐坚持，同时又不想让他失去这个机会："别这样想，这不是打仗，大家不是敌人，公司间跳槽很常见。陈明楷要赶你走，你必须找工作，惠康是很不错的公司，你去了之后还可以把陈明楷打得满地找牙，不是很痛快吗？"

周锐承认方威说得有道理，他今天还不能做决定，一切得等到这个季度结束，他还要和林佳玲聊聊，他不想和她成为对手。

82. 周一，下午四点十分

何玲等在登机处，欢迎赵颖一家四口，她已经把刘国峰算了进去。赵颖走到机舱转弯处，看到师父向她微笑，徒弟轻轻把行李箱打开，又扶着赵颖妈妈坐下。不可能这么巧，最好的朋友全都在这架飞机上。

飞机滑行起飞，向前一蹿腾空而起，平飞之后，空姐开始为乘客端茶送水。赵颖看着窗外，心里十分复杂，什么时候才可以回来？看看模糊的大地，她试图将这一切刻在脑海里。这次回家还算圆满，国峰尽力适应，但条件确实差距太大。国峰只能睡在沙发上，晚上赵颖和父母聊天时，国峰只能在那里哈欠连天，早上只要有人起床，国峰就必须立刻穿得整整齐齐爬起来。他没有怨言，甚至讨好般地对待自己的父母。直到赵颖问他，他才承认好几天没睡好觉了。赵颖妈妈喜欢国峰，可是爸爸却有所保留，由于家里的经济条件，女儿不能上大学，他一直愧疚于心，现在女儿可以去加拿大留学，这都是国峰的功劳，他不能反对女儿嫁给国峰，知恩图报是他做人的准则。

"乘客们，大家好，飞机已经离开重庆飞往北京，预计在一小时四十分钟后到达北京首都机场。根据天气预报，北京在昨天大雪之后，天气已经转晴，气温零上三度。"赵颖听出这是徒弟的声音，她这么快就有资格报行程了吗？这不是一件简单的事情，要经过严格的考试和认证。

广播的声音没有停止，继续说道："在今天的航班上，有一位我们最好的朋友，两个月前她也是一名空乘，像我们一样为大家服务，但是她下个月就要离开我们，出国读书了。"

这段广播十分反常，乘客们都抬起头来，声音继续飘荡在机舱中："她是我在公司的师父，是她把经验和知识教给我。第一次飞行的时候，飞机颠簸，我把一杯滚烫的咖啡泼在乘客身上，我手足无措，是她帮助乘客擦衣服，赔礼道歉。赵颖，可是你就要离开了。我们盼着你早日回来，祝你一路顺风。"

乘客东张西望，寻找着这个叫赵颖的空中小姐。赵颖心里泛起酸楚的感觉，何玲的声音出现在广播中："赵颖，你是我们航空公司最可爱最可亲的空乘。我是何玲，别忘了给我们发电子邮件，一定要有你的照片。我们还要恭喜你，祝你和国峰新婚快乐，白头偕老，早生贵子。你的婚礼，我们都会参加。"

国峰忽然紧紧抱住赵颖，赵颖耳边发烫。刘国峰说："我发誓，我要用一生让你幸福，让你快乐。"

赵颖终于控制不住自己的情绪，毫无保留地钻进他的怀抱，全部身心都被幸福填满。掌声响起来，她擦去泪水，飞机开始下降，白茫茫的雪覆盖了整个北京，慢慢地飞机冲入跑道。

赵颖打开手机，消息提示音响起。十几条微信全都来自方威。国峰从停车场开车出来，把赵颖一家人送到酒店，赵颖送走国峰后，才回电话给方威："你好，方威吗？"

"你还好吗？好久没听到你的声音了。"方威的声音急切，赵颖只是一周没有见他，他的声音就变得很陌生。方威又问道，"今天有空吗？"

赵颖不打算与方威见面，反问："什么事啊？"

"我要去加拿大。"方威说完，吓了赵颖一跳，难道他要实现诺言，追到加拿大？

方威注意到了她的沉默，连忙解释："你别误会，我也计划去加拿大读书。"

赵颖将信将疑，自己马上就要嫁给国峰了，她不想和别人有任何纠缠不清的暧昧关系。方威猜到原因，打消她的顾虑："千万别误会，我总在外企打工不是长久之计。我毕业这么多年该充电了，受到你的启发，也想出国读MBA，你觉得我能考上吗？"

赵颖本来就是一个没有心机的女孩，放下心来鼓励方威："当然可以，你有外企工作经验，英语又好，会很容易的。"

方威继续编故事："我工作忙没时间考托福，想读语言学校，你是怎么办手续的？"方威的声音从听筒中传出来，没有了往日的热情，这有点反常。不过确定方威没有追求自己的心思后她就不担心了，反而积极介绍："手续挺复杂的，要先申请，然后还要考试，办理签证……"

方威又一次用出销售技巧："过程太复杂，我都来不及记录下来，怎么办？你看我能见面和你聊聊吗？"

赵颖犹豫起来，她曾经对方威动心，难道就再也不见他了吗？沉默了很久，终于答应。方威立即追问："什么时间？哪里？"

"明天下午吧，在机场附近的花园酒店。"赵颖不想让他挑选地点，天知道他会选在什么地方。她只想为他出国提供一些帮助。挂掉电话后，她觉得这事应该告诉国峰，她抓起电话："国峰，你明天下午有空吗？"

"明天办手续很忙，但和你在一起随时都有空。"刘国峰的声音充满甜蜜。

"哦，那个方威问我出国留学的事情，约在爸妈住的酒店，我想你陪我去。"赵颖不想有任何误会，也不打算隐瞒任何事情。

刘国峰隐约有些不舒服，但仍然相信赵颖，大度地表示："没关系，你去吧，我晚饭时过去。"

83．周一，晚上七点十分

骆伽来了，周锐起身请她坐在对面，骆伽笑容立即收敛，噘起嘴角，这是不满的信号，周锐对这个表情很熟悉，如果不立即平息，就要吃苦头了，他不敢怠慢："怎么了？"

骆伽指着周锐身边的座位："我想坐那儿。"

周锐头大起来，却不敢拒绝，她笑着移到他身边，心满意足地点了菜，然后轻轻靠在周锐肩膀上，伸了个懒腰："真舒服啊，好像又回到五年前的时光，你知道我有多怀念吗？"

这是周锐不敢碰的话题："怎么会？我们已经分开了。"

骆伽点头："是啊。"

周锐鼓起勇气："你应该为自己打算了，人都需要有个家。"

骆伽依然靠在他肩膀上："我知道，一个人孤孤单单的日子，我受够了。"

周锐沉默，骆伽心头涌起剧烈的悲哀："你是不是想问，为什么我还是一个人？我不是没有尝试，不过总也找不到那种感觉，记得我们认识的那天吗？"

周锐回忆起多年的往事，应该是一个暑假："那时你刚从学校回来，在你爸爸的公司。"

"爸爸的公司很小，却像一家人，我认识你的时候你还很土。"

"我刚大学毕业，什么都不懂，在你面前经常抬不起头来。"

这是他没说起的故事，骆伽转过身看着周锐："我不知道啊，你那时好像很骄傲，不怎么理我。"

"我自惭形秽，不敢和你打招呼。"

"为什么？那时我只是一个学生，还没有现在的气场。"

周锐回想着骆伽当初的样子："你不是普通的学生，而是电影学院表演系的学生！我只是一个微不足道的打工仔。"

"爸爸从来不把你当成打工仔。"

周锐想起骆南山，心中惆怅起来："是啊，他把我当作自己的儿子。"

骆伽悲伤起来，难过得不可抑制："如果不是爸爸公司出事儿，我完不会进这个圈子，也许会在娱乐圈混吧。"

周锐想起往事，胸中也郁闷起来："那件事彻底改变了你，你再也不是以前的你了。"

骆伽深吸一口气："我为了查明真相，放弃了一切加入捷科，竟然遇到你来面试。"

周锐也陷入往事不可自拔："我们并肩作战，面对韦奇峰，北京通管局那一仗赢得真漂亮，你也查明真相找出了罪魁祸首，足以告慰你爸爸了。"

骆伽对往事历历在目："还记得新员工培训吗？我们中央开花，攻下堡垒。赵队长的酒量真好，啊，还有一件事，我醉酒之后，谁帮我换的衣服？"

周锐脸色赫然变红，五六年前的记忆竟然如此鲜活。他为她脱下鞋子，褪下她沾满酒污的外衣，内衣也被酒液浸透，裤子也被染上各种各样的呕吐物。周锐挠着脑袋犹豫，怎么办？要不要为她换衣服？最终，他轻轻脱下她的裤子，解开她的内衣。她身体横陈，晶莹剔透，她是那么的完美。周锐往返卫生间，用热毛巾反复擦拭，直到她又散发出香气。他取来睡衣，将她小心包裹好，用指尖轻抚她的秀发和肌肤，最后忍不住在她的唇上吻了一下。

"还有你用水果做成的字母，你肯定不记得写了什么。"骆伽开始给周锐挖坑，他总是会掉进去。

"我当然记得，是I love you。"周锐果然中招。

"什么？我听不清。"骆伽示意，周围人声嘈杂。

"I love you。"周锐大声重复，看见骆伽狡黠的目光，"好怀念那个时光，真想回到过去。"

骆伽坐直身体，面向周锐："你真的想吗？"

周锐发现失言，闭嘴不语，骆伽抓住他的手，用期待的目光注视着周锐："我们可以找回那段时光，我一直在等你。"

周锐缓慢抽回手，真的能吗？他挪动身体，拉开了距离，两人陷入长久的沉默。他们相对无言默默吃完晚餐，骆伽从包里拿出文件，面无表情地说："说正事吧，我上次提的问题，你怎么想？"

这是一份待遇书，惠康开出了诱人的价码，他把文件还给骆伽："我不会乞求施舍，经信银行只要不签合同，我就不会放弃。"

骆伽点头，这句话意味着周锐拒绝切分："第二个问题，林总还在等我答复。"

周锐暂时不考虑换工作，一切都要等这个季度结束："我现在还不能答应你。"

"这件事不着急，反正有的是时间，你也需要考虑。"骆伽说完，穿上外套转身离开，将周锐孤零零地留下。

84．周一，晚上十点三十分

方威坐在酒店的房间里，对着电脑，自从与赵颖通完电话，他就一直这样呆坐着。泡泡龙一定会上网，方威要做一笔交易。用欺骗赵颖拿到证据是眼前唯一的方法，刻骨的自责让他忘记吃饭，他越想就越难摆脱痛苦。大雪在黑夜中被狂风撕扯着漫天狂舞，方威尽量让自己忘记一切，只听风声。

叮咚的声音将方威拖回到现实，泡泡龙上网了，弹出文字：晚上好。
方威：如果我拿到证据，你能帮我赢吗？
泡泡龙：可以。
方威：怎么赢？
泡泡龙：你什么时间给我。
方威：明天晚上。
泡泡龙：明天晚上七点到金燕宾馆门口，等我电话，你给我证据，我帮你赢，公平吗？
方威抬起手指，看着键盘，这是一场魔鬼交易，谁也不知道会发生什么，却是唯一的希望，他右手啪地敲下：成交！

85．周二，下午四点十分

昨夜的大风将雪吹到每个角落，北京的第一场大雪来得既凶猛又霸道。
国峰提出让赵颖一家住到自己家里，那里有足够的房间，却被赵颖爸爸坚决拒绝，认为赵颖过门之后才能名正言顺地住进去，现在住进去算怎么回事儿？国峰想想也对，不再坚持，酒店离国峰家很近，他倒也来去方便。

刘国峰记得方威，但是因为赵颖涉世不深又不会撒谎，所以国峰相信两人之间没什么。

赵颖坐在酒店大堂沙发上,一辆出租车缓慢驶来,方威从里面跳出来,走进大堂,向赵颖挥手。

见到方威,赵颖内心忽然有一股难以抑制的兴奋和渴望,她觉得尴尬,她也搞不清楚自己了。方威也很不自然,心不在焉地寒暄着,几句问候之后,赵颖惴惴不安地问:"你真的只是去读书吗?"

"我还能去干什么?"方威听出来她的担心,继续编谎话,"你都要结婚了,我还能怎么样?"

赵颖放下心来,如果方威只为去读书,自己确实可以把申请过程告诉他。方威佯装专心,等赵颖介绍完,他又埋下陷阱:"我正在填写申报表格,好像很复杂,能参考一下你们填的那些表格吗?"

"当然可以,我拿给你看,等一下。"赵颖再次毫无提防地掉进去,站起来回房间拿文件。

方威利用了赵颖的单纯和天真,心里却被扎出血来,嘴唇被咬出青紫色。赵颖举着文件回来,她为能帮助方威而开心。方威贪婪地看着文件,抬头索要更多的资料:"我还想了解一下温哥华的居住情况和交通情况。哦,我想看看那里的生活成本。"

赵颖乐于帮忙:"可以呀,我房间里有温哥华地图,还有我公寓和汽车的照片,我去拿给你看吧。"

她再次往返客房,内疚感吞噬着方威的心脏,窗外漫天的雪花可以洗净大地,却无法冲刷他内心的煎熬。他做的事情将会无情地摧毁他深爱的女孩儿,然而这是刘国峰和惠康的唯一缺陷,也是反败为胜的关键。

赵颖回到房间,觉得方威与往常不同,他以前总是直视自己,有坚定的自信,这也是赵颖沉迷于他的原因之一。但是今天他的目光总是躲避。她把所有文件、照片和资料都毫无保留地拿出来。

方威看着窗外的大雪,直到赵颖叫他,他才转过身。赵颖看到一道没有笑容的冰冷目光:她从来没有见过的,可怕的目光。接着尴尬的笑容在方威脸上浮起,像戴上了面具,他为什么如此反常?

"啊,我没有带笔,你有吗?"方威早看清楚赵颖两手空空,"我们去那边的商务中心吧。"

方威借来笔准备抄写,忽然说:"哎呀,我的电脑包落在大堂了,你能帮我拿一下吗?"

赵颖看不出来这一切都是方威的设计,立刻答应,返回大堂。方威迅速抽出几张照片和文件,交给服务员:"复印这几份,快点儿,我赶时间。"

86．周二，晚上六点十分

雪下得越来越急，出租车缓慢地开向嘉里中心。方威下车立刻跑进办公室又复印了几份文件，将其中一份锁进抽屉，接着打电话给周锐。到停车场的时候周锐已经启动车子，方威说："走，金燕宾馆。"

周锐把汉堡包抛给方威："什么事这么急？"

方威把资料递给周锐，周锐一惊："这是什么？"

方威咽了口食物，抹抹嘴巴："刘国峰在加拿大读书的录取通知书、缴费证明、购房证明和购车文件，你看看，全是骆伽的签名。"

这些资料意义重大，周锐却不知道方威打算怎么用："你计划……"

方威喝了一口水，嘿嘿冷笑："学费、购房购车至少四五百万，全是惠康出的。这是交换，刘丰用经信的项目和骆伽做了交易。"

这些证据足以击垮骆伽和刘丰，反败为胜："你打算怎么处理？"

方威打算交给泡泡龙，拿这些资料换取经信银行的订单："交给一个神秘的人，泡泡龙。"

周锐听方威提起过："但他是谁？"

方威心里十分清楚，这些资料足以击垮刘丰，彻底摧毁他与惠康之间的联盟："一会儿就知道了。"

周锐向来谨慎，不愿意冒险："你都不知道泡泡龙是谁，这也许是个圈套，为了两亿美元的订单，一定会有人铤而走险的。"

方威却不信邪，而且他做了准备："这就是为什么我们要一起去的原因，我复印了三份，一份放在办公室，一份交给你，我带一份去找泡泡龙。你在外面等我，如果有意外就立即采取行动。"

周锐还是不放心，追问文件的来源："你从哪里得到的这些资料？"

负罪感从方威心中爆发，他不想隐瞒，把拿到资料的过程都毫无隐瞒地说了一遍。周锐渐渐皱起眉头："所以赵颖以为你要出国读书，不知道你的真实动机。"

愧疚感再次袭来，方威点头："她不知道。"

周锐谨慎地措辞，不想伤到方威："值得吗？"

方威忽然振振有词："这都是老百姓的血汗钱，他们凭什么去买房买车？刘丰这样的人就该付出代价，他的儿子也一样，我们当然可以揭露出来。"

周锐知道方威在逃避："可赵颖是无辜的，不应该将她牵连进来。"

方威绝不仅仅是为了这个订单，而是为了抢回赵颖："难道我眼睁睁地看着赵颖嫁给那样的人？这是我抢回她的唯一办法，也是最后的机会，他们半个月后就要办婚礼了。"

周锐向方威心里最敏感的地方刺去："所以，你这么做也是为了夺回赵颖，对吗？"

方威抬头，目光直视周锐："我可以输掉订单，但不能输掉赵颖。"

周锐面无表情地看着他："为了赢回赵颖，你不惜欺骗她，利用她？"

方威斩钉截铁地回答："对，为了她，我不惜代价。"

周锐问："如果赵颖知道真相，她会原谅你吗？"

方威终于大怒，将聚集许久的怒火发泄出来，他冲着周锐大喊："我只是为了赵颖吗？我还为了你，我不想你被陈明楷赶出公司；我还为了林佳玲和肖芸，她们不应该输，她们的努力应该得到回报；我也为了崔龙、钱世伟和谢伊，他们应该被赶出公司吗？我也为了崔行长和涂峰，不想他们的心血被不正当的暗箱操作毁掉。"

周锐读着方威的表情，知道他态度不可动摇："你确定这样做吗？"

方威点头："谁也拦不住我。"

油门轰隆响起，周锐启动汽车，方威并非只为经信银行订单，还为抢回赵颖，周锐无法阻拦，只能出谋划策："你怎么知道他能帮你？你相信这个人吗？"

看到周锐让步，方威才平息怒火，他承认："我不知道。"

周锐觉得还有其他的办法："这么重要的资料，不能交给素不相识的人。"

方威脑中突然出现了一个想法，如果直接交给刘丰会怎么样？他一定不敢继续支持惠康，只能向他们屈服："我们给刘丰看。"

刘丰这次可能会屈服，但以后怎么和他见面？周锐慎之又慎："这不是敲诈吗？此事一定要慎重，这已经超出正常销售范围了，就像投出一个超级炸弹，不能敲诈，即使刘丰愿意将订单全部给我们，也不能交易。"

"我们就给泡泡龙，赌这一次。"方威点头同意，反正还有备份。

为了避开车流，周锐进入京承高速开上五环，狂奔数十公里后又拐下高速开了半个小时，才到达金燕宾馆。车停在树下，宾馆大门外冷冷清清的。方威取出手机打开免提。

"方威，你好。"

"我到了。"

"证据拿到了？"

"就在我手里。"

"你进来,上电梯到七层,我等你。"泡泡龙的声音严厉冰冷,不容反抗,话音刚落,就啪地挂掉电话。

宾馆大楼的灯光几乎全黑,方威下车准备过去。周锐不肯让他冒险,试图阻拦:"这家宾馆处处透着怪异,门口一个人都没有,也不开灯,根本不像营业的样子。"

方威看了看,说:"既然来了,还是要去看看他到底搞什么玄虚。"

周锐锁好车,走到方威身边说:"我和你一起去。"

方威摇头:"泡泡龙不知道你,如果我一个小时内没有出来,也没有给你电话,你一定不能进去,直接报警。"

方威走向大门,保安室的窗口忽然打开,短暂交涉后,方威钻进了大铁门。随着身影消失,铁门立即合拢,仿佛把方威吞噬了。刹那间周锐感到前所未有的危险,他迅速冲过去,砰砰敲着大门。

保安室里的人再次伸出脑袋,声音如同寒铁:"你是什么人?"

周锐说:"我去宾馆找人。"

那人冷冷问道:"是刚才进去的小伙子吗?你在外面等吧,只允许他一个人进去。"

"你们这是什么宾馆?大门关着怎么营业?宾馆怎么能不让人进?"周锐抗议。

"宾馆暂时不对外营业。"看门人不跟周锐啰唆,想关上窗户,周锐从外面挡住,急中生智向看门人大喊:"等等,我找泡泡龙。"

看门人上下打量周锐:"你找泡泡龙?"

"嗯。"周锐点头。

"你有病吗?"看门人砰地把窗户关上,周锐又砸几下,毫无反应,他绕着宾馆跑一圈,没有其他入口,只能回到车上一遍遍给方威打电话,却始终没有应答。方威从来都是二十四小时待机,为什么不接?周锐全身僵硬。

周锐再次去找看门人,大喊道:"我要进去。"

看门人眼睛都不眨:"不行。"

周锐拿出手机:"如果你不让我进去,我就打120报警。"

看门人瞪了周锐一眼:"120是报警电话吗?"

周锐因为过于紧张已经糊涂了:"再不开门,我打110了。"

"你等一下。"看门人翻翻眼珠,随即拿起手机,小声说了几句话。然后对周锐说,"你不要等了,你朋友今天在这里过夜。"

周锐不退让:"不行,我必须马上见到他。"

看门人再次关窗,周锐心急如焚,方威进去二十多分钟了,到底发生了什么?

87. 周二,晚上七点四十分

方威进去后,发现宾馆大堂空无一人,他按下电梯,到达七层,昏暗的灯光中,银监会的吕传国站在他面前。

"是你?"

"跟我来。"吕传国不多说,转身走向走廊。

这是方威第三次见到吕传国,他刚接手经信银行时在银监会见过他,第二次是在招标会中,他听过捷科的方案介绍。他们向楼道深处走去,左拐右拐,停在一个没有门牌号的房间前。

里面灯光明亮,有几个人看见方威进来,都停下手头的事情看着他,竟然还有人穿着警服,方威心里顿时七上八下,他被吕传国领进里面的会议室。里面已经坐了一个警察,吕传国面无表情地问方威:"带来了吗?"

形势完全出乎预想,方威本想讨价还价,现在却不得不把资料乖乖递出去。吕传国认真看完文件,与身边的警官交头接耳几句之后,警官就拿着文件出去了。吕传国站起来说:"我现在去核实文件,你今天晚上住在这里,明天有话问你。"

方威惊恐,难道被他们扣留了:"为什么不让我回去?"

"明天再谈,把手机给我,你暂时不能和别人联络。"吕传国打开门向外招手,又有另一个警察走进来,"手机给我,跟我来。"

方威被带到一栋独立小楼里,四周竟有岗哨,戒备森严。楼里有很多格子一样的房间,设施一应俱全,这应该是改造出来的,还算舒适。房间里没有电视,窗户极小,只有一道窄缝可以通气,房门已经被锁住。方威走进卫生间,这里没有玻璃、金属物品和其他任何锐利的东西,这是什么地方?方威被软禁在这个小房间里,插翅难飞。

88. 周三,上午八点三十分

啪啪啪,有人敲门,方威翻身而起,他和衣而眠也不用换衣服,接着就看见门外的吕传国，忽然控制不住怒火："为什么要把我骗到这里？"

"多谢你了。"吕传国笑眯眯地说，"我们核实了材料，对我们帮助很大，你一会儿就可以离开了。"

方威问："你不是银监会的吗？你们到底在做什么？"

吕传国简单解释："我在银监会负责银行官员的纪律检察，其他的一会儿再说，你先刷牙洗脸，我带你去吃早餐。"

方威跟着吕传国走出小楼，连续几天的大雪结束了，刺眼的阳光罩住大地，天气寒冷，太阳照射在身上却很舒服。他们重新回到主楼七层的房间，房间里挤满了工作人员，个个神情紧张。吕传国没有像昨晚那样坐在对面，而是选择在他身侧："有什么问题尽管问吧。"

方威语气缓和下来："还是刚才的问题，你们到底在做什么？"

"我们负责监管银行官员，早就注意到刘丰的违规行为，苦于没有证据，得知刘国峰即将出国读书，怀疑可能牵涉到资金向境外转移，为此急于拿到证据，所以才采取行动。你第一次来银监会误打误撞来拜访时我就开始留意你，想到你参与到招标中，也许能够带给我们需要的证据，我便在网络上指导你寻找线索。昨晚请你住在这里是希望确认资料的真实性，请你原谅。"

方威回想与泡泡龙的聊天过程，如果没有他介入，自己根本不可能发现刘丰与骆伽的关系。现在把资料交给银监会，方威放下心来，他问道："这是哪里？怎么那么神秘！"

"这里是调查经信银行的专案组，我们租用了金燕宾馆。"

方威恍然大悟，开始兴奋地东张西望。吕传国按了桌子上的呼唤铃，门立即打开，警察带着一个信封进来，推到方威面前："这是你的手机，你现在可以走了，刘丰的事情没有公开，不要透露任何信息，否则可能会产生严重的后果，串供、潜逃和自杀的事情非常普遍。"吕传国向门口一指。

方威拿出手机，又说："等一下。"

"还有事吗？"

"你好像忘了一件事。"

吕传国笑起来："什么事？你说。"

吕传国答应帮他反败为胜，方威才交出文件，他当然不肯罢休："经信银行的订单怎么办？"

吕传国挥手："现在不能对刘丰采取动作。"

方威昨晚乱了手脚，但今天十分清醒："你答应过我的。"

吕传国看了一眼身边的警察："带他走。"他说完就要离开，方威大急，如果放弃这个机会，不但经信银行的订单没有希望，就连赵颖也会成为别人的老婆，他不肯放弃："你回来，你不能说话不算数。"

吕传国已经出了门，转回身来，一只脚在门里一只脚在门外："你不要无理取闹，我们在查案子。"

方威心中着急，警察绕过桌子走过来，要强行把他带走。方威看准时机，突然从椅子上跳起来，绕过桌子向门口跑去，顺手拉倒椅子拦住对方。

吕传国愣在当场，方威本想奔到他身边，忽然一个结实的工作人员冲过来，腰部被一只有力的大手抓住，身体在空中翻个跟头，啪地被扔在地面，随即一双膝盖大山一样凌空压下。方威经常运动，体力不错，此刻却毫无还手之力。

吕传国把他拉回会议室，按在座位上，方威平常什么都不怕，现在也傻了。吕传国喘着大气，继续说："冲你刚才说的话，可以关你十天。"

关十天可能都是轻的，方威真害怕了，吕传国从他手里夺回手机，说："现在给刘丰打电话，你听着，千万别说话。"

方威郑重地点头，吕传国拨出号码，按下免提键，刘丰的声音传了出来："你好，哪位？"

吕传国："刘行长，我是吕传国啊。"

吕传国虽然级别低于刘丰，但银监会却是银行的上级监管机关，刘丰声调明显提高，热情起来："呃，老吕啊，好久没见了，怎么有空给我打电话？"

"忙啊，最近事情多。"吕传国寒暄着，故意吊着刘丰。

刘丰自觉地放下身段："老吕，你是忙人，有什么事要吩咐吗？"

吕传国直接点到重点，抬头看一眼方威："听说你们正在搞招标，是吗？"

刘丰的声音透出意外："是啊，老吕啊，你怎么也关心这事了？"

吕传国向方威眨眨眼，加重口气："捷科公司的方威就在我办公室里，他是我朋友，你可得照顾一下。"

刘丰极为诧异，却不肯让步："哎呀，这可难办，我们已经决定选择惠康的方案了。"

吕传国也没想到，刘丰竟会直接拒绝，反问道："呃，来不及了是吗？"

"这次来不及了，下次一定照顾，你让他来我办公室，我看看今年还有什么项目，捷科表现不错，我一定优先考虑。"刘丰很明显不愿意与吕传国搞僵。

方威立即紧张起来，吕传国摆手示意他安静："那就不用了，我人轻言微，没关系，听说刘行长又去了加拿大，是吗？"

刘丰忽然沉默，方威和吕传国紧紧盯着电话，默不作声。

过了一会儿，刘丰干脆承认："啊，是去了一趟。"

吕传国占据上风，轻松问道："温哥华景色很好，连续几年被评为最适合人类居住的城市，听说有所UBC，是北美景色最好的大学，一定去旅游过吧？"

刘丰大汗淋漓，不知该做何反应，只好说："是啊，是啊。"

"出国回来好好休息，别太累了，保重身体。对了，还有一件事忘记说了，银监会刚发了文，是关于招投标过程中领导干部严格自律的，看看吧。"吕传国啪地挂上电话，转向方威，"这帮兔崽子，总拿党委会当挡箭牌，掩盖自己的屁事，你早点走吧，你的朋友在外面闹得很凶，折腾得够呛。"

方威从昨晚进来到出去只有一夜时间，感觉却十分漫长。他穿过马路走到周锐车前，车窗没有完全合上，他拍了拍窗户，周锐从后座爬起来，揉揉被阳光刺得睁不开的双眼，才看清楚是方威："好啊，你终于出来了。"

方威心情极佳，乐颠颠地钻进副驾驶："大功告成，回公司，路上聊。"

周锐急于打听，启动汽车后着急地问："怎么样？"

方威对自己在专案组的表现非常满意，觉得这么告诉周锐太便宜他了，于是卖着关子："找个咖啡馆说，你肯定对我佩服得五体投地，听说你昨晚也折腾得够呛，是吗？"

周锐脚踩油门，车子很快上了高速公路，向市中心驶去："你进去之后，我感觉不对，拼命打你手机你也不接，看门人不让进去，我只好打110报警了。"

确实动静不小，方威睁大眼睛问："你把警察叫来了？"

周锐看着路，昨晚的情景历历在目："警察来了之后同看门人聊了几句，好像是一家人，告诉我管不了，让我别担心，保你没事。"

两人都一夜没有睡好，热腾腾的咖啡下肚，方威感觉热气从身体深处向上升起，才开始说正事："吕传国就是泡泡龙。"

周锐对他有些印象："是不是参加第一次招标，坐在最后的银监会客户？"

方威点头，开始叙述进入金燕宾馆的一切，最后叮嘱周锐："你陪我去了金燕宾馆，我瞒也瞒不住，所以才告诉你，千万不要再讲给另外任何一个人了。这案子牵连很大。"

"我保证。"周锐点头答应，随即想到骆伽，那文件上都是她的签名，要眼睁睁地看着她被拖入可怕的结局吗？想到后果，周锐心如刀绞，锁着眉头苦思冥想。方威喝完咖啡打算离开。周锐却又要了一杯："我再坐坐，你先去吧。"

嘉里中心底层这家叫作今生今世的咖啡屋，是周锐最喜欢的地方，他经常独自在这里听着音乐，翻着老板娘从台湾带来的八卦杂志，但他今天却心急如焚，想了许久才拿出手机拨通骆伽电话："伽伽，我是周锐。"

"听得出来，不用你报名字。"骆伽带着笑的声音，一下抓住了周锐的心。

周锐不敢在电话里讲这么紧要的事情："现在，我要见你。"

"不行，我在开会。"骆伽以为周锐是为了订单或者跳槽的事，不急不慌，"明晚吧，这几天月亮很好，我们去酒吧坐坐。"

周锐深吸一口气，加重声调："就你一个人，谁也不要带，要紧的事情。"

骆伽声音中充满了游戏的味道，呵呵笑着说："好吧，我一个人来，你别这么严肃啊，我知道你在公司里不好受。"

方威心情极佳，进了办公室逢人就打招呼。他们都知道他签署PIP的事情，觉得他无论如何也没有道理这么开心，可他又完全不像装出来的。李朝东从厕所出来，正好和方威打个照面，嘿嘿笑着问："你那订单怎么样了？已经周三了，来得及吗？"

方威呵呵笑着搂住他，凑到他耳边说："你敢和我打赌吗？一千块。"

李朝东瞪着眼睛，盯着地面："怎么不敢？我赌！你赢不了。"

方威搂着李朝东向办公室里走，大声宣布："我和朝东打赌，一万块，我赌经信订单赢，他赌输，咱们得立个字据，不能耍赖。"

李朝东挣脱出来，抗议道："不是一万，是一千。"

周围聚拢了不少同事，方威笑着挑衅："不敢了？这么快就想耍赖？"

李朝东看看周围的同事，已经不能退缩了，一跺脚："好，一万就一万。"

方威把人群中的钱世伟拉出来："拿纸笔来，现在就立字据。"

方威边写边念："方威和李朝东经友好协商，达成以下协议：如果捷科公司赢得经信银行客户关系管理系统订单，李朝东付给方威人民币一万元整；如果捷科输了该项目，方威付给李朝东一万元整，有效期三个月。"

李朝东仔细斟酌着每个字："为什么有效期是三个月，应该是一周。"

方威笑着说："哪儿有那么快，下周顶多宣布结果，准备签约仪式还要时间。"

众人都做销售，知道这个流程，李朝东也不再说话。方威把协议交给钱世伟："我复印三份，我俩各自保存一份，另外一份嘛。"他在人群中张望，看见人力资源经理王莉，"最后一份交给你，谁说话不算数，直接从工资里扣。"

崔龙也在人群中，他不相信方威能反败为胜："你真的假的？"

方威不理会崔龙，挥手让钱世伟去复印。肖芸刚赶到，走到方威身边："发生什么事了？"

方威眨眨眼睛不说话，等钱世伟把协议拿来分别交给李朝东和王莉一份。肖芸着急起来，将方威拖进会议室："你疯了吗？和他打赌，你真能反败为胜？"

方威不能说出原因，只是笑着点头，一声不吭。肖芸拉着椅子坐在对面："说说吧，怎么回事儿？"

林佳玲也推门进来，她一直涵养很好，现在也忍不住问："方威，你真的能赢吗？"

方威意味深长地回答："我答应别人了，什么都不能讲，就是我亲妈，我也不能讲。"

肖芸泄气地坐在椅子上瞪着方威，林佳玲无计可施。这时周锐进来替方威解围："他确实有苦衷，半个字都不能说，你们饶了他吧。"

肖芸瞥了一眼方威："你看他得意的样子，好，我就不问了，但是我就是不信。"

方威依然笑着摇头："别用激将法，反正我什么都不说。"

肖芸和林佳玲苦笑着离开会议室，方威腾地站起来对周锐说："咱们今晚庆祝？哎哟，不行，我约了何玲见面，明天吧。"

方威的兴奋不仅为订单，更为赵颖："刘丰出事近在眼前，刘国峰凭借贪官老爹开宝马住别墅，失去靠山就一文不值了。真悬啊，赵颖幸亏没有嫁给他，否则一辈子不就毁了吗？"

周锐为方威高兴："是啊，赵颖还蒙在鼓里，确实危险，你打算怎么办？"

方威之前光顾着高兴，现在脑子飞速转动："我终于抓住了刘国峰的要害，当务之急是必须阻止他们结婚。我今晚就去找何玲，想方设法延迟这个婚礼，拖到刘丰东窗事发，我就有机会了。先不说这个，我们明天晚上庆祝，叫上所有人，别忘了林佳玲。"

周锐摇头拒绝，现在庆祝太早，经信银行还没有通知，而且周锐另有安排："我明晚要和骆伽见面。"

方威与黄静很熟悉，不满周锐的做法："黄静一走，你就频频和骆伽约会，不对吧？要是我娶了赵颖，就哪都不去，天天在家陪她。"

周锐决定不再隐瞒："我要让骆伽尽快出国。"

方威吓了一跳，立即猜出周锐的想法："你打算告诉她？千万不能啊，后果很严重啊。"

周锐是骆伽在世上唯一亲近的人，两人曾拥有超越生死之爱，周锐非常担心："我不能让她出任何意外，你放心，我不会告诉她，只是要她尽快出国就好。"

所有文件上都是骆伽的签名，她在刘丰的案子里脱不了干系，一旦东窗事发，难免牢狱之灾，如果被判个十年八年，一辈子就毁了。方威同意："好，你是男人，我不反对你劝她走，但是你绝对不能说出原因，不能让她给刘丰通风报信，销毁证据，你知道后果有多严重。"

89. 周三，晚上十点二十分

家里被周锐折腾得一片狼藉，床上堆着被子，地上满是衣服和鞋袜，桌子上摆满外卖的包装。周锐躺在沙发上翻来覆去，自从黄静离家之后，他就没有好好休息过，今天本想早点睡觉，可脑子里始终翻滚着骆伽的事情，他被可怕的后果刺激得睡不着。周锐决定还是打个电话给黄静，她应该从香港回来了，这么晚应该在家，电话拨通，丈母娘的声音传来。

"妈，是我。"

"周锐啊，这么晚打电话？"

"我想找小静。"

"她不在家。"

"她从香港回来了吧？这么晚还没有回家吗？"

"又去上海了，要去听音乐会，那边的朋友为她订了票。"

周锐无可奈何："妈，她有没有说什么时候回家？"

"也许长也许短吧，要不，你干脆也来杭州？"

"妈，我最近走不开。"

"有什么走不开的，不就是工作吗？请几天假就行了。"

周锐苦笑，这个节骨眼上怎么可能请假？他挂了电话，继续在沙发上烙饼，心中只有一个想法：以后无论如何也要忍气吞声，不能再让老婆离家出走。

90．周四，上午十点十分

  阳光从窗户照进来，洒在肖芸脸上，她此刻还躺在床上。自从与陈明楷公开冲突，她就很少去公司了，现在干脆在家里躺着，她不害怕也不担心，反正公司不可能开除自己，怀孕就是好啊。方威和李朝东打赌以后，肖芸将信将疑地等着好消息，消息应该来自陈刚，他结束了各个省市的出差，重新加入了项目小组。肖芸睡觉都把手机放在枕边，铃声响起，立即抓起来看来电显示，没有一个电话来自陈刚，肖芸只好一次次地把手机扔回枕边，继续等待。现在她索性打开音乐，选择忘记公司里的争斗，订单的输赢。听说听音乐可以促进宝宝发育。可听了没多久，她就沉不住气了，坐起来关掉音响。她还是无法摆脱输赢胜负，拿起电话打给陈刚，接通后张口就问："有什么消息吗？"

  "有啊，合同准备好了，正在法律审查，签约仪式定在下周一下午。"陈刚直截了当地回答。

  肖芸试着问："和谁签啊？"

  "当然是惠康。"

  "没我们什么事儿吗？"肖芸依然不死心。

  "肖芸，别惦记着了，接受现实吧。"陈刚也不甘心，可是没办法。

  "好吧，谢谢，再见。"肖芸关上手机，再次打开音乐，强迫自己忘记这个订单。

91．周四，中午十一点二十分

  办公室里空空荡荡，季度末总是这样，这个季度更加安静。林佳玲对着电话出神，她讨厌办公室政治，更不想参与进去，可现在还是被深深地卷入进去，而且不可自拔。她不由自主地为经信银行的订单担心，为捷科的团队担心，也为周锐担心，这些担心让她十分纠结。林佳玲回想着与周锐并肩作战的情形，几次暗中较量不分胜负，以后还有这样的机会吗？

  林佳玲刚刚结束与陈明楷的会议，这个季度在两周后就要结束了，差距越来越大，陈明楷向来都可以很好地控制情绪，刚才却大发雷霆，看来他压力确实很大。林佳玲甚至开始羡慕周锐，他被放逐，便不用参加这样的会议，这简直是心灵的折磨和摧残。陈明楷不停地追问经信银行订单，这已经成为他达到目标的唯一机会，林佳玲让他不要抱太大的希望。陈明楷在会上叫来人力王莉，询问周锐有没有办理离职手续，他寄希望于周锐离开，这样就可以迫使华东和北京团队签下订单，可方威承诺在一周内反败为胜，陈明楷现在又无计可施。

会议结束后，林佳玲拿着崔国瑞的名片思量着要不要打电话，她已经犹豫了好几天。自从方威与李朝东打赌后，林佳玲心中又产生了希望，方威神秘的样子似乎胸有成竹，可是除非奇迹发生，不然她看不出会有任何转机。她急于知道结果，却有一种莫名其妙的担心困扰着她。不能再等了，马上就是中午了，崔国瑞就要离开办公室，不能再等了，想了想，林佳玲最终还是拨通了名片上的电话。

林佳玲听到话筒中传来崔国瑞的声音，主动问好："您好，崔行长，我是林佳玲。"

"呃，佳玲，你好。"崔国瑞听出是林佳玲，她的声音总是那么柔和，甚至可以从电话中想象出她的笑容。

林佳玲尽量让声音不那么紧张："打电话给您是想了解一下项目的进展，看看我们是否需要再做些什么？"

崔国瑞觉得欠着林佳玲，叹口气："那个项目啊，唉，下周一就要和惠康签合同了。"

林佳玲继续问道："您看，我们还有希望吗？"

崔国瑞知道没有希望，仍然安慰她说："肯定不会改变了，不过刘行长说了，下次一定优先考虑你们，我们最近还有采购。"

林佳玲能够感受到崔国瑞尽力在帮自己，便由衷地说道："我知道了，不管怎么样，都非常感谢您。"

崔国瑞彻底击碎了林佳玲的希望，却也是没有办法的事情："别说了，我知道这个结果不公平，你也劝劝周锐和方威吧，来日方长。"

林佳玲犹豫着，不知要不要说，终于下了决心："如果这个订单输了，他们就要辞职了。"

崔国瑞沉默下来，也很不好受，说了再见挂上电话。他走到窗边看着明晃晃的阳光，心中被压得喘不过气来。他在党委会内势单力孤，但是，就这样放弃吗？他忽然猛拍桌子发泄怒火，然后一动不动地看着这座被冰雪覆盖的城市。

不是完全没有机会，他的希望寄托在银监会的吕传国身上，他们是多年共事的朋友，知心好友。吕传国什么都没有说，但是崔国瑞能感觉到刘丰在招投标过程中的异常行为，这一切都是感觉，而不是证据，根本拿不出手。他想到了方威，于是他接受邀请去上海参加金融展，他支持捷科与惠康对抗。捷科的实力越强，刘丰就不得不使出各种招数应对，他的漏洞就越多，比如二次招标、惠康抄袭捷科方案、金主任的介入，还有项目小组内部越来越大的分歧。这个时候，方威将是关键，他具备收集资料和与人打交道的天赋，他已经把经信银行研究透了，他能不能掌握刘丰与惠康勾结的证据？崔国瑞知道，方威去了银监会，见到了吕传国。

为了赢不择手段的方威，和密切监视刘丰的吕传国，他们的组合会有什么样的奇迹？

刘丰一旦东窗事发，谁会取而代之？刘丰在经信银行培植了不少党羽，或多或少都会被牵连进去，只有崔国瑞才可以接替刘丰的位置。

92．周四，中午十一点四十分

周锐在咖啡厅里苦思冥想要说服骆伽，这时手机突然响起，他看了眼来电号码立即高兴起来："静静，终于等到你的电话了。"

黄静抛出一堆问题："你一个人过得好吗？你不总是想要自由吗？自由的滋味如何呀？"

周锐连声说道："不要了，不要了，有人管好啊，你什么时候回来？"

黄静笑着回答："我在虹桥机场，中午一点三十到北京，你工作很忙，一定没时间来接我吧？"

周锐喜出望外："去，肯定去，我在出口接你。"他现在最需要的就是拉着黄静的胳膊从晚上八点睡到自然醒，这样公司内外的压力就会消退，精力恢复了，便可以应付各种挑战。他忽然觉得奇怪，黄静在上海听音乐会，为什么不回杭州父母家，直接来北京？有那么着急吗？

周锐午餐后开车直奔机场，提前十分钟就来到接机口，挤在第一排向里面张望。人流不断涌出，黄静的身影终于出现，她扔下行李奔跑过来，给了周锐一个结结实实的拥抱。周锐放心下来，看样子，前一阵的别扭已经烟消云散了。

周锐把行李搬上后备厢，打电话通知秘书不去公司了，启动汽车驶向机场高速。黄静开心地讲着这两周的经历，周锐乱七八糟的情绪被风吹散。周锐驶出高速公路进入市区,正要拐弯回家时,黄静轻轻拉住他说道:"先不回家。"

"好,去哪?"周锐现在百依百顺。

"直走,去国贸。"

"去国贸做什么?"周锐渴求休息,不想去国贸,那里距离公司太近。

"要买套衣服。"

周锐想起后备厢里的大包小包:"在香港和上海还没买够吗?"

黄静仍然带着笑:"那是我买给自己的,今天是你买给我的。你说说,这两年给你做老婆,做得怎么样?"

没有痛苦的感受,便不会有幸福滋味儿,周锐有了这两周的深刻体会,才发现黄静的重要:"好,好得呱呱叫。"

黄静靠在周锐的肩膀上:"那你应不应该给我买礼物?结婚以后你给我买过礼物吗?"

周锐甜在心头,嘴里辩解:"没买过,那能怪我吗?我的工资直接进卡。卡在你那里,你要买自己买嘛,羊毛出在羊身上,我给你买的你又不一定喜欢。上次我买的那件毛衣你虽说喜欢,却从来也没有穿过。"

黄静把头从周锐肩膀上移开,装作生气:"这么多理由啊?都两年了,生日、结婚纪念日从来没有给我任何礼物,还这么振振有词?"

周锐害怕她再甩手而去,立即退缩:"你说得对,我疏忽了,不能结婚以后就不买礼物了。好,我们现在就去,今天是什么日子?不是生日,不是节日,也不是结婚日。"

黄静不满:"买礼物一定要挑日子吗?"

"不需要挑日子,我们快到了,今天全按你的意思来。"

黄静高兴地挽着周锐走进商场。国贸与周锐上班的地方只有几百米,周锐经常去国贸吃饭喝咖啡,却从来没有逛过商场,现在被黄静拉着一间一间专卖店看过去。周锐对时尚没有研究更没兴趣,眼花缭乱脚跟发麻,黄静依然兴致勃勃。他实在受不了这种无止境的反复的店面视察,开口请求:"我能去那边的星巴克坐会儿吗?随时待命。"

黄静不依不饶:"你答应都听我的,你得陪我,是你给我送礼物啊,怎么能让我自己挑?"

她的行为十分反常,她总是很温柔内敛,今天为什么一而再地坚持?周锐还没想明白,就被她拉着跑进一家装修气派的大店。周锐找位置坐下来,黄静不停地试长筒靴,终于挑了一双深黄色皮靴,脚伸到周锐鼻子尖前："好看吗？"

周锐由衷地点头，以前怎么没有发现黄静的腿这么细长？黄静指着收银台命令周锐："结账。"

周锐拿出信用卡，低头去看价签，吓了一跳，凑到黄静的耳边说："八千多，太贵了。"

黄静指着橱窗里的促销标志："今天八八折，不到七千，实惠吧？快去结吧。"

周锐站着没动，指着自己的鞋："太贵了，能买我这样的几十双鞋吧？"

周锐脚下的鞋是黄静陪他买的："你这双鞋价格也不菲，但是在美国折上折，大概折合人民币三千多。你从来不管家里的事情，张口吃饭伸手穿衣，鸡蛋多少钱一斤你知道吗？"

周锐心里平衡一些："我是不知道鸡蛋多少钱一斤。好吧，你已经是剑人阶段了，还需要这些吗？"

剑人是指穿衣打扮的一个阶段。不知道怎么穿也不会穿，是心中无剑手中无剑；知道怎么穿却买不起，这是心中有剑手中无剑；不知道怎么穿却乱买一气，这是土大款，心中无剑手中有剑；知道怎么穿又买得起，这是心中有剑手中有剑，最高境界是剑人合一，人就是时尚，时尚就是人，一丝一缕都能穿出范儿来。黄静不喜欢穿着夸张的牌子，却搭配合理，是朋友们公认的剑人，今天突然出手采购，确实反常。

黄静穿上新鞋，将旧鞋放进手提袋，又钻进一家赫赫有名的专卖店，千挑万选之后，选出一条裤子和一件上衣，等黄静从换衣间出来，周锐眼前一亮，两年的婚姻，让他忘记黄静曾经也是百分百的美女。黄静从他眼中看出惊艳，十分满意："怎么样？"

周锐魂不守舍，口干舌燥，震惊之后有些担心："好，真不错，就是有点不太适合现在的天气。这件上衣领子开口这么低。"

黄静点头，感觉到有些寒冷："你说得对，这么冷的天气穿这套衣服，一定要搭配大衣和围巾。"

周锐被这两件衣服的价格吓了一跳，听说还要买大衣和围巾，又心惊肉跳。看见黄静掏出信用卡，周锐后悔自己多嘴。结完账之后，黄静拉着周锐："走，去驴店看看。"

"什么？国贸里有驴店？"周锐东张西望，怎么也找不到驴店。

"笨，LV，简称驴，看看，哪个驴包适合今天的范儿。"黄静兴奋地冲进去，周锐即便不懂品牌，这个赫赫有名的驴包还是知道，随便一个包就要一两万元。过了一会儿，黄静拎着一个彩色驴包出来，让周锐看，服务员注意到了她的大手笔，赶紧围上来帮忙。她今天的行为十分古怪反常，结婚之后她就保持低调，今天怎么会疯狂购物？

采购结束，黄静焕然一新，周锐自惭形秽，目光呆滞，眼前真是和自己生活两年的老婆吗？其光芒不输给任何一个明星。黄静心满意足，看看手表，拉着周锐说："嗯，还有时间，跟我来，走。"

周锐抱着各种购物袋，跟她穿过走廊和楼梯，来到一家美容店门口。黄静从书架上拿了几本杂志，递给他："你在这里等，我去做面部护理，还要修修头发，我一直都是直发，这次要烫成卷发。"

周锐用眼角看一眼价格单，不禁心惊肉跳，低头轻轻说："静静，你别生气了，都是我的错，我们回家吧。"

黄静笑吟吟地看着周锐："你看我像生气的样子吗？"

周锐仔细分辨，摇头："不像。可是你为什么拼命购物？就这一个下午，你已经花了五六万了。"

黄静依然笑容满面："多吗？只是你半个月的薪水。"

周锐无言以对，黄静转身走向包间，忽然转身："知道为什么吗？"

周锐百思不得其解，她突然从上海回来，变了个人一般地大肆采购，完全不是以前那个黄静。黄静轻轻靠在他身边，附着他的耳朵说："因为今天晚上，我们要去见伽伽，我不想被她比下去。我今买的都是她最喜欢的牌子的最新款，她一定没有。"

周锐要见骆伽的事只有方威知道，周锐拨出电话："我见骆伽的事情，你告诉黄静了？"

黄静不在北京时与方威每天通电话，对周锐的情况了如指掌。所以她才不急不慌地在杭州、上海和香港旅游，打算等到周锐体会到没人照顾的痛苦再回北京。但黄静得知周锐要去见骆伽，便坐不住了，立即从上海直飞北京，甚至来不及回杭州。方威得意扬扬地说："我把经信银行订单，骆伽挖你去惠康的事情都说了，当然我没说刘丰的事情。"

周锐这才明白过来，难怪黄静走得这么干脆，这么放心，这么潇洒，原来方威竟是她内线："我见骆伽是让她赶快出国，你怎么能告诉黄静呢？"

方威早就摸准了周锐的心理："如果骆伽不答应出国，你能忍心不告诉她真相吗？如果不派人看着你，你肯定会把刘丰的事情说出去。"

除非说出真相，不然周锐没有把握说服骆伽，方威其实没有告诉黄静细节，这打消了周锐的顾虑，方威说："我让她一定阻止你提到经信银行的事，已经告诉她这件事至关重要。"

黄静和周锐手拉手坐在一起，骆伽心中涌出难言的痛苦，本来属于自己的座位坐着另外一个女人，而她曾经是自己的好朋友。骆伽勉强挤出笑容，打了招呼，坐在对面。黄静完全不像嫁作人妇，比两年前更年轻，皮肤也更白皙了，这么冷的天居然穿着低领的紫色裙装。骆伽识货，那都是最顶尖的品牌，她曾经在专卖店转了几次都没有舍得买，黄静却轻易地拥有这些。骆伽看看自己，她从办公室里出来，穿着正式的蓝色套装，与餐厅服务员的制服差不多，她低下头，在黄静面前失去了自信。

黄静回到北京之后还没有联络骆伽："伽伽，这两年我们一直在上海，你在北京过得好吗？"

骆伽点头："还好。"

黄静斜靠在周锐身上："还在惠康工作？你脸色不太好，是不是太辛苦了？"

骆伽控制着心中涌动的怒气："挺忙的，你呢？"

黄静立即笑出来："我也挺忙的，去杭州陪父母住了一段时间，然后去香港购物，专门去上海听了音乐会，刚回来。你都在做什么？"

骆伽白天绞尽脑汁地做经信订单，夜里还要通宵赶建议书，准备协议，心里忽然产生了不平衡的感觉，嘴上却不想示弱。黄静还在继续说："妈妈很想你，不停地问到你，她也把你当作女儿。"

周锐轻捏黄静的胳膊，示意她不要提起父母，这个话题对于孤独的骆伽十分敏感。骆伽本就处于被动，偏偏她还提起父母，骆伽想起骆南山的模样，眼泪在眼眶内打转。

黄静意识到说错了话，赶紧伸手抓住骆伽的胳膊："伽伽，我的家就是你的家，我的父母就是你的父母，我们是最好的朋友，不是吗？"

骆伽的眼泪终于涌出来，带着哭声说："你的家就是我的家？你的父母能取代我的父母吗？周锐是你的老公，也能是我的吗？周锐，你找我出来什么事？"

骆伽落在下风，周锐替她难过。然而更大的灾难还在等着她，周锐不知如何开口，但被逼到这种局面，他只能缓慢而坚定地说："请你立即出国。"

骆伽心绪已乱，难以置信地望着周锐："为什么？"

周锐说："我不能说原因，请你务必立即出国，日后你自会明白。"

骆伽眼眶中带泪："我已经一无所有，只有这份工作了，你让我出国做什么？"

周锐心急如焚，不顾一切："你就要出事了，快走吧。"

骆伽不知道周锐所指，疑惑地说："我不知道你在说什么，但是我不会走，我要彻底打败你。"她说完就向门口走去，周锐跟出来："你走吧，我求你。"

骆伽哭着说："我不会纠缠你了，你不要担心。"

她已经不是战无不胜的高手了，他们交往那么多年，周锐在与骆伽周旋的过程中始终处于下风。现在，方威要在经信银行的订单上打败骆伽，黄静又在感情上摧毁了她的攻势，周锐心中非常怜惜骆伽，更为她担忧。

骆伽冲出餐厅钻进车里，黄静的出现让她方寸大乱。骆伽打开镜子，擦干眼泪，她把痛苦一点点驱逐，锥心的感觉消逝后，她心田涌起另一种感觉，逐渐扩大，控制了她的情绪，她可以战胜痛苦，但是却不能抵御孤独。

她拨通林振威的号码，他肯定会立即赶到身边，他是最好的倾听者，这样，她才可以摆脱如影随形的孤独。骆伽再次想起周锐，心中已没有任何爱恋，他只是自己必须要打败的对手。

93．周五，下午一点十分

经信银行就要与惠康举行签约仪式了，消息从各个方面传出，肖芸和林佳玲都印证了消息的准确性。方威却毫不担心，兴致勃勃地与超额完成任务的崔龙在外面东游西荡。他们坐在露天咖啡厅聊着各种不着边儿的话题。他现在连电话都懒得接，只关心两件事儿，经信银行订单和赵颖的婚礼。

电话响起，他立即抓起来："何玲，你好，有什么消息吗？"

一直以来何玲都坚定地支持方威，默默帮他追求赵颖，但同时她又对方威很有好感，心里也十分矛盾："赵颖结婚的日期确定了。"

方威心中刺痛："什么时候？婚礼怎么安排？"

"他们要赶在元旦前办完，日子定在下下个周六，开始发请柬了，我正陪颖颖挑婚纱公司呢，你要想想办法啊。"何玲急匆匆挂了电话，想必是帮赵颖挑婚纱去了。

方威感到压抑，拿起饮料杯丢向垃圾桶，不料碰到桶边儿反弹了出去，正好落在一个女孩的皮靴上。女孩皱着鼻子瞪大眼睛，方威此时脾气糟糕，毫不退缩："瞪我干什么？瞪垃圾桶去吧，是它弹到你身上的。"

崔龙拉着方威道歉，装模作样地拿起纸巾为女孩子擦鞋。她不推辞，反而含笑把脚高高抬起来。崔龙本来只是做个姿态，眼下只能真的擦起来。

女孩满意了，便拉椅子坐在方威对面："帮我点杯咖啡。"

这是典型的北京女孩儿，毫不矫揉造作，她比赵颖还年轻，微微翘起的鼻子显得十分俏皮，棕色的长筒皮靴示威地在桌子腿上轻轻踢着。方威戴上手套转身就走，任由她使劲踢桌子发泄不满。崔龙追了上来，搂着方威的肩膀："忘掉赵颖吧，天涯何处无芳草，刚才那个女孩子很不错啊。"

方威继续向前走："留着自己享用吧，我要大闹婚礼，拼死不让赵颖结婚。"

"人家领了证，你去闹婚礼也没用。"

如果专案小组对刘丰采取行动，婚礼就办不起来。可是，如果吕传国迟迟不动手怎么办？他只好横下心来大闹婚礼，不计代价地公布刘丰的受贿证据，看刘国峰还有没有心情办婚礼。

方威想到这里，狠狠说道："只要搅黄了婚礼，挺过这段时间，我就大有希望。"

第十二周　输赢

94．周一，上午九点十分

崔国瑞内心处于挣扎中，既然项目已经决定，就是板上钉钉无可更改了。可是他憋得难受，不想将这么重要的项目就这样交给惠康，惠康的方案看着不错，但这个团队让他不放心。他也不想眼睁睁地看着捷科输掉，他负有义务，尤其是对林佳玲。怎么办？吕传国应该和方威见过面，那边没有任何进展吗？眼前唯一的方法是直接向银监会反映招标过程中的不正常现象，可又会有什么结果呢？他没有明确的证据。他必须顾虑到后果，这将与刘丰彻底决裂，自己便难以在经信银行继续生存。崔国瑞和周锐不同，周锐可以重新选择公司，可以放手而为，他却不可以，一生的事业都在经信银行，离开这里就不会再有任何前景。崔国瑞好像戴了一副金手铐，舍不得抛弃，所以不得不妥协。

周一上午是经信银行的党委会时间，刘丰主持会议，崔国瑞心中不由得佩服，无论这个人想着什么坏主意，总能用一种正气凛然的口气讲出来，然后就会有人揣摩出来去执行。

刘丰讲完，看着党委成员，合上了笔记本。今天下午就要举行签约仪式了，这是最后能改变招投标结果的机会，崔国瑞感觉心脏怦怦跳着，他聚集勇气，希望能够挑战刘丰。

此时刘丰并没有宣布会议结束，而是用商量的语气问道："上周我们在党委会上讨论了客户关系管理这个项目，我好几天都没有睡好觉，这个项目事关重大啊，崔行长言之有理，我们一定要谨慎行事，不能草率。我们的决策是不是太仓促了？你们的意见呢？"

崔国瑞觉得异常诡异，他到底是什么意思？他抬头看刘丰，他眼眶深陷，确实像几天没有睡好觉的样子。其他党委成员也抬起头看着刘丰，脸上写满惊讶。他们没有摸清刘丰的想法，谁也不愿意主动发表建议。刘丰看了一眼大家，继续说道："还是尽快再召开一次党委扩大会议，将项目小组的成员都请进来，仔细听听每个人的意见，我们再做决定。"

崔国瑞惊讶得连嘴都合不拢了，到底发生了什么事情，居然让刘丰推翻了以前的决定？方威和吕传国那边肯定有了进展。

刘丰说得没错，他这几天的确没有睡好，他知道吕传国的身份，虽然级别不高，却是个硬角色。他的动机是什么？刘丰仔细回想，吕传国自称是方威的朋友，可方威只是厂家一个普通的销售人员，刘丰根本不会用心去记，方威的名片也早被扔到垃圾桶里。这年头销售人员漫天飞，天天记这些人，就不要干其他事了。刘丰想到这里，忽然又觉得有点太绝对了，骆伽就不属于这类，每次见面都充满期待，骆伽总能让自己惊喜。

吕传国为什么要给他打这个电话？最正常的情况是受人之托，这个叫方威的人通过各种渠道找到吕传国，说服他打电话。如果这样刘丰肯定置之不理，可吕传国提到加拿大和UBC，就让他心惊肉跳了。这算威胁吗？能不理会吗？前所未有的恐惧笼罩在刘丰周围，他害怕了。接着刘丰收到银监会的文件，要求在招投标过程中坚持公正、公平、公开。文件异常简单，没有指名道姓，也没有指明项目，刘丰却知道这都是冲自己来的，背后一定暗藏重大原因，他琢磨着，掂量着。

党委成员和项目小组准时参会，这次会议主题已经宣布——重新对客户关系管理的项目进行慎重评估，知无不言，言无不尽。刘丰指指涂峰："你先讲讲。"

涂峰彻底被搞糊涂了，他认定刘丰铁心支持惠康，况且党委会已经做了决定，肯定不能更改了。这个会算什么呢？刘丰开始清算反对势力了吗？否则为什么在大局已定时又把这事儿挑出来。他实在猜不出，涂峰决定还是谨慎一点，不说实话，搞清情况再说。他慢吞吞说道："经过多次的评估和比较，捷科和惠康的方案各有特点，确实难以抉择。既然党委会决定选择惠康，我保留个人意见，也坚决服从党委决定，坚决保质按时完成项目的实施。"

刘丰心中暗骂，就是因为涂峰支持捷科才让他先说，结果对方却耍了滑头，刘丰只好转向常仪，请他表态。常仪自从支持崔国瑞和刘丰对抗以来，初时觉得痛快，渐渐就觉得后怕，得罪刘丰可不是小事，早晚都有报复。他谨小慎微地摇头，表示支持党委的决定。

刘丰暗暗着急，居然没有人站出来支持捷科，哪怕说一句好话自己便可以顺风转舵，现在却是骑虎难下，他用期望的目光看了一眼肖晓阳，希望他能明白自己。肖晓阳知道刘丰必有深意，恨不得钻到他肚子里去弄明白，但是看看周围的党委成员们，他们都能影响自己的前途，也不敢放肆乱说，还是照着以前的意思表态，比较稳妥："坚决支持党委决定。"

这次会议必有深意，崔国瑞装糊涂一言不发，看刘丰怎么把这场戏继续下去。刘丰本想装模作样地寻找个台阶下去，居然没人愿意出来配合一下。正在他心急如焚的时候，他看到信息中心一个年轻的工程师举起手来，像看到了救星，他害怕陈刚不敢说，故意鼓励他："小陈，你有什么要说吗？言者无罪，你可以自由地发表意见。"

陈刚还是刚从学校走出来的大学生，他不明白为什么涂峰和崔国瑞都默不作声，眼看会议僵持在这里，最后一个机会就要丢掉，他得到刘丰鼓励，更加无所顾忌："我觉得，还是捷科的方案比较好，这个项目很复杂，厂家不是卖了产品就行了，还要帮助我们建立系统开发软件，这就对厂家的实施能力要求很高。就像做手术一样，手术实施能力比手术方案重要得多，一个水平高超的医生用同样的方案，效果就可能远远好于一般医生。"

刘丰听着小陈的发言，就像天籁之音，立即夸赞："小陈比喻得很形象很有道理，产品比方案重要，实施能力更重要。我们党委要依赖群众，不能凭主观判断，毕竟工作还是一线的同志们来完成嘛。小陈讲得好，有独到见解，说明你深入进行了调查研究，工作努力踏实，这种精神值得我们学习。"

小陈糊里糊涂地给刘丰解了围，不明白为什么得到夸奖，心中高兴。刘丰觉得还不够，趁热打铁："小陈说完了，还有什么补充的吗？"

常仪和涂峰也看出来刘丰要转舵了，纷纷表示捷科的实施能力确实优秀。刘丰继续启发群众："既然惠康的方案兼容性强，而捷科又有很强的实施能力，我们应该怎么选择？"

肖晓阳琢磨出了领导的想法，便顺着他的意思说："既然实施能力更重要，我们是不是可以重新考虑捷科呢？"

刘丰抬头看着肖晓阳，恼怒对方没有揣摩透，乱给建议，质问道："那兼容性就不重要了？"

肖晓阳立即缩头闭口不言，会议室里陷入了寂静，谁都不明白刘丰的意图。崔国瑞被搞得既烦躁又无奈，刘丰心中肯定有了决定，就是不想主动说出来，这种时候自己不能不发言了："刘行长，我们确实想不出两全其美的方法了，您肯定有好办法，还是您说说吧。"

刘丰只好顺势说："既然各有优势，为什么不能各取其长呢？"

崔国瑞顿时明白，刘丰想把项目分成两半，捷科和惠康各得一半。果然，刘丰说："既然惠康的优势在于兼容性，各省的子系统就交给惠康，捷科实施能力强，我们就把最复杂最核心的总部系统交给他们。"

肖晓阳听得明白，心里算了一下，交给惠康的部分不到项目的三分之一，怎么向骆伽交代？好在这件事有刘丰顶着，立即叫好，与领导保持一致："有道理，这才是两全其美的解决方案。"

95．周一，下午二点三十分

再过半个小时，经信银行的签约仪式就要在这里举行，骆伽跟着林振威步入会场，她心中充满甜蜜，她乐于跟在这个男人身后。自从那天晚上找来林振威去酒吧聊天后，他们便开始频频约会，在两年空窗期之后，骆伽沉迷于这种感觉。他们一起工作多年，积攒的感情在这两天爆发出来，顿时感觉生命是如此精彩。

骆伽喜欢在商场上与竞争对手搏杀，但是她现在发现更喜欢享受生活。事业只是生活的一部分，二者完全不能相提并论，她以前本末倒置了，还好现在并不晚，也许是歪打正着呢，过去的努力工作使得她更有条件去享受生活。骆伽开始期待未来，下午签约仪式之后，她就会把工作都交给下属，开始享受休假，她可以为林振威做他喜欢的一切，学习泡茶，用一天时间熨平衬衣，看音乐剧，这是骆伽梦想的事情，也许可以找到感觉，重新体验以前的生活。元旦之后她就要启程去美国培训，林振威已经在纽约订好房间，是在中央花园对面的一家古老宾馆，也是世界名流聚集的地方，据说在这家酒店很容易就能遇到某个国王或者顶级模特，骆伽将会有充足的时间在曼哈顿街头尽情穿梭。林振威会在春节前飞到纽约，与她一起度过一周假期，然后她将在哈佛与来自世界各地的惠康高级管理者一起开始为期三周的EMBA课程。这不是想想而已，她确认了所有行程，机票就在手中，签证更不是问题，骆伽早就拿到了十年有效商务签证。骆伽看着林振威的背影，心里飘忽起来，她梦想到了家庭，甚至还有孩子。

骆伽听到林振威叫她，开心地走过去："林总，什么事？"

林振威眨眨眼睛，暗笑骆伽对自己的称呼："骆伽，看看这里的会场布置，我想下周你的任命仪式也这样安排。"

公司内部任命从来就不搞仪式，只是内部发邮件，相关同事一起去吃顿饭就可以了，骆伽轻声拒绝："这样安排太隆重了，没有这样的惯例，不要为我破例。"

林振威想得比骆伽更深远，摇头说："这个职位是公关总监，不同平常职务，将要与各种媒体打交道，我们要把所有相关媒体都请来，隆重介绍我们新任的公关总监。他们绝对想不到眼前这个娇滴滴的女孩在商场搏杀，战无不胜的经历，你的传奇会让他们大吃一惊，他们将对你刮目相看。你不仅是他们的工作伙伴,还会是他们的朋友,甚至他们的偶像,还有比这更好的新起点吗?今天的签约仪式和你的就职仪式之后,全体员工都会看到你的成功,他们都将以你为荣,以你为梦想,你的经历和现在都激励他们在一线努力搏杀,你将是他们精神上的理想和象征。"

听林振威这样安排,骆伽很乐意配合扮演好自己的角色。她心中还有别的想法,这两次活动将是她退出江湖金盆洗手的仪式,从此为自己的销售事业画上一个句号,以后就是享受生活的时间,事业还要继续,但只会成为生活乐趣的一部分。

电话铃声打断了骆伽的梦,那边传来生硬的声音:"你好,我是经信银行招投标办公室的工作人员,原定今天下午三点的签约仪式暂时取消,请等待我们的进一步消息。"

骆伽刹那间从梦想中被拉回现实,她僵立在那里,情况有变。

96.周一,下午二点三十五分

人力经理王莉实在不愿意干这份差事,但陈明楷一定要铲除周锐,从人力资源的角度,这样对待员工并不符合通常的做法,可她又有什么选择?如果不按照陈明楷的要求行事,离开公司的就会是自己,她只希望事情尽快结束。

陈明楷坐在王莉对面,安排着:"周锐回到北京,确实带出了团队,还完成了销售任务。可他丢了经信银行的订单,也签署了PIP,按规定只能引咎辞职,但我还是愿意给他一个机会。"

王莉很惊讶,尽量掩饰自己,确认道:"他们如果在一周内不能签订经信银行的合同,就应该辞职。"

陈明楷拿着销售报表,华东和北京的销售业绩大幅回升,华东达成率位居第一,北京区名列第二。他看着门外的办公室,改了主意,语气诚恳地说:"我真的想让他辞职吗?其实我们是路线之争,我希望他踏踏实实、硬碰硬地把北京市场做出来,他总想用侵扰策略,我逼着他打经信银行这个订单,他默许华东地区不下订单。即使这样人才却难得,他即使输了经信的订单,我不但不抛弃,还要重用他。现在上海和北京的订单陆续下来了,靠这些订单,我们肯定能够完成任务,这证明他想通了,也采取了行动。你现在去做个优厚的福利方案,然后跟他谈,让他担任华南地区销售

193

总监,安心去广州,把华南市场给我打出来。"

陈明楷完全可以依照PIP开除周锐,现在却给他这么好的一个机会,周锐应该不会拒绝。王莉正要出去,又被陈明楷叫住:"接替周锐的人找好了吗?"

王莉打开笔记本,屏幕移向陈明楷:"我帮您物色好了,行业内最顶尖的三个人选资料都在这里。"

第一份竟是骆伽的档案,陈明楷好奇地注视着她的照片,用鼠标浏览,摇头说:"如果我们赢了经信银行的订单,她还可能来,我们输了,她一定不会来。"

王莉指着下一个候选人:"他也不错,能力和经验都不弱于周锐和骆伽。"

陈明楷又一次摇头:"我不要一样的,你一定要找到能够打败骆伽的人,不要顾虑薪酬待遇。"

王莉继续翻动文件:"这个人成名在骆伽和周锐之前,当年他在一家小型的国内代理公司,硬是打败了惠康和捷科这样世界级的公司,使两家公司不得不与他合作,他想卖谁的产品就卖谁的产品,几年前退出江湖,去美国读书,骆伽才有出头之日。他虽然身在国外,但国内的人脉依旧在。"

陈明楷点头,他这个季度兵出险招,把周锐从上海调至北京,打开市场完成目标。周锐如果能够在华南成功出击,再有这个新人坐镇北京,他就能彻底挽回局面了:"把他的资料给我,我看看。还有,你打算怎么安排周锐在广州的补贴?"

王莉想了想回答:"周锐刚从上海回来,我想按照他在上海的待遇,给他做一份文件。"

陈明楷知道周锐在上海的待遇,无非按照国内的员工待遇安排:"这样不行。"

王莉不明所以,问:"具体应该怎么做?"

陈明楷让王莉重做文件:"给他租最好的别墅,租专车配备司机,一切按照外籍员工的待遇安排,提供每天五十美元的补助,你现在就去,做完给我看。即使我们丢掉经信银行的订单仍然可以完成任务,再打开华南市场,我们就能立于不败之地,在待遇方面千万不要吝啬。"

王莉本以为可以轻松说服周锐,结果却碰了钉子,她苦口婆心:"经信银行的订单输了,陈总没有要你承担责任,反而让你继续担任销售总监负责华南业务,这已经是很好的安排了。"

周锐上周签了PIP，担保一周内拿下经信银行的订单，现在时间已到，陈明楷不但不赶走自己，还给出了诱人的待遇，周锐承认："这个安排确实是非常照顾我。"

王莉不明白："那你为什么还要拒绝？"

周锐从北京到上海又返回北京，已经厌倦了这份工作，如果他再去广州，还是做这些事情，那不如不要，他说："我想暂时休息一段时间，再想以后。"

王莉懂得职业生涯的规划："你在这个职位上做了很多年，确实应该考虑新方向。但这需要充分的时间和准备，你不妨一边在华南工作，一边留心公司内部的职位，不要直接和陈总对抗。"

周锐明白王莉的善意："我不愿意去华南还有另外一个原因，我始终对经信银行的订单抱有希望，想等这个订单有结果之后，再考虑以后的安排。"

王莉继续劝说："你对订单的情况肯定比我了解，翻盘的可能性微乎其微。这个订单已经死了，死人怎么能复活？方威不该说一周内能够反败为胜这种话。你看，今天周五了，如果你不去华南，就只能辞职了。"

只要周锐一天没有离开，他就还是公司的销售总监，王莉没说伤人的话，只是希望他签字同意将这件事了结。周锐也不为难她："给我看看文件，今天必须要签吗？"

王莉把文件递过去，周锐看一眼就还回去了："我说的是离职文件。"

王莉觉得周锐固执得不可理喻，她站起来："你等等，我先向陈总汇报。"

王莉向陈明楷讲明经过，他只回答了一句："天要下雨，娘要嫁人，随他去吧。"

两人彻底决裂，没有挽回的余地，王莉只好求助林佳玲，她说："稍微等一下，我和周锐谈谈。"

王莉提醒林佳玲，陈明楷已经开始寻找周锐的接替人选，他肯定不能留在这个位置上："现在只有两种可能，要么周锐去广州，要不然只能离开公司。"

林佳玲找到周锐，两人来到楼下咖啡厅，林佳玲急急问道："陈总让你去华南，是吗？"

"是啊，我拒绝了。"

如果输了经信银行的订单，林佳玲倒认为这还是不错的选择："按照

PIP你应该离开公司,去广州是很好的安排,为什么要拒绝?"

周锐不肯离开的原因很简单,方威已经找到惠康的致命缺陷,狠狠打出的一拳马上就会奏效,他答应方威要保守秘密,但对林佳玲也要一点儿口风都不漏吗?他犹豫着:"为什么陈总的态度急剧转变,以前他是一定要我走的。"

林佳玲回想着周锐和陈明楷之间的冲突:"华东和北京的订单都下了,你的业绩仅排在上海之后,陈总一直是用数字说话,业绩好了,他当然不会让你离开。"

周锐想起陈明楷那个问题,问:"一个人能力好态度差,另外一个人能力差态度好,如果要开除一个,陈总问我,应该开除哪个?"

林佳玲不知该如何选择,问道:"你怎么回答的?"

周锐摇摇头:"陈总告诉我,应该开除业绩差的那个,他按照原则行事,做法非常合理。况且我的团队压下订单本就是严重的错误,让我走不是完全没有道理的。还有,我不主张直接和惠康硬碰硬,陈总将华东划走,逼我破釜沉舟,硬生生攻入经信银行,这个惠康构建的最坚固的堡垒,他有深谋远虑的战略眼光,而且能够知人善任,在这两个方面,我远远追不上他。"

胜者成王,败者为寇,赢了便是有战略眼光,输了就是痴心妄想,林佳玲嗤之以鼻:"可是,订单已经输了。"

周锐这几天一直反省,开始觉得陈明楷做事处处有深意:"这就是我佩服他的地方,我们都认为不能赢的时候,他却充满信心,把我们推上战场。他看得比我们远多了,现在证明他是对的,这个订单我们肯定能赢。"

林佳玲难以置信,看看手表说:"你在说什么啊?今天下午三点整,大约十分钟后就是签约仪式了,怎么还说能赢呢?"

周锐知道方威做了什么,非常肯定:"这个订单必有变故,即使合同签了,方威也能起死回生。"

林佳玲不可思议地看着周锐:"你凭什么这么肯定?"

周锐没法隐瞒,隐约透露出一些信息却不多说:"方威找到了惠康的致命缺陷,悄悄地打出了致命一击,当这一击奏效的时候,惠康不但毫无招架之力,而且逃无可逃。"

周锐说到这里,立即想到骆伽,她一定毫无准备,她怎么能承受这这个打击?自己屡战屡败,胜负如同家常便饭,但她战无不胜,反而会输不起。她被深深地牵连进去,无情的法网正在悄然无声地向她罩去。见周锐把话说得这么绝对，林佳玲开始相信了，然而周锐脸若冰霜，却没有丝毫兴奋，林佳玲猜不透他的内心，说："既然能够赢，你为什么看起来不高兴。"

周锐想起骆伽的处境，缓慢叹了口气："胜又何喜？负又何悲？"

他有难言的心事，林佳玲不想强迫，终于明白了周锐的想法，既然能够赢下订单，他当然不用去华南。"是啊，这个订单胜负未分，在节骨眼上你怎么能离开北京呢？"林佳玲侧着头看着周锐，"陈总开始寻找接替你的人了，如果我没有猜错，应该快入职了，你不能总占着这个位置吧？让你汇报给他你愿意吗？"

周锐苦笑，经信银行这边走不开，那边又要让位置："我该怎么办？"

林佳玲也没有对策，举起咖啡喝起来，周锐想了想，有了思路。"赢了经信银行的订单我也不打算去广州，先离开公司休息一段时间，然后再看看发展方向。我大学毕业十几年来不停工作，应该彻底离开岗位给自己半年假期，静静体会内心再寻找未来，我一直希望有这样的时间。不要担心，如果我想回来，还是有不少公司愿意请我的。"周锐去意已决，"既然陈总要我的位置，我就放手。我已经让王莉准备离职文件了，一会儿我就签。签完之后我在捷科最后一件事情就是经信银行订单。"

林佳玲无法说服对方，心里不好受，埋头小口酌饮咖啡。周锐却在思考另一个问题："如果赢了，我该怎么办？"

如果周锐赢了本来万事大吉，但由于陈明楷和周锐矛盾激化不可调和，这就成了问题，林佳玲站在这个角度分析着："如果经信银行的订单签了，你的离职前提就不存在了，陈总大概只能让你留在现在的位置上了。"

周锐摇头没有说话，欲言又止，林佳玲催促道："怎么，不是这样吗？"

周锐犹豫再三，终于还是说出心里话："这只是我的猜测，但是你既然问，我还是说了吧。如果经信银行的订单输了，陈总会让我在公司做下去，如果赢了订单，陈总现在没有理由请我走，以后一定会想办法让我走。"

林佳玲不解，为什么这样？周锐想着措辞慢慢说："如果输了，我只能戴罪立功，去华南打开市场，对他不会有威胁。如果赢了，我的威胁就迫在眉睫。这个季度完成了目标，下个季度的任务肯定还要增长，每个季度都要增长，包袱越来越沉，早晚都要被累垮，我不想再经历这种折磨了。"

林佳玲皱着眉头，如果周锐不说她真想不到这一点："这就是所谓的智慧吧，也是我不愿意参与公司政治的原因。你的猜测对不对，等赢下订单

197

就明白了,总之你们之间没有一点互信了,大家共事都很痛苦。"

周锐勉强挤出笑容,他当然不想这样,可是却身处这样的环境:"害人之心不可有,防人之心不可无,中国另有一句话,叫作外圆内方,也是这个道理。"

林佳玲回想着周锐被陈明楷赶出会议室的情景,能够体会他的痛苦,他不喜欢公司现在的氛围,每天都不开心,既然这样何必在这里苦熬。"是啊,公司现在确实很不好,有时候真的让人不想留下来。"

他们海阔天空地聊了很久。喝完咖啡,林佳玲知道无法劝说周锐留下,便决定撒手不管,他们返回办公室,周锐去找王莉了。离职表格摆在桌上,周锐仔细看了一遍,他不记得曾多少次用这个表格开除过员工,现在竟也要面临同样的命运,他抬头问王莉:"签在哪里?"

王莉一阵激动,折磨总算要结束了,她指着文件最后。周锐拿起笔签了名。谢天谢地,这件事结束了,王莉心里默默念着,却开心不起来,反而产生一股酸酸的怜悯,眼前这个人曾经在一线打拼,却被自己亲手赶出公司。王莉叹了口气,该轮到方威了。

周锐问:"我可以先保留一下吗?"

王莉不明白:"为什么?"

周锐指指手表:"今天还没有下班,这周也远未结束,所以文件先放在我手中,如果这周结束,经信银行的订单还没转机,我就办手续。"

王莉无法,打算找陈明楷,这时周锐的电话响起,他接起来:"方威,什么事?是正式通知吗?"

王莉心中担心,肯定又有情况了,事情恐怕没完没了,她夹在周锐和陈明楷中间两头为难,怎么这么命苦啊!

周锐放下电话,看着王莉:"死人活了。"

王莉没明白,吓了一跳:"哪个死人活了?"

周锐笑说:"你说经信银行的订单已经死了,死人活不了,可现在订单已经翻过来了,惠康的签约仪式取消了,经信银行通知我们确认合同,我们反败为胜了。"

突如其来的变化天翻地覆,直接影响着公司的内部局势,王莉不知该高兴还是生气,嘴里机械地说着:"真好,真好。"

周锐指着手里刚签署的离职表:"这个怎么办?你是还给我,还是打算拿走?"

王莉心中挣扎之后,一把撕掉扔进垃圾桶:"我相信你,你如果赢了,这个表格还有什么狗屁用？"

王莉一向温言软语，难得这么坚决。她前脚离开周锐办公室，后脚就去了陈明楷屋里汇报。陈明楷责问："要么去华南，要么离开，这算怎么回事？"

王莉在胸口盘起胳膊："经信银行的订单我们反败为胜了，周锐完成了PIP承诺，我没法让他离职。"

陈明楷不知该怎么说下去，呆呆地坐在座位上，脸色从愤怒转向平静，从平静转向微笑，这不是最理想的情况吗？他已经完成销售目标，再有这么一个超级订单，自己的成绩有目共睹，更能坐稳位置，下个季度再对付周锐也来得及。

97．周一，下午三点零五分

林佳玲心中惆怅，经信银行正在与惠康举行签约仪式吧？周锐真能在最后关头来个大逆转吗？她无心做事，这是她来到中国工作以来最阴郁的一天，三个月心血与努力眼看就要全部泡汤，一起战斗的同事就要被驱逐，她却无能为力。电话铃一遍一遍响起，林佳玲不想接，但这个电话异常地执着，反复不停地刺激骚扰着她的神经。林佳玲不堪其扰，终于接起电话，立刻就听见方威兴奋的声音："你怎么不接电话？"

林佳玲不想流露出沮丧，反问："什么事，让你打了这么多电话？"

方威是来通知获胜消息的："我们赢了，经信银行开会决定切分，我们拿到大头，惠康只有不到三分之一，我们吃肉，惠康喝汤。"

林佳玲难以置信地挂了电话，不敢相信这是事实，她顾不得多想，拨通崔国瑞的电话，问候道："崔行长吗？您好。"

崔国瑞知道，她肯定得到了风声，笑着回答："好啊，很好。"

林佳玲听出他很愉快，依然小心地问："听说，银行采购有变故，是吗？"

崔国瑞笑出声来："和惠康的签约仪式已经取消，其他的我就不多说了，你们等候招投标办公室的正式通知吧。"

惠康的签约仪式取消，这已经很说明问题，林佳玲依然不敢相信，这消息完全在她预料之外，根本没有心理准备。她打电话给秘书，让她立刻订一瓶香槟，刚放下电话铃声就再次响起，陈明楷的声音传出来："佳玲，你好，我听说经信银行的订单有变化？"

陈明楷从王莉那里得到消息，担心是周锐的缓兵之计，便来找林佳玲确认。林佳玲有些不快，但依然高兴地说："是啊，我刚得到消息，经信银行和惠康的签约已经取消。"

"大概能拿到多少？"陈明楷关心数字，他想知道最终的结果。

林佳玲不想轻易承诺："现在没有准确的数字，还有很多细节没有确定。"

可陈明楷继续追问："大概呢？"

林佳玲计算之后把数字报出来，陈明楷才心满意足地挂了电话，这将是捷科亚太区有史以来最大的订单，也是最大的一场胜利。他不仅超额完成任务，而且还可以反击每一个指责。他打开邮件公布了这个消息，包括客户背景、方案概述、销售过程，以及以后潜在的机会。这样整个亚太区所有员工就会从自己这里得到第一手信息，把他当作整个项目中最伟大的英雄，没有人会知道周锐和方威，他们将淹没在自己的无限风光之下，难露一丝光芒。

办公室里已经有人在交头接耳，看样子消息已经传出来了。肖芸笑着走过来，还有一些参与项目的工程师，都不约而同走进大会议室，谢伊一脸难以置信，崔龙和钱世伟也一前一后走进来。大会议室越来越热闹。周锐被肖芸拽进来，林佳玲悄悄走到他们身后，打开香槟喷去，两个人的脸上瞬间挂满泡沫。周锐反应过来，立刻拉住林佳玲的胳膊抢过香槟，顿时林佳玲也被泡沫挂满。

有人开始小声打听，他们只知道结果不知道过程，林佳玲也十分好奇，示意大家安静，对周锐佯装生气地说："你和方威瞒得好紧，怎么反败为胜的？一点儿风声都没有透露，你现在可要好好交代。"

但周锐不能说出缘由，只能打岔说："方威不是和李朝东打赌吗？如果没有把握，他怎么敢打这个赌？是不是，朝东？"

李朝东在人群中，连忙摆手抵赖："那是说着玩的，不算数，不算数。"

崔龙岂能放过他，大声说："当时大家都在场，你们说算数吗？"

众人齐说算数，于是崔龙宣布："这个周末我借花献佛，请大家吃海鲜，掌声感谢我们的赞助人，李朝东先生。"

大家开心地鼓掌，李朝东暗道糟糕，嘟哝着离开了会议室，崔龙继续说："我说过，在公司就佩服三个人，其中半个是方威，现在我正式宣布，我只佩服两个半了。"

肖芸奇怪："不是应该增加半个，怎么会少了？"

崔龙与方威臭味相投，天天泡在一起，已经很为好朋友开心，他说："这小子简直不是人，本来今天惠康就要和经信银行签合同，在这样绝望的形势下都能把订单扳回来，大家说他还是人吗？简直就是神仙，所以我就把他去掉了。"

谢伊问肖芸："你们到底是怎么做的？"

肖芸摇头："我和大家一样，也不知道啊。"

谢伊不信："这么大的事情不可能没有一点消息吧。"

肖芸摊开手："我真的不知道，刚才经信银行直接通知我们协商合同，我只听说刘行长突然改主意了。我做了不少单子，从来没有赢得这么莫名其妙。方威这小子居然连我都给瞒住了，我得找他算账。"

大家又看周锐，他只好再次打太极："合同还没有签，一切都没有确定，现在言之过早。这也不能完全归功于方威，没有大家的努力就不会有今天的结果。这样说吧，方威在最后关头做通了刘行长的工作。"

肖芸不相信："做通刘行长工作？怎么做的？"

周锐想糊弄过去："以理服人。"

崔龙也不信："就这么把刘丰说服了？"

周锐解释："即使方威不行，他总可以找到其他人去说服刘行长。"

林佳玲看出他有难言之隐，帮他解围："最好还是方威自己说，他在哪呢？我一天都没有看见他了。崔龙，你们天天混在一起，你知道吗？"

崔龙躲不过，神秘地说道："他又去做新项目了，比经信银行这个项目还大，不是一个数量级的。"

经信银行的订单已经是捷科亚太区有史以来最大的，他怎么可能又找到一个更大的？肖芸已经猜到，笑呵呵地说："他找那个空姐去了吧。"

崔龙受托为方威请假，最了解详情："他要在这几天里把一辈子的幸福创造出来，我以前觉得他根本追不上赵颖，但现在他说要把最红的女明星娶回来，我都相信。"

98．周一，下午四点三十五分

先是取消签约仪式，然后切分订单，接踵而至的消息将惠康突然打蒙。相关人员纷纷来到会议室，看到骆伽一个人坐在那里。刘丰改变了主意为什么不先打个招呼？肖晓阳只说了结果却没有说原因，她拿起手机，听到刘丰的声音，立即说道："刘行长，您好。"

"别在电话里讲,你下班前带着工程师过来一趟,顺便来我这里坐坐。"刘丰急匆匆说完就挂了。骆伽想好的话都没有说出来,她愣住,刘丰的语气不同以往,他不愿意在电话中多谈,到底是什么原因?

她带着工程师来到经信银行,工程师去对方案,骆伽来到刘丰办公室。门没有关,刘丰正在打电话,向骆伽做了个请坐的手势,她便轻车熟路地坐在沙发上。刘丰讲完电话,从桌子上拿起一叠文件,向骆伽招手,然后推开背后的小门进入一个楼宇中间的小天台。他的办公室位于银行大楼的顶层,这个小天台可以俯视整个银行,他拿出烟,看着骆伽说:"这是我抽烟的地方。"

骆伽等他吸了口烟,问道:"刘行长,您改主意了。"

刘丰只点头不回答,从文件中拿出一页给骆伽看。这是银监会的正式发文,要求银行系统在招投标过程中公正、公平、公开,日期正是上周三。就是这份文件改变了招投标的结果,骆伽问:"这文件能说明什么?没有明指是哪个项目。"

刘丰看着骆伽:"我就是要问你呢,为什么好端端的就收到这份文件了?为什么只发给我们,没有发给其他银行?为什么就在这个节骨眼上?"

骆伽沉默,刘丰轻轻问道:"你有没有跟谁说过,国峰出国读书的事?"这便是刘丰的猜疑。

骆伽委屈地说:"我是委托境外咨询公司办理的全部手续,连公司高层都不知道具体情况。"

刘丰一直为此担心害怕,吕传国从哪里得到的消息?他又知道多少?这件事只有刘丰家人知道,他们和这个项目毫无牵连,那么只可能是从惠康这边泄露出来的,然而骆伽否认。刘丰不想再纠缠,安慰骆伽:"你看了文件就知道我的压力了,能给惠康保留一部分很不容易,你可以向公司交代了,尽快和崔行长重新确认合同吧。"

骆伽知道三分之一的订单利润大减,扣去给刘国峰办出国手续的费用,实在是得不偿失,她却什么都不能说,只能答应。刘丰又问:"你知道方威这个人吗?"

骆伽念着方威的名字,她查过资料:"他是捷科公司的销售,不久前从上海调到北京。"

刘丰吐出烟雾,看着骆伽:"你知道他的背景吗?"

骆伽对方威只有模糊的印象:"他从上海过来,能有什么背景?"

刘丰摇摇头:"这个人来头很大,你们就输在他身上。"

骆伽都不知道栽在哪里："他是什么背景？难道根在银监会？"

刘丰俯瞰着楼下的车水马龙，若有所思："不止，他的背景是深不可测，高不可攀啊。还有，以后不要在电话里说事情，明白吗？"

刘丰现在非常谨慎，他确实害怕了。骆伽点头答应，等着刘丰一口一口吸完烟之后，一起回到会议室。在她推门的瞬间，刘丰在她耳边轻轻叮嘱："国峰在加拿大的宝马和别墅，给他退了吧，文件我放在高尔夫球会的衣柜里了，你拿到之后立即去办。"

骆伽赶回公司，林振威正在等她商量应对方案，相关人员众星捧月般聚在林振威的身边。骆伽迎着他们的目光，直接说："刘行长受到上面的压力改变主意了。"

林振威问："哪里的压力？"

骆伽想了一下："银监会。"

林振威看出了她的犹豫："还有吗？捷科是什么人运作的？"

骆伽说："方威，捷科刚从上海调来的销售人员，没发现他的特殊背景，但是刘行长说他深不可测，高不可攀。"

林振威站起来，看着意气消沉的同事："这个项目以切分告终，表面看是平局，当然也会有人会说我们输了，让捷科把旗子插在我们最重要的堡垒上了。走到今天，原因只有一个，就是我们小看了对手，捷科敢于直接攻入经信，说明他们有恃无恐。但从另外一个角度说，我们并没有输，我相信刘行长，这个叫作方威的人一定有着非同一般的背景和关系，在这样的情况下我们依然能够切分一块，证明我们的团队是强大的，任何竞争对手都不能将我们击垮。现在捷科通过这个订单开始向我们全线进攻，这一战只是他们的第一枪，虽然让他们切分了一块，但我们仍然守住了客户，接下来大家必须做好准备，投入到这场即将到来的战争中。我们既然顶住了这次袭击，就有机会击败他们的全面进攻，胜利将仍然属于我们。而且根据现在的情况，捷科凭借的就是方威，无论他有什么通天本事，也不能分身去与我们逐个争夺客户，我们在北京有数以千计的人员，一定能守住我们的领地。"

林振威看向骆伽，说："我宣布，明年开始，骆伽将不再担任北方区销售总监。"

众人都吃了一惊，一名主管大声抗议："这个订单没有全输，为什么要撤换骆伽？胜败乃兵家常事，她以前为公司做了多少贡献，怎么能因为一个订单就这样对待她？"

林振威一言不发，又有人为骆伽说话："我们就要和捷科正面作战，不能在这个关键时刻自乱阵脚。"

骆伽十分意外，林振威为什么会宣布？但也不为自己申辩。

林振威笑着继续说道："在骆伽出众的领导下，我们的销售团队在过去两年里成功地在北方地区击败竞争对手，即使与捷科切分订单，也为公司赢下今年最大的订单。从新的一年开始，骆伽将担任公司市场公关总监，负责公司市场分析并制定营销策略，将继续与我们肩并肩，打败竞争对手，取得新的胜利。"

掌声响起来，骆伽微笑，她看着林振威，激动得只想扑进他的怀抱，这才是真正可以依托一辈子的男人。

99．周一，晚上七点三十分

林佳玲收到经信银行通知，带着肖芸和工程师赶到时，涂峰和陈刚已经在会议室等她们了。陈刚见到肖芸，使劲儿压制着兴奋，用力地点头，捷科能够走到今天非常不易。趁着工程师们研究建议书，林佳玲偷偷看向窗外的景色，第一次来这里的时候，窗外还是绿油油的树叶和金色的阳光，现在树叶已经全部脱落，远处的屋顶上覆盖着白雪。

确认工作开始时一直很顺利，直到有位工程师突然发现捷科和惠康的系统互不兼容。刘丰的设想是将总部核心系统交给捷科，占销售额的三分之二，惠康负责各个省的子系统，占销售额的三分之一，这本是不错的方案。可是工程师发现，各自的系统都没有问题，但是两个公司使用的通信协议并不一样，按照现有方案，两个系统的数据不能交换。林佳玲仔细研究确认这个问题的确存在，出了一身冷汗。这简直是一个超级恶作剧，大家拼命努力，以为大局已定，却发现事情远远没有结束。就像朝思暮想的新郎以为终于娶了意中人，揭开盖头却发现新娘是另外一个人。林佳玲把这个情况告诉涂峰，他立即向崔国瑞汇报。

过了一会儿，走廊上响起脚步声，崔国瑞大步走进来，他没有想到会是这样的情况。工程师与项目小组努力讨论各种解决方案，结果发现问题越来越严重。崔国瑞干脆打电话把惠康的工程师也叫了过来，三组人马一起研究，崔国瑞是真的着急了。

夕阳西落，月亮升起，仍然没有拿出一套可行的办法。崔国瑞叹了口气，站起来说："大家工作辛苦了，感谢大家参加今天的讨论，虽然没有解决方案，但是我们也很有成果，证明这个切分方案是不可行的。我们还是先面对问题再想办法吧，今天就到这里，大家早点休息，等候进一步的消息吧。"

这是每个人都不愿意看到的结果，却是不得不承认的事实。林佳玲从内心感到疲倦，她本以为大家可以享受胜利的果实，却发现了一场迫在眉睫、你死我活、更加残酷的大战，这是双方都没有想到的，决定生死的遭遇战。她走出经信银行的大门时，天空中布满星光，冷风穿透了外套，她跑步钻进出租车，拿出电话拨给周锐让他取消晚上的庆祝活动，她本来以为今晚会有一个不醉不归的狂欢，现在看来只剩一个不眠之夜。

100．周二，上午九点十分

陈明楷为了抢先宣布这个好消息，已经将消息发给全球所有高管，甚至抄送了全球总裁。由于时差原因，他在深夜就得到了总裁回复，恭喜他取得这样的成绩，而且期待他带领中国团队取得更好的发展。亚太区总裁回邮件，表示要亲自参加合同签订仪式。陈明楷不但保住了位置，而且重新赢得了上层信任。

然而一大早林佳玲却告诉他切分方案不可行，他实实在在被吓了一跳，立即意识到处境不妙，如果这个项目又被惠康抢走，抢先发出的邮件可就捅了马蜂窝了。他心神不定，干脆去公司附近的公园散步。他看向四周，白雪已经融化，他告诫自己：关键的时刻，一定要保持内心平静。

101．周二，上午九点四十分

刘丰被这个消息刺激得晕头转向，半晌没有说出话来。他费尽心机左突右冲，以为找到了出路，却又绕回了起点。他从内心希望能赶紧找到办法，于是顾不得架子，焦急地问："老崔，有什么办法吗？"

崔国瑞的回答斩断了他的希望："根据我们和捷科、惠康三方的研究分析，两个公司的系统采用不同的通信协议和软件，确实难以共存，也就是说，要么选择捷科，要么选择惠康。"

刘丰不知所措，他是从利害角度考虑问题的，他无法放弃任何一家。

捷科公司那个叫方威的销售人员有通天的背景，又疑似握着致命资料，骆伽为儿子花费巨资办理出国手续，现在虽然退掉了公寓和轿车，学费仍是惠康支付。正当刘丰左右为难的时候，涂峰犹豫着提议："是不是可以用脱机的方法来实现通信？但是这种方法有点落后。"

刘丰的眼睛亮了起来："你说说，什么建议都可以谈。"

涂峰解释着，所谓脱机通信，就是工程师把各个省市的数据从惠康的电脑中导出来，改变格式，再传送给捷科电脑系统，但这种方法实在过于落后。

崔国瑞首先反对："这个方案不可行，如果数据量大的话，人工肯定处理不了。"

骆伽肯定要保，但也不能得罪方威，涂峰的建议让刘丰看到一线希望："要相信技术人员嘛，涂主任既然提出了方案，我们就应该认真研究，不能轻易否定。你们抓紧时间与两家公司商量，看看这个方案是否可行。"

崔国瑞再次把两家工程师叫在一起，这种十年前最原始的方案暂时可以行得通，但根本不能适应以后的发展要求，这就像用马来牵引新型赛车，走得动，却让人发笑。惠康工程师出去给骆伽电话，立即得到了她的同意。林佳玲心中却矛盾重重，如果拒绝会有什么后果？就像古罗马的角斗士，对方认输求和，如果一定拒绝求和，分个你死我活，格斗就变成一场无法预期的杀戮。方威是靠什么方法扳回来的？如果重新返回战场，他还能赢吗？也许会被裹尸布包着拖出去。林佳玲沉默不语，最后仍然摇头拒绝了这个方案："这个通信方案过于原始，实在不能满足经信银行未来的发展需求。"

崔国瑞用钦佩的目光看着林佳玲："既然捷科拒绝了，那我向刘行长汇报，准备进行第三次招标。"

林佳玲顶着冷风走出了经信银行的大门，回过头，仿佛看到了厮杀。她已经给周锐和方威打了电话，让他们尽快回到办公室协商对策，她想了一下，又把最新情况报告给了陈明楷。

陈明楷坐在会议室，对面是周锐和方威，这是他们在矛盾激化之后第一次一起开会。他们沉默不语，焦急等待着林佳玲。好在尴尬的时间不长，没一会儿林佳玲就回来了，详细讲了发生的事情。

陈明楷眼前一亮："这个方案真的行不通吗？"

林佳玲解释："可以行得通，只是速度大打折扣，肯定不能满足以后业务增长的需求。"

"这个方案现在可行，是吗？"陈明楷加重语气。看到林佳玲点头，他继续追问："这个方案大概可以支持多久？"

林佳玲走到白板前，拿起笔计算业务量，回答："在两年内勉强可以应付局面，如果两年之后不能解决通信问题，这次采购的设备将要被淘汰。"

只要能支持两年，就可以渡过眼前的难关了，那时还不知道在哪个公司的哪个位置上。陈明楷实在经不起折腾了，他露出笑容："帮我安排一下，我要亲自去拜会刘行长。"

102．周二，下午四点五十分

除了眼下的方案，刘丰不能也不敢有其他选择。他也经不起折腾了，但表面上仍然从容不迫，耐心听崔国瑞和涂峰汇报，然后问道："这个方案真的行不通吗？"

崔国瑞点头："速度大打折扣，肯定不能满足以后业务增长的需求，我建议第三次招标。"

刘丰从崔国瑞的话里发现了机会，问涂峰："这个方案现在可行，是吗？"

涂峰点头，刘丰又燃起希望，下决心朝这个方向推进，但这必须得到两个厂家的支持。崔国瑞随后说："捷科公司总经理陈明楷希望能够拜访您。"

刘丰点头："我们听听他怎么说，你尽快安排吧。另外，务必请捷科所有参与项目的人都来，我想见见他们。"

103．周三，上午十点整

陈明楷在林佳玲的陪同下，第一次走进经信银行，进入贵宾室。参与这个项目的人员也都跟着进来。林佳玲从来没有来过这里，脚下是红彤彤的地毯，从正面的两把大椅子分别向左右两侧燕翅般延展出了两排椅子。看样子经信银行给了陈明楷这个中华区总经理很大面子。

刘丰带着自己的人鱼贯而入，他们自觉找到自己的位置，陈刚坐在最末尾。陈明楷自然而然地坐在主位，林佳玲坐在他的身边，周锐已经不是总监，所以坐在林佳玲另一侧。方威不喜欢这样的场合，溜到最后和陈刚面对面坐着，两人挤眉弄眼。

林佳玲依次向刘丰介绍自己的成员，方威是刘丰要求捷科全体人员参加的目的，他想摸摸他的底细。陈明楷有明亮鉴人的额头，眼睛隐藏在黑框之下，掩饰不住炯炯光芒，有这么亮的额头，绝对不会是一个普通的生意人。林佳玲最后指向方威："方威，捷科公司客户经理。"

刘丰突然笑着问方威："你加入捷科几年了？"

方威痛恨贪官，懒洋洋地站起来："两年前加入公司，最近刚调到北京工作。"

这么重要的角色为什么坐在最后，难道他根本不把自己放在眼里？他确实有这样的资格，刘丰只能这样判断。此时不适合深谈，刘丰琢磨了一会儿，开始讲话："感谢你们参加这次招标，捷科是世界级的有实力的大公司，对我们帮助很大，无论招标结果如何，我们都愿意与捷科进行进一步的交流与合作。"

陈明楷弯了一下腰，表示感谢："经信银行邀请我们参加这次招标，是我们的荣幸，通过这次合作，我们一定尽力提供最领先的技术和方案，帮助经信银行建立世界一流的客户关系系统。"

两人你来我往，其他人几乎没有插嘴的机会。刘丰觉得时机已到，目光锁定陈明楷："这个项目进行到现在，想必你们对情况已经有了清晰的了解和判断，下一步有什么打算？"

陈明楷早已拿定主意，停顿了一下，语气坚定："我们仔细研究了方案，主要的问题出在两个系统连接口上，我们建议采用折中方案暂时解决，以后数据量增大后，我们再采取新的方案解决。"

林佳玲大惊，不知道陈明楷说的新方案是什么。

崔国瑞既吃惊又惊喜，这样倒是可以解决眼前的局面："您说的新方案是指什么？"

陈明楷也并非一点儿工作都没做："这个项目意义重大，我们愿意调集工程师重新开发接口程序，以便与惠康的系统连接，当然这也需要对方的配合。"

林佳玲深觉不安，这可不简单，陈明楷与研究开发团队谈过吗？崔国瑞反问陈明楷："有把握吗？"

刘丰摆手，为陈明楷说话："要相信人家嘛，捷科是世界级的大公司，怎么可能胡乱承诺！我们应该深入研究陈总的提议，写到协议里面。如果问题解决了,我们应该尽快按照计划推进项目,我看签约仪式和时间就不要变了,按照原来的安排,就在周日进行吧。"

"好啊,我们尽快确认合同,早日将系统建设起来。"陈明楷听到这句话,心脏还是兴奋地跳了一下。经历了这么多波折,这个订单终于落实了,可以超额完成目标了。

问题解决之后,会谈变得轻松起来。刘丰和陈明楷相谈甚欢,把话题引到高尔夫上,两人都是爱好者,陈明楷甚至提出找时间比赛一次。崔国瑞和林佳玲都心存疑惑,又不能打断两位领导的谈兴。快结束的时候,崔国瑞在林佳玲旁边小声问:"你们有把握吗?"林佳玲轻轻摇头。

刘丰亲切地和每个人握手告别,林佳玲奇怪,今天的会面怎么如此隆重?刘丰握手的目的当然是为了方威,刘丰明知故问,笑着说:"你就是方威啊?"

方威点头说:"是啊。"

"烟瘾上来了,陪我吸支烟吧。"刘丰从兜里掏出一包烟向方威晃了晃,也不管他是不是吸烟,对其他人说,"你们再聊聊吧。"

面前的就是将要东窗事发的刘国峰的贪官父亲,如果赵颖真的嫁给刘国峰,一辈子的幸福就掉到火坑里去了。方威看着刘丰,更加下定决心,要不惜一切代价把她解救出来。他越来越觉得自己的行为正义无比,于是跟着刘丰走进吸烟室。几个烟民正在喷云吐雾,看见行长进来,打了个招呼让出地方。

刘丰点燃烟,深吸一口,轻轻吐出来,问:"你和银监会的老吕很熟吗?"

方威摇头说:"不熟,只见过三次。"

如果没有过硬的关系,吕传国为什么会拼命帮他?唔,方威的关系应该在更高的级别:"你跟银监会很熟?"

方威又摇头:"不熟啊,我就去过一次银监会,只认识吕传国。"

眼前这个小伙子真是看不出深浅,吕传国确实帮他打了电话,而且发了文件,他又不承认和银监会的关系,这是怎么回事?刘丰疑惑地琢磨,打听出方威的信息来源才可能找到儿子出国消息的泄露原因,他又问:"老吕很帮你忙啊,他上次打电话的时候,你就在旁边吧?"

方威故弄玄虚:"我和他没什么关系。"

方威在刘丰眼中更加深不见底了,他掐灭烟推开大门,侧身示意方威:"你先请。"

方威却不着急，笑着问道："听说你儿子要结婚了？"

刘丰狐疑地看着方威，不知道他怎么会问到此事："是啊，你认识我儿子？"

"那倒不认识，能不能给我一张婚礼的请柬呢？"

刘丰更加奇怪："你要请柬做什么？"

方威依然故作神秘："当然是参加婚礼了。"

刘丰实在不明白他的用意，却想不出拒绝的理由，只好答应："行，我把请柬寄给你，婚礼在下周。"

方威笑着说谢谢，大摇大摆走出去。刘丰破例把众人送进电梯，谁都明白这是冲着方威的面子。肖芸直到出了电梯，才拉住方威："你真有面子啊，刘行长眼里只有你，我本来还不相信是你说服了刘丰，现在我是真信了。"

林佳玲跟了过来："要知道你有这样的本事，我也不需要为这个订单担心了。"

魏岩也在旁边竖着耳朵，方威故意说："天机不可泄露，隔墙有耳啊。"

魏岩听见这句话，知道说的是自己，于是转身去追陈明楷，肖芸等他走远才问："你和刘丰抽烟的时候聊了些什么啊？"

方威口风极严："没说正事儿，就是闲聊，刘行长请我参加他儿子的婚礼。"

肖芸眼睛瞪圆："你和刘丰是什么关系啊？他儿子结婚都请你？我是越来越佩服你了，佩服你这家伙的保密工作，把我们全部都瞒住了。刚开始我有些生气，但是我现在想通了，竞争这么激烈，这个圈子又这么小，如果消息泄露出去就会前功尽弃。"

周锐知道内情，方威要请柬肯定是为了赵颖，他把方威拉到楼下的咖啡厅："你为什么要请柬？你真的要去参加吗？"

方威没有作声只是点头，周锐紧逼不舍："你去参加婚礼做什么？"

方威低头喝着咖啡，慢慢说道："我要公布刘国峰出国读书的真相，搅黄他们的婚礼。"

周锐还是反对："你公布有什么用？你大闹婚礼就捅了马蜂窝了，非被抓走不可，人家不是照样结婚吗？"

方威看着周锐，已经把整个过程想清楚了："我会通知吕传国的，中纪委和银监会为了不走露消息肯定会采取行动拘捕刘丰，婚礼就办不成了，赵颖和刘国峰的婚还结得成吗？"

周锐依然摇头,这是两败俱伤的做法:"即使赵颖暂时不结婚,你就能得到她吗?"

方威已经没有选择,不管不顾地说:"别劝我了,我眼前只有两条路,一是眼睁睁地看着赵颖嫁给刘国峰,还有就是捅这个马蜂窝,至少可以将局面打乱,将事情拖下来,我还有一丝的机会。你还是想想骆伽吧,让她赶紧出国,这个马蜂窝一捅就天下大乱,谁也不知道事情会变成什么样。"

104. 周三,下午一点十分

一切尽在掌握,只要将这个订单签下来就可以渡过难关,陈明楷将坐稳中华区总经理的位置,就有足够的时间对付周锐。陈明楷愉快地想着下一步的计划,一要把这个签约仪式办得很隆重,自己要出现在最重要的位置上。以前,这个项目机会渺茫,陈明楷尽量不牵扯进去,免得失败之后承担责任,现在形势完全明朗,他要始终出现在第一线,显示出和客户的亲密关系,让亚太区的高层主管们看到自己的价值。还应该邀请亚太区总裁罗林斯与刘丰打一次高尔夫,这样就更完美了。

陈明楷对自己的表现十分满意,他亲自出面与客户解决了最后一个技术问题,组织并安排了签约仪式,他要亲自完成这最后一项工作,还有什么比这更有意义?应该再发一封邮件让亚太区知道这些细节。

他听到敲门声,示意请进,林佳玲和周锐走进来,陈明楷露出发自内心的笑容,没有他们努力,就不可能反败为胜。陈明楷深信,用人是领导者最重要的能力,他始终在做一件事:在正确的时机把正确的人放在正确的位置上。陈明楷不得不佩服自己的用人艺术,这么恰到好处,这么炉火纯青。

陈明楷笑眯眯地取出几粒口香糖,扔给他们,林佳玲却扫了他的兴,开口说道:"陈总,工程师开发与惠康的接口,你有把握吗?"

陈明楷一直不觉得这是问题:"这件事十分重要,佳玲,能不能尽快与研发部门商量一下开发计划。"

林佳玲十分不快,陈明楷根本没有与研发团队商量就承诺了刘丰,这可不是小事,她反问:"您没有和研发部门谈过吗?"

陈明楷理直气壮地说:"你负责技术和方案,当然由你来谈了。"

林佳玲被问得无言以对,他这样说话明明就是耍赖,堂堂中华区总裁怎么能这样？她反问："应该由我来问，可是您怎么能当场答应经信银行呢？"

陈明楷质问林佳玲："在那种形势下，我能不答应吗？我能看着这个订单丢掉吗？"

林佳玲被激怒了："可是你不能这样承诺客户。"

陈明楷不能忍受林佳玲这种说话方式，大声起来："我怎么不能，你们在前期做方案，连这个最核心的技术问题都没有考虑到，出了问题就想逃避吗？"

林佳玲不想纠缠责任归属："我建议延迟签约时间，确认可行性和开发计划后再签合同。"

"不行，这周必须签。"陈明楷已经发邮件宣布赢下订单，不签没法交代。

陈明楷居然不顾项目成败做出这么荒唐的决定，林佳玲坚决反对："我不同意。"

陈明楷目光转向周锐，他签了PIP，这个合同不签就必须离开公司，他应该不会这么笨吧。

周锐站起来，挨着林佳玲说："我支持佳玲，即使输掉这个订单离开公司，我也不签一个不负责任的合同。"

林佳玲感到温暖，但也于心不忍，这不是在间接赶走周锐吗？

"你们可以不同意，也不需要你们同意。"陈明楷怒不可遏，拿起电话说："魏岩，你来。"

魏岩很快来到办公室，陈明楷宣布："从现在开始，你接手经信银行项目，安排周日的签约仪式。"

林佳玲和周锐离开陈明楷办公室，林佳玲笑着说："我和你一样，也被赶出来了。"

周锐早已想通："没什么大不了的，不值得为了这些烦恼。"

林佳玲路过自己办公室，习惯性地要进去工作，却想不起应该做什么："魏岩接管了项目，我突然无事可做了，但是总该做些什么吧？"

周锐有经验，解决办法就是喝咖啡："今生今世。"

林佳玲点头，周锐笑着："哈，你也堕落了，上班时间去喝咖啡。"

林佳玲也笑了："那就尝尝堕落的滋味吧。"

他们来到今生今世，周锐笑着和老板娘打了招呼，林佳玲立即听出她的台湾口音，聊了起来。周锐看着她，想起第一次与她见面的情景，现在居然成了好朋友。林佳玲坐到周锐对面，看着他的眼睛说："陈总既然答应经信银行，订单肯定就要签了，你曾经说过，输了陈总还会留你，如果赢了，他一定要让你走，你以后有什么打算？"

周锐笑着说："其实这个订单签不签，我的打算都一样。"

林佳玲轻轻嗯了一声，等他解释。周锐本不想说，但看着她的目光，知道躲不过去："订单输了，我肯定引咎辞职。我和陈总矛盾这么大，根本不可能调和，即使去了广州，肯定又要拿到一个根本不可能完成的任务，我不想再经历一次了，即使赢了，我也要立即辞职。"

林佳玲有些难过，她几次与周锐暗中比试，第一次较量是在那次客户大会上，自己略占上风，第二次是经信银行的技术交流，周锐险中取胜，略赢一些。她笑着摇摇头："那么你无论如何都要离开公司了？"

周锐拿定主意，反而不再担忧："每个人早晚都要离开，你总不能在这家公司一直做下去，早点离开没有什么不好，何必计较太多呢？我们已经赢了，没有什么遗憾了。"

林佳玲却眨着眼睛："很难讲啊，也许你走不了呢。"

周锐听出话中有话，问道："嗯？我怎么会走不了呢？"

"也许，有人可以留下你啊。"

"谁？陈总吗？"

"他怎么会留你？"

"那是谁？"

林佳玲露出神秘的笑容："我可以吗？"

周锐听不懂她话中的含义："你怎么能留下我呢？"

林佳玲笑容更加绽放："我不可以吗？"

她的古灵精怪不亚于骆伽，周锐苦笑着说："你能，你能，但是别人要赶我走啊。"

林佳玲坐直身体，语气严肃："如果签下这个订单，陈明楷的业绩就会非常出色，他已经抢先把邮件发送到亚太区每个高层主管那里，甚至全球总裁。他们大多数人都认为这个订单是陈明楷的功劳，他的位置就坐得很稳。"

周锐点头同意："他这样做没有什么不对，他是我的主管，我应该并且只能将结果汇报给他，他再向亚太地区公布。而且按照我以前的侵扰策略，我是不会碰这个订单的，我们现在的成绩是被他逼出来的，的确有他的功劳。"

他们打赢了却必须离开，反而帮助陈明楷坐稳了位置，林佳玲困惑：

"这样公平吗？"

周锐叹口气，这就是陈明楷值得佩服的地方。林佳玲微微笑着说："他也不能只手遮天，其实亚太区的老板们不是完全被蒙在鼓里，但是公司毕竟用数字说话，只要陈明楷拿下这个订单，他就是赢家，谁也没有办法，但是你却不一定非走不可。"

只要陈明楷不走，周锐知道自己就必须走："我和他水火不容了，他不走只好我走。"

林佳玲神秘地说："那也未必。"

周锐的好奇心被吊了起来："怎么会？我是不想在他手下做了。"

林佳玲反问："如果不在他手下呢？"

周锐若有所思地看着林佳玲："我不明白。"

林佳玲注视着周锐，开口说道："亚太区总裁罗林斯就要来北京参加签约仪式了，他要找你谈谈，你可以考虑一下。"

林佳玲来自亚太总部，此番谈话决不仅仅代表她自己，周锐连忙问道："考虑什么？"

林佳玲笑着说："去美国总部工作。"

捷科公司有把高层主管调到亚太地区或者美国的惯例，他们通常是公司重点培养的接班人，这是理想的安排，周锐接受："我一直希望能在国外工作和生活，这是一个难得的机会。"

林佳玲赞同地说："是啊，在美国生活是一种完全不同的人生体验。不过你要准备一下了，你一旦同意，人力就开始为你办手续了。"

周锐感激地看着林佳玲，由衷地说："谢谢你。没有你，这一切都不会发生。"

105．周三，下午二点四十分

将陈明楷送进电梯后，刘丰才松了一口气，心中石头落了地，捷科答应开发接口，这是最好结果，不用陷入两难的处境。刘丰刚要返回办公室，崔国瑞就拦在面前要和他谈谈。刘丰一指办公室，请他进去说话，他不想在公开场合与崔国瑞争执。

崔国瑞只想解决问题，尽量注意措辞和语气，向刘丰建议："我们还没有进行详细的论证，现在就签协议是不是有些草率？"

刘丰耐心劝说："既然捷科的总经理亲口答应，并且写到了合同上，应该可以放心了，还是要相信人家嘛，捷科是有国际信誉的跨国公司。"

崔国瑞顺水推舟抓住合同这件事，说道："好，我进一步与捷科商量具体解决的思路和计划，把这些内容也放进合同。"

这个人还真固执，刘丰转头看着崔国瑞："我不反对你去谈，但时间很紧，无论如何要确保周一的签约仪式正常进行。"

崔国瑞依然用商量的口气："时间不够啊，今天是周三了，我想请捷科和惠康的工程师过来，一起开会协商。"

刘丰终于忍耐不住，大声说道："多此一举，人家总经理答应了还不成吗？一定要找技术人员来协商吗？"

崔国瑞在这个项目中与刘丰分歧不断，积累的矛盾越来越多，情绪激动地顶回去："如果不见到开发人员，没有详细计划和方案，我怎么保证项目的成功？"

"不用你保证。"刘丰看见门外的肖晓阳，把他叫进来说，"这个项目本来就是由你们使用，你从今天起负责这个项目，准备协议，按时签约。"

第十三周　代价

106．周一，上午九点三十分

签约仪式在经信银行总部举行，大堂四周都是落地玻璃窗，阳光洒进来，室内的暖气和鲜花让人如同身在春天。大门右侧的墨绿色签到台旁，工作人员正在检查出席嘉宾的请柬，无关人员不得入内。经过签到台，就是布满各色饮品的长条形餐桌，摆放着长脚玻璃杯，早来的宾客已经开始交谈。正中央的位置是签约用的红布长桌。

捷科公司的代表早早就来了，陈明楷紧跟着比尔·罗林斯，魏岩跟在他们身后，认真听着他们的谈话。林佳玲、周锐和肖芸共乘一辆车来到经信，一起走进大堂，然后是方威和工程师们。罗林斯仔细地看着有中国特色的布局，停下脚步等着林佳玲。她在亚太区工作的时候，就是直接汇报给罗林斯，林佳玲也是由他派到中国工作的，两人非常熟悉。周锐去取饮料，忽然听到林佳玲的呼唤。

罗林斯不用林佳玲介绍，直接向周锐说道："I knew you before, remember?（我认识你，记得吗？）"

"Yeah, in Lankawei island.（没错，在兰卡威岛。）"周锐记起那个热带岛屿。两年前他得到亚太区销售大奖，去马来西亚的兰卡威岛公费旅游，当时罗林斯发了一个水晶纪念奖牌给他。

罗林斯问候周锐："How are you?（最近好吗？）"

周锐习惯性地回答："Fine.（不错。）"

罗林斯眨着眼问周锐："Really?（真的吗？）"

周锐知道他不是随便问问，看看旁边的陈明楷："OK, not so fine.（好吧，不是那么好。）"

"Let's have a talk.（让我们谈一谈。）"罗林斯亲切地搂着周锐的肩膀向一边走去，林佳玲转身去找肖芸，将陈明楷一个人孤零零地留在大堂。

稍经交谈，周锐发现罗林斯清楚地知道中国公司发生的事情，他恍然大悟，林佳玲就是罗林斯派到中国公司的内线。周锐的摧龙八式第一步，就是发展内线，没想到罗林斯这个老外也运用得炉火纯青。周锐回头看林佳玲，她意味深长地望着他。罗林斯详尽询问了周锐来到北京的情况，周锐毫无保留全盘托出，当他讲到被调回北京，华东又被交给魏岩的时候，罗林斯摇了摇头；他没有隐瞒停止下订单的事情，罗林斯没有任何表情；他又谈到经信订单的销售过程，罗林斯询问着细节；讲到陈明楷迫使自己签署PIP，罗林斯皱起了眉头。罗林斯已经从林佳玲那里知道了大概经过，这次有点对口供的意思。周锐讲得非常客观，不褒不贬。陈明楷和魏岩在一起，目光不时朝这边瞟来，略显不安。

几辆轿车停在门口，车门打开，一只紫色精巧的高跟鞋露出来，接着是修长笔直的小腿。正拿着饮料的方威呆了一下，这么冷的天居然有人穿短裙。深咖啡色大衣包裹着骆伽从车里出来，她头一低，身体划出了一个漂亮的曲线，优雅地钻出车门。每次骆伽出现都给方威带来惊喜，这次是被她的穿着惊住。她和一位四十岁左右的中年男人并肩进入大堂，方威认识这个人，惠康中华区总经理林振威。骆伽越走越近，方威不但没有躲开，反而眼睛一眨不眨地拦在中间。

骆伽下意识地寻找周锐，却看见一个高大小伙子挡在面前，笑着问道："你就是方威吗？"

方威笑着回答："我是，见到你很高兴。"

就是输在他的手里，骆伽表面不动声色："我也很高兴。"

方威却摇头："我已经认识你了，这是我们第三次见面。"

骆伽完全不了解方威的底细，周锐却对自己了如指掌，她问道："我们见面有三次了吗？"

方威详细叙述了前两次见面的情形："第一次是十一月中旬，你在锦湖高尔夫球场打高尔夫。第二次在第一次招标现场，你从我身边走过去见周锐。"

骆伽吓了一跳，她最近只陪刘丰打过高尔夫，方威当时就在那里，实在难以置信，看来自己已经被研究透了，输了也不冤枉。她恢复镇静，点头说："周锐自己打不过我，便找你来对付我，听说你很有背景呢？"

方威笑着说："没什么背景，就是一个普通老百姓。"

骆伽不相信，却不想再纠缠，笑了一下就走了。她脱去大衣，露出一套玫瑰色的西服和短裙，很多宾客看见她的打扮，只感到身体燥热，汗水都要从脖子里冒出来了。骆伽拿起一杯红酒，在大堂中穿行，终于看见周锐，悄悄走到他的身后拍了拍肩膀。

周锐背对着骆伽，却强烈地感受到她的存在："伽伽？又是你吧？"

骆伽惊讶，他总是像背后长了眼睛一样："怎么知道是我？"

周锐转身:"只有你能像磁铁一样吸引众人的目光,也只有你会来拍我的肩膀。"

这个项目骆伽本来胜券在握,心中并不服气:"你很有办法啊,不过你一个人赢不了我,对吗?"

她越来越美丽,周锐却怀念她曾经长发飘飘的样子,说:"你还是那么争强好胜。"

骆伽追问:"你能赢我吗?"

周锐负责策略,林佳玲负责支持,方威冲在一线,三个高手好不容易才与骆伽打个平手,周锐实在高兴不起来。"我已经过了冲杀在一线的年龄了,方威可以,他像你一样,天生适合做销售。"周锐回想着以前和骆伽在一起刀头舔血的时光,"我最有兴趣的是找到像你和方威这样的天生杀手,培养你们,这样我就拥有很多个伽伽了,是吧?"

骆伽被最后一句话刺伤,问:"你拥有我吗?曾经是,但以后永远不会了。"

周锐意识到自己的话不妥,于是说:"出国的事安排好了吗?一定要抓紧时间。"

每次见面周锐都要让自己出国,却不说原因,骆伽终于忍不住:"我在国内过得很好很幸福,我不出去。"骆伽转身向林振威走去,周锐只是过去的回忆,林振威才是未来。

周锐在后面喊道:"伽伽,你等等,我没有说完。"

骆伽当作没有听见,周锐大步追上,抓住她胳膊,说道:"伽伽,你听我说。"

骆伽使劲甩脱周锐,却被他牢牢握住,动弹不得,大怒:"松手。"

众人发现异常,向这边看来,周锐坚决不放,眼睛盯住骆伽恳求:"你就听我一句话。"

林振威奇怪地看着周锐,走到骆伽身边:"怎么回事?"

骆伽被周锐的疯狂举动震惊了,她从来没有看到过他这样一面。她示意林振威不要介入,跟着周锐离开大堂,找到一处无人的地方,轻声说:"什么事,你说吧。"

如果不说原因,骆伽肯定不会听,周锐决定冒险:"你帮刘国峰出国的事情已经泄露,司法机关正在调查,他们掌握了确凿的证据。你立即出国吧,千万不要通知其他人,否则后果不堪设想。"

骆伽吓了一跳,脸色煞白,周锐绝对不会骗她,刘丰举止反常也说明了问题。她不敢想象后果。可是一走了之算什么呢?公关总监的职位,出国培训计划怎么办？她怎么向林振威解释？骆伽的世界突然被掀得天翻地覆。

周锐继续劝说："你向公司请个假，先出国一段时间，看看情况发展。但是现在一分钟也不要停留，立即去机场，乘最早的飞机离开。"

骆伽看着周锐，忽然向他伸出双臂，两人紧紧相拥在一起，眼泪不受控制地从骆伽眼角滑落："谢谢你。"

周锐心如刀绞，回想着两人的爱情，仿佛就在昨天，他轻轻为她拭去泪水："伽伽，我爱你，无论过去现在还是未来。"

骆伽打开钱包看了看现金和信用卡，应该足够支持她在国外的短期生活，她走进车库，上车向机场开去。

周锐稍微放下心来，平复情绪后走回大堂。方威把刚才的一幕全部看在眼里，凑过来在周锐耳边轻声问："你告诉骆伽了？"

周锐心中不知是什么滋味，慢慢吸了口气，目光还看着骆伽消失的方向，点头承认。方威拍拍他的肩膀说道："你做得对。要是我，也不能眼睁睁看着她有那样的下场。"

时间接近十点，林佳玲将崔国瑞介绍给罗林斯，三个人礼节性地聊起来，方威也加入进来，而陈明楷和魏岩站在几米外，被抛在一边。

刘丰还没有出现，崔国瑞默默摇头觉得难堪。这么重要的场合居然迟到，不过他心头还另有事情，转头问林佳玲："开发通信接口的事情和罗林斯谈了吗？"

"我真不知道该不该跟他说。"林佳玲犹豫着。

"怎么不该呢？"崔国瑞有点着急。

林佳玲把崔行长当作朋友，如实说道："要签合同了，说了能怎么样？他不是技术人员，所以必须要与研发的工程师开会。"

崔国瑞叹气，不再多想，不管怎么样等签了合同之后再想办法吧。他又低头看表："我手表是不是不准？"

林佳玲也意识到了："十点二十了，怎么还不开始？"

"在等刘行长，他不到肯定开始不了。"崔国瑞着急起来。宾客们也注意到了，纷纷向签约台张望。方威还在用结结巴巴的英语和罗林斯交谈。罗林斯来了之后几乎没有和陈明楷说过几句话，反而对周锐和方威十分感兴趣，问了很多他们的情况，陈明楷危险了。

林佳玲不停地看时间，一定是出了什么事情，崔国瑞神情紧张地和几个人交涉着，现在所有人都意识到有事情发生。和崔国瑞说话的人显然不是经信银行的客户，方威突然认出其中的一位就是和吕传国在一起的警察，可是他怎么穿了便衣？

宾客们都围了上来，崔国瑞拿起麦克风宣布："先生们，女士们，由于意外原因，签约仪式暂停举行，请大家稍等片刻，等待进一步的消息。"说完他就匆匆离开，走进大厅角落的保安室，留下目瞪口呆的嘉宾。人群立即骚动起来，虽然猜不到原因但都知道有大事发生了，方威判断：刘丰出事了。

十几分钟之后崔国瑞再次回来宣布："今天的签约仪式暂时取消，请大家等候进一步的消息，给诸位嘉宾带来不便之处感到非常抱歉。"

崔国瑞没有回答任何提问，转身和那些神秘人走了。方威从刘丰联想到刘国峰，又从刘国峰联想到赵颖，他们的婚礼会受影响吗？

107．周一，上午九点四十分

如果说刘丰迟到还真冤枉了他。他早早就起床了，早饭之后和夫人一起在院子里散了会儿步，商量国峰婚礼的细节，两家人昨天一起吃了晚饭。

事到如今，刘丰夫人再也没有反悔的余地，选了一个大家都满意的吉日，其实可选的日子本就不多，因为国峰他们很快就要飞往加拿大了。随着婚期接近，赵颖越来越多地往国峰家里跑，国峰不在的时候，赵颖也经常去陪国峰的母亲聊天吃饭。国峰妈妈有意培养她的做饭手艺，手把手地教她。赵颖学得用心，偶尔做一个菜混在一桌子菜里，国峰和刘丰也尝不出来，这让国峰母亲十分满意，儿子到了加拿大不会吃不习惯了。国峰妈妈有时带着赵颖去选购结婚用品，渐渐喜欢上了这个温柔孝顺的儿媳妇。马上就是婚礼了，刘丰期待着这一天，更期待早点儿抱上孙子，刘丰回忆着国峰从小到大的点点滴滴，心头酸楚。

刘丰出门后仿佛有预感一般回头看了看自己的别墅，司机已经在等候。马路上的车不多，奥迪上了高速向城市中心飞奔。刘丰开始烦躁，他心不甘情不愿地将订单切了大半给捷科，吕传国到底为什么给方威帮忙？他到底是怎么知道加拿大的事情的？他知道多少？车子盘上立交桥进入市区。司机通过后视镜向车后看去，刘丰顺口一问："后面怎么了？"

司机说："有辆车从您出门就跟着我们，挺眼熟的，好像昨晚就停您家旁边的公用停车场里。"

刘丰心里一跳，回头仔细看着那辆帕萨特，说："加速，在前面小道右拐，看它跟不跟来。"

帕萨特跟着奥迪进入小巷，刘丰心头狂跳，向司机喊道："甩掉它。"

司机猛踩油门加速向前冲去，帕萨特立即紧跟上来。快靠近经信银行的时候，刘丰改了主意："那辆车还在吗？"

司机看看后视镜："还在。"

"不去银行，先甩掉它。不管红灯，冲过去。"刘丰厉声命令。

司机吓了一跳，回头看见刘丰斜靠在扶手上，身体前倾，目光凄厉，露出从未有过的神情。刘丰拿出手机拨通夫人的电话，用手捂着听筒："喂，是我。听我说，立即拿上我们的护照和行李出国，千万不要回家，等我电话。还有，让国峰一分钟也不要耽误，立即出国。"

他挂上电话，面目狰狞地喊道："快，加速，快！"

连闯几个红灯，尾随的帕萨特终于亮出警灯，交警也发现了异常，警报声顿时响成一片。刘丰今天在劫难逃，他手脚冒汗，接着给国峰打。

警车从四面八方围上来，司机一脚刹车停在路边。紧跟在后面的警车来不及刹车，一头撞上来，几人从车上跳出来大力敲着车窗。刘丰大声说："别开门。"

刘丰终于听到刘国峰的声音，顾不得身体的疼痛，嘶声喊道："别回家，给你妈妈打个电话，立即买机票出国。"

车窗被金属物狠狠砸着，司机看见刘丰打完电话，立刻打开门锁。一个警察拉开车门把刘丰拖了出来，塞进帕萨特飞驰而去。

108．周一，上午十点十分

赵颖喜欢宜家家具，重新组合后总能发现新亮点，虽然婚后只能在国内住一周，但她仍然满怀兴奋地布置新房。新房就是国峰家别墅的二层主卧。那本是国峰父母的卧室。婚礼全部准备就绪，国峰的母亲等不及婚礼就把婚纱照摆在新房中，然后每天都拉着赵颖去看几眼，说他们走了以后也挂着，等有了孙子或孙女，照了全家福再换上去。

酒店也已经订好，他们计划一早去领结婚证，然后就直奔这家五星酒店。刘丰地位显赫，必然宾客如云，五十桌酒席可以容纳四五百位客人，刘丰还担心座位太少。赵颖家在北京没有亲戚，只有少数同事，婚礼邀请的大都是国峰的亲朋好友。

赵颖看着宜家的柜子，国峰看着赵颖，这段时间两人天天在一起，国峰觉得就是看不够，想到婚礼临近，只觉得自己是这个世界上最幸福的人。

早上顾客不多，手机铃声忽然划破安静，国峰打开手机就听到那声："别回家，给你妈妈打个电话，立即买机票出国。"他来不及回答，不知道出了什么事，于是迅速拨通母亲电话，母亲声音颤抖问："你在哪儿？"

"我们在宜家，爸爸打电话给我，声音很奇怪，出什么事儿了吗？"国峰询问。

"没什么大事儿，你现在就来赵颖父母住的酒店，我也去那里，不要耽误现在就来。"母亲的声音也和平常不同。

"妈，你怎么了？"国峰问道，父母在电话中的声音既紧张又奇怪。

"没什么，你赶快过来。"国峰母亲的声音稍微平静了点。

"可是赵颖还在挑家具呢，我们刚到。"国峰解释。

"儿子，听话，不要耽误，立即来酒店。"

国峰答应，走到赵颖身边说："家里有急事，我们得回去。"

"什么事儿啊？"赵颖正在摆弄着柜子里的挂件。

"我也不知道，现在就走。"国峰着急起来，家里一定出了大事。

赵颖觉出异常，迅速跟他走进停车场，刘国峰狠踩油门，宝马向前猛扑出去。他们走机场高速公路很快就到了酒店，国峰拉着赵颖跑进去，母亲已经坐在大厅里，她右手支着头，肩膀在抽搐，左手在脸上抹着眼泪。一定出了大事，刘国峰跑向母亲："妈，怎么了？"

她擦干眼泪，试图向儿子掩饰："你爸爸出了点事儿，没关系的。"

"什么事？出车祸了吗？"国峰当时在电话里听到巨大的声音，这肯定不是小事，否则母亲不会哭。

"他人没事，是单位出了些事情。"母亲拉着儿子觉得安慰一些，说，"你必须今天出国，我已经买好机票，三个半小时以后就出发。"

"今天就出国？怎么提前了？爸爸怎么了？"国峰又觉得事情严重。

"别问了，妈妈也不知道，我把你的行李都收拾出来了，快准备走吧。"然后她转向赵颖，把她拉到怀里，抚摸着她的头发，"颖颖，国峰托付给你了，你是好孩子，我放心。虽然你还没有过门，临走之前叫我一声妈妈，好吗？"

赵颖被她搂在怀里，猜到有大事发生，鼻子一酸眼泪流了出来，对着她耳朵轻轻喊道："妈。"

国峰母亲将儿子和赵颖紧紧搂在怀里，现在不能操办婚礼了，再想到刘丰前途未卜，生活将会被彻底摧毁，眼泪又顺着苍老的脸流下来。"颖颖，你现在去和你父母说吧。"

出国早晚就在这两周，赵颖也接受了，但是赵颖的父母不听解释，一定要知道到底出了什么事，还要坚持等办了婚礼再出国。赵颖劝不通，只好请来了国峰母亲，三个人关在房间里很长时间，他们眼圈红红地叫赵颖进去，赵颖爸爸直截了当地问她："颖颖，你真喜欢国峰吗？"

赵颖坚决地点头，父亲又问："无论他家里出了什么事情，你都会嫁给他吗？"

赵颖不知不觉地流出了眼泪："妈妈，爸爸，到底出什么事了？"

父亲不回答，再问："无论他家里出了什么事情，你都会嫁给他吗？"

赵颖点头哭着说："不管他家里出什么事，我都喜欢国峰，我都要和他在一起。"

赵颖妈妈哭着抱住女儿，以后就要和她天涯海角了："孩子，赶快准备吧，今天就走。"

109．周一，下午一点十五分

签约仪式没有举行，方威说不出什么感觉，不知道是好事还是坏事。支持惠康的刘丰出事了，这是好事，客户组织机构一定会大幅调整，项目必然会被搁置下来，合同近期肯定签不下来。方威打电话叫来崔龙，他俩天天泡在一起，崔龙见面就笑着说："恭喜，恭喜，今天你请客。"

方威也笑："合同没签，今天得你请。"

崔龙还不知道经信银行的变故："没签？如果没签，你笑什么？"

方威把签约过程讲了一遍，崔龙推断："刘丰倒了，对我们很有利，不用担心。"

方威指指对面的饭馆，那是他的食堂："去那儿吧。"

点餐时方威说："我倒不是担心订单，只是刘丰出事之后客户组织机构调整，我们又得重新开始，等于全部都要重新来一遍。"说完埋头吃喝，重新折腾一次不容易，等于重新扒一层皮，商场如战场，你始终不知道会发生什么，不签合同就得提心吊胆。崔龙知道他被这个项目折腾得够呛，于是换了话题："这样一来，你追赵颖不就有希望了吗？"

方威眼睛一亮，放下筷子："是啊，刘国峰这个花花公子失去靠山就什么都不是了，婚礼肯定取消，宝马要被没收，别墅也要充公，出国的事情肯定没戏了。"

"赵颖知道刘丰的事了吗？"

方威想起赵颖就觉得刻骨铭心："我只要有时间就能反败为胜。"

崔龙对方威是绝对地佩服，笑着说："你既然能击败骆伽，刘国峰就更不在话下，你早晚会和赵颖签约，嘿嘿，就是领证入洞房。"

方威觉得希望越来越大，也越来越兴奋，盘算着计划。这时电话响起，是何玲，他有种不好的预感："喂，何玲，你好。"

"不好了，赵颖今天就要出国，我们要去送她了，你快来机场吧，要不然你就见不到她了。"何玲急切的声音从电话中传来。

这个消息让方威措手不及，现在形势剧变，崔龙推了他一把："喂，你怎么了？"

方威突然反应过来，拿起包转身就跑，到门口才向崔龙喊："赵颖去机场要出国，我把她拦回来。"

方威被冷风激得一个激灵，招手叫来出租车向机场驶去。他不停地看时间，得知何玲已经把赵颖送到机场，赵颖已经办好登机手续。方威到达高速收费站时，何玲在电话中用哭腔说赵颖正在排队过安检，方威问排队的人多吗，却听到何玲大声喊了一句："赵颖，一路顺风。"

方威急得冒出火来，不住地催促司机，车子在车流中飞驰穿行，终于抵达，方威把一百元钱丢给司机，向候机大厅狂奔，迎面遇到何玲和几个女孩，她们正陪着三位老人向外走来。方威抓住她的胳膊，大声问："赵颖呢？"

何玲和几个与赵颖要好的姐妹刚刚抱着赵颖哭了一场："来不及了，他们已经进去了。"

110．周一，下午一点五十分

赵颖心神不安地坐在候机大厅，回想起今天发生的一切就像在做梦。自从国峰接了那个电话，赵颖已经哭了好几次，一次次流泪将她的精力全部消耗，现在一言不发地等待着登机。大落地窗外，飞机起起落落，马上就要告别这片土地了，那边会有什么样的生活？赵颖想起那些美丽的照片，又开始憧憬起来。

"乘坐CA952飞往温哥华的乘客请注意，你们的航班开始登机了，请带好随身物品，从第十五号登机口上飞机。"广播响起，国峰轻轻碰了一下赵颖，两人站起来排队走进机舱。

与此同时，方威在安检口急得上蹿下跳，他想找到赵颖把她叫出来。

赵颖爸爸不知道这个高个子小伙和女儿是什么关系,何玲只好稍微介绍了几句。方威心里难过,他们不知道女儿将与贪官的儿子亡命天涯,从此不能返回国内,两位老人能受得了见不到女儿的打击吗?赵颖妈妈劝方威:"你来晚了,颖颖走了,回去吧。"

何玲也劝他:"回去吧,赵颖走了,别太伤心了。"

方威固执地摇头,越是关键时刻越要冷静。他们离开后,方威走进洗手间用冷水冲脸,看着镜子问自己:我就这样认输吗?他在手上挤满洗手液,搓出无数泡沫。方威一个激灵,顾不得擦手,掏出手机拨通吕传国的电话。

"方威,你好。"吕传国很快接了电话。

"刘国峰,刘丰的儿子就要出国潜逃了你知道吗?"

"什么时候?"吕传国着急起来。

"就现在,飞机就要起飞了。"方威快速回答。

"什么航班?"

方威举着手机跌跌撞撞地冲出洗手间,在大屏幕上找到航班号:"CA952。"

方威挂了电话直接坐在地上,隐隐约约听到广播的声音:"这是飞往温哥华的CA952航班的最后一次登机广播,飞机就要起飞,请还没有登机的旅客抓紧时间登机。"

刘国峰既紧张又害怕,他也度过了漫长又痛苦的一天,落座后才觉得稍微轻松了一点。他本不想丢下父母独自远遁,但是母亲哭着要求自己必须离开,他只能听从。登机前母亲把一个小包交给他,里面是各种证件,包括缴纳学费的收据以及银行的存款证明,还有一张旅行支票,刘国峰拿起看了一下,数字是五十万美元,可以保证自己在加拿大过上舒适的生活,这些东西肯定与父亲的事紧密相关。

飞机就要起飞了,刘国峰贴近赵颖,心里总算有些安慰。他冰冷的手被一只温暖柔软的手握住,赵颖正轻轻说:"别想太多,好好休息吧。"

飞机脱离廊桥慢慢地向后推出,驶入飞行待命通道。赵颖检查好安全带就靠在靠背上,推力越来越大,发动机发出轰鸣昂首蹿向天空。噩梦渐渐退去,国峰闭上眼睛感受着赵颖手上传来的温柔,全身放松。赵颖低头从窗口向外看去,河流、房子和高速公路上来来往往的汽车越来越模糊,飞机稍作盘旋,向北飞去。他们都开始摆脱烦恼,幻想着异国的全新生活,温哥华的雪山好美,也许马上就可以爬上去了,赵颖闭上眼睛沉醉在梦中。

方威试图钻进候机大厅，自己能冲过安检吗，方威被这个想法吓了一跳，想想还是放弃了。看时间飞机已经起飞，他开始绝望，极度的失望从心头涌起。他打给吕传国，对方一直占线，又过了五分钟才拨通："怎么样了？"

"我们正在通过有关方面通知机场，马上采取行动。"

方威急得大叫："飞机起飞了，来不及了。"

国峰透过窗户俯视着冬日的北京，城市里的雪已经化净，原野上还是白茫茫的。他试图在地面上搜寻自己的家，楼房越来越小，哪里能看得见？飞机一路向北将要穿过西伯利亚、北极和阿拉斯加，经过十个小时的飞行，降落在温哥华。他的目光从窗外收回，落在赵颖的脸上。

此时空中小姐突然向后跑去，速度太快而且太突然，引得乘客们都抬头看去。她到了后舱拿起播音电话开始向乘客广播："由于航空管制的原因，飞机将返回北京首都机场，请大家重新系好安全带，调整座椅靠背，在座位上等候飞机降落。"

机舱内乱成一锅，乘客们纷纷抗议。赵颖知道这十分反常，空中管制只限制等候起飞的飞机，航班已经起飞怎么还会管制？她顿时有了不祥的预感。震耳的轰鸣声音之后，飞机急速返航下降，乘客们渐渐紧张地闭口不言。国峰紧张地紧握扶手，手心全是汗，飞机重新回到停机坪，一辆驮着扶梯的汽车高速驶来，几辆警车紧随其后。

国峰绝望起来，心想绝不能把包里的东西交出去，这将是指控父亲的证据。待飞机停稳舱门打开，进来几个警察，开始从头到尾检查乘客证件，国峰把那张现金支票塞到赵颖手中，轻轻说道："不管我发生什么事，你都要离开这里，去加拿大读书。无论我怎么样，你都要幸福地生活，能答应我吗？"

警察越来越近，这是冲着国峰来的，赵颖拉着他拼命摇头，眼泪夺眶而出。国峰心如刀绞，使劲拉出她的双手，目光凄厉地看着赵颖，坚定地说道："你一定要走。只要你能过上幸福的生活，我受多大苦都能忍受，知道吗？你答应我。"

赵颖点头，国峰依依不舍地离开她，混在过道的乘客中向后面的洗手间走去。赵颖看了一眼支票，五十万美元，她放进提包中。国峰为什么去洗手间？她攥紧拳头忍住巨大的恐怖，绝望地看着警察一步步靠近。

"请出示有效证件。"一位胖乎乎的警察看着赵颖，硕大的肚子压过来。

赵颖交出护照，胖警察放在眼前仔细核对，然后举手高声喊道："这里。"三四个警察快速压上来，质问："你是赵颖？"

她经历了一天磨难，精力和体力都不足以抵御警察，点头承认。警官劈头再问："刘国峰在哪里？"乘客的目光都汇集过来，她咬紧牙关一言不发。

"刘国峰在哪里？"警官的声音如同响雷在耳边炸开。

"不知道。"赵颖颤抖的声音轻轻回答。

"仔细搜查，肯定在这架飞机上。"

警官的目光落在后面洗手间，他快速跑去，用手去推发现门纹丝不动，转身命令空姐："快，拿钥匙。"

但门却被里面顶住。警官大喊："刘国峰，你跑不了了，快出来。"

没有应答，警官挥手，胖警察不再盘问赵颖，用自己巨大的身体加速撞过去，门被撞出一道缝，刘国峰正拼命撕着手里的资料。胖警察着急了，飞起一脚把门彻底踢开，国峰抵御不住这样的力量向前冲去，咚的一声撞在墙上。赵颖的心脏疯狂跳动，她不堪这样的刺激，用手蒙住眼睛，浑身颤抖，泪流满面。

胖警察探身进去想把国峰拉出来。国峰却一头撞在胖警察的肚子上，将其顶出门口，然后迅速把门关上，将手中最后一团纸屑冲入马桶。胖警察爬起来，气得全身发抖，警察们有了经验，一拥而上，有人抓手有人拎脚，将国峰凌空拖出扔在地上。

赵颖忍不住抬头看去，血顺着国峰的脸流下来，他趴在地上一动不动。两个警察给他戴上手铐，夹着他走下飞机，赵颖问："你们不抓我吗？"

胖警察被撞了个跟头，帽歪衣斜，被赵颖这么问反而不生气了："我第一次遇到主动要被抓的，上面没说抓你，你随便。"

警察们围着刘国峰走出机舱，赵颖犹豫起来，要抛下国峰独自去加拿大吗？她做不到，站起来跟着警察向舱门走去。飞机广播再次响起："我们抱歉地通知大家，由于刚才的意外事件，导致您延迟起飞，我们深表歉意，我们将重新检查飞机，确认正常后，将立即起飞，请您谅解。"

乘客们看着刘国峰和赵颖，指指点点。她心如乱麻，不敢抬头，低头走出了飞机。她不知道该去哪里，只能跟着警察。她筋疲力尽，连续的打击让她的思维停止，她忽然意识到自己可能失去了一切，她不仅失去了国峰，失去了婚礼，失去了钟爱的工作，也失去了一直憧憬的加拿大生活，她曾经拥有的一切都毁了。赵颖机械地走出大厅，不敢上去说话，看着国峰脸上血迹斑斑，她的眼泪一滴一滴滑下。警察带着国峰走向警车，她突然停住脚步，不知道该怎么办。就在这时忽然听到一个声音喊着自己的名字，方威走到身边晃动她的胳膊，赵颖心口一酸，向他怀里倒去，哭声和泪水稀里哗啦地同时迸出，心里顿时充满了安全感。

赵颖柔软的身体毫无保留地靠在方威身上，她放声痛哭，方威用手轻轻抚摸着她的脊背，消瘦的后背冰凉，身体不停颤抖。方威突然看见国峰朝这个方向看来，目光充满了愤怒和绝望，炽热的火焰，正朝自己袭来。

111．周一，下午二点二十五分

亚太区总裁罗林斯没有签成合同，回到公司立即就要返回新加坡。陈明楷让秘书改签了机票，请林佳玲陪着他去机场。陈明楷把他们送走后回到办公室，心想必须尽快处理周锐。签约仪式搞得陈明楷灰头土脸，他明显感受到了罗林斯的冷漠。经过几次冲突，陈明楷和周锐已经势不两立，公司里有一批人支持周锐，这股力量正在不断地扩大，开始是华东团队，后来是北京团队，然后是林佳玲管理的市场部门，甚至魏岩手下的销售人员也开始打抱不平了，只要他还在公司一天，陈明楷在捷科的根基就不会稳，这样下去，他只能灰溜溜地被逐出公司。

经信银行的订单肯定来不及了，完成任务的希望又落到在北京和华东地区的订单上，现在是这个季度的最后一周，周锐的去留是这些订单的关键。陈明楷吸取了上次的教训，崔龙下午不在公司，方威也消失了踪迹，他们什么都敢说，什么也做得出来，时机正好！林佳玲与亚太区有紧密的联系，正在去机场的路上，正是对付周锐的天赐良机。陈明楷叫来王莉，魏岩先开口：" 今天我们没有按时与经信银行举行签约仪式，周锐与公司已经签署了一周内赢下经信银行订单的PIP，必须要处理。"

王莉已经看透魏岩，为周锐辩解："我听说形势对我们非常有利，需要现在处理周锐吗？"

魏岩慢悠悠讲着道理，试图以理服人："经信银行组织结构会发生根本性变化，肯定要经过新的招标程序才能重新采购。这需要很长的过程，现在很难预料最终结果，周锐既然没有兑现承诺，就应该按照协议处理。"

如果陈明楷一定要开除周锐，以前的PIP绝对有效，王莉犹豫着："那我应该做些什么呢？"

魏岩早已与陈明楷商量好对策："召开员工会议，按照公司规定公布。"

王莉不想这样匆匆决定，试图拖延："我需要发个邮件向亚太区汇报。"

陈明楷失去耐心，直接打断："你汇报给我，不是亚太区。周锐没有完成承诺，根本不需要走其他流程，你去通知会议时间，尽快公布。"

王莉还想说什么，陈明楷挥手让她离开。她不想成为陈明楷的工具，这种严厉的手段只适用于犯有极大过错或者严重违反公司规定的员工，被开除者不仅得不到任何补偿，还会留下极差的记录。王莉走到门口，突然想起元旦放假的事，向陈明楷请求："我刚好利用这个时间公布元旦放假的安排，可以吗？"

陈明楷满腹狐疑地同意。王莉心神不定地离开办公室，左右为难，忽然灵机一动，拨通林佳玲的电话，急急说道："佳玲，陈总要开除周锐，正在召集全体员工会议，我该怎么办？"

林佳玲没有回答，显然在和罗林斯商量对策，过会儿才说："尽量拖延，我这就回去。"

王莉打开电脑，向亚太区人力主管发了邮件，林佳玲和亚太区是能挽救周锐的最后两根稻草。王莉安心一些，她已经尽力了。她取出PIP放在桌子上，陈明楷要大张旗鼓地开除周锐，不符合规定，这本来应该一对一进行，这样做无非是想让支持周锐的人断了希望。会议时间已到，王莉抓过文件，离开办公室。

会议室里都是人。陈明楷理所当然地坐在中间位置，魏岩坐在左侧，周锐坐在他对面。人基本到齐，陈明楷站起来，用掩藏在黑镜框后的炯炯目光扫视了会议室里的每一个员工，沉默一会儿才说："本周是今年最后一个季度的最后一周，下周就是元旦假期。你们辛苦了一年，我要求大家再辛苦这最后一周，把能签的订单签进来，不能签的也要签进来。无论遇到什么问题都可以找我谈，只要能够确认订单，任何条件都可以谈，包括价格、折扣和付款条件。"

陈明楷看了一眼周锐，向王莉点头，这是明显的暗示。王莉站起来，在人群中显得格外单薄和瘦小，她说："马上就是元旦了，我先公布一下放假时间。"

李朝东十分诧异，会议要宣布开除周锐的事，怎么变成了元旦放假通知？王莉开始介绍，越讲越复杂："我们按照国家规定元旦放假一天，由于1月1日是周日，是法定假期，因此元旦假期顺延至1月2日。12月31日是周末，本来应该放假，现在与1月3日调换照常上班。如果有人一定要在周六休息，可以向人力申请，但是1月3日必须休息，不能工作，因为办公室在元旦假期关闭不能使用。如果必须在1月3日工作，可以向主管提出申请，得到批复后按照正常加班处理。元旦属于公共假期，加班可以得到三倍薪水，在加班期间，请注意安全……"

李朝东越听越糊涂，自己怎么连放假通知都听不懂了啊，看来他们说自己笨是有道理的，回去得再买只甲鱼补补。王莉用了半个多小时还没讲完，目光向门口扫去，依然没有看到林佳玲的影子，她实在不能再拖了，只好问道："大家还有什么问题吗？"

所有人都茫然地看着王莉，不知道她都说了什么，她再次确认："听明白了吗？"

大家都被她翻来覆去说糊涂了，包括陈明楷都一起摇头，李朝东这才放心：看来不是我缺心眼。王莉叹口气，自言自语：看来我还得讲一遍。陈明楷向魏岩摆手，魏岩站起来阻止王莉："放假通知不用说了，发邮件通知吧，还有其他事情吗？"

王莉只能拖到这个时候了，听天由命吧，只好宣布："最后还有一件事，经信银行签约仪式取消，按照周锐签署的PIP，他将从今日起离开公司。"

周锐没想到居然宣布了这样的消息，更没想到陈明楷会用这么犀利的手法。自己没有违反公司制度，这太不合理了。会议室的目光都汇集过来，周锐质问陈明楷："为什么这样？"

这种时刻必须为老板挡刀，魏岩回答："方威承诺在一周之内签下经信银行的订单，可现在订单已经被无限期地推迟，你应该履行承诺。"

肖芸最了解经信银行的状况，立即反驳："这个订单并没有输，一直支持惠康的刘丰出事儿了，我们的机会更大了，怎么能让周锐走？"

魏岩替陈明楷死扛，这就是他的价值："周锐走了，我们照样可以赢，而且还会做得更好，经信银行的订单由我负责。"

李朝东也跳起来帮腔："对，要是这个订单由魏岩负责，还会拖到现在吗？哪里有惠康的机会？我们早就拿下了。"

崔龙不在，钱世伟接替了他的工作，骂人不是他的风格，他硬着头皮大声说："呸，我们就要赢了，你跳出来说风凉话，你们要是能赢下来，我不姓钱。你这王八蛋，平时不干事儿，就知道捡现成的。"

崔龙是李朝东的克星，这次又被钱世伟骂得坐在座位上，嘴里小声说着："又骂人，没教养。"

钱世伟扯开嗓子后找到了感觉，瞪着李朝东大声说："你说什么？"

"吵什么？"陈明楷站起来呵斥钱世伟，举起周锐签署的PIP，面向全体员工,"方威答应一周以内签订合同,周锐没有异议,他们签了这份书面文件,白纸黑字,既然做不到,就必须按照PIP执行。"

陈明楷手中的PIP对周锐和方威十分不利,肖芸不得不向陈明楷低头:"经信银行的项目没有结束,合同没有签,请您让我们把这个项目做完好吗?我们拼尽全力为这个项目努力了三个多月,多少人为这个项目付出了心血?我们常常工作整个通宵,为了制作建议书连续几天睡在办公室,佳玲感冒发烧也坚持去讲方案,我也挺着肚子东跑西颠,您至少等我们将这个项目做完,好吗?"

这种关键时刻绝不能心软,陈明楷强硬宣布:"不行,周锐必须按照PIP的规定,立即离开公司。"

钱世伟正要说话,崔龙得了消息推门进来,正看见肖芸捂着肚子请求陈明楷,怒火难以抑制地爆发出来:"我们在前面千辛万苦地打仗,你却在后面捅刀子。你真他妈的像透了秦桧和宋朝皇帝,要不是你们岳飞早打到黄龙府了。"

他居然敢在众人面前责骂自己,陈明楷勃然大怒,猛拍桌子:"我当然有权力,我是捷科中华区总经理,我有权力开除周锐,有权力开除你,我有权力开除这里的任何一个人,我宁可这个订单不要!只要有人胆敢和我作对就是死路一条,在这里听我的,我做主,我是老大。"

陈明楷歇斯底里地大声喊叫,忽然愣在原地一动不动,仿佛瞬间石化,他面孔僵硬,浮现出诡异的微笑,活像出土的僵尸。大家目光随着他的目光望去,林佳玲笑吟吟地从人群背后站起来,她本来坐在椅子上,被前面站着的员工挡住,大家都没有注意到她。众人随即发现,她身边居然是亚太区总裁罗林斯。罗林斯瞬间成为众人瞩目的焦点,他在林佳玲耳边叮嘱几句,转身离开了会议室,林佳玲走到不知所措的陈明楷面前:"罗林斯先生请您去谈一下。"

陈明楷离开,会议室顿时热闹起来。林佳玲收到王莉电话后转告罗林斯,两人立即返回办公室,来得不早不晚,该听到的都听到了,该翻译的林佳玲都翻译了。王莉总算放下心来:"为了拖延时间,刚才宣布元旦放假通知的时候我都不知道胡说了些什么。"

罗林斯出人意料地很快回到会议室,陈明楷没有跟出来,他待会议室安静,宣布:"I just talked with Mr. Chen, he will have a long vocation from now on. During this time, Ray will act him. And I believe he can make a fantastic performance for our company. Thank you."(我刚和陈先生谈过,他

231

将要休假一段时间,在这段时间内,周锐将临时代替他管理中国地区的业务,我相信在他的带领下,你们将取得优异的业绩。谢谢你们。)

崔龙跳起来大声欢呼,掌声从四面八方响起,魏岩一动不动地坐在座位上,李朝东四面张望,也开始鼓起掌来。周锐听到这样的安排却没有任何欣喜的感觉,他迅速思考着措辞,当掌声停止的时候,他站出来,并不急着说话,而是与每个人交换着目光,阅读着他们的内心想法。

罗林斯随即与周锐进行了简单的交谈,他只谈了这个季度的销售任务,周锐统计了北京和华东能够完成的订单,将数字报给罗林斯。罗林斯面无表情地加着数字,在去机场前只说了一句话:"你必须达成你承诺的数字。"

周锐放下心,这个数字有绝对把握,他现在需要规划的是下个季度。经信银行的订单肯定可以签下,暂时不用为业绩发愁,他有一个季度的时间来处理内部问题。

112.周一,下午三点五十分

今天失去一切的不仅仅是赵颖,骆伽在订票的时候,突然觉得世界这么大,却没有自己的去处。此时不是伤感的时候,她绝对不是弱者,她强迫自己控制住情绪去面对这一切。骆伽拥有长期港澳通行证和美国多次往返的签证,香港也是中国领土,但那里也不保险,看来只能去美国了。骆伽觉得哪个城市都可以,只要是最近的航班。

她盘算着在北京必须要处理的事情,首先要回家把所有有价证券都换成现金随身带走,然后还要去公司取护照。家里的事情很简单,唯独舍不得小怪怪,自从周锐离开上海,这两年只有这只小狗朝夕陪伴。骆伽就要出国,不能留它了,送给谁?周锐也很喜欢它,黄静却不是爱狗的人,只能将小怪怪托付给林振威了。

骆伽处理好家里的事,看着小怪怪,心里难过极了,再也不能回到以前的生活了,甚至再也见不到小怪怪了。骆伽走到电梯前又回来,为小怪怪准备好当日的狗粮和清水,用脸轻轻蹭着它的毛发,小怪怪不知主人心思,开心地在她怀中撒娇。骆伽把小狗放在地上,它又一次冲到脚边,她狠心推开小狗,它不解地侧头看着主人,呜呜地叫着。骆伽迅速锁上房门,最后看了一眼这间公寓,这里有她的爱情,那么难以割舍,她躲避了小怪怪的眼神,害怕自己会失声痛哭。可在电梯里,泪水却如同雨点般坠落。

骆伽下一步要去公司取护照，然后逃离北京，她从地下停车场进入电梯，看见几个眼熟的同事，笑着打了个招呼，他们僵硬地微笑着点头。骆伽心脏紧张地跳了一下，她相信直觉，他们的怪异表情说明公司一定出了什么事情。反正马上就要离开了，她决心不去管这些。径直到达自己的楼层，她拿出门卡向刷卡器一挥，等待红灯变成绿色就可以推门进去，但是，门灯却始终保持红色，骆伽挥手叫来保安："我的门卡失效了，请你帮我开门好吗？"

保安看着骆伽回答："骆小姐，我得到人力的通知，您已经不是惠康员工了，您必须和人力资源联系，才可以进出公司。"

骆伽被这句话惊得说不出话来，迟疑地问保安："你说什么？我不是公司员工了？"

保安没有回答，冲着对讲机不断重复："骆小姐在公司门口，骆小姐在公司门口？"

对讲机很快传出声音："请她在门口等一下，等一下。"

护照还在办公室内，骆伽无法转身就走，只好尽力镇定下来，她没心思搞清楚这一切，她只有一个想法，立即拿到护照，马上出国，其他的事情以后再说吧。骆伽终于等到人力经理，她们共事多年，是不错的朋友，她此时却板着脸一言不发。她轻轻推开大门，做个手势让骆伽进来，骆伽低头跟在后面，保安衔尾把她夹在中间。办公室里的人看见骆伽，都停下手头工作看着她，竟然没有一个人主动招呼，骆伽也当作一切都没有看见，埋头向前走，却觉得这段路长得没有尽头。她外表依然镇静，心中却在流泪。人力经理把骆伽领进办公室，合上门将保安关在门外，才拉住骆伽的胳膊："伽伽，你千万要坚持住啊。"

友情还在！骆伽现在才稍微可以喘口气："到底发生什么事了？"

她回到座位打印出文件交给骆伽。骆伽低头仔细看去，这是一份发给惠康中国公司全体员工的电子邮件，是林振威发的，内容非常简短：

> 我公司个别销售人员在销售过程中涉嫌使用非法手段，以上行为纯属个人行为，与公司无关。公司将积极配合相关司法部门协助调查，并郑重重申：惠康中国公司坚决反对各种非法销售行为，并对相关人员将进行严厉处理。

这份文件必有所指，骆伽问道："这与我有什么关系呢？"

人力经理坦白相告，林振威紧急召开所有员工会议，首先宣读了这个文件，接着宣布骆伽涉及非法交易，立即停职接受相关调查。骆伽难以置信："是林总亲自宣布的吗？"

看到她点头，骆伽备受重击，林振威居然不通知自己就宣布了这个决定。在连续打击之下，骆伽心中巨浪汹涌，暂时平息心中的起伏后，骆伽提醒自己此时最重要的事情是逃离北京。她缓了一会儿说道："我想收拾一下个人用品，可以吗？"

人力经理点头，走过来拍拍骆伽的肩膀："你仍然是我的好朋友，处理完眼前的事情后给我电话，好吗？"

骆伽被这句话感动，勉强笑着点头。人力经理叫来保安，让他陪着骆伽去取个人用品。保安做个手势请骆伽先走，然后戒备地跟在后面。骆伽无视旁人的目光，穿行到自己的办公室，她打开房门，保安上前一步站在门口，监控着她的一举一动。

骆伽打开抽屉，拿出护照放在包里，又从抽屉和柜子里挑些重要的证件取走，其他都是身外之物，原封不动地留在原来的位置。抽屉里躺着一支录音笔，这是以前从周锐那里收到的生日礼物，她心中一动，抓起录音笔放在包里，仔细看看这间办公室，不知今生是否还能再回到这里。她压下情绪，转身对保安说："我想用下洗手间。"

保安找不出拒绝的理由，对着骆伽点头，带着她来到洗手间门口。骆伽进去，钻进一个位置，轻轻脱下外套，把录音笔夹在皮带之上，麦克风电缆从衣服内穿过夹在衬衣下面。林振威昨天还说要让自己成为美丽的传奇，却在最关键的时刻抛弃了自己。如果是周锐肯定不会逃避，可他却娶了黄静，骆伽鼻子酸楚，差点流出眼泪。她装好录音装置试着转转身体，外表没有异常，正要推门出去，听见有人进来，她下意识地缩回来，两个女孩子走进来，然后是冲水的声音，一个女孩说："骆伽真可怜，就这样被公司开除了。"

另一个女孩子说："有什么可怜？她的业绩全是这样做的，我们全被她骗了，什么传奇，什么销售人员的榜样，居然做了这么多坏事。"

"是啊，她居然做出这种事情，公司也被牵连进去了，肯定影响很坏。"

等她们离开洗手间，骆伽才出来，她在镜子面前擦了擦脸，再次确认录音笔没有异常，离开洗手间后被保安带回办公室。她拿起电话打给林振威："林总，我是骆伽。"

林振威语气听不出异常："骆伽，我正要找你。"

骆伽沉着地说："我也想和您谈谈，可以吗？"

"好，你来我办公室。"

骆伽放下电话,推门就去乘电梯,被保安挡住:"骆小姐,您只能在公司指定的地点活动。"

"我与林总约好了,您可以确认一下。"

保安级别与林振威差得太远,只好答应说:"好吧,我带你上去。"

骆伽被保安带到林振威的门前,秘书示意骆伽可以进去。骆伽轻轻按下录音笔按键,推门进去。林振威从桌边起身快步走来,请骆伽坐下,自己坐在对面。骆伽把通知放在桌上:"怎么回事儿?"

他们之间隔了一个茶几,林振威反问:"签约仪式的时候你去了哪里?"

"我有急事,暂时离开了。"

"刘行长出事了,你知道吗?"

骆伽早已猜到,装作惊讶:"出什么事了?他没参加签约仪式吗?"

林振威已经得到了准确消息:"他没有去,据说已经被双规了。银监会的纪检部门当场找我谈话,要求我们配合调查刘丰在采购过程中的违规行为。"

"这和我有什么关系?"

林振威注视着骆伽,试图看清她的表情,却没有发现异常:"我猜,一定是为了刘丰儿子出国的事情。"

骆伽放下心来,这句话足以证明林振威参与了此事,可以证明这是公司行为而非个人行为,便可以为自己脱罪,她开始问自己真正关心的问题:"为什么要开除我?"

"刘丰已经被双规,银监会的人正在到处找你,我替你想好了,你应该尽快出国。"

"出国之后呢?"

"出国避开这段时间就行了,然后你可以继续做想做的事情。"

这只是一种安慰,骆伽反问:"我想做的事情?哈佛的培训还有吗?我还会担任公关总监吗?你为什么这么迅速把我赶出公司?"

林振威苦笑说:"你知道,这是公司规定,出了这样的事情,我有什么选择?"

骆伽将身体靠在沙发上,看着林振威:"如果我不能出国,怎么办?"

只要骆伽出国,林振威就安全了:"不管怎么样,你尽快出去,买机票了吗?要不要现在订?"

距离航班还有些时间,骆伽不慌不忙:"那你现在帮我订吧。"

林振威看了一下电话,又犹豫起来,怕被牵扯进来:"你自己订吧,我不太方便。"

骆伽身体前倾，看着林振威的眼睛："他们都以为，这个项目是我一手运作，他们说我是高手，你也要把我树立成一个传奇。其实我不是那个高手中的高手，只是一个失去一切的可怜女孩儿，在幕后规划运作这个项目的真正高手是你。如果赢了，我得到名声，你得到梦寐以求的业绩；如果输了，你不需要承担责任。我不反对，也认可你的安排。可是出事之后，你的做法却让我伤心，我成为替罪羊，来承担一切后果，你继续做中华区总经理，对吗？所以你把我赶出公司，责任撇得干干净净。"

林振威一言不发，骆伽毫不退让地看着他，僵持着："林振威，我看错人了，你只是个胆小鬼，只会在黑暗的角落里谋划，却不敢堂堂正正地承担责任，你根本不值得我去爱。"

骆伽说完，毫无留恋地离开林振威的办公室，下电梯来到停车场，该办的已经办完，现在该去机场了。骆伽往东三环向北驶去，她猛踩油门，超过一辆公交进入主路，顺着这条路很快就能到达机场。周围熟悉的建筑掠过，骆伽心中茫然，出国之后怎么办？她强迫自己不去考虑这些。如果逃不出去，会有什么后果？刘丰被双规了，她绝不能在监狱里度过。骆伽又想起小怪怪，与周锐分手之后只有它与自己日夜相伴，只有周锐能够照顾它了。

骆伽用车载电话拨通周锐手机："是我。"

周锐正在为骆伽担忧："你在哪里？"

骆伽听出他的焦急，觉得安慰："去机场的路上，帮我照料一下家，好吗？"

"可以。"

骆伽却还不放心："钥匙放在我以前常放的地方，记得吗？"

"知道的。"

"钥匙还在那里，每天去遛小怪怪，如果你不方便去，就把它送走吧，总之要让它好好地活下来。"

周锐想起他和骆伽手拉手遛着小怪怪的情景，难过地拼命点头："伽伽，放心，我一定照顾它。"

骆伽放下最后一个心事，正要挂电话，忽然看见前面横着一辆警车，两个警察正在远远张望。骆伽立即紧张起来，方向盘迅速右拐，从主干道驶向辅路。

车载电话中传来周锐的声音，骆伽全身僵硬喊道："你等等！"

骆伽趁绿灯冲过路口，通过后视镜向后看，没有警车跟上来。她心中正要放松，在第二个路口等绿灯的时候，警车忽然追来。绿灯已亮，越野车高速冲出,迅速与警车拉开距离,她只有一个想法,甩掉警车再去机场。越野车掠过农展馆,只要经过燕莎路口就可以开上机场高速,没有红绿灯的羁绊,警察的桑纳塔绝对追不上宝马越野车。

然而前方路口的红灯亮起来,只要停车就会被警车追上,她狠踩下油门,越野车疯狂地闯过红灯。警车毫不示弱,立即亮起警灯,在车流中呼啸着越过红灯。骆伽更加肯定警车是冲自己来的,她额头渗出汗,好在警车被落下一段距离,冲到下个路口便能驶上机场高速,彻底摆脱警车的追踪。

"喂,喂。"周锐的声音在车内回响。

骆伽才记起来,匆匆说:"警车追我,我要挂了。"

"你别跑,停下来。"

"不,我不能留下,万一我出了什么事,来取我车上的录音笔。"

"你在哪里?我现在就来。"周锐不知道该怎么办,只想陪在她身边。

越野车冲过长城宾馆,燕莎路口近在眼前,警车被甩得无影无踪,骆伽稍微放松,忽然另一辆警车呼啸着从前方斜刺穿出,车身横在路面,停在亮马桥上。左边是堵住去路的高架桥,右侧是卖鲜花的小商店。唯有右前方已经结冰的亮马河,她绝望中猛打方向盘,越野车驶出路面向河道冲去。冰面在咔嚓声中没有破碎,越野车斜着向对岸驶去,警车不敢继续行驶,停在河边。骆伽继续踩油门,玻璃爆裂的声音在四周响起,车身向下一沉,骆伽拼命拨打方向盘希望摆脱冰面的窟窿,可是却越陷越深,终于一头穿破冰面,扎进河中。

周锐听到一声巨大的声响,然后电话就断线了。他离开公司,开车寻找她的踪迹。周锐没有发现异常,直到发现亮马河桥边聚集着围观的人群,他调头绕回河边,向一位围观的妇女打听:"怎么了?"

"一辆车冲进河里去了,这河都冰封了,怎么就裂了呢?水多冷啊!人怎么能受得了!"妇女茫然地摇头说着。

周锐心里咯噔了一下,挤开人群向前走去,最里面是几个警察,越野车正被牵引车拉出水面。周锐拼命向前跑去,被一个交警抓住:"你是什么人?"

周锐说不出话来,只是用手指着宝马,交警看着他脸色,猜到他一定是出事者的亲戚朋友,不拦周锐,跟在后面提醒:"人送到医院了。"

发动机盖被撞得稀巴烂,车灯和挡风玻璃全部破裂,周锐担心,转身问交警:"人怎么样?"

"昏迷,正在抢救。冰面本来很结实,但岸边有附近单位的排水管,附近水温比较高，只有一层表面的薄冰，这辆车以一百公里左右的速度冲进来，司机伤得很严重，在朝阳医院，你快去看看吧。"

周锐直奔医院，到处寻找骆伽的下落，在一间抢救室门口被拦住。她就在里面，周锐却不能进去，他拉住一位刚出来的护士："人怎么样？"

护士没有回答，摇摇头急匆匆地离去。

周锐将公司的事情委托给秘书，一直守候在病房门口，他帮不上任何忙，只能坐在椅子上看着来来往往的人，漫长的等待将他折磨得筋疲力尽。直到护士的声音从走廊里传来："家属呢？"

周锐走上去："我。"

"是她什么人？"

"男朋友。"

"家属呢？"

"没有家属，她父母都不在了。"

"跟我来。"护士一声不吭，默默带他进去。骆伽孤零零地躺在病房上，她面上没有伤口，只是脸色惨白。他突然产生要哭的冲动，护士指指骆伽，示意他可以说话。

周锐俯身下来，在骆伽耳边轻声说："伽伽，是我。"

骆伽缓缓睁开眼睛，目光散漫地看着上方，周锐轻轻抓住她胳膊："伽伽，我来看你了。"

骆伽的目光找到周锐，却说不出话来，眼泪顺着脸庞流下，嘴角抽动。周锐把耳朵贴在她的嘴边，听见她用全身力气说道："我好后悔。"

周锐安慰她说："伽伽，别担心，我一直陪在你身边。"

骆伽想摇头，却只是轻轻转动眼球，缓慢说道："我们在一起的时候，我曾经拥有很多。"

周锐拉着她冰凉的手，她在长久中断之后又说："我想要更多，却失去了曾经拥有的全部，我好后悔。"

骆伽想努力睁开眼睛再看一眼，却难以找到近在眼前的周锐，那滴泪珠顺着脸孔滴在周锐手背，她的目光也慢慢消失在渐渐合拢的视线中。

新来的保安不认识周锐，周锐找到以前的保安，他已经升作主管，立即拿出钥匙："好久没回来了。"

周锐收了钥匙，无心多说，点点头进入电梯，穿过熟悉的走廊来到门口，立即听到小怪怪的叫声。门一开，小怪怪就冲出来，发现不是骆伽，开始狂叫。周锐蹲下来轻轻抚摸："是我啊，不认识我了吗？"

小怪怪认出周锐，贴了过来，它饿了一天，周锐从柜子上拿出狗粮放在小碗中，小怪怪却在门口徘徊，又回来看着周锐呜呜叫着。周锐抚摸着它的毛发，忍着悲痛："伽伽走了，不回来了。"

小怪怪似乎明白了什么，趴在门口不吃东西，仍在等待骆伽。周锐只好把小碗放在它的面前，小怪怪扭头不看。周锐又加了一碗清水。进入客厅，这是他和骆伽分手之后第一次回到这里，感觉竟然像是回到了两年多以前，布置没有变化。他脱掉衣服挂在衣柜内，侧头闻着骆伽衣服上的香味，还是那么真切。书桌上放着两人的合影，骆伽笑得那么开心。周锐突然明白，自己并没有离开骆伽，而是深深地扎根在她生活的每一个角落。

周锐拉开冰箱，里面堆满方便面，这是他们以往夜里充饥的食物，骆伽把这个习惯保留到现在。他拿出两袋面，拿起小锅盛满水。面条逐渐软化，他用小勺轻轻搅拌煮熟，把面条放进两个小碗里。周锐关了火，就像两年前，骆伽常在外面喝酒应酬，周锐都会这样煮一碗面给她，放在这个位置。周锐一口一口吃着，耳朵听着门口，这么晚了，她应该回来了，面条就要凉了。周锐猛然痛彻心扉，自己的伽伽再也不能坐在面前香香甜甜地把这碗面吃完。周锐去门口把小怪怪抱在怀里，拿起狗粮："快吃吧，你一天没有吃饭了。"

小怪怪闻也不闻，挣脱出来重新趴到门口，脑袋耷拉冲着门的方向，嘴里呜呜叫着。

周锐打开小包，这是医院交给他的骆伽遗留物品，一些化妆品、一部手机、一支录音笔和一张CD。周锐拿出CD放进音响，那首歌又响起来。

  亲爱的你为什么不在我身边
  这里的空气很新鲜，这里的小吃很特别
  这里的latte不像水，这里的夜景很有感觉
  在一万英尺的天边，在有港口view的房间
  在讨价还价的商店，在凌晨喧闹的三四点
  可是亲爱的，你怎么不在我身边
  我们有多少时间能浪费
  电话再甜美，传真再安慰
  也不足以应付不能拥抱你的遥远
  我的亲爱的，你怎么不在我身边
  一个人过一天，像过一年

海的那一边，乌云一整片
我很想为了你快乐一点
可是亲爱的，你怎么不在身边

歌声停止，周锐放下碗走进洗手间，两支牙刷在杯子中并排靠在一起，周锐拿起大号的蓝色牙刷，这是一支从来没有用过的崭新牙刷。两年前周锐误用了骆伽的牙刷，她便从商店里买来一支这样的牙刷，满意地笑着："以后就不会错了，你以后用蓝色的大号，我用粉红色的小号，明白了吗？"

周锐看着骆伽为自己准备的牙刷，她一定在这两年里等着自己随时回来，现在自己终于回来了。周锐挤上牙膏，对着镜子默默刷牙，泪水在脸上肆意流淌。等泪水流尽，他把脸洗干净，做完这一切进入卧室躺在床上，枕头上和被子里充满了骆伽的味道，他闭上眼睛使劲闻着，仿佛骆伽就在身边，他抱着枕头轻轻念道："伽伽，我回来陪你了，现在就在家里的床上，可是，你为什么不在我身边？"

113．周二，下午二点十分

方威陪着赵颖一家坐在餐桌前，他忘不了赵颖昨天扑进自己怀里的感觉，她轻轻地抽泣，方威的手指穿过长发抚摸着她的后背，试图让她感到温暖和依靠。在这一刹那，方威忘记了工作，忘记了胜负输赢，以前所在意的和追求的都不那么重要了。昨天赵颖父母看到他们回到酒店都惊呆了，本该在太平洋上空的女儿又回到了身边，赵颖简单说了经过，父亲叹气说："这样也好。"

方威也住在酒店，全力照顾赵颖一家。赵颖闷闷不乐，他便讲笑话逗她，他把销售趣事讲给赵颖爸妈，他们听得津津有味，方威细心地观察，知道自己已经取得了这家人的好感。

方威陪着赵颖在酒店花园散步，什么话都没有说，默默地在雪地中走着，穿行在冰凉的冷风中。方威重新恢复了信心，国峰拥有的一切，都是刘丰的不光彩所得，他现在失去了一切，就失去了角逐的基本条件。况且他现在被监视居住，婚礼不能如期举行，方威有足够的时间反败为胜。赵颖默默走在一边，心里有了依靠，她对方威有好感，甚至曾经有过在一起的冲动，但是后来她不得不硬生生地切断交往。如果同时遇到刘国峰和方威，自己会怎么选择？她被困扰了。

在餐桌上，父母劝赵颖回重庆休整一段时间，她嘴唇动了几下，找不到反对的理由：工作已经没有了，北京也没有合适的去处，总不能一直住在酒店里。赵颖只提出一个要求：见国峰一面。这难住了赵颖父母，他们在北京举目无亲，打听不到国峰的下落，他们的目光落在方威身上。他打心眼里不愿意安排这次见面，可赵颖的眼神让他心软，即使让他跳楼，方威也都会愿意。他找到吕传国帮忙，吕传国想了很久才答应："刘国峰也要见她，但有一个条件，必须有工作人员陪同。"

约好了见面时间，方威无法拖延，搭乘出租车再次来到金燕宾馆。方威留在办公室，赵颖随着吕传国进入会客室，揪紧心头，紧张地等待着。十分钟后，刘国峰低头走进来，他已经不是以前的样子，衣衫不整，眼眶深陷，目光机械地看着前方，坐下来之后才发现是赵颖，眼睛亮起来，又瞬间暗了下去。

"你们有半个小时的时间，有什么话可以说了。"吕传国退到玻璃后面，在暗中仔细观察倾听。

刘国峰自从来到这里就拒绝配合，不回答任何问题，矢口否认在国外买车买房产的事，直到工作人员拿出文件的复印本。他难以置信，这份文件一直保存在赵颖那里，怎么会出现在这儿？于是他提出要见赵颖。吕传国安排了这次会面，刘国峰只是暂时被监视配合调查，并没有涉及案件，很快就可以获释，但吕传国却想用他来打消刘丰的对抗心理。

赵颖关心地问："你还好吗？"

国峰低头闭口不答，赵颖更加担心："我没有走，我不能抛下你，我等你。"

国峰抬起头，赵颖看到他脸上愤怒到扭曲的肌肉和抖动的嘴角，以及饱含怒火的目光。赵颖从来没有见过他这样的表情，双手握住他："是我啊，你怎么了？"

国峰甩开赵颖双手，眼中冒出怒火："我怎么了，你不知道吗？不是你把我爸爸害成这样的吗？"

赵颖吓了一跳："我怎么会害你？到底是怎么回事？"

刘国峰将头一扭："别装了，没必要。"

这件事怎么会牵连到自己身上，赵颖解释："我真的什么都不知道。"

"好，我问你，出国文件你给过谁？"国峰大声问道。

"只给宿舍的朋友看过，其他人就没有了。"

"给谁复印了？"国峰追问不止，他这几天回忆着每个细节，反复推敲。

赵颖的脑中浮现出那天的场景，漫天的雪花一望无际，自己坐在窗边等方威，方威从出租车中钻出来，那天他的表情和平常不太一样："还有方威，他要出国留学，找我要了些资料。"

"别骗人了，我已经家破人亡了。"国峰瞪着眼珠，那天他被押送出机场，方威却拥抱着赵颖。

"我没有，根本没有。"赵颖非常害怕，也许方威用那些资料做了什么。

"没有？你和方威串通起来对付我们。"国峰全身颤抖，怒火燃烧着他的每根神经，他站起来推开桌子，面目狰狞地对赵颖大吼，"你这条毒蛇，滚，我再也不想见到你。"

赵颖的眼泪唰地流下来，她又困惑又迷茫，方威把文件交给其他人了吗？方威当时表情奇怪，国峰不会骗自己。她心中的恐惧越来越强，哇地大声哭出来，跑出门外。看着赵颖跑出房间，国峰陷入了空前的绝望之中。家没了，曾经拥有的一切都没有了，未来一片黑暗，这一切都是自己深爱的赵颖带来的。对父母的愧疚与失望搅缠在一起，不断地吞噬着他的意志。当他被带离会客室经过走廊的时候，看到窗户阴冷的天空和干枯的树枝，他暗暗叹口气，决定离开这个毫无希望的世界。他突然摆脱工作人员，朝右侧的窗户冲去，在玻璃像雨点般迸出的刹那，他眼前一亮，迎着猎猎的冷风向下坠去。

赵颖无助地离开会客室，眼泪一滴一滴地滑落。她毫无意识地向楼下走去，出了大门，看见方威正准备上前搀扶自己，赵颖突然把他推开，带着哭声大声问他："你为什么要骗我？"

"什么？"方威已经有预感，又不完全肯定。

"出国文件，你交给谁了？"赵颖泪水已流干，直直地看着方威。

"这是刘丰的受贿证据。"方威解释着，无论站在哪个角度，他都认为自己是对的。

"你为了订单就可以欺骗我吗？就可以不择手段吗？"赵颖大声质问方威，推开他跌跌撞撞向外走去。方威试图去追，赵颖再次推开他，使出全部的力气向方威脸上使劲儿拍去，还没有来得及摘下的订婚戒指狠狠在方威脸上划下，留下深深的血痕。

就在此时，赵颖听到玻璃破碎的声音，她抬头望向天空，一个黑色的身影被冷风撕扯着旋转着飞速坠下，砰的一声，之后是一片雨点般的玻璃落下来。赵颖尖叫一声,眼前一黑,瘫倒在地上。

114. 周二,晚上八点十分

"国峰没有生命危险。"这是赵颖清醒后听到的第一句话。她睡了整整一个下午,醒来后发现自己躺在床上,父母守在她身边。赵颖的眼泪又无声地流下来:"他伤得严重吗?"

妈妈抚摸着女儿的头发:"国峰被送到医院抢救,右大腿骨折,脸被玻璃划伤,其他的伤都不严重。"

赵颖这才发现自己在病房里,国峰也应该在这里,她看着天花板,只有一个办法能帮助国峰活下去,能够补偿国峰,她想清楚了,看着父母说:"我要和国峰尽快结婚。"

这话吓了母亲一跳:"孩子,你怎么了?国峰家里刚出事,怎么能在这时候结婚呢?"

赵颖平静地说:"这是国峰最需要我的时候,结婚就能给他活下去的希望。"

妈妈十分担心,女儿不该这样牺牲自己:"结婚是一辈子的事情,不能冲动。"

爸爸最看不惯贪官污吏在外面呼风唤雨:"不管刘丰有没有出事儿,我都不愿意攀这门亲戚。"

无论父母怎么劝说,赵颖坚持不改主意。赵颖妈妈说:"颖颖,你一直都是听话的孩子,今天怎么这么固执?我们不反对你们在一起,只是现在不能结婚,看看事情发展再决定,这是你一辈子的大事。"

等父母离开后,赵颖找到医院的工作人员,提出要去看国峰。经过漫长的等待才得到批准,带她进入另外一间病房。

国峰静静地躺在床上,紧紧闭着眼睛,头上裹着纱布,腿上捆绑着粗重的石膏。赵颖轻轻走到床边,坐在凳子上,找到国峰的手紧紧握住。什么人都不能将她劝走,她要在他睁眼时第一时间出现在他面前。

日夜交替,国峰醒来的时候,发现赵颖拉着他的手趴在他身上沉沉地睡着,脸上犹带泪痕。他抚摸着她的头发,想象着她在这几天受到的折磨和惊吓,国峰冰封的心开始融化。赵颖睡得很轻,梦像恐怖的碎片一样飞速掠过,蒙眬中慢慢睁开眼睛,映入眼帘的是国峰温暖的目光。赵颖挣扎着起来，用手抚摸着国峰脸上的伤口，俯身把嘴唇轻轻地送到他的嘴边，深深地吻下去。

柔软的吻像电击一样刺激着国峰，一道暖流从嘴唇射向全身，大脑被击得一片麻木，他感到兴奋的神经在大脑顶端跳舞。赵颖的嘴唇转移到了他耳边，轻轻说道："不管发生了什么事，我们都按计划结婚。"

115．周五，下午三点四十分

周锐将小怪怪接回家，黄静抱着它也流下眼泪，小狗还不适应新主人，趴在门口呆呆地看着大门，等着骆伽的出现。

周锐处理完骆伽的事情之后回到公司，铁青着脸一言不发。他首先叫来王莉，两人一起进入陈明楷的办公室。他名义上是休假，却将办公室收拾得干干净净，他再也回不来了。

周锐坐进陈明楷的大皮椅子，王莉坐在他身侧，谈话的第一个人是魏岩。

魏岩走进办公室坐在对面，周锐面无表情："这是最后一周了，北方区的业绩能够达到目标吗？"

魏岩直截了当地承认："做不到。"

周锐冷冰冰的："既然做不到，你有什么打算？"

魏岩一副听天由命的样子："没有想。"

周锐直接给出解决方案："我给你一个月的时间想清楚，在这期间就不用来公司了，但是公司照常发你的薪水。你在公司工作两年，可以得到三个月的薪水作为离职补贴，如果你在找新工作的时候，需要任何的文件和证明，我们很愿意协助。"

魏岩早就知道这样的结果，听起来还算不错，站起来，一句话不说离开了。李朝东接着推门进来，点头哈腰地坐下来。

周锐看了他一眼："这个季度又没有做到数字，是吗？"

"是，下个季度我一定努力。"

周锐不领情："还有下个季度吗？今天是你的最后一天，立即办理离职手续。"

李朝东并不甘心："我的离职补助呢？"

"你没有。"

李朝东在钱这方面向来不肯吃亏，大声嚷嚷："我也在公司工作了两年,应该有离职补助,魏岩都有,我也应该有。"

"魏岩有,你没有。"周锐毫不动摇。

李朝东站起来,他为了钱还是有勇气的:"你打击报复,我要向公司投诉。"

"在你投诉前,我建议你先看看报销记录,这些假发票是从哪里弄来的?你现在不是被公司劝退,而是被开除。"周锐把报销单和发票扔到李朝东的面前。

李朝东抹着眼泪离开办公室,周锐对王莉说:"将李朝东的记录放在黑名单里,通过人力管道向其他公司公布,这样的人不配做销售。"

处理魏岩和李朝东比预期的时间短,还没有到下一个会议的时间,王莉吞吞吐吐地问:"为什么一定要杨露离开?她业绩一直不错。"

周锐反问王莉:"是不是觉得我在打击报复?"

王莉尴尬地承认:"她以前做得不对,不至于一定要离开,况且她的业绩很好。"

周锐正要回答,杨露就打来了电话,他按下免提键,杨露的声音传来:"周锐,你好。"

"杨露,你好。"

"恭喜,什么时候回上海,请我们吃饭?"

"当然,这个季度的数字怎么样?"

"我们正在全力将手里的订单在这个季度签下来,肯定可以达到目标。"

"很好。"周锐点头,声调转而低沉地问道:"这个季度之后,你有什么打算?"

"打算?什么打算?"杨露被问得莫名其妙。

周锐站起来弯腰对着电话说:"我认为,你不适合在捷科继续工作下去了。"

杨露曾经站错了队,却没有想到周锐这么不留余地,她在电话中沉默一阵:"为什么?我的业绩一直很好,凭什么要我离开?"

周锐反问:"我能相信你吗?"

杨露不答反问:"你真的这样决定吗?"

"是的。"周锐肯定地答道。

"你有什么权力这样做?我要投诉。"杨露激动的声音传来。

"你的团队能够信任你吗?你在关键时刻出卖了团队,你失去了信用,怎么领导这支团队?就算我不想让你离开,他们都不愿意跟你干了。"

"你胡说。"杨露大声喊。

周锐没有退让:"好,把你的下属叫进来,如果他们愿意继续跟你干,你可以留下来。"

杨露却沉默下来,她在陈明楷的压力下逼迫他们下订单的时候,他们已经翻脸,她低声请求:"他们听你的,只要你愿意,他们不会反对,我可以认错。"

"可是我也不相信你了。商场如战场,我不能把一个这样的人留在身边,随时可能从背后捅我一刀。"周锐说完,缓和了语气,他与杨露共事很久,不会让她为难,"公司不宣布你被辞退的消息,这样你可以算作主动辞职,在你三个月找工作的时间里,你可以不用来公司,可以领到全额的薪水,公司再支付你两个月的薪水,前提是你必须今天签字。"

杨露还有最后的救命稻草:"等等,三分钟。"

周锐不知道她在弄什么玄虚,不一会儿手机短信响了起来,这个短信来自季度初劝阻他不要来北京的那个神秘人,他一直没有找到手机的主人。他打开短信看到:周锐,我是杨露,我就是那个提醒你不要去北京的人,我知错了,你能再给我一个机会吗?

周锐恍然大悟,她确实多次提醒自己离开北京。杨露在电话中小声问:"周锐,你能原谅我吗?"

周锐理解杨露,却已经晚了:"这算怎么回事?两面讨好?我不需要这样的人。"

"周锐,你比陈明楷还要狠。"杨露大声喊,然后砰地挂掉电话。

这句话在周锐心中激起波澜,他看着外面灰暗的天空,背对着王莉问:"杨露的话对吗?"

王莉没说话,他自言自语:"她说得对,陈明楷至少给了我机会,我却没有给杨露。商场如战场,如果不狠,这个团队将输得精光。但是我和陈明楷还是有区别的,我没有什么可隐藏的,愿意将一切放在台面上谈。"

周锐转身面对王莉: "我们就要与惠康全面开战,最重要的事就是打造好团队。我们要打赢,无非依赖能力和态度,能力可以培养,态度却不行,唯一的办法就是换人。如果没有经信银行这个订单,我不会贸然开除这么多主管,我们现在要为明年打算。你列出连续两个季度没有完成任务的销售人员,我要和他们一个一个谈,劝他们离开公司,再把这个季度没有完成任务的人也列出来,签署PIP,让他们保证下个季度完成任务。然后你务必在一月份选出一百个新人,在春节前完成新员工培训,制定一个九十天辅导计划。我要亲自训练和激励他们,把他们打造成为战无不胜的铁军。"周锐环顾陈明楷的办公室，抚摸着宽大的办公桌："还有，把这些都搬走。"

"您打算重新布置吗？"

"我要把这个房间变成培训室，让新人坐进来，我不需要这么豪华的办公室。"

116．周六，晚上七点十分

赵颖又去找吕传国，他出乎预料地答应了让刘国峰举办婚礼。经历了这么多波折，婚礼在赵颖坚持下如期举行，本就安排就绪，所以不再需要特别准备，只是规模和过程都被压缩了。

国峰坐在轮椅上，不想抛头露面，赵颖穿着白色的婚纱独自站在门口，过路的行人都好奇地打量着美丽的新娘。何玲是伴娘，不知道是应该高兴还是难过。姐妹们都劝赵颖暂时不要结婚，可她已经决定了。既然最好的朋友坚持，何玲也痛快地答应当她的伴娘，她来回跑着把宾客迎进大堂。偌大的大堂显得空空荡荡，赵颖的父母着急起来，人这么少，婚礼怎么办得起来？

国峰的亲戚来了几十位，也不知道是该恭喜还是该问候，面无表情地向赵颖点头，其他宾客则寥寥无几，毕竟出了这么大的事，谁都不想被波及。

婚礼是一个女人最重要的一天，也是一辈子最值得回忆的一天，赵颖曾经幻想过，但和眼前的情景对不上。她力量有限不能改变什么，只是不希望婚礼冷冷清清，毕竟一生中只有一次。何玲回到门口，心急如焚，那么大的大堂只有四五桌客人，婚礼怎么办下去？其他人不来也就算了，航空公司的同事怎么还没有到？何玲走到旁边给赵颖的小徒弟打电话："喂，你们到哪儿了？"

赵颖徒弟委屈的声音传来："我都通知了，可是没有人来啊，我就过去。"

何玲挂了电话，心情郁闷，赵颖侧身问她："他们什么时候到？"

何玲犹豫着，觉得这根本瞒不住："别等了，他们都来不了。"

赵颖极度失望，今天注定要冷冷清清了。过了一会儿，赵颖小徒弟从一辆大巴车上跳下来，扑到她身边，上下打量笑着说："好漂亮的新娘子。"

航空公司的同事们一个一个从车上下来，赵颖被围在中间，叽叽喳喳地聊着，何玲在旁边数了数，共有三十多人，何玲钻到人群中揪出赵颖的小徒弟："敢骗我，不是说没有人来吗？"

小徒弟是为了给赵颖一个惊喜，呵呵笑着说："听说婚礼的消息，姐妹们争着要来，问我没请柬行吗？我自作主张同意了。男同事们对赵颖虎视眈眈，知道她结婚的消息都痛不欲生，也让我一车都拉来了。"

门口被挤得水泄不通，何玲招呼大家进入大堂，气氛顿时热闹起来。何玲拉着赵颖衣角说："时间到了，我们回去吧。"

赵颖忽然看着马路对面，一辆出租车停在路边，车窗慢慢摇下，方威的脸露了出来。她的心脏控制不住快速跳起来，她一直处于感情和理智的矛盾之中，理智告诉她应该选择国峰。遇到方威之后，赵颖感到从来没有体验过的激情，她试图控制感情的发展，但是感情却高速迸发。飞机上相识，那个小孩在自己生日那天在飞机上献花，被方威拥抱着从水上冲下，这一切都是瞬间发生。她已经被感情所驱动，越来越接近失控的边缘，但不得不硬生生地踩住刹车，停止与方威的交往。接受国峰的订婚戒指之后，她彻底斩断了与方威的联系，不是她不想，而是她不敢，她不敢见方威。她知道与他在一起自己将丧失全部抵抗能力，很快就会被他征服。更可怕的是，赵颖发现自己的内心竟然渴望这样的事情，这种毫无顾忌的疯狂。

但是，国峰怎么办？

赵颖不知所措，如果他下车冲出来把自己抢走，应该怎么办？自己虽然和国峰领了结婚证，但是方威不是宣告自己生三个小孩也不放弃吗？而且现在还没有和国峰进洞房，方威肯定不介意这个。赵颖害怕到了极点，因为她的抵抗到了极限，难以拒绝方威的这次冲击，如果被他带走，感情和欲望就不会被压抑和控制，将会被彻底释放，她全身僵硬不敢动弹，既害怕又期望方威带来的冲击。

方威只有一个想法，就是冲进去带她走，不管会是什么后果，至少这是唯一的机会。方威此时内心处于挣扎之中，出租车在原地等了很久，司机不停地通过后视镜看方威，不知道他在等什么。方威远远地望着赵颖，方威看着她的目光，失去了勇气，怎么也无法忘记那一刻，国峰从天而降的刹那，赵颖向后倒去，还有方威伸手去扶赵颖时，她却用尽全力把他推开，目光中饱含无尽的愤怒。他想起对赵颖的欺骗，他始终处于自责之中，他无法鼓足勇气再去面对赵颖。

"走吧。"方威对司机说。

"去哪儿？"

"从哪里来回哪里去。"方威失去勇气，感到锥心的痛苦。他一直期盼体验失败的感觉，它终于来了，来得那么迅猛、那么彻底，摧毁了他曾经拥有的自信。他输了，没有像士兵那样战死沙场，而是失去了作战的勇气，成了逃兵。以前国峰家世背景都出类拔萃，现在只是一个可怜的、坐着轮椅的、没有任何特权和财富的普通人，赵颖却将一生的幸福交给了他。方威内疚地看着渐行渐远的赵颖，自己一手将她推入了悬崖。以前那些输赢游戏没有任何意义，销售生涯是那么无聊，赢了订单却失去最心爱的人，那些输赢游戏又有什么意义？

赵颖找了很多理由去原谅方威：刘丰是自作自受，方威是因为深爱自己才不得不用这样的方法。当方威出现的时候，赵颖决定不顾一切冲破束缚。可是，车窗关上了，方威就这样走了，她僵立在门口，心底的激情被突然抽空，热血沸腾之间急剧冷却，他怎么能这样离开？出租车越走越远，赵颖才发现这是真的。

出租车突然停下，车门打开，方威走下来，他要回来了吗？漫长的等待后，跑来一个七八岁的男孩，手里抱着一束花，她有了一丝希望，那里是不是藏有方威的纸条？她手忙脚乱地扯开包装，果然看到了一张卡片，上面只有五个字：爱在你走后。

赵颖琢磨着这句话的意思：他还是爱我的，为什么不回来？难道他放弃了？赵颖看着远方，出租车重新启动了。她被何玲拉回大堂，赵颖的出现将气氛推向高潮，国峰身体不方便，因此大家齐声向赵颖喊："敬酒！敬烟，再洞房！"

赵颖带着极端的失落回来，心中后悔，甚至想出去寻找方威，却被人簇拥着带到休息间，换上一套火红的旗袍重新走出来，从纯洁的白色变成热情的红色，掌声和欢呼更加热烈。如此热闹的场面，赵颖却沉浸在方威转身离开的瞬间，国峰看着换装的赵颖，孤立无援，既熟悉又陌生，她现在就像怒放的牡丹，高贵得难以接近，不像平常那样淡雅亲切，他大声说道："我陪你。"

国峰坐在轮椅上和赵颖给每个人敬酒，他们变着法地折腾新人。有人拿出一串气球要他们一起挤破，国峰在轮椅上使不上力气，赵颖咬着牙拼尽全身的力气去挤，气球终于在压力下砰地爆成碎片，赵颖控制不住冲入国峰的怀中。大家看到这个景象，乐得东倒西歪，小伙子们又上来劝酒，赵颖喝得脸色泛红。

赵颖妈妈极不好受，国峰本来是打着灯笼都难找的好女婿，可是一夜之间变成眼前的样子。女儿为什么一定坚持嫁给他？她心里如刀绞一般。

不知道谁买了喷射枪，五颜六色的彩带像礼花一样撒下来，国峰担心赵颖不胜酒力，从她嘴边抢下酒盅一饮而尽。他们回到主桌的时候国峰已经被灌得满脸通红。

国峰拿起话筒，开始讲述两人的恋爱故事，忽然他语气一黯，谈到了最近的事情："可能大家还不知道我家里最近发生的事情，刚知道的时候我觉得前途毫无希望，我还对赵颖产生了误解，一切都被彻底摧毁，我想不开，做了错误的选择。当我醒过来的时候，我看到她静静地伏在我身边睡着了，风从窗口吹进来，窗帘飘啊飘，那一刻我觉得很美好。幸福并不在于你拥有多少，而在于你是否能感受到。我心里平静下来，活着就有希望。以前我拥有别人梦想拥有的一切物质条件，我已经习惯了，麻木了。现在失去这一切，我一点儿都不难过，因为我们还在一起，即使住在最小的房间里，吃最简单的饭菜，每天挤公交车，我也是最幸福的。即使我失去一切，今天仍然是我这辈子最幸福的一天。"

国峰转身面对父亲和母亲："爸爸妈妈，无论你们怎么样，你们都是养育我的最亲爱的爸爸妈妈。请你们不要为我担心，因为我已经得到了最想得到的幸福，我非常知足也非常幸运。我们结婚之后，会靠自己的本事好好生活，早日为你们生出一个孙子或孙女来。我们会一直照顾你们。"

刘丰发现儿子长大了，开始理解他的想法。刘丰幼时家境贫穷，立志出人头地，拼命向上爬，有了权力就交换成想要的东西。儿子这一代不缺吃不缺穿了，钱财是不是已经不像自己儿时那么重要了？儿子不觉得他创造的物质条件有什么意义，甚至不如赵颖的一个微笑，自己何苦冒险去挣那不义之钱？他伸手紧紧握着夫人的手，控制着情绪，看到她眼里流出了泪水。

吕传国一直默不作声地观察着刘丰，婚礼中几乎没人知道他的身份。刘丰被控制起来后，审问的过程非常不顺利，他闭口不谈问题。刘丰的事情绝不仅仅是利用招投标为儿子谋求出国那么简单，他涉及大量的资金挪用和违规操作，吕传国不仅握有方威提供的一份证据，其他方面也有进展。刘丰在听到儿子跳楼的消息后，情绪更加对立，专案小组束手无策。吕传国告诉他国峰没有生命危险，不会有严重后遗症的时候，刘丰才松了一口气。吕传国立即意识到，刘丰最在意儿子。所以同意如期举行婚礼，他希望婚礼的气氛可以缓解刘丰的对立情绪。刘丰开始恢复父亲的慈祥，与儿子聊天说话，当赵颖撞到国峰身上的时候，他情不自禁地笑了出来。眼泪在刘丰的眼眶里转动，他动情了。

国峰坐在轮椅上，握住赵颖的手，仰头看着她："我们刚认识的时候，令我着迷的是你的外表，现在很多女孩都越来越现实，不愿意冒险去找一个有潜力但是现在一无所有的男朋友，她们不愿意努力，不愿意冒险，希望立即就能找到一个已经拥有一切的人。优越的家庭条件让我具备这些，但和她们交往的时候，她们的急功近利让我觉得可怕。你不是这样的人，我开宝马带你兜风，你无动于衷，就像坐着捷达。我请你去最昂贵的餐厅吃饭，你只吃青菜豆腐。我给你买昂贵的礼物，你拒绝。你越拒绝，我越着迷，我不知道你是真的不贪图，还是将欲望隐藏在心里。在机场我看见你扑进另外一个男人怀抱，我以为你抛弃了一无所有的我，我彻底丧失了希望。但是现在，我明白那只是一个误会，你在我失去一切的时候回到了我的身边。能够遇到你，拥有你，即使我现在失去一切，我也心甘情愿。"

赵颖回味着每一句话，渐渐从失落中找到幸福的感觉，她接过麦克风，看着国峰："我认识你的时候，以为你是一个开着名车到处追女孩的花花公子，我爸爸坚决反对我和你交往，他说有钱人家靠不住。我不是不喜欢宝马、别墅和钻戒，但当我享受这些的时候心怀愧疚。我父母起早贪黑地努力工作，根本没有享受到这一切，我做了什么，就让我得到这一切，这对于我父母太不公平。当你请我在五星级酒店的高级餐厅吃饭的时候，我透过玻璃窗看见瞪大眼睛向里面看的民工，心里不安，他们盖起了宾馆和酒店，他们的父母在家里种了粮食，他们却只能在餐厅外面眼睁睁地看着。我们的衣食住行都是他们的劳动成果，我们甚至漠视他们的存在，或当他们不存在。我不是不喜欢奢华的生活，只是不能适应，我们一顿饭就能吃掉我以前一年生活费的时候，我坐立不安。我是幸运的，很多人没有那么幸运，我高兴不起来。"

赵颖一口气说完，平静了一下情绪，继续说道："你有钱，不是打动我的原因。我和你在一起，从来不是因为你的条件，而是你的人，你是这个世界上除了我父母之外，我遇到最用心爱我的人。其实我一直处于挣扎之中，我在想是应该追求长久的幸福，还是应该追求短暂的快乐和激情？我应该为自己生活，还是应该承担起责任？"

说到这里，赵颖心里明朗起来，如果她同时认识他们，她会选择方威，此时她却只能选择国峰。方威离开之后依然可以继续寻找幸福，而国峰失去自己，只能滑进黑暗的深渊。既然国峰那么毫无保留地爱自己，赵颖愿意去牺牲，换来他一生的幸福。

赵颖走到父母身边："有钱不等于幸福，我还是觉得坐在爸爸的出租车里听着他说话最舒服，还是妈妈做的饭最好吃，还是觉得在爸妈家里的小房子睡觉最香。我们现在什么都没有了，不能出国了，但是我们都可以工作，营造出一个幸福的小家，我们可以挣到钱，以后还可以出国旅游。"

她转身对着刘国峰父母："爸爸，不要担心，我会照顾好国峰。妈妈，您如果愿意，欢迎您和我们一起住，条件可能不如以前，不过我一定让您吃到最可口的饭菜，还记得您教我做的那些菜吗？我还要让您睡在舒服的床上，给您盖上舒服的被子，这些，我能做到。"

赵颖说完向他们深深地三鞠躬，国峰妈妈的眼泪抑制不住地流了出来，扶起赵颖抱在怀里。何玲用手抹掉泪水，冲过去和赵颖抱在一起。刘丰绷直身体，他们两家完全不同，自己拼命聚集财富，一掷千金的时候，赵颖父亲正在出租车上为女儿的学费日夜操劳。她叫自己爸爸，自己有什么资格接受呢？有什么颜面来面对？

这时国峰的前领导李主任站起来："今天是国峰结婚的日子，他小子娶了这么好的老婆，大家哭什么？应该高兴才对。国峰一直跟着我干，人好又能干，就是家里条件太好，做事没有动力。现在要靠你自己了，也是好事，你要做出一番事业来，才不辜负赵颖，是不是？"

他掏出一个红包递出去："里面是五百元，本来觉得你也不缺这个，现在知道你的情况，我再加五百，保重身体。虽然你已经辞职，只要你身体好了，随时欢迎你回来上班。平时你帮了大家不少忙，大家都想谢谢你，你以前什么都有，现在有困难，不能不收。"

他的话激起一片掌声，李主任冲着吕传国问："这钱不会被没收了吧？"

吕传国与李主任一桌，便告知了身份，没想到被当众抖了出来。吕传国也掏出红包交给何玲，不服气地看着李主任，要压他一头："我是来参加婚礼的，其他的事情我不管。这是我的红包，里面是五百，再加六百。"

国峰的一个同事也掏出红包："国峰，这是我的红包，总共一千二百元。"

婚礼没有设置登记红包的签到台，宾客们此时纷纷开始掏红包。何玲一边接一边煽情："已经三千三百元了，够他们一个月的生活费了。"

"好，八百元，一个月的伙食费出来了，我替他俩谢谢您。"

何玲大声说："我和赵颖是小学同学，中学同学，从小一块长大，现在又是同事，就像一家人，这是我的红包，一千元，一个月的房租出来了。"

红包与国峰的生活联系在一起，数字不断上升，转眼间红包已经有二十九个了，何玲又数了一遍，大声宣布："已经三万五千元了，够去加拿大的机票了。"

他们已经不能出国了，这么说不是刺激他们吗？何玲不是有心机的人，想到这里问吕传国："我们要是自己凑够钱，赵颖和国峰还能出国吗？"

这话让吕传国尴尬，今天大家好像都冲自己来了："他俩的事情和我无关，我管不了。"

何玲皱皱眉头不明白，悄悄走过来："不是你把他们从飞机上带下来的吗？"

吕传国注意到，刘丰听到了这句话，便故意让他听见："那时不能让他们出去，因为我们必须查清楚资金去向，是迫不得已，只要查明了，他们的签证和大学录取通知书有效，资金正当，我就放行。"

何玲失望地啊了一声，继续回去收红包，她转了三分之一的桌子，怀里抱了一大摞红包冲回来，放在桌子上，又风风火火地跑到赵颖身边，用麦克风宣布："凑出国峰第一年的学费了。"

她在那边忙得满身热汗，又有国峰的朋友开辟第二战场，举着麦克风大声向全场喊话："我追女朋友的时候，每到周末就借你的宝马，带女朋友兜风，你每次还把油加得满满的。现在我追到了，不能忘记你的汗马功劳。这是我和女朋友的红包，另外再加两千元油钱。"

"加拿大第一个月的房租出来了。"何玲跳着跑回来，放下红包，又继续按照路线图走到下个桌子。

刘丰走到吕传国身边，示意有话说，他们进了一个小包间，刘丰对着窗外沉思了一会儿："如果我都讲清楚了，我儿子的出国限制就可以解除吗？"

他松口了，吕传国回答："国峰是个好孩子，我们限制他是担心资金被转移，只要你能够讲清楚，我们也查清楚了，他就可以解除限制。"

刘丰继续问："你们要查多久？"

现在到了关键的时刻，看来刘国峰的婚礼软化了他的抵抗。吕传国小心谨慎地回答："那要看你配合程度，如果你配合，我们很快就可以查清楚。"

刘丰听完默不作声，迟疑了一会儿："让我想一下，好吗？"

吕传国出来，刘丰的夫人紧张地看着他，询问是否可以进去，得到同意后刘夫人走进包间。他们谈了大约一杯茶的时间，一起低头走出房间。气氛随着数字的不断增加进入了高潮，参加婚礼的亲朋好友们都想趁这个机会帮助小两口共渡难关。音乐响起来，主持人拿起话筒宣布："请新娘和新郎互拜。一鞠躬，祝新郎新娘恩恩爱爱。"

赵颖和国峰面对面地互相鞠躬完毕，主持人继续说："二鞠躬，祝新郎新娘白头偕老；三鞠躬，祝新郎新娘早生贵子。"

"新郎和新娘拜父母。"

赵颖妈妈注视着这对新人，心中并不平静。没有见到国峰时，印象中他就是一个公子哥。时间长了，觉得这个小伙子还不错，看见女婿坐在轮椅上，泪水在眼眶里转动。

刘丰正襟危坐，夫人已经泪眼模糊。在这个星期她遇到人生中从来没有遇到的大风浪。可是赵颖如期举办婚礼，让她看到了新的希望。人生并没有结束，她想抱着孙子在公园里晒太阳，小家伙鼓着嘴巴，在阳光下挥着小手。她由衷地感谢赵颖，她是自己的生命支柱。

新人拜完父母，主持人宣布："请新郎新娘的家长讲话。"

刘丰接过麦克风，全场立即鸦雀无声。

"感谢各位参加婚礼，时间过得真快，我还可以清楚地记得国峰小时候的样子，今天他就要结婚了。我刚才想了很多，将国峰和我做对比。我小时候是缺衣少食，吃不饱穿不暖，入不敷出，最大的梦想就是出人头地。我儿子不同了，不愁吃穿，便没有那么大的动力去奋斗拼搏。这是好事，这样他们就可以去做真正喜欢的事情，不需要违背良心，不需要不择手段。也算是一种进步吧。我没有适应这样的转变。在尔虞我诈的政治环境中，为了自保不得不使用各种手段打击对手，我愿意冒风险，那时人穷命贱啊，现在看来，这不值得。"

在赵颖印象中，他总是很威严，这是他第一次真情流露，刘丰看着赵颖："国峰第一次提到你的时候，我没有认真对待，觉得是他头脑发热；国峰提出要娶你的时候，我觉得门不当户不对，你配不上国峰；你来到家里的时候，我自作聪明地以为儿子只是喜欢你的外表。当家里出了事，儿子状态不好，我心里既难受又着急，我自己是没有什么前途了，但国峰还年轻啊。"

刘丰刚才与夫人深谈，下了决心："在我们最困难的时候，你没有抛弃，反而加入了我们；在我们一无所有的时候，你给了我们最需要的一切；在我们最冰冷的时候，你给了我们全部的温暖。你将我们这个已经破裂的家庭重新凝聚在一起，让我看到了活下去的希望。你为我们做了这么多，我应该怎么报答？"

刘丰说到这里，转身看了一眼吕传国，又面对赵颖："我找到了报答你的方法，我和吕传国谈了，只要我讲清问题，他们就不限制你们的自由。护照和出国手续都可以照常使用，录取通知书也不会作废。这对我自己也是一个交代，事情早晚都要水落石出，抗拒没有什么意义，主动讲清楚对我也是一个解脱。"

刘丰的目光转向儿子，想对国峰做一个交代："我已经不能再给你什么了，只希望你能够在国外好好学习，早日学成回国，将所学贡献出来，不要像你爸爸一样。有赵颖在你身边，我还有什么不放心的？无论我以后怎么样，或者身处何处，我都盼着你们好好生活，给我生个孙子，不要忘记常来看我，我就知足了。"

国峰紧紧握着父亲的手，感到他手心冰凉，刘丰说完紧紧抱着儿子，擦干眼泪，目光黯淡地穿过窗户看着外面的天空，深深呼了一口气，看着吕传国大声说道："我都交代。"

刘丰的交代至关重要，将有很多有权有势的大人物被牵扯进来，这个消息也会立即传到他们耳中，吕传国必须在第一时间采取措施把他们控制起来，避免资金转移。他取出对讲机，向门口的警察发出行动的命令。酒店门口瞬时间警报大作，几辆警车划破宁静呼啸而去。

一片片雪花从空中飘下，北京的第二场雪来了。

117．一个月后

新员工的培训时间延长到三周，新人们被封闭在宾馆里，培训期间共有五次考试，两次是笔试，三次是模拟拜访客户，平均考试成绩不能达到七十分就必须离开公司。这给了他们足够的压力，除了白天学习，晚上还要互相模拟练习。他们在这三周经历了魔鬼般的训练，每天凌晨二点睡觉，早晨五六点钟就必须起床复习各种产品知识应对考试。

培训到最后一天，已经有五六个人考试不合格而离开公司。剩下来的人整整齐齐地坐在培训室中等着最后一门课程。他们经过笔试和多轮面试，才挤进这家世界顶尖公司，充满斗志，野心勃勃地要在新环境中做出成绩，为以后发展奠定基础。

王莉站起来，走到讲台用麦克风说道："今天是培训的最后一个下午，恭喜大家通过了严格的考试，现在请我们的中华区总经理周锐为大家讲最后一门课。"

周锐走到讲台上，目光习惯性地扫过这些学员，最终落在几个空位上："教室中空出了几个位置，想必大家知道原因，我想问，你们知道他们的名字吗？你。"

周锐把麦克风交给空位旁边的学员，他皱着眉头摇头说："记不清楚了，姓刘吧。"

周锐抽回话筒："现在就记不清楚了，再过一个季度，你可能连姓什么都忘了，再过几年就会忘掉他的样子。为什么请他们离开这里？原因只有一个，失败者将会被迅速遗忘，只有成功者才会被人记住。他们不能通过最基本的训练，证明他们根本没有做销售的天分，我不想让他们在更加残酷的战场上送死，失败将摧毁他们的自信，耗费他们最宝贵的时光。我保证，再过两年或者三年，有人获得成功，也必定有人失败，选择权不在我，也不在客户，只在你们自己手中。你们经过了无数轮面试，又通过严格的考试，也许要去庆祝一下。但是请记住，庆祝只能持续到周末，到了下周一，你们就将踏上更加残酷的战场。"

周锐走回讲台："大家面对激烈的竞争，应该保持什么样的心态？首先，要始终保持永不放弃的精神。商场如战场，在势均力敌的战场上，大家的产品、方案和价格，甚至能力都相差不大，这时最重要的就是你的态度，可能你面临绝境，你就要放弃了。但是你要知道，也许竞争对手的处境比你还要恶劣，如果你放弃了，竞争对手坚持下来，你就会输。既然大家选择了销售这个最残酷同时也最有成就感的职业，你们就要永不放弃，永不言败。要像士兵一样，如果有枪有炮，就用枪用炮，如果枪炮打没了，就用刺刀，如果刺刀断了，你们就要用拳头，如果胳膊折断了，就是用牙咬，也不能放弃任何机会。"

教室中一片沉寂，周锐继续说第二条："我还要求你们，无论竞争有多激烈都必须遵守游戏规则，哪怕失败也不能破坏规则。"

周锐切换电脑屏幕，一张刘丰在会议中发言的照片出现在屏幕上："想必大家知道，我们刚刚签下一个大订单，也许大家不清楚内幕，你们认识这个人吗？"

一个新人曾在金融行业做过销售，举手回答："这个人是经信银行的行长刘丰。"

周锐点头："没错，你知道他现在的情况吗？"

他犹豫一下："听说出事儿了。"

周锐翻到下一页，显示出关于刘丰的几行报道，内容是由于经信银行前行长涉嫌金融违规操作并在招投标中有违法行为，立案审查，由崔国瑞接替行长职务。周锐把麦克风递给第一排的新人："大家看了这篇报道，有什么感想？来，你说说。"

她不知道如何回答，憋了一会儿才说道："既然报道出来，说明他一定有问题，感想嘛，我还说不出。"

周锐接着询问："刘丰是一个贪官，对贪官，你有什么感想呢？"

她鼓起勇气说:"贪官污吏当然不是好人,不过这与我们有什么关系?"

周锐目光扫视每个人:"问得好,和我们有什么关系?老百姓都痛恨贪官污吏,他们生下来就是贪官污吏吗?不是。正是我们,为了赢得订单不择手段,从各种渠道收集他们的个人资料,千方百计地投其所好。像刘丰这样位高权重的关键客户,数以千计的销售人员对他虎视眈眈,其中不乏绝顶高手。坦白说,如果我处在这个位置上,可能比刘行长腐败得更快。"

他们会意地笑出声来,周锐等安静下来继续说:"我常想一个问题,我们每天想方设法请客户吃饭,KTV桑拿,最终用回扣砸下去直到把他们拉下水,几乎是每天的功课,以能够搞定客户而沾沾自喜。贪官污吏出了事受到惩罚,我们却拿到业绩,在公司内成为英雄。从这个角度说,我们才是真正的罪魁祸首。我们在造就贪官污吏的同时也毁了自己,成天陪客户吃饭喝酒,百分之八十都成了脂肪肝,然后拿奖金分回扣赚钱,你想过没有,当你不做销售的时候还能靠什么吃饭?"

刚才被周锐点名的女孩子举起手来:"如果这也不能做,那也不能做,我们还怎么做销售?"

周锐注意到这个咄咄逼人的年轻女孩子,让他想起了几年前的骆伽:"你叫什么名字?"

她抬头看着周锐回答:"我叫李冰冰。"

一片笑声传出来,她不服气:"笑什么?我叫这个名字的时候,那个明星还没出名呢。"

周锐并没有笑:"你的名字很好,你希望五年后成为什么样的人?"

李冰冰一点都不胆怯,要过麦克风说道:"我希望努力工作,有所成就,成为一个好的管理者。"

周锐走回电脑旁边,示意关掉前排的灯光,将电脑翻到下一页,骆伽的大幅照片被投到屏幕上。新人们猜测着,一个声音轻轻说,真漂亮。这张照片定格了至少一分钟,周锐回想起当时给骆伽拍照的情景,压制住心中的难受:"她的名字叫骆伽,是我的初恋女友。"

课堂中传出惊讶的声音,周锐回忆着:"五六年前,她像你们一样年轻,充满活力,也加入这家公司担任与你们一样的职位。她聪明,很擅长与各种客户打交道,收集情报,投其所好建立关系,寻找竞争对手的缺陷击败对手,在短短几年时间里,就成为这个行业中的顶尖高手,保持了不败纪录。在那段时间里,江湖上闻风丧胆,不敢与她正面交锋。然后她跳到惠康,成为北方区销售总监,后来她厌恶了这种生活,打算退出江湖,转到轻松的岗位，她将成为最年轻的跨国公司公关总监，成为最耀眼的明星。"

周锐回到与电影明星同名的那个女孩子面前："你是不是要像她这样？"

李冰冰看着骆伽的大幅照片，点头回答："我要像她这样。"

周锐走入学员中间："为了赢，她不择手段，全方位满足客户的各种需求。她刚开始做销售时陪客户吃饭，总是很晚回家，回家就抱着洗手间的马桶抠嗓子吐。有人开玩笑说，女孩子不能带客户唱歌，不适合做销售，她不服气，偏偏带着客户去最豪华的KTV，她学会了各种各样的销售技巧，她在这方面确实是个天才。随着关系越来越深，她觉得吃饭、送礼、打麻将已经是虚的了，现金才是最实在的。她的销售业绩伴着这种事情不断地提高。我想要一个正常的妻子，难以接受她这种生活方式，我们因此分手。最终她想通了，准备退出，她的公司却希望她能够为公司做成最后一个超大的经信银行订单。"

担任新职位以来，周锐强迫自己压下对骆伽的思念，他侧身面对屏幕，她宛如活生生地就在眼前。他开始讲述与骆伽的故事，从相遇到最后见面，培训教室中鸦雀无声。他控制不住情绪，趁着黑暗悄悄擦掉眼中旋转的泪花。他讲完全部的故事，哽咽着深吸一口气，将悲痛排出，打开灯："在过去的一个月里，我将骆伽深深地埋藏在心底不敢触动，当我决定进行这次培训的时候，开始整理她留下的物品。我看了她的日记，每一页都记录着我们在一起的时光。她经常会这样写，今天是国庆假期，去年这个时候，我们自驾去青岛；今天是新年夜，我们去年一起彻夜狂欢。这时候她已经明白，生活中最重要的不是去赢，而是和自己最喜欢的人在一起。"

周锐无法抑制自己，侧身擦去泪水，尽力平静下来："我本来将这一切埋藏了起来，想找一段平静的时间去再感受和体会。但是我不想你们重蹈覆辙，重演这样的悲剧，明白我的用心吗？"

新人们沉浸在周锐的故事中，静悄悄地没有人回答。周锐切换到新的一页，示意大家看屏幕："骆伽明白了这个道理，在最后一刻将她与惠康公司总经理林振威的谈话录了下来，并想办法交给了我，请大家看看这个报道。"

屏幕中显示的是惠康公司关于林振威由于涉嫌违法商业行为辞去公司总经理的声明，周锐走到前排："我今天介绍的内容是《海外反贿赂法》，这是一部美国法律，要求美国公司无论在哪个国家都不允许有贿赂行为，并要求每一家公司都必须为其海外员工培训。可惜中国还没有这样的法律，我希望有朝一日，能够用中国自己的法律为你们进行培训。在介绍细节前，我希望你们记住，无论身处多么激烈的决定命运的竞争之中，都必须遵守游戏规则和自己原则的底线。"

118．六个月之后

方威趴在雪山避风的转弯处等待天气好转，为了征服这个雪山，他在营地里住了一周，他有耐心等下去。队中却有人抱怨起来，他们不想在这里喝西北风了。方威无动于衷地趴在那里，不愿意多说话浪费体力。他期待这样的时刻，只有在这样精疲力尽的时刻，他才可以忘记赵颖。自从彻底失去她，方威不断地寻找刺激来摆脱痛苦的记忆。几个月前，方威在网上找到并加入了这支业余登山队，他拼尽全力去征服雪山的时候，血液快速流动，每一根神经都紧绷起来，每次当他攀上山顶，血液在身体内跳动，他就可以从那场刻骨铭心的失败中摆脱出来。他们不断地攀登着一座座山峰，终于瞄准这座位于云南的雪山。方威来到山脚时，感觉到这座雪山就是自己寻找了很久的终极答案，可以让他摆脱痛苦。他发誓要得到答案，这样他才可以从失恋的痛苦中解脱出来。

登山队分裂成坚持和放弃两派，坚持登山的人数随着夜晚的接近越来越少，最后只有一个叫作小雪的女孩子站在方威这边坚持登山。方威向上看去，山顶近在眼前，风速慢了下来，他计算着距离，评估着剩余的体力。方威向小雪点点头，将冰锥紧紧地砸在雪中，抬起右脚把身体向前拖去。队员们抬头看着两人向顶峰突击。距离虽然只有几十米，平常只要十秒就可以到达的距离，现在用尽全身力气才可以挪动一步。中间有个一人高的陡坡，是个巨大的挑战。

小雪跟在方威后面一点点接近陡坡，他们抚着被冻得坚硬的倾斜冰层，靠在坡上恢复体力，悬崖下的云朵在风中变幻着形状。小雪将右手的冰锥砸入冰层，身体向上爬去。方威托着她的腰部向上送，她的身体翻越坡面，躺在上面的台阶上呼吸。她伸手向下，方威抓住她的胳膊，右脚踏着冰面，左脚向上移动，踏上一块突起，准备抬起右脚寻找落脚的地方，忽然左脚一松，身体向下一坠，全身的力量全部集中在双手上。右手的冰锥在冰面上支撑不了这样的重量，在冰雪中撕出一道裂纹。

小雪手中一紧，胳膊被向下牵引，她将冰锥扔在一边，双手在方威向下滑去的刹那，抓住了他的身体。方威从来没有这么接近死亡，他短暂地吸一口气，看着小雪的双眼，将全身重量都交给她，重新抬起靴子将上面的铁刺重重地砸入冰层，将身体固定在斜坡之上，找到了新的落脚点。刚才的失足又一次耗尽了力气，他除了转动目光，动动嘴唇，什么都做不了。

"我们还向上吗？"小雪的声音透过口罩传出来。

方威回想起刚才坠落的瞬间，脑中没有任何回忆和感觉，只有一道亮光。他曾经为失去赵颖感到锥心的痛苦，在刚才最危险的刹那，他找不到类似的痛苦感觉。他明白了一个道理：人生只是一个过程，结果没有任何意义。

如果结果没有意义，输赢还重要吗？

两人滑下坡面舒服地坐在地上，方威露出笑容。小雪很好奇，认识这个男人以来，他从来没有笑过一次，他这次差点丢了性命，却笑得这么高兴。方威看看手表，时间已经不早了，要趁天没黑赶快回到登山营地。他拍拍小雪示意一起下山。虽然没有登顶，但方威没有遗憾，他已经体验到了登山的过程，是否登到山顶并不重要。对赵颖也是这样，他体验到了刻骨铭心的爱情，这就足够了。

方威回到营地舒坦地躺在睡袋里，小雪躺在他身边。方威回想着以前，他沉迷于输赢，没有享受乐趣的心思，决心以后要去享受精彩的人生过程，不管结果如何。他已经出来半年，现在是回去的时候了。

小雪注视着方威："你笑了。"

方威的笑容更加明显："是啊。"

"这半年来我第一次看见你笑，怎么了？"

方威看着星空："我想通了。"

小雪看着这个让他心动的神秘男子，也看着天空："想通什么了？"

"人生有两个维度，一个是享受过程，另外一个是追求结果，追求结果重要，还是享受过程重要？"

小雪侧头想着答案："都重要。"

"如果一定要选择一个最重要的，你怎么选？"

小雪不知道该怎么回答，用手捅捅方威胳膊："你别卖关子了，说吧。"

方威看着遥远的星空："刚才我在即将掉下去的瞬间，发现人生只有过程，结果只是勾勒人生过程的记号。我以前却执着于结果的输赢，忽略欣赏人生的精彩过程，我那时只考虑行为是否有利于达成结果，却不管是否喜欢，即使不喜欢也强迫自己去做，为了结果不择手段。我经常感到内疚和后悔，却一而再再而三地重复。为了达到目的抛弃做人的原则，沦为输赢的奴隶。"

方威在睡袋中转身，面对小雪："这座山爬完了，你有什么打算？"

小雪还有许多雪山没有征服:"我要一座座地爬下去。"

方威贴近小雪的脸庞:"无论哪座山我都陪你去,但是这并不着急,除了雪山之外,还有很多的过程值得我们体验。"

小雪却摇头:"还有什么要体验?"

方威露出了更大的笑容,突然用手去搔小雪的胳膊:"还有这个呢。"

方威性情大变,小雪冷不防被他偷袭,咯咯笑着喊着:"你别乱来,我什么都答应你。"

119. 一年之后

周锐站在巴厘岛的沙滩上,用手遮挡住强烈的阳光,等着当地的小伙子把滑板拿过来。他习惯傍晚结束一天会议的时候到这里来学习冲浪。这里没有正规的教练,只有几个肤色黝黑的印尼当地小伙子,拿着滑板招揽生意。周锐喜欢这种放松的学习方式,他不需要任何额外的压力,学得好不好,他都不在意,只是享受被海浪冲刷的感觉。周锐试图放松下来,却不成功,他想的都是销售目标、组织结构、策略和计划。会议并不轻松,这是他担任中华区总经理以来第一次参加全球的销售会议。

在不远的地方有位老人举着钓竿静静坐着,林佳玲正和他聊天。这位老人连续几天在这里垂钓,并没有见到他有什么收获,今天的海浪特别大,他还在这里钓鱼吗?周锐拿起衣服,掏出十美元交给印尼小伙子,这是他担任教练的收入。周锐走到老人身边坐下来,看着夕阳西沉的海面,听着林佳玲用纯正的英文和老人说话,她指指海边的落日,远处的海水被余晖染红,身边却被黑暗渐渐笼罩,他们倾听着海浪的声音,默默地看着最后一缕阳光在海平线消失。

"你真的决定了吗?罗林斯收到了你的辞职信,让我和你谈谈,他可不想让你去竞争对手那边。你为什么要离开捷科?你要去哪里?那里会更好吗?"

周锐缓缓摇头:"其实我也不知道要去哪里,去做什么。"

"你既然不知道去哪里,为什么要离开?"

周锐不知道答案,便反问:"那,我为什么要留下来?"

林佳玲沉默下来,听着黑夜中的海潮。

周锐无法忘记骆伽,在过去的时间里,他只能把她深深压在记忆深处,直到现在他才可以抑制伤心。"我毕业刚刚工作时月薪很低,温饱都成问题，不得不离开，那时最看重收入，其他都不重要。我进入捷科后，知道要想有好的回报就必须打败竞争对手，这就要靠能力，我发现自己有所长有所短，便开始寻找擅长的事情来做。"

周锐说这些话都是为了骆伽，喘几口气说下去："我为什么要沉迷于输赢的游戏中呢？这真的有意义吗？"

林佳玲不知该如何回答，继续保持沉默，周锐看着钓鱼的老人，有所领悟："那位老人很开心，因为他在做他喜欢的事。我们为了赢，而不管自己是否喜欢，我们都成了输赢的奴隶，忽略了人生中真正重要的事情。"

林佳玲反问："你真的可以抛开输赢吗？没有人想成为失败者。"

"可以。"

"比如说？"

"你喜欢什么？玩网络游戏？"

"只有那些十几岁的小朋友才会玩。"

周锐笑了："我做真正喜欢的事情的时候就不在乎输赢。我喜欢打球，即便输了也乐在其中。我经历了不少这样的游戏，现在是我退出的时候了。我难以摆脱结果，却可以控制对待结果的态度，当我不为输而痛苦，不为赢而快乐，我才会拥有真正的人生，而不是被结果扭曲的人生，我要摆脱输赢的牵挂，专心领悟人生的过程。"

林佳玲放弃，不想再说服他："所以你要去寻找喜欢的事情，是吗？"

周锐点头，林佳玲呵呵笑了："你错了。"

"我怎么错了。"

"你错了，大错特错，你真的会去做喜欢的事情吗？"

"为什么不能？"

"我举个例子，我声明这只是一个例子，你不能乱想，先答应我。"

"好，我答应你。"

林佳玲站起来："陪我在海边走走。"

周锐随她在海边漫步，林佳玲轻轻说："在这个浪漫的海岛上听着海浪，你和我在一起，你会不会想和我牵着手呢？"

周锐不知该如何回答，林佳玲却催促："这只是一个例子，你不要多想，快回答我。"

周锐想起黄静，想起骆伽，慢慢摇摇头，林佳玲依然不放过："不想还是不能？"

周锐承认："想，但是不能。"

林佳玲开心笑着："你不能做喜欢的事情，因为，你只能去做不得不做的事情，所以你错了。"

　　周锐沉默无语地走着，身心渐渐地沉浸在海浪中，直到礁石挡在前面，周锐看看手表："很晚了，该去参加会议后的晚会了。"

　　林佳玲恋恋不舍地看着海洋，轻轻点头，却没有移动脚步。

　　周锐踢着沙子，开始使用销售技巧："听说是海边的露天晚会，有美酒有音乐，可惜我不会跳舞，只能孤零零地看。世界是公平的，我有优势也有劣势，我从小就缺乏平衡感，听不出音乐的鼓点，所以我很难学会跳舞。"

　　林佳玲笑着说："我可以教你，我跳舞还算不错。"

　　周锐制造出了问题，现在开始寻求解决方案："你怎么教我呢？不过，你会和我跳舞吗？"

　　林佳玲不解地看着他："你在说什么？舞会当然会一起跳舞了。"

　　销售技巧见效，这是尼尔·雷克汉姆在1988年发明的SPIN提问方法，方威用这种技巧要到了赵颖的电话号码，周锐也用这种技巧回答了问题："人们要去做不得不做的事情，我们仍然可以做想做的事情，比如我们跳舞的时候就可以拉手。"

　　林佳玲佯装生气："别跟我使用你的销售技巧。"

　　两人笑着，沿着海边走回去。

（上部完）

输赢

— 下 —

付遥 著

四川文艺出版社

果麦文化 出品

第一周　应聘

1. 周一，上午十点十分

　　北京，东三环，中央商务区的北端，捷科显赫百年的英文标识矗立于盈科中心，向南来北往的车流宣示难以撼动的存在。此时已是初冬，冷风将人们赶进温暖的室内，唯有捷科公司大中华区副总裁雷励行端着咖啡，悠然地坐在露天凉伞下。

　　他穿着牛仔裤，搭配格纹衬衣，脚下蹬着一双透气的休闲便鞋，在太平洋百货门口熙熙攘攘的人群中显得稀松平常，但在捷科员工们的眼中绝对是离经叛道。捷科向来重视穿着，在这种办公场合必须西装革履，所以他此刻的冲击力不啻火星人登陆地球，捷科员工从这里经过，露出诧异的神情，咬着耳朵离去。

　　是非成败转头空，青山依旧在，几度夕阳红，雷励行右手搭在眉间，挡住阳光，念起他最喜欢的诗。商场如战场，职场似江湖，争斗被时间洗刷，每个传奇都只是一朵小小浪花，转眼即逝，什么时候才是尽头？

　　雷励行从美国留学回来就加入了捷科，从底层到中华区最年轻的销售主管，最年轻的总监，最年轻的总经理，成为百战百胜的统帅。他的团队包括北京人、东北人、上海人和广东人，后来是香港人和台湾人，还有美国人，他们被凝聚成拥有巨大战斗力的队伍，成为不可侮的力量，横扫商场，战无不克攻无不取，取得无与伦比的业绩，而他也成为捷科中国公司最夺目的明星。

　　一切如此奇异，却是活生生的现实。

　　他终于遇到天花板，再向上就是大中华区总裁，把这个职位交给一个不到四十岁的大陆人？总部的大老板们犹豫不决。可是，雷励行的业绩如此优异，大中华区数百名主管都被这种光芒遮挡，提拔其他人于情于理都说不过去。美国人终于想到办法，把他调到美国总部，担任首席执行官葛士纳的特别助理，美其名曰培养，其实却暗度陈仓，将台湾区总经理赵大群提拔为大中华区总裁。大老板们过意不去，给雷励行一个副总裁的虚职，薪水加倍翻番，高薪厚禄，表达愧疚，一年期满将他派回中国，对于一家四十万人的超级公司，捷科离了谁都可以继续运转，损失一个人才并没有什么。

赵大群毫不客气，将他派到交通能源行业担任总经理，毫不含糊地要人给人，要钱给钱。这是捷科中国公司最具挑战的行业，有人说，地球人都明白，雷励行即将成为炮灰，纵使他三头六臂也难以在短时间内翻身。也有人说只有雷励行才能创造奇迹，赵大群也是这么说的。

我为什么留在这个江湖？雷励行一直在想这个问题。

为了发展？还要继续向上爬吗？高处不胜寒，越高越辛苦。如果运气好，再爬半级台阶，成为位高权重的大中华区总裁，可又能如何？

为了赚钱？雷励行对钱没有过高欲望，别人却不这么想，都说他不需要为了钱发愁，钱对他只是一个符号。

为了乐趣？雷励行刚开始工作的时候，赢得开心，但随着时间流逝，每天都玩这些输赢游戏，最终全是麻木了。他想起在敦煌月牙泉的沙坡上骑着骆驼散心，嘉峪关的秦时明月汉时关，晚上喝着啤酒啃着烤肉，这种快乐能从工作中得到吗？雷励行很怀疑。

为了发挥天赋？雷励行喜欢盖洛普测出来的结果：战略、分析、回顾、专注和伯乐。伯乐，很有趣的天赋，他对挑选和培养人才有天生的直觉。伯乐在此，千里马在哪里？他返回中国招兵买马，毛遂自荐担任导师，期待找出千里马让自己亲自训练。

赚钱、发展、乐趣和天赋，这就是职业生涯规划。他扑哧笑出来，就像找伴侣，要内外都好，对父母孝顺，感情专一，想到这里，雷励行心被扎了一下。

雷励行返回中国好像还不适应，新鲜地看着四周，他负责大中华区交通能源行业，共有北方、华东、华南、香港和台湾五个团队，五名销售总监向他汇报工作，再向下还有十几名主管，共一百多人的销售队伍。

他第一件事就是招兵买马，旧部争着要随他开疆拓土，全被他拒绝。捷科在交通能源市场一败再败，难免牺牲巨大，他不想好朋友们踏上这个战场。雷励行选择从外部招聘，重新打造一支战无不胜的铁军。他拿起电话吩咐助理："面试安排好了吗？嗯，请人力先笔试，加上EXCEL水平这一项，四个评分，非常好，好，一般，不好。"

雷励行合上那本发黄的线装古书，斜靠藤椅，闭上眼睛，看起来就像真的睡着了。

2．周一，中午十二点五十分

大量的电话和访客，无数邮件，还有一批又一批来打招呼的男同事们。

骆伽在前台紧张地忙碌着，打开应聘者的名单，周锐和赵勇的名字突然进入视线，这不奇怪，他们本来就在这个行业。父亲出事之后骆伽便与过去斩断一切联系，这件事改变了骆伽，让她加入了捷科。她没有专业学历，不懂技术，没有销售经验，只能做前台，要加入销售团队必须打动雷励行。骆伽听说过他的传说，不论是他的对手还是盟友都对他顶礼膜拜，据说他有看穿人心的能力，呵呵，太玄了。骆伽结交了交通能源部门的小助理，一顿午餐和几句赞美就取得了这个女孩儿的欢心。她将一些工作让出来，骆伽才有机会参与到招聘工作中，甚至可以小小地擅作主张。

周锐会不会猜到自己加入捷科的动机？躲不开不如坦然面对，骆伽恶作剧似的在周锐和赵勇名字上画了一个钩，人力会认为这是雷励行的标记。很快，人力便将笔试成绩通过邮箱发回来，雷励行特别增加了EXCEL考核，二十二个人自我评价非常好，六个好，只有周锐选了一般，真是做技术的死脑筋，面试都这么老实，哪能应聘上？骆伽抓起电话夹在耳边：

"雷先生，笔试结束了，他们正在午餐，一会儿就回会议室。"

"EXCEL怎么样？"雷励行问。

骆伽将成绩报过去："二十二个选择非常好，六个好，一个选一般。"

"我发给你一个表格，打印出来，请他们在二十分钟之内完成。"雷励行点击鼠标，一份花花绿绿的表格进入邮箱。骆伽放下电话，极为复杂的EXCEL表格弹了出来，骆伽顿时明白了他的意图，选择非常好却做不出来的应聘者要原形毕露了，周锐写得一般，做不出来也没有诚信问题，真是傻人有傻福了。骆伽拿着表格走进会议室，经过数轮淘汰，应聘者不到三十人，周锐能做出来这个超级复杂的表格吗？

"靠，比招标还难，招标从五六个厂家中选，这是从几十个里面挑。"赵勇皱起眉头，"又不是应聘秘书，做什么表格？"

"还有函数和宏，需要编程，时间肯定不够。"周锐把表格摊在桌面，双手在键盘上噼里啪啦地敲起来。

"宏是什么？"赵勇的头嗡地大起来。

与此同时，雷励行端着咖啡，隔着玻璃门招手，他在外穿牛仔裤已经算狂傲不羁，现在竟敢穿进办公室，骆伽算开了眼界。

"电话用一下。"雷励行的目光如同看不见底的水潭，骆伽心中发虚,慌张地推了推临时戴上的黑框眼镜,将电话放在他面前。雷励行与助理通话,预定了后天晚上飞香港的机票。

骆伽背后渗出汗,难道被他看出异常了?她把面试名单递过去:"该您面试了。"

雷励行看着骆伽,她深亚麻色的头发绾在脖子后面,闪亮灵活的眸子好像会说话,她的样子根本不像前台,为什么会这么慌张?镜片没有光圈,不近视为什么戴眼镜?骆伽连忙解释:"人力比较忙,这些协调的事情都是我在帮忙的。"

解释便是掩饰,她掩饰什么?雷励行低头看名单,注意到记号:"这符号是什么意思?"

这就是骆伽的用意,她不敢抬眼对视:"赵勇在一家叫作宇天系统集成的本地公司做销售,方经理认识他,有行业销售经验,容易上手。唔,周锐嘛……"

雷励行更加确定异常,眯起眼睛:"周锐大学什么专业?"

"呃,信息工程。"糟糕,骆伽顿觉失言,简历上没有这一项。

"你认识他?"雷励行果然能够看透人心,随口问一句便得知骆伽认识周锐。

骆伽脸色即变,老实承认:"是的。"

世界上竟真有洞穿人心的目光!要不是亲身经历,骆伽绝难相信。雷励行收回目光,将咖啡交给骆伽:"你跟我来。"

3. 周一,下午一点五十分

"间之以是非而观其志;穷之以辞辩而观其变;咨之以计谋而观其识;告之以祸难而观其勇;醉之以酒而观其性;临之以利而观其廉;期之以事而观其信。"雷励行吟诵了一段古文,右腿一盘,坐在窗台。捷科中国公司移动办公,三个人分配一个座位,鼓励销售人员去客户那边上班,其实大家都明白,移动办公的真正目的是为了削减运营成本。只有雷励行这个级别才有独立办公室,骆伽不安,又觉得即便认识周锐也不是什么大过错,便稍微安心。

办公室里还有一个人,从圆胖的身材就能认出是北方区销售总监方宏伟,他主管北方区,队伍基本被惠康打残,这次要招聘的三个销售和一名工程师都是在他手下。他听到雷励行的那段古文,不知所云,站起来迎接新上司，他去年屡败屡战，被打得落花流水，有门路的转到其他部门，没门路的离开公司，他却很能坚持。

雷励行把咖啡转交方宏伟，开门见山："宏伟，面试怎么样？"

方宏伟在北京通管局一期工程输给惠康，深受刺激，于是让猎头公司去挖来惠康那边这个项目的负责人，首先推荐："罗小希在惠康负责北京和山东市场，有销售经验，非常熟悉客户，猎头公司做了reference check，对她赞不绝口。"

雷励行笑着提醒："面试只有三十分钟，培养一个人却要几年，千万不能看错。"

方宏伟对招聘期望极大，摩拳擦掌打算大干一场："所以，请您把关。"

在面试中看透一个人并不容易，雷励行要掂量一下方宏伟的水平，反问："说说，怎么看人？"

方宏伟喝了口咖啡，琢磨了一会儿："态度决定一切，其次要有销售能力和经验，还要看感觉。"

这话十分正确，却没有可操作性，雷励行注重天赋，其次才是经验和能力。他有研究人的习惯，喜欢判断人。他盘起双臂："怎么判断态度和能力？"

这问住了方宏伟，说不出所以然，他反问雷励行："您刚才说的古文好像是选人的法子，是什么意思？"

"出自诸葛亮的《将苑》，是诸葛亮挑选将领的法则。志、变、识、勇、性、廉和信是对武将的能力要求，诸葛亮用这些法子测评。"雷励行在跨国公司工作十几年，却常常捧着线装古书，难道他竟能学贯中西？

方宏伟无法理解这和招聘的关系："诸葛亮招武将的法子，能用来招销售吗？"

"只需稍作修改就可以了。"雷励行放下咖啡。

方宏伟半信半疑："那今天咱们试试诸葛亮的法子？"

雷励行放下咖啡："好，我们试试，先测诚信。诸葛亮说，期之以事而观其信，他们填了EXCEL测评，大多数选择非常好，只有一个人选择一般，他叫周锐，其他人选择好。骆伽，把表格挂起来，看看他们的诚信。"

骆伽把表格贴在白板上，轮到周锐时忍不住偷偷看了一眼，与模板几乎一样，看来周锐并非仅仅是傻。雷励行站起来指着第一份表格："这个人自称很好，你看。"

方宏伟笑出声来，表格上仅有乱七八糟的几行文字，边框和字体都不对，更别提复杂的计算公式和宏。雷励行抓起表格揉成一团，扔进垃圾桶：

"夸夸其谈，故事编得漂亮，却是绣花枕头，用诸葛亮挥泪斩马谡时说的那句话，言过其实，不可大用，就是说的这种人。"

雷励行又抓起一份表格："罗小希，中文用宋体，英文用Arial，一律五号字，规规矩矩，与自我评价基本相符，可用。"

周锐的表格与模板如同一个模子刻出来的，却自认水平一般，雷励行的目光转向骆伽："问问周锐，他为什么要谦虚？"

"可是，我……"骆伽虽然早与周锐熟识，却很长时间不联系，周锐常常发来信息，在网上为她的菜地锄草浇水，骆伽故意避而不见，却没想到要在这种场合与他重逢。

"怎么？"雷励行略知一二，目光中带着疑惑。

骆伽无法推脱，来到人力办公室门口，里面就是周锐。她曾经想象过无数重逢的情景，却不是此情此景。既然早晚都要见面，躲也躲不开，还不如干脆一些。她推门进去，周锐忽然张大嘴巴，眼珠几乎弹出，轻轻呼唤："骆伽？你！"

在这种场合，骆伽只能如同陌生人："周锐，你说自己的表格水平一般，但却做得很好，为什么？"

"伽伽，你怎么在捷科？为什么不理我？"周锐目光痴呆。

众人都看出异常，赵勇知道内情，捅捅周锐让他注意场合。骆伽不想惹出事端，命令周锐："出来。"

周锐恍若梦中，出了会议室，骆伽迎面问道："我的热干面和豆皮呢？"

"找不到你，全吃了，害得肚子痛了三天。"

"笨的。"骆伽语气依旧，她没时间多聊，再次问道，"你说表格水平一般，其实却很好，为什么？"

"我对老版本比较熟悉，新版本没有用过。"周锐面试不会撒谎，真是笨死了。

骆伽有心捉弄："你没有销售经验，为什么要来应聘？"

"我们一起见过客户。"胆大的赵勇偷偷溜出来，抢着回答，想替周锐争取。骆伽提笔在简历上补充进去。

"我不做销售。"周锐说。

"哦，这不是销售，是销售工程师。"骆伽离开，周锐真是死脑筋，人可以实在，但不能太实在。转念一想，如果遇到雷励行，眼神和动作都会暴露出内心的秘密，怎么能瞒得过去？即便瞒得一时，可以瞒得一世吗？骆伽明白了一个道理，做人还是实在好，至少不用总惦记着谎话会露馅，傻人确实有傻福，自以为聪明的人反而常常搬起石头砸自己的脚。

骆伽回到办公室，方宏伟正龇牙咧嘴地喝着黑咖啡，雷励行在与秘书通话："没有航班？"

"是的，后天晚上的航班都没有了，怎么办？"扬声器里传来秘书的声音，她遇到问题就把球踢给领导。雷励行咬着下腭，生出一道咬肌，他生气了。挂掉电话后他问方宏伟："咖啡好喝吗？"

方宏伟忙不迭回答："好，好喝。"

期之以事而观其信，方宏伟不适应黑咖啡，却连声说好，耐人寻味。雷励行双眼微眯去看骆伽，她将周锐的简历放在桌上："他对新版不熟，所以选择一般。"

雷励行看了看简历："周锐谨慎承诺，超值交付，低调不声张，可堪大用。"

方宏伟对周锐有不同看法："假话都不会说，能做销售吗？"

招聘才刚开始，雷励行不武断："明天我们再看看。"

"我可以帮您处理机票的事吗？"骆伽主动要求，这是难得的表现机会。

雷励行目光异样，琢磨着骆伽的动机，她黑框眼镜下眉眼精致，波浪起伏的头发染着丝丝缕缕的紫色，点头道："好吧，你来处理。"

秘书说得没错，的确没有航班了。但这难不住骆伽，她在电脑上忙碌起来。

雷励行正要去泡咖啡馆，忽然被骆伽叫住："雷先生，后天晚上飞香港的航班确实没有座位了，如果飞到深圳从罗湖口岸去香港，到酒店就一二点了。"

"所以？"雷励行问。

"您本来周四上午要在香港和人力开会，所以我把上午的会议改成下午了。"骆伽拿出一张写明行程的贴纸，递给雷励行，"我预定了周四上午的航班，上午八点半起飞，中午十一点五十五分到达。您用过午餐后不会耽误下午三点的会议。"

"没有我的同意你就擅自改了行程？"雷励行越来越觉得这个前台与众不同，看她露出慌乱的神情，忽然大笑起来，"很好。"

骆伽灿烂一笑，将电脑屏幕转过来："您还要飞台北，请选一下航班。"

雷励行确认后说声谢谢，离开了前台。骆伽拇指连点，雷励刚走出几步就收到航班短信，骆伽在身后出声提醒："航班信息发到您手机了，一路顺风。"

骆伽总算给雷励行留下了印象，他又从门口转回来："你叫什么名字？"

"骆伽。"

"你来捷科就是为了做前台？"

"当然不是。"

"好，我去跟人力谈。"

"谈什么？"

"做我的秘书。"

"不。"

"为什么？"

"我要做销售。"

雷励行没有答应也没有拒绝。

4．周一，晚上七点三十五分

骆伽的父亲留了一套公寓，位于西直门，她蜷缩在沙发上，笔记本搭在腿间，隐身登录网站进入菜地，那里堆满鲜艳的玫瑰，都是周锐种的。每天偷偷看他发的消息，是她每天最开心的时刻：

我找到北京最好吃的热干面和豆皮了，什么时候带给你尝尝？

手机打不通，伽伽，你去了哪里？

伽伽，冰箱里的热干面和豆皮放得太久，我吃坏肚子了。

一个月没有你的消息了，你爸爸的事情我们都很伤心。

我要找工作了，保佑我吧。

我和赵勇去捷科面试，听说应聘者有几百个人，希望不大，呵呵，死猪不怕开水烫。

我通过了笔试，下周就要面试啦。

通过第一轮面试了，真开心，伽伽，不管在哪里，都为我喝一杯，哪怕一小口。

骆伽用鼠标点开周锐笑脸，左手轻敲他的鼻头，心里温暖又酥麻，笨的。叮咚一声，登录的声音，周锐的头像变成彩色，一条信息进来：你去了捷科！为什么不联系我？到底为什么？

5．周二，上午八点五十五分

　　一些跨国公司喜欢用角色扮演的方式进行面试，能看出应聘者的真实能力。骆伽远远坐在墙角，双臂盘在胸前，旁边的方宏伟担任观察者。会议室里摆着一张四腿长条桌，上面仅有一台笔记本电脑，两把简洁的塑料椅放在长条桌两端。雷励行依旧牛仔裤搭配西服，一派轻松儒雅的感觉。

　　赵勇握着材料走进会议室，与雷励行握手："您好，很高兴有机会面试。"

　　雷励行让他坐下，低头看简历："你在交通行业有销售经验，负责什么区域？"

　　"北京市场。"

　　"认识信息中心的张大强主任吗？"

　　"很熟悉啦，他最喜欢唱歌喝酒，皮鞋总是乌黑发亮。"赵勇详尽述说，印证客户关系。

　　"认识交警支队的梁支队吗？"

　　"嗯，见过。"赵勇皱起眉头，目光困惑，仓促回答。

　　骆伽看到他身体僵直，目光飘忽，有问题！雷励行却点到为止："准备好了吗？我是客户，你是捷科的销售代表，现在试着把电脑卖给我，开始吧。"

　　赵勇"腾"地站起来，进入角色扮演："您好，我是捷科公司的销售代表赵勇，听说您要采购一批便携笔记本电脑？"

　　雷励行抱起双臂靠在椅背上："我们想给中层干部配备一些超轻超薄的笔记本电脑。"

　　赵勇找到了需求，将桌面的笔记本电脑推给雷励行："您看，这是我们超轻超薄的X60笔记本电脑，采用迷人的纯黑表面，12.1英寸屏幕，重量仅有1.2公斤，具备出色的便携性。"

　　雷励行无动于衷，会议室中陷入沉默。赵勇害怕这种平静，继续推销："这款笔记本采用酷睿双核2G主频CPU，内置2MB二级高速缓存，800MHz FSB芯片组，性能出色，配置1G内存，具备强大的扩成能力。"

　　雷励行弹着产品说明书："嗯，内存很重要，我们要求至少能升级到6GB，能做到吧？"

　　赵勇低头看了看说明书，没找到相关信息，目光忽然飘忽："应该没问题的，这里是产品资料，有空您看看。"

　　骆伽听出问题，这款电脑最大内存只有4G，赵勇没说实话，掉进了陷阱。结束之后雷励行问方宏伟什么感觉。

方宏伟说:"只知道推销产品,就像乱射的机关枪。"

这时骆伽举手:"我能说说吗?"

雷励行意味深长地看着她,好奇又捉摸不定。骆伽说:"那台电脑的内存并不能升级到6G,他没有说实话,还有您问到梁支队的时候,他神情不对。"

"嗯,北京通管局并没有什么梁支队,只有赵洪河。"雷励行点头。

方宏伟恍然大悟,随即夸奖:"骆伽不错,火眼金睛。"

雷励行抱着双臂眯起眼睛,既然她想做销售,何不看看她的潜力,于是问道:"愿意试试吗?"

方宏伟舔舔嘴唇,这简直出乎意料,骆伽变成了面试者,她并不惊慌:"好的。"

6.周二,上午九点二十五分

骆伽拿着产品说明书,走到门口装作敲门的样子,进入角色:"您好,我是捷科公司的骆伽,听说您将要采购一批笔记本电脑,希望有机会为您提供优质的产品服务。"

雷励行照旧回答:"我们最近要给中层干部配备一批轻薄的笔记本电脑。"

我们?肯定不是他一个人决定,还有谁?最近是什么意思?今天?本周?本月还是今年?一批到底是多少?十台,一百台,还是一千台?什么是轻薄?骆伽从这句话听出五层含义,撕开缺口挖掘需求:"唔,什么样的电脑算超轻超薄?比如尺寸和重量?"

雷励行放下双臂,这是放弃抵触的肢体语言:"屏幕12寸就可以,重量不要太沉,不需要光驱。"

骆伽继续挖掘:"您还有其他要求吗?"

雷励行很配合:"主流配置就可以了,内存稍微大些。"

骆伽大胆地提问:"您要多大内存呢?"

"至少4GB吧。"

"为什么要这么大的内存?"骆伽没有把握,这个问题也许什么都探索不到。

雷励行将双手放在桌面:"他们经常用笔记本电脑做演示和浏览网站,经常有同事抱怨电脑速度太慢。"

骆伽进行简单总结:"这批电脑主要用在办公,也会向客户演示产品,重量较轻的同时不牺牲性能,我理解得正确吗?"

"没错。"雷励行看看手表,释放出时间不多的信号。

骆伽还有问题,却不想冒险:"我们有样品,是我把电脑拿过来,还是请您去公司看看?"

"好,去你们公司看看吧。"雷励行笑着站起来,角色扮演到此为止。

方宏伟鼓掌:"很不错,漂亮的收尾。"

雷励行依然无所谓的样子,淡淡地问:"自己觉得怎么样?"

骆伽真心请教:"您的第一句话我没听懂,最近指什么时候?一批是指多少?我们还包括谁?可是您示意我时间不多,我不得不结束,这让我很茫然。"

雷励行不回答,继续问:"如果满分是一百分,你给自己多少分?"

骆伽不好评分,看了看方宏伟,他果然替骆伽回答:"至少八十分。"

雷励行一声不吭,这个女孩子不简单,他走到桌边,说:"下一个。"

7. 周二,上午九点五十分

周锐进来,看了看骆伽,随即进入角色。

周锐问:"轻薄的笔记本往往采用低电压的处理器,牺牲性能,您怎么考虑呢?"

"所以你不建议我买这样的电脑吗?"雷励行露出好奇的笑容。

骆伽顿时紧张,和客户对着干是十分不明智了,周锐却继续坚持:"你们是设计单位,应该有大量图形和视频应用吧?"

雷励行保持着淡漠的肢体语言:"是啊,我们经常要向客户演示方案。"

周锐凭着技术直觉问:"越来越多的文件采用三维设计,如果显示性能不够,会出现什么情况?"

"那会影响演示速度。"雷励行没有争辩,顺着话题向下走。

周锐对电脑在行,曾经遇到过类似情况:"万一在长时间会议中电脑过热,显卡导致系统死机怎么办?"

雷励行被吸引,身体不自觉地前倾:"嗯,一旦发生这种情况,确实很糟糕。"

周锐继续说:"其他部门会不会抱怨您的IT部门?"

"你是电脑专家,觉得应该怎么办?"雷励行坐直身体,双手搭在桌前,肢体语言表现出现积极的信号,周锐看似歪打正着,其实真有些道理。骆伽与周锐个性截然相反，沟通方式完全不一样，难道他没有那么"二"，而是大智若愚？骆伽琢磨的时候，周锐成功地改变了采购指标，卖出另外一款配置更高的电脑，离开了会议室。

雷励行走过来问他们意见，骆伽想为周锐说话，既要打动雷励行，又不想过于明显，低头沉思着。方宏伟不住点头："嗯，不错，他能发现问题引导客户，这是售前工程师必须做的。"

骆伽这时候也说："如果我是销售，也需要这样的工程师。"

方宏伟又说："他谨慎承诺，超值交付，值得信赖。"

8. 周二，中午十一点五十分

罗小希走进会议室，向雷励行打招呼，首先表达了希望可以为捷科工作的想法。雷励行示意她坐下，开始角色扮演。

"雷先生，我是捷科公司的罗小希，很高兴有机会拜会。随着企业发展，信息系统变得越来越重要，您的企业在这方面处于行业领先地位，但由于信息技术的更新，正在为设备配备带来一定的困难。"罗小希大开大合，骆伽大开眼界，销售的世界竟然这样广阔。

"呃，有什么困难？"雷励行顺着问道。

"在选购信息设备的时候，经常遇到一些问题。首先，中层主管需要经常向客户演示，随着企业发展设计图纸越来越复杂，如果显示性能不好，不仅影响效率，也会影响演示效果，万一由于显示性能导致系统重启，将极大地影响销售。其次，笔记本电脑更新速度很快，如果不考虑未来的扩充性，将减少电脑的使用寿命，导致投资得不到保护。最后，电脑体现了公司的形象和对中层主管的关爱，如果过于笨重，不仅影响客户印象，也会引发中层主管抱怨。这些是我前期调研中看到的问题，您对哪个方面比较感兴趣，我再重点讲解。"罗小希开门见山，几乎不给雷励行说话和反应的时间，语气不卑不亢。

雷励行靠在椅背，沉思一阵儿："你说的三个问题，我都感兴趣。"

罗小希双手压在笔记本电脑上："新技术发展非常快，产品层出不穷，电脑供应商良莠不齐，要挑选最合适的电脑，确实非常难。"

"所以？"

"我不知道。"罗小希将手收回来。

"你不知道什么？"雷励行嘴角挂着笑，这句话真是石破天惊，她是卖电脑的，竟敢说不知道。

"我不知道什么样的电脑最适合您。"罗小希非常肯定，骆伽正在困惑的时候，她沉着应对，"但是，您在选择电脑的时候，有几点一定要注意。"

骆伽恍然大悟，罗小希拒绝介绍产品，而是去砍竞争对手，她的用词恰到好处，不直接攻击对手，却将他们的缺点一一列举，手法利落，一派高手风范。

"从简历来看，你在惠康的业绩优秀，为什么离开？"结束角色扮演，雷励行锁紧眉头看着她的眼睛，他的目光有探视人心的力量，他在探查什么？他有什么怀疑？骆伽紧紧盯着罗小希的双眼。

罗小希眼神一飘，迅速回归正常："我希望有一个更好的发展空间。"

这个答案过于空泛，雷励行哦了一声，继续问："什么样的发展空间？"

罗小希抬头看着天花板，又低头想想："捷科进入能源交通行业，我很看好。"

"好的，谢谢你。"雷励行坐直身体，骆伽能感觉到他的困惑。

罗小希离开会议室后，方宏伟觉得欣喜不已，震惊她的销售能力："老板，这个罗小希真不赖，让人力赶紧发通知，免得她跑掉。"

雷励行与骆伽对视："骆伽，你觉得呢？"

骆伽有意加入销售团队，便要露一小手："她加入捷科的动机值得怀疑。"

"哦，为什么？"方宏伟一脸吃惊，雷励行眯起眼睛，显然感到意外。

"您问她为什么离开惠康，她先看天花板又低头，解释空泛，语气飘忽，她在刻意隐瞒真相，临时编造理由。"骆伽虽然是猜测，却很自信。

"嗯，还看出什么？"骆伽成功地吸引了雷励行的注意力。

骆伽更露锋芒："您紧紧看着她的眼睛，仿佛打开雷达要侦查她的内心。罗小希起身告辞的时候，您停滞几秒才与她握手，看起来好像在走神，但我猜您犹豫是否招她进来。"

"还有吗？"雷励行脸上露出少见的惊骇，他的心思全被骆伽猜中了。

"我猜，您决定要她了。"骆伽笑着回答。

"怎么看出来的？"方宏伟看着骆伽，眼珠几乎从眼眶里弹出来。

骆伽为了争取加入销售团队，尽可能展示自己的能力，侃侃而论："很简单，雷先生手边有两摞简历，表现不佳的在右边，表现好的周锐在左边。雷先生将罗小希简历放在左边，而赵勇的简历被抽出来放在抽屉里，显然还没有决定。"

方宏伟的表情从好奇变成惊恐，雷励行忽然坐直，身体前倾，双手架在下巴上观察着骆伽。

9．周二，下午五点三十五分

雷励行挑人的招数层出不穷，面试时间长则半个小时，短则十五分钟，一天结束，他揉揉太阳穴，跨坐在椅子上："说说吧，怎么样？"

事实摆在眼前，方宏伟举起名单："罗小希业绩出众，沟通能力极强，必须挖过来。周锐也不错，可以招来做售前工程师，赵勇也可用。"

雷励行用人严格，周锐做售前工程师很合适，罗小希离开惠康的原因存疑，赵勇资质一般，他说："我看好周锐，招聘的重点应该放在校园，那里才能找到真正的天才。"

可是山东和北京市场都没人照看，方宏伟着急地举起两根手指："一个萝卜一个坑，坑已经挖好了，只欠萝卜。"

雷励行摇头，对可有可无的人，他向来都坚定否决，不愿凑合。方宏伟依然坚持："半年前，北京通管局智能交通一期工程招标，赵勇为扳回订单直接闯进局长办公室，特别有种。我觉得态度决定一切，能力可以培养。"

雷励行犹豫道："好吧，我只是给你建议，但有言在先，新员工培训一定不能心慈手软。"

面试耗神又耗时，方宏伟打了个哈欠，揉揉眼睛。骆伽向前一小步，问："我表现得怎么样？"

"很好。"雷励行点头。

"所以？"骆伽歪歪头。

"我不能用你。"雷励行直接说道。

方宏伟手里还有名额，为骆伽争取："老板，她表现得非常好。"

雷励行不紧不慢地坐下，承认说："她是沙石中的宝石，米粒中的珍珠，假以时日，确实可以磨砺出来。"

"那为什么不把她招进来？"方宏伟不能理解，"她做前台就是大材小用，随时都可能被其他部门抢走。"

"珍珠错置于闹市。"雷励行纠正，"其实我想让她做秘书。"

方宏伟顿时泄气，骆伽却语气坚定地说："我不做秘书。"

"你不能做销售。"雷励行也很坚定。

"为什么？"骆伽不明白。

雷励行竖起食指，示意骆伽冷静："我有个规矩，不招美女做销售。"

这算哪门子规矩？方宏伟千猜万想也想不到竟然是这个理由。雷励行似乎有难言之隐，斟酌着用词："商场如战场，必须承担极大压力，美女有太多选择,根本用不着做销售。"

"美女也能得奥运冠军。"骆伽不满,立即反驳。

方宏伟立场摇摆没有主意,又帮着雷励行劝骆伽:"这行竞争激烈,有不少高手,你这么漂亮,不如找个好老公。"

骆伽无奈地叹气:"唉,找老公竞争更激烈!高手更多。"

方宏伟被噎住,坐到一边开始喘气,雷励行又说:"林子大了,什么鸟都有。"

"所以?"骆伽忽然咄咄逼人。

"什么样的客户都有,你怎么面对各种各样的骚扰?"辩解是心虚的表现,雷励行今天数次辩解,十分少见。

客户骚扰确实是个问题,惹不起又躲不起,方宏伟找到办法:"我们是团队作战,旁观挡着,不会让她吃亏。"

"我一边做秘书,一边做销售。"骆伽决定适当妥协,以退为进。

"行不通,公司没有先例。"方宏伟觉得不合适。

"好,为期半年,如果没有业绩,你就老老实实做秘书。"雷励行笑着说。

这看上去两全其美,其实很不公平,哪个新人能在半年内做出业绩?

骆伽一口答应:"好。"

"欢迎加入,今晚部门晚宴你一起参加。"雷励行张开双臂,笑着轻轻拥抱了骆伽。

10. 周二,晚上八点二十分

"醉之以酒而观其性。"预定晚餐的时候,骆伽忽然想到这句话。《将苑》是不是诸葛亮所作还有争议,但不管谁写的,这话很有道理。

雷励行做事雷厉风行,骆伽今天就转岗担任秘书。聚餐地点是1949餐厅,就在盈科楼下,地处繁华与喧嚣的宁静中,在高楼大厦的环抱下,1949餐厅依然保留着上个世纪五十年代的风格,是一处可以让人平静下来的港湾。坐在落地窗旁,不会离餐厅里的烟火气太远,也可以享受恬静和舒适。

为欢迎雷励行上任,五位销售总监和北方区几十名销售人员都来了北京,白天开会,晚上必然要喝得尽兴。雷励行既是主人又是老板,率先举起酒杯:"今天是新年新季度的第一周,我祝大家在新的一年里,心想事成。"

众人立刻举杯豪饮，这种场合少不了拼酒，粗放精悍的华南区销售总监仰着脖子喝光了杯中酒，向前一伸："老板，我干了，欢迎您回国。"

雷励行的酒杯每次喝光后马上就被倒满，各路人马几乎没有间断，他仗着酒量好，来者不拒，又说道："国外是好山好水好无聊，国内是火树银花人不眠。来，我再敬大家一杯。"

方宏伟站起来连干三杯，开始吐苦水表忠心："我们这几年日子不好过，一直灰溜溜夹着尾巴做人。您来了我们就有主心骨了，请您带着我们出口气，来，我敬您一杯。"

雷励行这才觉得酒意上涌，脸色越来越红。骆伽看得清楚，发信息过去：他们要灌你，小心。雷励行投来一个含着笑意的眼神。

他们先灌自己，再让雷励行喝，看似十分豪爽，这时方宏伟从人群中退出来，把茶倒进酒杯里，茶水？！骆伽大惊，醉之以酒而观其性，雷励行是不是在考察他们？如果此时揭穿，会不会扰乱了他的计划。想到这里，骆伽决定暂时什么都不做。

雷励行架不住人多，脸色开始转向苍白。骆伽看在眼里，举起一杯啤酒直奔主桌，大家的目光立刻集中在她身上。她当机立断，装作醉酒拉住雷励行的胳膊，瞪着圆圆的眼睛，点点酒杯说："老板，酒有问题。"

方宏伟介绍："这是骆伽，老板的新秘书。"

"骆伽，来，跟大家干一杯。"雷励行稍微退到一边，悠哉地看着形势发展，一下子让骆伽成了焦点。骆伽继续装醉，故意打翻自己的酒，抢过对面一人的酒杯一饮而尽，然后睁大眼睛："咦？这怎么不是酒啊！"

以茶代酒被发现了，众人顿时神情尴尬。啤酒是假的！说的话也是假的！骆伽朝雷励行撇撇嘴。方宏伟赶紧出来打马虎眼："啤酒怎么了？赶紧尝尝。"每个人都迅速把杯中茶喝光。

雷励行突然大笑："大家都喝多了，先自扫门前雪，我也干了。"

众人如释重负，以茶代酒的把戏被戳穿，都觉得吃喝无趣，开始有人尿遁离开，没有多久都鸟兽散去。

骆伽走过来，端起酒："老板，欢迎回来。"

雷励行坐在外面的长凳上，解开衣领发散着酒气，顿时觉得神清气爽醉意全无。

"为什么不追究？"骆伽坐在藤椅上，保持着距离。他今年四十，看起来像三十出头，便成为捷科中华区副总裁，他是一个什么样的人？

雷励行跷起右腿望着天，以古讽今："曹操在官渡之战击败袁绍，缴获无数信件，一些大臣私下写信私通袁绍，准备投降，前线作战的将领们很生气，要惩治这些存心叛逆的大臣。"

呵，两千年前的故事，骆伽小心说："既然有信件做证据，就应该把他们都抓起来。"

"曹操说：'袁绍当初强大，我都怀疑能否击败袁绍，何况别人？'便把信件全部烧毁。"雷励行今晚感慨很多，谈兴逐渐起来，"于是私通袁绍的大臣感恩戴德，尚在犹豫的人觉得他心胸豁达，更加效忠他，终于，曹操与文武群臣齐心协力，力挫群雄，统一北方。"

"唔。"骆伽明白了，领导者必须有包容的心胸，不能因为一件事就翻脸，况且还要依靠他们做生意。

雷励行却苦笑一下："你可知道？仲达也在其中。"

"仲达？"骆伽疑惑。

"仲达便是司马懿，他的子孙以晋代魏，将曹魏的皇室宗亲屠戮殆尽。"雷励行把这段历史讲得惊心动魄。

"很多人现在看起来是朋友，以后可能会变成致命的敌人。"骆伽笑了，雷励行仍和曹操一样，把可能的敌人纵虎归山。

这句话击中了雷励行，他低头喝酒，过了许久才轻轻说："商场如战场，职场似江湖，是非成败转头空，到最后只会留下斩不断理还乱的恩怨情仇。"

骆伽摊开记事本飞快写着："今晚有三类人，第一类从始至终都喝啤酒，这些人诚实可靠；第二类自始至终都在喝茶，我画下黑线，但他们不见得骗人；第三类自己喝啤酒，劝你酒时偷偷换茶，我画了黑框，他们就是大奸臣。"

雷励行猛地抬头看向骆伽，感到吃惊。骆伽慌忙解释："您说醉之以酒而观其性，我就记录下来了。"

雷励行看到方宏伟的名字画着黑框，笑出来："有人貌似忠厚，其实却险恶莫测。"

"那杯黑咖啡他喝得痛苦万分，但您问是否好喝的时候，还记得他怎么回答吗？"骆伽一直记得这件事。

雷励行的下腭又出现那道代表愤怒的咬肌，可是却笑了："真没想到，我能有你这样的助理。"

"他们都在骗你，你还笑。"骆伽有点生气。雷励行具有穿透表象看穿本质的能力，可有时好像糊里糊涂。

"人不变，只能换。"雷励行将酒杯重重放在桌上，对于那些不肯改变的人，必须雷厉风行绝不手软。

雷励行声音不大，却充满力量，刚上任便要大刀阔斧地裁员绝非易事。两人陷入沉默，直到服务员来打扫卫生，雷励行才晃晃悠悠站起来，把记事本还给骆伽："谢谢你，我不得不说，你很不一般，非常不一般。"

"天黑了，小心看路。"骆伽走在前面，雷励行突然走到骆伽面前对着她，呼吸很近。骆伽心里一惊。

"告诉我你的秘密。"雷励行看着骆伽的眼睛，作为秘书必须要让老板完全相信，何况她冰雪聪明，如果心怀不轨则会产生极大威胁。

"秘密？"骆伽被问住。

"你怎么会做前台？"

骆伽很清楚，面对能够看穿自己的人，费尽心机去掩饰毫无意义，她决定坦承："为了我爸爸……"

第二周　战场

11．周日，下午五点十五分

　　北京进入最冷的季节，阳光里也带着透骨的寒冷，坚硬的土块刺痛身体，分针嘀嗒，进攻时间只有五分钟。周锐从沙袋间的缝隙张望，前方是一片开阔的草地，但是一条弯曲的河沟拦截了进攻路线。对岸是敌军防御工事，隐约有人影在柳树间的堡垒中晃动。一架机关枪架在正中，阻拦进攻路线，前面几轮进攻都因为它而失利。河流左侧有一座木桥，每隔五六步就有一个掩体，看似是很好的进攻路线，但其实已经被机枪封锁，等同于直接走进墓地。而右侧道路蜿蜒，远远绕过河流，直接通往敌军背后，可是光秃秃的土路难以藏身，会成为机枪的活靶子。

　　扑哧，石块跃入草丛，赵勇投石示意周锐去左侧木桥，他这是打算再次采用失败打法，分左右两路进攻。自寻死路！周锐狠狠摆手。时间越来越少，再想不出办法只能硬拼。赵勇逐渐失去耐性，忽然大吼："打吧，没时间了！"

　　草丛里露出骆伽亮晶晶的眼睛，她隐藏在灌木丛中："周锐，不能再等了。"

　　"我先冲，你们掩护。"赵勇右手撑地，身体翻转如狸猫，准备冲出掩体。

　　"送死！"周锐按住他。

　　"送死总比等死好。"赵勇瞪着眼睛，两条浓眉搅在一起。

　　"别争了，只有四分钟了。"骆伽制止他们争吵。

　　"奶奶的，死也不能这么窝囊。骆伽，你左我右，冲！"赵勇猛地站起，枪声狂风暴雨般响起，又将他压回掩体。就在这个瞬间，周锐探身向前一滚，跃入冰冷刺骨的河中，他连续喘了几口气："这里来，中间突破。"

　　河沟地势低，正好在敌军火力范围之外，于是周锐采用全新战法，从中间突破。赵勇连声叫绝，连滚带爬跃入河里，又像泼油兔子一样惊起，天啊，冻死了。还有三分三十秒。周锐背靠河床，双手做成喇叭形状，向隐蔽在草丛中的骆伽喊道："伽伽，我们来吸引敌人，你向左潜伏。"

　　他走在河沟里凹凸的石块上，冒头瞄了一眼地形，忽然从堡垒上扫来枪声，敌军发现了伏兵。战场上风云莫测，周锐对赵勇说："我去吸引火力，你狙击机枪手。"

"你枪法好，我去。"赵勇右手拎枪，左手撑地跃出河沟，大步冲进战场。哒哒哒，枪声大作，扫射接踵而至，赵勇发出冲天怒吼，跟跄着跑了几步，扑倒在堡垒下，早已被烟尘和草枝模糊了视线。周锐开火反击，拼命压制敌方火力，但是效果甚微，时间只剩三分钟了。

交火的时候，骆伽趁机转移到左侧桥头的掩体后面，枪声再次响起，她无法继续前进。赵勇脚尖轻轻一动，食指慢慢向上勾起，他处于射击死角，敌军机枪手不敢轻易开火。北风吹起，土石飞奔，在硝烟将要散尽之际，赵勇巨大的身影突然跃起，赤手空拳冲入树垒之下。敌军居高临下的优势一下变成致命缺陷，机枪手害怕周锐狙击，不敢露头俯射赵勇，双方互相牵制，谁也不敢妄动。攻势受阻，战局进入僵持，敌军想拖延时间。

"看我的。"赵勇怒吼一声向上一蹿，抓住敌人的枪管用力向下扯，敌军只能盲目开枪，试图甩脱发疯的赵勇。骆伽没有了对方的机枪压制，在掩体间接连跳跃，逼近桥梁，打出胜利手势。周锐蜷身滚回河里，沿着河床向右走，忽然出现在战场右侧，与骆伽互相掩护，轮流压制狙击，一路稳扎稳打，靠近堡垒，敌军战线被赵勇中间打开花，形成两面夹击的局面。

突然，一个硬朗身躯从堡垒后冒起，头顶深绿色特种作战帽，双臂握着枪托凶猛地开枪，枪声呼啸，迎头劈面射下来。赵勇惨呼，接着迸发出无限力气，拼死抓住枪管，与此同时，周锐从树后闪出，枪膛中的子弹全数轰入机枪手的身体。

敌人接连被除去，最后一名敌军拼红眼，挎着枪跑出来向周锐开火。骆伽从另一侧逼近，手疾眼快连开数枪，终于击中敌军，她松了口气，不紧不慢地收好枪，只要拔下敌军军旗就大功告成了。哒哒哒，哒哒哒，枪声忽然再次响起，机枪手起死回生，子弹狂啸，像雨点般扫向毫无防备的骆伽。

北风飞沙走石，横扫初冬干涸的地面，硝烟散尽，战旗仍然在堡垒上飘扬。

12．周日，下午五点二十五分

一声哨响，拓展训练结束。

雷励行摘下帽子露出脸，从口袋中拿出雪茄，埋首削剪平整，长长的火柴在石块上划出火焰，逗弄茄衣，火星闪亮片刻，他悠悠吐出一口青烟，大步登上指挥棚旁的土包，等候学员聚集上来。

雷励行上任以来，在北京、上海、广州、沈阳、西安、成都、武汉大规模进行招聘，把他们召集到北京参加魔鬼训练，亲自执掌教鞭。捷科的创始人沃森极为重视销售，开设学校训练销售团队至今已有五十多年历史。因为捷科发现，即便在面试中千挑万选，仍然会有不适合销售的漏网之鱼，便通过培训保持一定的淘汰率，压力极大，这就是捷科赫赫有名的魔鬼训练。

夕阳在群山间快速下沉，遍地金黄，参加拓展训练的新员工们聚集在指挥棚旁。周锐已经浑身湿透，他站在骆伽身边，魔鬼训练按照区域分组，他们自然是一个组。

"五组进攻，全部阵亡。"雷励行面无表情，语气也听不出喜怒哀乐。

赵勇急匆匆撞进队伍，挤到周锐和骆伽中间，大声喊："我们没输。"

雷励行看着赵勇，问："你来自哪里？"

"报告，厕所。"

众人大笑起来。

骆伽轻声提醒："笨的，是问你家乡在哪。"

"洛阳。"赵勇说。

"你们没输？"雷励行又问。

"周锐连开几枪，枪枪击中你，你怎么可能活过来？"赵勇喘着粗气抗议，在拓展训练中每人身上都有感应器，电脑计数，被击中五枪就算阵亡。

雷励行似笑非笑，带着说不出的魅力摸摸鼻尖："有证据吗？"

"周锐，你听到几声？"赵勇真是初生牛犊不怕虎。

周锐不喜欢公然挑战，又不能置赵勇于不顾，只好回答："五声。"

雷励行跳下山包，落地的瞬间激起尘土，忽然拉起赵勇的步枪指向自己头顶的感应器："开枪，孬种。"

哒哒，赵勇被激怒，扣动扳机，探头感应到激光迅疾闪动，背囊爆发出几声惨叫。感应到五次激光后才能锁定枪械，代表阵亡退出战斗，这说明雷励行还有命在。雷励行不肯罢休，快步走进作战棚拿出电脑读记录："五点零七分三十秒，第一枪；二十分三十六秒，第二枪；四十八秒，第三枪；五点三十分十二秒，第四枪。"

记录不会说谎，赵勇乖乖低下头认错。

雷励行走到骆伽身边："你以为敌军被消灭，胜券在握，所以掉以轻心，忘了隐藏自己，拔旗的时候拖泥带水，因此失去难得的机会，是不是？"

骆伽低头看着脚下的小山花,乖巧承认:"是我大意了。"

"你们以后会踏上更加诡谲的商场。一定永不言弃,任何时候都不能松懈,不能在阴沟里翻船,否则哭都来不及!"雷励行又吐出一口烟,拍拍赵勇的肩膀,"你敢徒手抢机关枪,好样的。遇到困难不敢往前的是孬种,见到火坑硬往里跳的是傻子。商场亦然,不当孬种也不能送死,要动脑子,明白吗?"

"明白。"新人们稀稀落落地回答。

"我听不见!"雷励行不满他们的态度。

"明白!"所有人大声喊道。雷励行走进人群,继续说:"赵勇夺枪,周锐狙击,骆伽从桥头迂回,他们互相掩护互相支持,各展所长。在商场上,单打独斗就是死路一条,众志成城,团队协作才能胜利!明白吗?"

"明白!"大家再次大喊。

雷励行继续说:"商场如战场,不是你死就是我活。生存是唯一目标,我们不能墨守成规,也没有等死的资格,必须打破一切常规。"

拼劲儿,想办法,团队配合,打破常规,雷励行总结的四个道理大家都很认同,掌声立刻响起来。雷励行站回土包,双手后背,脸色由热转冷:"可我还是要说句难听的话,就你们今天的表现,死都不知道死在哪里。"

赵勇马上反省:"我应该出其不意把机关枪抢过来,可我心慈手软了。"

"其实你们本来能赢。"雷励行没搭理赵勇,转向茫然不解的骆伽,露出狡黠的表情,缓缓从口袋里掏出几个亮晶晶的薄片,举在空中,"我头盔上的探头因为被金属片盖住,所以处于无敌状态,这就是我起死回生的秘密,也是你们失败的原因。"

赵勇悟出道理,射击训练根本就是有输无赢:"为了赢,不择手段是必需的!"

"宁可输,也不能作弊。"周锐大声反对。

"两军相接,然后你一马当先扑通掉进陷阱,接着你在里面喊,作弊,有种放我出来真刀真枪地干?别傻了,商场上到处都是圈套和陷阱等着我们钻。"赵勇摆出掉进坑里的姿势,愤愤不平,引得众人轰然大笑。

其实雷励行本意不是这样,他冷冷地看着赵勇,看得他心头发虚,这才说:"兵以诈立,商场中潜伏着各种各样的利益诱惑,你们有两个选择,作弊也许可以赢,但不作弊肯定输,你们怎么选?"

周锐不妥协:"输了可以再来,作弊一定会掉进深渊,死无葬身之地,得不偿失!"

"你们就要进入残酷、诡谲、无情,但充满诱惑利益的商场,将要面对的事几百万、几千万甚至几亿的订单,走向天堂还是地狱,只有你们自己主宰。我奉劝你们不要玩火自焚!"雷励行挨个看向每一个人,直到他们都低下了头,才大声问道:"明白这个道理吗?"

"明白。"众人如暴风雨般回答。

雷励行看看时间,总算结束讲话。"这一周是新年新季度的第一周,也是魔鬼训练的最后一周,你们要成为真正的战士,成为最锋利的宝剑,然后才会把你们送上战场。然而不是每个人都适合商场,我不想让你们白白送死,浪费你们的时间,或者打击你们的自信,摧毁你们的未来,你们中间依然有人会被淘汰。所以在第一个季度里,你们将遭遇各种挑战和前所未有的压力,直到你们百炼成钢,不行就重新回炉。"他右手一挥,"六点钟集合,回北京。"

13. 周日,下午五点五十五分

停车场,枯柳下,孤单的大巴。

雷励行从车里钻出来,骆伽还没到,雷励行双手环抱胸前:"还有一分钟。"

赵勇抢先几步拦住车门,想阻止大家上车,可是学员们却拱开赵勇,雷励行将他们拦住:"你们是一个团队,一个人都不能少。"

在赵勇连声催促下,骆伽终于出现了,头发烘得丝丝缕缕,右手拎着粉色旅行箱,斜背一只挎包,加速朝这边跑来。高跟鞋忽然吃不住劲儿,骆伽晃晃悠悠向前摔去,膝盖撞在地上,旅行箱直接飞出五六米。雷励行仿佛没有看见,抬起手腕看时间:"准时出发,如果有人迟到,只能自己回去了。"

"骆伽,加油,大小姐,就等你了。"赵勇大声喊,急得直跳。

骆伽抱着膝盖坐在地上:"流血了。"

周锐心疼,立刻跑过去:"我来拿行李箱。"

赵勇扒着车门为骆伽加油,大家也一起高喊。骆伽顷刻打起精神,甩掉高跟鞋,"哼,大小姐我当年参加过田径队,百米赛跑是我的强项。"

"二十,十九,十八……"大家喊着所剩不多的时间,周锐跑到旅行箱旁,又捡起高跟鞋扔进骆伽包里,反身追赶她。骆伽扭头看见这一幕,停下脚步:"我的鞋子,快拿出来,别划坏我的驴包。"

"十,九,八……"

骆伽抢回挎包拿出高跟鞋，喊道："别叫了，迟到几秒钟有什么了不起？"

"三，二，一……"雷励行把赵勇推下车门，气定神闲地说，"一人迟到，全体陪绑，我们开始第二项拓展训练，野地生存，明天在中旅大厦前台登记，最早到的团队分数最高，最晚到的分数最低。培训时间是明天上午九点。"

司机不敢相信："真走？这里距离市区五十多公里。"

"开车。"雷励行坐在第一排，向窗外挥了挥手，这本来就是计划好的，他们即便不迟到，也会把他们轰下去。司机挂挡鸣笛，大巴在学员们惊愕的神情中开走了。

"哎，骆伽，什么是驴包？"赵勇凑过来问道。

"笨，LV简称驴包。"

14．周日，晚上六点零五分

骆伽撑着膝盖，难以置信地张开嘴巴。赵勇跳起来："糟了，行李都在车上，手机也没拿。"

"晚饭也没吃。"周锐捂着肚子，觉得很饿。

赵勇拎起行李箱，嘿嘿怪笑："箱子里有没有方便面和矿泉水，最好还能有一个钱包。"

骆伽砰地扣上箱子："没钱，没吃的，没手机。"

"你还问迟到几秒钟有什么了不起？这就是下场！"有人开始不满。

赵勇不想让骆伽吃亏，大声嚷回去："看不出来吗？人家早就计划好了要搞野外生存的拓展训练，迟到不迟到都要扔下我们。"

周锐不喜争执，跑去敲拓展基地的铁门，想借电话找车回北京。看门老头直接丢出一张纸："你们老板留下的，看看吧。"

只有寥寥几句：野外拓展训练不许打电话，不许借钱，按照既定分组行动，少一人则取消成绩。

骆伽看完，颓然面向众人道歉："对不起，我连累大家吃苦了。"

大家心里透亮，这确实是早就安排好的计划，于是不再责怪骆伽，各自按照分组散去了。骆伽一左一右把周锐和赵勇拉到一边："这是什么旮旯呀？我路痴的。"

大巴从三元桥出来后，走京顺路到达怀柔，沿着红螺寺旁的山路开了一个小时，此处距离目的地中旅大厦至少有五十公里。赵勇曾经在这附近游玩过，比较熟悉："去红螺寺，那里热闹，肯定有车坐。"

周锐刚要出发，就被骆伽拽住："让其他组先走，我们后走。"

"为什么？"赵勇不解。

骆伽低声说："笨的，如果有车从身后来，我们搭到车的机会更大。"

赵勇竖起大拇指，肚子这时咕咕叫起来。

骆伽走过去敲敲铁门，用甜甜的声音喊道："大爷，您还在吗？"

哗啦一声，老头皱褶层层堆叠如槐树皮的脸露出来："女娃娃，啥事？"

骆伽露出乖乖的笑容："能给我们点儿吃的吗？"

"包子十块一个，馒头三块一个。"

"哎呀，没带钱。"

"没钱还买馒头？"老头准备关门。

赵勇翻着行李箱，叹气道："实用的东西都没有，老头别关门，用这个换馒头行吗？"

老头眯缝眼睛，皱纹重峦叠嶂，看着眼前这个精致的粉色盒子。

"Channel的眼霜，朋友从香港买来的。"骆伽要扣箱子，却抵挡不住周锐和赵勇乱抓的四只手。

"没用，不要，老头子洗手不用肥皂，洗脸不用香皂，用这玩意做什么？"老头嘴里拒绝，手却伸了过来。

"那还给我吧。"骆伽央求。

老头抓着眼霜，另一只手掐着三个馒头伸出来："老头子想试试这高级玩意，给你们三个馒头。"

骆伽笑嘻嘻地说："大爷，您再给我们三个煮鸡蛋吧。"

三人分着吃完，又在水龙头上喝饱。周锐把行李箱塞进铁门，叮嘱老头先代为保存，然后从地上拾起断根的高跟鞋："伽伽，把鞋跟掰掉。"

"不行，这是我的生日礼物。"骆伽抢回高跟鞋抱在怀里，结果看见赵勇拎着块砖头过来，吓了一跳，"你要干吗？"

赵勇抓来高跟鞋一下砸断鞋跟："你身材比例这么好，哪用穿高跟鞋？"

骆伽眼睛笑成一道线："周锐，你看人家赵勇多会说话。"

15. 周日，晚上九点五十分

"狗屁培训，狗屁训练。"骆伽走在山路上，全靠说话提神，她踏着没跟的鞋大声抱怨。

赵勇一脸惊讶:"伽伽也会说脏话?"

周锐也很意外:"我都糊涂了,哪个才是真的她。"

"笨的。"骆伽点着周锐,又变回以往的语气。

赵勇知道他们之间的感情纠葛,说道:"你知道吗?他差点儿去了火星。"

"火星,去找水吗?"骆伽大概能猜出来缘由,但依旧开着玩笑。

"他在地球上找不到你,所以只好去火星找。"赵勇嘿嘿笑着。

骆伽不想聊这件事儿,扯开话题:"这次野外训练一定要拿第一。"

周锐想到一个问题:"雷先生是副总裁,为什么要亲自培训我们?"

"说来话长。"骆伽早一个月进入公司,如今又是雷励行的秘书,因此知道不少内情,"雷先生从美国回来后明升暗降,挂名副总裁而已,实际负责收拾烂摊子,队伍基本都被打残了,所以他需要先招兵买马。魔鬼训练共有五次考试,成绩低于七十分的当场开除。"骆伽对这些情况非常了解。

赵勇问:"你好端端的为什么要做销售?任务天天压着,指标月月增加,数字年年清零,销售这碗饭不好混。"

"我愿意。"骆伽不以为然,把斗嘴从不落下风的赵勇呛回去。

"我给你背首诗。"赵勇清了清嗓子。

一把鼻涕一把眼泪,投身销售英雄无畏。
西装革履貌似高贵,其实生活极其乏味。
为了生计吃苦受累,鞍前马后终日疲惫。
为了出单几乎陪睡,点头哈腰就差下跪。
日不能息夜不能眠,客户一叫立马到位。
屁大点事不敢得罪,一年到头不离岗位。
劳动法规统统作废,身心交瘁无处流泪。
逢年过节家人难会,追讨欠款让人崩溃。
开发客户经常喝醉,不伤感情只好伤胃。
工资不高还装富贵,拉拢行贿经常破费。
五毒俱全就差报废,稍不留神就得犯罪。
抛家舍业愧对长辈,身在其中方知其味。
不敢奢望社会地位,全靠自己傻子陶醉。

骆伽被这首歪诗镇住:"我真跳火坑了?"

前面带路的周锐停下来,严肃认真地说道:"我陪你一起跳。"

"没关系,我稍微跳一下就爬出来。"骆伽展开眉头,"不过魔鬼训练也不能大意。"

"没什么好怕的。"赵勇总是很乐观。

骆伽看到前方不远处灯火,但看看时间,应该还没到红螺寺了。

"是农户家,哈哈,去老乡家吃点儿喝点儿吧。"骆伽蹦蹦跳跳跑过去,刚准备推门进去。就听到一串极其凶猛的狂吠声,三人惊呼转头就跑,也顾不上方向,踏着起伏不定的山路没入黑漆漆的夜里。骆伽不小心摔进水沟,脚腕肿得比刚才吃的馒头还圆。

16. 周一,上午九点五十分

周锐和赵勇搀着骆伽奔波一整夜,天亮才在红螺寺搭上公交车,将近十点才到达中旅大厦。他们直奔三楼教室,雷励行正在讲话,而且都是要考试的内容。

周锐不敢不进去:"我们上一轮野外生存的分数肯定垫底。"

雷励行极为重视这次培训,不仅设计拓展训练,还亲自传授课程,他问大家:"你们觉得自己和捷科是什么关系?"

"公司与员工的关系。"有人答道。

"这又是什么关系?"雷励行不以为意,忽然听见门外的动静,快步走到门口猛地拉开,赵勇本来全靠右手撑门保持身体平衡,这时胳膊一闪摔到地上。大家见到这滑稽的一幕,都憋不住大笑起来。

"刚才的问题我知道。"赵勇赶紧爬起来,"是哪里有压迫,哪里就要反抗的关系。"

雷励行在魔鬼训练中极为严厉,问:"如果有人让你面试,让你参加魔鬼培训,你还要反抗吗?"

骆伽见他真的生气了,赶紧回答:"我不同意赵勇同学的观点,我们毕业进入社会,公司就是发展事业的平台,而捷科就是最好的平台。"

这与标准答案一模一样,雷励行怒火瞬间被浇熄,指着座位:"入座听课。"

课后,三人被留在教室,雷励行询问了昨晚的经过,在计分卡上写了零。

十分全丢，形势严峻，赵勇却不以为意，学着骆伽的语气调侃："某人刚才说过，捷科是我们发展事业最好的平台。"

周锐不想纠结这些，翻开厚厚的资料开始补习上午的内容："如果这次考砸，我们就要卷铺盖走人了。"

赵勇一点儿都不怕，面试都闯过来了，还能在阴沟里翻船？

17．周三，上午九点整

绝不将没有经历过完整训练的士兵送上战场，这是捷科的理念之一。用赵勇的话说，就是正规军和土匪的区别。产品知识和销售技都在培训里，依此反复考核，由此把不适合做销售的人拦截在外。在经过两次拓展训练和一次产品考试后，没有技术背景的骆伽出人意料地名列前茅，赵勇成绩倒数，骤然感受到压力，这意味着后面两次考试不容有失。

"人生无处不营销，欢迎大家进入销售课程。"雷励行牛仔裤搭配西服，穿梭在课桌之间，"销售技巧就是与人打交道的方法，可以用在各个方面，比如推销一个想法，或者追求心爱的人。"

捷科鼓励在培训中互动，这让课堂感受很好，雷励行喜欢看学员们眼中的光亮："单身的人请举手。"

三分之一的学员举起手，雷励行笑着说："你们要先找到目标客户，然后把自己销售出去。有没有人已经成家了？"

只有两三只手举起来，雷励行继续说："你们要提高售后服务技能，避免客户流失。早晨起来做好早餐，把太太叫醒，先服务她们洗漱。等吃完早餐再开车送她上班。下班回到家后把电视调到她喜欢的频道，然后你去做晚饭。她吃饭的时候，你就可以……"

"我就可以吃了？"一名学员垂头丧气地接道。

"她辛苦一天，边吃饭边享受你的足底按摩，一定很舒心，你应该学好足底按摩。"雷励行在大家的笑声中继续说，"然后，等她去休息的时候，你就可以……"

"吃饭了？"这名学员总惦记着吃饭。

"一边洗碗一边从剩饭里扒拉几口吧。"有人附和。

雷励行等大家笑完，又问："有谁正在恋爱中？"

大半学员举起手，雷励行皱眉看着骆伽："三次你都没有举手。"

骆伽举起一只脚，示意雷励行来看。赵勇说："她脚扭了，举了三天。"

她的肢体语言说明什么？雷励行似有所悟，但无心在课堂涉及隐私，走回讲台举起手机，进入正题："好，我们现在开始学习销售技巧，谁愿意扮演销售人员，把手机卖给我？"

赵勇自恃做过几十万的订单，卖手机岂非易如反掌？于是马上举手站了出来："欢迎光临，有什么可以帮您的吗？"

"我想看看大屏幕手机。"雷励行双手后背，似模似样地扮演客户。

赵勇抓起一部手机递过去："这款手机采用超大屏幕，内置相机两百万像素，促销期间赠送2G的存储卡，您可以记录下很多回忆。"

"太复杂了，功能越简单越好，能打电话就行。"雷励行看了看手机，皱起眉头。

"您放心，我们的手机都能打电话。"赵勇大大咧咧地说，引得大家又开始笑。雷励行摇头，把手机放回去，他怎么看都不像买便宜手机的人，于是赵勇继续坚持，"我觉得，还是这款手机适合您。"

雷励行后退几步，弯腰做出看柜台的样子："我还是再看看吧。"

赵勇急了，喊道："促销期间每部手机优惠一千元。"

"这部手机原价才九百九。"雷励行笑着指了指并不存在的价签。

赵勇为了卖出手机，硬着头皮说："好，我再赔十块钱卖给你。"

"有这种好事？好，我买了。"雷励行被他逗笑。赵勇赶紧连手机带钱一起塞到他手里。

雷励行结束角色扮演，看着赵勇。赵勇知道自己表现欠佳，心里发虚，口中辩解："我没有准备，对手机也不太熟悉，不过我总算卖出去了。"

雷励行极为失望，不想在课堂上过多指责，向骆伽招手，让她示范。

骆伽笑吟吟地站起来："早上好，欢迎光临。"

"嗯，我看看手机。"雷励行继续扮演顾客。

"您对手机有什么要求呢？"

"屏幕大些就行。"

"唔，多大才算大呢？"骆伽轻微皱眉，右手在桌面一画，示意雷励行来看。

"至少这么大。"雷励行指着其中一部，但只是中等尺寸。

"除了这个，还有其他要求吗？"骆伽继续问。

"按键大些，操作简单，价格不要太贵。"

简单的便宜货？骆伽猜出了什么，嘴角翘起："您为什么喜欢简单的手机呢？"

293

雷励行笑了，对于她的关注点非常满意："送给我父亲，他视力不好。"

骆伽明白了，挑了部手机："这款最适合老人，有黑色和白色，老人家偏爱什么颜色呀？"

雷励行极为欣赏她的销售方式："黑色的吧。"

"我打开给您测试一下吧，确保毫无问题。"骆伽右手做成剪刀状，指着手机包装。雷励行点头，骆伽马上"剪开"包装，没一会儿就成交了。课堂上顿时响起掌声。

赵勇有点不服气，开始辩解："我第一个尝试，然后她在我这里吸取了经验，当然做得好了。"

本来把赵勇招进来就有些勉强，这样看来确实招错人了，雷励行不再理他，转向学员："大家说说，为什么两个人的结果完全不同？"

周锐举手："因为赵勇太注重推销了，只顾产品，忽略了客户需求。"

周锐开了第一炮，有学员接着说："赵勇只顾自己说，完全没有问客户需求。"

"骆伽在过程中没有强推，顺其自然地就成交了。"

骆伽一直低头看着脚尖，偶尔和同学对视一下，表达谢意。赵勇被批斗，面皮僵硬，不知道该看哪里。雷励行走过去，说："赵勇的销售方法叫推销，还有一个俗称，叫作菜鸟销售法，你们这些新人最喜欢用，参加完培训，知道了公司产品的皮毛，然后就到客户那边夸夸其谈，丢下资料就走，这种方法只有死路一条。"

雷励行又走到骆伽身边，她虽然卖出手机，但还是差得很远。"下周你们将走向战场，面对真正的高手。不过我不会让你们送死，你们还有两次角色扮演的机会，不合格就淘汰，免得将来打击你们的斗志，浪费你们的时间和生命，世界很大，你们可以找个轻松的工作。赵勇，卖卖房子和汽车，可能更适合你。骆伽，没有必要做销售，找个轻松点的工作。我不是开玩笑，也不是危言耸听，马上便有分晓。"

18．周四，上午九点整

由考官扮演客户，由此根据学员表现进行评估和打分，这将决定最终成绩。赵勇拿着案例，紧张地等在门口，他将扮演客户经理，模拟拜访客户，此刻心脏揪在一起，考官好说话吗？

"进来。"房间内传出声音。

赵勇心头急颤，阿弥陀佛，老天保佑，别遇到铁石心肠的考官，他挪动沉甸甸的双腿走进房间。老天，竟是雷励行！他慌张地走过去，坐在沙发上，抬头碰到雷励行严厉的目光。糟糕，忘记寒暄和开场白了，也没有征得同意就坐下来了！赵勇犯了大忌，手忙脚乱重新站起来去握手。雷励行没有伸手，冷冷示意，坐吧。赵勇的心脏在胸腔跳动不止："您好，雷先生，我是捷科公司的客户经理赵勇。"

"雷先生？"雷励行皱眉，他在案例中扮演一位姓王的主任。

"王主任，我正好路过您公司，过来和您聊聊。"赵勇赶紧改口。

"路过？和我聊什么？"雷励行不满意这个开场白。

"捷科是世界排名第一的IT公司……"赵勇结结巴巴自我介绍。

"惠康去年的销售收入世界第一，超过你们了。"雷励行质疑赵勇。

赵勇找到发力点，振振有词地反驳："惠康的销售收入大都来自打印机和个人电脑等消费类产品，在商用市场连我们的一半都不到。"

客户有异议的时候，必须先平复自己的情绪，对着干很不明智。雷励行懒得争辩，摊开评估表，在分数最低的选项上画钩，话题一转："你说顺便来见我，有事吗？"

赵勇习性未改，没有挖掘客户需求就亮出产品资料："这是我们最新推出的产品，不仅性能超强，还具备极强的可靠性和扩展能力。"

雷励行双臂环抱胸前，听完介绍冷冷地说："知道了，资料留下来，我们学习一下吧。"

赵勇昨晚几乎没睡觉，把产品资料背得滚瓜烂熟："再给我一分钟，我们还提供全国范围的服务和支持体系，可以在四个小时内响应你的任何需求。"

"嗯，你们产品不错。"时间已到，雷励行挥手打发赵勇。

"这是产品资料，您仔细看看，告辞。"赵勇憨厚地笑笑，握手离开。雷励行在评估表上向下一画，落在低分区域。

赵勇出门见到骆伽，忍不住吹牛："我开始有点儿紧张，后来他竟说惠康是世界第一，我就拿出数字，惠康靠打印机和个人电脑滥竽充数，他才老实。昨晚复习的内容全用上了，产品介绍滴水不漏，他连声称好。"

骆伽皱眉，销售应该多问少说，他的做法显然不对，不禁担忧。房间里传出雷励行的声音，赵勇跨进门，迎接评分结果。

雷励行把评估表推到赵勇面前，按顺序点评，第一项是建立信任："穿着打扮是取得客户好感的第一步，你觉得自己怎么样？"

赵勇低头看看西服，这是他毕业后置办的第一套。雷励行不扮演客户，气势依旧："深蓝色西服套装，不错，衬衣什么颜色？"

"粉红色。"

雷励行提起他的裤腿："黑皮鞋穿白袜子。衬衣领口能塞进去一个拳头，头发最能体现人的精神状态，你头发挡住一只眼睛，你是非主流吗？你的客户是掌管数百万上千万预算的客户，不是小孩子。还有，你不寒暄不招呼，自己就坐在沙发上了？"

"看在西服的面子上，两分。"雷励行大笔一挥，满分为五分，两分不及格。接着铅笔指向第二项开场白："路过，顺便聊聊，敢这么跟客户说话？一分。第三项挖掘需求，你从始至终提问过吗？你就是机关枪，不关心客户需求，子弹扫完就撤，评估表上没有零分，我只能给你一分。第四项呈现价值，产品介绍还算全面，四分。最后，你留下资料，抬屁股就跑，没有根据客户的兴趣点来设计下一步行动，一分。最后一项，异议处理，我说惠康是全球第一，你直接反驳，我懒得理你不去争辩，你真以为把我说服了？一分。"

评估表上画满大叉，分数都在一两分，角色扮演砸锅。赵勇脸色转白，心脏怦怦跳起，平均分还能达到七十分吗？这份工作要搞丢了！

"拿着评估表，出去。"雷励行将评估表迎面抛去。

19．周四，上午十点十分

赵勇将培训资料向空中一扔，厚厚的文件夹摔落在地上，他倚在门口，盯着教室中的三个空位，他们被扣掉三十分，失去继续培训的资格。下一个将是自己，后面的角色扮演必须拿到满分，这没有可能。

"还有机会，加油。"骆伽结束角色扮演，出来等分数，走到赵勇身边。

"此处不留爷，自有留爷处。"赵勇受不得别人同情，挺胸装出不在意的样子。

房间传出声音，骆伽忐忑不安地走进去，雷励行将评估表按在桌面："先说专业形象，觉得怎么样？"

骆伽对穿着品味向来有自信，侧头从上到下看看自己："挺好的。"

"你想给客户留下什么印象？"

"专业、高效，嗯，还有亲和。"骆伽想出三个词。

"你看起来专业和高效吗？"雷励行猛然爆发，一连串地问下去，"粉色的蕾丝边儿衬衣？来幼儿园过六一儿童节吗？秀发披肩，和男朋友约会？素颜，见客户懒得化妆吗？没有耳环胸针和项链，能体现你对客户的重视？你握手的时候，凉得像冰棍，你是林黛玉吗？想给客户留下弱不禁风的印象？你将近一米七吧？你打算压客户一头？可以穿高跟鞋，用得着这么高吗？尤其是见个子比你矮的女性客户，还有挎着LV，你到底想给客户什么信息？"

骆伽被挑出这么多毛病，体无完肤，仔细想想不是没有道理，有些不知所措："没有特别的信息，我一直都用这个牌子。"

雷励行站起来，低头观察："客户可能会猜，她自己应该买不起，别人送的吧？"

骆伽脸色绯红，左手缩回袖中，遮住手腕上银光闪闪的手表。雷励行似有所悟，他绕骆伽一圈，指出更多问题："黑框眼镜没有度数，小白领的感觉，摘掉，衬衣不能有蕾丝边儿，长发一定要盘起来，短发最好。见客户前烘烘手，要像棉花团一样温软。最后，呢呀嗯哈唔，这些语气词都去掉，用语要有权威和专业，不能向客户发嗲。"

雷励行坐下，抽出评估表："专业形象扣你两分，开场白、提问、呈现、下一步计划，处理异议，这些不错，给你满分。"

晚上，赵勇埋头大吃，他成绩不佳，凶多吉少。周锐心里五味杂陈，不知道怎么安慰，从冰箱中取出可乐放在他面前："走，再去练习一次。"

明天的角色扮演是向客户陈述方案，三个人配合才能完成。赵勇砰地放下筷子，扭头狡黠一笑："别担心，我自有退路。"

骆伽走进餐厅，将周锐拉出来："陪我购物去。"

20．周五，上午八点五十五分

骆伽昨晚去了美容店，将一头秀发齐肩剪短，换上新买的衬衣和皮鞋，扔掉黑框眼镜，面貌焕然一新地走进会议室，引来一波波惊艳目光。周锐跟在后面，他不喜欢受人注视，浑身难受，只想钻进人群，他悄悄在骆伽耳边说："大家都在看我们。"

"享受回头率。"骆伽早习惯了各种各样的注目礼，她以往在捷科保持低调，现在是回归正常，一边微笑打招呼，一边很有风度地和周锐聊天，"以后跟我混，你就会习惯的。"

"跟你混？"周锐仿佛成了黑社会老大的马仔。

"你是工程师，我是销售，你要支持我的工作，为我服务，拿电脑包。"骆伽将沉甸甸的提包递给周锐，风度翩翩地招手。忽然间，雷励行和一名胖胖的主管进入房间，最后一轮角色扮演即将开始。骆伽惊叫，声音带着恐慌："赵勇呢？"

肯定在房间！考核九点钟开始，迟到就会失去资格，周锐转身疾奔，挤满人的电梯缓缓驶到，他跳进去，电梯精神病般超重，他蹦出电梯，一步三个台阶冲上五楼，绕过回廊进入房间。赵勇粗重的声音从被窝里传出来："出去，让我清静会儿。"

"不能放弃！"

"何必丢人？"赵勇掀开被子，梗着脖子坐起来，望着墙壁。

"现在走还来得及。"魔鬼训练纪律严格，周锐不去考试就要被废掉。

"你必须去。"赵勇极为周锐担心。

周锐甩掉西服外套，揪下领带，躺在床上："你不去，我也不去。"

赵勇执拗地拉起被子盖头，闷声闷气地在被子中吼道："不去！"

骆伽推门进来，两个人竟滚着床单僵持，她掀开被子指着光膀子蜷缩成一团的赵勇："你还是男子汉吗？没考过怎么样？丢了工作又怎么样？大不了从头再来。孬种！周锐，你这个笨猪，躺在床上有什么用？把他扛起来。"

"我不是孬种！奶奶个熊，老子都废掉了，怕个鸟。你，回避一下。"赵勇在被窝里，套上裤子和衬衣，抓起领带和西服外套。

骆伽掀开被子，只穿着短裤的赵勇暴露出来："别啰唆，快穿。周锐，去抢电梯。"

电梯里面挤满拎着大包小包的游客，周锐气喘吁吁地按着按键道歉，请他们稍候。一位矮个子、圆滚滚、歪扣棒球帽，挤在门口的老人劝说："小伙子，等下一部吧，我们赶飞机。"

骆伽推着赵勇冲进电梯，向怒气冲冲的游客们挤出一朵灿烂笑容："新郎官赶时间，不能错过黄道吉日，嘻嘻，对不起哦。"

赵勇西装革履，挺像新郎，游客们觉得沾了喜气，又挂上笑容。棒球帽老头突然嚷嚷："不穿袜子的新郎官？"

赵勇特意买了纯棉黑袜子，急匆匆竟忘记穿上，电梯门收紧，回不去了。棒球帽老头身体灵活，蹲下解开鞋带："穿我的。"

赵勇连声称谢，忽然手指袜子："老人家，您怎么能穿白袜子呢？"

"白袜子惹谁了？"老人不明白，晃着头顶的棒球帽。

周锐只好劝赵勇换白袜子："总比没有强。"

"死猪不怕开水烫，光脚板的不怕穿鞋的，破罐子破摔，走。"赵勇向棒球帽老人深深弓腰道谢，接过袜子，甩开大步奔出电梯。

老头向游客们感慨道："现在的年轻人呀，办婚礼就像上刑场。"

在成绩表上，除了已经被淘汰的，骆伽列在第一，赵勇排在倒数第一。第一名和最后一名都在方宏伟的北方区。方宏伟将担任最后一次角色扮演的考官，这是惯例，淘汰他的人必须征求他的意见。赵勇冲进房间的时候，方宏伟脸色不爽，向外挥手："知道敲门吗？出去。"

骆伽把赵勇拖出去："你死猪不怕开水烫，我俩还是活猪。"

"你们错过了招标时间，废标。"雷励行扮演决策者，起身宣布。如果周锐丢掉这次的分数，平均分低于七十就无法过关，也要被废掉。赵勇争论："你还有人味吗？在房间睡觉的是我，他们没迟到。"

骆伽成绩一直领先，即便这次没分，也只是失去第一名，她为周锐争辩："他找赵勇耽搁了半分钟，让我们考吧。"

骆伽一夜间沧海巨变，齐腰的长发削短，黑框眼镜消失，素颜换上细心描绘的淡妆，西服套装上精致的胸针，缺点全部弥补，从一个稚气未脱的小白领，脱胎换骨为职场精英。好鼓不用重敲，雷励行暗暗满意。

"我也走，就算没有工作，也养得起自己。"骆伽挎着周锐和赵勇的胳膊向门外走。

"骆伽，回来。"方宏伟舍不得这期最优秀的新人离开，抢步拦在门口。

雷励行千挑万选才挑出千里马，顺水推舟让步："你们迟到两分钟，争吵两分钟，你们还有十六分钟，准备开始。"

骆伽介绍方案，赵勇讲产品，周锐谈实施计划和服务体系。赵勇死猪不怕开水烫，不用患得患失，放开讲述，骆伽和周锐都替他叫好。骆伽换了形象，表现依旧抢眼，周锐仍然没有克服当众讲话的紧张，磕磕绊绊，几乎读着演示文件完成介绍。

他们讲述完毕，在门口焦急等待，时间不长就被叫回来，说明雷励行和方宏伟在评分上很快取得一致。

"人的形象会说话，客户几年后也许忘记内容，却忘不掉你的样子。"雷励行满意地看着骆伽，"先说专业形象和肢体语言，出彩的地方很多，比如胸针，你是精心准备的，客户有被重视的感觉。及肩的短发更专业，比盘起的长发好。如果你是工程师，我鼓励你戴眼镜，但你是客户经理，戴眼镜太技术了，有生硬的感觉，去掉后好多了。缺点是，嗯，宏伟，你说。"

方宏伟找不到骆伽穿着上的缺点，干脆大笔一画："满分。"

"周锐，先不说内容和形象，你盯着屏幕，从始至终背对客户。"雷励行很不满意。

"我紧张。"周锐面对客户就紧张，人越多心脏跳动越快，呼吸困难，脊背流汗，声音磕绊，以至于连一句完整的话都说不出来，因此他目光避开听众，背诵一样地完成介绍。他是售前工程师，以后必须向客户介绍方案，这是致命缺陷。招聘只有半个小时，培训整整一周，优点缺点更全面地展现出来。雷励行和方宏伟默默评分，分数落在低分区域，五次考核下来，他们勉强过关。

赵勇抬头看着天花板，一副与我无关的样子，雷励行按照流程打分："先说专业形象，上次穿白袜子，这次一只光脚一只白袜子，开眼界了，一分。"

方宏伟走到赵勇身边，右手在他两脚间画一条线，他圆圆的肚皮挡住视线，拼命弯腰才能做出这个动作："小鬼难防，两个脚尖之间的直线必须包括所有客户，尤其不能忽略低级别的客户。再说表情，跟我们有仇吗？一点儿笑容都不给，给你两分。"

雷励行翻过评估表，笔尖指向下一项："声音洪亮清晰，三分。"

方宏伟合上评估表："对评分有意见吗？"

这次成绩以三分为主，最终平均分肯定达不到七十分，赵勇不抱希望，重重点头："合情合理，心服口服。"

方宏伟与赵勇熟识，想放他一马，故意问给雷励行听："第二次拓展训练成绩是零分，怎么回事？"

骆伽将扭脚的过程叙述一遍，极力夸奖他宁可牺牲分数，也不肯放弃同伴，赵勇变成了充满责任，勇敢无畏的化身，不好意思地低头。方宏伟听完，在评估表右上角空白处写下一竖，笔画随即右转向下，出现一个鱼钩形状，起笔在鱼钩上方重重画下一横："五分！"

五分是满分，如果赵勇得到满分就咸鱼翻身，死里逃生！周锐和骆伽正要鼓掌，雷励行忽然站起来："宏伟，你扮演采购经理，我是决策者。三个厂家参与招标，骆伽公司表现最好，赵勇公司居中，你却给他最高分，难道你吃了回扣？"

方宏伟打算死保赵勇："态度决定一切，只要敢于拼命，便没有克服不了的难关。赵勇敢冲上去夺机关枪，宁可得零分也不放弃受伤的同伴，这样的人，我要。"

"我们的新员工培训体系有五十年历史，是公司最优良的传统，任何人都不能破坏。抱歉，这是公司的规定。"雷励行用人一向宁缺毋滥，毫无通融，说罢起身走出房间。

方宏伟争不过："赵勇，我会为你申请最好的离职条件。"摇头拍拍赵勇肩膀，随雷励行一起离开。

周锐很难过，过来安慰赵勇："没什么了不起的，我有一口饭，你就不会饿着。"

骆伽崴脚拖累赵勇，既自责又担心："车到山前必有路，别灰心。"

赵勇突然爆发，仰天大笑，撞开周锐和骆伽，从两人中间大步走出房间："此处不留爷，自有留爷处。大师兄做了中联集团北方区总经理，我随随便便都可以去。你们小心些，从此在战场相遇，各为其主，绝不留情。"

周锐与赵勇是多年好友，没想到在捷科共事短短一周，就变成势不两立的对手。

21．周五，下午五点十分

魔鬼训练结束仅仅一周，却恍若数年，世界完全不同了。

"告诉你一个好消息，你在魔鬼训练中得分第一。"方宏伟坐在会议室，对面是骆伽。

"呃，我会更努力的。"骆伽没有得意扬扬，只有礼节性的笑容。

"关于客户划分，有什么想法？"方宏伟收敛笑容，第一个季度任务繁重，他不等骆伽回答，指出两种选择，言语间的意向明确，"你可以负责总部客户，素质高，不会遇到莫名其妙事情，压力也小。或者负责一线市场，压力大，要经常出差喝酒。"

骆伽笑了，像一朵玫瑰绽放在会议室："我要去一线做销售。"

方宏伟盯着她的双眼，看出了不容改变的决心，不再多说，打开投影机，屏幕上显示出客户金字塔形状的组织结构图，顶端是决策者，向下是各个部门主管的照片，下面注明姓名、年龄和籍贯等基本信息，他用激光笔点屏幕："客户一个萝卜一个坑，小希去山东，你负责北京，这是北京通管局的组织结构图，也是我们的作战地图。北京是惠康的根据地，我费尽心思折腾整整一年，不但吃不到肉，啃不着骨头，连汤都喝不到一口。"

骆伽吐吐舌头，露出俏皮神色。方宏伟在北京屡败屡战，有时成功在

301

即，却总有一股神秘的力量帮助惠康反败为胜,他掂量着用词,继续施加压力:"智能交通项目全面启动,一场前所未有的残酷大战即将展开,惠康签了一期,二期工程也许不用招标,直接签合同,我们没有一丁点儿胜算,你要想清楚,想想前途。"

骆伽走到屏幕前,看着一幅幅巨大的面孔,猜测他们的照片下隐藏着什么样的个性和秘密,她没有被方宏伟吓住:"我来负责,我不怕输的。"

方宏伟劝不动,开始出谋划策:"好吧,我们不占优势,想办法切下来一些,别人吃肉,你喝口汤就行。"

骆伽将期望继续向下降:"您一年都没啃下来,切分也不容易吧。"

"就混个脸熟,伺候好,慢慢拱,守得拨云见日吧。"方宏伟摇头,公司有耐心等吗?

"我需要一个售前工程师支持,周锐最好。"骆伽抓住机会申请资源,无论技术还是人身安全,她都相信周锐。

"你俩都是新人,还是菜鸟,怎么敢在北京挑战惠康?"方宏伟想起周锐在介绍方案时的表现,坚决反对。

"您怎么包办婚姻呢?"骆伽开起玩笑,捷科的销售与工程师组成团队,最要紧的是两人能否合得来,确实不是别人可以包办的。

22. 周五,下午五点三十分

周锐被骆伽拎进电梯:"哎哎,打电话就行了,不用您亲自来抓。"

骆伽负责北京通管局,摩拳擦掌要与周锐商量对策,还没有在咖啡馆坐定,便看见窗外的雷励行招手,两人走出去,被冷风激起一个激灵。雷励行依然牛仔裤搭西服的打扮,双腿搭在对面椅子上,他知道骆伽心中的秘密,再次提醒:"北京通管局不容易做。"

"嗯,我要做真正的销售,不想被包养起来。"骆伽毫无商量余地。

雷励行被逗得前仰后合:"我们不是娱乐圈,也不是黑社会,怎么会包养你?"

"拿钱不干活,不是包养是什么?"骆伽早就瞄准了北京通管局二期工程。

"你们刚加入公司,不该去打这场仗。韦奇峰深耕细作数年,亲自负责这个项目,我看不到任何机会。"雷励行上任之后,便研究了市场。

"他是高手吗?"骆伽第一次听到这个名字。

"绝对是。"

"我要打败他,你必须帮我,打赢北京通管局的项目。"骆伽的勇气与赵勇如出一辙,她迅速打开电脑,北京通管局的组织结构图显示出来,她指着屏幕上的头像,"这是李玉玺,主管副局长,1952年6月出生于北京通县马驹桥乡……酷爱钓鱼。"

雷励行知道劝不动她,起身走了。

周锐趴在屏幕前仔细看,这张官方标准照满面春风,与半年前轰他出办公室的冷冰表情完全是两副面孔,想起当年的冒失,周锐越看越心虚。

骆伽翻页:"北京通管局信息中心副主任张大强……儿子十二岁,去年体检出脂肪肝。这是方恩山,计划财务处处长,今年四十八岁,负责立项和预算,喜欢唱歌和麻将。"

"伽伽,有什么打算?"看着这些资料,周锐既熟悉又陌生。

"从上到下摸一遍。"骆伽吐吐舌头,端起咖啡,她在周锐面前总是这种语不惊人死不休的风格,"擒贼先擒王,从李局长开始。"

周锐掂量着这句话,反对:"这样很'二'。"

"你呀,根本就怕见客户的。"骆伽使劲儿踩周锐鞋面,却听进去了建议,指着电脑上张大强的头像:"他主管这个项目,就从他开始吧。"

张大强乌亮皮鞋雪白袜子,扭着肥腰唱《天仙配》的情景闪进周锐回忆:"要小心张大强。"

"唔,为什么?"骆伽心思细腻,总能听出话中的言外之意,每当这个时候,周锐就觉得她头顶打开了一个小雷达。

张大强很色,周锐很为骆伽担忧:"羊入虎口,千万不能去。"

"所以你要贴身保护,别让我受伤。"骆伽从来不乏追求者,并不担心此事,"呃,对了,赵勇去哪儿了?"

"去中联报到了。"周锐得到了赵勇的消息,他合上骆伽的电脑,严肃地说,"伽伽,北京通管局?你不能去,我也不能去,还记得半年前的事吗?"

周锐半年前在骆伽父亲的公司,参与了北京通管局一期工程,骆伽放下咖啡,目光仿佛穿越了半年的时空:"把你知道的都告诉我。"

这些往事压在周锐心底半年,他本想忘记,然而骆伽负责北京通管局,那些人和那些秘密都将复活,再次上演。该来的就来吧!但是,骆伽与这个行业完全不搭界,周锐心中有太多的问号:"你为什么要做通管局的项目?"

骆伽反问："我有个问题，你要好好回答。"

"嗯。"周锐放下咖啡，坐直身体，骆伽不再是那个无忧无虑的学生了。

"爸爸与通管局商业贿赂有关，你相信吗？"骆伽为此事才进入捷科。周锐回忆招标前夜与骆伽父亲的对话：我离开设计院，有一个梦想，想让老百姓少挨些堵，我们也少挨些骂。如今这个心愿不能实现，我认了，但是不想为挣钱不择手段，给那些贪官们送回扣。

周锐断然回答："我不相信。"

骆伽右手去撩发梢，却拨在空中，意识到长发不在，改成拍拍肩膀："如果爸爸没有给他们回扣，怎么会牵扯到这里面？"

"好像有一笔七十五万的资金有问题。"周锐有所耳闻。

"爸爸说，合同中没有这条。"骆伽问过父亲，他不承认付过钱，其他便不多说。

可是合同上白纸黑字，客户也收到了钱，这事十分蹊跷，骆伽父亲在合同上亲笔签字，怎么能不知道？或者，他没有告诉女儿实情？周锐实在想不通。

"爸爸百口莫辩。"骆伽满眼都是悲伤，看得出父女情深。

周锐想不通其中的蹊跷，却为她心痛："伽伽，我能做些什么？"

"把半年前的往事全都告诉我。"骆伽握着周锐的双手。

半年前　往事

23．周日，晚上八点五十五分

夜晚的黑暗被璀璨四射的霓虹灯披上光亮的外衣。

东三环横贯北京中央商务区，五星级宾馆和写字楼聚集两侧，招蜂引蝶般引来各色食肆。食客们酒足饭饱，最喜欢去酒吧助兴，彻夜不歇。

一辆黑色奥迪从车流中穿出，尖叫刹车，急停在皇城宾馆大门前。摆摊卖煮梨水的母女慌张惊恐地躲闪，金黄色的梨子从木桌上蹦跳滚落地面，钻进轮胎，扑哧，被压成一朵盛开的梨花。闪亮的黑色皮鞋伸出来，踩在雪白的梨花上："长眼睛了吗？这里禁止摆摊！"

"张主任，进吧，订好包间了。"周锐出来挡在母女面前。

张大强金鸡独立地抬起右脚，将梨皮从鞋底甩掉，他是北京通管局信息中心副主任，负责智能交通项目，是今天必须搞定的客户。前座的赵勇将两张钞票扔给司机，等不及找零，起身去追张大强。赵勇比周锐高半头，宽一块儿，摘掉眼镜像土匪，戴回去又文质彬彬。他们都在一家名叫宇天交通的公司上班，公司创始人骆南山是周锐的硕士导师，周锐毕业后便在这家小公司做软件开发。公司小，一个人身兼数职，他这次便被抓出实验室，支持一线销售。赵勇以往都做些几十万的小订单，北京通管局的智能交通一期工程将近千万，是想都不敢想的大项目。

"别，车费没那么多。"周锐冲到前面要零钱。

赵勇把周锐推走，掏出一百钱塞给卖梨汤的母女："这里车多，小心，这是梨钱。"

电动门哗啦敞开，张大强咧嘴嘿嘿一笑，抬脚进去，乐呵呵奔向大堂侧面的擦鞋机，轮流伸脚，皮鞋滋滋闪亮。他熟门熟路地走上台阶，转过楼梯，音乐缠绕过来，两排服务员恭敬说道："欢迎光临。"

转过黄漆屏风，在灯光闪闪的舞台中央，一名长裙飘飘的歌手正在唱歌，张大强目光一碰，脚都不会动了，魂魄也被夺去，靠在吧台目不转睛："不错，不错，坐这儿吧。"

服务生走过来，表情为难，目光却狡黠："这里满了。"

赵勇抛出两百小费，服务生嘿嘿笑着离去。

"那不是有空位？"周锐为老师心痛，他平常都舍不得搭出租车。

赵勇将周锐扯出几步，附在耳边提醒："一期工程一千万，两百和一千万，你掂量掂量，哪个重哪个轻？明天就要开标，今晚是关键，大师兄将大枪交给咱们，不能掉链子。"

他们口中的大师兄名叫唐南军，早先在跨国公司做，在业界声名赫赫，后来屈尊到宇天公司应聘，不懂营销的骆南山惊喜交加，把副总经理职位交给他。然后他大展拳脚，不断签下订单。一期工程由他一手运作，他今晚能将张大强约出来，预示希望大增。恰在此时，出乎预料的事情发生了，他接到一个电话，不得不匆匆返回公司，将项目交给周锐他们。

服务生迅速在舞台边搭了个台子，堆起笑容："坐这边儿欣赏吧，哎，小心台阶。"

一首曲子结束，歌手嫣然一笑，甜倒张大强。他乐得双手拍不拢，直勾勾盯着歌手的腰肢，差点摔倒，连声称赞："不错，新来的吧？"

服务生弯腰介绍："她叫田蜜，还是艺校学生，这个月才来。"

田蜜唱完，退向侧面幕布，张大强脸上浮现怒气，大声抗议："再来一首，必须的。"

田蜜慌张回眸，没入后台，张大强愤愤挥手，掉头向包间走去。周锐拉住赵勇，忧心忡忡："大师兄不在，怎么办？"

赵勇狠劲儿上来，咬着牙指指包间："明天招标他说了算，今晚必须搞定他。先喝好，别提招标的事儿。"

周锐没做过销售，不懂得放长线钓大鱼的道理："不提？明天就议标了。"

"先喝出感情来，把他心里话套出来。"赵勇关于销售的知识都来自大师兄唐南军。

"喝酒就行？"周锐向包间看去，张大强举着麦克风嘶吼，等他们进去。

"用好玩的段子去劝酒。"赵勇早有准备，回到包间，张大强机警的目光立即射来。为了劝酒，周锐从网上搜了一些好玩的段子，用来增进气氛。

张大强心不在焉，时不时向外张望，终于忍不住了："南军呢？"

死活躲不过去，周锐不得不承认："公司临时有事。"

这是很奇怪很勉强的说法，周锐自己都没法说服自己，底气自然不足，赵勇端起酒杯，连忙敬酒打岔。雕虫小技怎能让张大强分心？他咬咬嘴角，歪头想想，喝完杯中酒，酒杯往桌上啪地一放："明天早上评标，少喝点儿,唱首歌就撤,来,吻别。"

赵勇情不自禁摸着嘴巴,吻别?张大强见他那表情,哈哈大笑:"张学友的《吻别》。"

周锐摸出手机溜出包间,这个项目事关重大,未来还要启动二期工程覆盖整个北京,还有什么比这个更重要?赵勇从包间出来打给大师兄:"张大强脸色不对,估计唱完《吻别》就要走。"

"先拖拖。"

张大强唱完极为不爽,将麦克风向桌子上一扔,去衣架取衣服:"音响太差,没法唱,走。"

赵勇才开了红酒,慌忙站起来:"主任,您再喝一口。"

张大强穿上外套,一语双关地说:"明天招标,今天不喝酒。"

周锐拦住他,突然生出主意:"刚才那个歌手没唱尽兴,我请她来唱首歌。"

这句话奏效,张大强停住脚步,被周锐拽回座位,周锐顺势踩在赵勇脚上,段子助兴。赵勇会意,凑到张大强身边:"主任,我最近遇到一件特郁闷的事儿,您见多识广,帮我分析一下。"

"你说。"张大强用嘴唇舔舔啤酒,并不真喝,他与赵勇是洛阳老乡,有了这层关系,唐南军才让赵勇负责这个项目。

赵勇掏出手机,找出备好的段子:"我女朋友刚发的,要和我分手。"

张大强来了兴趣:"失恋了?男子汉志在四方,没事儿,就当放个屁。"

"我没来得及伤心,她又发来一条。"赵勇拇指飞快按动,手机屏幕上显示出来:对不起,我发错了。赵勇唉声叹气,"她第一条是发给另外一个男人,要和那人分手。"

张大强兴致更浓:"她脚踩两只船?"

"我琢磨,就是这个意思。"赵勇没有女朋友,这是他在网上下载的短信,用来喝酒调动气氛,他演出来似模似样。

张大强信以为真,与赵勇碰杯,大口喝完:"兄弟,听我说,分手!"

赵勇趴在张大强肩膀上,揉揉眼睛,仿佛擦泪:"舍不得啊,大学就在一起,她还是我第一次。"

张大强推开赵勇,气势汹汹指着他:"你是男人吗,都给你戴绿帽子了,还这么磨叽?"

"大哥,听你的,分手!"赵勇酒杯使劲儿一撞,咕咚将红酒干掉。

"哥往后给你介绍一个。"张大强嘴唇舔舔,放下酒杯,仰靠沙发,明显在等田蜜唱歌。赵勇拎着啤酒从包间里跑出来,叫来服务生,将两百元钞票递过去："给田蜜送个花篮,来包间唱首歌。"

美女出马,马到成功,赵勇拉出周锐,掏出五百元塞到他手中："我陪张大强唱歌,你把小费给田蜜。对了,田蜜对你有意思,看出来了吗?"

唐南军昨晚已经带周锐来这里开眼界,实则踩点儿,熟悉环境,为今晚接待张大强做准备。田蜜歌好人甜,被请进包间,陪着不会唱歌的周锐玩了一晚骰子。赵勇也时不时凑过来请田蜜喝酒唱歌,周锐反驳："不对吧?赵勇,你对田蜜腻腻乎乎,怎么扣我身上了?"

"怎么可能?你太单纯,这是什么地方?酒吧!人家惦着你腰包里的钞票。"赵勇一脸不屑的样子。

周锐没时间琢磨这事儿,躲到清静角落,拨出唐南军的手机号："师兄,我是周锐,你什么时候来?"

唐南军心不在焉地应付："我很忙,一会儿打过去。"

田蜜卸去浓妆,换了衣服,极为清秀地走过来："谢谢花篮。"

"我的客人喜欢你的歌。"周锐把小费递给田蜜,不敢正视她的双眼。

"唱歌可以,不要你的钱。"田蜜小心翼翼不碰钞票,走进包间,甜甜地向张大强招呼一声,举起两杯红酒,右手递给张大强,左手仰头喝下,酒杯倒转,滴酒不留。"主任,敬您一杯。"

张大强不给赵勇面子没关系,不给美女面子就说不过去了,心里挣扎一会儿,举杯牛饮,学着田蜜的样子反转酒杯："爽快,我也干了。"

赵勇不想让田蜜多喝,把麦克风递过去："给主任唱首歌吧。"

"点首合唱。"张大强将田蜜拉到身边,"天仙配,像不像?"

赵勇忙不迭地点头："像,一个仙女,一个农民。"

张大强搂着田蜜瞪赵勇："你小子咋说话咧?"

"董永就是农民。"赵勇口里咕哝,被周锐重重踢了一脚,话音淹没在音乐中。张大强向田蜜抛个媚眼,扭着肥腰,乌亮闪光的皮鞋踩着节拍,开始歌唱："树上的鸟儿成双对,绿水青山带笑颜,从今再不受那奴役苦,夫妻双双把家还。"

田蜜无奈地举起麦克风,移开身体："你耕田来我织布,我挑水来你浇园,寒窑虽破,能避风雨。"

张大强蹭过来,做个《天仙配》的经典动作："夫妻恩爱苦也甜,你我好比鸳鸯鸟,比翼双飞在人间。"

一曲飘散,张大强又干一杯,脸色变成猪肝的颜色。时机已到,周锐端着酒杯,话中有话地敬过去："主任,干杯,预祝合作成功。"

张大强放下酒杯，琢磨话中味道："今天喝酒唱歌，不谈其他。"

明天就要议标，赵勇压不住心底焦急："我心里七上八下的，您给个定心丸吧。"

张大强抿一口红酒："你们几个厂家各有优势，竞争激烈，还要再深思。"

赵勇没有经验，立即辩解："我们的方案绝对技术领先，价格也拼了血本……"

周锐还想继续问，不满意被打断，猛踩他鞋面："您指点一下，我们该怎么努力？"

张大强仰头看着屏幕："明天议标，三十分价格，七十分技术，总共一百分，你们说说，价格重要还是技术重要？"

"技术重要？"周锐多年做研究开发，对技术极敏感。

赵勇不会倾听和提问，总是推销："要说技术，我们肯定有优势……"

周锐左手扯住赵勇领子，卡住他声音，请教张大强："技术重要，我说得对吗？"

张大强摇头。

既然技术不重要，肯定是价格，赵勇转过口风："我说，还是价格重要。"

周锐身体挡在赵勇前面，不让他打岔："不是技术，那是什么？"

"技术和价格都不重要。"张大强脸色通红，眼珠泛着酒红色，说话云山雾罩，不肯交底儿，他又举起麦克风："田蜜，你带着我这么一唱，我就找到《天仙配》的感觉了，再唱一遍。"

田蜜笑着答应，却不唱歌，帮着周锐问："主任，我是学音乐的，不懂生意上的事情，您刚才的话真玄妙，技术和价格都不重要，那什么重要？"

张大强举起酒杯，痛饮一口，很乐意回答田蜜："我说你技术好你就好，不好也好，说你不好就不好，好也不好，人最重要，比价格和技术都重要。"

赵勇再次把周锐拉出包间："他什么意思？人比技术和价格都重要。"

"他是主任，谁好谁不好，他说了算。"周锐不满赵勇不停打岔，问道，"赵勇，你有几个嘴巴？"

"一个。"赵勇被问呆。

"几个耳朵？"

"两个。"赵勇喝酒过量，脑筋不会转弯。

周锐点着他脑壳："为什么耳朵比嘴巴多一个？"

"这个，那个，不知道。"赵勇被彻底问晕。

周锐拧着赵勇的耳朵说:"耳朵比嘴巴多一个,就是让你少说多听。明天招标,张大强今晚出来喝酒,肚子里肯定有话,必须挖出来,支起耳朵闭上嘴巴,少说几句,把他的心思搞明白,才能对症下药。"

24. 周日,晚上十点二十五分

歌声和欢笑连串响起,哗啦啦的骰子在桌面旋转,酒精如同催化剂,让气氛热络起来。可话题却不痛不痒,没有绕回到招标,周锐打开手机:"主任,我费了好大力气,辗转找到中学暗恋的女生,发条短信说:如果只有一碗粥,你先喝半碗,剩下的半碗,我放在怀里给你保温。"

"她怎么回的?"张大强兴致渐高,把麦克风扔在一边。

"几分钟后,她回了:你是谁介绍的?一次四百,包夜七百。"

张大强同情地看着他:"你比赵勇还惨。"

周锐装出郁闷的样子:"我开始翻钱包,更伤心了。"

赵勇知道周锐演戏,心里笑开花,一本正经地配合:"伤心什么?"

"我一个月挣的钱都在钱包里,除了吃喝租房,陪她堕落一次的资本都没有。"周锐表情比失恋还痛苦。

"你俩不容易。"张大强粗大的胳膊在周锐和赵勇肩膀上猛拍了几下,抓起酒杯痛饮,用自编的曲调仰头高歌:"五花马,千金裘,呼儿将出换美酒,与尔同销奶奶的万古愁。"

周锐暗向赵勇点头,竖起大拇指,意思是OK。舞曲激荡传来,张大强摘下眼镜,眼睛红得像兔子,起身扭动:"田蜜,跟哥跳舞。"

田蜜没来得及回答,服务生忽然推门进来,附在她耳边嘀咕几句,田蜜脸色忽变,一边摇头一边皱起眉头。

"怎么啦?"张大强拉住服务生。

"隔壁请田小姐去唱首歌。"

赵勇喜欢打听:"谁啊?"

"不认识,他们都叫他王总。"

张大强不管这些,站起来叫嚷着跳舞。门又被推开,服务生带来一个西装革履的领班,去而复返。领班又来劝说。张大强急着跳舞,十分不耐烦:"怎么回事儿?人家不去唱。有完没完?"

领班向张大强道歉:"大哥,抱歉,王总点名请田蜜唱歌,我们也没办法。"

"哪位王总？这么霸道！"张大强不服，借着酒劲儿赤着脸吼道。

"永嘉集团的王总，他说如果田小姐不去，就请您过去喝一杯。"领班嘿嘿笑着。

张大强听到永嘉集团，脸上狠劲儿退去，看得出来，这个王总极有来头，张大强不敢得罪。赵勇没看出形势，恶狠狠地斥责领班："让那个王总来，田蜜你哪儿都不去。"

张大强颓然坐下，向田蜜摆手："去吧，快去快回。"

田蜜披上外套，浅浅笑容中似有幽怨。她一走，包间就剩三个男人，气氛冷淡下来，赵勇想不明白："主任，这王总这么霸道，他是什么路数？"

张大强如坐针毡，摆手不让赵勇打听，永嘉集团的背景不一般，说了他也不明白，何况根本不能说。周锐忽然灵机一闪，这个永嘉集团名字好熟，啊，也是参加明天招投标的厂家之一，自己的竞争对手。

田蜜唱了一首歌就回包间，赔礼道歉。张大强得了面子，神情恢复正常，高高兴兴去跳舞。赵勇跳起来："我去探探。"

惠康和捷科是业界顶级的跨国公司，全球销售额都在千亿美元左右，都跻身全球二十强，远远超越那些所谓的世界五百强。宇天代理捷科的产品，永嘉集团代理惠康，在市场上捉对厮杀，十分惨烈，明天肯定参与招投标，是宇天最强劲的对手。

赵勇几分钟后就回来了，皱眉摇头："奇怪啦，明天招投标，他们竟然不招待客户？"

显然赵勇并不认识那些人，他是单细胞动物，从不多想："张大强酒没少喝，还是闭口不谈项目。"

周锐靠在沙发上，压下酒劲儿："明天招标，张大强今晚出来，肯定不为喝酒唱歌。"

"张大强看上田蜜了，必须从她身上想办法，我问问大师兄。"赵勇斜靠沙发开始拨电话，"大师兄，是我，嗯，嗯，张大强闭口不谈项目怎么办？"

"他心中有事儿。"唐南军说。

"各种招都使了，酒喝了，歌也唱了，就是不说。"赵勇说完，突然想到一点，"张大强本来不喝，但见到田蜜就开了三瓶红酒。"

"昨晚陪周锐玩骰子的小姑娘？周锐！你来。"唐南军找到突破口，嘱咐周锐，"你跟田蜜熟，你去办。"

"办什么？"周锐此刻面红头涨，不明白这句话的意思，却隐约觉得不对。

门砰地推开，田蜜脚步踉跄，左手护在胸口，将张大强搀扶回来。张大强屁股落地，面色变成葡萄酒的颜色，指着周锐说："你一首没唱。"

周锐从小缺乏节奏感，一首歌都唱不全，连忙摆手："不行，不行，我不会。"

"不给面子，扫兴。"张大强瞪起眼睛。

赵勇对周锐知根知底，解释道："他有心理障碍，不能唱歌，这是真的，这么多年，他一唱歌就脸红流汗，跟犯心脏病一样。"

"不可能，没听说过唱歌还能得心脏病？"张大强死活不信，却没空计较这些，举起酒杯，差点儿倒进鼻孔里，抓起麦克风大喊："《天仙配》，《天仙配》。"

周锐点了歌，还在琢磨唐南军的话，将赵勇拉出包间，点起一支烟。

"公司研发产品三年，不能在输在最后一步。"周锐狠狠丢掉烟头，推门去叫田蜜。

田蜜笑吟吟跟出来，淡雅如菊："你们昨晚来，就是为了对付张主任吗？"

周锐硬心肠板起面孔："你还是学生吧，为什么到这种地方来？"

田蜜似乎感觉到不正常的气氛，表情结起冰霜，她猜不透周锐的心思，收起笑容："我刚从艺校毕业，想挣些钱，减轻父母的负担。"

"想不想多挣些？"周锐得到唐南军的指令，便忠实执行。

"什么意思？"田蜜双手按在胸口，这句话非常熟悉，却不该出自周锐口中。

"过夜。"周锐硬邦邦地说，表面镇静，其实被自己的声音吓了一跳。

"我只唱歌。"田蜜退后半步，仍不敢相信。

周锐掏出钱包。田蜜继续拒绝："我不是那种女生。"

与此同时，张大强喷着酒气，霍地站起，在酒精的刺激下晃摆向门外喊："把田蜜叫进来，唱歌喝酒。"

"田蜜还是学生。"赵勇喝多了酒，赶紧进去拉张大强，"学生都想在社会上认识些朋友，有个照应。"

张大强撑起醉醺醺的身体，晃晃悠悠冲到门口，正看见田蜜扭头就走："你们，这是哪一出？"

领班冲过来，连声点头哈腰道歉："对不起，对不起。"

"这是什么服务态度，把她叫回来。"周锐惭愧万分，却必须在张大强面前装出外强中干的样子。

田蜜被领班带回来，醉酒的身体摇摇欲坠，笑容却有点玩世不恭。

他们惊动了隔壁，一名男子走出来，深色正装西服套在雪白衬衣上，体贴地扶住田蜜："谁欺负你？"

田蜜夺来酒杯，大口灌下，拉起他的手揽在腰间："王总，没事儿，扶我回去唱歌。"

那王总的嘴唇在她面孔上轻轻一碰："好，继续唱，《爱如潮水》。"

"田蜜，你喝多了。"周锐想阻拦，田蜜这个状态很不安全。

"不劳您费心。"田蜜醉在那男人臂弯，微转身躯，嘴角挂上讽刺的微笑。

张大强去了洗手间，周锐靠在沙发上沮丧地解开领口，赵勇还在惦记着田蜜。

张大强回到包间，将啤酒拍在桌上："咋回事儿？说。怎么解释？"周锐起来把音乐声调小："主任，您就当什么事儿都没发生。"

赵勇说："继续唱歌，别扫兴。"

张大强把空啤酒瓶丢下桌子，眼珠血红："算了，饿了。不过，那个田蜜，你不能碰，她是永嘉集团王总的。"

"王总是什么背景？"赵勇听出点儿信息。

"哼，通天人物，你们要小心。"包间里就三个人，张大强仍压低声音。

"跟我们有什么关系？"周锐听出话中有话。

"永嘉集团也参与明天的投标。"张大强小声说完，喝光杯中酒，"酒喝好了，吃点儿消夜吧。"

周锐与赵勇互看一眼，猜到他有话要说。

25．周日，深夜十一点五十五分

三人打车去了满街红灯笼高挂的篁街，找到一家路边餐馆，张大强也不商量，径直点了三碗粥和几盘小菜，呼噜着吃起来。赵勇端起粥笑着说："味道真不错。"

张大强瞪他："一口没吃你就知道味道？"

赵勇扁扁嘴角，把粥往嘴里送。张大强放下碗，擦擦脸上汗水："把我请出来，你们不只为喝酒唱歌吧？"

赵勇噎住，咳嗽几声就开始推销："大哥，我们公司成立于2002年，创始人骆南山多年从事智能交通领域研究，是交通专家，我们的智能系统

313

率先通过部级鉴定，技术处于国内领先水平。"

张大强极不耐烦，抓起一张餐巾纸堵住他的嘴巴："你说的这些事儿标书上都有，不用你说，还有其他事吗？"

"大哥，我们真没什么事儿了。"赵勇把粥扒光，不知道该怎么接，胡乱问道，"您孩子学习好吗？"

"马上就要小升初了。"张大强眼珠一转，有了兴趣，忽然叹了口气。他为孩子读书没少折腾，推开粥碗，"学校出了政策，根据统考成绩升附中，成绩不到就没戏。"

周锐奇怪，本来是在谈明天的项目，他怎么聊起孩子读书？张大强兴致盎然，喋喋不休："在家长呼吁下学校出了政策，为保证教学质量，如果毕业考试在一百名之内，家长只要交五千元赞助费，便可以直接升附中。"

"不多，一点儿都不多。"赵勇拍着桌子。

"考在一百名之外呢？这期毕业有八个班，总共四百多学生。我孩子学习不好。"

张大强说话颠三倒四，周锐听出意思，渐渐明白了原委。张大强为了儿子读书的事找了唐南军，本来今晚有答复。他见不到唐南军，当然闭口不言，这样看来，请田蜜陪酒唱歌是多此一举，周锐心里又开始一阵不舒服的揪动。只要从唐南军那里问出结果，明天的订单就有希望，周锐借口上厕所拨通唐南军手机："师兄。"

"周锐，你们还没结束？"唐南军的语气匆忙，有推脱味道。

"张大强说，他找你有个事。"周锐直截了当。

"糟糕，忘记告诉你们了，张大强需要钱，差十几万。"

果然如此！这就是张大强的心里话。技术和价格都不重要，重要的是人，周锐立即明白这是项目的关键："只要答应他，这千万订单就跑不掉。"

"我做不了主，公司出了一些事情，老板顾不上这个项目。"唐南军在节骨眼上返回公司必有原因，仍吞吞吐吐地敷衍，"没什么大事儿，不过项目要放一放。"

"公司让我接手，我就负责到底，不能半途而废。"周锐扯着嗓子吼起来。

唐南军劝不住，继续推脱："老板做技术出身，死脑筋，坚决不给回扣，否则公司也不至于变成这样，我再去请示，别抱太大希望。"

周锐第一次支持销售，过程并不愉快，心里很腻味："大师兄，我真不明白，销售都是这样吗？"

"全方位满足客户需求,就是销售,明白吗?"唐南军说完挂了电话。

张大强拨弄盘中菜,将芹菜夹开,专挑腐竹,他一点儿都不笨,唐南军今晚躲起来,已经说明一切。赵勇来到周锐身边,抹抹嘴角说:"张大强叫你过去。"

周锐把信息快速同步给赵勇:"张大强儿子小升初,需要十几万,老板不答应。"

赵勇指指张大强,急火火地劝说:"订单拿下来公司能赚几百万,十几万算什么?这个账算不明白吗?"

电话铃声忽然响起,周锐掏出手机,听到宇天的创始人骆南山苍老衰缓的声音:"南军跟我说了。"

周锐不愿放弃,极力游说:"老师,只要答应张主任,这个项目肯定是我们的。"

骆南山咳嗽一声:"周锐,你跟我几年了?"

"五年。"周锐读研究生就跟着骆南山,毕业之后直接进了老师的公司。

"你应该明白,我为什么成立这家公司。"骆南山身体很不好,又咳嗽几声,"有一天,我坐出租车去开会,在二环路上堵了两个小时。司机是老北京,指着西直门讲了一个笑话,美军入侵中国,第101空降师空投北京结果全军覆没,你猜猜,咱们后来怎么把美军消灭的?"

周锐拢着话筒,身边是焦急的赵勇,远处是埋头吃菜的张大强。骆南山声音嘶哑,勉强吐出的笑声含着悲音:"美军伞兵空降西直门立交桥,绕不出来,燃料全部消耗,动弹不得,全军覆没。司机讲完哈哈大笑,我心里惭愧得要死,这是我们规划的道路。我成立这家公司,希望能缓解交通拥堵,让老百姓少挨些堵,我们少挨些骂。这个心愿能不能实现,我认了,但是绝不能不择手段。"

周锐脑筋不会绕弯:"老师,销售就是这样,我们不给,别人给,技术还不如咱们,国家买了不合格的产品,最后倒霉的还是老百姓啊!"

骆南山生气地打断:"别说了,这是底线,我宁可公司倒闭,宁可饿死街头,我必须对得起自己的良心!"

周锐担心丢失订单,钻进牛角尖:"老师,您不能这么固执,社会就是这样。"

骆南山加重语气:"听老师说,公司发生了严重的事情,我现在不能详细告诉你。你是个单纯的好孩子,社会很复杂,是个大染缸,千万不要被染得面目全非。"

"老师，公司怎么了？"

骆南山不继续解释，咳了几声："答应我，要走正路，不走邪路。"

周锐瞬时五脏六腑都凝结在一起，承诺道："老师，我听你的。"

骆南山喘口气，停了一阵儿："伽伽大学毕业了，她的性格我最了解，表面精明，其实糊涂，外柔内刚，万一我有什么事情，你要替我照顾她。"

骆伽是他唯一的女儿，精通音乐艺术，刚从一所有名的艺术院校毕业，她在寒暑假和周末常来实验室，与周锐早就认识。周锐隐约明白了，心脏怦怦跳动，眼前浮现出骆伽浅浅的笑容："老师，我答应您。"

"还有，周锐，你适合做技术，不懂和人打交道，不要做销售。"骆南山用尽气力，爆发出猛烈咳嗽，随即挂断电话。

张大强时不时扭头张望，周锐点燃香烟揣测着骆南山的话，公司肯定出事了，赵勇的心思没有转过来："我们的项目怎么办？"

周锐没打算放弃，掐灭烟头："不管公司出了什么事儿，都要生存，那就必须接项目。我相信咱们的技术，把价格向下调两百万，不信招标这么黑，技术加价格，硬拼吧！"

"这儿怎么办？"赵勇指指站起来的张大强。

"别得罪，拖，拖到明天开标之后。"周锐回到饭桌，"主任，这项目多亏您支持，必有重谢。"

张大强抓起啤酒，用牙齿咔嚓咬开，咕咚喝了几口："怎么说？"

周锐打算拖过明天招标，等合同签下来，随便意思一下："老板还在商量。"

张大强抓起纸，弯腰将皮鞋擦得锃亮，揉成一团扔回桌面，抛下一句"明白了"，然后招手叫来路边的出租车，弯腰钻进去，一溜烟消失在黑夜中。手机再次响起，赵勇接起电话："大师兄，啥事儿？嗯，好的，我过去。"

现在是凌晨一点钟，唐南军还找赵勇做什么？赵勇跳上一辆出租车，向海淀区方向驶去，留下周锐一个人呆呆地望着街道。

26．周一，凌晨一点十五分

周锐住在通州区，租来的一居室，在床上翻来覆去无法入眠，爬起来打开电脑，登录在大学才开始流行的社交网站，在菜地里浇水锄草。忙完之后回到主界面，点击笑面如花的骆伽头像，潜入菜地，为她施肥灌溉锄草，一阵儿忙活，菜地焕然一新。鼠标在屏幕上旋转一圈，决心恶作剧，横冲直撞地偷出一堆白菜。

叮咚一声，传来短消息声音，骆伽突然上线，黑白头像变成彩色。糟糕，偷菜被现场抓获。骆伽的文字叮咚跳出来：抓到了，抓到了，好哇～，原来你就是小偷！人家种菜容易吗？

周锐：对不起，赔你菜，送你花。

骆伽：要吃热干面和豆皮！超好吃的说，明天早上送来十碗，给爸爸也尝尝呗。

周锐：晕倒，这是北京，又不是武汉，明天上午还要招投标。

骆伽：不管，不管。哦也，肥家了，在南锣鼓巷泡一夜，就为抓你，好开心地说，明天早上吃热干面，咕嘟白～，再！见！

头像变黑下线，骆伽笑容依旧，甜甜地想象电脑前的周锐。他想起老师的话：万一我有什么事，照顾伽伽。什么事情这么严重？

27. 周一，上午八点十五分

今天是投标的日子，周锐约赵勇在通管局旁的小巷会合，各自点了一碗豆腐脑，抓着烧饼呼噜吃起来。赵勇扒完一碗，赞不绝口，大喊老板再来一碗，他将一口汤汁扫进肚中，又开始琢磨项目："张大强昨晚转身就走，不吃这套。"

张大强肯出来，就说明有戏，昨晚搞砸了未必今天没有希望。唐南军还没到。周锐放下筷子，看看时间，拨通电话，听到唐南军紧张的声音："我有事，稍晚打。"

周锐不管他有事儿没事儿："我们要去克标了，想将价格下调两百万。"

忙音传来，那边已经挂了。赵勇站起来说："公司顾不上了，走吧，咱们单挑通管局。"

骄阳初升，燥热似火。不断有车停在通管局门口，聚集了众多西装革履的厂家代表。周锐看看自己的短袖上衣，再看看周围的西服，浑身不舒服。

"西服很拽吗？"赵勇掸掸短袖，擦去额头的汗水，"这么热的天，不怕长痱子？"

周锐紧跑几步，又蹑手蹑脚回来："前面这拨，都拎着惠康的笔记本。"

"等公司发展壮大了，把惠康收了。"赵勇沉浸在幻想中，自我陶醉，"然后，推行节能环保，把空调都停了，热死他们。"

周锐说："你先把这个项目打赢再做梦吧。"

赵勇浑身不自在，摸摸休闲裤："靠，应该听大师兄的，露怯了。"

周锐自惭形秽，低头走路："嗯，不该穿球鞋。"

"头发也没剪。"赵勇摸着头发。

周锐摸着下巴，胡子没刮，忽然心中一晃："资质证明！"

赵勇一拍大腿，翻腾电脑包，资质证明是招标的必需文件。

"糟糕，豆腐脑！"周锐将资信文件放在信封中，随手放在餐桌上。小摊说不上远，但以现在的情况来看就不乐观了，打车往返需要半个小时，来不及了。周锐急中生智，掏出张大强的名片："让公司照这个邮箱发过去。"

赵勇马上通知唐南军，然后慌乱地进入通管局大楼，厂家代表都成群结队，他们更觉得势单力孤。赵勇望着高挑的人头，有井底之蛙的感觉，底气已经不足，心生敬仰："巨头都来了，那边是惠康，知道谁带队吗？北方区总经理，韦奇峰，传奇人物。"

西装庄重，皮鞋耀目，领带跳跃，会议室中挤满厂家代表，周锐和赵勇的短袖和休闲裤在深色西服海洋里十分显眼。一个腿短肚圆的身影出现，满脸渗出汗珠，左手抓住赵勇，右手拧住周锐："你们俩穿成这样，真好找。"

"方经理，早。"赵勇像见到亲人一样，他是捷科北方区负责能源行业的销售主管方宏伟，宇天公司的软件基于捷科的硬件平台开发，捆绑起来投标，一荣俱荣，一损俱损。

方宏伟没看见唐南军，把赵勇拉到一边儿询问，他是老江湖，立即从唐南军缺席招投标品出不利的味道，甩手擦落额头汗水："完了，这个项目又没戏了。"

说话间，厂家代表向会议室大门拥去，穿短袖的不怕穿西装的，周锐硬挤过去，趴在门口去瞧，带头的是张大强，其余肯定是专家评委。按照招投标流程，他们将在隔壁房间闭门讨论技术方案，遇到疑问随时叫厂家代表过堂答疑。评出技术分后公布价格，两项成绩相加，宣布招标结果。

招投标流程行云流水般进行，工作人员推开大门邀请厂家代表应标，赵勇兴致勃勃地跳过去询问情况。渐近中午，厂家都轮了一遍，唯独没有宇天，赵勇的激情退去，在角落里对着墙壁发呆，周锐心里七上八下，越发没底，此时工作人员推门喊道："宇天，应标。"

周锐碰碰赵勇，挤挤眼睛："有戏，咱们最后一个应标。"

"没戏，技术交流越早越好，商务谈价格越晚越好。"赵勇做过销售，对招标流程有所了解，他们站起来，两件短袖趾高气扬地从满屋的西服中走出去。

28．周一，中午十一点二十五分

五位评委在长条方桌后一字排开，招投标流程越来越科学，评委从专家系统中随机抽取，力图避免暗箱操作。学术单位的专家们猴精猴精的，科研经费和项目评审都来自专业领域，评委们都把参与招投标当成一种荣耀。中间一位四十多岁的人呵呵笑着："进来两个不穿西服的。"

"方处，宇天是投标唯一的国内公司。"张大强跷着乌亮的皮鞋，介绍说，唐南军曾经提及计划财务处的方恩山，看来就是他。周锐忍不住多看几眼，他穿着一件灰色夹克，有着灰白头发和儒雅面容。张大强脸上看不出昨晚的痕迹，目光淡定："你们介绍一下吧。"

周锐抱着建议书，紧张的情绪滑过身体，能听见牙齿颤抖的声音："宇天交通系统公司成立于2002年，拥有国家认证的系统集成资质……"

"建议书上都有，讲方案吧，五分钟时间。"张大强打断，语气还算正常。

周锐胸口窒息，喉结干涩，他深吸一口气，试图平稳情绪。他双手轻颤打开电脑，将方案投射到屏幕："这是我们方案的拓扑图。"

很多人当众讲话都会紧张，周锐参与项目研发，满腹都是技术和图形，本就不善言辞磕磕绊绊，背对评委面对屏幕，几乎是在念文件。张大强握着铅笔，来回晃动，不停看手表，方恩山戴上眼镜听得仔细。五分钟到，工作人员提醒。张大强侧坐身体，转向评委们："下面是十五分钟的提问时间，大家有问题吗？林所长，是不是您先讲。"

先讲便为以后的讨论奠定基础，这位林所长名叫林深，来自北京市交通规划设计院，是除了方恩山之外第二重要人物，他不客套地充当先锋："你们的方案还是先进的，但系统刚研发出来，有把握吗？我们不想当实验室里的小白老鼠。"

他表面说好话，其实却在攻击弱点，周锐没有经验，立即说道："我保证，您肯定不是小白老鼠。"

评委轰然而笑，张大强嘿嘿一声："不用你保证，我们会把好关的。"

"我们在通县开通试点，正在实施。"赵勇脑海中翻腾出一条有利信息，通县已经变成了北京的通州区，但大家叫惯了通县，宇天早在半年前就进行了试点，这也是他们的独特优势。

"也就是说，你们没有实施结束的成功案例？"林深不认可，反而揪住不放。

评委开始议论，居中的方恩山似在提醒："你们的系统还没有被使用过，你凭什么保证？"

周锐多次参加产品研发技术论证，十分有信心："报告专家，我们公司的规模与跨国公司相比是微不足道，甚至不得不在人家的平台上开发。可是他们的软件都是二十年前的老古董，修修补补勉强能用，价格吓死人。这种系统能用多少年？技术发展这么快，三年后怎么办？还要再花冤枉钱，这次采购的上千万投资全都扔到水里吗？跨国公司给你们多少折扣？这不是什么商业秘密，百分之四十？还是百分之五十？"

评委低们头不语，张大强说："我们还没有开商务标。"

直接攻击对手是商业场合的忌讳，周锐哪知道这些，振振有词地质问："我不知道他们的折扣，但是他们对代理商可以给出百分之九十五的折扣。"

评委们警惕地互相看着，猜测着周锐的用意，他的攻击明显超出技术范畴。周锐不管不顾，走到白板旁，边写边说："报价一百万美元的产品，百分之五十的折扣是五十万，百分之九十五的折扣是五万。换句话说，跨国公司卖给你们同样的产品，价格贵了十倍！里面的水分有多大？你们就准备当一辈子冤大头吧。"

张大强眉头拧紧阻止："危言耸听。"

林深不想争执，翻着建议书："资信证明在哪里？这里没有。"

周锐就怕这个，突然间全身紧绷。招投标是提交全部文件的最终截止时间，张大强站起来："我确认一遍，你们的资信证明有没有带来？"

如果承认没有资信证明，张大强就可以合理合法地当场废标。他加重语气，一字一句："回答问题。"

周锐再也没有回旋余地，只好回答："没有。"

张大强右手一挥，让周锐和赵勇退出去。方恩山身体靠在椅子上，目光中透出疑惑，评委们合上建议书，宇天已经被盖棺定论。张大强抚摸招投标文件，命令工作人员："宇天不能提交资信证明，读读招投标纪律。"

工作人员翻阅文件，找到相应条款，朗声念道："第四条，不能在截至招标日期前提交完整的招标文件，废除招标资格。"

张大强声音无奈，猫哭老鼠假慈悲："宇天的技术还是有特色的，可惜了。"

"废标吗？"捧着文件的工作人员问。

"废标。"张大强砰地合上文件，扑通扔到一边。技术交流之后，还有评委讨论时间，但是由于宇天没有资信文件，张大强便跳过这个环节。

张大强到底什么路数？表面上中规中矩，其实却要废掉宇天！周锐忐忑不安地退出来，赵勇在旁边反复打公司电话，嘴里嘟囔："手机打不通，办公室里面也没有人，做不做生意了？"

这次采购是议标，张大强必须向上汇报才能公布结果，一向胆大的赵勇极不甘心："一不做二不休，我们干脆跳过张大强，去找局长。"

"哪个局长？"周锐停住脚步，他前几天还在实验室，不知道这个项目的来龙去脉。

赵勇一直在跟这个项目，对通管局的组织结构有所了解："通管局一把手是刘书记，他明年退休了，不管具体的事儿，这个项目是李玉玺主抓。"

"就见李局长吧。"周锐心里打鼓，这算不算违规？按照招标纪律，禁止厂家与客户进行非正式接触，真的吃了豹子胆敢去找李局长？

"死猪不怕开水烫，不如赌一把，只要没有见到李局长，我们就没有尽到全力。"赵勇直奔电梯，"张大强就要汇报了，必须抢先讲清楚我们的优势。"

电梯飞速上行，大门唰地滑开，一名保安拦在面前："站住，你们两个。"

"李局长办公室在哪边？"赵勇停住脚步，淡定地面对保安。

保安被气势压住，手指向左侧第二间办公室，让出道路。他们来到门口，李局长在不在屋内？保安时不时向这边张望，赵勇浑身紧张，指尖发凉，打起退堂鼓："李局长不在。"

稍有退缩便前功尽弃，周锐砰砰砸门："你说得对，死猪不怕开水烫。"

与此同时，一名工作人员推门进入评标会议室，将一页纸递到张大强面前，竟是宇天的资信证明。只要压住这份文件，可以理所当然地废标，张大强抚案沉思，向桌面一扣，举起评估表："现在请各位评委评分，表格共有五项，包括技术的先进性、系统稳定性、可扩充性以及服务能力，十分最佳，一分最差，大家酌情打分。最后一项的价格分空着，开商务标之后再填进去。"

他们心中已有结果，刷刷点点评好分数，飞舞签名，将评估表交还给工作人员。唯独方恩山皱着眉头，盯着张大强压下的那张纸，评估表仍然一片空白。方恩山纹丝不动，他的计划财务处与信息中心关系微妙，他负责审批立项，张大强掌管建设和服务，招投标属于信息中心的势力范围。可是信息中心仅是副处级别，属于支撑和附属的职能部门，计划财务处行政上高半级，执掌财务大权，是说得上话的硬部门。方恩山低头，目光有意无意扫过张大强掌下的传真，大家都在同一个单位，抬头不见低头见，如果违逆了对方意图，面子上也不好看，便用商量的语气："有个问题。"

"请讲。"张大强毕恭毕敬，方恩山有着不可低估的影响力。

"要给宇天评分吗？"方恩山仔细观察张大强的表情。

张大强脸色凝滞，心里权衡，终于举起那张纸："宇天将资信文件发来了，仍有评标资格。"

"啊，我没有给宇天评分。"一名年轻评委举手，要回评估表。

方恩山似乎察觉了什么，郑重说道："宇天既然没有被取消资格，我们仍然要一碗水端平，只看技术，不要被招标过程的插曲干扰。"

这句话表面上中立，猴精的评委们都品出了味道，低头打分。很快，五份表格都在张大强手中，招标流程规定严格，他仍有操作空间，先开商务标还是先公布技术分数？

"统计成绩。"张大强打定主意，把技术成绩统计出来，再开商务标，将技术分捏在手中，便可以控制招标局面。张大强将评估表交给工作人员，侧身征询评委们意见："现在是中午十二点三十分，大家坚持一下，开完商务标再午餐，好吗？"

评委们一起点头，这个提议十分合理，在招标的节骨眼应该避免不必要的私下接触。方恩山代表大家表态："先开标吧，以免出什么意外说不清楚。"

方恩山走在前面，张大强陪伴在侧，评委们紧随其后，穿行楼廊来到大会议室。工作人员推开大门，近百名的厂家代表呼啦站起，目光集中过来。

与此同时，门内依然没有应答，周锐如释重负，心脏从口腔回到胸腔，找到一个逃离的借口："正好午饭时间，李局长不在，走吧。"

赵勇上前一步，继续敲门："不行，评委们马上就来汇报了。"

他们两个都有放弃的潜意识，但好在互相打气才没有当逃兵。两人一问一答之间，门悄然打开了，一位相貌威严的中年男人出现，赵勇的敲门变成敲胸口，立刻被一只大手按住，对方质问："你们是什么人？"

周锐双脚几乎软倒，手忙脚乱掏出名片，递上去："请问，您是李局长吗？"

他正是交管理主管建设的副局长李玉玺，目光一扫，不接名片，语气严厉："你们是参与招投标的厂家？"

赵勇不会说话，却总抢着说："是的，我们参加招投标，顺便拜访李局长。"

这句话听着真让人不舒服，李玉玺盯着赵勇，向外一指："去找招标小组。"

周锐抢在前面："李局长，我们就是从招标小组来的，专程向您汇报。"

"我有会。"李玉玺就要关门。

"三分钟，给我们三分钟，向您做个简短的汇报。"周锐顶着门，不想放弃这个机会。

李玉玺扫了一眼名片，表情略有松动："骆南山，你们认识？"

有转机！周锐立即回答："我们公司的创始人，也是我的硕士导师。"

李玉玺返回房间："好，就给你三分钟。"

大会议室正前方摆着一台投影机，其后是五名评委，后面坐着黑压压的厂家代表。工作人员举起商务标书，展示没有破损，剪开第一个信封宣读："中国惠康有限公司和永嘉集团联合投标，价格：二千五百三十八万元整。"

会议室爆出惊叹，惠康是威名赫赫的跨国巨头，垄断北京通管局的设备采购，可以说是实至名归，永嘉集团是进军信息产业的本地企业，背景深厚，绝对是强龙与地头蛇的最佳组合。然而惊叹并不是为这对组合，而是为价格，客户预算一千五百万，他们竟敢报出这么高的价格，其他人看不出任何胜算。

一名淡雅的女孩从会议室右侧站起来，抹杀个性的套装竟被演绎出了妩媚。商场如战场，她却像战场上的黄花，放出宁静的气息。她明眸一扫会议室，百名厂家代表读懂了她的目光，会议室中鸦雀无声。她举起右手，对价格表示确认："我是罗小希，代表中国惠康公司，确认价格。"

罗小希身边一名风度极佳的男子站起来："我是王锴，代表永嘉集团确认价格。"

工作人员打开第二个信封，报出："捷科中国有限公司和宇天智能交通系统公司联合投标，价格：一千二百八十八万元整。"

这个数字惹出更大惊叹，价格竟只有惠康一半。工作人员再次呼喊宇天公司，必须得到厂家的举手认可，才可以继续开商务标。方宏伟站起来，厂家代表们只看见他的肚子，他举手确认："我是捷科中国公司的方宏伟，确认价格。"

"宇天公司的代表在哪里？"工作人员等不到回答，再次点名，周锐和赵勇穿着短袖布裤十分好认，现在却不见人影。工作人员得不到应答，走到评委们面前俯身汇报，张大强站起来，再次确认："宇天的代表在哪里？"

张大强连喊几次，会议室寂静无声，他鼻孔哼了一声："继续开标。"

工作人员陆续打开信封报价，其他厂家的报价中规中矩，没有引起任何波澜，价格随即被录入电脑，投影到屏幕上。

与此同时。

办公室一侧是大落地窗，一侧是宽厚书柜，办公桌处在落地窗和书柜之间，既可以看见窗外景色，又可以衬托出主人的书卷气。桌前有两把转椅，这是下属汇报的位置。周锐和赵勇再次递上名片，李玉玺还是没有伸手的意思，从抽屉里翻出一个红色闹钟，向桌面上一拍："三分钟，说吧。"

周锐尴尬地把名片放在桌上，正想坐下，李玉玺指向角落的沙发："那里。"

赵勇没有心情计较，再次抢先推销："我们宇天交通系统公司成立于2001年……"

周锐和赵勇那时是还没有受过训练的菜鸟，拼命介绍产品的好处："我们的智能交通管理系统，软件采用B/S结构……"

李玉玺纹丝不动，右手压在闹钟上："还有两分钟。"

此刻的会议室，工作人员正在填价格，电脑旋即算出成绩，打印出来迅即被工作人员取走放入信封，谁也不知道最终打分情况。

"商务分和技术分已经密封，请大家下午二点整回到会议室，宣布招标结果。"张大强握着麦克风，请厂家代表离开，侧身向评委们示意，"各位专家辛苦，我们去汇报。"

厂家代表潮水般散去，惠康的罗小希却逆着人流走向评委，双手将一页文件递过来："这里有一份文件。"

张大强退出半步，装作不认识的样子："你们是哪家公司？"

"我是中国惠康公司的客户经理罗小希。"她声音柔和好听。

"招标时间截止了，不接收任何文件。"张大强义正词严，走出会议室。

罗小希皱皱眉头，转身追上同事："韦总，他不收。"

韦奇峰微微一笑，接回文件，露出亮晶晶的金色袖扣，他身材挺拔，临渊峙岳，熨烫整齐的三件套西装，暗红色的领结，立即与众人区分出来。

"他们看不到怎么办？"文件是宇天和捷科最致命的缺陷，罗小希充满忧虑。

"我们今晚一起庆祝拿下这个订单，迎接二期工程，不醉不归。"韦奇峰神色如常，一点儿都不担心，内线正在把文件送到应该去的地方，他俯身在罗小希耳边叮嘱，"别担心，亲爱的。"

韦奇峰嘴唇不经意间在她耳边轻轻一吻，掩抑在纷乱的发梢中，没人发现，一股酥软的气息传递进罗小希全身。她喜欢这种感觉，在诡谲莫测的商场上，不是一个人在战斗。

与此同时。

李玉玺哪懂这些技术术语，打断周锐："你说什么？这跟交通管理有什么关系？"

"UNIX，TPCC，对称处理技术，我为您详细解释。"周锐那时还不会倾听，听不出来不耐烦语气，两眼放光，只顾自己说，"B/S结构就是基于互联网的编程技术，我最拿手，某些公司还在采用二十年前的C/S结构。"

李玉玺未置可否，看看闹钟，还有五十秒。

"嗯，我抓紧时间。"周锐沉浸在技术中，对他频频看表的动作视而不见。

"局长，您的文件。"方恩山出现在门口，握着一页薄薄的传真。

宇天公司采用最新的软件技术，报出超低价格，很可能排名第一，局长怎么决策？张大强拎着信封，大步出了电梯来到李玉玺办公室，方恩山等人已经站在门口，指指办公室，示意有客人。

张大强从门缝中一看，看到周锐和赵勇，就要推门进去，被方恩山拦住："张主任，无论是谁，只要在这间办公室，便是局长的客人。"

张大强自觉失态，揉揉脑袋，将评委们引向走廊侧面的会议室。

办公室外声音喧闹，李玉玺拍拍闹钟，还有十秒。周锐抓紧时间讲述："此外，我们还提供三年的现场服务和技术支持……"

李玉玺猛然站起，倒计时，五，四，三，二，一，时间到。赵勇慌不择言："李局长，我们的方案怎么样？"

"技术我不懂，但是我们有专家评委。"李玉玺准备叫评委们。

张大强安置好评委们，担心两个愣头青乱说，又来到方恩山身边："你拿的什么？"

方恩山攥紧文件："文件。"

张大强呵呵笑着问："什么文件？"

"局长的文件，能随便看吗？"方恩山久在机关，熟知官场规则，一句话堵回去。

办公室传出呼唤，方恩山目不斜视走进去，将文件放在桌面。张大强跟进去，怒视周锐和赵勇，抢先向李玉玺汇报："局长，评委们都在会客室，等着向您汇报招标结果。"

李玉玺没搭理他，戴上眼镜，皱着眉头阅读文件，抬头看着周锐："你们在通县的智能交通项目进展怎么样？"

周锐正想讲成功案例："是的，我们是唯一签署试点协议的厂家，采用更先进的B/S技术，任何一台电脑只要能上网浏览，便可以访问数据中心，这……"

赵勇又抢话："跨国公司技术陈旧，价格也高高在上。"

张大强气不打一处来："你们这么乱来，不怕废标吗？"

李玉玺止住张大强叫嚣，把文件按到周锐手中：你看看。传真右上角盖着戳子，是一则内部通报：宇天交通系统公司涉及通县交通管理建设中存在的腐败问题，取消其在交通系统内的招投标资格，特此通告，下面还有详尽描述。周锐被内容惊呆，向李玉玺喊道："老师不可能做出这种事情。"

李玉玺坐回去，摘下眼镜："我认识骆南山，很钦佩他的风度和学识，你放心，我们会调查清楚的。"

赵勇接过文件，走向李玉玺："您肯定搞错了，我们公司不可能有这样的事情。"

周锐不懈地恳求李玉玺："请您一定要调查清楚。"

李玉玺被包围，好声好气劝说："要相信组织，你们出去吧。"

张大强怕他说出昨晚的事情，拦在李玉玺面前，指着门口："你们这样是违反招投标流程的，我命令你们出去，立即！马上！"

昨晚的事情一幕幕在周锐眼前划过："相信你？相信你能缓解交通堵塞？相信你建造的拧麻花一样的立交桥？相信你公正公平公开？"

"胡搅蛮缠。"李玉玺紧皱眉头，撑着桌子站起来，啪地一拍，"保安！"

29．周一，下午二点十分

赵勇被保安扭进电梯，高喊抗议。周锐越来越感到很多事情都不正常，唐南军匆忙返回公司，公司电话没人接，骆南山昨晚的口气也不对，还有红头文件绝不会没有根据。他将这几件事在脑中过了一遍。他拍拍赵勇："不关张大强的事儿，公司真出事了。"

赵勇坐在通管局对面的马路沿儿上，此刻才转过心思，翻出公司前台的电话号码，打过去："哎，我呀，在做项目，公司有什么事情吗？"

"还在做项目？公司出事儿了，没人通知你们吗？"

"什么事儿？"

"具体的我也不清楚，很多人被带走调查了，你们快回来吧。"对方无心多说，随即挂了电话。

路上的汽车如同蜗牛慢慢爬行，行人穿梭在车头车尾，引来凶猛的喇叭声，周锐的双耳却好像失聪了。骆南山昨晚的话还在耳边：我带着一个梦想离开设计院，想让老百姓少挨些堵，我们少挨些骂。这个心愿不能实现，我认了，但是绝不为挣钱不择手段。

他绝不是那样的人，那到底是怎么回事儿？

通管局大门拥出一群西装革履的人，在七八月流火的天气中极为醒目，招投标结束了。这个项目不用想了，该去哪里？背包就是唯一的行李，说走就走，没有牵挂，周锐胡乱想着。

赵勇双手捂着脑袋，失魂落魄："惠康赢了。"

"你怎么知道？"周锐的工作和生活都将彻底改变，怎样才能生存？

"惠康最后一个出来，肯定在洽谈合同。"赵勇的语气没有敌意，反而是羡慕。一个身材高大、系着领结的男人在堵得七荤八素的车辆间绕行，向这边走来。他西服一尘不染，这么热的天，里面还穿着黑色丝质马甲，暗红色领结醒目地贴着雪白衬衣，袖扣晶晶闪亮，他看上去不慌不忙，胸有成竹。

韦奇峰走过来，伸出手："你们是宇天公司的？"

周锐极其鄙视张大强，连带痛恨起对面的韦奇峰，目光充满敌意："本来不该你们赢，只是我们做不出那些事情。"

"呃？哪些事儿？"

订单丢了，公司也不行了，周锐没了顾虑，赌气说出老师的叮嘱："张大强儿子的事情，我们宁可丢订单，也不给贪官污吏回扣。"

"是吗？我不知道这件事。"韦奇峰神情不像作假。韦奇峰笑了，"张大强只有建议权，没有决策权，他儿子更和这个项目没什么关系，这是一个伪命题。"

"谁有决策权？"赵勇跳下栏杆，想弄个清楚。

韦奇峰风度翩翩，淡淡地问道："你们说这个项目的决策者是谁？"

周锐的注意力全在张大强身上，听到这句话心中一动："李局长？"

他轻轻掸去衣角的一丝灰尘，悠然笑着说："李玉玺是主管副局长，应该是决策者。"

这句话很玄妙，不肯定也不否定。韦奇峰话题一转："你叫周锐，今年二十八岁，在宇天系统做研究开发，临时支持销售，暗恋你们公司老板骆南山的女儿骆伽。你是赵勇，你的心愿就是尽快买房，将母亲接到北京，对不对？"

"你喜欢骆伽，我怎么没看出来？"赵勇诧异地看着更为惊诧的周锐，大眼瞪小眼，他们是最好的朋友，韦奇峰似乎比他们还要了解对方。

"知己知彼，百战不殆。"他抽出名片递给他们，"宇天公司的技术不错，销售却是菜鸟，以至于树倒猢狲散。我很欣赏你们去见李局长的勇气，如果要找工作，可以来找我。"

韦奇峰拍拍三件套西装，不紧不慢地穿行在车流之中，走向马路对面。赵勇睁大眼睛举起名片："中国惠康北方区销售总监，韦奇峰！我听说过，只要他出手，有赢无输，是真正的高手，我们真是有眼不识泰山，班门弄斧了。"

周锐坐在马路边，输得心服口服，自己只是菜鸟，却妄想打败老鹰。

30．周一，晚上十点零五分

周锐打开电脑，钻进骆伽的菜地，锄草浇水杀虫。叮咚一声，骆伽登录，没有往常那样呢呀嗯哈，直接发来消息：公司发生什么事情了？爸爸什么都不说，但是我看得出来。

周锐：伽伽放心，老师肯定不会做那种事情。

骆伽：哪种事情？

周锐：商业贿赂方面的吧，你不懂，我相信老师。

骆伽：希望这样，爸爸最近身体很不好，我很担心。

周锐：嗯，我劝劝老师。

骆伽：我的热干面呢？我的豆皮呢？

周锐：我今天都在参加招投标。
骆伽：唔，我明白了，招投标比我重要，古德白~
周锐：伽伽，等等，我不是这个意思。
骆伽：再！见！

第二天，周锐找遍北京才找到正宗的热干面和豆皮，来到公司，果然出事儿。各种消息扑面涌来，应接不暇，公司牵扯到商业贿赂中，禁不住打击，即将灰飞烟灭。周锐拎着豆皮和热干面，抱着装满东西的纸盒，筋疲力尽地回到出租屋。

周锐发现骆伽的农场菜地干枯，爬满虫子，果实也被偷摘干净。她整整一天没来菜地了，这很反常，她以往半夜也要爬起来打理。周锐飞速敲出短消息：豆皮和热干面来啦。

想了想，又敲出一条：我知错了，人永远比事情重要，再也不因为事情影响对你的关心了。

他仍不放心，拨出骆伽的号码，听到忙音。他放下手机又在网上发出消息：伽伽，你去了哪里？

第三周　情报

31．周一，上午十点十分

时间如流水，半年过去了，周锐和骆伽加入捷科，赵勇却没那么幸运，只得求助于大师兄唐南军，把在捷科的短暂经历讲了一遍，唐南军一个字都没有多问，抓起电话通知人力办理入职手续。他放下电话，看着赵勇的新形象，笑了，由衷佩服跨国公司："我以前说那么多遍你都改不了，在捷科培训一段时间，就从韩国人变回中国人了。"

"我从来都是堂堂正正的中国人。"赵勇拍着胸脯，又没底气地贴过去，"我以前的打扮真像韩国人？"

赵勇以前的头发遮着一只眼睛，衬衣花花绿绿，裤腿儿肥得能装只猪，简直就是韩国人翻版。唐南军拿出烟盒，他谈大事儿一定要抽烟，于是拉赵勇去了天台。赵勇以前总吸二手烟，觉得亏，烟瘾渐渐被唐南军培养起来。唐南军说："中联的历史，我不用说，你都清楚。"

中联是国内电脑行业的绝对老大，赵勇点头，猜到唐南军必有要事。唐南军果然继续说："老板志向远大，要多元化发展，也要冲出国门。我被挖来主管大客户业务，就是中联多元化的关键。你熟悉交通行业，智能交通二期工程就要启动，每个省都有上亿的投资，你给我盯着。"

既然端上这碗饭，便没有退缩的道理，赵勇拍拍胸脯："大师兄，没说的，我上。"

唐南军摁灭烟头："你负责北京通管局，二期工程。"

一期工程的试点便有上千万，二期工程覆盖全市十四区两县，规模可想而知。上战场打败仗，是要提头来见的，赵勇有些犹豫："北京通管局是惠康地盘，是不是从其他地方开始。"

"就是要抢。"唐南军的部门刚成立，哪个区域不是对手的地盘？他把赵勇招来便是关键一步，"北京是惠康的地盘，捷科正在招兵买马，挖来罗小希将局面搅乱，他们互相盯着，鹬蚌相争，渔翁得利，我们可以乘虚而入。"

赵勇一点儿都不乐观："捷科前赴后继，连汤都喝不上，我们一开始就打这么硬的仗，是不是太危险？"

唐南军又点了一根烟："如果这是一个江湖，韦奇峰便是武林盟主，战无不胜攻无不克，威名远播。可是树大招风，他如果识相，就该金盆洗手，退出江湖。如果不是宇天后院起火，半年前即便打不赢韦奇峰，也能分一口汤喝。"

赵勇不得不拿出态度来，硬着头皮顶上："好，我就打这一仗，不放弃，不抱怨，使出铁锥磨针滴水穿石的功夫，慢慢向里面拱，总有一天能拱进去。"

"好，就要这个决心，不要怕被说脸皮厚，脸皮薄能做销售吗？"唐南军兴奋得连吸几口烟，再次嘱咐，"你没家没室，从明天起就在通管局'上班'。"

赵勇想了想，骆伽似乎也负责通管局："骆伽那小姑娘，怎么打得过韦奇峰？"

建立人脉的积累绝非一日之功，稚嫩的新人怎么能管上亿元的项目？方宏伟去年颗粒无收，昏头了吧？

唐南军认识赵勇多年，无话不谈："商场上实力决定一切，不能把希望寄托在别人的失误上，必须搞定客户。我提醒你，这个项目好几亿，不少人都把脑袋夹在裤腰带上去抢。第一，你别得罪这些人，挡了人家财路。第二，朋友归朋友，生意归生意，谁是敌人谁是朋友，你必须搞清楚，有人现在是你的朋友，以后却会要了你的命，商场如战场，这句话不是白说的。"

变成敌人的朋友便是骆伽和周锐，赵勇听出来了，却没有放在心上。他迅速办完入职手续，开始熟悉客户名单，第一个人便是张大强，这是他不愿意碰，也不敢碰的人。第二个人是方恩山，计划财务处，只能从这里另辟蹊径了。

32．周一，中午十一点三十五分

北京东三环CBD区域堵成一锅粥，跨国公司纷纷搬家，或者北上到望京，要么南下去亦庄。捷科和惠康这两家龙争虎斗数十年的对手，却岿然不动，距离两三公里，遥遥相望。

惠康在市场上呼风唤雨，撒豆成兵，最近内部忽然发生剧烈变动，两颗重型炸弹轰炸了中国惠康的上万名员工，使他们笼罩在前所未有的震撼和郁闷情绪中。第一颗炸弹来自电视的报道，CCN主持人正在播报：惠康这家世界信息领域的巨头，发生强烈地震，董事长兼首席执行官被强行解雇，这位导演了189亿美元大合并而名噪一时的女强人，执掌帅印五年半，股票价格缩水63%，难辞其咎，在董事会压力下黯然下台。电视画面切换，优雅的女总裁面色凝重，发表声明："我很遗憾，在如何执行公司战略方面，我与董事会有分歧，我尊重他们的决定。惠康是一家了不起的公司，我祝愿每个人在未来取得更大的成功。"

消息纷至沓来，《商业周刊》报道，董事会将坚持既定的市场战略，其继任者要使这家公司重新焕发出生命力，唯一的办法，恐怕要进行业务分拆。在女总裁执掌帅印期间，捷科、戴尔、索尼及EMC都是她进攻的目标。除了打印业务，惠康的各种产品线都处于挣扎边缘，从PC到软件业务莫不如此。高利润打印机业务，没有必要与其他业务捆绑在一起，新CEO正式到任时，分拆的呼声将变得越发高涨。

第二颗更加震撼的炸弹爆开：中国惠康总裁闪电辞职，惠康旧将、业界的传奇人物林振威去而复返，重掌帅印。他有着用钱都买不来的经验，具有和前任完全不同的性格，是一个能把死人逼活的人，显而易见，中国惠康需要这样一个人。

惠康的员工被一波波消息震撼着，他们拥到电视机旁边，紧张地等待下一步发展。主管们表面平静，却避开众人在会议室中交头接耳。在这种氛围中，韦奇峰依旧穿三件套西服套装，披着大衣走进办公室，悠然地点燃雪茄，向门外喊道："明君。"

"老板。"人高马大的刘明君点头哈腰走进房间，他做销售多年，对客户的卑微已成习惯，哪怕对卖菜的小贩都要称您。

"小希去了捷科，北京和山东的市场便要你来扛了，有什么打算？"韦奇峰问。

罗小希负责北京和山东市场多年，根基深厚，刘明君挠头："老板，听说小希在捷科负责山东，看来要硬碰硬了，我尽快去一趟，试试桩脚牢不牢。"

"北京有什么消息？"韦奇峰不用多说，刘明君虽然比不得罗小希，却绝非庸手。

"骆伽，一所有名的艺术院校毕业，人很漂亮，非把张大强迷得七荤八素。"刘明君工作扎实，把捷科的动向摸了个清楚。

"新人？即便她是菜鸟，也要把她当作高手，不能掉以轻心。你去完山东回北京，两边都不能疏忽。"韦奇峰对刘明君的准备工作还算满意。

"好的老板，我实在想不通，小希好端端的怎么就跳到捷科了？"刘明君接手山东市场，面对罗小希，一丁点儿把握都没有。

"别担心。"韦奇峰呵呵笑着。

33．周一，晚上七点十分

赵勇接触客户并不成功，被方恩山一口回绝：今天开会，没空。他不怕碰壁，不管三七二十一打车到通管局。方恩山没说假话，果然不在办公室，赵勇决定等着，一个姓魏的工程师看不过去，倒了杯茶水给他，陪着聊了几句。一天毫无收获。赵勇又打车直奔盈科中心去找周锐，他就是这脾气，生气不会超过三天。

赵勇与周锐在餐馆坐定，点了菜，直接问道："今晚去找田蜜？"

周锐受了刺激，再也不敢踏进那种场所："找田蜜做什么？"

赵勇喜欢田蜜，却不想说出口，另找理由："我继续负责北京通管局，绕不开张大强，但不敢见他，你知道原因吧？"

"和田蜜有什么关系？"

"我怕张大强，如同你不敢见田蜜，我们都有心理障碍。"赵勇绕了个弯。

周锐觉得这个理由勉强："心理障碍，你严重了它就严重，去吧。"

赵勇由衷赞同："对，如果你觉得心理障碍是狗屁，它就是狗屁。"

周锐也有心事儿，这件事儿还瞒着骆伽，问道："赵勇，我问你一件事儿。"

"说。"赵勇把最后一口水灌进口中。

"半年前，我们陪张大强喝完酒，那么晚了你还去公司，有什么事情吗？"周锐反复回忆那天晚上的经过，在这里找到了蹊跷。

赵勇头猛地抬起，又忽地低下，他向来直言快语没有顾忌，此时却打起磕绊："嗯，我想想，半年前，我怎么记不起来了？"

他神色不对，周锐继续追问："半年前公司涉嫌商业贿赂，罪都让老师扛了，赵勇，你说老师知道那笔钱吗？"

赵勇结结巴巴说不出所以然，憋得脸色通红，周锐提醒："我不逼你，你再想想。"

天色渐晚，赵勇打车晃晃悠悠又去了那家酒吧，找到领班："点首歌，田蜜唱。"

"她早就离开了。"领班还是半年前那副不死不活的模样，见了钱才能活过来。"

赵勇难掩失望,点了几瓶啤酒,领班菜陪着聊天:"她半年前和客人闹不愉快,辞职了。她人和歌都没得说,就是太固执,有钱不会赚。"

"她现在在哪儿?"

"真不知道。"领班不想说,无奈被赵勇搂住脖子,又点了瓶洋酒,喝得称兄道弟,才说出田蜜的消息,"我把她手机号给你,不过永嘉集团的王总对她有意思,你心里要有数。"

韦奇峰坐在罗小希对面,两人面前各自放着一杯红酒。

他们纠缠不清的关系超越了工作,三年前,大学毕业的罗小希加入惠康,婴儿般黑漆漆的双眼,瀑布般的黑色直发,一尘不染地走进办公室,韦奇峰被她的清纯吸引。在办公室里,差旅途中,酒店的咖啡厅,他们朝朝夕夕,情愫滋生,一发不可收拾。韦奇峰喜欢上了这个喜欢阅读、旅行,擅长厨艺,梦想怀上龙凤胎的罗小希。

他们的恋情本来是天作之合,问题是惠康如同大多数外企一样,禁止同事之间恋爱,尤其同一个部门,韦奇峰还是她的顶头上司。这个规定并非毫无道理,恋情影响工作氛围,万一分手闹出不愉快,下级控告上级性骚扰,公司便吃不了兜着走,这种事情常常发生。

这个秘密折磨着罗小希,韦奇峰事业一帆风顺,一旦恋情曝光,他只能辞职走人,因此他们把恋情深深隐藏。然而她难以克制情感,她的目光充满神采,忍不住要去抱抱他,给他整整衣领,或者偷偷亲他一下,周围惊讶多疑的目光不止一次飘过。韦奇峰很谨慎,不得不减少一起出差的机会,不能共进晚餐,不能一起看电影。一切转入地下,如同做贼一样。

要么他走,要么自己走,罗小希想都没想,就知道答案。

韦奇峰在惠康如日中天,自己牺牲理所当然。恰巧她接到猎头公司电话,离开惠康跳到捷科,问题不就解决了吗?韦奇峰得到这个消息,沉思许久,同意了。罗小希顺利通过面试,发出辞职的邮件,韦奇峰忽然冒出一个奇妙的想法。捷科不惜血本进攻交通行业,必是一场硬仗。韦奇峰曾经在惠康高层会议中提起雷励行,高管们表情怪异,久久沉寂,他咀嚼着眼神中的味道,恐惧还是幸灾乐祸?他立即警醒,自己遇到了一个前所未有的对手。商场如战场,不能大意,韦奇峰极为谨慎地收集和研究雷励行的资料,得出一个结论,对手是个用人不拘一格的天才。罗小希正好可以打探虚实,得到有用的情报。

"看不出深浅,雷励行穿着牛仔裤,悠然自得,不把那些西装革履放在眼中。我有一种感觉，他非常高傲，与众不同。"罗小希看着韦奇峰，比对着雷励行，他们竟是两个极端，韦奇峰一丝不苟，哪怕在最热的夏天也是三件套西装，雷励行天马行空，无所顾忌。

"他们招到什么人了？"韦奇峰只要打败雷励行，就将成为惠康的英雄，就像江湖上谁能击败武林盟主，谁就将成为新的盟主。

罗小希将详细的情报源源不断送给韦奇峰："记得冲到李局长办公室的周锐和赵勇吗？周锐在捷科做售前工程师，赵勇没通过新员工培训，听说去了中联。方宏伟只好将前台的女孩儿转到销售部门，负责北京通管局。"

狠的怕横的，横的怕不要命的，赵勇和周锐便是不要命的，韦奇峰不觉好笑，反而极为欣赏，叮嘱罗小希："雷励行阅人无数，亲手招聘和培养的人绝不是菜鸟，不能掉以轻心。"

韦奇峰看着罗小希奇异的目光，忽然明白，她不再是下属，而是对手，至少在名义上。

34．周二，中午十一点五十分

赵勇是局外人，在外围绕来绕去，就是无法切中核心。他在办公室泡了一上午，方恩山像躲瘟神一样避而不见。客户一个个离开办公室去吃午饭，将他晾在沙发里，他硬着头皮厚着脸皮硬挺，这种感觉不好受。工程师小魏又过来催促："下班了，下午再来吧。"

赵勇舍不得离开办公室，一旦出了大门，下午还要登记。他一转弯从侧门进入安全通道，坐在台阶上，取出面包和矿泉水，一定要坚持到下午上班，无论如何都要堵到方恩山。赵勇脑袋里盘旋着无数个问号，干脆拿起电话向唐南军汇报了一遍情况。

"别倒垃圾，你不能总绕着方恩山转，换个脑筋行不行？"唐南军不喜欢听抱怨，称之为倒垃圾，他是野路子出身，又在外企镀过金，有实践有理论，渐渐摸出一套打法，"先发展内线，把情况摸摸，再寻找突破口。"

是啊，山不转水转，人挪活树挪死，必须换个路数。最了解客户的永远是他身边的人，先发展内线，收集资料，再做关系，必须打好地基才能盖起摩天大楼。小魏年轻，级别低没人关注，不能影响采购，却有足够的资料，是内线的不二人选。堵方恩山难，约小魏易。他从台阶上站起来，向空中挥挥拳头，想起一句广告词：一小步，却是带动世界的脚步。

走廊中响起脚步声，赵勇不想被人看见，发现楼梯顶层有一扇小门，于是推开躲进去。他俯瞰下去，正对车水马龙的二环路，繁忙拥挤的北京仿佛被踩在脚下。

一阵冷风，赵勇浑身哆嗦，在平台发现了一个孤单的小房间，可能是电梯的设备间。门窗挡住了冷风，里面还有几个废弃的沙发。赵勇坐上去把双腿搭起来，舒服！

35．周二，下午五点二十五分

雪白袜子，乌黑闪亮的皮鞋从车内伸出，张大强从车里钻出来，刘明君赶紧迎上来握手："主任，欢迎。"

张大强走进酒店大堂，又见到擦鞋机，开心地伸脚进去弄得贼亮，然后才进入咖啡厅，一屁股坐下去，跷起二郎腿："忙吧？难得。"

"只要您一个电话，我保准立即出现。"刘明君听出不满，一句话让他舒坦起来。张大强开始抱怨一期工程，刘明君向来先伺候好客户心情，再处理事情，将张大强所说记录在小本上，一件件确认解决。

"嗯，看得出来，你是尽力了。"张大强满意地接受了刘明君的改进计划。

"主任，二期工程什么情况？"刘明君抛出此行目的。

张大强身体仰靠在沙发上，双臂环抱，眼珠转动："东城、西城、海淀、朝阳、丰台、通州、顺义、房山、大兴、昌平、怀柔、平谷、门头沟、石景山，北京城有十四区，还有密云和延庆两个县，情况复杂，你们先把一期工程做好，对你们有利，别急。"

刘明君问不出启动时间，转去问预算："二期工程涉及各省，投资规模一定很大吧？"

预算比实施时间更机密，张大强皱眉应付："是啊，很大。"

"多大？"追问不礼貌，刘明君却不可不问。

张大强喝口咖啡，沉下语气："没定。"

刘明君听出敷衍和冷漠，不如晚饭时三杯酒下肚，再打听消息："好久没见，晚上吃点儿什么？"

张大强露出笑容："简单点儿，四菜一汤。"

酥皮蟹黄生翅、丝绸网脆虾球、葱烧刺参和鲜鲍炖菜胆，四个菜，张大强随口点了佛跳墙，凑成四菜一汤。商场应酬少不了酒，刘明君加了五粮液，酒后说话不经过大脑，平常不能说的话便没了顾忌，正好挖情报。刘明君害怕不到位，晚饭后拉着张大强又去唱歌，情感投资到位，不怕掏不出张大强的心里话。

该安排的不该安排的，该玩的不该玩的，都到位了，张大强脸色通红喷着酒气，心满意足。刘明君还在加码，诱惑张大强："大哥，我还知道一个地方，不仅是酒好。"

张大强一琢磨就明白，连连点头："咱们下回安排？"

刘明君拍胸口表示没问题，现在时机终于成熟，他贴近张大强耳边："主任，您得帮个忙透露点儿消息，我跟韦总好交代。"

吃人家嘴软，拿人家手软，何况还有好玩的在前面吊着！张大强脑子已经不会转了，从包里翻出一份文件，内容是催促各省落实三个代表，抓紧智能交通项目。这文件确实是尚方宝剑，项目启动是箭在弦上不得不发，他得意地说道："立项报告年前就交给计划财务处了，一直没有下文。你放心，这是部里的项目，方恩山压不住，今年肯定上马。"

刘明君靠在沙发上，要去做方恩山的工作了。

与此同时。

赵勇请出小魏，随便吃了点儿，饭后又去了酒吧，先啤酒再洋酒，最后是红酒，几种酒在肚子里混搅在一起，神仙也受不了。小魏酒后话多，爱听不爱听的，想听不想听的，海量信息源源不断地涌入赵勇耳朵："我们处长妻管严，上班领导管，下班老婆管，回家看完《新闻联播》，散散步，九点钟上床睡觉，要说爱好，真不多。"

是人就有爱好，赵勇打破砂锅问到底："不多，总有吧？"

小魏和方恩山一个办公室，泡在一起的时间比他老婆都长："麻将，他上了牌桌，那就变了个人。"

赵勇打听完方恩山，开始问二期工程的情况："老弟，二期工程什么时候启动？"

"我们处长和信息中心张主任不咬弦儿，立项报告硬被压在处长抽屉里一个月，就是不启动。"小魏喝红了眼睛，说话没有顾忌，不忘提醒赵勇，"一期项目是惠康做的，上下都满意，二期工程我劝你就别做了，难啊。"

赵勇拉着小魏，不让他向桌子底下滑："我不怕输。"

赵勇说："一回生二回熟，就算这个项目输了，我们拿出好态度来，哪里不对，我们改，你们再招标，我们还来，总有一天能得到你们通管局的认可。"

"好，功夫不怕有心人。"小魏又喝一杯。

"铁棒槌磨成针，我把通管局当成棒槌磨。"赵勇酒量奇好，吞下一杯。

"你这样说，我就不劝你了。"小魏终于滑到桌子底下，昏昏欲睡。

36．周三，上午九点二十分

赵勇从小魏口中套出两个情报，一是方恩山喜欢唱歌和麻将，二是立项报告卡在计划财务处。他一早来到公司，向唐南军汇报了一遍。唐南军拉着赵勇去吸烟，喷了几口，思路就来了："你继续在通管局泡着，把方恩山约出来，让他和几把。"

赵勇打开手机免提，向小魏打听方恩山动向："兄弟，我，赵勇。"

"呵呵，今天不来？"小魏听起来很开心。

"嗯，我在顶层发现个地方，有空来坐坐。哎，方处长在吗？我下午去拜访一下。"

小魏捂着电话，抬头看了一眼办公室内的方恩山："在，每天都有厂家的人来拜访，处长是笑面虎，让他们介绍公司和产品，然后再夸几句，这种事每天都有，你来了也这样，没用。"

赵勇想不出好办法，向小魏抱怨："去也不行，不去没戏，真难住我了。"

小魏眼睛转转，压住电话："告诉你一个消息，下周处长出差。"

唐南军摁住麦克风，附在赵勇耳边嘀咕一句，赵勇立即追问："处长去哪儿？"

"天津，去开京津塘高速入京管理的会。"

天赐良机！赵勇说声多谢，约好下午在顶层见面，就挂了电话。唐南军摁灭烟头叮嘱："方处长在北京上有领导下有老婆，去天津就好办了，你跟去，不择手段地搞定他。"

不择手段？赵勇被这四个字刺激了，眼皮儿跳了两下。

"还有四个字，"唐南军狠狠盯着赵勇的眼睛，"不惜代价。"

一辆白色的雅阁轿车驶进停车场，田蜜从司机位置钻出来，瀑布式的直发变成弯曲的波浪，素色连衣裙换成质地优良的米黄色大衣，看见赵勇，目光中透出一丝迷茫。她这半年有了不小的变化，黑暗的现实世界已经伸开双臂将她拥入怀中。

赵勇趁还在北京约出田蜜，他仓促站起，膝盖碰在桌角上，痛得笑容扭曲："田蜜，好久不见，还记得我吧？"

田蜜坐在对面，双臂盘在胸口："你叫赵勇，对吧。"

她还记得，赵勇兴奋道："是啊，我现在在中联，你知道这家公司吗？"

"我的电脑就是中联的。周锐也去了？"

赵勇顿觉无趣，将菜单推过去，田蜜又推回去："我吃过了，你点吧。"

赵勇飞快地点了几道菜，看似随意地问道："现在还唱歌吗？"

田蜜斜靠在沙发上，只想尽快离开，应付着说："不唱了，我在永嘉集团下面的一家房地产公司。"

"哈哈，也做销售了？"赵勇找到了共同的话题，很兴奋。

"我坐办公室。"田蜜负责接电话，安排各种事情，看看邮件，是一份很闲的工作。

田蜜开着雅阁，穿着打扮更不像经济窘迫，如果只坐办公室那么收入难以支持。赵勇不敢多想，从包里掏出一张CD："我找到一家很好的民谣酒吧，歌手虽然不知名，但作品不错，这是我要来的，外面买不到。"

这很合田蜜心意，她露出笑容，收起CD。赵勇识趣地埋头快吃，然后招来服务员买单，最后郑重地将压在心底的话说出来："见到你真高兴，半年前的事情，非常对不起。"

田蜜对赵勇的印象改观了一些："没关系，也挺好的，让我对这个世界到底了解多了些。"

两人一起出来，田蜜倒车离开，赵勇立刻冲到路边招来出租车："快，跟上那辆白色雅阁，别跟丢了！"

司机摘下墨镜怀疑地打量赵勇，他只好解释那是吵架的女朋友，司机脚踩油门，拍拍方向盘："放心，北京这么堵，她跑不了。"

37．周四，上午九点十分

人只要能忍，便没有熬不过去的难关。

方宏伟输了订单从不抱怨，而是去解释道歉，仿佛欠了客户人情。时间长了，张大强过意不去，给了他些小生意，于是方宏伟感恩戴德，来得更勤了。因此张大强一早上班，见到方宏伟并不吃惊，让他眼前一亮的是他身边的美女，及肩的短发掺着淡淡的紫色，亮晶晶的耳坠和精致的胸针传递出精致的味道，站在那里也不说话，透出一股明星范儿。

他屡次失败，难道这次换了路数？

方宏伟笑呵呵地介绍："这是骆伽，接替我负责北京通管局，以后就要经常来打扰您了。"

"欢迎打扰。"张大强很满意这个词。

办公室摆着一个长条沙发，左右各有一个单人沙发，中间是玻璃茶几。骆伽不想与张大强挤在一起，方宏伟不停撺掇："坐在主任身边，挨着说话方便。"

"我倒茶。"骆伽溜到饮水机边，翻腾起茶叶，她沏茶回来，张大强笑眯眯地拍着身边的位置。骆伽无奈，只好坐下去。

美女出马，马到成功，方宏伟趁机打听二期工程的预算和进度，张大强却哼哼哈哈虚与委蛇，又时不时挪屁股挤骆伽，嘴里继续应付方宏伟："二期工程涉及面极广，我们还需要调研，时间表也没定下来。"

我们？除了张大强还有谁？骆伽明眸灵闪，被方宏伟无意间看见，心里一颤，她竟然能够洞悉局面？张大强喝干杯中茶水，不让骆伽再添："不喝了，一会儿还有个会。"

方宏伟搓手站起来，准备告辞。骆伽脑中忽然闪过北京通管局的组织架构图，张大强的信息中心负责建设和维护，计划财务处才能立项，突然问道："难道方处长不同意？"

张大强一惊："你认识方恩山？"

骆伽意识到说错话，不敢撒谎，笑着说："方经理提起过。"

张大强紧皱眉头："二期工程由信息中心全面负责，立项后就与计财处无关了。"

骆伽出门叫来出租车，乖乖坐到前面："我说错话了吧，严重吗？"

"嗯，很严重。"方宏伟憋起圆滚滚的腮帮子，方恩山与张大强有矛盾，他从来都是单线联系，见张不提方，见方不提张。骆伽刚才提及方恩山，肯定让张大强不爽，他本想去见方恩山，但没有不透风的墙，办公室中人多口杂，传到张大强耳中，就跳到黄河也洗不清了。

张大强与方恩山确有芥蒂，骆伽琢磨着张大强耐人寻味的话，立项后便与计财处无关，这是什么意思？她犯了商场忌讳，语气紧张，神情可怜："哎呀，我没有考虑到这么多。"

"商场是什么地方？说错一句话就死定了。"方宏伟见她知错，不再继续教训。但是骆伽唐突一问，其实收获极大，二期工程看来卡在计划财务处，他闭眼沉思："你去见方恩山，我不能陪你去，以免张大强知道，你这就打电话约。"

和周锐一起去也不错,骆伽坐直身体,调整呼吸,拨通电话:"您好,方处长吗?"

"我是,哪位?"电话中传来一个圆滑的男声。

骆伽在魔鬼训练中反复练习过电话邀约,阐述拜访价值,提出拜访请求:"您好,我是捷科的客户经理骆伽,我们致力通过信息系统,帮助缓解交通拥堵,提高交通效率,我想去拜访方处长,方便吗?"

方恩山不知道骆伽:"你和方宏伟是什么关系?"

"我接替方先生,为北京通管局服务。"

"下周一上午十点,来办公室。"方恩山挂了电话。

骆伽约到方恩山,方宏伟颇为满意,继续指点她:"你再去一趟永嘉集团,见见王博士。"

"王博士?"骆伽依稀听说过这个人。

方宏伟声音极低,显见十分机密:"永嘉集团背景深厚,前几年进军信息产业,惠康一期工程就是和他们合作。王博士是永嘉集团的创始人兼总裁,名叫王锴,人才和学识不凡,家世更是不得了,足以覆雨翻云,只要取得他的支持,拿下二期工程就易如反掌。"

38. 周四,中午十一点十分

骆伽回到办公室,履行秘书的职责,将一份绿黄红黑四色的表格放在桌上。雷励行受红绿灯的启发,发明出一种颜色表格,业绩优秀的主管用绿色框出来;黄色是警告;红色问题严重,需要反省和改进;黑色就像违章司机,必须严肃处理,他们就像企业内部的垃圾,要清理出去才能新陈代谢。他上任之后,从香港、台北、上海和广州转一圈回来,肯定了判断,市场做不好的根本原因在于人,他低头看着表格,黑名单上的第一个人就是方宏伟。

"那晚,方宏伟喝茶还是喝酒?"雷励行重提他刚来公司那晚的饭局,能力不好可以培养,心态不好可以调整,如果心态和能力都有问题,只能走人。

"自己喝酒,跟您是喝茶。"骆伽印证了这点,方宏伟业绩不佳,心态和能力也有问题,诚信更不及格。

"让他进来。"雷励行的眼神光芒凌厉一闪,随即恢复正常。

"老板好。"方宏伟胖胖的身影出现在门口,笑着与骆伽打招呼,样子极为憨厚,要是遇到其他老板,肯定能够隐藏下去,可是雷励行火眼金睛,不到一个月就把他看透了。

"宏伟,最近怎么样?"雷励行挂出笑容,站起来握手,示意他坐下。

"还好,我最近带着小希和骆伽去见客户。"方宏伟真的很忙,挖来罗小希,又来了新老板,他信心大增。

雷励行只是寒暄,把销售报表推到他面前:"这是去年的数字,目标是三千五百万美元,实际上做了一千六百三十万,完成百分之四十六点六。"

黑框让方宏伟浑身不舒服,捷科的交通事业部新成立,但惠康已经做了十年,扎根坚实。雷励行又问:"我们在一期工程拿下几个省?"

"我们的团队很年轻,而且……"方宏伟想要解释。

这恰恰是雷励行不喜欢的方式,他不想浪费时间:"一个省都没有拿到?还有其他难处吗?"

"去年人心涣散,没有主心骨。"方宏伟今年做足准备,"现在您来了,我有信心。"

雷励行用铅笔轻轻敲桌面,笑了,这是他不耐烦的表现:"很好,我猜你今年一定有了很好的计划?"

方宏伟略微放松,今年智能交通二期启动,机会不少,他挖来罗小希,山东一定十拿九稳,然后就可以乘胜追击:"我一定争取多拿下几个省。"

雷励行和颜悦色:"很好,今年的目标四千万美元,第一个季度打算做多少?"

方宏伟突然懊悔,先点头再摇头:"项目刚启动,这个季度不一定都能签下来。"

"很合理,二月中旬就是春节,客户要休息,这个季度只有十二周。"雷励行看似很为方宏伟着想,突然收敛笑容,"但是,你得给我一个数字。"

方宏伟在他凌厉的目光下紧张起来,数字不能乱讲,雷励行又浮现笑容:"对半吧,第一个季度做到五百万美元。"

"我努力。"方宏伟忽然发现自己掉进了圈套。

雷励行笑着说:"一言为定。"

方宏伟心虚,额角挂着汗珠,起来答应:"一言为定。"

"等等。"雷励行再示意他坐下,"做不到怎么办?"

方宏伟仔细琢磨,鼓足勇气承诺:"我一定尽力而为。"

"如果你尽力了,仍然做不到呢?"雷励行毫不含糊,不让方宏伟糊弄过去。

"我提头来见。"方宏伟豁出去了,拍着桌子再次站起来。

"我要你的头做什么?骆伽。"雷励行伸手,骆伽马上拿来一份文件。方宏伟一看,脸色猛然涨红,PIP!业绩改进计划,公司逼迫员工离职的书面手续。雷励行将笔递到方宏伟面前,"我们谈得很有成效,你找到了问题,也提出了改进计划,并承诺第一个季度做到五百万美元,那么请你签字。呃,这是业绩改进计划,简称PIP。如果你不愿意,可以拒绝签字,我会直接交给人力。"

方宏伟心脏怦怦跳动,颤巍巍签下名字,一步三晃地离开办公室。雷励行抓起第二份四色名单贴在白板上,全部是一线销售人员,他们也许有父母要照顾,也许有孩子要抚养,也许每个月都要支付房贷。骆伽觉得残忍:"为什么一定让他们离开。"

"流水不腐,户枢不蠹。"雷励行吐出八个字,严格奉行末位淘汰制。骆伽不理解,他上任的第一件事是招人,第二件事是裁人,一进一出,岂非多此一举?

"1992年,哈佛商学院的卡普兰教授经过多年研究,在《哈佛商业评论》上发表《平衡计分卡:驱动业绩的评价指标体系》,从员工发展、流程、客户、财务目标四个维度衡量企业业绩,平衡计分卡成为一种战略管理工具。"自从骆伽坦率说出父亲的事,他反而喜欢向她说心里话,"这都是教科书的那一套,其实绩效考核是中国人的发明。"

雷励行本应该钻研西方的那些管理理论,却对中国历史情有独钟,他身后书柜里只有一排排的二十五史:"西周时分封天下,按照天子、诸侯、卿、士四个阶层,以血缘伦常世袭。秦汉之交,天下大乱,陈胜便说,帝王将相宁有种乎,揭竿而起,打破了以血缘为核心的用人制度。汉朝各级政府依据儒家标准,推荐德才兼备的人才,这种方法缺乏客观的评选准则,逐渐出现徇私舞弊,荐者不实的现象。东汉末年,曹操当政,用人决于胸臆,唯才是举,反对名实不符的德才兼备。其子曹丕在篡汉前夕,推行九品中正制,按照家世、道德和才能,将官员分为九品。魏晋以来,官员大多从高门权贵的子弟中选拔,出身低微但有真才实学的人,不能担任高官。为改变这种弊端,隋文帝结束南北朝二百八十年的乱世,不分高低贵贱用科考试来选拔人才,科举制度诞生。唐太宗李世民一统江山,恢复科举制度,有感而发:天下英雄尽入吾彀中矣!江山永固矣。"

骆伽觉得好笑,也没有听出来这些和末尾淘汰制有什么关系,顺口接下去:"大唐没有江山永固。"

"待到秋来九月八,我花开后百花杀。冲天香阵透长安,满城尽带黄金甲。文武全才的黄巢入长安参加科举，失利而归，极度不满，写下这首《不第后赋菊》，率众起义，转战南北，后攻陷长安，即皇帝位，国号大齐，导致大唐王朝的灭亡。如果他能够考中科举，便不会有黄巢起义，同样的例子还有洪秀全，他也是屡试不第，才创立拜上帝会，爆发太平天国起义。"雷励行绕了大弯，上升到国家兴亡的程度，原来为了说末尾淘汰制，"任何组织必须保证人才流动的畅通，如果庸才挡住道路，优秀人才没有出头之路，必然各奔前途，甚至与我们为敌，这就是末位淘汰制。"

骆伽再次笑他痴迷，指着黑框内的员工："他们怎么养家糊口？"

"我有两全其美的办法。"雷励行笑着抬头，骆伽不信，人力没有补偿计划，除非他自己掏钱。

39．周四，下午三点十分

方宏伟惊怒交加地离开办公室，拐进旁边的太平洋百货商场，买了几顶棒球帽回来。他居中坐在会议桌，下属们坐在四周，骆伽低着头，仿佛什么事情都没有发生，罗小希挨着骆伽，周锐是售前工程师，坐在后面一点。

方宏伟气呼呼地拿起一顶帽子，递给旁边瘦猴一样却戴着巨大金框眼镜的销售："马勋，戴上。"

马勋接过来看了看："牌子不错。"

方宏伟给自己扣上一顶，将唯一的绿帽子放在桌子正中："绿帽子啊绿帽子，我什么时候才能戴上你？"

马勋糊涂了："您想戴绿帽子？"

方宏伟无限羡慕地看着绿帽子："老板搞颜色管理，跟红绿灯一样，完成目标的是绿人，接近目标是黄人，红人比较差，我们都是完成不到一半任务的黑人。从今往后，开会都给我戴着黑帽子，知耻而后勇，直到换上绿帽子。"

马勋抓起绿帽子扣上，笑着咧嘴尝着滋味儿。方宏伟的胖肚子像青蛙一样跳动，也不知道是生气还是在喘气："你是老人，该先戴绿上帽子，先说说情况。"

方宏伟问了一堆问题，无非这个客户怎么样了，那个订单有什么进展，下一步有什么计划。马勋负责河南河北市场，哼哼哈哈也没有说出所以然，张口结舌面红耳赤。

方宏又用商量的语气问罗小希："山东的情况你比我了解，说说吧。"

罗小希初来捷科，还没有通知山东客户："我先出差去一趟，了解一下项目的情况。"

"总而言之，时间不等人，项目更不等人。"方宏伟曾经多次输给罗小希，虽然她现在变成下属，仍然底气不足，又吩咐骆伽，"你也不能闲着，别耽误，赶紧去见方恩山。"

会议结束，方宏伟刚离开会议室，手机就响起来，他接起电话："南军，最近在哪儿混？"

"这不是向您汇报吗？我在中联。"唐南军以前是代理商，在方宏伟面前很低调。

"好说好说，大家都在江湖上，抬头不见低头见。"方宏伟笑了，两人曾经有过深度合作，至少算是酒肉朋友。

"听说你招了一个叫骆伽的女销售？"这是唐南军打电话的目的。

"你也知道了？美女就是有人惦记。"方宏伟笑得很开心。

"你知道她是谁吗？"

"谁啊？"

"骆南山的女儿。"

"啊，简历上没有啊……糟糕。"方宏伟一惊，怎么就没想到呢？这个姓不常见。

"你要小心，最好别让她在捷科做销售。"唐南军低声警告。

40．周四，晚上七点整

赵勇心里憋不住事儿，急需找人拿主意，约了周锐，忙不迭把田蜜的近况讲了一遍。周锐吃惊地看着他："你不是喜欢上田蜜了吧？"

赵勇点头承认，觉得田蜜人品无可挑剔。周锐不赞同赵勇追田蜜，却不知如何开口。她认识的人很复杂，半年时间里买车买房，一定有原因。

"骆伽去捷科做销售，肯定是为她爸爸。"赵勇问不出所以然，把话题扯开，仍然称呼骆南山为老板，"哎，老板怎么样了？"

周锐时不时与骆南山保持联系："公司出事之后，他扛下全部责任回武汉老家养病，心情也非常糟糕。"

周锐一心帮骆伽，没头没脑问道："你也负责北京通管局，有什么消息吗？"

这涉及商业秘密，赵勇想起唐南军的叮嘱，放下皮蛋粥："咱们是好兄弟，但在两家不同的公司，早晚要在商场上见，变成你死我活的对手，你明白吗？"

周锐按住赵勇不让他站起来："我们确实是好兄弟，可是骆伽爸爸是我老师，我跟了他五六年，我绝不能看着他被冤枉，赵勇，你给我一句话，这件事跟你有关系吗？"

赵勇目光暗淡，心里挣扎许久："好，我不瞒你，那晚我回公司只是去取一份文件，交给大师兄。"

"什么文件？"

"通州的协议，至于商业贿赂的事情，跟我一点儿关系都没有。"

宇天公司出事儿，便是由于通州试点项目的商业贿赂，赵勇夜晚匆匆取了文件交给唐南军，与此事有没有关联，周锐无法判断，只能把这个消息转告给骆伽。

41．周五，上午十点十分

盈科中心楼下的咖啡厅是周锐和骆伽的碰头点。

骆伽指着窗外，踩踩周锐脚尖，雷励行又在那里看古书。她对品牌和时尚极有研究，探头细看，评价道："很有型，也很低调。"

雷励行向这边看来，周锐说声糟糕赶紧收回目光，骆伽笑着摆手，拉着周锐起身："老板让我们过去。"

雷励行拍拍身边的椅子，示意他们坐下："进展怎么样？"

骆伽没有思路，虚心向雷励行请教："您教教我吧。"

"客户采购什么阶段了？"雷励行的方法与众不同，其他人都从销售步骤开始，他却另辟蹊径从客户的采购心理、行为和流程开始入手。

传统的销售方法无非收集资料、建立关系、挖掘需求、介绍方案、谈判签单和收款那么几步，典型地以销售为中心。雷励行加入捷科时，在魔鬼训练中学到一套叫作SSM的销售套路，这是捷科斥重金请全球几家最顶尖咨询公司的数百名顾问，用最先进的销售理论结合捷科产品和实际案例总结出来的销售方法论，这种方法考虑到了客户的采购流程，相比传统套路改进很大。雷励行用这个方法，时灵时不灵，他便有输有赢。既然以客户为中心，客户为本，销售为末，传统销售方法就是本末倒置，捷科的SSM是舍本逐末。但知道不等于做到，行为变成习惯很难，如同习惯右手，很难再变成左撇子。雷励行的敌人并非竞争对手，而是自己的习惯。他总是邯郸学步，突破不了新方法，老方法又浑身不自在。他纠结其中，无法跳出自我，独来独往不与人配合，他近乎走火入魔，处在崩溃的边缘。

必须跳出去。雷励行却困在其中难以自拔，要么突破要么彻底毁灭。那时候一场大战即将爆发，中国移动国际漫游结算中心的超级项目正在酝酿，全国各省自治区和直辖市的漫游话单，所有中国境内的国外手机通话，中国移动所有出国的漫游通话全部汇集到这个系统进行结算。数亿美元的预算，吸引了业界最顶尖的销售团队。捷科无人出来挑战，这是一个谁也输不起的项目。不过有一个人不怕输，因为他是死人，大家眼中的死人，这就是雷励行。他如同古代的死囚，反正都要死，还不如冲在战阵之前，充当排头兵。雷励行失去了自信，输了这个项目，正好引咎辞职得以解脱，如同失恋的人必须彻底断绝希望，才能开始另一段情感历程。

恰在此时，他遇到了她。

她的世界远比商场精彩，沉浸在她的一笑一颦中，雷励行轻而易举地抛弃了旧习惯，豁然开朗，眼前是活生生的客户，他进入忘我的境地，一切都是本能反应，见招拆招，灵活应变，没有套路，无招胜有招。

招投标就像打擂台，总共十轮。客户中既包括操作层的小萝卜头，也有信息产业部的部级领导，从上到下数十人。十几个厂家，数百名销售人员轮番上阵，各有各的绝学，雷励行孤身一人，没有工程师和老板的支持，他出招了，眼花缭乱，没人能看清他的方法和步骤，只看到了结果，他赢了，天翻地覆的胜利。从那时起，雷励行恍然大悟，传统的销售套路以产品为中心，每个客户和竞争对手都不相同，只有随需应变才能见招拆招，他提炼出一套绝学，他为这套方法起了一个名字：摧龙八式。

"喂，喂，老板。"骆伽见他陷入回忆。

"呵呵，我只做过三年销售。"雷励行答非所问，他第一年业绩不错，第二年是零，第三年赢下中国移动漫游结算中心的订单，从此再也没有失手，然后获得升迁，开始带队伍。

骆伽早已打听清楚，对雷励行的履历了如指掌："您那时负责的电信行业是惠康的地盘。"

"结果怎么样？"雷励行暗笑，自己竟成为骆伽收集情报的对象。

骆伽对他的传奇经历十分神往："又过了三年时间，销售收入增长百倍，每年达到十亿美元，惠康溃不成军，灰飞烟灭，屁滚尿流。"

"你猜猜秘诀是什么？"雷励行听着骆伽吹嘘，实际情况并不夸张。

"肯定有一套方法，好像武林秘籍，是不是叫葵花宝典？"骆伽狼吞虎咽翻完《笑傲江湖》，对东方不败的葵花宝典印象深刻，于是郭靖、杨过、张无忌和令狐冲，这些高手的武功秘籍都变成了葵花宝典。

"伽伽，别乱说了。"周锐最喜欢金庸，对骆伽的武侠细胞彻底绝望。

如果雷励行肯传授，就可以笑傲江湖，骆伽诚心诚意地请求："不管叫什么，教我们一招半式吧。"

雷励行看着两个人斗嘴，喜爱之情油然而生，思路接回到刚才的话题："很多销售套路都是收集资料，搞关系，挖需求，其实已经落了下手。"

周锐吃惊，魔鬼训练中就是这样培训的，难道错了吗？骆伽善于倾听，雷励行言语之间似乎透露出更有效的销售方法："什么方法才不落下手？"

"大多数销售人员太注重卖了，忽略了客户的采购过程、行为和心理，一套招数使过去，完全是瞎猫碰到死耗子的打法。"雷励行从来不直接讲答案，而是让他们自己领悟，"采购流程其实很简单，比如吃饭挑选饭馆，你们自己想想。"

遇到这种事情，骆伽懒得费脑筋，踩踩周锐，示意他赶快想。周锐正好有些饿了，捂着肚子琢磨："挑饭馆前，要先想想吃川菜、湖南菜，还是广东菜。"

"嗯，有道理，先想清楚再挑选菜馆。"骆伽复述着结论。

骆伽的附和总能激发出周锐的新思路："等等，前面还有一步，比如你要去买包包，我没钱，采购就没法走下去了。"

骆伽气得翘起鼻头："你你，买不起就算了，反正我也不指望你买。"

周锐不理，总结着说："必须要有采购预算，才能决定采购。"

骆伽联想到北京通管局："没错，北京通管局的立项报告没有批下来，迟迟不能启动。"

为什么没有立项，周锐豁然想通："如果客户没有感觉饿，就不会去吃饭。"

骆伽融会贯通，扳起手指头总结："想明白了，客户采购分成六步，第一步发现需求，第二步立项定预算，第三步设计采购指标，第四步比较，第五步购买承诺，第六步实施和使用。"

周锐善于分析和思索，骆伽精于沟通和理解，雷励行摸索许久的规律，竟让他们在一问一答三言两语间归纳出来，两人取长补短竟会有这么可怕的效果。雷励行吃惊之后，反而欣喜若狂，要是把摧龙八式传授给他们，将爆发出什么样的威力？他补充道："在采购流程两端，我们先建立信任，后回收账款，便构成了摧龙八式。"

摧龙八式？雷励行的葵花宝典？周锐没有多想，直接问："我们能不能把摧龙八式用在二期工程？"

这句话很合骆伽心意，她雀跃起来，心里却有谋划："可是，您十年才摸索出来的方法，就这样传授给我们吗？"

"所以？"雷励行看穿了骆伽的心思。

"我们拜您为师吧。"骆伽得寸进尺。

"从魔鬼训练开始，我已经是你们的老师了。"以前，雷励行的快乐来自收获，现在来自付出，面对骆伽和周锐，他有一种倾囊相授而不为回报的冲动。何况摧龙八式是他压箱底的绝学，该拿出来见见阳光，爆发出强大的威力了，周锐和骆伽便是千载难逢的人选。

雷励行讲完摧龙八式，拿着咖啡回到办公室，周锐把骆伽拉到办公室里："半年前，宇天公司出事前一晚，大师兄唐南军曾经让赵勇把通州的协议从办公室拿给他。"

骆伽有周锐的大脑可以依赖，绝不费心："嗯，分析分析。"

周锐把这件事反复想了几遍，觉得里面有蹊跷："通州的协议早就签了，为什么偏偏在公司出事之前要把协议拿走？赵勇应该就知道这么多了，关键在于唐南军。"

周锐换了称呼，不再称呼唐南军为大师兄，说明他已经怀疑，可是这件事已经过去半年，宇天公司解散，线索全部中断，如何才能查得清楚？

第四周　盟约

42．周一，上午十点整

给骆伽和周锐开门的是小魏，倒茶水的也是他。方恩山笑呵呵地坐在对面，看看时间："真准时。"

面对面的位置代表对立，显然被当作对手，骆伽不喜欢，却很知足地表示感谢。方恩山直截了当，开门见山："我是搞财务的，对那些复杂的系统不太懂，你先简单介绍一下公司和产品吧。"

骆伽用最简洁的描述介绍："捷科是世界顶尖的信息公司，提供完整的解决方案，我们智能交通解决方案可以帮助客户改善交通管理水平，减缓交通拥堵。"

方处长跷着二郎腿，饶有兴致："智能交通解决方案，我感兴趣，再讲讲。"

"智能交通就是通过摄像头和路面感应器，并通过电脑系统进行分析和优化，帮助通管局优化交通，掌握交通状况。"骆伽无法了解方恩山的想法，心里觉得不妙，目光向周锐求助。

周锐插话："方处长负责计划建设，项目都经过您审核，我们能了解一下您的设想和构思吗？"

每天都有川流不息的厂家代表来拜访方恩山，他都争取三下两下打发走，不给对方提问机会："呵呵，我是搞道路建设的，挖沟刨坑，这些我们在行，可信息技术一窍不通，你们是专家，还是听听你们的建议吧。"

方恩山不停提问，始终不透露半点有用信息，大约过了十分钟，他笑眯眯问道："你们公司产品和方案确实不错，带资料了吗？"

骆伽双手递上资料。

"宝贵啊，我留下来好好研究，捷科我早有耳闻，二期工程即将招标，我们一定提前通知你们，请你们做好准备。"方恩山拍拍产品说明书站起来，右手向外一伸。这是明显的送客，骆伽起身告辞。

方恩山转手，将产品说明书递给小魏："处理了吧。"

小魏抓起资料，扔到垃圾桶："这么多资料，谁有空看。"

"处理得好。"方恩山很满意，"天津的会议准备好了吗？"

"准备好了，处长，这个电暖气您还用吗？"小魏指指书柜顶上的电暖气，通管局福利好，逢年过节发东西，用得着用不着发个遍，除了自用还可以送人。北京家家有暖气，电暖气自己用不上，也送不出去，就一直放在书柜上面。

方恩山懒得清理："拿去吧。"

小魏左手拎着暖水壶，右手提着电暖气，推开顶层天台："看看这是什么？"

"呵呵，雪中送炭。"赵勇正被冻得全身哆嗦，赶紧插上电，双手拢在渐渐变红的电热丝前。

"赶明儿给你弄个饮水机，再从张大强那儿顺点儿好茶。"小魏坐在沙发上，点燃一支烟，他和赵勇十分投缘，"捷科的骆伽来见处长了。"

"呃，怎么样？"赵勇有了内线，消息变得灵通。

"被打发了，方宏伟不灵，小姑娘没戏。"小魏心向赵勇，说话语气同仇敌忾。

"总有优势吧？"赵勇很矛盾，他们既是好朋友，又是竞争对手。

"能吃能喝能玩吗？关系都在面儿上，很多地方去不了，很多事情也做不了，不像咱们兄弟，是吧？"小魏反问。

方恩山态度和蔼，但根本没有透露任何有用信息。

开始漫长的堵车之旅，周锐的思路跳跃起来，让对方爬阳台有两种方法，第一种方法是介绍好处，这是菜鸟的做法，今天恰恰犯了这个错误。"伽伽，记得爬阳台的故事吗？"

骆伽也在想着同样的问题，如果用第二种方法，必须找到方恩山的燃眉之急。"我们没有找到他的痛点，无从下手。"

既然突破不了张大强和方恩山，骆伽想起了方宏伟的建议："我们去永嘉集团。"

半年前，永嘉集团与惠康联合投标，赢得一期工程，那天晚上请田蜜唱歌的也是永嘉集团的王总。既然永嘉集团这么厉害，方宏伟为什么不早些合作？在商场上，利益才是永恒的主题，谁都不是永恒的敌人。周锐立即赞同："嗯，有枣没枣打三竿。"

永嘉集团占据清华科技园一整层，前台展示出满满当当的实力。当永嘉集团总裁王锴现身会议室时，骆伽更吃惊，这个博士既年轻又穿着讲究。王锴见到骆伽颇为意外，快步过来，极有风度地拉开椅子，请她落坐，却把周锐晾在一边儿："哎，老方怎么没来？"

王锴极为热情，没有拒人千里之外的味道，骆伽试探着说："我接替他负责北京通管局，他说您是我唯一的选择。"

王锴不置可否："二期工程你们有什么进展？"

"我们拜访了张主任和方处长，他们对我们的产品和方案都很感兴趣。"骆伽脊背挺直，双手搭在桌面，淡淡的妆容，雅致的耳环，标准的套装，很有气场，很有范儿。她的包包上有一只灰色的猴子，俏皮又可爱。王锴走神之际，发觉骆伽已经停止说话，随口回道："捷科是世界级公司，我也希望能够有合作的机会。"

骆伽双手交叉："王总，对于合作，您有什么设想？"

王锴自知失言。永嘉集团与惠康是长期合作伙伴，岂能随便改换门庭？王锴在商场多年，哪会犯这种低级错误，恍然一笑，拉开距离，打起太极拳："关于合作，我有一个理论，比如要结婚，就要先恋爱；要恋爱，就要先交往；要交往，就要先了解。"

骆伽靠回椅背，露出失望的神情，看来急于求成了："这是什么意思？"

"我们首先互相了解，找到共同的兴趣，再一步步变成合作伙伴，胖子不是一口吃出来的。"王锴解释道，怕语气过于吓到骆伽，缓和下来，"你们能来，我感激非常，今晚我请客。"

王锴是生意人，不会做无谓的投资，看来还有机会。结束之际，秘书敲门进来，目光飘过骆伽，将一张文件递给王锴："王总，中石油发标书了。"

王锴大刺刺将文件向桌面上一摊，这是一份盖着中石油公章的采购招标文件，标题依稀是照明设备采购，他用手指弹弹文件，有一股在骆伽面前表现的冲动。秘书将招标文件向前推去："大堂照明灯和水晶灯采购，预算大概几十万。"

王锴决定在骆伽面前展现实力，拿过电话，弹钢琴一样按出号码，毫不避讳地谈论招标："石总，我呀。嗯，文件收到了，看出点儿问题来，不知道该怎么讲。水晶灯就在总部大楼，是你们中石油的门面，一抬头就能看见。水晶灯就应该是水晶的，不能用玻璃球啊，外商知道了，还敢与你们合作吗？各级领导知道了，不会笑话你们吗？纸里包不住火，媒体报道出来，水晶灯都是假的，丢得起这个人吗？万一人家背后打听这个事儿谁办的，该怎么议论？"

王锴看似站在对方角度，其实却有动机，石总果然请教对策，王锴出谋划策："我的思路很简单，一定要货真价实，珠子和挂缀儿要用水晶，必须是天然的，咱们不弄虚作假。"

回到公司后，周锐在网上搜索王锴资料，永嘉集团从地产起家，不断扩张，发展成为综合性集团，几年前与惠康合作进军高科技行业。王锴凭什么异军突起？骆伽饶有兴致地看着网页，挖苦周锐："呵呵，网络也不是万能的。"

永嘉集团横跨房地产和高科技，又拿下一期工程，周锐搜索到王锴的信息，读出来："九二年毕业于北京联合大学，美国西太平洋大学工程博士，曾经获得北京市十大杰出青年，民营企业家，这里有一篇媒体采访。"

骆伽笑而不语，直觉告诉她，王锴晚上请客不为生意，而是为了追求自己。

骆伽把车停在海棠居门口，左右横七竖八停了不少名车，这里位于二环内，周围都是平房。海棠居只有一扇小拱门，若去掉匾额，任谁都找不到这里。进门绕过影壁，豁然开朗，别有乾坤，正中一个极大的罩着琉璃顶的庭院，阳光可以射入，暖气不会漏出。院落内流水、假山、亭台俱全，两名官装女子抚琴弄瑟，仿佛时光倒流一千年，独有小世界。她第一眼就相中这个地方，适合接待，外表简朴，里面却极尽奢华。

王锴注意力全在骆伽的一笑一颦之中，从包包谈到鞋子，聊得筷子不沾菜，开心畅快。骆伽把握着分寸，不远不近，也不谈合作的事情。周锐在王锴眼里像空气一般不存在，如坐针毡，待话音稍歇，突然插嘴："王总，我们谈得这么投机，是不是一起在通管局做个交流。"

王锴差点儿噎住，如果永嘉集团和捷科一起出现在客户面前，惠康岂会善罢甘休？他久经商场，立即想到对策："还是分开吧，你们在表面做工作，我们下面努力。"

二期工程竞争激烈，骆伽寄希望于永嘉集团，周锐的问题不可回避，配合道："王总，关于合作您交个底儿，能合作当然好，不能合作也早点儿说出来，我们另想办法。"

王锴不想斩断合作机会，放下酒杯："还是那句话，先恋爱，再结婚，不能第一次见面就让我抛弃糟糠之妻吧？"

骆伽毫无退意，一语双关："王总有家有室了，我还要不要和您交往呢？"

这句话本意是指合作，王锴肚中酒精翻滚，看着骆伽严肃又可爱的样子，心脏怦怦跳动，思绪被搅乱："只要情投意合，没有什么不可能。"

骆伽举起满满一杯酒，仰脖喝下："只要您有情有义，我们绝不辜负。"

我们？是暗示仅限于公司合作。王锴岂能听不出来，他话已出口，难以回收，端起酒杯："好，只要客户选捷科，我便与你合作。"

北京通管局是铁板一块，惠康又根基深厚，骆伽开始灰心，饭桌气氛稍冷。王锴不忍心，又说："这样吧，我帮你把几位管事儿的人约出来坐坐。"

立项报告卡在计划财务处，骆伽点头同意："谢谢王博士，能不能将方处长约出来？"

王锴摸出手机，又放回去，方恩山明天好像要去天津开会："他还真约不出来，好像去天津开会了。"

互相揣摩很费脑筋，骆伽很快没了食欲，桌子上还是满满的各种菜肴。王锴不想继续这个话题，免得搞僵气氛，说道："最近我在研究星座，你们懂吗？"

"嗯嗯，王总什么星座？"骆伽确实曾经迷过星座。

王锴不想立即回答，吊着骆伽去猜。骆伽琢磨着他的言行举止，采用排除法："王总的沟通灵活委婉，即便拒绝也让人感到愉悦，这应该是哪个星座呢？"

这句话有明显讽刺意味，王锴连称惭愧："我没有拒绝合作，只是需要一些时间。你是什么星座？"

"摩羯座。"骆伽说，下周就是她的生日。

43．周二，晚上九点整

赵勇白天泡在北京通管局，晚上泡在望京一家韩国餐馆，不是因为味道好，而是看中了位置。这里就冲着田蜜的楼门口，赵勇也不是为了等田蜜，而是他，那个男人。

赵勇只知道田蜜遇到了永嘉集团的王总，后面说法就不一样了，有人说被包养了，有人说情投意合。赵勇必须亲眼看见才行。他嚼着烤肉，吃不出味道，坚持认为这个相貌甜美的女孩儿人品绝对差不了。那段时间赵勇白天找工作，晚上想田蜜，日复一日，竟深深陷了进去。当赵勇兴冲冲再去找田蜜的时候，她却有了他。

人生总是这样，你向左走，他向右走，有缘人擦肩而过。

或许多停留一会儿，就会有奇妙的变化，足以改变一生。赵勇守着韩国料理，要抓住这样的机会，顶多坚持几顿饭的时间。

与此同时。

田蜜摸摸肚子，幸福感觉油然而生。应该把这个好消息告诉他，她很用心做了一桌丰盛的晚饭。

田蜜精心布置餐桌，蜡烛、红酒、鲜花，他肯定能感受到温馨的气氛，然后有说有笑。王锴对她很好，给她车开，给她公寓住，不经常回来，她也理解，因为他和父母住在一起。

气氛很好，该说了："亲爱的，有一个消息。"

"嗯，说吧，今天的菜真好吃，酒也很好。"王锴对晚餐很满意，期待着下一步。

"我今天去医院了。"

"病了吗？"王锴关心地看着田蜜。

"不是。"

"为什么去医院？"

"我怀孕了。"

王锴低头喝酒，陷入蜡烛光线之外的黑暗中。田蜜看不清他的脸色，他也许还没有做好准备，需要时间来消化这个消息。然后会怎么样？惊喜地过来摸着自己的肚子，感觉他的宝贝。马上就是他四十岁的生日，女儿跟着前妻，难道他不期待新的奇迹吗？

"女儿一岁的时候，我做了结扎。"王锴抬头，冷冷说道。

这句话炸得田蜜体无完肤，她想到了王锴的各种反应，却想不到这种可能。她根本没有跟其他任何男人有来往！如果他做了结扎手术，失去生育能力，她怎会怀孕？

天！这是怎么回事儿？

田蜜昏头昏脑，王锴端着酒杯走到她身边，抚摸着她的秀发："亲爱的，你还年轻，不应该承担这么大的责任，不管是谁的，做个手术就行了，我不怪你。"

赵勇在寒风凛冽中敞开衣领，风像刀子迎面割来，赵勇痛在心中，他一直到天黑，路灯亮起，肚子打鼓一样响起。他需要食物、酒精和可以倾诉的朋友，他打电话叫出周锐，然后钻进路边的酒吧。赵勇点了一盘薯条、一瓶洋酒和六只龙舌兰，在嘴唇上沾满盐，连干两杯，直到一团热火从身体里钻出，又把薯条乱七八糟塞进口中。

当周锐和骆伽赶到的时候，薯条已经一扫而空，赵勇举着最后一只龙舌兰："田蜜有了。"

"有宝宝了？"骆伽并不了解田蜜与赵勇之间的纠结，一下子就想歪了。

"男朋友！"赵勇又好气又好笑，仔细想想，有男友似乎比有宝宝好些。

周锐翻肠倒胃地找出安慰词："天涯何处无芳草。"

站着说话不腰疼，赵勇哼一声，咕咚干了一杯白兰地，骆伽按住他的酒杯："看着我。"

赵勇抬头，醉眼蒙眬："咋的？"

"你真的爱田蜜吗？"

赵勇眼珠像火焰一样明亮起来："爱，我该怎么办？"

"不要放弃希望，学会忍耐和等待。"骆伽劝着赵勇，希望他振奋起来。

"田蜜要是结婚生子，你就别惦记了。"周锐陪着干了一杯。

44．周三，上午九点整

鱼与熊掌不可兼得，舍鱼而取熊掌也，王锴都不想放弃。

骆伽浅笑的样子总浮现在他眼前，他把玩着手机，与捷科合作便不能与惠康结盟，这又是永嘉集团的业务基石。一边是骆伽，一边是生意，王锴处于夹缝之间。谁说鱼与熊掌不可兼得？

秘书敲门进来："韦总来了。"

韦奇峰？他突然杀到，肯定有事，必须小心。韦奇峰促成永嘉集团进军信息产业，王锴对他又敬又怕，敬的是他能力卓绝，怕的是他的一尘不染。外企那些人都是打工的，谁给钱就给谁干，没少沾王锴的好处，唯独韦奇峰一心一意都在公司利益上，滴水不漏毫无缺陷，这让王锴觉得可怕。他快步迎到前台，果然看见挺拔俊秀的韦奇峰，旁边是夹着大衣，提着皮包的刘明君："欢迎大驾光临。"

"拜访老友，不亦乐乎。"韦奇峰一尘不染，一派悠闲，"我刚参加了一门培训，深有收获，特意与王总分享。"

王锴像小学生一样鞠躬："韦老师好，今天上什么课？"

"渠道管理。"韦奇峰在白板写了四个字，"王总，老朋友之间不绕弯子。商场如战场，战场上就要有盟友，不能单打独斗，中国历史上有连横合纵，二次大战有盟国和轴心国。惠康和永嘉集团，算不算合作伙伴？"

韦奇峰肯定听到消息，冲着捷科而来，消息怎么走漏得这么快？王锴不动声色："我们是惠康代理商和独立软件开发商，从一个战壕里打出来的。"

"合作伙伴之间有深有浅，既有肝胆相照、荣辱与共，也有同床异梦的权宜之计。我们是什么样的合作伙伴？"韦奇峰要彻底斩断王锴与捷科合作的念头，咄咄逼人。

"荣辱与共，肝胆相照。"王锴镇静回答，心里猜测着是谁泄露了消息。

韦奇峰在白板上写上夫妻二字："好，我们把这种境界称作夫妻关系，不分彼此，情投意合，百年偕老，我们对王总很忠诚，没有二心。"

公司里出了惠康的内线，底儿都被人摸了去，还做什么生意？必须把这个吃里扒外的人挖出来。王锴脑子急速转动的同时，嘴里应付韦奇峰："很形象，除了夫妻，还有什么关系？"

韦奇峰在白板写上情人两字："低一层是情人，双方是有感情的，互相珍惜和尊重，发展顺利，或许可以踏入婚姻殿堂，即便没有缘分，大家好聚好散，但不能脚踩两只船，三心两意，王总，你说呢？"

王锴尴尬地点头："对，这个我懂，我们之间明媒正娶，正大光明。"

韦奇峰仍不罢休："再低一级，就是一夜情，彼此就是欲望，一拍两散，不用负责。我们惠康是正经公司，名门闺秀，正正经经地做生意，不玩这个，您呢？"

王锴被挖苦得够呛，脸色数变，承诺道："这是小三，您放心，我绝不和惠康搞一夜情。"

韦奇峰毫不客气："我怕有人有家有室了，还在外面搞一夜情。"

王锴有点儿坐不住了，连说不会。韦奇峰绕到他身后："一夜情还有情，是不是？还有更烂的，金钱交易，一买一卖就为挣钱。"

韦奇峰只差说出卖淫嫖娼来，王锴经受不住，面红耳赤："韦总的话说重了。"

"是吗？"韦奇峰双手撑在桌子上，弯腰与他平视。

王锴昨晚刚见骆伽，心里发虚："韦总，您放心。"

韦奇峰在节骨眼上毫不退让："二期工程就要启动，您得给我一句话。"

捷科在北京通管局的势力与惠康不可同日而语，王锴是生意人，掂得出分量："我们合作这么多年，对惠康绝无二心。"

韦奇峰拍拍双手，低头喝完龙井茶："有这句话，我就放心了，原谅我直来直去，我们合作这么多年，都是好朋友，这才开诚布公。"

"韦总是稀客，中午我接风。"王锴敬佩韦奇峰人品，又惧怕惠康的实力，永嘉集团还要背靠大树。王锴无法承受与惠康决裂的后果，舍鱼而取熊掌也！王锴送走韦奇峰，飞快发出短信：没有约到张大强，抱歉。

骆伽手机嘀嘀响起，王锴发来信息，这里面包含着明显拒绝的味道，即便约不到也可以用其他婉转的方式。周锐判断着："试探一下。"

骆伽明白了他的意思，迅速回复：那明天呢？片刻之后，王锴又回：再说吧。仅仅三个字说明一切，永嘉集团这里刚刚出现的一点儿希望，又被斩断。可是王锴昨晚态度积极，怎么会变了？骆伽是眼里不揉沙子的性格，拨出号码："王总，是我。"

"啊，骆伽，你好。"王锴正在陪韦奇峰午饭，躲出包间接电话。

骆伽起了疑心，小心翼翼问："王总，我们不是要约张主任吃饭吗？"

"呃，临时有事儿。"王锴根本没来得及约，就被韦奇峰打消了念头。

这句话模糊不清，他肯定在隐瞒，骆伽打开小雷达开始探测："唔，这么紧急啊？连吃饭都顾不上。"

王锴有些气恼，前言不搭后语地回答："吃吃，正吃呢！"

"和谁呀？"

王锴被逼到墙角，干脆实话实说："惠康的韦奇峰，奇怪了，你们前脚刚来，他后脚就到，谁把消息泄露出去的？"

"呵呵，王总快去吃吧，别让菜凉了。"骆伽收起电话，有人将消息泄露给惠康，韦奇峰消息很灵通，遍布内线，风吹草动都在人家眼中。

"方处长在天津开会，是不是去一趟？"周锐换了思路，既然不能突破王锴，便只能回到正常的销售路线。

45．周三，下午五点二十分

唐南军看出赵勇情绪低落，把他叫出来吸烟，问清楚后把他按在墙上怒斥："你是男人，天大的事儿都得装在心里，别在办公室里唉声叹气，赶紧给我去天津，把方处长招待好。"

高层级的人出差如同家常便饭，方恩山也不例外，便带着小魏坐火车，他的行程都被小魏一五一十泄露出去。赵勇提前来到天津，找到方恩山的酒店，让服务员在卧室布置鲜花和果篮，插上名片，摆上麻将桌。方恩山毕生有两大爱好，首推麻将，次为唱歌，他在北京被老婆压制，下班买菜做菜，《新闻联播》之后遛弯散步，不到十点上床休息，出来便如鱼得水。一切安排就绪，赵勇戴上墨镜，方恩山快到了，干脆坐在酒店大堂守株待兔，厕所也不敢去，生怕错过。

终于，一个狭长干瘦戴着眼镜的稍微上了年纪的男人出现在门口，身后跟着拎着行李的小魏。方恩山目光一扫，仿佛利刃割裂空气，冰冷无情。当赵勇回过神的时候，他已经进了电梯。

十分钟,这是从电梯到达客房,然后稍微休息时间,赵勇发出短信:得知您来天津出差,我订好了车,明天早上八点三十分送您去会场,中联公司赵勇。几分钟后,短信回复只有两个字:多谢。赵勇举起手机狂吻,一切归功于小魏。

这是一辆没有顶灯的桑纳塔出租车,很低调,开会也不惹眼,车内宽敞干净,后排座位装了液晶屏幕。司机很能聊,从狗不理包子到耳朵眼炸糕,天南地北,天上地下,即便交通堵成糨糊,方恩山还是很开心。停车时,不等方恩山钻出来,司机立刻下车拉开门,扶着门框,让他很受用。

等到方恩山结束一天行程,躺在床上翻来覆去,麻将桌在眼前晃来晃去,他时不时会走过去摸几下。事情办完了,该玩玩了,他掏出手机:"小魏,忙什么呢?上来玩玩。"

小魏受托于赵勇,随时等候召唤:"不忙,您下午忙不忙?"

"事情办完了,过来玩会儿吧。"方恩山情深意重地看着麻将桌。

"行,就来,缺人吗?"小魏做着为赵勇穿针引线的工作。

麻将不仅仅是麻将,而是一个机会,赵勇是守候机会的人。既然用了自己的出租车,总得有点儿表示,方恩山对着麻将桌,不会无动于衷。麻将一定会打,小魏肯定会叫自己。这是赵勇的筹划,却不由他做主,尽力而为,听天由命吧。好在方恩山来天津的消息,知道的人不多,这是司机说的。方恩山见了什么人,给谁打了电话,司机都会一字不落地告诉赵勇。

果然,小魏电话到了:"处长痒痒了,你上来吧。"

赵勇在酒店外转了几圈,敲门进入客房时见里面还有一个牌友,也来自相关厂家。今晚肯定还有活动,还有花钱的地方,他毫不手软,该吃就吃,该碰就碰。方恩山也是好手,那哥们坐在方恩山上手,不知是手气欠佳,还是有求于人,被连吃带碰大把掏钱。

正热火朝天的时候,手机铃声响起,方处长右手捏麻将,左手打开手机:"哪位?"

"方处长,您好,我是骆伽,听说您在天津开会。"骆伽好听的声音传来。

"呃,下周吧,我现在有要紧的事儿。"方恩山摸起一张八万,刚好凑成一对儿,词不达意地说完,忙不迭挂了电话。

"谁啊?"赵勇听出点儿名堂。

"捷科公司的一个女娃,跟张大强打得火热。"方恩山一副好牌,心情不错,轰出一张九条,赵勇不动声色,轻轻吃下。

359

与此同时。

刘明君将方恩山在天津开会的消息告诉了韦奇峰："听说中联正在接待，我要不要去一趟？"

二期工程惊动了不少厂家，捷科刚找了永嘉集团，中联就去拱计划财务处，这将是一场硬仗。以韦奇峰在北京通管局有多年积累的人脉，不怕拼不过，却是杀敌一千自损八百，如果演变成血流成河的价格战，结果必定双输。中联是本土公司，技术和产品都不是对手，有没有可以利用的空间？韦奇峰泡了一杯碧绿龙井，坐回座位，想定主意："放中联进来。"

"为什么？"刘明君想不透。

韦奇峰瞬间定下策略，利用中联挤掉捷科，让出一点儿份额，拿到超额的利润："你是德国队，世界杯小组赛上，中国对巴西，你希望谁赢？"

"中国。"刘明君明白了韦奇峰的计划，让中联干掉捷科，相当于中国男足在小组赛干掉巴西，阿根廷和德国这些豪门肯定乐得合不拢嘴。可是中国男足能赢巴西吗？

夕阳西坠，方恩山的心情像出笼的小鸟，叫了四碗阳春面到房间，一边吃一边战斗在麻将桌上。天黑之后，他出牌越来越慢，终于凑到小魏耳边："今晚就打麻将吗？"

话中有话！小魏赶紧拉赵勇抽根烟："别只打麻将了。"

"除了麻将，处长还有其他爱好吗？"

"钓鱼。"方恩山本不好钓鱼，但是李局长酷爱此道，他就被培养起来。

"不行，晚上有活动。"

"嗯，唱歌？"

"对。"

"哈哈。"小魏咧嘴笑了。

赵勇一行四人驱车直奔KTV，直到凌晨两三点钟，方恩山还在慷慨高歌，赵勇眼皮不停打架，不由得心生感慨，他在家里真被老婆压抑坏了。

46．周五，上午九点整

"谢谢你们，我们才能找到优秀的人才。"骆伽周末就变身为雷励行的秘书，此刻正好五六家猎头公司的老板一起吃饭，他们每挖来一人，便可以得到三个月的薪水作为报酬，捷科是他们的衣食父母。没等他们客气，骆伽语气又变得凌厉:"但是公司削减开支,将冻结所有的招聘名额。"

这等于砸了猎头公司的饭碗。骆伽不急,微笑着举起一摞文件:"但是,我们有其他办法。"

谁不配合就是和生意过不去,他们点头如同马达。骆伽把三十几份简历分发给每个人:"他们都是很优秀的员工,只是不适合现在的位置,我们不希望他们失去工作,所以请大家帮忙。"

猎头们抓紧时间阅读简历,骆伽明白他们的盘算:"这笔账怎么算?你们每帮助一个人,就把这个位置交给你们去猎。"

猎头们飞快计算,这笔生意很划算,他们拿到了三十几份简历,包装一下,争取到捷科的招聘名额,再做一次生意。猎头们互相看看,抓起简历开始行动。

与此同时。

天津通管局派车送方恩山回北京,赵勇同行,可见打了麻将,唱了歌,关系就不一般了。赵勇坐在前排,满脑子都在琢磨项目,突破口找到了,下一步怎么办?方恩山管立项,最终必须回到绕也绕不开的信息中心。无论方恩山和张大强都不能做决定,必须继续向上汇报,李玉玺!赵勇顿时开窍。说着容易,做起来不容易,大强都搞不定,凭什么搞定李玉玺?他仍然混沌不清。

请方恩山引荐李玉玺?这样太容易被拒绝,将大台阶拆成小台阶吧,赵勇侧头:"方处长,有件事儿和您商量一下。"

"什么事儿?"方恩山机警起来,他必有所求。

"我想在通管局做个技术交流,介绍一下我们的思路。"

方恩山放了心,这个忙可以帮,一口答应:"赵勇啊,你们中联参与二期工程,提醒你一句,这个项目竞争激烈,你们优势不大。"

"您指点一下。"赵勇就像在茫茫大海中看见一座灯塔。

"这个项目李局长做主,其他人都是跑龙套的。"方恩山只说半句,提醒赵勇。

赵勇在捷科的魔鬼训练中遭受巨大挫折,终于学会用心倾听,这句话很明显是在压低张大强,他又想起一个关键问题:"处长,这个项目什么时候启动?"

"局长没拍板,谁能动?"方恩山几次汇报,李玉玺都语焉不详。

47．周五，上午九点五十分

雷励行透着热气从健身房出来，坐在咖啡厅外的固定位置，两腿搭在椅子上，悠然抓起线装书。骆伽与猎头公司谈完，围紧米色大衣，不无担忧。雷励行推行新陈代谢，一口气换掉三十多人，如同火中取栗，弄不好就会搞出大风波："公司很乱，这么多人离开，会不会引起麻烦？"

"乱者须斩。"雷励行放下线装书，"南北朝时期，东魏大丞相高欢为测试几个儿子，拿出一团乱麻让他们整理，他们汗流浃背，次子高洋说乱者须斩，抽刀斩之，这就是快刀斩乱麻的来历，高洋后来继父兄而立，取代东魏，为北齐文宣皇帝。"雷励行一手裁人，一手培养新人，又说，"把周锐和小希叫来。"

既然方宏伟指望不上，雷励行决定亲自辅导这三个极有潜力的年轻人。罗小希加入公司后，除了与骆伽聊得来，几乎独来独往，她简洁明快地说了山东的情况，全国各地智能交通项目几乎同时启动，山东下周就要开始招投标。骆伽随即把在北京通管局受挫的情况讲了一遍，雷励行突然问道："永嘉集团？这个名字很有意思。"

很大气，很吉利，骆伽喜欢这个名字，还向周锐称赞过。雷励行熟知历史，永嘉曾是西晋的年号，爆发了历史上赫赫有名的永嘉之乱，五胡乱华，中原大地血雨腥风，但这绝不是一个吉利的名字："他们难道不知道永嘉之乱？怎么会起这个名字！"

骆伽没有听说过永嘉之乱："王锴是留美博士，学识渊博，不会不知道。"

"哪所大学？"

"西太平洋大学，很有名的。"

"我没有听说过，周锐，你上网查查。"雷励行在美国留学，又在美国工作过一段时间，如果是知名的大学，他一定听过。

北京通管局好像铜墙铁壁，骆伽无法突破，一筹莫展，寄希望于雷励行的摧龙八式："老板，我们该怎么办？"

"别着急，你们先练好基本功吧。"雷励行故意不拿出摧龙八式。

"基本功？"骆伽追问。罗小希盘着胳膊不为所动。

"听，说，问。"

骆伽嘴角扁起来，不以为然，雷励行用食指蘸了咖啡，写下一个听字，又画上叉："错了，听怎么能是口字旁？"

周锐用食指蘸了咖啡，写下一个繁体字，聽。

雷励行笑了："你们看这个繁体字，耳朵旁，右上为目，右下为心，古人告诉我们，倾听不仅用耳朵，还要用眼睛和心灵来倾听。"

雷励行十年前初做管理时喜欢西方那套，无非战略、流程和各种方法技巧，后来思路改变，如果企业的核心是人，西方理论就不灵了，于是将二十五史放在床头，究天人之际，通古今之变，成一家之言。然而，国学过于模糊，西方管理的叙事方式和结构还是值得借鉴，他又用西方的逻辑和方法论，将中国古典智慧进行整理，终于大成。"说到倾听，你们会吗？"

骆伽恍若回到幼儿园："这个，我应该会吧。"

"用心灵倾听。"雷励行指指胸口。

"这个我真不会。"骆伽一头雾水。

"这个你必须会。"雷励行架起双腿，转向沟通能力最弱的周锐："今晚有空吗？"

"有空。"周锐毫不犹豫地回答。

"骆伽，你今晚有空吗？"雷励行不经意地继续问。

骆伽警觉，困惑地望着雷励行："您有事儿吗？"

"先别管我有没有事儿，你晚上有空吗？"

"今晚不行。"

雷励行摇头大笑，问罗小希："你呢？晚上有空吗？"

罗小希眯起眼睛，猜不到雷励行的动机："我还不知道。"

"我还是讲个故事吧。"雷励行靠回椅背，目光延伸到空中，"她高尔夫打得很好，一个阳光灿烂的中午，很适合打球，她给我电话，励行，下午有空吗？我以为她请我打球，开心地说有啊。她却说：'我正在装修房子，瓷砖都在建材城，你既然有空，就帮忙运回来吧。'我累得汗流浃背，没有打成球，还被当成劳力。"

骆伽笑成一团，周锐似有所悟。雷励行继续讲下去："第二天的天气也很好，她又打来电话，励行，今天有空吗？她装修还没有结束，建材城里面还有很多东西要运，我便故作为难，不行啊，今天下午很忙。她在电话咯咯笑：你昨天那么辛苦，今天我本想请你打球，再请你吃冰淇淋，你既然忙那就算了吧。"

周锐挠头，这可真麻烦，有空不行，没空也不行，不说也不行。雷励行的眼睛越来越明亮："第三天，她又打电话来，但这次我想到了办法。"

"我知道了。"骆伽跃跃欲试，"她问有没有空的时候，就说下午有一个会，晚上要回家陪爸爸吃饭。看她怎么办？如果打球吃冰淇淋，就放下工作陪她，如果去建材城，就说这个会议很重要。"

雷励行眼角竟有些湿润,其实无论打球还是帮忙运货,他都一定有空。罗小希和骆伽都看出他神情黯淡,是什么人让他如此忧郁?雷励行发现失态,立即整理情绪:"每个人心里都有秘密,必须学会用心倾听。"

"唔,我明白了,想象头顶有一个小雷达,上下左右仔细扫描。"骆伽倾听能力其实极强,周锐呵呵笑起来,这个比喻很形象。

"可是我还不会用目光倾听。"骆伽说出问题,看一个人的心术,要看他的眼神。

雷励行食指远远点着骆伽额头:"靠近点儿,让我看着你的眼睛……嗯,再近点儿。"

骆伽挪动身体,鼻尖距离雷励行只有一拳距离,能够感受到他轻微的呼吸:"您看出什么了?"

"透彻一双眸,迷糊一颗心。"雷励行说。

骆伽眨眨眼睛,她处处透着机灵:"我迷糊在哪里?"

"你觉得人生中重要的事情多吗?"雷励行笑着问。

"唔,很多吧。"骆伽确实有很多重要的事情,比如去香港购物。

"人生重要的事情并不多。"雷励行说话像打哑谜,就是不说透,他指指空空的咖啡杯,支开骆伽,"去买三杯咖啡,不加奶和糖。"

雷励行留下周锐和罗小希,说:"一会儿我先问骆伽一些她肯定会说实话的问题,再问她一些不那么好回答的问题,你们仔细观察她的眼睛。"

骆伽托着咖啡回来,在五六步外就看出气氛不对。雷励行拍拍椅子让她坐下,突然问道:"你高考哪门成绩最高?"

这不是什么怪问题,骆伽目光迅速向右一转:"英语。"

"英语老师什么样子?"雷励行又问。

"四十出头,戴眼镜,齐耳短发,声音很好听。"骆伽回忆,大多数人的右脑负责听觉、视觉和触觉,骆伽回忆英语老师时的目光向右。

雷励行跳到敏感问题:"有男朋友吗?"

骆伽皱起眉头,警惕地看着雷励行:"没有。"

"以前呢?"

骆伽看一眼周锐,心里充满顾虑:"有过。"

"几个?"

"您怎么问这些呀?"骆伽撒娇,目光躲进臂弯之间,想逃避这个问题。

"回答我。"

中学的那次暗恋肯定不算，大学男朋友算一个，那个人呢？这是不能说出来的秘密，雷励行的深邃目光仿佛在探查秘密，骆伽慌忙低头喝咖啡："一个。"

"只有一个？"

"应该就一个。"

"你那么有范儿，现在肯定也有人喜欢你吧？"雷励行放松语气。

"当然。"骆伽很自信。

"有你喜欢的吗？"雷励行漫不经心地问道。

骆伽嘴角透满笑意，匆匆扫一眼周锐，拒绝回答。雷励行也不追究，语气一转："魔鬼训练的时候，我让有男女朋友的新人举手，你举了吗？"

"没有。"

"你为什么举一只脚？"雷励行记得每一个细节。

骆伽慌张，不能告诉他举脚的原因，眼珠一转："因为我崴脚了。"

"你的包包谁送的？"

"朋友。"骆伽已经懒得应付。

"他很会挑手表，品位不错。"雷励行目光如神，骆伽在魔鬼训练的时候曾戴过一块女表，现在却消失不见了，但她手腕上仍有轻微的痕迹，雷励行早就猜出端倪。骆伽心中一惊，赶紧捂住左腕的痕迹。

"伽伽，你有男朋友了？"周锐万念俱灰。

"别乱说，我们只是正常交往。"骆伽的秘密被揭开，又惊又怒，无意中承认了那人的存在。

显而易见，骆伽接受了那人送的包包和手表，却不愿意承认是男友，因此在魔鬼训练的课堂上举起一只脚，现在，她已经退回了手表却留下包包，显然她十分纠结，雷励行大胆猜测："为什么退回手表？难道他有家有室？"

骆伽慌乱万分，一段没有结果的恋情，竟让雷励行看透了，她紧闭嘴巴，免得再被看出更多破绽。周锐暗恋骆伽多年，突受打击，声音刺耳："伽伽，你怎么能这样？"

骆伽极为尴尬，又不敢向雷励行发泄，于是端起滚烫的咖啡，哗啦泼向周锐，然后起身离去。周锐惊叫着，心里更不好受，犹豫要不要去追骆伽。雷励行笑着将纸巾递过去："你还不会倾听。"

"我没听出什么？"周锐无奈。

"两个好消息和一个坏消息，你打算听哪个？"罗小希笑了，抱着双臂。

周锐极为沮丧："坏的吧。"

罗小希看懂了骆伽的肢体语言："坏消息是，那个人确实存在过。"

"好消息呢？"

罗小希渐渐喜欢上了这种感觉，商场和职场中到处是陷阱，现在却可以像朋友一样敞开心扉，互相帮忙互相支持："第一个好消息是，骆伽退掉手表，说明她离开了那个人，时间正是与你在魔鬼训练重逢的时候。第二个好消息是，当雷先生问她有没有喜欢的人时，她看了你一眼。"

周锐将忽略掉的细节串在一起，心里仍然五味杂陈，无论在商场还是情感上自己都是菜鸟，以后一定要闭上嘴巴，竖起耳朵，瞪大眼睛，学会用心和眼睛倾听。

罗小希弯腰拍拍他，以示鼓励："骆伽喜欢你，不要放弃，去找她吧。"

骆伽站在路边，心绪难平。销售就是演戏，她自以为演技不错，其实漏洞百出。

周锐大气不敢喘地走过去，不再触及敏感话题，于是开始聊工作："关于二期工程，有些问题我还想不明白。"

骆伽嫣然一笑，忽然不怎么生气了，周锐问了四个问题：张大强为什么支持惠康？方恩山为什么不立项？王锴为什么答应见面又变卦？雷先生提起"她"为什么露出忧郁神色？

骆伽低头沉思，补了一个畏难而退：罗小希为什么来捷科，而且每天闷闷不乐？

周锐点点头，再补充：如果老师是被陷害，唐南军脱不了干系，那他是怎么操作的？

与此同时。

方宏伟惊讶地看着西装革履的马勋，他见客户从没这么体面过，猜测他肯定是要去面试，如果他也走了，队伍就被彻底打散，于是呵呵开着玩笑："要当新郎官？"

马勋这个那个，支支吾吾："今天要见客户。哎，我看见老板和周锐、小希和骆伽他们一起在咖啡厅，咱们去聊聊吧。"

"别自找没趣了。"方宏伟非常不舒服。

"新陈代谢，也是，旧的不去新的不来。"马勋被排除在外，其实心怀不满。

"谁让咱们是'黑人'？"方宏伟试探着马勋。

马勋听到这个就来气："凭什么我们是'黑人'？我们没有功劳还有苦劳吧？现在大部队来了，不跟敌人干，先内部清洗，我想不通。"

方宏伟找到了同盟者，同病相怜，好像是在同一个战壕里的战友。马勋这时冒出一句："周锐和骆伽很早就认识，关系不一般啊。"

办公室恋情？方宏伟心中一动，捷科禁止同事之间恋爱，想到这里他命令马勋："开部门会议，把他们叫到会议室来。"

骆伽进入会议室，与罗小希相视一笑，便躲到角落。

马勋无可救药，骆伽还是新人，方宏伟将希望都寄托在山东，首先问罗小希："山东项目怎么样了，我可是跟老板签了军令状的。"

罗小希淡淡回答："百分之三十的希望。"

这个回答既专业，又不会出错，就像天气预报，明天百分之三十有雨，下不下雨，都没错。骆伽经雷励行指点，更加领会了倾听的意义，仿佛一个窗口，将更深的人心和人性一览无余。

方宏伟挑不出罗小希的问题，打算在骆伽身上挽回面子："骆伽，北京有什么进展？"

骆伽装出楚楚可怜的样子，叹了口气："我们见过张主任后，去计划财务处见方处长，只谈了十分钟就被打发出来，我急得好几天没有吃好饭了，您这么有经验，觉得我该怎么办呢？"

方宏伟要是知道答案，也不会输得这么惨，他无言以对："北京项目不好做，惠康做了一期工程，切进去难啊。"

骆伽继续刁难："我们下周一起去见见李局长吧。"

方宏伟不想去碰壁，支支吾吾一阵："情况非常复杂，会议结束之后再详细讨论。"

骆伽还不放过，继续坚持："必须您出马，才能搞定李局长。"

"山东项目下周开标，等我忙完。"方宏伟慌忙撇开这个烫手的山芋，他被罗小希和骆伽软绵绵地挡回来，对这两个机灵又聪明的女孩子，他束手无策。

48．周五，晚上十点二十分

周锐打开电脑，对着骆伽的笑脸发呆。叮咚一声，跳出一条好友添加提醒："大枪"请求添加好友。张大强？大枪是厂家圈给他的外号。周锐惊呆，他点击进入细聊界面，头像是一柄华丽的古代长矛，个人资料空空如也，周锐双手颤抖发出消息：你是？

大枪：周锐？

周锐：我是，你？
大枪：听说你去捷科了？
周锐：对，你怎么知道？
大枪：好好干，有空来办公室，再！见！

大枪的头像变成黑灰色，周锐心惊，拨通赵勇电话："刚才有人在网上加我，说自己是大枪。"

赵勇手忙脚乱打开电脑，大枪竟也申请加他好友，他到底什么路数？

与此同时。

罗小希辗转难眠，离开惠康之后，与韦奇峰的恋情没有峰回路转，反而更难相见。也许还需要一些时间，不能刚离开就出双入对，别人也不是傻瓜。既然见不到，就在网上聊聊吧，以往不是经常聊个通宵吗？罗小希披上睡衣，打开电脑，突然注意到一个好友添加信息，鼠标一点，是大枪，奇怪！罗小希找到韦奇峰，敲出：亲爱的。

韦奇峰冷冰冰的文字弹出：在。

也许我多心了，罗小希关心地敲出：干吗呢？

韦奇峰：上网。

罗小希：刚才大枪加我了。

韦奇峰：什么？他要干什么？

罗小希：亲爱的，你还不休息吗？

韦奇峰：等会儿，工作。

罗小希：我去看看你吧。

韦奇峰迟疑很久才回复：太晚了，早点儿休息吧。

罗小希失望地躺回床上，又翻身起来倒了杯红酒，品尝酸楚的味道。她情商极高，仅仅几句就可以判断出来，他变了。

第五周　突破

49．周一，上午九点三十分

很少有男人拒绝骆伽，张大强更不会。他眉开眼笑地泡茶，挤在长条沙发上，乐得颠三倒四："白领喜欢咖啡吧？今天尝尝茶叶。"

见面沏茶是待客之道，骆伽之前就进行了专门研究，她先和张大强聊茶叶，又切到项目上："与您品茶论道很开心，您管理信息中心，井井有条，能跟您学学吗？"

"谈不上。哎，上次你说是学艺术的？"张大强绕来绕去，就是不谈项目。

"是啊，我的同学都在艺术圈，做些音乐剧之类的。"骆伽无奈。

"音乐剧？最近有演出吗？"张大强又问。

骆伽犹豫，不想搭这个茬，张大强忽然冷下脸："算了，没有就算了。"

"呃，好像春节前有一个。"骆伽胡乱搪塞，看样子要请他看音乐剧了。

"能弄到票吗？"张大强笑弯眼角，直接要票。

骆伽想起周锐叮嘱，不愿与张大强走得太近，但是他很重要，请他去看音乐剧是分内之事，于是最终还是答应下来。张大强心情不错，详尽介绍了二期工程的情况，他并非不学无术，谈起来头头是道，又滔滔不绝地说起几个厂家的特点，虽有卖弄成分，透露的信息却极为有用。下一步怎么办？最终决策者是李玉玺，骆伽顺着这个思路，突然问道："您做了这么多实事儿，成绩在全国也数得上，局长肯定很欣赏吧？"

这句话噎住了张大强，他并不受李玉玺重用，拿了一张纸巾擦了擦皮鞋："咳，局长关心修路搭桥这些大事儿，我们信息化不是主业。"

骆伽听出抱怨的味道，印证了他不吃香的传闻。张大强又问："你以前搞艺术，喜欢唱歌吗？"

骆伽听明白了他的意思，但不得不回答："是啊，主任喜欢吗？"

"呵呵，找时间比比？"张大强跃跃欲试。

50．周二，上午十点十分

方恩山不负所托，为中联张罗起了研讨会。这件事并不难，发通知给信息中心和通管队就行，他们爱来不来，这是一个明确的信号，我进来了，玩法变了，玩家也不同了。

兵贵神速，赵勇带着工程师准时出现。通管局上上下下来了八九位。方恩山全程参加，负责发言和总结，大家明显感受到风向变化。会后赵勇追上方恩山，在四下无人的场合扶着他的胳膊，说道："您还得帮帮忙，我想见见李局长。"

"走正规流程。"方恩山没答应，这要求有些过了。

赵勇掂着自己的分量，他这级别根本够不上正规流程："方处，凭我？"

方恩山犹豫之后终于说："好，帮人帮到底，带你见局长。"

与此同时。

韦奇峰要把中联放进来，屏蔽捷科，刘明君很难拿捏尺度，急匆匆走进办公室："韦总，中联在通管局做了一个技术交流。"

韦奇峰说："给张大强电话，探探口风。"

两人都有默契，寒暄几句就谈到正事。计划财务处事先不打招呼就和厂家开研讨会，完全不把信息中心放在眼中，张大强正在发火。

"智能交通的项目从来都是您负责，他们不是捣乱吗？"刘明君故意刺激。

二期工程一旦立项，就进入设计阶段，计划财务处便插不上手，张大强打算忍着，反劝刘明君不要着急，以静制动，然后挂了电话。

韦奇峰托着下巴想了一会儿，按照张大强的说法，立项之后主导权重归信息中心，一切就回到他控制之内。方恩山是老江湖，不会无缘无故介入，更不会随便退出，如果这样，方恩山至少会与张大强一起负责招投标。实际上，一期工程方恩山从头至尾介入招投标。但是方恩山为什么要压住立项报告，计划财务处与信息中心是平级单位，互不隶属，没有上面的默许，他敢吗？如果这样，方恩山便得到上面的授意。谁能指使他？当然是李玉玺。如果这样，二期工程将另起波澜，必有血战。

"山东发标了，你看看。"韦奇峰把一份文件推过来。

日期竟是明天，韦奇峰神通广大，提前拿到了文件。刘明君走到白板旁，列出需要的资源和时间表，包括请工程师做方案，这是体力活，不难。关键是价格，必须要有竞争力。捷科与惠康的产品和技术半斤八两，刘明君不敢大意，罗小希在山东的人情深厚，又对惠康知根知底，提议："韦总，我想申请百分之五十的折扣。"

这个数字合情合理，山东一期工程申请到百分之四十五的折扣，二期工程规模远大于一期。韦奇峰不肯定也不否定，呵呵笑着问刘明君："利润重要还是销售收入重要？"

这似乎是拒绝的意思，刘明君立即争辩："皮之不存，毛将焉附？"

没有销售收入哪来的利润，韦奇峰岂能听不出来，不答反问："不赚钱的生意你做吗？反正我不做。"

韦奇峰不给刘明君商量时间，让他去准备招投标文件，拿出手机："小希，是我。"

"嗯。"罗小希在公司，只说一句话，便陷入沉默。

"一起晚饭，老地方。"韦奇峰猜到她不方便，匆匆挂了电话。

51．周二，下午三点四十分

骆伽也选择小魏作为突破口。她坐在计划财务处等方恩山，时不时四处观察，一张照片吸引了她的注意力——小魏握着羽毛球拍高高跃起，凌厉抽杀。羽毛球，这就是他的兴趣点，骆伽轻踩周锐，向照片努嘴示意。

小魏为骆伽蓄满热水，不冷不热地说："等等吧，处长不一定什么时候来办公室。快的话说不定此刻就在电梯里，慢的话，也许陪局长下地市视察了。"

骆伽的目标是小魏，指着桌面的照片："没事儿，你也喜欢羽毛球？"

这果然戳到小魏的兴趣点，他捋捋袖子："听口气，你也喜欢打？"

骆伽打过，开始欲擒故纵道："会倒是会，只是装备不顺手，可能打不过你。"

小魏哈哈大笑，他是通管局的羽毛球亚军，哪受得了这种挑衅语气："球拍，我这里有十几个，给你找称手的。"

"行，我赢了怎么办？"骆伽借机会请他吃饭。

"这个随便，你说。"小魏不信自己会输。

"吃东来顺的涮羊肉，不许耍赖。"骆伽不管输赢，饭是一定要吃的，吃饭不是目的，目的是喝酒，喝酒也不是最终目的，掏出小魏心里话才是最终目的。

与此同时。

田蜜的雅阁停在路边,她望着妇产医院的大门,捂着肚子。她账户上多了十万元,收到王锴的消息:去医院吧。

她时不时摸着肚子,幻想着宝宝的样子。宝宝,妈妈没有看过你,就要失去你。

宝宝,妈妈对不起你。

手机响起,是赵勇:"喂,赵勇,你好。唔,我有事儿。晚上?不行……呃,好吧。"

她继续摸着肚子,仿佛在与宝宝对话。她没有和其他男人在一起过,所以肯定是王锴的孩子,他的结扎手术会不会出了问题,也许!很可能!如果这样,肯定是这样,没有其他任何可能了,那么这就是王锴的宝宝。

想到这里,她立刻下车走进医院,挂号,排队。她脸色涨红,手术有可能出问题是自己的想法,必须得到医生确认开出证明,再拿给王锴看。真的假不了,假的真不了,如果他不信,就生下来,然后去做DNA鉴定,证明就是他的孩子。王锴,宝宝身上一定有你的影子,怀着你的一部分,留下他,就留下了你。

骆伽和周锐轮番上阵,跑断胳膊腿也不是小魏的对手,被打得满地找球。骆伽球技不行,甜言蜜语很有一套,哄得小魏开心,她打完球,拍拍肚子:"我输了,你请客。"

"耍赖,认赌服输。"小魏很计较,得理不让人。

"你请客,我买单。"骆伽哪会跟他计较,只是开玩笑。

饭桌上,骆伽悄悄把啤酒换成白酒,小魏已经喝到蒙然无觉,几杯白酒下肚,他的话越来越稠,禁不住骆伽引导,满嘴跑舌头,各种消息打不住地从嘴里淌出来:"我劝你们,别费这劲儿了,惠康签了一期工程,带着上上下下去美国转了一大圈,名义上是考察,其实就是玩。我什么不明白?先在惠康实验室和工厂里面转转,然后再去拉斯维加斯转转,我跟你说,这个项目还没招标,我已经看出结果了,惠康控着盘,中联捡着漏,一家吃肉,一家啃骨头,你们连口汤都喝不着。"

"死猪不怕开水烫。"这是周锐的口头禅,他知道形势不利,并不惊讶。

"死马当活马医。" 骆伽也不想放弃,只想找到方恩山的痛点。

"死马?死猪还差不多。"小魏只顾埋头喝酒。

骆伽趁着小魏话多,继续打探内情:"我们和方处长聊过,他好像不感兴趣。"

"处长肯定有考虑。"小魏也想不明白这件事儿,智能交通是部里从上到下的项目,其他省都启动了,唯独北京没动静。

饭后,小魏醉醺醺地上了出租车,骆伽与他挥手道别,她和周锐都有心事儿,沿着路边散步。智能交通既然是部里的项目,北京的进度却落在最后,计划财务处怎么敢压下来?骆伽想不通,转头对周锐说:"我打算周末请张大强唱歌。"

张大强是绕不过的坎儿,可是想起他扭着肥腰唱《天仙配》,周锐就不放心。周锐本应替她挡住各种各样的骚扰,可是张大强怎么办?想起半年前的往事,他就打起退堂鼓:"伽伽,你自己小心。"

"嗯,我知道的。"骆伽点头,看看时间,"听说有一部很好看的电影,去看吗?"

"我得回去做文件,山东要发标书了。"周锐没有心情。

骆伽忍无可忍地揪起他耳朵:"猪,陪我就这么难吗?"

周锐乖乖进了电影院,恐怖的背景音乐响起,骆伽挡住眼睛,偷偷从指间窥探屏幕,忽然惊叫一声,一把抓住周锐的手,指甲掐在肉中。周锐忍着疼痛,既然这么害怕,为什么还喜欢恐怖片,劝道:"伽伽,害怕就别看了。"

突然一暗,雷声霹雳,骆伽钻进周锐怀抱,全身发抖。周锐搂着她温软的腰肢,忽然觉得恐怖片也不错,结果抬眼就看见恐怖镜头,与骆伽一起狂叫。

"猪,你比我还胆小。"她挎着他的胳膊。

罗小希默默坐在韦奇峰对面,浅酌一口红酒,脸色变成玫瑰色,这是她加入捷科后两个人第一次见面。韦奇峰问:"最近好吗?"

酒精一丝丝渗入罗小希的血管,红晕随即浮上脸庞,她毅然离开惠康,只为维系这段情感,却弄巧成拙,反而难以相见:"我每天都在想你。"

韦奇峰不想碰这个话题:"小希,山东周五就要招标了,你打算怎么办?"

罗小希取出招投标文件放在桌上,换了语气和称呼:"韦总,我听您的,说吧。"

熟悉的称呼,她在办公室从来都是这样,百分之百会听他的,包括让她放弃这个订单。可她现在还在试用期,表现不好随时可能被辞退。但是新人没有完成任务也没什么。该怎么选?周五开标,只有一个晚上时间。罗小希默默等待,她本以为离开惠康便可以公开恋情,甚至搬到韦奇峰家里,偏偏一切都没有发生。他心里还有我吗?如果有,他就会把订单让给我;如果没有,他就会拿走订单。

不管他怎么选,事业对男人更重要,我都必须把山东的订单让给他。

"周四晚上定。"韦奇峰没有想好,向服务员招手,"再来一瓶红酒,口感酸一些。"

52. 周三,上午八点二十分

赵勇跟着方恩山来到十五层,这是半年前他被赶出来的地方,李玉玺会不会记得自己?办公室门关着,方恩山推门看看,李玉玺还不在办公室。没一会儿,李玉玺便夹着公文包从电梯里出来了,方恩山立刻迎上去介绍:"局长,这是中联的赵经理,刚做完研讨会。"

李玉玺觉得面熟,又想不起来在哪里见过,伸手一碰算是握手:"有事吗?"

"向您汇报信息化的事情。"赵勇放心了,他没认出自己。

"这个事情信息中心牵头,方处长也参与,找他们谈吧。"李玉玺准备进去。

方恩山引入新厂商参与竞争打破以往局面,中联将起到关键作用,他立刻替赵勇说话:"局长,中联还是很有特色的。"

李玉玺听完,示意赵勇进屋。随意聊了几句,就开始频频看表。赵勇识趣,起身告辞:"您忙,我告辞,欢迎您有机会来我们公司参观。"

"到时候再联系。"李玉玺屁股不离椅子,挥手说再见,却叫住方恩山。赵勇从进来到出去只有五分钟,比起被轰出来,待遇还算不错。

方恩山是李玉玺的亲信,直接问道:"局长,二期工程张大强催了好几次了。"

李玉玺点燃一支烟,摆手:"别搭理他。"

方恩山压力不小:"部里压力也很大。"

"顶住。"

"还等什么呢?"方恩山一般不会这么坚持,张大强无所谓,却不能不考虑部里。

李玉玺笑着摇头:"别急。"

"那咱们怎么做?"方恩山真想不明白。

"放长线,钓大鱼。老方,你在处长这个位置上坐了多久?"李玉玺忽然问。

"七八年了。"

"以你的资历和能力，早就该上去了，可是咱们上面没人。"李玉玺称赞着方恩山，似乎与二期工程无关。

"好，我顶住。"这句话说到了方恩山心里，两个人在这方面是同一战线的，同进同退，可方恩山却想不明白，这和二期工程有什么关系？

53. 周四，下午五点二十分

田蜜决定生下宝宝，她去银行将王锴的十万元退还回去，这个钱坚决不能要。听说怀孕前三个月内最容易流产，必须注意，开车对宝宝不好，田蜜便打车，除了上下班，哪儿都不去。网上说胎儿现在只有蝌蚪大小，她仍时不时摸肚子，仿佛宝宝能听到一般："妈妈差点儿犯了大错，现在好了，小宝贝儿。"

这是她第一次说出妈妈这个词，被自己吓了一跳，既自豪又紧张，脸颊热得红彤彤。

王锴十分安静，没有电话，没有信息，也没有上门，他在做什么？有一天当田蜜下班回家的时候，她知道了答案。停在楼下的雅阁消失了，门口堆满了行李，门也换了锁，田蜜一阵眩晕。

赵勇的电话恰在此时响起："喂，赵勇。嗯，不行，有事儿，不能吃饭。嗯，真的不行，我要搬家。"

"我过来帮你搬。"赵勇对她的状况一无所知。

"呃，不用，我自己可以。"田蜜劝阻，这边乱成一团，他还来添乱。赵勇挂了电话，她对着行李坐在台阶上，抚摸着肚子，天黑了，自己该怎么办？

王锴把玩着车钥匙，觉得在生存的压力下，田蜜一定会改变主意，放弃孩子。忽然手机响了，骆伽要请王锴吃晚饭。她来自跨国公司，气质和风度都在田蜜之上。可是惠康那边怎么交代？一边是骆伽，一边是生意，王锴无所适从。如果支持捷科，不见得能获得她的青睐，会不会竹篮打水一场空？

吃饭？如果被韦奇峰知道，就会影响到与惠康的关系，以至于影响到上市的计划。到底是谁把消息泄露给惠康的？这个内线始终都是隐患，王锴的大脑拧作一团，找不到答案。最终他还是扛不住诱惑，直奔停车场，自己开车，一个人也不通知，看谁能把这个消息泄露出去。

王锴将田蜜忘到脑后，布莱劝酒，聊起时尚品牌，激起骆伽的兴趣，两人聊得热火朝天。周锐是工程师本性，满脑子都是解决方案和技术文件，突然打断两人："我真想不明白，一个挎包一百块就能搞定，为什么有人花一万块去买名牌？没有一点儿性价比，虚荣？冤大头？还是钱太多撑的？"

这句话将王锴噎住，无数话头都被卡住，他算半个客户，怎能这样说话？骆伽又一次狠狠踩了周锐，周锐发现自己确实很"二"，于是埋头吃菜。骆伽举起酒杯掩盖尴尬："王总，招标的事情怎么样了？"

经王锴劝说，中石油把招标文件改成了天然水晶灯，他抓起电话，不避讳骆伽，立即安排下属："你们去围标，找五家公司围。报价？嗯，从二千五百万向下递减，每次减二百万，咱们往中间报，一千六百八十八万。"

中石油的预算只有几十万，王锴报出天价，虽然还没有结果，却可以看出来他做生意很有一套，骆伽虚心请教："王总，您这个价格是不是有点儿高。"

"杀头的生意有人做，赔钱的买卖没人理。"王锴猛饮一口。

"可您怎么赢呢？"

王锴谈起招投标的秘诀，向骆伽炫耀："跨国公司培训体系完整，不可能没教你们吧？"

"这个是中国特色，我们真没学过。"周锐冷不丁插一句，又噎王锴半晌，骆伽在桌下拉紧周锐，他才乖乖闭嘴。

"天然水晶，那是什么价格？正常厂商打死也不敢报，怎么办？废标！招投标必须有三家以上，我们便找五六家来围，报价更高，我们的一千六百八十八万肯定最低价中标。"

"可是，这是不是有点儿过？"周锐瞠目结舌，骆伽恍然大悟，王锴追逐利润，围标手法明目张胆，先在技术上设置壁垒，屏蔽对手，再用围标的方式最低价中标。他能把几十万的水晶灯弄成上千万，智能交通的项目，难道没有企图？

"你呀，不明白。"王锴本不想搭理周锐，却想在骆伽面前争面子，"你说说，中国经济为什么这么好？"

周锐一时不敢接话："这个，我真不知道。"

"咱们中国人，勤劳勇敢，吃苦耐劳，这才中国经济发展的最核心动力，其他都是皮毛。"王锴的脸色像上了红颜料，义正词严，堂堂正正。

周锐深深认同，真是人不可貌相，王锴这句话还真是说到根儿上了，他频频点头，举起酒杯："王总，佩服。"

王锴在中石油的招投标运筹帷幄，在北京通管局项目中至关重要，他与周锐完全不是一个路数，骆伽担心他们一言不合，破坏合作，手悄悄垂在桌下握紧周锐。周锐心底一甜，明白她的意思，继续发挥"二"的特长："北京通管局招标在即，我们的希望寄托在您身上，您能给个方向吗？"

骆伽与周锐一个唱白脸一个唱红脸，抚慰王锴："您跟惠康合作多年，关系匪浅，如果不能合作，我们也能理解。"

饭桌上风云突起，王锴端起酒杯慢饮，留有余地："我是生意人，捷科与惠康都是世界最顶尖的公司，谁给永嘉集团最大的利益，我便没有拒绝的理由。"

这句话可以理解为，谁能在这个项目中让他赚到更多钱，就和谁合作。骆伽仔细倾听，举杯问王锴："您说的利益指什么？"

王锴讨厌周锐，却很喜欢骆伽，意味深长看着她："我是生意人，懂得人情，也懂得情义。"

与此同时。

王锴收回汽车和房子，无非逼自己打胎，田蜜想通这个道理，起身收拾行李，她小心翼翼，怕失手惊了腹中宝宝。这么多箱子，怎么办？

一辆出租车急急驶来，赵勇跳下来："田蜜，你怎么了，行李怎么都在这里？"

"赵勇，你怎么知道我在这儿？"田蜜惊讶。

"呵呵，我可是做销售的。"赵勇不好意思承认跟踪过她。

好在田蜜没有接着问，只说："呃，我搬家。"

"搬到哪里？"赵勇顺口一问，田蜜就被问住，是啊，搬去哪里？赵勇弯腰帮忙收拾行李："如果没有地方，先搬到酒店去应付几天吧。"

田蜜侧头想想，只能去酒店了。赵勇在，田蜜不用亲自动手，行李箱很快被搬上出租车，他问田蜜："你捂着肚子，身体不舒服吗？"

田蜜脑中仍是一片混沌，自己该怎么养活宝宝？想到这里，泪水忽然顺着眼眶滑落。赵勇不敢再问，让司机立刻开往酒店。

骆伽与王锴道别，和周锐打车离开，周锐看出她不高兴，小心翼翼地提议："伽伽，明天是你生日，我们去唱歌吧。"

骆伽把脸儿扭向一边，她并不是真生气："我们上次正唱得开心，突然就找不到你了，原来招呼也不打就去咖啡厅写方案了。"

确有其事，周锐无话可说，骆伽又说："你呀，真'二'，王博士是客户，聊得正高兴怎么能突然泼冷水？"

周锐想想也对，连忙道歉，想起倾听和提问："我还有其他错误吗？"

骆伽果然还有不满，周锐对时尚完全没有感觉："你身上都是淘宝款，怎么带你出去见朋友？"

周锐是工程师，买东西讲究性价比，骆伽对名牌的崇拜对他简直不可思议："伽伽，我花一百元买的包，肯定比驴包装的东西更多。"

对牛弹琴！不可理喻！骆伽扁起嘴，直到下车也没有理周锐。他与王锴合不来，三言两语便起冲突，她问周锐："王锴算半个客户，我们不能得罪，你说怎么办？"

周锐反省自己，确实不该在饭桌上瞎说话："下次一定注意。"

"没有下次了。"骆伽做了决定，以后见王锴再也不带周锐了。

54．周五，上午九点整

要想知道他心中是否有你，就看他能否记住你的生日和各种节日、纪念日。

骆伽刚走到工位，就看到一个精致的包装盒，印着粉色的生日快乐。这是什么？她挑开丝线，一个毛茸茸的LV钥匙扣躺在盒子中间，她刚买车，正缺个钥匙扣，周锐没有这么细心。包装盒底下里面果然有一张卡片，上面是王锴的签名。他送礼物肯定有动机，骆伽有求于永嘉集团，不收不合适，收也不合适。她正在犹疑，电话响起，前台在电话中惊喜地说："快来，你的生日礼物。"

骆伽走去前台，看到一大篮红玫瑰娇艳绽放，九百九十九朵，吸引来办公室大半女孩子，叽叽喳喳围起来。她蹲下去，在玫瑰丛中找到一张卡片，只扫一眼，便知道这是周锐的笔迹。一束鲜花和驴钥匙扣，哪个分量更重？

骆伽将鲜花插满工位，就开始打印文件，下楼将报告交给雷励行："猎头公司那边有消息了。"

报告汇总了猎头公司的进展，黑名单上的三十五个人，全部接到电话轰炸，二十八个人与猎头公司见过面，十九人的简历被推荐出去。雷励行找到方宏伟的名字，他接了三家猎头公司的电话，既没送出简历，也没有见猎头公司。方宏伟一直泡在山东，看来他还指望着那个订单，没有离开的打算。雷励行一目十行迅速看完表格，抬起头来："招聘进展如何？"

骆伽又递过去一份表格，人力资源在清华、北大、复旦、上海交大等十几所大学进行校园招聘，收到上千份的简历。雷励行抓起笔，在表格最上端补充了一行字：西安电子科技大学："我的母校，学生都踏实肯干。还有，请人力立即安排魔鬼训练的时间表。"

捷科每个部门的人头是固定的，一个萝卜一个坑，必须把坑清理出来，才能招聘新人。雷励行上任之后，与中华区和亚太区都进行了沟通，取得了谅解，才敢大动作新陈代谢，几乎要换掉三分之一的人马，他投下了巨额赌注。雷励行端起咖啡，问："查到了吗？西太平洋大学？"

周锐就从办公室里跑出来，他费了不少力气才查到西太平洋大学不是正规大学，注册地址在一栋小楼："西太平洋大学是一家野鸡大学。"

"怎么会？王锴学识很渊博的。"骆伽很惊讶，王锴一表人才，又学识渊博，尤其在时尚方面两人极有共同语言。

"哼，田蜜的男朋友就是他，把她赶出家门，一点儿人味儿都没有。"周锐对王锴没有一点儿好感。骆伽吃了一惊，感情之间很难说谁对谁错。

周锐找到了王锴的简历："你看看简历，大学毕业之后就在国内，出国都没有超过一个月，哪里有时间在美国读完博士？"

"没有读博士又能怎么样？人家至少是心中有剑手中有剑的最高阶段了。"骆伽这句话既讽刺周锐不懂穿衣打扮，又比喻了王锴做生意的手段。

雷励行皱起眉头，周锐猜到他有话说："雷先生，您觉得有道理吗？"

雷励行直截了当回答："知易行难，这是学习的普遍规律，不仅适合时尚，也适合销售技巧。学习的第一个阶段是心中无剑手中无剑，不知道也做不到；第二个阶段是心中有剑手中无剑，知道仍做不到；第三个阶段是心中无剑手中有剑，在实践中摸索出来，不知道能做到；第四个阶段是心中有剑手中有剑，知道且能做到，这却不是最高境界。"

"唔，当我扔掉驴包，挎上铂金包的时候，就是最高境界了。"骆伽咬着嘴角说。

"铂金包是什么？"这是周锐从来没有听说过的东西。

这与销售方法紧密相关，雷励行换了严肃的口气提醒："你还需要品牌证明自己，便不是最高境界，剑是剑，心是心。衣服是衣服，而不是你，照葫芦画瓢，无法灵活应变，销售方法只是销售方法，也不是你，没有与你本人融会贯通。骆伽，你必须悟出来，闯过这一关，才能成为高手中的高手。"

"那是什么境界？"骆伽心生向往，这是她做梦都没有想过的阶段。

喜欢武侠的周锐忽然想明白："我悟出来了，心中有剑手中有剑，如果流于俗套和形式，就不能灵活应对。比如郭靖刚学会降龙十八掌的时候与梁子翁过招，只会从头打到尾而不会见招拆招。要与高手中的高手灵活应对，无招胜有招，化腐朽为神奇，一朵花一片纸都在手，便胜过所谓的倚天剑屠龙刀。"

骆伽恍然大悟，真正的时尚来自内心："一举手一投足，一片布一缕丝都是时尚，无须外界点缀。"

周锐想通这个道理，心中豁然开朗。

骆伽悄悄向雷励行看去，看一个男人的品位，要看袜子，他双腿搭在椅子上，纯棉的黑色袜子上面有小小的标识，骆伽悄悄观察，一眼认出那个顶尖的品牌："唔，明白了，那兰达到了最高的境界。"

雷励行一惊，目光直逼骆伽。骆伽从他的神情中肯定了猜测，开心地噘起嘴角，她从雷励行口中听到故事后便向他的老部下打听，现在突如其来一问，验证那兰果然就是她。雷励行对她念念不忘，想必是那兰先离开他。雷励行突然间听到那兰的名字，微微一怔，牛仔裤和西服都是她建议的搭配，既舒服又随意，回国之后便舍不得换。他整理被思念搅乱的思绪，说道："既然第四个阶段是心中有剑手中有剑，那最高境界应该是什么？"

"什么？"周锐已经领悟。

"剑人。"

"什么贱人？"骆伽忙问，忘记追问那兰的事情。

"我就是剑，剑就是我，你穿任何牌子都有LV和爱马仕的范儿，才是最高境界，高手中的高手。"

"我晕，这个我真不行。"骆伽念叨，摇摇头。

"伽伽，凭你的气质肯定可以。"周锐赞同。

"这个有难度。"骆伽还是觉得不行。

"达到剑人阶段，必须抛弃旧习惯，养成新习惯，这是学习的关键阶段，掌握不好便会走火入魔。明代大儒王阳明龙潭悟道，悟出了知行合一的道理，就是剑人合一的最高境界。"以雷励行的才智，当年为了逃避以往旧习惯，强迫自己忘记以往的做法，反而捉襟见肘，处处不适应，几乎废掉全身的销售技巧。

"可是我和周锐没有做过销售，根本没有旧习惯啊。"骆伽无辜地瞪大眼睛。

雷励行神经一跳，没有销售经验本来是周锐和骆伽的缺陷，现在变成了好事儿，他们都是一张白纸，根本没有套路，没有习惯可以抛弃。摧龙八式机缘巧合地遇到他们，又会迸发出什么样的力量？雷励行问周锐："倾听和提问，你练习了吗？"

"我上周没见客户，在办公室里写建议书。"周锐犹豫一下，又说，"我还是练习了用目光和心灵倾听，而且我的客户很不一般。我们小区有一只名叫怪怪的小狗，常常和主人一起散步，我学会用目光倾听之后，突然发现一件事儿。"

"什么事儿？"骆伽极喜欢小动物，她坚定地认为喜欢小动物的人都有爱心。

周锐说："我早上出门的时候，小怪怪看了我一眼。"

骆伽问："小怪怪是什么品种？"

"明天问问。"周锐打算找狗主人，或许小怪怪的目光中有含义。

狗通人性，雷励行意犹未尽，他很喜欢看见两人撞出火花，又问："倾听和提问，哪个重要？"

"都重要。"骆伽回答，这个问题就像耳朵重要还是鼻子重要。

"你为什么要问这个？"

"因为要再听一次，所以听是目的，问是手段。"周锐明白了二者的关系。

"您快教教我们提问吧。"骆伽央求。

雷励行有心指点："看见顶层的两个阳台了吗？"雷励行指着旁边两栋四十层左右的公寓，他依然是牛仔裤搭西服的打扮，双腿搭在面前椅子上。冬季冷风横扫树叶，天空向地面抛洒雪花，灰黑色的阳台清晰地暴露在视线里。"那边有一万块钱，你们从阳台中间木板爬过去，钱就是你们的了，爬不爬？"

周锐和骆伽坐在雷励行对面，就为一万块冒生命危险？他们默契地摇头："不爬。"

雷励行将十指张开："十万块，可以买辆不错的车了，爬吗？"

"我有车了。"骆伽不动心。

雷励行双臂抱在胸前："一百万，一套房子的首付，爬不爬？"

"不爬，多少钱都不爬。"骆伽将各种可能性都拒绝，四十层高的阳台，木板只有巴掌那么宽，上面还都是雪，除非疯了。

雷励行说不动骆伽，转向周锐："如果阳台对面是你女神，爬过去就是你的,爬吗?"

周锐还没来得及拒绝,就被骆伽踩了一脚,周锐赶紧说:"不爬,不爬。"

"对面是骆伽,爬吗?"雷励行指向骆伽,她脸蛋通红,缩在毛茸茸的领口里,被衬得分外娇艳。

周锐点头:"爬,爬。"

骆伽装出凶神恶煞的样子,气鼓鼓地打断周锐:"不许爬,爬过来也不是你的,我又不是东西,爬过来就能拎着走。"

周锐扑哧笑出声,立即忍住,埋头喝继续咖啡,骆伽又一脚踩在他脚上。雷励行也被逗笑,问骆伽:"什么情况下你愿爬?"

"什么都不值得用生命冒险。"

"如果你这边燃起熊熊大火,爬吗?"

"必须爬。"骆伽毫不含糊。

"想清楚这个逻辑再去见客户吧。"雷励行有意考察周锐和骆伽的悟性,抓起桌上的线装古书,悠闲地看了起来。

骆伽觉得这似乎与销售没有什么关系,好在这种费脑筋琢磨的事情从来都是周锐负责,不用她费心,于是催促道:"这个爬阳台的故事什么意思?我去买咖啡,你分析一下。雷励行是世外高人,他如果肯教,我们就好像郭靖和黄蓉学会葵花宝典,可以纵横江湖了。"

骆伽不喜欢武侠小说,三心两意地看了几本,搞不清楚人物和武功之间的关系,也不知道她看了《笑傲江湖》的哪一段,在她的认知里,葵花宝典就是一等一的绝世武功。她听说过雷励行的传奇,便与葵花宝典挂上钩。

周锐恍若未闻,呆呆出神,销售的往事一幕幕浮现,他忽然说:"伽伽,我想到了,你听听。"

周锐与骆伽个性截然相反。周锐理性、简朴、低调,埋头做事,骆伽感性、时尚、张扬,喜欢与人交往。他们本该水火不容,然而周锐却对骆伽百依百顺,爱情的神奇力量避免了激烈的冲突,他们会不会互相取长补短,水乳交融?雷励行笑傲商场多年,见过各种有天分的年轻人,却第一次遇到这种组合,不禁好奇。

"爬阳台的故事,我们有感悟了。"骆伽走过来打断雷励行的思考,"让我们爬阳台有两种方法,第一种是利用好处,十万块买车,一百万够买房子的首付,不断增加好处,但没有打动我们,这就好像我们在工作时向甲方介绍公司和产品,也是这种方法,可是客户根本听不进去。"

骆伽说了一半停下来,周锐默契地补充:"如果我们身后正在着火,那

382

么不需任何好处我们都必须爬。所以第二种方法是发现客户的燃眉之急,并为他们提供解决方案,客户便会心甘情愿地购买。"

仅仅几分钟,他们就能透彻地说出故事本质,这超出雷励行的预期,他点点头:"销售其实很简单,用一句口诀就可以概括,一个中心两个基本点。"

骆伽扑哧笑出来,撩开额头的碎发,露出精致的眉眼:"这个好熟悉的。"

"嗯,我想想。"周锐参加了新员工培训,"一个中心是以客户需求为中心,客户燃眉之急就是痛点,通过痛点激发需求,还有一个点我就猜不到了。"

"抓住兴趣点推进关系,你们就能成为高手。"雷励行的好奇心越来越重,这两个人都有极高的天赋,组合在一起会爆发出什么样的奇迹?

"两手都要抓,两手都要硬。"骆伽顺口补充,她却不满足于成为普通的高手,北京通管局智能交通项目决战在即,数十个厂家的上百名销售人员虎视眈眈,其中不乏高手。"雷先生,我们不能只是高手,还必须击败各路的高手。"

周锐想起一件往事,不确定这种销售方法能否奏效:"我曾经拜访通管局的李局长,他拍出闹钟,只给三分钟时间,这种方法能有用吗?"

雷励行听见通管局三个字,放下线装古书:"北京通管局,你们要做智能交通那个项目?"

"我们有选择吗?"骆伽抱着无人知晓的神秘动机加入捷科,早就瞄准这个项目。

"你们才加入公司,还是菜鸟,不该去打这样的仗。"雷励行嘴上劝阻,却开始用激将法,"惠康的韦奇峰亲自负责这个项目,他深耕细作将近十年,我看不出来你们有任何机会。"

"他是高手吗?"

"高手中的高手。"

"我们要打败他。"骆伽和周锐身体笔直,同时说出这句话,连语气都一样。

雷励行双手搭在一起,确实有一种让他们打胜仗的屠龙秘籍,他伸出三根手指:"至少这么长时间。"

"三个月?"骆伽摇头,二期工程在一个月内便要招投标。

"三年,这是一个人最快的学习时间。"雷励行用十几年时间摸索出了这套方法,自信是独步天下的绝学。即便传授给骆伽,也不可能立即见效。北京通管局智能交通二期工程规模庞大,各路高手必然蜂拥而至,韦

383

奇峰将层层设防，龙争虎斗就在眼前。大家避之不及，才将这个订单交给骆伽，两个初出茅庐的菜鸟，能创造出奇迹吗？周锐埋头苦思，他具备看透本质的分析能力；骆伽张牙舞爪，她喜欢与人交往。两人的个性截然相反，然而似乎有神奇力量避免了激烈的冲突，他们具备互补的绝佳天赋。雷励行不禁产生好奇，如果将自己那摧枯拉朽的摧龙八式传授给他们，江湖会掀起什么样的波澜？

与此同时。

田蜜再次来到妇产医院，她想做流产手术。

医生检查完毕之后，劝道："孩子，不要流产。"

"为什么？"

"你体质弱，如果这次流产了，我担心你以后很难怀上，这次生了，以后反而容易受孕，你要考虑清楚了。"

田蜜离开医院，抚摸着肚子，不知道该怎么办？

与雷励行聊完后，周锐迫不及待："我们去见方处长。"

这正合骆伽的计划，跃跃欲试："好，找到他的痛点了吗？"

"罚款流失，就是他的痛点。"

"好，我们走。"骆伽起身，她说做就做，从来都不犹豫。

55．周五，下午四点二十五分

有小魏帮忙，方恩山的行踪手到擒来，骆伽和周锐摸到办公室门口，笑吟吟地走进去："方处长，您好。"

方恩山是老江湖，屁股不动，嘴上欢迎："又来了，欢迎欢迎。"

这哪儿是欢迎的态度？骆伽甜甜笑着："我有点儿担心耽误您工作。"

方恩山不好拉下脸，便摸出手机，做出要走的姿势："呃，我要去开个会。"

骆伽拿捏着分寸："每次见您都不容易，就占用您五分钟还不行吗？"

话说到这个份儿上，方恩山不能太不近人情："好吧，就五分钟，小魏，倒茶。"

小魏背对方恩山，向骆伽挤挤眼，悄悄做出OK的手势。方恩山不等茶水到嘴边，直接问："你们这次有什么好的方案？"

他又要故技重施！周锐急急争抢提问权："您时间宝贵，我们担心说不到点儿上，浪费您时间，是不是我们先了解一下您的设想，这样介绍起来才有针对性。"

方恩山仍想尽快结束，敷衍道："我们还没有立项，谈不上设想，捷科是世界一流的公司，有很多经验，还是你们说说吧。"

谁说谁被动，谁问谁主动，这次拜访再不成功，就很难做通方恩山的工作。周锐不能与方恩山硬顶，于是不紧不慢地说道："北京的机动车数量在全国名列前茅，道路建设虽然在全国排在前面，但是私人汽车正在快速进入家庭，交通建设面临严峻的压力和挑战，我们看出点儿问题，而且还挺严重。"

方恩山果然中招："你看出点儿什么问题？"

有了小魏这个内线，周锐对北京通管局的背景很了解，心中不慌："投资保护。"

此话引起方恩山好奇："什么意思？"

北京市交通快速发展，高速公路建设耗资巨大，周锐狠狠戳向他的痛点："北京公路建设需要巨大开支，如果不能确保建设资金，轻则影响道路建设，重则导致交通拥堵……"

方恩山正为此发愁，现在又被周锐戳到痛处："你既然看出问题，想必有对策吧？"

骆伽反踩周锐，不让他继续说，这是方恩山的兴趣点，如果说出办法，他就会像吃到饵的鱼儿一样溜走，她笑吟吟吊着方恩山："要是咱们北京一步到位，直接配上桑纳塔。"

可是哪有这么好的事儿，谁出钱？他脸上阴晴不定。骆伽收起笑容，不敢玩笑："我们帮您出主意，捷科在全球有数千顾问，专门帮助客户解决交通领域的问题。"

骆伽处处去撩他的痒处，却总不说透，方恩山受不了这种绕来绕去的说话方式，霍地站起来："小娃娃，你有什么办法直接说，别跟我兜圈子。"

方恩山向来面儿上温文尔雅，很少失态。小魏连向骆伽摇头，示意她小心说话。骆伽不慌不忙地喝口茶水，缓缓说出四个字："以罚致管。"

智能交通的方案是在路口架设摄像头，替代交警拍违章车辆，每辆车被拍下十次，每次罚两百元，就将近百亿元，数据传送到中心电脑，钱就进来了，这是以罚致管的关键。要把他钓起来，当作桥头堡继续前进，千万不能喂饱他。

方恩山扳着指头计算，他去年罚了五点二个亿，流失了多少？

方恩山要是有了这么多钱，全买带天窗的顶配车，他突然瞪着周锐："你能把那漏罚的罚回来？"

骆伽使劲儿碾在他脚上，方恩山不能决策，必须打住不能再说了。周锐使出缓兵之计："您正在和厂家做交流，我们是不是能讲讲这个主题？"

"好吧，什么时间？"方恩山最关心罚款，张大强立项报告的核心是治理交通拥堵。

周锐与他约定下周进行交流，就离开了办公室。小魏送他们到门口，他能看出来，处长和平常不一样了。

骆伽戳痛点成功，方恩山只给了五分钟，可实际上谈了一个多小时。她和周锐每次从通管局出来，都会静静地走一段，骆伽突然冲进他怀抱："大功告成，抱抱，庆祝。"

"这个痛点能打动通管局吗？"周锐还是有些担心。

"放心。"骆伽点头。

"摧龙八式神了，我们戳了一下方处长的痛点，便激发出他的需求。"周锐与骆伽拥抱在一起，手忙脚乱，口中仍然说着项目。

骆伽想把通管局的痛点都找出来，挨个去捅一遍，问周锐："你找到几个痛点？"

周锐还沉浸在拥抱中，怅然若失。

骆伽松开他，装作很严肃的样子："我周六请大强唱歌。发什么呆？猪，你要不要去一起唱歌？"

"张大强？我得罪过他，但是你不能一个人去。"周锐有心理障碍，又担心她。

"你必须去，躲不过去的。"骆伽仰头看着他，"你答应要保护我，是吗？"

周锐受不了这种目光，口中坚持："好，但我有一个条件，再抱抱。"

"嗯。"骆伽乖乖钻进周锐怀抱，于黄昏之际，路灯之下。

山东明天就要开标，此刻必须定下基调。罗小希在山东根基深厚，远超过新接手的刘明君，她唯独挥不去那份感情。她到达济南，与韦奇峰约在一家不起眼的饭馆包间，绝不会被熟人看见。

"我们切分吧，你刚到捷科，不能没有业绩。"韦奇峰拍拍肩膀上的枯叶，这可能是济南的最后一片落叶，如同他与罗小希之间的情感。

罗小希猜到结果无非两种，输或赢，却没有猜到中间的可能："切分，怎么切？"

"我们没有必要打价格战，捷科拿外围，惠康拿核心。"韦奇峰其实惴惴不安，外围设备是鸡肋，这是惠康吃肉，捷科喝汤的分法，等于惠康赢，捷科输，但对罗小希是一种聊胜于无的安慰。罗小希默默喝着红酒，渐渐看不透面前的男人。

"王锴昨晚请骆伽吃饭了，你要小心。"罗小希心里有了决定，仍然忍不住提醒。

韦奇峰拍拍肩头，其实那里一尘不染，王锴答应不与捷科交往，暗地里却不遵守承诺，他到底图什么？

"王锴很可能喜欢上了骆伽。"罗小希再次提醒。

"还有山东的项目，您放心。"罗小希放下酒杯，默默起身，头也不回地离开饭馆，外面风很大，却吹不干她珍珠般坠落的泪，情缘走到了尽头。感情亮起红灯，看来离开惠康是多此一举，她的爱正在急速逝去。

56．周五，晚上十点二十分

周锐在网上搜寻铂金包：一位法国女歌星在飞机上巧遇爱马仕的总裁，抱怨找不到做工精良又实用的提包，于是爱马仕为她专门设计了一款手袋，并以她的名字命名，这就是铂金包。大腕明星几乎人手一只，周锐看看价格，震惊了。

周锐每天都上网，现在又养成一个新习惯，每天去看看张大强的页面。头像变了，从那柄大枪变成了张大强的头像，带着狡黠笑容，他的好友数量迅速增长，有的来自软件公司，有的做电脑硬件，有的做信息安全，但都有一个共同点，他们都来自与智能交通二期相关的厂家。韦奇峰、罗小希、刘明君、赵勇、唐南军、骆伽……都成为了他的好友。再仔细看，他的主页挂出消息：通管局领导将考察厂家，大家做好准备。他打什么主意？竟将行程公布出来！

明天晚上骆伽就要请他吃饭唱歌了，张大强会怎么样？周锐抓起电话拨出去："伽伽，明天中午有空吗？"

"唔，明天中午不行。"骆伽含糊应对，她约了王锴吃饭，怕两人见面就掐，所以不打算告诉周锐。

"伽伽，要小心张大强，千万别喝酒。"周锐小心叮嘱，还是不放心，"明天中午在哪里？"

"这个，还没有定呢。"骆伽的声音发虚，语气不对。

57．周六，中午十二点整

王锴远远站起来，殷勤地拉开椅子，然后暧昧地伸出双臂去迎接骆伽："生日快乐。"

骆伽双臂张开，抱了抱立即分开："谢谢生日礼物。"

"嗯，让我看看。"王锴抓起钥匙扣，随即皱起眉头，骆伽一眼就看出他神情不对："怎么了？"

王锴欲言又止："算了吧，其实还好。"

"什么呀？"骆伽追问。

"我是说，你这个包款式不是那么经典。"王锴有心再送她礼物，这是试探。

骆伽将驴包塞进沙发，吃这顿饭的目的很单纯，就是希望通过王锴的关系进入北京通管局，她思忖着怎么开口，王锴点菜上酒，十分殷勤，亲自为骆伽倒酒："这是产自加拿大的冰酒，尝尝，味道是不是不一样？"

骆伽轻轻碰杯，细细饮下半口，比普通葡萄酒甜了很多，她不想深聊葡萄酒，只是点点头。王锴与骆伽有共同话题，他心甘情愿地沉醉下去。但王锴不是傻瓜，他明白两人关系的基石还是通管局二期工程。如果脱离这个前提，她会像鱼一样溜走，再也难以找到交集。王锴决定不打草惊蛇，一点点地让她陷进去："你觉得二期工程项目的关键在哪里？"

"李局长。"骆伽很满意。

"我们是锦上添花，还是雪中送炭？"王锴在生意场很久，自有他自己的生意经，"人家不想见你，便是锦上添花；当他急于见你的时候，就是雪中送炭。"

这并非毫无道理，却有难度，骆伽不争辩，静静品酒，他果然承诺："我帮你安排。"

骆伽就等这句话，笑着敬王锴："等您的好消息。"

"伽伽，我们见面的消息你告诉什么人了吗？"王锴换了亲切的称呼，两人间的距离立即拉近，他可以肯定，走漏消息的人不在自己这边。那只有雷励行、罗小希和方宏伟知道这件事情，罗小希！她从惠康跳槽过来，本来就与韦奇峰熟识。

58．周六，晚上九点十分

骆伽中午和谁吃饭？很可能是王锴，毕竟二期工程有求于他，可她偏偏不说出来，这就有问题，周锐坐在咖啡厅里胡思乱想的时候，骆伽已经在陪张大强喝酒唱歌，这简直是喜羊羊在陪灰太狼。他绕来绕去想不明白，透过玻璃窗看见骆伽从马路对面过来，走进咖啡厅，向服务生招手："来杯矿泉水。"

周锐十分讶异，骆伽进去还不到半个小时："伽伽，这么快？"

骆伽气鼓鼓地喝着矿泉水，指指KTV方向："张大强还在里面喝酒，讲着不三不四的笑话。"

"我陪你去。"周锐不放心。

"你得罪过他，怎么去？给我一杯牛奶，再买盒胃药。"骆伽喝光矿泉水，等周锐买来牛奶和胃药，咬咬牙喝光吃下。"周锐，我猜把消息透露给惠康的人很可能是小希。"

"啊？"周锐吃了一惊，这种事情很难有证据，根本说不清楚，如果罗小希真是惠康内线，自己在这边一举一动都瞒不过惠康，根本没有任何秘密，这场仗还这么打？

"还有，网上的大枪不是张大强本人，我问他玩不玩社交网络，他立即说要开通加我。"骆伽说完，又回了KTV。

张大强被两个服务员架出KTV，周锐叫来出租车，叮嘱之后才离开。然后跑过去扶住骆伽摇晃的身体，轻轻将她移到她的车里，系紧安全带，在黑夜的灯火辉煌中，在二环主路疾驰，直奔骆伽的家。

这是一套两居室的房子，十分干净，粉色主导的卧室中堆满各种物件，各种各样的玩偶趴在床头与主人共眠。

骆伽摸进卫生间，头痛欲裂，盯着镜子中的自己，脸色娇艳得如同玫瑰。忽然一阵恶心，胃里的酒精就像泼油点火，她难受地俯下身体开始干呕，眼泪一滴一滴地流出来。

周锐赶紧过来撑住摇摇欲坠的骆伽，用热毛巾擦拭她的面孔。

"帮我，吐出来。"酒精仍然如同恶龙一样在骆伽身体里折腾，她忍不住用手指抠嗓子眼，身体痛苦地痉挛。

"怎么帮？"周锐有过醉酒的经验，吐出来就会舒服一些，他飞速洗手，左手托起骆伽下巴，右手指探进她嗓间。一阵撕心裂肺的呕吐感一下涌出，骆伽全身颤抖，酒和着食物陆续喷出，她反复呕吐，直到连酸水都吐净，才在周锐的搀扶下躺到床上。

周锐蹲在卫生间和卧室往返五六次才帮骆伽清理干净，低头闻闻发梢，没有味道，嘴唇经过她额头的时候，忍不住吻了下去。抬头看见她睫毛间竟挂满泪珠："怎么了？"

"想爸爸。"骆伽忽然失声痛哭，痛彻心扉。

周锐悲从心生，将她拥入怀中："老师怎么了？"

"晚期了。"骆伽眼泪如雨水般坠落，骆南山是她在世上唯一的亲人，也是最爱她的人。如果没了爸爸，她在这个世界上将无依无靠。她在周锐怀中蜷成一团，声息渐轻，渐渐睡去。

周锐轻拍骆伽后背，回想往事也心如刀割，为她盖上被褥，拭去她眼角的泪珠，在她鼻尖一吻，蹑手蹑脚准备回去，忽然衣角被骆伽攥住，她在半梦半醒中喃喃说道："陪我。"

凌晨时分，周锐蜷缩在沙发上昏昏睡去。

59．周日，上午十点三十分

当骆伽醒来的时候，已经将近中午，肚腹空空，她披上周锐的白衬衣，趿着拖鞋，发现周锐不在这里。他昨晚好像留下了。

骆伽走进厨房，拉开冰箱，本来只有几袋方便面，现在却堆满食材，这不奇怪。奇怪的是还有字，胡萝卜是I，黄瓜摆成L形，柑橘被挖空成O形，两根香蕉凑成V形，几捆豆角被扎成E的形状，最后一个字母用菠萝雕成，骆伽轻轻念出来，I love you。

砰的一声，周锐撞门进来，怀里抱着几个盒子："热干面和豆皮来了，快吃吧。"

骆伽扑进他怀里，眼泪夺眶而出，周锐吓了一跳，手忙脚乱地放下热干面和豆皮，拉着她来到餐桌前："这个时间，也不知道是午饭还是早餐。"

骆伽抓起豆皮，轮流细细品尝，味道实在不敢恭维。

"吃饭都这么有范儿。"周锐仔细看着骆伽，她的头发搭在又长又宽的白衬衣上，眉眼透着倦懒，有无尽的味道。周锐忽然问："伽伽，你一定要做销售吗？"

"我就做三个月。"温暖的气氛被周锐破坏，骆伽已经习惯。

"昨晚跟张大强聊得怎么样？"周锐问，自己都觉得矛盾。

"李局长最近要考察厂家。"骆伽皱起鼻子，稍稍坐远了一些，在空中刷刷点点画出通管局的组织结构图，上面是李玉玺，真正拍板的人，下面并列两个方框，分别是张大强和方恩山，具体办事儿的人，感性的骆伽难得分析这么细，"李局长绝对绕不开，必须在招标前搞定。"

如果捷科不在李玉玺的考察范围里，招投标便完全没有指望，周锐立即意识到严重性："我们赶紧发邀请函吧。"

"这样太二了。"骆伽拒绝了这种做法，但王锴能兑现承诺，帮助约出李玉玺吗？不能把希望寄托在别人手中，这是她一贯的原则，"我们周一去堵李局长。"

"伽伽，李玉玺有一个闹钟，我们必须在三分钟内搞定他。"半年前的情景闪现，三分钟时间，能谈些什么？

"不入虎穴，焉得虎子？"骆伽不信邪，李玉玺有什么好怕？难道他还会吃人？

知己知彼百战不殆，周锐转了思路，帮助骆伽复习功课："好，我陪你，我们先做足功课，我问你，他的兴趣点是什么？"

"钓鱼。"骆伽通过内线收集了资料。

周锐点头："不错。"

"先吃饭吧。"骆伽把筷子递给周锐，饭菜很快一扫而空。骆伽的头痛也消失了，窗外冬日的阳光十分温暖，她拉开窗帘，看见远处的山脉，"我们去爬香山吧。"

60．周日，中午十一点三十分

山东通管局选定周日招投标，方宏伟十拿九稳，即便不能赢下来，总能分些骨头啃，实在不行总有汤喝吧？他自己以往都能分下来一些，何况挖来罗小希？招投标小组人员陆续出现，坐在主席台上，一位主任大声宣布："谢谢各位厂家参与招投标项目，有朋自远方来，不亦乐乎？不管招投标结果怎么样，我们都期待你们再次到来。"

招投标流程进展很快，方宏伟挺直脖子竖起耳朵，终于听到工作人员的声音："捷科中国公司，商务二十分，技术六十二分，共计八十二分。"

方宏伟激动地鼓掌，啪啪啪几下之后才发现，这并不是最终的招投标结果。工作人员继续念道："中国惠康，商务二十一分，技术六十二分，共计八十三分。我宣布，山东通管局选择中国惠康公司成为智能交通系统的合作伙伴，再次谢谢各位参与，再见。"

方宏伟难以置信，以往都能喝到一口汤，这回千辛万苦挖来罗小希，怎么一点儿都没吃着？他怒视着身边的罗小希。

这是罗小希预料到的结果，情人节将至，算是送给韦奇峰的礼物吧，分手快乐，从此他们便是对手，自己不会再留情。她本来可以切分一块，却不愿意喝这口残汤。交通系统投资越来越大，今年将启动更多项目，如果现在就喝了那口汤，便掏空了客户的情感账户，她还须投资才能换回更大的收获。招投标大局已定，正是重新进行情感投资的好机会。罗小希眼角模糊，北京没有了那个值得留恋的人，她不会那么快离开济南，她要咬紧牙关，忍住失去他的痛苦，给他一个教训。

韦奇峰屏退同事，远远望着罗小希，她让了，全身而退。为了我，她离开惠康，为了我，她放弃订单，她总是默默牺牲，我为她做过什么？韦奇峰不是容易动感情的人，此刻却鼻唇发酸，他拍拍西服上的灰尘，走到罗小希身边，她的眼眶已经盈满泪水。

韦奇峰旁若无人，不理会众人目光，伸出双臂，将默默看着主席台的罗小希揽在怀中，贴近她的脸颊："谢谢你。"

"也谢谢你，谢谢你三年的爱。"一滴泪水滑下，罗小希掏出纸巾轻轻擦拭，用极小的声音说。韦奇峰心里绞痛，忽然听到她的声音，"从此我们就是对手，我再也不会留情。"

韦奇峰失去一个恋人，多了一个对手。

方宏伟隔着几个座位看着这一幕，眼中喷出怒火，下腭咬出两道肌肉，罗小希竟与韦奇峰有这么深厚的关系。原来如此！我想挖惠康的墙脚，却搬起石头砸了自己的脚，罗小希，你拿着捷科的工资，却为惠康办事儿，世上哪有这种好事儿？

61. 周日，下午四点三十五分

深秋傍晚爬香山，几乎没有游客。骆伽和周锐到达山顶时天色将黑，北京城渐渐焕发亮彩，景色壮绝，周锐指着圆明园的万寿山山麓："看，那镜子一样的是昆明湖。"

"好冷，好冷。"骆伽双手交叉在一起，她这句话意有所指。

周锐感慨，如果不懂销售技巧，谈恋爱都有障碍，他已经学会用心倾听，哪能听不出来言外之意？便将她揽在怀中："暖和了吧？"

"唔，算你学得快。" 骆伽依偎在他怀中点着他的鼻子。

"周锐,你为什么去那种地方?"骆伽忽然转身板起脸,噘起嘴巴哼了一声,脱离周锐的怀抱,向下跳到幽深的土路上,扶着稠密的小树想走捷径下山,暮色深沉,土路被杂草掩盖。

周锐被问得莫名其妙,紧紧跟在后面:"伽伽,回去吧,这里没有路了。"

骆伽再哼一声:"你能陪张大强去酒吧,没胆子爬山吗?"

周锐这才明白,半年前的往事惹了骆伽:"那是大师兄安排的。"

"唔,大师兄安排的,你就来者不拒了吧?"

周锐无语半晌,辩解道:"没有,田蜜只是陪着我玩骰子。"

"就玩骰子了吗?"

"还喝酒了,伽伽,人在江湖身不由己,很多客户都喜欢去酒吧。"周锐承认。

"还有吗?"骆伽从张大强那里打听一期工程,正好听到半年前的事,趁着张大强醉酒话多,挖出不少信息。

周锐紧张起来,摸着脑袋,还有,没什么了呀?骆伽看着周锐的眼睛,观察着他的反应。骆伽甩脱周锐向山下走去,夜色全黑,山坡陡峭。地面湿滑,她哎哟一声摔倒。周锐不顾那么多,右臂紧紧抱住她的腰肢,这才没有滚下山坡。

"摔伤了吗?"

"伤了。"骆伽坐在原地,她指指心口,"这里,爸爸说你品学兼优,你却去那种地方鬼混。"

周锐详细解释了全部经过,最后承诺:"伽伽,我再也不会那样了。"

骆伽突然笑了,她是相信周锐的,于是严肃说道:"你要对我负责,不能让我摔倒。"

周锐正要承诺,突然改了话语:"伽伽,我当然不想你受伤,可是你蹦来蹦去,我怎么负责?"

周锐和骆伽都是极聪明的人,立即明白他的言外之意,点点他的额头,终于开窍了:"拉着我,不要让我受伤。"

夜色稠密,星星闪烁,两人手牵手,穿行在树木之间,杂草起舞,小虫欢唱,微风缠绕。

第六周　擒王

62．周一，下午一点四十五分

李玉玺每天上班不管多忙，都会先来趟办公室，这是堵他的最好机会。周锐再次无知者无畏地闯到这里来，抱着既来之则安之的态度。他不比当年，已经学会了倾听和提问，打算一溜烟地说出来，总会有反应吧？

走廊响起脚步声，保安！两个人千算万算，各种结果都想到了，却没想到这个情形，周锐急中生智，要向厕所钻。骆伽不躲不闪，迎向保安："你好，我们见李局长，需要登记吗？"

她的明星范儿压倒了保安，他敬个礼："如果约好，就不用登记了。"

骆伽大大方方问道："我们在哪里等？"

保安举起步话机唤来工作人员，打开贵宾室，骆伽优雅地走进去，端起茶："这儿条件还行。"

"你这范儿，谁敢拦你？"周锐不由得叹气，人靠衣装马靠鞍，西装就是强过短袖。

李玉玺夹着公文包进了电梯，关门的刹那，一只脚咣当伸进来，是张大强，看见李玉玺立即笑眯眯点头："局长好，今儿风真大。"

李玉玺未置可否地向办公室走去，注意到贵宾室开了一道缝："有客人？"

"有，两位。"保安描述了两人的特征，张大强明白他们必是厂家代表。

"让他们去见相关部门。"李玉玺吩咐保安。

张大强跟进去，在李玉玺对面正襟危坐，端着小本汇报："随着汽车保有量持续增长，路面交通拥堵越来越严重，智能交通项目迫在眉睫。局长，我们不能落后，得抓紧了。"

李玉玺听得直皱眉头："何必抢那个虚名，等兄弟省招投标结束，我们正好摸来他们的底价，不是好事儿吗？"

张大强早有准备，打开皮包取出上头的文件呈上去。李玉玺偏偏不吃这套，冷冷敷衍着："那就抓紧吧。"

张大强挠挠头，立即扎方恩山一针："立项报告卡在计划处，推不动啊。"

李玉玺笑着问："大强，你想怎么推动这个事儿？"

张大强郑重建议:"下周开个论证会,研究一下。"

二期工程牵扯面极广,最终使用单位是交警支队,不是李玉玺的分管范围,他故意刁难张大强:"你这里急得直蹦跶,支队那边没事儿一样,皇帝不急太监急!你通知赵支队一起参加会议。"

张大强不明白其中的关系,严肃认真地拿出电话,拨给赵洪河:"赵支队,局长想请您过来商量一下智能交通的事情。"

"哪位局长?"赵洪河是交警支队长,早年从军队退伍进入交通系统,已经二十多年了,是智能交通系统的最终使用部门。张大强多次通知他参加评标,他总是一口回绝:你们搞的那些事儿,说的那些话儿,俺不懂。禁不住多次催促,他便派来一个警校毕业的年轻交警参与评标,小伙子把端茶倒水打扫卫生的事儿都包了,反倒赢得一致好评。

"李局长。"张大强底气很足。

"哪天?"赵支队粗人却有心计,打定主意,不管哪天都没空。

"下周一吧。"

"不行啊,大刘刚诊断出来呼吸道的事儿,我必须去他家里,派小黄去吧。"这并非借口。

张大强吃了软钉子仍不自知,转述了一遍,李玉玺顺理成章地把立项会向后推:"他不来怎么立项?等他忙完。"

与此同时。

骆伽和周锐听见张大强的声音,如坐针毡。两人目光相对,心思一样,等张大强出来再会李玉玺。周锐问:"只有三分钟时间,我们先戳哪个痛点?"

"乱七八糟戳过去再说。"骆伽扁着嘴角,她才不那么理性,通常都是见机行事。

"不行,伽伽。"周锐隐约觉得戳痛点的方法不适用于李玉玺,却又说不清楚。

保安推门进来,敬礼:"请出示证件。"

周锐递出名片,保安上下看看:"对不起,我们这里谢绝推销,请你们离开。"

如果离开这里就难再回来,刚走到电梯间,骆伽忽然拉开消防通道门,牵着周锐钻进去。保安从后面一路追来:"你们,回来。"

李玉玺在电梯前停住:"二期工程事关重要,招投标前,应该对厂家考察一下。"

张大强频频点头，李玉玺表达过这个想法，他当然照办："局长，您看什么时候？"

"去看哪个厂家？"李玉玺反问。

"惠康是我们的长期合作伙伴，捷科实力也很不错。"骆伽请张大强唱歌有效果，他毫不犹豫推荐了捷科。

李玉玺摆摆手，摇摇头，高深莫测地进了电梯。

骆伽身后响起急促的脚步声，步话机响起，保安在呼唤人手，如果被上下拦截，事情就麻烦了，怎么再进通管局大门？周锐突然掉头，拉着骆伽急速向上跑。一个穿着西服的人影出现在楼梯拐弯处，提着公文包，那人听到声响回头，竟是赵勇。

"快走，有保安。"周锐来不及详问，从赵勇身边跑过去。

"跟我来。"赵勇三两步走上顶层，推门而出，把门关上。保安脚步声渐行渐远，嘈杂的步话机声音也消失了。

骆伽四处看看，这是一个顶层平台，正好面对二环路，景色倒是不错，就是风大。赵勇向右一转，指指设备间，里面摆着两个沙发。赵勇纯熟地从柜子里面扯出电暖气，插上电源，电热条渐红，热气渗透进来。

"东西还挺全。"骆伽搓着双手，夸奖赵勇。

"来杯热茶。"赵勇拖出暖水壶，又从柜子里拿出一摞纸杯和茶叶。

骆伽惊奇，这里似乎是他的据点。赵勇跷着二郎腿："通管局竖起谢绝推销的牌子，每次要登记，还必须有客户带，那个时候我跟客户不熟悉啊，干脆上班的时候进来，下班的时间出去，平常就在安全通道里，后来发现了这个好地方。这样也好，见完一个客户，我就约下一个，省得在路上来回折腾。"

"你在这里泡了多久？"周锐极为佩服这种精神。

赵勇站起来迎着二环路："我被捷科炒掉后，想来想去，只能靠自己，一靠本事二靠心态，经过捷科这件事儿，我明白了，我不是比尔·盖茨，也不是李嘉诚，没有过人本事，要在这世界混下去，必须拼命。二期工程是我来中联的第一个项目，没别的，就一句话，拼了。我每天就泡在这里，上班比客户早，下班比客户晚，把他们当爹娘孝顺，当儿子呵护，当老婆疼着。天道酬勤，我信这四个字，我要感动天，感动地，感动通管局。"

周锐心潮澎湃，不知道该说什么，胳膊搭在赵勇肩膀，冷风贯穿胸口，血液热烈涌动。骆伽挤进两人中间，秀发在风中飘摆："赵勇，你是好样的。"

小魏拎着暖水壶，推开木门，看见周锐和骆伽，尴尬地想退回去，被赵勇跳起来拉住："小魏，我给你介绍，他们是我最好的朋友。"

"不用介绍，我认识。"小魏奇怪，难道不应该是你死我活的竞争对手。

"坐会儿，抽根烟。"赵勇拉他坐下。

骆伽看出他有事儿，拉周锐走到一边。小魏附在赵勇耳边轻声道："局长那边不着急立项，估计你还得等。"

小魏说完话，抽完烟，拎起暖水壶就走了。

赵勇将田蜜的事说了一遍，然后问："她到底怎么了？"

"失恋，肯定的。"骆伽一语道破。

"失恋？"赵勇不知道这是好消息还是坏消息。

"她在哪里？你带我们去看看她。"骆伽想着，王锴抛弃了田蜜，却在追求自己，这之间有什么关联吗？

"好，她已经上班了，我们今晚就去找她。"赵勇把周锐拉到一边，小声嘀咕，"网上那个大枪好奇怪，他和你聊什么了吗？"

张大强不找周锐，周锐便不理他，因此互动不多，周锐什么事儿都不瞒骆伽，声音不大不小正好让她听见，她显然对这个话题很感兴趣。赵勇摸摸脑袋："奇怪了，大枪主动找我，还给了我不少有用信息。"

这非常奇怪，赵勇得罪过张大强，他不捣乱就不错了，怎么会帮他？周锐摇头："我觉得网上的大枪很可能并非张大强本人，你要小心。"

可是，网上的大枪为什么对自己不理不睬，偏偏去指点赵勇？周锐想破了脑袋。

赵勇站起来乐颠颠，他要去见客户，把这个地方留给了周锐和骆伽，临走还向周锐做个手势，意思是别浪费了这个地方。

骆伽坐在沙发上闷闷不乐，拜访李玉玺不成，意外发现赵勇从下到上夯实关系，平添了中联这个对手，自己胜算更低。而且赵勇很可能与唐南军一起陷害父亲，骆伽没有表现出来，周锐却能看出，但他相信赵勇绝不会栽赃骆南山，然而只有赵勇知道那晚发生了什么，必须要问清楚。

张大强回到办公室就把李玉玺考察的事情告诉了刘明君，卖个人情，付出必有回报。这件事事关重大，刘明君连声感谢，立即要请张大强吃饭，张大强马上答应。

张大强又拨通骆伽电话："我啊，局长要考察，我推荐了捷科，你要做好准备。"

63．周一，晚上六点十分

宝宝，妈妈决定了，不管有多难，都要把你留下来。妈妈能去工作挣钱，妈妈能养活你，不靠任何人，妈妈能把你培养成人。田蜜用茶水润湿干燥的嘴唇，她从艺校毕业后就在酒吧唱歌，经常受各种各样的客人骚扰，然后她遇到了王锴，田蜜上面有人照顾，又与人无争，在办公室里做着可有可无的闲职，井井有条。

她今天上班的时候，被经理叫进会议室，宣布组织结构调整，田蜜不再负责行政工作，必须到一线支持销售。薪酬与岗位同时调整，以前的一万多元变成了三千元，美其名曰是浮动工资，只要卖出房子，就有提成。田蜜顿时明白，这是永嘉集团的关联企业，王锴的手伸到了这里，迫使自己拿掉胎儿。争辩没有用，田蜜便收拾东西从楼上搬到楼下。她的新工作是接待，就是站在门口，看见顾客远远过来，拉开门，弯腰九十度恭恭敬敬地说欢迎光临。今天周末，田蜜拉了几百次门，弯了几百次腰，她不怕累，就怕影响宝宝。

赵勇出现在门口，身后还跟着周锐和一个明星范儿的女孩儿，他们怎么来这里了？她习惯地拉门弯腰：“欢迎光临。”

旁边的售楼经理察言观色，周锐西装革履，骆伽更不寻常，很像目标客户，闪出来将田蜜挡在身后：“周末好，欢迎光临。”

田蜜皱眉，售楼经理名叫白涛，人不坏，就是过于敬业，顾客一旦被他拿到电话，便噩梦不断，无论你在哪里在干什么，都会给你打来电话。她从白涛背后冒出头来：“你们一起买房子？”

周锐忙不迭点头，赵勇立即挡在前面：“房租很高，不如自己买。”

白涛递了名片，带他们去看楼盘模型，低声对田蜜说：“跟着我，好好学。”

田蜜点头，从此周锐和赵勇的电话要鸡犬不宁了。白涛戴上雪白的手套，打开灯光效果，双手像交响乐指挥一样轻掸灰尘，打了鸡血般滔滔不绝开始介绍：“我们楼盘位于东三环的燕莎和丽都商圈之间，地铁10号线和机场快线在这里交会。”

他说到兴奋处，眉毛跳动，嘴巴喷沫儿，向田蜜努努嘴，示意楼就该怎么卖。赵勇时不时插嘴问几句，使得白涛更兴奋地推销。

三人都没有成家，白涛的介绍完全没有针对顾客需求。

骆伽目光不时打量田蜜，周锐知道她还在多疑，便拉她走到田蜜身边道歉：“半年前那个晚上，非常对不起。”

她不是记仇的人，随着时间流逝，已经释怀："那种地方不适合我，这样也好。"

周锐向骆伽介绍："她就是田蜜。"

赵勇急于摆脱还在推销的白涛，强行握手告别："谢谢介绍，我们回去看看楼书。"

白涛依依不舍，弯腰道别："谢谢参观我们楼盘，谢谢。"

周锐喜欢研究，琢磨着白涛的销售方法："伽伽，你看白涛的销售方法怎么样？"

白涛机关枪一样扫射产品卖点，从来不关心客户需求，骆伽咯咯笑着："戴白手套的菜鸟。"

周锐和骆伽可能不知道李玉玺考察厂家的消息，要不要告诉他们？一边是朋友一边是生意，怎么选？赵勇干咳几声，终于压低声音："告诉你们一个消息，李玉玺要考察厂家。"

赵勇还是够朋友，周锐拉着他去样板间，问道："赵勇，告诉你一个消息，老师已经晚期了。"

赵勇听了猛地皱起眉头，周锐乘虚而入劝说："老师冤枉啊，他忍着什么话都不说，其实心里都明白，所有责任都自己扛了，那天晚上的事情只有你清楚。"

半年前的晚上，他回到黑漆漆的办公室，取了文件交给唐南军，心里隐隐觉得不妥，后来公司东窗事发，便猜到唐南军做了手脚，他心里挣扎万分，一面是大师兄，一面是公司，不知道该如何抉择，然而并没有人找他了解情况，他便一直将这个秘密压在心底。他长长呼了口气，将那晚的情况一五一十告诉周锐。周锐立即明白，幕后之人就是唐南军："赵勇，你说说，怎么办？"

赵勇叹气，骆南山是好人，他一直内心不安："周锐，这件事已经过去半年了，老师都不再追究，我们又能怎么样？"

白涛送走他们，转身冷冰冰地问："田蜜，你来我们这里多久了？"

"经理，半年了。"

"卖出几套了？"

田蜜无语，她本来在办公室，没有销售任务。

"如果卖不出去，怎么向老板交代？"白涛接待客户的面孔像花，现在像拉长脸的驴子。

"我一定努力。"

"还是要掌握方法,今晚回家对着镜子练习销售话术,要把死人说活才行。"白涛将她拉到楼盘模型旁边,一句一句地讲解。

64．周二,上午九点三十五分

李玉玺背后是数亿订单,考察的消息通过各种渠道传到厂家那里,各路高手摩拳擦掌。突破李玉玺在此一举。唐南军和赵勇躲在角落里抽烟,赵勇说:"大师兄,你要亲自接待吗?"

"我级别不够。"

"你是公司大客户部总经理,级别还低?"

"跟我来。"唐南军摁灭烟头,走到总裁办公区域,向里一指。

"柳总!不用到这个级别吧?"赵勇缩在后面吓得哆嗦,柳庆元是中联创始人,中国赫赫有名的商业领袖,二期工程几个亿对每年收入五六百亿元的中联不算什么,"这是拼命,输了怎么办?"

"商场如战场,就是拼命的地方,如果不想拼,就舒舒服服地待在老家,四月看牡丹,十月吃水席吧。"唐南军有自己的盘算,柳庆元出面,这个订单便有把握。

赵勇最怕这种话,拍着胸脯:"好,我发邮件申请。"

邮件根本到不了柳庆元那里,秘书肯定转回来,唐南军摇头:"你在这里堵,当面跟他说。"

赵勇拦截过客户,拦公司老板还是第一遭:"这个不太好吧?"

"缩头了?"

"谁是孬种?堵就堵。"赵勇点头,唐南军嘿嘿笑着走了。

在中联员工的心目中,柳庆元不是人,而是神!赵勇敢敲李玉玺的门,却没有胆子拦柳庆元。如果他十分钟不出来,就回去发邮件。十分钟,九分钟,八分钟,办公室门打开,阿弥陀佛,别是他。千巧万巧,出来的竟真是柳庆元,他准备进电梯,赵勇手忙脚乱,进不进?

"进来吗?"柳庆元按住电梯,看着赵勇。

"我!进!"赵勇踏进电梯,赵勇没有退缩余地,鼓起勇气,声音都扭了,"柳总,我是大客户部门的赵勇,负责北京通管局二期工程,主管的李玉玺副局长将来公司考察,想请您见见他。"

柳庆元双手后背:"你的主管是谁?"

说不说?出馊主意的就是唐南军,赵勇气不打一处来:"大客户部总经理唐南军。"

"知道了。"柳庆元不说见还是不见。

赵勇继续坚持:"二期工程覆盖全省,北京是全国机动车最多,路况最复杂的城市,对大客户部至关重要。"

"记住,电梯里不要谈生意。"柳庆元走出电梯,甩步离去,赵勇呆呆望着他的背影,糟了。

如果柳庆元不出面,唐南军的影响力就差多了。赵勇垂头丧气抽了一根烟,李玉玺来公司参观本是天赐良机,机会却在无可奈何地消逝。唐南军突然推门进来,拎着赵勇回到办公室:"看邮件,柳总的。"

邮件很简单,请大客户部安排时间,接待北京通管局李玉玺局长。唐南军很冷静,李玉玺和柳庆元都是大忙人,如果时间对不上就很难办。唐南军拍拍赵勇:"别高兴得太早,你立即联系通管局确认时间。"

李玉玺看到两封邮件,一份来自惠康,另一份来自捷科,这个张大强,消息走得真快,李玉玺刚露出点儿意思,他就通知了厂家。方恩山摸不准他的想法,不想暴露立场,笑着建议:"两家都是跨国巨头,诚心邀请,局长去看看吧。"

方恩山又收到一封邮件:"局长,中联也发了邮件。"

"中联?他们也能做智能交通?"李玉玺用的电脑便是中联的,却不知道他们也有大型设备。

方恩山要帮赵勇,不遗余力地推荐:"中联是国内巨头,局长既然要去考察,不妨也去看看。"

李玉玺对中联没有感觉,可去可不去,不过还是给方恩山一个面子:"那就去看看,长长眼界。"

这些厂家的邀请函都瞄着二期工程的订单,李玉玺心里明镜一般:"老方,部里压力很大,我想先把软件的标招了。"

软件金额不大,一般几百万,通常与硬件同时招投标,方恩山不理解,却照办:"好,我去和张大强商量。"

李玉玺戴上眼镜,仔细瞧着邮件:"老方,你说这个鱼饵够不够大?"

鱼饵这个词多次出现在李玉玺口中,方恩山不明白:"您说的鱼饵是?"

"二期工程。"李玉玺回忆,一期工程招标的时候,两个毛头小伙子闯进办公室,说电信和银行全国集中采购招标能够将价格砍去百分之九十五。李玉玺详细计算,惠康在一期工程给了百分之五十的折扣,一个亿的项目就有几千万的利润,这便是鱼饵。

"我们拿二期工程钓什么？"方恩山隐约明白，事关重大，必须与李玉玺确认。

"老局长马上退休了。"李玉玺轻轻一点，验证了方恩山的想法，二期工程果然是鱼饵，要钓的大鱼是李玉玺的局长职位和方恩山的副局级，李玉玺继续问，"听说永嘉集团的王锴神通广大，广结人脉？"

"王锴涉足房地产，确实广结人脉。"方恩山开始佩服李玉玺。

李玉玺不想讲太多："你别管那么多，先把二期工程的主导权抓过来，我们才能讨价还价。"

现在二期工程控制在张大强的信息中心，李玉玺放长线钓大鱼，必须收放自如，张大强并非他的嫡系，操控很容易失灵。方恩山本就与张大强不和，立即给他上眼药："是啊，我们放长线钓大鱼，就怕关键时刻掉链子。"

李玉玺压着二期工程就是没有盘算清楚，此事涉及以后，不容有失："怎么个掉链子法。"

"我们内部有人和厂家勾结，吃里爬外，怎么放长线钓大鱼？这都是轻的，要是有人为了自己的好处，丧心病狂，那可就麻烦了。"方恩山暗指张大强，趁机落井下石，"你考察厂家的消息都敢泄露，招投标的时候，是不是连价格都敢向外说？"

李玉玺咽下这口气，觉得须卸磨杀驴，但如今要推磨，还不能杀驴："老方，张大强技术上还是有水平的，现在还离不开他，再等等，你先留心。"

他们谈完这番话，互相交了底儿。一荣俱荣，一损俱损，荣辱与共，肝胆相照。

65．周三，上午十点十分

李玉玺今天自作自受，他的奥迪从二环上了三环，又到四环和五环，慢吞吞地向上地开发区中联公司总部大楼驶去，一个半小时才出了八达岭高速。终于到了，中联公司创始人柳庆元走下台阶，亲自拉开车门："李局长，欢迎光临。"

柳庆元创建中联，击败众多跨国公司，成为中国市场遥遥领先的电脑品牌，三岁小孩子都知道他的名字。李玉玺没想到他亲自接待，还会为自己拉开车门，连忙伸手："幸会，柳总。"

两人并肩走进大堂，迎面的LED大屏幕划过一行欢迎词：热烈欢迎北京通管局领导参观考察。柳庆元走到前台，为他填写了参观登记表，领了胸卡递给李玉玺："请，我今天是导游，为您介绍中联的历史。"

他们一行进入展厅，柳庆元站在一幅照片旁边："李局长，您猜猜这是哪里？"

照片上只有一个小小的红砖房，看起来有些年头了，屋顶是五六十年代苏联的样式，这种房子十分普遍，贴在展厅开宗明义的第一幅，李玉玺猜不透。柳庆元目光充满情感："这是中联的总部。"

这个砖房大概连十个人都装不下，李玉玺更加糊涂："柳总说笑了吧？"

"这是十八年前我们的总部，中联就是从这个小房子走出来的。那时我们只有十八个人，是捷科和惠康这些跨国公司眼里不起眼的代理商。我们没有技术，没有研发力量，没有品牌，没有资金，我们什么都没有，只有一股精神，外国人能做到的，我们中国人也能做到。"柳庆元开始介绍当年的创业历程，李玉玺久久凝视着这座砖房，十八年的时间里，中联确实创造出了奇迹。

"中联的发展离不开客户，没有你们就没有中联的今天，因此我们始终将客户放在核心的位置，不断为客户创造价值。"柳庆元用一个个活生生的故事，详尽讲解公司历史，赵勇暗暗点头，感动人心的力量远远胜过产品推销。尤其这些话从柳庆元口中说出来，更加震撼人心。

他们进入产品区，展厅焕然一新，李玉玺走到一台电脑旁，觉得眼熟："我家里用的就是这款，我可是你们的老客户了。"

他趁机反问："李局长，您办公室里用什么牌子的电脑？"

"不瞒您说，我们用的是惠康。"

柳庆元走到展厅另外一侧的大型设备前，这是中联推出的高性能服务器，处理能力和稳定性都领先业界："请看看这台超级电脑，处理能力与任何跨国公司的产品相比，毫不逊色。"

李玉玺不敢轻易承诺，强调价格："仅仅性能还不够，我们要的是性价比。"

柳庆元听出话中之意："只要李局长给机会，我们一定拿出诚意。"

李玉玺沉默，在这种场合不能乱说话。柳庆元一鼓作气问道："难道李局长连机会都不愿意给我们吗？"

李玉玺不再推脱："机会我一定给，到时候就看你们诚意了。"只要中联表现不是太差，总能够分一杯羹，这意味着两个大老板为二期工程定下了基调。

结束参观，一行人进入贵宾室，不痛不痒地又聊了一些互相感兴趣的话题。赵勇期待李玉玺留下共进午餐。但十一点半时李玉玺告辞，柳庆元没有挽留，亲自送出公司。

　　望着离去的奥迪，赵勇觉得没有共进午餐是一个遗憾，李玉玺答应给中联机会，这是收获。下面该怎么办？技术分和商务分都控制在张大强手中，绕也绕不开，赵勇似有所悟，他突然转身去追柳庆元："柳总，谢谢您。"

　　"不用谢，我应该做的。"柳庆元神色严峻。

　　赵勇记得不能在电梯里谈业务的警告，忍住不语，等电梯门开，亦步亦趋跟出来。柳庆元停下脚步："还有什么事情需要我帮忙？"

　　"下一步怎么办？"赵勇问。

　　柳庆元通常用这种语气质问下属，被问还是头一遭，他是何等人物？立即反问回去："你说说。"

　　"为什么请您见李局长？"赵勇不答反问。

　　唐南军冲出电梯，正听见这句话，惊出一身冷汗，赵勇这口气仿佛是老板。柳庆元偏不回答，呵呵笑出声来："对呀，你为什么请我见李局长？"

　　"李局长现在去哪里，您知道吗？"谁回答谁被动，赵勇与柳庆元的级别是一个天上一个地下，不能硬扛，只好换个话题，绵中带刺地问回去。

　　"呃，哪家公司？"柳庆元被连问三次，三次反问回去。

　　"惠康，李玉玺一碗水端平，我们仍没有优势。"赵勇连续追问，实属胆大妄为。唐南军刚松口气，赵勇又开口，"我请您下周去趟通管局。"

　　"为什么？"柳庆元第四次提问。

　　"您去通管局，李局长会不会见您？"

　　"礼尚往来，应该会吧。"柳庆元心中一跳，这个年轻人胆大心细。

　　赵勇要顺藤摸瓜，利用李玉玺的影响从上到下压下来："北京通管局招标，七十分技术，三十分商务，我们不能拼血本靠价格取胜，这是杀敌一千自伤八百的做法。您去通管局，李局长必然率领相关人员接待，我们从上向下拃，狐假虎威，顺藤摸瓜，拿到技术分。"

　　"发邮件给我。"柳庆元听完，未置可否，转身离开。

　　"好办法，狐假虎威。"唐南军赞赏。

　　"对，我们狗仗人势。"赵勇顺嘴接道。

　　"胡说八道，项庄舞剑志在沛公。"唐南军找到一个更恰当的比喻，自得其乐地拉着赵勇去抽烟。

66．周三，下午五点整

刘明君挥手道别，直到奥迪驶出停车场，通管局应该向西，奥迪却向北边驶去："他们去哪里？"

"捷科？"韦奇峰拿不准，罗小希不再提供消息，他只能靠猜。韦奇峰整理衣襟返回公司，察觉出异常，"张大强没有来，方恩山来了。"

刘明君这才察觉，确实值得琢磨："李局长是不是对张主任有什么想法？"

韦奇峰猜测着其中的原因："故形之者，以奇示敌，非吾正也；胜之者，以正击敌，非吾奇也，此谓奇正相变。"

这段话必与张大强的事情有关，刘明君却听不明白："韦总，您说什么呢？"

这是唐朝名将李靖所著的《李卫公问对》中的一段话，李靖协助唐太宗李世民一统大唐江山，又出兵奇袭，击败突厥，是中国历史上与卫青、霍去病齐名的大将。这本兵书是他与太宗李世民用一问一答的方式探讨了两人的作战经历，第一篇讲述奇正，与孙子兵法的"凡战者，以正合，以奇胜"相映生辉。

韦奇峰平生谨慎，追求完美，奇正之谋正和他的脾胃。商场如战场，既要做好台面工作，也不要忘记疏通下面，刘明君的表面工作为正，但他早就在台面之下运作，埋伏下了兵："客户是风筝，我们手里不能只有一根线。"

刘明君深受启发："我做通管局的项目，似乎只有正而没有奇。"

"没到高峰就这么堵？"李玉玺从惠康总部大楼出来，在大北窑桥下堵成一锅粥，他们下午打算看完惠康就去捷科公司参观。

捷科六点钟下班，即便到了也是走马观花，方恩山虽然被周锐戳了痛点，却没有十足的倾向性："行人乱穿马路，要是不小心撞了刮了，那就堵死了。"

"估计到了他们就下班了，一会儿就高峰了。"李玉玺有了退意，何况捷科是张大强推荐的。

"好，我通知他们，争取下次吧。"方恩山点头。

天色已黑，骆伽还在焦急地等待，忽然收到信息：局长行程有变，参观事宜改期。方恩山。这简直是当头一棒，李玉玺先考察中联，下午是惠康，捷科排在最后，现在他又取消了，证明张大强在他面前根本说不上话，没有影响力。形势不妙，希望渺茫。

周锐受挫后换了思路："伽伽，交警部门是最终使用部门，我们不能总围着信息中心和计划财务处转。"

"可是他们没有参与项目。"骆伽从为人的角度考虑，周锐却从做事出发，两个人的思路常常相反。

周锐做了深入研究，在网上查资料，找相关的人去聊，又找到了痛点："伽伽，今天凌晨六点，一家三口开车去医院看病，在路口等红绿灯，忽然一辆车超速闯红灯，硬把三厢撞成两厢。六岁的儿子和爸爸脑死，母亲右腿截肢，现在交警们都在满北京城找撞人的那个杂种。"

"他跑了？"骆伽听不得惨剧，心里难受。

"跑了，估计喝多了一边开车一边睡觉。"周锐把这件事情的前因后果打听得极为清楚，"恶性交通事故频发，司机在无人值守的路口闯红灯并超速，而且肇事之后逃逸，这也是痛点。"

"这与二期工程有什么关系？"骆伽难过之余，反问周锐。

周锐继续说："夏天酷热难当，地面温度有五十度，冬天极寒，零下十度，尾气污染。交警们有两个职业病，一是静脉曲张，天天在马路上站出来的，另外一个就是呼吸道，这是第二个痛点，我们的智能交通都能解决。"

骆伽跃跃欲试："好，我们去戳，可是戳谁呢？"

"赵支队。"周锐把资料递给骆伽，上面有赵洪河的详细资料，"朝阳支队队长，项目小组成员，从未参与招投标。"

"嗯，我们再去买几张购物卡，上上下下送一遍。"骆伽受赵勇启发，打算一张送到大大小小的领导手中，该安抚地安抚，该打桩的打桩。购物卡是销售行业的潜规则，直接送钱，公司没法走账，便买来购物卡，开成办公用品的发票，可以理所当然地报销。

周锐依稀记得公司规定，每次送礼物不能超过三百元，很较真地反对："伽伽，送购物卡违反公司规定。"

这是方宏伟的主意，骆伽扁扁嘴不以为然："大家都这么做。"

"伽伽，半年前，只要你爸爸答应给张大强回扣，便能拿下一期工程，我打电话请示，你猜猜他怎么说？"

骆伽马上问："爸爸怎么说？"

周锐拉着骆伽的手："他说：我绝不能不择手段，给那些贪官送回扣。还说：我宁可公司倒闭，宁可饿死街头，也要对得起自己的良心！这都是你爸爸的原话。"

骆伽想起爸爸的病，眼眶湿润了，周锐继续劝说："伽伽，我答应老师要照顾你，绝不能让你做出这种事情来。只要学会了雷先生的摧龙八式，便不需要用这种下三烂的方法来做生意了。"

骆伽半信半疑,雷励行还没有传授过摧龙八式:"周锐,别傻了,你以为这个世界上真有葵花宝典吗?退一步说,即便有摧龙八式,雷先生也愿意传授,但韦奇峰在通管局根深蒂固,我们仅仅凭一套摧龙八式怎么能行?"

周锐承认骆伽说得有道理,却仍不让步:"如果这样,我宁可输,宁可回到实验室去做研发,宁可离开北京。"

骆伽加入捷科是想搞清楚爸爸的事情,并没有打算一直做下去,选择让步:"好吧,不送就不送,但是我必须要问雷先生,摧龙八式能不能打败回扣。"

周锐反而于心不忍,如果因此输了订单,他会非常内疚。

67. 周五,上午九点整

方宏伟埋头走进办公室,丢了山东订单,北京的项目也凶多吉少,怎么向雷励行交代?他摸摸上衣口袋,猎头公司的电话在这里,也许用得上了。雷励行倒了一杯茶,放在方宏伟面前:"尝尝,你爱喝的。"

方宏伟抓起来灌了一口,烫得龇牙咧嘴:"老板,我憋了一件事儿,一直想问您。"

"问。"雷励行仍然喝着咖啡。

"您这茶,我怎么品都不像好茶。"方宏伟丢了山东项目,打算破罐破摔。

雷励行仰面大笑,从抽屉里拿出一罐武夷山大红袍,拉着方宏伟走到旁边的沙发,翻出茶具。方宏伟伸手欲饮,被雷励行推开,一丝不苟地将茶杯茶碗冲洗一遍,泡出第二壶,递过去:"这杯。"

一股清香扑鼻,与刚才发霉的龙井是天壤之别,方宏伟连声称赞。雷励行指指龙井,点点大红袍:"这龙井本是上好极品,因为放的时间长了。"

"那就差点儿意思了。"方宏伟并没有听出来雷励行话中的隐喻,心里盘算着怎么从雷励行这里要到离职补贴。

"你在这个位置做了几年了?"雷励行问。

"三年。"

"一罐茶放了三年,你还留吗?"雷励行将茶叶罐抓起,扔进垃圾桶。

方宏伟咬牙,这意思再明确不过。请我走人,凭什么?老子就不动。雷励行为自己沏了一杯茶,端起来浅尝一口:"宏伟,你还能完成目标吗?"

"争取。"

"我希望你能完成,但是给你一个建议。"

"什么建议?"

"我给你一个月的假期,不用来公司了,好好休息,整理心态,去看看其他机会。"

该怎么办?雷励行那边没有通融余地,连打官司都不可能赢。可没有功劳也有苦劳,方宏伟咽不下这口气,肚子鼓鼓颤动,越想越亏,于是肚子振幅更大,几乎撞上桌子。他砰地砸在桌子上。

马勋听见声响,嘿嘿笑着走过来:"抽根烟去。"

两人钻进安全通道,方宏伟反复揉搓肚子:"咱们干了这么多年,公司给过什么资源?现在公司要做新市场了,然后一脚把老人踢开,这叫本事吗?枪口对内打自己人也算本事?"

马勋眨眨眼睛,觉得同病相怜,他们是一根绳上的蚂蚱:"那我呢?"

方宏伟拍着马勋:"跟我说实话,你这几天西装革履的干吗去了?"

马勋瞒不住,干脆招了:"嘿嘿,您知道,我供着房子呢,要早做准备。"

方宏伟拽着他衣领:"找工作哪有那么容易?咱们必须跟雷励行没完没了。"

马勋龇牙咧嘴笑着:"你别开玩笑了,咱们哪儿斗得过雷励行?"

方宏伟压低声音,附在马勋耳边:"咱们斗不过没关系,上面有人早看他不顺眼了。"

上面?雷励行是大中华区副总裁,上面只有赵大群一人。马勋面试不成功,正在绝望,现在仿佛找到亮光的老鼠:"哼,雷励行,你也有今天?"

方宏伟看四周无人,又说:"雷励行锋芒太露,威胁到上面,本来这和我们没什么关系,但是他下手太狠,不给我们活路,我们只能对不起他了。"

马勋眨巴几下眼睛,仍然没有把握,方宏伟摁灭烟头:"我跟你说,雷励行走马上任接手这个烂摊子,他就像病人,不做手术拖不过今年,做手术伤筋动骨,可能下不了手术床。"

回到办公室后,方宏伟收到一份来自人力的邮件,是一份离职协议,同意离职便可以得到N+3的补偿,他在捷科工作五年,能拿到八个月薪水,将近三十万,很不错的数字。休息一段时间,找到新工作,雷励行的安排还算公道。方宏伟思考:拿钱走人吗?

与此同时。

"山东怎么会输?"雷励行语气平稳地问罗小希,将腿搭在椅子上。

"我刚来捷科,工作没来得及做深。"罗小希低下头,想避开他锐利的双眼。

"还有其他原因吗?"雷励行与方宏伟谈过,得知了罗小希与韦奇峰异常的关系。

"其实切下来一些,但那是残羹剩饭,我不想要。"罗小希这次说的是真话,年初是做预算的季节,罗小希留在济南几天已经有了丰硕的成果,她将笔记本打开。上面有今年的项目、金额,启动时间和负责人等等,密密麻麻记满一页纸。残羹剩饭与这些项目相比,微不足道。

雷励行合上笔记本,又问:"还有其他原因吗?"

罗小希沉默,这是送给韦奇峰分手快乐的礼物。否认?雷励行绝对会看出蛛丝马迹,而且方宏伟已经有所觉察,承认?这是什么样的责任?自己还在试用期。

"你告诉我实情,我才能帮你。"雷励行已经看透她的心思,等着她开口。罗小希深知他探视人心的能力,紧紧闭嘴不发一言,寂静的背后是紧张的气氛。

雷励行突然笑起来:"今晚有空吗?"

罗小希想起倾听技巧,不说有空没空,断然回答:"今晚和妈妈一起吃饭。"

雷励行继续问下去:"吃完饭有空吗?"

罗小希摇头:"该睡觉了。"

"吃晚饭才七八点,太早了。"雷励行仰头看着天空,"我单身,周末不知道怎样打发时间,不过最近我发现了一个很棒的酒吧,有你最喜欢的澳洲红酒。"

"啊,我们去试试。"罗小希被击中兴趣点,跃跃欲试,忽然明白了雷励行的动机,喝完红酒之后情感的秘密岂能瞒过他。但雷励行的笑容充满坦诚,值得信任。

骆伽开心地坐在雷励行对面,她只试了一招,便体会到威力,更加期待摧龙八式。

"戳痛点比葵花宝典还灵,方处长本来敷衍,我们说了罚款,他立即中招。"周锐向来直来直去,心里存不住话,"雷先生,摧龙八式是不是最顶尖的销售套路?"

雷励行对于周锐和骆伽毫无保留："这么说吧，销售方法正在从以产品为中心过渡到以客户为中心，在未来二三十年内，不会有比摧龙八式更高明的方法。你为什么会问这个问题？"

"摧龙八式能不能打败回扣？"周锐再次直截了当地问，被骆伽踩住脚。

雷励行沉默，端起咖啡，周锐正在做通管局项目，肯定有人在用这种招式。雷励行看好骆伽和周锐搭配的潜力，却不看好他们能赢下通管局项目。韦奇峰绝对是高手，在通管局布局多年，占据天时地利人和，周锐和骆伽从未做过销售，加入公司才两个多月，击败韦奇峰不啻天方夜谭，他反问周锐："如果摧龙八式打不过回扣，你会怎么样？"

周锐合上电脑："我辞职，回去做研发。"

雷励行本来担心摧龙八式被用歪，现在他非常满意周锐的答案，为没有看错人而暗暗开心："好，既然这样，我告诉你答案，摧龙八式可以打败回扣。"

周锐又惊又喜，他一直为做不做销售而纠结，他现在是售前工程师，安慰自己这不是销售工作，却常有自欺欺人的感觉。雷励行停顿一下，继续说道："这不容易，如同自缚双臂过招，如果对方是高手，你必须是高手中的高手，必须有过人的本领。"

只要有出路，周锐就不怕难不怕累，他开心地看着骆伽。骆伽满脑子都在想李玉玺路过捷科而不入，冒出一个主意，如果雷励行出马，二期工程会不会希望大增？于是说："我想请李局长来公司看看，您能出面见见吗？"

雷励行端起咖啡杯，皱眉思索，他从来都是雷厉风行，极少露出沉思的表情："这个项目，我希望你们自己来打。"

骆伽不解，她与李玉玺这个级别不对等。雷励行收回双腿，坐直身体："如果不是你负责这个项目，我肯定出面，还可以动用老朋友们来帮忙。但是，只要你负责二期工程，我便只旁观，绝不出手。"

骆伽目光一闪，雷励行在这个行业这么多年，不可能没有资源："您的老朋友？"

雷励行哈哈笑着，她显然学会了倾听，没有放过话中的蛛丝马迹："我在这个行业做了不少年头，甚至比韦奇峰的时间还要长一些。而且我去年被流放到美国总部，负责接待国内代表团，也少不了北京的朋友们帮忙。通过他们请李局长出来见见并非难事，但是这就变成了我雷励行的项目了，而不是你骆伽的项目了。"

"呵呵，如果我们输了呢？"骆伽还不甘心，试图去点雷励行痛点。

"是非成败转头空，青山依旧在，几度夕阳红。"人生本是过程，输赢并不重要,这是雷励行的理念。

骆伽只好接受,另想主意:"老板,我们打算去戳李局长痛点,可行吗?"

李玉玺是二期工程的决策者,位高权重,一言九鼎,见他不容易,见到之后更难。周锐说:"只给三分钟,能谈什么呢?"

雷励行偏偏不给答案:"决策者饱经世故,什么世面没见过?普通的销售技巧都是雕虫小技,人家一眼就能看破,千万不要在他们面前使用。"

"人家走的桥比咱们走的路都长。"周锐觉得程度不够,接了一句。

"嗯,这些大领导吃的盐比我们吃的饭都要多。"

"有一种看似平淡无奇的方法,你们想想,决策者最关心什么?"

"投资回报率。"

"西方有句谚语,'没有经过痛苦,便不能体验快乐的收获',中国也有一句话,叫作'雪中送炭',你们明白了这些道理,便知道怎么办了。"雷励行从来不说出答案,而是非常隐晦地指引,他们如果不能理解,根本不可能做到。

骆伽一头雾水,周锐低头喝咖啡,消化着这段话。雷励行站起来,准备回办公室:"这是摧龙八式的第二式,你们想明白再去见李局长。"

周锐放下咖啡杯:"伽伽,你下午几点去见李局长?"

"我去找方处长商量。"骆伽判断张大强不受重视,必须经过方恩山。到关键时刻了,雷励行还不急不慌,骆伽不禁抱怨:"雷先生故意不讲清楚,真愁人呀。"

周锐想到对策,既不使用任何销售技巧,又必须全面将价值讲清楚,他抹抹嘴巴,抓起咖啡杯:"哎,来不及细说了,你先去,在方处长那儿等邮件。"

68.周五,中午十二点十分

李玉玺临时取消参观,总得有个说法。

骆伽打定主意,绝不在这一关键回合输给对手,她在潮水般的车龙中慢慢腾腾地向西边开去,实在不行还是去戳李玉玺痛点,不信他没有反应。她一个小时才到通管局门口,见到门口的报摊,想起李玉玺喜欢钓鱼,走过去买了一本《中国钓鱼》杂志放在包里,才进了通管局,来到计划财务处,见到方恩山寒暄几句,便请求道:"您帮人帮到底,局长不来捷科,我去见局长吧。"

这个提议也算合情合理，李玉玺本来答应去捷科参观，因为时间拖延没有去成，也该给人家一个交代，骆伽退一步，上门拜访，也算理所应当。他却不敢独断，抓起电话走到一边向李玉玺汇报："局长，捷科的骆伽在我这儿，咱们上次没去捷科，您是不是见见？"

李玉玺与方恩山是一个路数，答应得很痛快："我下午视察五环工地，来这儿谈。"

骆伽给周锐打电话："周锐，我一会儿就去见李局长。"

周锐已经把整理出来的思路罗列好，发到骆伽邮箱。骆伽问方恩山："您这里有打印机吗？打印份文件就走。"

文件正是智能交通二期工程价值建议书。骆伽无暇细看，打开挎包，将文件夹在《中国钓鱼》杂志里。

方恩山看到了，问："你喜欢钓鱼？"

骆伽连一条鱼都没有钓过，却说："我是初学，您是高手吧？"

"我也初学，李局是高手。"两人说话间离开通管局大楼，驱车直奔工地现场。五环路是李玉玺上任以来最大的工程，共计九十六公里，环绕北京，春节后便要举办开通典礼，李玉玺十分重视，提前来现场考察，确保万无一失。

骆伽坐在面包车上，似懂非懂地翻看钓鱼杂志，她曾经临时抱佛脚去了鱼塘，也没有看出所以然来。她打算借杂志聊起来，也许可以约李玉玺去钓鱼，杂志是鱼饵，李玉玺就是鱼，骆伽忽然领悟了钓鱼的真谛。

过了一会儿，李玉玺钻进面包车，方恩山介绍："李局，这是捷科公司的骆伽。"

骆伽双手奉上名片，将李玉玺没来捷科的责任都揽过来："上次我们时间没有安排好，这次特别来表示歉意。"

在李玉玺印象里，厂家代表们都西装革履，看着光鲜透亮，骨子里没有什么区别，骆伽却与其他人不同，他收起名片客客气气说道："上次时间紧，这样随意聊聊也好。我倒是很佩服你们的敬业精神，捷科是世界知名公司，很欢迎你们参与招投标。"

"您主抓全局，对这个项目有什么要求？"骆伽抓紧机会提问，试图撕开裂缝。

"二期工程归信息中心管，方处长也有参与，和他们多多沟通吧。"李玉玺还沉浸在五环路通车庆典的筹备中，不知从何说起。

面包车向城里飘去，李玉玺一会儿有饭局，如果这样平平淡淡聊下去，就浪费了好不容易争取来的见面机会。骆伽做好准备，拣着漂亮的话说："北京拥有机动车三百多万辆，远超过其他城市，在您的领导下，高速公路建设突飞猛进，取得了长足的进展。"

"这个我比你清楚，有什么话就直接说吧。"李玉玺不吃这一套。

"随着汽车保有量飞速增长，北京交通管理面临着严峻的压力和挑战。"骆伽开始戳李玉玺痛点。

"呃，你说说吧，我们到底有什么挑战？"李玉玺果然有了反应。

骆伽谨慎地挑选用词，避免激怒李玉玺："造成拥堵的原因有很多，其中很重要的原因是司机不遵守交通规则，乱并线，闯红灯，轻则拥堵，万一造成刮蹭事故，主干道很可能就堵成糨糊。可是交警数量有限，不可能在每个路口执勤，司机没有监督，更加胆大妄为变本加厉。"

李玉玺听到这里，未置可否，漫不经心问道："所以呢？"

智能交通解决方案！骆伽差点儿脱口而出，她沉住气继续提问："您不可能没看到这些问题，您有什么对策？"

李玉玺忽然放声大笑，看穿了骆伽："你说得很动听，看来我们只能向跨国公司花钱买设备来解决问题，是不是？世界上哪个城市没有交通拥堵？纽约有没有？东京有没有？上海堵车吗？我们重金买了你们的产品，就不拥堵了吗？你敢保证，我现在就买！"

骆伽知道李玉玺情绪不好，绝不能和他争论，立即软化态度，用慌乱的语气道歉："局长，对不起，我确实考虑不全面。"

"我看看这本杂志行吗？"李玉玺看见放在座位上的钓鱼杂志。

骆伽将杂志双手奉上，面包车开上三环主路。李玉玺是何等人物，岂是骆伽可比。骆伽没有打动李玉玺，反而得罪了他，搬起石头砸自己的脚，她不敢继续开口。骆伽开始后悔，在面包车上拜访李玉玺听起来很有创意，可恰恰很冒失，在李玉玺这样的人面前耍弄花枪实在很不明智，是自取其辱，雷励行不让自己去戳痛点，就是这个原因，可惜自己过于自信了。

李玉玺似乎在杂志中发现了什么，举起来仔细瞧着。面包车进入二环，拐上辅路，转弯进了通管局大门。骆伽想换个话题，必须留下再见面的机会："李局长，您也喜欢钓鱼吗？"

面包车停下来，李玉玺抱着杂志一动不动，方恩山帮不上忙，从前门跳下来开门："局长，到了。"

"等会儿。"李玉玺挥手，眼睛不离杂志，冷不丁问了一句，"你们系统投资多少？"

"什么？"骆伽不知道该怎么回答，他不是在研究钓鱼吗？怎么会问

413

出这么一句?

李玉玺将杂志摊在腿上,露出她匆匆夹在杂志中的文件,骆伽惊喜:"您在看这个?"

李玉玺吃惊地抬头:"这份不是给我看的吗?"

"唔,我看看。"骆伽不知道具体内容,伸手去抓。

李玉玺奇怪,偏不松手:"你没看过?"

骆伽左手突然伸出来,向李玉玺莞尔一笑表示歉意,开始阅读。

尊敬的李局长:

在十五期间,北京通管局取得了飞速的发展,然而北京的汽车保有量在五年间翻了三倍,可是我们交通管理队伍却没有随之增长。

以下是我们在前期调研中发现的问题:首先,交通拥堵已经成为城市管理中的顽疾;其次,恶性交通事故频发,司机在夜间和无人值守的路口超速和闯红灯,这也是不容忽视的问题。最后,交通罚款流失,即便交警都有罚款指标,根据我们的统计,仍有百分之九十二的罚款没有被发现,造成严重流失。

捷科是世界上首屈一指的信息咨询公司,全球有数千顾问研究并致力于帮助客户解决交通运输领域的问题。针对北京市的交通现状,智能交通解决方案能够全面完整解决上述问题。

第一,架设于路口的数千自动感应摄像头,替代交警不分昼夜地监控各个路口的交通状况,根据我们的经验,在监控范围内,违章次数可以减少百分之三十,缓解因为司机违章造成的拥堵。

第二,自动感应摄像头替代交警,二十四小时监控路面,避免闯红灯和高速驾驶行为,将恶性交通事故减少百分之五十。

第三,北京现在拥有二百三十万辆汽车,假定每年发现十次违章,每次罚款两百元,每年罚款额约为四十六亿元,与去年的七亿元相比,可以避免三十九亿元的罚款流失。

第四,架设自动感应摄像头,拍摄和追踪逃逸车辆,并在全市信息系统中检索和查询,可以将交通逃逸的比例降低百分之八十,并将目前百分之四十的抓获比例,提到百分之九十。

尊敬的李局长,这是我们在前期调研中发现的问题,以及解决方案的思路和对策,期待您拨冗,在方便的时间,我们可以向您做更加详尽的全面汇报。

没有加工和粉饰，只有赤裸裸的数字和解决方案。在骆伽看来，这是很"二"的做法，李玉玺会不会爆发出更大的怒火？

这一页文件，李玉玺又看了半个小时，似乎有了发现，向方恩山说道："不愧是跨国公司，一张纸把二期工程的价值讲得清清楚楚。我们周一开会，好好研究一下。"

李玉玺对骆伽刮目相看："这份文件是你做的？"

"唔，我的工程师。"骆伽能够看出来，李玉玺眼中闪耀着火花，周锐也许"二"得恰到好处，说不定哪一点就击中了李玉玺。

李玉玺点头："很好，下周把你的工程师带来。"

69．周五，晚上七点十分

"恭喜，恭喜。"王锴见了骆伽，总要张开双臂欢迎。

"有什么好恭喜呢？"骆伽听出来他似乎话中有话。

王锴将两页文件递过来："第一页是立项报告，李局长觉得分量不够，便把你们的建议书作为附件，转发给刘书记，不值得恭喜吗？"

王锴决不仅为此事请自己吃饭，骆伽一边点头，一边打开小雷达猜测他的动机。王锴处于两难之中，不想放弃惠康，又不愿意与骆伽断绝交往，终于让他想出一条万全之策，他却不急，将菜单递给骆伽："我们先吃饭，有一件事儿要听听你意见。"

他既挑明有事儿，骆伽便不费心猜测。海棠居的菜色自然不凡，骆伽边吃边仔细观察，王锴全身都是名牌，再看自己也是一样，都没有达到剑人合一的阶段，与雷励行的随意搭配高下立判。王锴看出异常，出言询问，骆伽笑而不语。

饭菜撤下，王锴喝着梅子酒，问骆伽："外企薪酬保密，但是我很好奇，能不能大概透露一下薪水？"

"难道你要来捷科？"骆伽故意猜错。

"哈哈，我自由自在，不想成天被人管。"

"那是为什么？"骆伽又问一句，探寻王锴动机。

王锴说："惠康对你很有兴趣，你们不妨见面聊聊，去不去还是你自己拿主意。"

"我在捷科才两个多月的时间，现在考虑这件事儿是不是有点太早了？要不过了这个季度吧。"原来要挖自己到惠康，二期工程不战而胜，韦奇峰打得好算盘，骆伽没有兴趣也不愿意自讨麻烦，此时去惠康谁知道会传出什么故事，她不想继续谈这件事，立即扯开话题，"对了，中石油的项目有结果了吗？"

"那个呀，我们中标了。"王锴运作得当，先改变采购指标再围标，赢得十分漂亮，轻而易举拿到一千多万的生意。

骆伽却还有一点不明白："您用天然水晶，利润有保障吗？"

"呃，我正要办这件事儿。"王锴掏出电话，再次当她的面拨给下属。

"中石油的项目，协议准备好了吗？嗯，水晶用什么的？"王锴早就有了盘算，不停地吩咐下去，"笨蛋，用天然水晶我们还有利润吗？用十分之一的天然水晶，其他全用人工的混进去。什么担心？不用，搞个阴阳合同。"

骆伽听得心惊肉跳，他实在胆大妄为，她故意问："王总，什么是阴阳合同？"

所谓人工水晶就是好一点儿的玻璃，王锴向意大利的水晶生产厂商订购水晶，把这边的合同改成天然水晶，他的安排天衣无缝，净赚千万利润。"两边不一样就是阴阳合同，一旦出事，我们协议上买的是天然的，也是受害者啊。"

"万一有人捅出来怎么办？"骆伽还是想到了一点点破绽。

"嗯，有道理，不怕贪，就怕有人咬。"王锴喝了几口酒，话多起来，他做生意很有原则，钱聚人散，钱散人聚，"别看李玉玺在你们的建议书上做了批示，实话告诉你，这个项目深不见底，你不明白。"

永嘉集团拿下一期工程，对内幕不可能不清楚，骆伽趁王锴酒高话多，端起酒杯："王总，这是什么意思？"

王锴犹豫了一下，忍不住向骆伽卖弄："李局长很清廉，但是升职很慢，过了这个村就没这店，这是他燃眉之急。"

骆伽低头想心事儿，看来二期工程与李玉玺晋升之间有紧密的关系。骆伽心里还有一个难解的疙瘩，就是父亲公司倒闭的缘由，受到王锴阴阳合同的启发，她把压在心底的秘密说了出来："我爸爸的公司与客户签订了合同，肯定没有给回扣。出事儿的时候，客户那边的协议中写着有一笔钱作为施工咨询费用付给第三方，我爸爸找来合同，却找不到那一页了，这到底是怎么回事儿？"

"哈哈，阴阳合同，你爸爸肯定不会记错吗？"王锴仰天大笑，喝光梅子酒。

"肯定，到底是怎么回事儿？"骆伽觉得接近答案了，心情紧张。

王锴就在江湖，对这种事情门儿清："客户要回扣，你爸爸不答应，于是销售人员弄出一份阴阳合同,其中有支付咨询费用的条款,审查合同之后盖章。有人狸猫换太子,偷偷更换了那页纸,你爸爸什么都没看见,钱却被分流到了那个账户。"

纠结在骆伽心中半年的秘密竟被王锴揭开,另一个谜团同时产生:谁调换了那页合同?她立即想起周锐,他那时也参与了项目,他完全值得信赖吗?

雷励行选择了嘉里中心一层的酒吧,这里有很好的乐队。罗小希喜欢红酒,雷励行却偏偏点了一瓶香槟,入口时味道太绵,似乎没有酒精的感觉,但当大半瓶喝进去,罗小希已经双眼眩晕,喜欢上香槟的感觉。

"为什么染头发?"雷励行感觉种种迹象都像是她感情出了问题,这与丢失山东订单都有关系。

"呃,换换心情。"罗小希摆摆头发,浑身散发出香槟的味道。

"我听说,女人换发型都有感情方面的原因。"雷励行小心翼翼地探索着她的表情。

"我确实失恋了。"

"说说你们的故事吧。"这种场合和气氛很适合这个话题。

罗小希饮完杯中香槟,头埋在双臂间,长发披散肩膀,眼眶盈满眼泪:"我本以为离开惠康就能和他在一起,其实我们已经走到尽头。"

乐队的喧闹压住了交谈声,罗小希在座位上轻轻舞动身体,融入音乐节奏中。雷励行不想追问细节,这句话就足够了,她因为那段感情,输了可以切分的山东订单,他拍拍罗小希后背,举起酒杯:"小希,捷科是非常好的公司,是吗?"

"是的。"罗小希点头。

"那段感情既然过去了,就不要再影响工作,你能做到吗?"

雷励行用了一个再字,背后隐藏着轻微的责难,罗小希眼神骤然清晰,她就要去山东出差,那边还有一个韦奇峰都不知道的项目:"我保证。"

"你放得下他吗?"雷励行希望得到更多的承诺。

罗小希可以接受分手,却不喜欢被欺骗和被利用:"我要打败他,用他教给我的方法。"

"还有,我想让你配合骆伽一起负责北京通管局。"雷励行目光内敛地看着罗小希,这十分冒险,如果她不能斩断情缘,二期工程就会雪上加霜。然而用周锐的话说,二期工程本就是死猪不怕开水烫,罗小希曾经负责北京通管局,她将成为韦奇峰的致命危险。

罗小希低头，避开雷励行目光。

70. 周六，中午十一点三十五分

周末看房的顾客很多，田蜜戴着白手套拉门，然后转给其他售楼顾问。白涛的目光越来越挑剔，语气更加严厉。她的底薪只有三千，收入全靠提成，如果不去卖房子，房租都付不出，怎么养活宝宝。每天站五六个小时，会不会影响宝宝发育？其他的准妈妈都是一家人的宝，她却在这里拉门。

门口停下一辆出租车，田蜜换上笑脸，然后看见赵勇和周锐，还有那个明星范儿的骆伽。白涛一个旱地拔葱冲过去："周末好，欢迎光临。"

"我第一次是和田蜜。"周锐说，骆伽使劲掐了他胳膊，在他耳边低声说，真二。

周锐满面通红，这事儿经不起解释，只能硬着头皮向里走。为防止销售顾问们抢顾客，谁的客户谁负责，白涛不能坏了规矩，退到后面："田蜜，你的客户。"

于是田蜜带着三个人参观，过了一会儿，几个人一起坐下休息，骆伽为田蜜倒一杯热水，指了指不远处正在推销的白涛，问周锐："这白手套水平怎么样？"

"机关枪，不管目标拼命扫，就是比一般人火力猛，速度快。"周锐听了雷励行的故事便用心琢磨销售，一览众山小，一眼便能看出水平来。白涛还在空喷，女客户拿着楼书，低头看着楼盘模型，保姆在旁边拉着四五岁的男孩儿。周锐猜测到她的痛点："我猜，她很可能是为孩子读书。"

白涛没有说到点儿上，女顾客起身离开。白涛饱含期待，躬身送客，高呼"欢迎再次光临"。骆伽忽然走过去，逗着四五岁的男孩儿："好可爱，几岁了？"

"五岁。"男孩儿天真无邪，语气中都是真诚。

"快读书了，打算去哪儿上学呀？"骆伽脚尖向右，将女顾客纳入交谈范围，余光发现她在用心听着，便去戳痛点："不知道不行呀，没有选好学校，起早贪黑路上耽误时间还是轻的，如果教学质量不好，就输在起跑线了，还有学校生源复杂，治安不好，万一沾染不良习惯，那可就糟了。"

这段话打动了女顾客，她停住脚步："哪所小学比较好？"

田蜜听出端倪，上来补充："有几所好小学，比如……"

白涛看出转机,走过去插话:"我们楼盘附近名校荟萃,名师云集,桃李满天下,俗话说,孟母择邻而居……"

骆伽打断他的推销:"您既然有兴趣,要不要我们和小学联络,请您参观一下,您看是这周还是下周?"

"明天下午吧。"女顾客迫不及待,白涛佩服地看着骆伽。

骆伽有心点拨,指着建筑工地:"你看,楼顶上有两个阳台,三十多层,阳台间有一个梯子,刮着风下着雪,阳台那边有一万块,你爬吗?"

白涛猜不透玄机,想了半晌,咬牙点头:"爬。"

"真愁人呢。"骆伽本想启发他,听了这个答案只好跺脚,不可教也。

周锐哈哈大笑。

顾客买房子无非为了解决居住环境、交通便利、子女教育和生活便利这几个问题,周锐立即拿出笔记本电脑,与骆伽一起讨论,详尽设计了一套提问方法,找到售楼处打印机哗啦哗啦打印出来。田蜜越看眉头越紧,白涛要把死人说活,周锐却让提问:"到底是该问还是该说呢?"

骆伽指着她胸牌上的职务,置业顾问:"你看,顾问顾问,必须问才是顾问。"

田蜜一脑子迷糊,她以前的办法是推销。

周锐向骆伽点头示意,把赵勇拽进样板间关上门,一言不发看着赵勇。赵勇被看得心头发虚,在他眼前晃动手指:"周锐,怎么了?眼睛不舒服?"

骆伽选择了信任,周锐是一个简单直接单纯的人,绝不会也不可能和自己演戏,她慎重地打电话问了爸爸,骆南山惊讶地说:你怎么会怀疑周锐?虚弱咳嗽一阵后,他极有深意地叮嘱女儿:伽伽,爸爸不能陪你一辈子,你总会遇到各种事情,需要一个完全信任的人来依靠,爸爸帮你找好了,就是周锐。他刚上大学就是我学生,已经有六七年了。你们也认识好几年了,说不上青梅竹马,但也是知根知底,我知道他过于内向和腼腆,不那么八面玲珑,死守自己的原则,但是过日子不该踏踏实实吗?

骆伽听出来了,爸爸明确地暗示,这让她心里刺痛,爸爸的病情越来越严重了,否则他肯定不会这么着急。她红着眼睛答应:爸爸,您放心,他现在是我的工程师,像小跟班一样跟着我。见了王锴的第二天,骆伽便把阴阳合同的事情告诉了周锐。

自从得知了阴阳合同,周锐把事情全部想明白了,老师肯定被冤枉了,即便没有骆伽,依他的性子也要调查清楚:"赵勇,半年前的那个晚上,你把合同拿出来交给唐南军,然后被调了包,换上有商业贿赂条款的一页,老师被你们陷害，身患绝症，你对得起老师吗？"

赵勇早就猜到这种可能，埋头吭哧一会儿，唐南军一直待他不薄，在他落难的时候毫不犹豫地把他招进中联，赵勇心存感激："周锐，这件事情过去半年了，老师都不提，你何必还要追究？就算你要查，怎么查？你有证据吗？"

"你还是人吗？人能说出这种话吗？我告诉你，我没你这个朋友！"周锐狠狠推开赵勇，指着他鼻子怒吼，打开门拉着骆伽就走。

骆伽猜到他们肯定争执了，出去后才问周锐："赵勇怎么说？"

"他劝我别管闲事儿。"周锐很少这么生气，胸口起伏不定。

"赵勇参与了？"骆伽很冷静。

"我不知道。"周锐确实难以判断。

"绝不仅仅是商业贿赂，我猜他们只把一部分钱给了客户，剩下的自己分了。"骆伽脚踩油门加速向前。

第七周　埋伏

71. 周一，上午十点十分

张大强接到电话，兔子一样蹦跶起来。

等他坐下来，越发惴惴不安，方恩山陪同李玉玺参观，这是第一个不好的信号，他最后一刻才得知立项会议，这是第二个不好的信号。想到这里，他的身体缩进沙发，慎重，一定要慎重，领导是绝对不能得罪的。

李玉玺态度很好，把一页文件递给他，呵呵笑着说："大强年轻火力壮，热气腾腾。"

第一页是张大强起草的立项报告，醒目批着李玉玺的几个大字：快马加鞭。下一页竟是捷科公司的文件，李玉玺做了批示：智能交通意义重大，建议尽快立项。大多数局领导都在名字上画个圈，刘树新还写了一行字：交警部门是最终使用单位，建议参与项目讨论和评议。刘树新是正局，他画圈，表示这份立项报告重见天日，闯关成功。

周锐的文件改变了李玉玺的思路，他咳嗽一声说："我不多说，总而言之一句话，智能交通利远大于弊，大强，这件事儿归你们信息中心管，你先说。"

张大强摸不准他想法，搓搓手耍起花腔："智能交通虽是部里的项目，但是我们应该因地制宜，根据实际情况推动项目发展。况且北京路况复杂，不比其他城市，还是应该摸着石头过河。"

李玉玺不信任张大强，却不得不依靠他的技术能力，不置可否去问方恩山："你呢，说几句。"

方恩山最懂李玉玺心思，顺着李玉玺的思路反驳张大强："我看，还是要尽早立项，用科学的方法解决问题。"

李玉玺一拍扶手，赞同方恩山，暗地里给张大强颜色看："说得好，看得准，我们要代表先进的生产力，我们以前没有认清局面，现在必须奋起直追，这个项目立即上马，尽快启动，争取早日建成，大强，你们信息中心有意见吗？"

张大强一手张罗，弄到节骨眼让人家摘了桃子，自己反倒成了落后，冤啊，比窦娥都冤，他嘴里说着另外一番话："我双手支持，一定克服各种困难，快马加鞭建设起来。"

李玉玺果断拍板："好，这个项目由计划处牵头，信息中心配合，尽快组织招投标工作。"

怎么是计划处牵头？应该是信息中心！张大强正在愣神，方恩山笑呵呵地推脱："局长，还是信息中心牵头好，他们兵强马壮，我们这儿没有几条懂技术的枪。"

李玉玺起来给方恩山倒了杯茶水，将空纸杯子塞给张大强："那就信息中心负责吧，大强，你有什么打算？"

李玉玺不给我倒茶水，理所应当，那也别给方恩山倒啊，这不是明显晾着我吗？张大强装糊涂，自己倒了杯茶："局长，按既定方针办，技术七十分，商务三十分，选出两家，再统谈分签。"

张大强只顾出主意，竟没给领导选择空间，显得很不成熟。李玉玺恼了，不动声色旁敲侧击："大强，这个事情你能替局领导做主吗？"

"不是，我说的是惯例，最终方案当然要向领导汇报。"张大强坐不住了，低头喝茶，今天处处别扭，恐惧从心头升起，项目事小，一旦失足便要跌入万劫不复的深渊。

李玉玺不想一棍子将张大强打死，缓和了语气："对，大强，二期工程是大事儿，要动员群众的力量集思广益，不能闭门造车。"

张大强惊魂未定，拼命点头。方恩山不慌不忙又捧出一份文件："局长，中联的邮件。"

这是一份邀请函，柳庆元感谢李玉玺来访，并要求回访，下一页是他显赫的简介。张大强侧头扑哧笑出来，忍不住多嘴："这个没必要吧。"

柳庆元来者不善，李玉玺对张大强隐忍不发："大强，你们信息中心对厂家比较熟悉，你看呢？"

张大强屡屡被点名，躲不过去："中联集团是国内个人电脑厂商的老大，但智能交通需要采用大型服务器和网络设备，在这方面中联还比较嫩。"

"所以呢？"李玉玺咄咄逼人。

张大强不喜欢中联，更不喜欢赵勇，却不敢公开反对："礼尚往来，不能不见。"

李玉玺去考察厂家，就像捅了马蜂窝，变成人人皆知的秘密，抬头盯着张大强："厂家怎么都知道了我考察的消息？"

张大强惊得一身冷汗："这个，这些厂家收集资料的确有一套。"

方恩山落井下石："信息中心和厂家接触多，人多嘴杂，一期工程招投标就搞得我们很被动。"

李玉玺痛恨万分，语气严厉："泄露我的行程没什么，招投标的时候走漏价格，这种事情有没有？我看有。我们被摸得清清楚楚，脱光光上谈判桌，怎么和人家斗？"

张大强提心吊胆，怕越描越黑："是是，一定不能泄露招投标的信息。"

"这件事到此为止，以后谁敢在招投标过程中充当厂家内线，给我小心点儿。"李玉玺达到敲打张大强的目的，招投标还要依赖他，缓和语气，"大强，我们已经立项，尽快启动招投标流程吧，什么时候开始？"

张大强压力一缓，松了一口气，立即承诺："万事就绪，只待您一声令下。"

"马上就是春节了，先见柳庆元，看看他有什么话说，节后招标。"李玉玺当即拍板。

张大强指着立项报告："局长，要通知赵支队吗？"

交警支队是使用单位，参加项目小组名正言顺，赵洪河却不是李玉玺的人马，会不会节外生枝？他犹豫许久，看了一眼方恩山，就像没有听见张大强这句话。

来而不往非礼也，李玉玺没有不见柳庆元的道理，这是赵勇的谋划，自己的小帆板上绑架了柳庆元这艘航空母舰，整个舰队跟上护航。赵勇坐在顶层的小房里，这是战场的最前沿，呼唤来最强大和精准的炮火，能够听见隆隆的炮声，作战便与自己无关了。小魏连计划财务处的发财树都给搬来了，于是赵勇在阳光的照耀下，舒服地靠着电暖气，喝着热腾腾的茶水，欣赏着发财树，赫然有了春天的感觉，心旷神怡。

赵勇泡了一个月，收效明显，他以这里为基地，一来二往你来我往，现在便有熟人来这里抽烟、喝茶、聊天。他与基层打成一片，这就是农村包围城市，赵勇坚信，商场就是做人，自己诚心诚意地交朋友，一个月不行就一个季度，一个季度不行就一年，他下定决心泡下去。

电话声音响起，赵勇接起来："喂，小魏，有啥好消息？立项了？好。柳总拜见李局长有消息了吗？嗯，没事儿，晚上吃什么？"

赵勇跷起双腿搭在沙发上，抓起茶几上的遥控器，打开电视，它来自信息中心。

72．周二，上午十点整

李玉玺也亲自在大门口迎接柳庆元，迎至贵宾室。通管局大小领导和中联各级主管分宾主落座，李玉玺按顺序介绍："计划处方处长上次见过了，这位是信息中心张大强主任，主管信息化建设和维护。"

柳庆元从座位站起，走过去与张大强握手："幸会。"

张大强受宠若惊地起身，柳庆元家喻户晓，鼎鼎大名，值得回去和老婆孩子吹嘘。柳庆元逐一握手，一个都没有少，李玉玺见惯大世面，说起场面话："承蒙柳总邀请，我参观了中联公司，印象深刻，学到不少东西。"

二期工程虽然对柳庆元仅是九牛一毛，他仍然恭谨地谈及项目："北京是首都，交通建设如火如荼，便特别想请教您对交通管理的规划。"

李玉玺早有准备，稳坐钓鱼船地回答："如火如荼这个词用得恰当，建设如火如荼，交通堵塞如火如荼，百姓的抱怨也是如火如荼。"

柳庆元不打算绕下去，找到话题切入："随着科技进步，信息系统起到关键作用，我拜访李局长，希望能够与通管局携手建立伙伴关系，为交通建设贡献一份力量。"

招投标还没有开始，合作的事情八字还没有一撇，李玉玺碍于柳庆元的身份，也不能直接拒绝，他见多识广，顺其自然扔出挡箭牌："张主任负责信息化工作，在这方面有很多的经验，你向柳总汇报一下吧。"

张大强正在思路翩翩之际，突然被李玉玺点名，汇报这个词更让他一个激灵，客户怎么能向厂家汇报？真是窝囊极了。再一想，柳庆元是什么地位？能向人家汇报，可以回家显摆和炫耀了。张大强挺直脊背，认真汇报："信息系统是交通系统的重要组成部分，我们在半年前实施了城市交通智能化改造的一期工程，即将启动覆盖全市的二期工程，中联是国内领先的信息系统供应商，欢迎你们加入进来。"

柳庆元有礼貌地欠欠身，明确表态："张主任，您提到了智能交通系统，我们很期待通过这次机会建立起长期合作的关系。"

这段话咄咄逼人，开口直接索要订单，张大强哪敢承诺："中联集团实力强劲，技术领先，但是采购有自己的流程，必须严格遵守招投标的纪律，希望中联能够拿出在技术上和价格上都有竞争力的方案，我们一定公正公平公开地选择最佳合作伙伴。"

贵宾室中都是人精，张大强表面冠冕堂皇，后半句却在打官腔，一点儿面子都没有给柳庆元，明显是拒人千里的态度。柳庆元是何等人物？眉毛都不动一下，目光看向李玉玺，心中的不满变成无言的抗议。贵宾室刹那间陷入寂静，赵勇嘴角一动似有话说，被唐南军一把按住，柳庆元正在逼李玉玺表态，此时打断话题，便前功尽弃。

李玉玺眉头一耸，张大强这段话看似滴水不漏，却把对方视如无物。方恩山暗暗观察他的神情，看出不满，出面打破僵局："柳总登门拜访，足见中联的诚意，肯定会拿出好的产品和方案，局长也一定会优先考虑。"

柳庆元立即听出方恩山与张大强的不合拍："方处长、张主任，我们非常重视与你们的合作，只要在我们的能力范围内，愿意尽最大的努力，满足你们的要求。"

李玉玺已经看清局面，定下基调："有朋自远方来不亦乐乎，柳总大驾光临，蓬荜生辉。我们不能违反招投标流程，但我可以负责任地说一句话，只要中联拿出诚意，我们就愿意给中联机会。"

"多谢。"柳庆元声色不动，没有露出见猎心喜的神态。

短暂的交锋结束，不懂的人听不出玄虚，贵宾室里面的人却明白。李玉玺的总结否定了公正公平公开论，张大强是最大的输家，不由得冷汗倒流。方恩山是赢家，他揣摩透了领导意图，押对了宝，跟对了方向。柳庆元也达到目的，在招投标的关键时刻，可以直接向李玉玺给出诚意，便得到机会。

唐南军趁热打铁，顺便给张大强一个台阶："我是中联集团的副总裁唐南军，我们不仅提供高性价比的产品，还有交通领域的实施经验，希望在这次会议之后，再与张主任进行深入的沟通。"

柳庆元点到为止，谈起两个人的共通点："李局长，通管局有近万员工，我很想与您探讨领导艺术，尤其是怎么管理上万人。"

李玉玺颇有兴致："说到领导艺术，您是大家，中联有什么发展规划？"

柳庆元叹口气，实话实说："我们用了三年时间搞多元化，现在看来是有失误的，我也在反思。"

中联集团成为国内PC老大之后，不断寻找新的突破的方向，全面出击，力图实现多元化，大举并购。三年下来，大家口头不说，心里都知道没有预期的成功。柳庆元讲出来，很快就会传回中联，必然代表策略调整，一定有大震动了。

"柳总想好方向了吗？"李玉玺耐心追问。

"我完全不知道方向。"柳庆元不假装，目光中真有茫然。

李玉玺极为惊讶，判断不出他的意图。柳庆元看一眼下属，言语间并不避讳："有两种领导人，第一种类似带领犹太人走出埃及的摩西，他天赋使命，知道方向，坚定不移，开山劈水，带领人民走出一条大路。我不是摩西，不知道怎么带领中联集团走出目前困境。"

"柳总胸怀坦荡，令人钦佩，你既然面临困境，又没有方向，怎么向领导交代？哦，向董事会交代。"柳庆元开诚布公的程度出乎意料，李玉玺好奇心升起来，说完才反应过来柳庆元没有领导，立即改口过来。

"领导者是孤独的，我今天有股冲动，要把想法说出来，请李局长点评。"柳庆元的话题远远超出了智能交通这个项目，让中联的管理层颇为惊讶。

"请讲。"李玉玺仍难以相信柳庆元没有战略。

"还有一种领导者，没有上帝指引，如同一个被困在山谷绝壑的羊倌，食水断绝，找不到出路，这就是我。我拼命挥动鞭子抽打山羊，逼得它们伤痕累累、四处奔窜，它们没有草吃，没有水喝，体力和精神都达到极限，但我用更大的力气抽打它们。"

张大强被故事吸引，忍不住问道："这群山羊陷入绝境，没吃没喝，为什么不让它们休息一会儿呢？"

柳庆元不忍，心中痛得抽动，袒露心扉："我必须拼命抽打，希望有只山羊能够在山谷中冲出一条路来，我们才能得救。"

"很多羊都会丧生鞭下。"方恩山唏嘘不已。

"还有其他办法吗？我有很多好的下属，有人是开创中联集团的元勋，都如同丧生鞭下的山羊，失败后辞职离开，我内心很舍不得，却不能帮助他们。"柳庆元痛心不已，下属们感同身受，纷纷低头。

李玉玺不禁仰天长叹，希望为柳庆元出些主意："听柳总一席话，胜读十年书，你们为振兴民族产业付出了巨大的牺牲。想必柳总自有苦楚。"

"一万年太久，只争朝夕，我四十四岁创业，现在年龄不小了，希望能够尽量多地留下一些东西给下一代。"

李玉玺不禁佩服他的英雄气概："柳总啊，不管生意如何，我都愿意交这个朋友，也祝你能够率领中联集团闯出一条前所未有的新天地。"

柳庆元在商场摸爬滚打这么多年，如此坦诚也是一种策略，哈哈笑起来："李局长，今天谈得这么投机，何不今晚把酒再叙？"

二期项目招标在即，这种接触有明显的倾向性，李玉玺端起茶杯慢饮一口，心中犹豫不决，众人都看出来，静悄悄等他决定。哎！招标没有开始，此举不算违反招标纪律，李玉玺起身："来而不往非礼也，今晚我做东。不过我们公私分明，中联在招标的时候一定要拿出诚意来。"

半途杀出个柳庆元,消息很快传到刘明君耳中,怎么办?学中联的路数让大老板也去拜访李玉玺?这样便落了后手。放进中联本是为了干掉捷科,中联折腾得热火朝天,刘明君沉不住气了,冲进韦奇峰办公室:"柳庆元都出面了,不是要翻天吗?"

韦奇峰走到窗边俯瞰大北窑桥,他走了一会儿神,才劝刘明君:"大家都在江湖上,抬头不见低头见,我们不能把人家斩尽杀绝,咱们有肉吃,也得给别人骨头啃。中联要抢,我们就大度些,把那些穷山恶水交给他们做。"

一枪未发,一炮未放,坚固的堡垒就随随便便让人家攻进来,刘明君不甘心:"万一再被人家扩大战果,千里之堤溃于蚁穴啊。"

"柳庆元亲自拜访通管局,我们不能硬来,干脆诱敌深入,让他们进来,就有好戏看了。二期工程规模这么大,中联能不出问题?通管局到处都是我们的人,那时就揪住小辫子不放,彻底把中联搞臭,看柳庆元还有没有面子再见李玉玺。"韦奇峰深谙兵法,进退自如,瞬间做出决定,不跟中联硬拼,以销售收入为代价,赚到盈利,等中联进来,拉长战线,在售后服务上再打一仗,再将中联彻底消灭,那时北京通管局还是惠康的地盘。他一进一退之间,深得兵法精要,看来《李卫公问对》没有白看。

按照韦奇峰诱敌深入的策略,招投标表面轰轰烈烈,其实却没有真正的炮火,刘明君心情放松。韦奇峰回到座位,招他过来:"明君,你还是不能大意,张大强是我们的桩脚,一旦松动,后果不堪设想,你尽快去见见他,把情况摸清楚。"

73. 周二,晚上八点五十分

酒过几轮,气氛更加热烈,柳庆元和李玉玺从伊拉克战争到金融危机,再谈到两岸局势,始终不触及二期工程,其乐融融。张大强闷头喝酒,中联的技术和产品与跨国公司差距极大,下一步该怎么办?

方恩山不指望向上爬了,还有十多年就要退休。他迟迟不开标,反而引入中联,厂家头破血流,怎么收场?他不会没有想过,我参与进去,该扮演什么角色?慎重,慎重之后再慎重,摸清楚领导意图。

唐南军不停劝酒,柳庆元自比羊倌,我就是那群羊中的一只,我是闯出出路来,还是被抽打致死?拿下这个订单,我便闯出一条出路。李玉玺宴请柳庆元,立场摆到中联这边,大家都能看出来他的倾向性。唯独张大强要公正公平公开,他与惠康的关系到了什么程度?不管怎么样,本来毫无机会的二期工程，被赵勇这么折腾，算是起死回生了，想到这里，他收敛心神，专心陪张大强喝酒。

酒至微酣，李玉玺端起酒杯，放出鱼线："柳总，给您露个底儿，这个项目事关重大，我们不能做主，必须向市里汇报才能决定。"

唐南军一惊，这是什么意思？李玉玺是通管局局长，他不能做主？完全不可能！如果他所说是实，那么就必须去市里活动了。

李玉玺宴请柳庆元，消息也传到周锐和骆伽耳中，北京通管局的竞争格局如同三国演义，惠康实力雄厚，如同统一北方的曹操，中联技术和产品的实力一般，却拥有价格优势，柳庆元出马，总能三分天下取其一，如同江东的孙权。骆伽好像东奔西跑的刘备，一没地盘二没实力。周锐想到这里，说："我们必须破釜沉舟，打一场赤壁之战。"

骆伽被这句没头脑的话说糊涂了，手机嘀嘀响起，王锴传来消息：春节后开始招投标，做好准备。

厂家现在都在暗处排兵布阵，不显山不露水。宣布招标之后，项目浮出水面，便要短兵相接，刺刀见红，一场没有硝烟的大战即将展开。骆伽和周锐的目光中都带着警醒：惠康根深地厚，柳庆元出面，中联肯定挤掉捷科，形势雪上加霜。周锐打开电脑，张大强又挂出一条信息：中联集团总裁柳庆元拜访通管局，相谈甚欢。张大强疯了吗？怎么能把这事儿公布出来？这再次证明，这个大枪绝非张大强本人。

周锐拨出赵勇电话："喂，我，大枪怎么把柳庆元拜会通管局的消息也公布出来了？"

赵勇打开电脑，点击张大强页面，挂出消息的时间是晚上八点三十五分："不对啊，他这个时候正在陪柳总吃饭呀。"

张大强正在陪柳庆元吃饭，不可能分身挂出消息，网络上的大枪是谁？他到底是什么目的？周锐越想越不对，调出聊天记录，仔细研究，一条对话跳入他的眼睛：好好干，有空来办公室，再！见！

再！见！那么熟悉，谁喜欢用这种方式和口气？冒名顶替的假张大强难道竟是骆伽！

74. 周三，早上七点二十分

赵勇手里举着一张卧铺票和一张硬座票，从售票大厅挤出来。田蜜春节回家的车票不好买。他便天不亮就起来，蹲在售票厅，却只买到一张卧铺，足够了，自己年轻力壮，撑得住十几个小时的硬座。

他今天不泡通管局，急急回到公司找到唐南军，听他把柳庆元与李玉玺见面的情形讲述了一遍，拍着大腿："李局长见厂家从来是三分钟，与柳总礼尚往来，一百个三分钟都有了。"

赵勇没有上酒桌，他级别远远不够，可以不去，但他负责这个项目，整个过程又是他穿针引线，也可以去。他怕见张大强，可是躲得过一时躲得了一世吗？唐南军没有多兴奋，张大强严格遵守招投标流程，最终是比技术和商务："张大强不能成事儿，坏事儿却绰绰有余。"

赵勇知道水深水浅："招标流程绕不开。"

"赵勇，你还要向市里跑跑。"唐南军拍着脑袋想不明白，李玉玺在酒桌上说这个项目不能做主，他百思不得其解。赵勇干脆不想，心里反复想的都是田蜜。

75．周三，下午一点十分

招标一动，黄金万两。

立项报告获批，球回到张大强脚下，他兴奋得像小鸟一样，工程师们各自分工，开始起草标书草稿。张大强一字不落地仔细检查，提出意见，返工修改。为了抓紧时间，中午张大强大度地点了肯德基，工程师们也很开心，更加努力地敲键盘，在张大强耳中这就是钢琴演奏出来的美妙音乐。经过反复讨论的招投标文件终于打印完毕，整整齐齐地摞在桌面，张大强抓起一本放在鼻边闻闻墨香，一页页翻过去，清晰整洁，满意地放下，甩着乌亮的皮鞋吃午餐去了。

张大强早与刘明君约好见面，吃几口就放下筷子："局长宴请柳庆元，想替你们说话都难。"

李玉玺先去中联再去惠康，本来一碗水端平，柳庆元诚心诚意回访之后，这碗水就倾向中联了。刘明君担心失控，必须尽早了解敌情，弄不好竹篮打水一场空："他们什么关系？"

"没深交，却谈得很投机。"张大强能看出来。

刘明君咀嚼着这些信息，从张大强嘴里估计掏不出答案，便转了话题："马上春节了，什么时候招投标？"

张大强慢悠悠夹起菜来，肚里有料，却不肯吐。刘明君试探着问："主任，韦总明天要不要去见局长？"

张大强咧嘴笑着，拍拍刘明君的胳膊："韦总的分量比得上柳庆元吗？"

刘明君使劲儿拍着胸口，砰砰砰地响，露怯笑着说："差得远。"

"听我的，别去了。"

刘明君与张大强又吃喝一阵儿，继续问刚才的问题："什么时候招标？"

张大强一脸得意，从包里翻出一份文件，在刘明君眼前一晃："你看这是什么？"

"标书？"刘明君惊呼，厂家必须按照标书上的技术规格推荐产品，其中的采购指标极为关键。比如客户要买笔记本电脑，你的产品1.5公斤，竞争对手1.8公斤，指标如果定在1.2公斤或者2公斤，双方都打分一样，必须定在1.6公斤，你的技术才能加分。这是招投标竞争的核心，也是整个采购中最核心的机密。张大强技术确实有一套，刚立项，他已经做好了标书，速度出乎刘明君预料。

"按照老规矩办，春节之后立即启动。"张大强把标书按在手掌下，老规矩就是通管局在网站公布招投标信息，至少拥来数十个厂家，然后组织专家通过技术和商务两个环节，进行评标，签署合同。依现在的形势，肯定是中联和惠康切分，中联没有顶尖的产品和技术，只能切些骨头来啃，惠康无论如何都能分到肥肥的一羹。刘明君不得不佩服韦奇峰，中联这么一掺和，惠康竟是获益的一方。

76．周三，下午二点二十分

距离春节还有一周，节日气息越来越浓厚，开会的第一句话都变成了拜年问候。李玉玺翻翻张大强赶出来的标书，满眼都是数据和图形，放在一边，先夸几句再找重要的问："大强不愧是我们的技术大拿，辛苦了，你先介绍一下吧。"

张大强早就做好规划，打开电脑开始介绍，按照以往惯例，通管局从数据库中随机筛选专家组成评委，根据商务分和价格分挑选供应商。惠康在通管局扎根多年，一期工程上下都满意，机会最大，中联以黑马姿态杀出，凭借柳庆元与李玉玺的关系有可能爆出冷门，其他厂家便凶多吉少。

李玉玺听完介绍，翻到预算那页，手指按住数字："两亿的预算，怎么做出来的？"

价格和配置都是刘明君提供的，这严重违反招投标流程，张大强当然不敢说，极为含糊地回答："各个地市局提交配置，我们请相关厂家报价，加在一起就是这个数字。"

李玉玺听出了漏洞，微微一笑："哪个相关厂家？"

张大强头皮发麻，冷汗涔涔："惠康。"

"只找一家，合适吗？"李玉玺不停追问。

方恩山唯李玉玺马首是瞻，立即驳斥张大强："这种方式有问题，把核心设备与终端设备混在一起，不利于选出最优方案。"

李玉玺并不打算改变现有招投标方案，阻止方恩山："这是既定方针，不要变了。春节之后先招软件标，然后硬件。"

会议结束后张大强离开，方恩山留下沏了两杯茶水："局长，您说这个项目您不做主，我百思不得其解。"

"当然我做主。"李玉玺话不用讲明白，大鱼在市里，这些厂家就是鱼竿，要把大鱼引出来。

方恩山是老江湖，知道局长心里有保留，又有建议："局长，中联的技术实力与惠康差距很大，这次招投标，肯定是核心设备选惠康，终端设备选中联，厂家打不起来，我们就被动了。"

鱼儿越饿，就越容易上钩，李玉玺想想有道理："有什么对策？"

"我们统谈统签，集中招标，集中采购。"方恩山盘算清楚，用统签取代分签。这样鱼饵又大又香，钓鱼才给力。

李玉玺心里赞同，口中却说："别急，我们探探路，看看有没有大鱼。"

张大强懊恼得直拍大腿，局长强烈地暗示中联，意图很明显。张大强呀，你怎么就不领会？这不是找死吗？他回到办公室摸出唐南军的名片，打电话过去："南军，是我。"

唐南军负责搞定张大强，接到电话喜出望外，真是踏破铁鞋无觅处，柳暗花明又一村："哎，主任您好。"

张大强嘿嘿笑着，现在李玉玺看好中联，他不得不低头："以后详聊，我给你一个配置，你什么时候给我做出一个报价？"

这是绝对的利好，唐南军忙不迭答应："主任，我不吃不喝立即给您做。"

唐南军撂下电话，又拨给赵勇，抑制不住兴奋："告诉你个好消息，张大强让咱们做报价。"

"您现在收，报价已经做好了。"赵勇舒服地坐在沙发上，对面是张大强手下的两个工程师，他们早就混熟，已经将标书带来了。

做报价必须有标书，看来赵勇早就拿到了。赵勇负责通管局，三脚两腿算是打出了局面，唐南军夸奖道："以前没看出来啊，赵勇，好样的。"

赵勇点击鼠标发出文件，把U盘拔下来给工程师，站起来从冰箱里取出可乐："电暖气就是没有水暖气舒服，燥热，来听可乐降降温。"

这旧冰箱是两名工程师从通管局食堂里鼓捣出来的，运到顶层后，赵勇便填满各种饮料招待络绎不绝的好朋友们。他们喝着可乐，来回转悠，空地还有，要不要再弄个台球桌来？

77．周四，上午十点十分

张大强以往都是制定出模块，直接找来惠康工程师按照他们的产品规格填进去，现在不能这么办了。李玉玺深深介入这个项目，对中联青睐有加，中联的产品规格不能与惠康相提并论。

张大强就是这个项目的操盘手，盘算许久，中联终端设备有优势，刚好可以做出一个切分的格局，吃肉的吃肉，啃骨头的啃骨头，谁都怨不得谁。思路捋清楚，事情就好办，工程师们在键盘上噼里啪啦起来，初稿陆续汇集，立即电话请示李玉玺。

"大强啊，动作真快，我在办公室，过来吧。"李玉玺的声音听起来很悦耳。

张大强抱着文件走进来，李玉玺笑着站起来。这是极佳的信号，张大强将装订成册的招标文件往茶几上一放，试探着问道："局长，是不是请方处长来看看？"

李玉玺低头翻着招标文件，隔了半晌，连声说不错。他埋头在文件中，答非所问："讲吧，不等他们了。"

张大强感受到了组织的温暖，说明项目的主角还是自己。更大惊喜还在后面，李玉玺听完汇报，合上招标文件，又说一遍不错。张大强立即问："局长，按照这个标书招标吗？"

李玉玺点头："跟计划财务处和交警那边通个气吧，打算什么时候开始？"

"我立即组织开会，只要他们点头，春节前就能开始。"张大强迫不及待，只要招标开始，一切就能重新回到自己手中。他心情灿烂地回到自己地盘，抓起电话："老方，我是大强啊，标书的初稿完成了，什么时间有空碰碰？"

"先发给我看看。"方恩山不买账。

"局长让咱们碰碰,拿出意见来。"张大强拿出局长这把尚方宝剑。

"你不给我看,我怎么拿出意见?"方恩山看透了他的意图。

"方处长,标书是保密的。"张大强无奈解释。

"呃,那就算了吧。"方恩山火气上涌,标书对厂家保密,难道对自己也保密?

"等等,派人给你送去。"张大强自知说错话。

张大强总算想起骆伽,拨出电话:"骆伽,我这儿有份东西,你明天过来看看。"

"唔,什么东西?"骆伽立即竖起耳朵,张大强不会平白无故打来电话。

"保密,你别来办公室。"张大强想去唱歌。

"好的。"骆伽赶紧答应,她有预感,标书要出来了,这将是分水岭,默默布局之后爆发大战。谁能够影响标书,谁就能布好战场,设置交叉火力,将竞争对手置于死无葬身之地。

78. 周五,上午十点十分

"发个邮件给我,放一炮,就说周锐没时间支持你。"方宏伟躲在安全通道,与马勋谋划。

"这个,没有这种情况啊?而且我手头也没有项目啊。"马勋略有些为难,摸不准他的想法,都要离开公司了,还折腾这个干吗?

"没有吗?周锐成天和骆伽泡在一起,哪有时间帮你。"方宏伟使劲儿启发马勋,只要能够摧毁雷励行的新队伍,便能威胁他的新陈代谢。

"有谱的项目找不着,没谱的还编不来吗?"方宏伟敲着马勋的脑袋,他真是笨到家了。

"这是为哪出?"马勋成天编瞎话讲故事,这难不住他,他只想套出方宏伟的动机。

"我和一些同事都聊了一遍,敢情大家同病相怜,雷励行手太黑,手下七个销售总监,居然要一口气换掉五个。"方宏伟越说越气。

"这么黑啊!"马勋念叨一句。

"他们都不服,咱们必须拧成线,抱成团,和雷励行讨个说法。"方宏伟气鼓鼓的,肚子又开始跳动。

周锐是个藏不住心事的人,更难将骆伽和网上的大枪画上等号,她为

433

什么这样做？打探消息？释放烟雾弹？于是拉着她躲进咖啡厅的角落，仔细看着她的眼睛："伽伽，网上的大枪加赵勇了。"

"唔，他总和我聊呢。"骆伽急急打开电脑，找到与大枪的对话记录，"看看，他还模仿我说话呢。"

一盆冷水从周锐头顶泼下，原来是张大强在模仿骆伽的口气。心忽然放下来，庆幸骆伽没有瞒着自己。

"这人会是谁啊？"骆伽托着腮皱起眉头。

"肯定与二期工程相关，要么来自厂商，要么来自通管局。"周锐用排除法分析，"昨晚与柳庆元和李玉玺吃饭的人可以排除，也不会是赵勇，他直来直去不会做这种事情，再排除你我，大枪最有可能藏在惠康。"

骆伽难得帮着分析，这种事情她一般都甩手不管："唔，有这种可能，但是会不会来自通管局，由此调查招投标中的违纪行为呢？"

周锐排除掉这种可能："伽伽，你编小说吗？他们真想查，一抓一个准，哪用这种方法？"

"我们出去。"骆伽不想多聊这个话题，指着窗外，罗小希坐在雷励行身边，她变了，眉目开朗，谈笑自若。

骆伽碰碰周锐，抢在前面走出咖啡厅，甜甜叫道："老板，秘书报到。"

"秘书，好久不见。"雷励行见到骆伽，笑意浮现。

"对不起。"骆伽老老实实地道歉。

"我让人力重新找秘书了。"雷励行严肃起来，他没了秘书，等于缺胳膊少腿。

"啊！您不要我了？"骆伽确实忙于销售，忽略了秘书的职责。

"你正式转到销售部吧。"雷励行做了决定，她有销售天赋，乐在其中，人尽其才，他不待骆伽言谢，问道，"你们见永嘉集团的消息走漏很快，是什么原因？"

骆伽看一眼罗小希，再看雷励行，虽不说话，四个人都从她目光流转中看到答案。罗小希神情黯然，向骆伽道歉："对不起，是我。"

罗小希果然是惠康内线，罗小希到底泄露了多少机密信息？还有，既然她被看破，公司该如何处理？无数问题涌上骆伽心间，她不说话，直到罗小希再开口："能原谅我吗？"

骆伽等的就是这句话，抱抱罗小希肩膀，笑着在她耳边说："要原谅必须有条件，你要帮我一次。"

罗小希贴近骆伽，两人浅声低语，顷刻间亲密无间："你说。"

"你说出去一个我的秘密，也要告诉我一个秘密，可以吗？"骆伽贴在她耳边，避免周锐和雷励行听见。

罗小希心里怦地一动，她当然知道韦奇峰的秘密，他的奇兵，他们分手了，自己便可以把他的秘密说出去吗？在她目光失神的刹那，骆伽看出了她的矛盾，轻轻问道："想想他是怎么对你的。"

是啊，他利用了我，利用我加入捷科，利用我拿到山东订单。罗小希看着骆伽，心头却有一丝恐惧，这是一双能看透人心的眼睛，竟与雷励行相似，不愧是他的好徒弟，罗小希忽然放大声音，让雷励行和周锐都听到："伽伽，我告诉你韦奇峰的秘密。"

罗小希巧巧一笑，贴近骆伽，用极低的声音，透露出极为模糊的信息："就是李玉玺的局长宝座。还有，韦奇峰在通管局的关系盘根错节，他有五道防线，你要想赢，必须一一突破。"

骆伽与罗小希讨价还价，言谈举止间进退自如，不在罗小希之下。雷励行不理两个女孩儿之间的亲热，品着咖啡，对周锐说："给我看看你给李玉玺的文件。"

周锐打开电脑，展示出来。雷励行举起咖啡杯，目光不经意间看见他和骆伽的胳膊延伸到桌下，可以想象在没人看见的桌下，两只手也许紧紧握在一起。

雷励行眼角微眯，突然试探："公司规定，同一部门之内不允许恋爱。"

骆伽赶紧低头，周锐惊慌，雷励行哈哈一笑："我没有说过我看见你们谈恋爱了。"

雷励行只为警示，故意绕来绕去，骆伽听出弦外之音，立即明白了他的好意："我们会注意的。"

这句话承认了恋情，雷励行跷起二郎腿："只要没人告，不在办公室里腻腻歪歪就行，是不是？"

"是的呢。"骆伽马上点头，以后必须注意。

周锐从雷励行身上学到三招儿，倾听、痛点、价值建议书，收效明显。通管局立项，春节后就要招投标，大战即将爆发，下面该怎么做？他一片茫然。

"喜欢骆伽吗？"雷励行突然问，这个很"二"的问题从他嘴里出来，便有了魔力。

"我，我，我……"周锐不敢承认。

雷励行没事儿一般，似乎在为周锐出主意："骆伽这条件，追她不容易,留住更难。周锐,你有房吗?有,通县租的。有车吗?也有,自行车。你凭什么追她并且留住她?"

骆伽瞪大眼睛张开嘴巴,毫不掩饰自己的惊讶,雷励行如此说话实在有违他以往的儒雅形象,罗小希也错愕不已,看来世界上最"二"的人不是周锐,而是雷励行自己。周锐捷思敏行讷言,大脑转速远超嘴巴,深入到其中的逻辑里面:"我有很多缺点,如果她以有房有车作为标准,我肯定没戏。"

他们深深相恋,极端相反的个性成为互补,果然爆发出难以思议的力量,爱情的力量竟能打过人性?雷励行纵然阅人无数,也是第一次遇到这样的情形,继续提示周锐:"在弱点上竞争,等于钻进敌人的埋伏,将死无葬身之地。"

骆伽和罗小希一头雾水,周锐却渐渐明晰:"我必须在自己的优点上竞争,铸造起坚强的防线,挖好战壕,布置交叉活力,等待敌军进入埋伏。"

"嗯,就是这样,这种办法威力巨大,甚至可以帮你追上女明星,你想学吗?"雷励行语气越来越"二",听得骆伽连连皱眉。

"想。"周锐立即举手,雷励行正在利用恋爱来讲竞争策略,这便是摧龙八式的第三式,屏蔽对手。

"女明星为什么难追?并非她要求高,也不是她有多美,而是因为竞争对手多,如果她流落荒岛,岛上只有你周锐一个人,追她还难吗?"雷励行说。

"嗯,客户的需求不难满足,难在竞争!"周锐越来越清楚,雷励行即将传授竞争的策略,而这正是通管局项目中的核心。

"需求是一切的核心,骆伽的需求是什么?"雷励行谈笑之间,将商战逻辑融会贯通。

"还有发展潜力和为人,对她专一而不能花心。"周锐的后两条是他的优势,尤其第二条是他的优势,而王锴则处于劣势,骆伽听得直点头。

"还有年龄、对方家庭、外貌和身高。"罗小希猜到雷励行有深意,中规中矩地说出两条。

雷励行极善倾听,骆伽轻轻唔了一下,连周锐都听出来味道,罗小希与韦奇峰分手,想必与家庭有关。经济条件、发展潜力、人品、年龄、外貌和家庭,骆伽都认可,她仍有其他考虑:"这几点当然重要,性格也要合得来,两个人在一起,共同的兴趣爱好也很重要。"

雷励行将人品、潜力、性格、经济条件、兴趣爱好、年龄、长相身高和家庭,总共八个指标写在一张白纸上:"骆伽,你是客户,将这些指标分成重要,一般和不重要三类。周锐,你是销售,把这些指标与竞争对手比一比,分成优势、持平和劣势三类。然后你们一起将八个指标放在这个竞争矩阵之中,商量对策。"

周锐迫不及待地取出白纸,雷励行却又问:"周锐,骆伽,你们春节后有什么安排?"

他必定有安排,骆伽养成用心倾听的习惯:"准备回武汉看父亲,您春节之后有事儿吗?"

雷励行哈哈大笑:"通管局招投标,谁来讲?"

春节之后招投标肯定要讲方案,周锐不善言辞,担心把方案介绍搞砸:"是不是请其他的工程师讲方案。"

骆伽反对:"不行,只有你最熟悉。"

周锐想起向那么多人讲话就有点儿汗流浃背的感觉,雷励行已有安排:"你们春节后参加演讲技巧培训,老师是巴西人,具有天生的感染力,是我见过最棒的老师。"

"在北京?"

"新加坡。"雷励行说完,离开咖啡厅,径直上楼回办公室去了。

雷励行让骆伽和周锐一起出差,几乎是在成全两人的办公室恋情,他总在不经意之间讲个故事,推进着事情的发展。

骆伽与罗小希头碰头,玩游戏一般将八个恋爱指标的重要性分类。周锐独自思索着,通管局招标在即,标书上便是采购指标,发挥优势和屏蔽对手至为关键,他们会有什么指标?他开始列出通管局的采购指标,竟有九条,填到雷励行的竞争矩阵,一切豁然开朗。

"好了,好了。"骆伽完成了恋爱矩阵,"人品我觉得很重要,周锐有很强的指标,这是优胜指标,必须保护好并进行强化。性格爱好是我觉得重要,却又是周锐最差的地方,他必须加强,比如练歌和跳舞。年龄和家庭是沉睡指标,周锐须唤醒指标。周锐你画好了吗?我看看。"

周锐将竞争矩阵摊开,不是恋爱而是二期工程的竞争矩阵,骆伽正要抗议,仔细看进去,周锐将指标分成优胜、威胁和沉睡三类,还在表格中一一列出对策和计划,这是一张作战地图,哪里是堡垒,哪里是地雷,哪里是交叉火力,十分清晰。骆伽抬头看着周锐,双眼闪耀光芒,雷励行总是几句话便指点出制胜之路。

"交警支队!"周锐猛然抬头,这些沉睡指标指向交警支队,这是所有厂家都忽略的部门。

"赵队长?"骆伽不理解,赵洪河从来不参与招投标,只是派个年轻交警过来，何必花精力在他的身上。

周锐将竞争矩阵摆到骆伽和罗小希面前，右下角的沉睡指标被重重画上圆圈："你们看，交警部门是直接使用部门，他们不重视这个项目，因为他们还没有被唤醒！"

79．周六，晚上八点十分

雪白袜子，乌亮皮鞋，油光的发型，张大强再次奔向KTV大堂的擦鞋机。他腋下夹着一个鼓鼓囊囊的公文包，见到骆伽喜笑颜开，进包厢后，不像往常那样开始唱歌，而是拍拍公文包神秘地眨眨眼睛，骆伽感觉鸡皮疙瘩掉了一地。

骆伽对付张大强游刃有余，他贴得太近，就退一退，他说疯言疯语，骆伽就问候他太太和儿子，他说肉麻的话，骆伽就夸自己的男友。张大强郁闷得百爪挠心，骆伽敬酒陪唱，态度又极其尊敬，言语之间夸着吃捧的张大强。

骆伽心里有事儿，他公文包里肯定是标书。骆伽举起酒杯："主任，马上就是春节了，我回武汉看爸爸，不能给您拜年了，提前祝您新春快乐，恭喜发财。"

"好说，好说。"张大强端起酒杯咕咚咕咚喝完，抹抹嘴角，意犹未尽，"骆伽，你年轻太单纯，刚进这行，很多事儿不明白，像你这样做生意，没戏。"

周锐这个死脑筋不让送红包，骆伽左右为难，唉，死猪不怕开水烫吧！尽力而为听天由命吧！她不放过这个打探消息的机会："主任，他们是怎么做的呢？"

"吃喝玩乐，都不算什么，我不明说了，你懂的。"张大强欲言又止，有些话不能说尽。

骆伽当然懂，只是装不懂，举起酒杯继续夸张大强："主任，幸亏遇到您，又懂技术做人又豪爽，我再敬您一杯。"

张大强想要红包，骆伽碍于周锐无法这么做，便只有拼酒一条路，她端起酒杯："主任，我在想一个问题，男女之间是不是不能成为朋友呢？"

骆伽这句话分明是个陷阱，却对张大强非常奏效："当然能，小凤仙和蔡锷将军不就是红颜知己吗？"

骆伽不知道蔡锷和小凤仙是什么关系，这也不重要："主任，我们就是红颜知己。"

"不许叫主任，叫大哥。"张大强已经红了脸。

两三瓶红酒下肚，八九首歌唱过去，张大强禁不住甜言蜜语和酒精的双重夹击，拍着公文包："大哥给你带来份东西，你看看，只能看，不能拍照。"

骆伽接过十几页的文件，封面已被撕去，显然是为了不引人注目，她粗略翻阅，这就是即将决定输赢的标书，怎样才能把它拿给周锐？

周锐坐在KTV对面的咖啡馆里，神不守舍，他合上电脑冲出咖啡馆，冰冷的空气袭来，黑暗笼罩。他走进大堂，红男绿女，灯红酒绿，踏上扶梯直向二楼的包间，里面传出张大强《天仙配》的歌声，这么熟悉，这么刺耳！

如果冲进去，张大强会怎么反应？骆伽会不会生气？对二期工程有什么影响？这些问题在周锐脑中一带而过。门把手忽然转动，张大强晃里晃荡地走出包间，向厕所方向奔去。

"伽伽。"周锐招手。她看见救星一样，匆匆拿出一本文件："周锐，快，拍照。"

周锐低头翻阅："伽伽，这是标书！"

"还愣着干什么？张大强马上就回来了。"骆伽的手机像素很高，可以拍得很清楚。

"伽伽，这违反招投标流程！"周锐不肯妥协。

骆伽急得跺脚："周锐，你不让送购物卡，我听你的，可是我喝了三瓶红酒才拿到标书。"

骆伽酒醉的脸庞，鲜艳夺目，看来她喝了不少，周锐牵着她的手："伽伽，我不想你这样。"

骆伽向卫生间那边看看，时间不多，张大强随时都会出现："周锐，你得罪过张大强。"

周锐内疚，他本来应该是骆伽的挡箭牌："伽伽，我早晚都要见他，不如早些。"

张大强从卫生间出来，走进包间却看不见骆伽，东张西望。骆伽拉着周锐躲进走廊无人角落，踮起脚尖在他唇上轻轻一点："傻子，乖乖等我，爱你。"

她说完转身回去，留下周锐呆呆地站在那里，沉浸在骆伽一吻之间，茫然不知地拿着标书。一会儿，她的歌声传出来，那是熟悉的、甜甜的声音。周锐举手砸在墙上，看着手里的标书，他翻了几页，转身坐在台阶上，一页一页仔细看过去，糟糕！捷科的优势在于集中运算和处理能力，标书中却是典型的分散方案，信息的采集和处理都分散在各个区县。这是惠康吃肉，中联啃骨头，捷科连汤都喝不到的格局。北京城十四区两县，按照标书，需要建设十六套小而分散的系统，将有巨大的管理弊端。比如，二期工程覆盖全市，将有异地处罚的问题。如果按照分散方案，朝阳区注册的汽车跑到海淀区，闯红灯，记录传送到朝阳才能进行处理。绝不能按照这个方案实施，周锐抓起手机开始拍照。全部拍完后，快速检查一遍，清晰可辨，心里咯噔一下，骆伽偷偷拿出标书，张大强会不会发现？

"标书呢？"张大强忽然发现公文包里面没有了标书，骆伽慌乱的眼神暴露了异常，张大强放下麦克风，"这是机密文件，能给你看已经是破天荒了，标书在哪里？"

骆伽紧闭嘴唇，周锐有没有拍完？千万不能惹起张大强疑心，千万不要慌，越紧张越容易出错，她站起来去翻沙发："我刚才好像放这里了。"

张大强将信将疑，包间很小，转个圈就搜完了，他盯着骆伽："我去洗手间的时候，有人进来过吗？"

骆伽指着门外："不知道，我也出去了一趟，要不要把服务生找来问问？"

张大强拼命去按呼唤铃，叮咚几声，服务生推门出现："先生，小姐，有事儿吗？"

两人紧紧盯着他手里的文件，连忙解释："哦，刚才一位先生在卫生间捡到了这个文件，是你们的吗？"

张大强抢上一步抓过标书，完整无缺："哎哟，骆伽，你这么马虎？这么重要的文件差点儿丢了。"

"真是对不起，还好没出事儿。"骆伽谢天谢地，肯定是周锐给了服务生，他拍照了吗？他那倔脾气！

服务生摆手，替骆伽辩解："先生，您错了，这个是在男卫生间捡到的。"

张大强摸着脑袋，酒精使劲儿地向上涌，顿时糊涂了："哦，好像是我带出去的，错怪你了。哎，我这人谨慎惯了，上厕所都带着文件。"

骆伽搞不清楚状况，也不知道张大强是不是在试探，端起酒杯："我喝多了，好像是我拿出去的，可是怎么会出现在男卫生间？"

"别管了，没丢就好，来，我们继续《天仙配》。"张大强一口喝干，红酒顺嘴淌下，滴滴答答把雪白的袜子染成血红。

"主任，今天喝得真开心。"骆伽将信用卡递给服务生，示意他去结账。

　　骆伽将张大强送上出租车，忍着头痛去找周锐，他还在咖啡馆的那个位置，对着电脑屏幕。骆伽坐在他身边，屏幕上正是标书，她甜甜地倚进他怀中："标书对我们有利吗？"

　　"非常不利，分散方案是惠康的优势。"周锐右手搂紧骆伽，按照这个标书，万分之一的胜算都没有。

　　"有什么办法？"

　　"集中的方案，将北京十四区两县的信息都集中起来。"周锐拿不定主意，现在有两条出路，一种按照现在的标书投标，希望渺茫，还有一种办法就是将信息系统集中起来，将标书翻盘，这比登天还难。

　　"哪种方案对通管局有利？"骆伽思路极快，要翻盘必须从客户身上入手。

　　"集中方案对客户有利。"周锐坚信。

　　骆伽即便不懂技术，也知道这是巨大的挑战，北京市的汽车数量激增，数百万辆汽车在城市里穿梭，带来大量的数据："集中？我们有这么强大的电脑吗？"

　　"深蓝！"周锐重重说出两个字，这是捷科最顶尖的产品，可以扩充到五百一十二个节点，每个节点有四个处理器，全球处理能力最强的超级电脑，在美国的国家实验室用于模拟核武器爆炸，深蓝刚刚打败国际象棋世界冠军卡斯帕罗夫，成为第一台击败人脑的超级电脑，名扬世界。

　　骆伽吐吐舌头，深蓝没有进入中国，如果在通管局卖出深蓝，它将成为公司的明星："我去找张大强，将标书改过来。"

　　"这是赌博。"周锐笑着提醒。

　　"赌注这么大，为什么不赌？"骆伽为深蓝下了决心，输了无非是一个订单，赢了，深蓝进入中国，她将成为捷科的明星，"时间不多，通管局下周就要研究标书，我们周一分别去找方恩山和张大强。"

80．周日，晚上六点四十分

　　开保时捷的女顾客对小学很满意，一切搞定，田蜜上午终于签约，是一套楼盘高层的大户型。

　　"哎，腾空了，要租出去了。"白涛对着那间自己想要用来创业的店面叹气。

周锐对白涛的创业想法很动心："房屋中介真能挣钱吗？"

"一个店面赚不到钱，但是经营好了，可以发展连锁啊，甚至做地产的销售代理，这就是大生意了。"白涛久混房地产行业，创业是他梦想，他吹嘘着，"地产代理靠什么？就靠销售，你的销售方法独步天下，我们大展手脚，横扫首都房地产市场。"

"别想了，房地产生意的水深着呢，不凭本事凭关系。"骆伽不被忽悠，嗤之以鼻，她有心撮合赵勇和田蜜，"不过，我觉得创业靠谱，田蜜觉得呢？"

"嗯，你们说什么？"田蜜无心此事，赵勇追求她的态度越来越明显，可是怀着别人的孩子，怎能开始另外一段情感？

白涛张罗着去吃饭，就在此时，赵勇来了，他探出脑袋，看见周锐和骆伽也在，立即缩回去。骆伽眼疾心灵，猜出怎么回事儿，赵勇与周锐闹翻，心中有愧，便躲着自己。

她拉着周锐离开，沿着林荫道走着："你觉得半年前赵勇知道内情吗？"

周锐摇头，唐南军让赵勇去取文件，他肯定不能拒绝，他只是被人利用，唯独错在出事之后没有讲明情况，可是骆南山自己都没有提出异议，赵勇能向谁讲？骆伽也想明这个道理，劝着周锐："赵勇是你最好的朋友，别为这事儿生气了。"

周锐执拗地摇头，转身看着骆伽："为了你，为了老师，我不能坐视不理，我必须查清楚。"

周锐和骆伽离开后，赵勇才进来："田蜜，还没有下班吗？"

田蜜看出了赵勇的异常，却无心过问，她收拾着桌子，欺瞒没有意义，她打算摊牌。赵勇留下来，帮着田蜜把这里整理干净。田蜜心里想着，如果早些遇到他，如果世界上没有王锴这个人，或者如果没有怀孕，如果，没有如果。这样纠结下去，事情只会越来越糟糕，田蜜说："我们先吃饭吧，有一件事我要告诉你。"

赵勇去拉她的手，被冰冷地躲开，他问："不开心吗？你刚签了一个大套间啊！"

田蜜埋头走路，一步一步好像走向暗淡的未来，她停在路灯下面对赵勇："我要告诉你，我怀孕了。"

第八周　春节

81．周一，上午九点整

骆伽和周锐一早来到计划财务处，方恩山仍然笑面虎一样客气。骆伽找到了与他打交道的秘诀，绕是绕不出结果的，寒暄过后干脆狠戳痛点："处长，谢谢你带我们见李局长，可是我们后来发现，我们的方案没有讲明白。"

方恩山舒舒服服端着茶水，也不回答，等着他们继续说。周锐在骆伽的熏陶下，戳痛点的技巧炉火纯青，接过来说："首都与一般省市不同，它们大多有十几个地市、一百多个县，适合采用分散的格局，如果我们也沿袭这种方案，那就贻害无穷了。"

"呃？说说。"方恩山很吃戳，每次都有反应。

周锐继续强调分散方案的缺点，罚款分流，这下戳到方恩山痛点，他必须拿出更好办法，才能把张大强打得哑口无言，他噌地站起来说："张大强胳膊肘向外拐，吃里扒外，你们说怎么办？"

骆伽用起屏蔽对手的招数，先砍对手："张主任也有苦处，汽车进入家庭速度太快，分散管理简单易行，找到最佳方案并不容易。"

方恩山被戳了痛点，骆伽却偏偏吊着他，不给解决办法，浑身难受，正达到了雪中送炭的效果。周锐立即一唱一和地补充："虽然没有最佳方案，我们却有三个思路供您参考。最理想方案是收支两条线，将收费进行统一管理。"

方恩山摇头："难啊，这种方案涉及层面太多了，不好操作。"

周锐再给方恩山出了主意，抛出集中方案，还不忘再戳一下方恩山痛点。

离开计划财务处，骆伽笑呵呵地看着周锐："不错哎，手法利落凶狠，销售技巧又准又狠，还成天口口声声说不做销售？"

"张大强那边怎么样？"周锐不答，那边也是绕不开的。

"我去，放心。"骆伽信心满满，她有信心拿下张大强。

82. 周二，上午九点整

后天就是大年三十，李玉玺亲自在办公室门口挂上喜气洋洋的对联，方恩山来找他，径自倒上茶水："李局，一会儿什么对策？"

"看了标书，有什么思路？"

"分散方案有很多问题，还是集中方案好。"方恩山从骆伽和周锐那里拿了不少炮弹，准能轰倒张大强。

李玉玺必须先掌握招投标控制权，然后才能放长线钓大鱼，第二件事才是关键，他微微一笑，吹开茶叶："别急，鱼儿还没有上钩，你先把炮弹收起来，点到即止，时候还不到。"

方恩山半懂半不懂，却不好追问。

没多久，张大强带着几个工程师进来了，抢着向李玉玺拜年，办公室内充满和谐气氛。李玉玺等大家坐定，喜气洋洋地拱手："马上就是春节，给大家拜个年，咱们还有一件大事儿要先办了，然后开开心心过好节。大强，把招投标文件讲讲。"

张大强打开投影机，用半个小时陈述了一遍，他技术上很有一套，讲得头头是道，汇报变成独角戏。最后一页讲完，李玉玺噼里啪啦带头鼓掌，方恩山竖起耳朵不张嘴，揣摩着领导意图："局长，分散的方案是不是有问题？"

张大强的心立即提起："方处长，您有想法？"

方恩山与李玉玺通过气儿，看他没有阻止的意思，又说："全北京必须一盘棋，分散的跨区管理行不通，尤其交通罚款要集中管理。"

"可以通过软件手段解决。"张大强解释，分散方案是多年惯例，照顾到方方面面的利益，集中起来，下面一定有反弹。现在还不到废掉张大强的时机，李玉玺意味深长地看着方恩山："两种方案各有利弊，还是按照大强的意见，尽快开始招投标，时间不等人啊。"

方恩山坚持把戏演足："局长，分散方案弊端很严重。"

"摸着石头过河，招投标是一个学习的过程，这次参与招投标的厂家都是世界一流公司，不妨听听他们的建议，方案是可以修改的，不是一次招投标就必须定下来，是吧？"李玉玺这句话极有深意，方恩山也不是在官场白混，听出味道来，低头让步："好啊，我们听听厂家方案，再向局长汇报。"

张大强获得支持，又为惠康提出新建议："我建议软件招投标先行一步，软件厂商作为专家小组成员参与硬件招投标，提出明确具体的要求。"

李玉玺拍板决定："好，就依大强，时间怎么安排？"

张大强拿出日历，指着说："春节假期后就可以开始软件招投标，然后就是硬件的招投标，连续作战，一口气搞定。"

"好，就这么办。"李玉玺表了态，张大强顿时放心，标书顺利通过，主导权抢了回来，一场大战即将展开，输赢就掌握在手中。

李玉玺撒下鱼饵，王锴闻出味儿来。

他摸到计划财务处，与方恩山有说有笑，仍是台面儿上的东西，没挖到真材实料。王锴告辞的时候，方恩山跟出来送他，一直送到大门口，直到四周无人，他仰望天空："今儿这天气，真适合喝杯龙井。"

这话跟暗号一样，阴冷的天气与龙井茶丝毫扯不上干系，王锴却立即领悟："是啊，这种天气真适合泡壶上好的龙井，我知道一个不错的茶馆，去坐坐。"

到了茶馆，两人酌饮，好像真是喝茶来了，其实各自肚中都在盘算。方恩山早想好路数，放下茶杯："王总，二期工程软件招投标就要开始，您可不能大意啊。"

王锴虚心请教，期待方恩山指条明路："我该怎么努力呢？"

方恩山放下茶杯，叹气一声："局长的心事儿，我明白一些，在这个岗位兢兢业业这么多年，把北京道路大饼一样摊到五环，政绩有目共睹，始终原地踏步，你说说，到底哪儿出了问题？"

王锴登时明白，这件事非同小可，不能听他一面之词，王锴放下平常洒脱，认真看着方恩山："我信奉一个原则，钱聚人散，钱散人聚，公司越做越大，也交了不少好朋友，这件事儿，我刚好能办。但是，我在商言商，我想见见局长。"

方恩山替李玉玺办事儿，正有此意："这样好。"

83．周二，晚上七点十分

赵勇捏着火车票在售楼处门口徘徊，田蜜怀着孕，穿着单薄的套装，拉门迎来送往，长时间站在冷风口，田蜜有过男朋友，赵勇能接受。田蜜怀孕意味着什么？如果她怀着王锴的宝宝，为什么要分手？她要做单亲妈妈？赵勇甩甩脑袋，手里的卧铺票怎么办？她怀孕更不能挤火车了，春运的火车与北京地铁有得一拼。赵勇黑脸推开门，与田蜜面对面："你怎么又拉门了？"

田蜜沉默，她虽然卖了一套房子，却仍然在这里拉门，赵勇勃然大怒，这个混蛋白涛！他怒气冲冲大步走进售楼处，白涛戴着白手套正在向客户空喷，他一把将他拎出来："你还有没有人性？"

白涛挣脱开，莫名其妙："赵勇，等我一会儿，我有客户。"

赵勇把他拖出几步："我问你，你还有没有人性？"

售楼处里的众人发现了他们的争执，向这里聚来，田蜜过来阻拦："赵勇，别闹。"

赵勇指着田蜜，大声怒斥白涛："你有人性，你还让田蜜在这里拉门？天这么冷，风这么大，你们还必须穿这么薄的西服，她受得了吗？"

田蜜大惊，她怀孕这件事儿谁都没说，只是告诉赵勇，他却跑到这里大声嚷嚷。白手套没听明白："我们轮流拉门，接待顾客，有什么受不了？"

赵勇昏了头，被情绪绑架了理智："你们怀孕了吗？她这两个月天天在这里拉门，被冷风吹着，你们还是人吗？"

"田蜜有孩子吗？我怎么没看见。"白涛哪里知道这个，被说得晕头转向。

赵勇指着田蜜的肚子咆哮："这不是吗？你看不出来吗？"

田蜜怀孕才两个月，根本没有显形，白涛吃惊地看着，啥都没看出来，他看看田蜜，再看看赵勇，脑子转了几个弯儿，自以为明白，拥抱赵勇："兄弟，恭喜，恭喜。"

田蜜在售楼中心人缘很好，众人纷纷鼓掌，连那对看房的夫妇也一起拍手，赵勇糊涂了，推开白涛："有什么好恭喜的？"

大家都把他和田蜜看成一对儿，白涛被搞糊涂了："她怀孕不该恭喜你吗？"

田蜜怕他再说下去，挡在赵勇面前："你别乱说了，赶快上班去吧。"

赵勇说错了话，出了售楼处恨得直敲脑袋：赵勇呀，你笨死了，怎么能把田蜜怀孕的事情说出去？让人家怎么再上班？哎哎，赵勇用头直撞电线杆。他抬手摸头，卧铺票还在手中。他转身又返回售楼处，田蜜又在拉门，大家都在消化着她怀孕的消息。赵勇冲到她面前，狠狠将卧铺票按在她手里。

"啊！"田蜜把车票握在手中，这正解了她的燃眉之急，她现在的状况，根本不能拖着行李挤火车，春运期间能够买到卧铺票十分不易："赵勇，你几点钟去排队了？"

"我早起点儿，没关系。"赵勇埋头就走，那天凌晨四点起床，五点钟就排在队列前面。

84．周三，中午十一点三十分

李玉玺放长线钓大鱼，二期工程是鱼饵，王锴是鱼线。

他从大皮沙发上站起来，迎到门口握手，给足了王锴面子："王总，好久没见了。"

李玉玺看着王锴，就像看着帮自己找大鱼的鱼线："二期工程规模庞大，系统复杂，难度不小啊。"

不会倾听的人根本听不出这句话的意思，王锴久混商场，哪能没有这点儿悟性。难度？这个词才是关键，李玉玺心中必有想法，猜也猜不透，王锴干脆问道："李局长所说的难度是哪个方面？"

李玉玺说："就像老弟刚才说的，二期工程上马，难免有人在背后咬舌头，怎么才能将这个项目做得上上下下都满意呢？"

"是啊。我去沟通一下，看看领导的意图。"

聪明人不用说透，点到为止，看着像黑话一样，其实达成了默契，二期工程与领导之间的默契，两人扯起风月。

85．周三，晚上八点十五分

田蜜望着窗外，自己该怎么办？

赵勇这么一闹也是好事儿，她怀孕便不用再拉门了，不用担心冷风吹着宝宝了。田蜜在家中收拾行李，还好有卧铺，车上有安身的地方。赵勇不聪明，没有西太平洋大学的博士学位，能力也远远比不上王锴，却那么真实，值得信赖。

唉，我还相信爱吗？我还相信男人吗？想这些有什么用？眼前最重要的是把宝宝平平安安地生出来。明天就要回家了，爸爸妈妈会怎么想？不管了，以后再说吧。田蜜摸摸肚子，宝宝乖乖的，完全看不出来，可以先不告诉爸爸妈妈。

电话响起，赵勇的声音出现："田蜜，我们去火车站。"

"呃，你也去吗？"

"是啊，一趟车，我把你送到郑州，再回家。"

杀头的生意有人做，赔钱的买卖无人问，王锴必须先算清楚利润。

他点了梅子酒。一道道菜布上，一杯杯酒饮下，气氛正酣，于是向韦奇峰端起酒杯:"二期工程箭在弦上,这次先招软件的标,然后才是硬件,咱们得交个底儿。"

韦奇峰知道他的来意,这是一场谈判,不能大意:"怎么说?"

"我们拿下软件,硬件能给到多少?"永嘉集团是惠康的代理商,赢下软件再代理硬件设备,这才是主要的利润来源。

韦奇峰早有准备,取出一个信封,里面写着报价和折扣。前半部分是产品清单,汇总的报价是三点二亿元,隔了几行,一行清晰的数字是折扣,百分之七十,这不是一百块收七十,而是一百块扣除七十只收三十。如果永嘉集团按照百分之五十的折扣卖给通管局,实收一点六亿,从惠康用九千六百万拿到产品,转手有六千四百万的毛利,王锴并不满足:"折扣还能商量吗?"

"我们合作这么多年,您还不知道我的底儿吗?"韦奇峰这句话便是回绝了他的要求。

"能扛住吗?"这是招投标里不能说的秘密,要中标,里面必须有人,好处又要从项目利润里出,所以双方要演一出苦肉计,一方狠命杀价,另一方求爷爷告奶奶,其实价格早就内定,否则杀得鱼死网破,血流成河,谁做这赔钱买卖?如果惠康招投标时,下调价格,王锴的利润就会缩水,板子就砸在他的屁股上。

招投标不全靠关系,技术分和商务分都必须过得去,韦奇峰摇头:"王总,你懂的,这要看捷科肯杀多少。"

王锴不动声色把报价折起来,放入口袋,谈起第二件事儿:"知道捷科公司的骆伽吗?"

"呃,我听说过,是刚加入捷科的新人,负责北京通管局。"他不知道为何王锴要提起她。

"我有个主意,可以不战而胜拿到二期工程。"如果把骆伽挖到惠康,王锴就不用在骆伽和惠康之间摇摆,兼得鱼和熊掌,"惠康把骆伽挖来。"

"噢?"韦奇峰想不通,王锴唱的哪一出?骆伽没做出什么惊天动地的事情,有必要把她挖来吗?

王锴极力撮合,两边都毫无兴趣,十分无趣,举起酒杯:"韦总,你小看她了,她可不是一只菜鸟,小心大意失荆州,阴沟里翻船啊。"

韦奇峰不以为然,王锴只好吃菜喝酒,只谈风月,他所提两件事儿都被拒绝,心里暗自不爽,韦奇峰真是不见棺材不掉泪。

86．周四，中午十二点三十五分

赵勇扛着大包小箱，终于把田蜜送到郑州，她的父母见了赵勇先是惊诧，后是惊喜，然后就是热情，想拉他回家吃顿饭再去洛阳。田蜜明白，爸妈误会了，劝也劝不住，于是赵勇从了。

田爸爸本是棉纺厂的车间领导人，田妈妈是纺织女工，下岗之前是田爸爸管田妈妈，下岗之后，地位颠倒。田妈妈张罗，田爸爸反而甩手与赵勇东聊西扯。直到饭菜上桌，端起小酒，这个不富裕的小家的气氛很好，很舒服。田蜜与父母欢笑，脸蛋被家里的幸福熏得暖乎乎。忽然一股酸水从胃里涌出，让她难以呼吸，她急匆匆冲进卫生间呕吐。田妈妈扶着门框，正在用疑惑的眼神看她。

海棠居门口挂了一溜红灯笼，有了浓厚的春节气息。王锴拿出一个U盘递给骆伽："春节后开始招软件标，然后是硬件标，尽快给我一个折扣。"

这似乎意味着王锴开始考虑捷科，这是不错的消息，骆伽迅疾打开电脑拷出文件，发给周锐。等她忙完，饭桌上出现了一个精致的包装："这是什么，春节礼物吗？"

"春节前后还有什么节日？"王锴的目光很暧昧。

"真巧，我刚收到了情人节礼物。"骆伽笑着挑明有男朋友，是明显拒绝的味道。

"要不要先看看，再拒绝也来得及。"王锴一笑化解尴尬，他不等骆伽拒绝，迅速打开包装，一个红色的，她梦寐以求的爱马仕铂金包。

在去机场的路上，骆伽心里纠结，她没有打算收王锴的礼物，但是当她看见爱马仕铂金包的时候，却鬼迷心窍地抱在怀中。直到周锐来接她，仍舍不得松开。

"H，E，R，M……"周锐看出她的异常行为，仔细看着字母。

"爱马仕。"骆伽直截了当说出来。

"传说中的铂金包？我看看。"周锐用手掂掂重量，"伽伽，这是金属不是铂金。"

"切，秀才遇到兵，不和你说。"骆伽以往聊起品牌手舞足蹈，今天却不愿意多谈。周锐立即猜到这是王锴所送，低头不语推着行李车。

"如果收了铂金包，依赖品牌来证明自己，还处在心中有剑手中有剑的阶段，不能达到剑人合一，一衫一缕都是时尚。"骆伽不愿意纠缠这个题目，故意开起玩笑。

候机时，周锐一声不吭地打开电脑做文件，两人陷入冷战，直到骆伽要登机，他才收起电脑，认真地看着骆伽："伽伽，我保证努力工作，明年情人节也送铂金包给你。"

骆伽钻入他怀中，开着玩笑："笨，我就要变成剑人了，不稀罕品牌。"

周锐取下外套给骆伽披上："你这么有范儿，穿什么都有明星范儿。"

骆伽吐吐舌头，将外套还给周锐："这个，我真不行。"

87．周四，晚上九点十分

横贯在二月的春节，打乱了一切的顺序。

北京通管局的招投标戛然而止，围绕这个订单竞争的厂家们表面各自休战。

骆南山身形消瘦，身体大不如前，但依然挣扎着与骆伽一起购置年货，然后去老通城吃豆皮，再去吃四季美的汤包。这些老字号门牌剥落，没有了父女记忆中的样子，骆伽仍吃得很开心。骆南山不停为女儿夹菜，偶然放下筷子忍住腹部的剧痛。骆伽看在眼中，痛在心里，爸爸的病越来越重了。

大年三十是中国人最重视的节日，骆南山父女早已习惯了两个人过节，虽然人少，菜色却不少，全鸡、全鱼、全鸭、鱼糕、肉糕、羊糕、鱼丸、肉丸、藕丸，桌子中间置一火锅，热气腾腾。父女俩吃了半天，骆伽慢慢放下筷子："爸爸，当初宇天公司出事儿，是谁负责那个项目？"

"孩子，怎么说起那些事情了？"骆南山紧紧皱起眉头，脸颊更加枯萎。骆伽敞开心里话："爸爸，那是阴阳合同，您记得没错，您看的那份合同的确没有回扣，但是那一页被人换走。合同是谁负责的，就是谁在捣鬼。"

骆南山埋头夹起丸子，迟迟不放入口中，骆伽这么一说，他立即全都明白："孩子，过去的事情就过去吧，搞清楚又能怎么样？我老了，无所谓了，他们还年轻。"

骆伽听出这话中有话："跟周锐有关吗？"

骆南山吃惊地看着骆伽，仿佛不认识女儿："那时候周锐还在实验室，跟销售一点儿关系都没有。"

只要与周锐无关，就一定要把他们揪出来，那页被调换的合同还在吗？如果找不到便死无对证。

电视上的春晚欢声笑语，田蜜的爸爸妈妈却笑不出来，因为女儿又一次冲进卫生间，等她回来，他们换了位置，坐在电视机两边的太师椅上，俨然审判犯人。

"蜜儿，别瞒着我，到底怎么回事儿？"田蜜妈妈啪地关了电视，一脸严肃。

"什么啊？都挺好的。"田蜜想隐瞒。

"你是妈妈的孩子，我比你都熟悉你，你不说，就能瞒住妈妈？"

田蜜心提到了嗓子眼，虽然肚子还不明显，但是总是去卫生间，妈妈能不明白吗？要不要继续瞒着妈妈？瞒得住吗？

"你们认识几年了？"田蜜妈妈追问道。

田蜜揪着的心突然放松，原来是为赵勇啊，于是轻松地回答："将近一年了，妈妈别多想，我们就是普通朋友，他是顺便送我回家。"

"呃，你们只是普通朋友？"田蜜妈妈戴上眼镜如同侦探，"好吧，就算你们是普通朋友，你肚子里的孩子难道是别人的？"

田蜜刚放松的心再次揪在一起，怎么回答？告诉妈妈是王锴的？这就捅了马蜂窝了，她没有时间多想，田蜜妈妈提醒道："是别人的？"

"不是别人的。"田蜜不敢说出王锴，这么短的时间内，她不知道该怎么解释。

"挺晚了，睡觉吧。"田蜜妈妈像极了领导。

田蜜爸爸夹着椅子要走，被她叫住："你留下开会，研究问题。"

与大多数父母一样，他们常常催促女儿恋爱、成家、抱孙子。这三件事儿本来应该是一步步走的，田蜜速度太快，直接跳到第三步，没有过程，直接产生了结果。如果将这三步拆开来，对于老人来说，成家重于恋爱，孙子重于成家。

讨论到这里，田蜜爸爸妈妈还是不放心，那个叫作赵勇的小伙子到底怎么样？

最重要的是人品，首先是孝顺，性格要与女儿合得来，能够容忍她的小脾气，有潜力，学历本科以上就行，积极上进。职业也很重要，听女儿说赵勇在中联工作，那可是鼎鼎大名的IT公司，很让人满意。比较不重要的是经济条件，不求有车有房，但求收入稳定，身高长相也要考虑，赵勇中等偏上，其他还需要详细考察，再做决定，听女儿说，春节后，赵勇还要从郑州会合，一起回北京。

88．周六，晚上九点三十分

周锐在家陪父母过完节，飞到武汉，一来看望老师，二来与骆伽一起转机飞往新加坡参加培训。三个人一起吃了火锅，他第一次以男朋友身份出现，开始还很拘谨，渐渐感受到父女间的爱怜和难舍，融入到家庭气氛之中。

晚饭之后，骆伽抢着刷碗洗碟，周锐扶着骆南山坐在沙发上，老师又苍老很多，面颊枯萎，他关心地看着骆南山日渐衰弱的身体："老师，您身体好了之后回北京吧，我们也好照顾您。"

骆南山对自己的病情很清楚，虚弱地摆摆手，周锐是他最喜欢的学生："我有几句话要告诉你，周锐，我问你，伽伽聪明吗？"

周锐笨嘴拙舌，羡慕骆伽善于和各种人打交道的能力："当然聪明，她随机应变，思维敏捷，在我们魔鬼训练中得了第一。"

"她是小聪明。"骆南山咳嗽几声，雷励行说骆伽明亮一双眸，迷糊一颗心，两人的评价异曲同工。

"人生只是一个过程，输赢并不重要，她争强好胜，不明白这个道理。我说过，她听不进去，人各有秉性，唉，她妈妈也是这样。"骆南山无意间提起骆伽的妈妈，停了一会儿，似在回忆，又继续说，"她能赢不能输，当她输的时候你要让她明白，这世界上有一个人，不论输赢，不论贫困还是富足，不论健康还是衰弱，不论身在何处，都会照顾她关心她，你能做到吗？"

周锐处在热恋之中，立即点头，骆南山的目光依然明亮："这并不容易，不管你们将来是什么关系，都要替我照顾她，我非常担心。"

这句话仿佛预言，周锐思量着答应下来："老师，无论什么时候，在什么地方，我都把伽伽当作亲人。"

"爱情变幻无常难以捉摸，我更相信亲情，除我之外，你就是她最亲的人，我把她托付给你，你一辈子都要信守这个承诺。"

春节转眼过去，赵勇来到田蜜家，她爸爸妈妈热情得难以招架。然而，他们把田蜜被打发出去打酱油之后，便异常严肃地坐在太师椅上："赵勇啊，和我们田蜜认识多久了？"

"嗯，将近一年。"赵勇低头思考，像田蜜一样，将认识时间略微延长一些。

"呃，你做过什么工作？"

"一直做销售。"

"平常下班之后都喜欢做些什么？"田蜜爸妈立即收敛笑容，在他们印象里，销售到处出差，不能找销售做女婿。

"我喜欢运动，还有旅游，呃，我正在报考清华的EMBA。"

田蜜父母相视一笑，这孩子有上进心，继续考察："你爸妈做什么工作呢？"

赵勇不好意思地笑笑："妈妈现在不工作了，我打算把她接到北京一起住。"

单亲家庭？田蜜父母皱眉，田爸爸又问："你妈妈到北京，住在哪里？"

"我有奖金和提成，已经攒了些钱，想买套两居室，就可以把妈妈接来了。妈妈把我养这么大不容易，是不是？"

"对对，人一定要孝顺，要不还是人吗？"田蜜爸爸妈妈很满意这一点。

当田蜜打酱油回来的时候，她爸妈该问的都问了，赵勇过关了。其实这只是一个形式，过不过关都一样，女儿都怀孕了，还怎么挑挑拣拣？

89．周日，中午十二点三十分

骆南山把女儿送到机场，依依不舍："伽伽，临走前，爸爸有几句话跟你说。"

父亲很少这么郑重说话，骆伽有不好的预感，鼻头酸楚。骆南山拉着女儿的手，自从她长大之后，他很少这样说话了："爸爸告诉你，人生中重要的事情并不多，不要让浮云遮住视线。很多人一事无成，不是没有天赋，而是对天赋无知无觉，就像一个乞丐抱着金饭碗讨饭，捷科是世界五百强，你有自信了，爸爸很开心，但是人都有劣势，应该怎么办？"

骆伽明白，父亲常说自己沉不下来："我改。"

骆南山喘口气，他以前总提醒女儿，现在明白了，劣势不一定不好："缺点，不要担心，也不要强改，认识它，了解它，控制它。适当发挥劣势，有时候也会有好效果。还有，不要悲观，人有悲欢离合，月有阴晴圆缺，此事古难全，爸爸老了，身体也不好，不要太伤心，这是自然规律。孩子，爸爸最大的希望就是你快乐，明白吗？"

骆伽的眼眶中盈满泪水，骆南山有些话必须说，这次不说，明年此时就没有机会说了："伽伽要诚实，你从小就是一个聪明的孩子，要懂得人情世故，以诚待人，不要耍小聪明，明白吗？"

泪水顺着骆伽的脸颊流淌，她扑进父亲怀中，渐渐掩不住哭声。

"还要不断学习，养成读书的习惯，充实自己不要落伍，无论外界环境如何变化，都要有充实丰富多彩的内心世界。爸爸收集了一些好书，你遇到不开心的事情，就回家躲进书房，就像爸爸在你身边一样。"

骆南山歇口气，抓紧时间说下去："事业虽然重要，却是生活的一部分，生活中最重要的就是找到一个合适的伴侣，不要过多追求金钱和名牌，两个相爱的人在一起，就算吃着白菜豆腐都幸福。"

骆伽在父亲怀中拼命点头，仿佛回到幼时岁月最幸福的时光，在爸爸的怀抱里开心地跳跃，拉着爸爸的手去看花灯。她不顾泪水横流："爸爸你一定要保重身体，你要看着女儿披着婚纱，你一定要抱上孙子，爸爸你要答应我，你必须答应我。"

骆南山擦去女儿的泪水，扶着她的肩膀，这些话必须在活着的时候说完："伽伽，有些话只有妈妈才会告诉你，而你从小就没有妈妈，爸爸替她说，周锐是好男人，你们在一起，难免会有争执，你可以不说话，不洗衣服，但不要吵架不要伤人，最重要的是不要瞒着他，信任一旦伤害就再也难以恢复，尤其是周锐。你要把感受和想法说出来，不要瞒着他，爸爸知道，你是有很多小心眼的，这像你妈妈。"

骆伽低头不语，爸爸竟如此了解自己。骆南山继续说："还有，你一直都用名牌，这些奢侈品有什么用呢？周锐现在买不起，总不能让别人买吧？"

骆伽被说到心底，看看骆南山："爸爸，我自己买。"

"你真要成为物质的奴隶吗？"骆南山心里充满不安，他即将离开这个世界，心里怎么放心这个女儿？

第九周　训练

90．周二，中午十二点三十分

软件即将招投标，大鱼是背后的硬件系统。软件这东西看不见摸不准，中国客户不认，顶多付你几百万，却愿意为硬件系统支付几千万几个亿。只要能够拿下软件，永嘉集团便可以作为惠康的代理商负责硬件供货，里面才有丰厚的油水。

要办事儿先探路，做关系必须懂得路数，王锴早有经营，他约出了李闹。

李闹并不平常，王锴甚至不知道她的背景和来历，他想方设法去打探，只知道几条矛盾而又混乱的信息，她有法国血统，是出生在越南的华裔，却拿着深圳的身份证，据她身边的人说，她七岁左右迁入云南省红河州。李闹父亲是法裔越南人，因避战火，遂将家人与家产移至中国云南，她有过婚姻。从面貌上看不出她的年龄，像二十八九，正装出席活动的时候又成熟起来。

她有极深的背景，从不把资源与机会寄托在一个人身上，要组成一个巨大的关系网，伞一样的网，握在自己手中。

她一副淡然的样子，王锴知道，在她外表下隐藏着极为精明的算计。王锴喜欢美女，但在她面前，不敢有任何非分之想，她绝对是高手中的高手，何况这个女人肯牺牲一切！在这点上骆伽也远远不及。

李闹在每个人面前都有不同的化身，她把王锴当成小马仔，难得的是，王锴也以成为她的马仔为荣。她推开梅子酒："中午时间，不喝酒，粗茶淡饭就好，最好是青菜豆腐。"

一般餐馆首页都是鸡鸭鱼肉，海棠居的菜单首页却是豆腐，李闹随手点了几道青菜豆腐，问王锴："这豆腐有什么讲究？"

"跟我来。"王锴起身，带着李闹来到后院，竟有一片菜地，"菜都是这儿自家产的。豆子也不一般，黑龙江嫩江的大兴安岭的新鲜黄豆最佳，挑去坏豆，用一夜时间发软泡胀，不用豆浆机，用石磨细细磨，五份水一份豆，越细越好。"

菜地边儿果然有个小石磨，里面还有豆子，王锴装入新鲜黄豆，轻轻推起来，然后在盆底铺好两层纱布，把打好的细浆放进去："做豆腐还要点卤，咱们先去喝碗豆浆。"

王锴叫来服务员，让他把豆浆煮熟，小火慢慢煮，把沫子撇掉，沸了之后多煮五分钟。两人喝茶聊天，王锴渐渐把话题引上正路："闹姐，通管局的事儿想请您帮忙。"

"唔，我还真帮你问到了一些消息。"李闹来到北京，上上下下铺垫关系，现在正在找机会把投资收回来。"李玉玺能力还是有的，平心而论，论资排辈也应该上去了，但是组织上不放心。"

"为什么不放心？"这是关键，王锴必须问。

李闹对情况摸得很清楚："他从通县调来，不是直属机关，上下都停留在面儿上，没深进去。"

"怎么才能深进去？"王锴给李闹满上一杯新豆浆。

李闹指点着王锴，这是她的生意经："关系有四个阶段，第一阶段是认识，基本上没啥关系，第二层是互动，常来常往，逢年过节走动走动，李玉玺就停留在这个层面。"

王锴一听这话，更认定李闹不是普通人，受益匪浅："第三个阶段是什么？"

"私交。"李闹喝口豆浆，慢慢说。

"第四个阶段是？"王锴急着追问，她这套理论极为有用，尤其是对生意人。

"同盟，人家为你说话，为你办事儿。"李闹为了铺垫关系没少花费，这都需要落在王锴身上兑现。这都是关键信息，组织部负责考察干部，必须向上汇报，李玉玺与领导停留在互动层面，没有达到私交，当然不会被提拔和重用。

王锴听她一席话，胜过十年生意经："李局长怎样才能达到私交？"

李闹贴近王锴："什么是私交？就是贴心的信任。一起同过窗的，一起扛过枪的，一起下过乡的，他李玉玺都不是！必须走捷径。"

"什么捷径？"王锴心驰意往。

李闹喝完豆浆，吊着王锴："告诉你一句话。"

王锴今晚不白来，"洗耳恭听。"

"什么是信任？为领导做一百件好事儿，不如陪他做件坏事儿，这是关系速成法。"李闹淡淡喝着豆浆，这很合她胃口。领导肯跟你干坏事儿，说明他信任了，王锴听明白了，他将思路捋起来，李玉玺必须陪刘永华做件坏事儿才能晋升,该是什么事儿好呢?

91. 周三,凌晨零点整

赵勇提着大包小箱把田蜜送上车厢,本该回到自己的硬座车厢,可是春运的火车哪容他随意来往?连厕所里面都挤了五六个人。田蜜拉拉他胳膊:"休息会儿吧。"

田蜜爸妈只给女儿买到一张卧铺票,赵勇临时补了站票,混进卧铺,一会儿就要查票。他们说话间灯光熄灭,乘客们钻进铺位,火车摩擦铁轨,发出有节奏的咔嚓声音,田蜜看着上铺,犹豫着说:"这里挺大的,要不然挤挤吧?"

赵勇动心,嘴里却拒绝:"没关系,你先休息,这儿有个座。"

田蜜爬上卧铺,听着火车的哐当声音,她以前混迹在纷纷攘攘的浮华圈子,心思没有沉静下来。怀上宝宝之后,田蜜开始有了思想,在这以前,赵勇不会进入她眼中,从那个浮华世界回到现实生活,他这样的人才真实和可靠。然而事已至此,这些还有意义吗?做个单亲妈妈吧,没有过不去的坎儿。

"查票喽。"不知道是乘客还是乘警的声音。

田蜜满腹心事儿,本就没有睡扎实,霍地坐起,慌张地望着车厢入口,他怎么办?躲起来还是被轰走?她轻轻低头呼唤张皇的赵勇:"你,上来。"

"哪里?"赵勇还在茫然,他无所谓,补票就补呗,本来就该买票。

"这里,快。"田蜜拍着上铺,怕惊醒其他乘客。赵勇懵懂地爬上去,蜷缩在里面,田蜜轻轻盖上被褥,侧躺在旁边,双手护着肚子,她双眸明亮,脸蛋通红,香香的味道慢慢飘进赵勇的鼻腔:"好香。"

"唔,香水。"田蜜哼咛,脸上飞上一片红晕。

"什么牌子?"赵勇没话找话,不经意间碰了田蜜肩膀,连忙道歉,"对不起,不是故意的。"

田蜜脸色通红,这么狭小的空间,两个人身体紧密相贴,赵勇想起一个笑话,嘿嘿笑出声来。

"傻笑什么?"

"想起一个故事。"

"说说。"

"地铁拥挤,进去一个人出来一张照片,一个面包进去,一袋面粉出来。"

"哈哈，真夸张的。"田蜜扑哧笑出来，随即满面通红，困意越来越浓。半夜火车靠站的时候，田蜜发现，自己竟然蜷缩在赵勇怀抱之中，这一觉竟然这么香甜，还是怀孕之后的第一次，她笑着闭上眼睛，继续甜甜睡下去。

赵勇偷偷睁开眼睛，看着微光下的田蜜，睡得如同婴儿一样甜蜜，长长的睫毛，弯弯的嘴角，拱在怀中，双手小心翼翼地护在腹部，气息均匀地打着微小的呼噜。她这么可爱，又这么不幸，我离她而去，还是留在她身边？赵勇拉起被角，手却停留在她的脸庞边。

92．周三，上午九点整

新加坡是东西方交会之处，骆伽和周锐初四入住酒店，初五开始培训。学员只有十二个人，两名来自澳大利亚，新加坡、韩国各有一位，还有两位印度大叔，中国业务发展最快，人数最多，除了周锐和骆伽，还有香港、台湾、上海和广州各一人。

课堂在喜来登酒店的会议室，四张圆桌，中间有一架摄像机。巴西女讲师菲奥娜挂上笑容闪亮向中间一站，双手张开表示欢迎，这一站、一笑和一个动作便折服了骆伽。

"第一印象，就像恋爱，决定了你演讲成功的百分之五十，几年之后，也许听众忘记了你的内容，却一定会记住你的形象，你们必须学会，不用开口，便打动每一个听众。"菲奥娜阅历丰富，手里激光笔一点，一段世界小姐选美录像投射出来，"她们出场时，大家有什么样的感觉？"

"发光。"骆伽用英文大声回答。

"对，闪闪发光，你们要学会发光。分组讨论二十分钟，如何让自己的出场与众不同。讨论完毕后，每人上来表演，我用摄像机录下来，你们自己来看。"

骆伽的明星范儿不费丝毫力便抓住了眼球，周锐动作笨拙，表情僵硬，看了录像，浑身掉鸡皮疙瘩。第一天，他学会了微笑，在电梯中或者走廊上，与陌生人露出自然的笑容，并非易事。骆伽也收获颇丰，她以往靠装扮靠感觉，现在找到了理论，她中间休息的时候，端着咖啡与菲奥娜聊起来，惊讶地发现，这位气质不凡的讲师曾经代表巴西参加过国际小姐选美。

"谁能告诉我们,最出色的演讲者是谁?"菲奥娜用这个问题来结束第一天的课程。

学员一起指向骆伽,骆伽却指向老师:"很好,这个问题就是一个钩子,吸引着你的听众。我们今天介绍了肢体语言和声音的控制,明天一起探讨内容的设计,你们必须学会抛出钩子,把每个听众勾住,直到你走下讲台。今天晚上,每人选择一个实际的案例,互相讨论,设计出抓住听众的钩子。"

周锐和骆伽不约而同选了北京通管局二期工程,春节之后就要介绍方案,还有比这更实际的案例吗?整整一天,他们反复讨论、练习、录像和点评,不断学习和改进,对着镜子练习、练习再练习。

93. 周四,上午十点三十分

李玉玺没有根基,找不到门路,便把二期工程当作鱼饵,数千万的利润自然能吸引出鱼来。谁能替他打通关系,谁可以中标,厂家们为了拿到订单,便充当起鱼线,为李玉玺找到方向,接近大鱼。

领导也有七情六欲。有人喜欢打桥牌,有人喜欢钓鱼,刘永华喜欢打网球,可是陪打网球不算做坏事儿,关系还不到位。这只知其一不知其二,打球总要有对手,找个好对手并不容易,水平不能太低,到处找球便没了趣味,水平不能太高,领导满地找球也不体面。休息时,要陪领导聊聊天,必须要体贴温柔,这就更不容易了。别人没有这样的对手,刘永华却有,她不仅陪着打球,还陪着做很多事儿,刘永华五十岁出头,在这个级别中还算年轻,出席社交场合,众星捧月一般。

刘永华忌讳被利用,分得清楚,你付出该付出的,得到你该得到的,一就是一,二就是二,可以逢场作戏,却不能日久生情,这需要很多钱。然而,他很清廉,是廉政模范。

交通建设如火如荼,高速公路蜘蛛网般覆盖,厂商多如牛毛,要拿到大型项目便要不择手段。刘永华很谨慎,绝不乱插手,不仅为了安全,也因为他不需要插手,哪个领导没有自己的人马?大家都知道,他想插,便可以随便插,还不如早请示晚汇报,请领导定夺。话说回来,刘永华在体育馆打了半个小时网球,擦擦汗离开场地,李闹优雅地走过来,递来一瓶矿泉水,随意坐在身边:"永华,我上班了。"

"呃,为什么要上班?"刘永华动了感情,她不需要打工。

"总在家里都落伍了，一个朋友介绍的，在永嘉集团做管理工作。"

刘永华脑中电光一闪，隐隐约约听说过这家公司："嗯，好，有个固定工作也好。"

"他们参与了五环路改造工程，搞了一个庆典，我昨天发传真，看见您在邀请函上排在第一位呢。"李闹模糊不清地表达着什么。

刘永华很欣赏这一点，邀请很委婉，甚至没有请求，他爽快答应："好，我一定出席。"

94．周五，下午三点五十分

首都机场，周锐推着行李准备去排队搭出租车，被骆伽拉住："我朋友来接咱们。"

一辆晶莹小车驶来，一个纤细的女孩子从车里出来，骆伽蹦蹦跳跳冲过去，开怀拥抱，然后拉着她走到周锐面前介绍："这是黄静。"

"你好。"黄静伸手出来，研究着周锐，就像看着商店的衣服。周锐也看着黄静，头发帘遮住眉梢，明眸中仿佛藏着森林旁边的一潭湖水，身体被包裹在羽绒马甲中，不显山不露水。周锐感受到了气场，静谧的气场，与骆伽身上的明星范儿完全不同的气质。

"唱歌去吧。"骆伽跳起来，钻进后排。

"标书还没有做。"周锐钻进后排，将她拖入到商战之中，打消了她唱歌的兴致，"要不你们唱吧，我在附近找个咖啡厅做标书。"

"这样好，你当司机，我们可以喝点儿小酒了。"骆伽开心地蜷入周锐怀中，黄静在后视镜中冲周锐一笑，轻轻关上音乐旋钮，以往骆伽总是坐在副驾驶，现在却与周锐躲在后座，她开始热恋了。

一封来自人力的邮件跃入雷励行的邮箱。

他目光快速一扫，眉头拧紧，马勋在邮件中抱怨项目没有人支持，周锐时间都花在通管局项目上，方宏伟把邮件踢回去，马勋又发出来，抱怨办公室恋情影响团队配合，说在电影院见过周锐和骆伽手牵手，方宏伟把邮件转给人力，询问发生办公室恋情怎么办。人力回复说，要么分手，要么一方离开，并把邮件转给雷励行。

这封邮件冲着周锐和骆伽，事情不会这么简单，方宏伟的补偿协议已经发出两周，却没有音信。此时此刻，他怎么会纠缠周锐和骆伽的恋情？

雷励行迅速阅读每封春节期间的邮件，找到销售报表，东北、华北、西南、西北、华东、华中和华南，一周的业绩几乎为零，全盘尽墨，预料中的风暴来了。

雷励行推行新陈代谢，必定引起反弹，丰厚的补偿本来是两全其美的方案，他们为什么不接受？方宏伟打了第一枪，五六名销售总监停止销售是第二招，他们还有没有后手？他端着咖啡站起来，一种不寒而栗的想法跃入他脑中。这是一个陷阱，自己大展拳脚的时候，陷阱便偷偷张开血盆大口，要将自己吞噬。

骆伽打了个哈欠，发了一会儿呆，问黄静："《至爱》什么时候演？"

"情人节，要不要来客串，大家都很想你。"黄静发出邀请。

"我，这个，正在投标。"骆伽完全脱离了以前的艺术圈子。

"投标？你完全生活在另外一个世界了。"

"呵，女承父业。"骆伽开了个小玩笑，"静静，我有个客户想听音乐剧。"

"欢迎啊。"

"可是我等不及你们演出的时候。"

"那怎么办？"

"让他先去看看你们排练吧。"

"好啊。"

想要看音乐剧排练的是张大强，骆伽艰难地平衡着，既保持着距离，又要维持着关系。张大强挑选评委，组织招投标，如果他肯支持捷科，对输赢将产生重要的影响。

"周锐，唱一首。"黄静将麦克风递过来。

"我真是一首都不会唱。"周锐端盘子倒饮料，躲在角落里点歌切歌，为骆伽和黄静服务。在间隙打开电脑做文件，完全不受影响，引得黄静时不时看他，像看着怪物。

"《亲爱的，你为什么不在我身边》超喜欢。"骆伽点了这首歌，冲黄静说，"他有心理障碍，一辈子都不能唱歌。"

"呃，说来听听。"黄静专业是音乐，第一次听说这样的事儿。

周锐指指自己脑袋："我这人左脑发达，分析运算和逻辑是强项，上帝是公平的，所以我小脑天生就不行。"

"小脑和唱歌有什么关系？"黄静放下麦克风，继续研究怪物。

"小脑负责平衡和节奏,我听不出曲调,唱歌找不到调,跳舞找不到拍。"

"这和心理障碍有什么关系?"黄静大大的眼睛隐藏在刘海下,目光像婴儿一样单纯。

"小学的时候学校组织歌咏比赛,我们班表现优秀,获得年级第一名,便被推荐参加学校的比赛,又得了第一,于是有资格参加雁塔区的比赛。这样层层选拔,我们一路凯歌,获得全市一等奖,我们成了学校的骄傲。只要得到一等奖,便能到北京参加全国的比赛。你知道吗?我们班同学都没有去过北京,做梦都想要得到这次机会,我们每天练习,学校提供最好的训练条件,希望我们能够获得殊荣。比赛的时候,我们一路过关斩将,被认为是最有潜力的合唱团。"

"你在合唱团吗?"黄静开始揪心,露出担忧的目光。

"我那时不知道自己的缺陷,起早贪黑,完全沉浸在合唱之中。到了决赛,我们站在舞台上,第一排是评委,后面是黑压压的观众,我们互相鼓励,要拿出最好的水平。"

"后来怎么样了?"骆伽没有听过这段经历。

"我们唱得很好,评委被征服,观众们反应热烈,就要到收尾高潮。两名领唱的同学有一段过渡的音乐,之后我们便要甩出藏在手中的鲜花,合唱高潮收尾。"

骆伽关掉音乐,与黄静一起听着周锐的故事。

"我提前一个节拍抛出鲜花,独自高声唱出走调的歌曲。我一辈子都忘不了,鲜花在空中划出抛物线,坠落在舞台中间,评委和观众的目光随着那束鲜花移动,我的声音暴露出来,奇怪的、难听的声音,我不知不觉依旧高唱,班主任急得打出手势,我才停下来。全场陷入尴尬,领唱的同学不知所措,指挥的老师半天才清醒过来,匆匆结束了比赛。"

"结果怎么样?"

"我们连三等奖都没有拿到,都是我造成的。我再也不敢唱歌了。唱不到半首,脊椎上就有冷汗,紧张得发抖。"

"可是你得意的时候也会自己哼歌。"骆伽提出异议。

"是啊,我可以自己哼,却不能当众唱歌。"

"太可惜了,音乐是人生的一部分,这么多年过去了,你可以再试试的。"黄静同情周锐,鼓励他。

"你可以教教他。"骆伽从座位上弹起,"我们季度末总结大会的晚宴,每个人都要表演节目,我正替他发愁呢。"

"好，我教他，我不相信这个世界上有不能唱歌的人。"黄静很认真地答应下来。

"我不学，也不想试。"周锐连连摇头，他不是没有试过。

骆伽大为不满，指着他的鼻子："你就要介绍方案了，专家评委是听众，评分决定二期工程的输赢。雷先生为什么派你参加演讲培训？你这心态怎么面对客户？你作为工程师，我命令你，必须学会唱歌，突破心理障碍。"

周锐言听计从，走到点歌台："我学，为了你，也为了我们的项目，唱哪首？"

"《青藏高原》！你别管我们，也别管唱得对不对，必须唱完。"骆伽还是凶巴巴的。

"好，我唱。"周锐切到《青藏高原》，面对屏幕，他引吭高歌，处于忘我的亢奋境地，浑身竟像洗了热水澡一样，他转头，却看不见骆伽和黄静，消失了？这时包房打开一道缝隙，她们探头进来，如释重负："终于唱完了？"

"唱得难听吗？"周锐对唱歌完全没有感觉。

他的歌声如同鬼哭狼嚎，骆伽和黄静强忍不住，偷偷躲出去。骆伽不想挫伤他的积极性，不敢批评，黄静对音乐极为专业："你音质不错，嗓音很好听，需要加强节奏感。别让他唱《青藏高原》了，不适合他，应该找一首适合的歌曲，反复练习，有了信心再学新歌。伽伽，好吗？"

骆伽拍着手，指着周锐："嗯，我给你找了一个好师父，快拜师，要在招标前练习好，突破心理障碍才能讲好标书。"

第十周　奇正

95．周一，上午九点十分

周锐被方宏伟叫到办公室，对着打印出来的电子邮件，大脑嗡嗡响成一片。

"哎，我也想帮你，可是马勋这小子捅到人力了，怎么办？"这一切都是方宏伟的主意，他却扮成好人。

"我想想。"人力摆明了两条路，周锐都不愿意选。

骆伽面前也摆着这份邮件，方宏伟痛心疾首地继续表演："二期工程正在节骨眼上，不该发生这种事，马勋真糊涂，怎么就捅到人力了？"

骆伽仔细看着邮件中每一个用词，推测着其中意味，邮件背后隐藏了什么？方宏伟真是那么无辜？她抬起头来，打开小雷达，试探方宏伟的反应："马勋发邮件也不跟您商量一下？"

"没有，没有，没跟我商量，骆伽，你别多想。"方宏伟慌张否认，她是不是看出什么了？他眼球转到左边，身体向前倾斜。

说谎话的肢体语言，骆伽一动不动地看着他，再次反问："我会多想什么？"

方宏伟自知失态，双手缩回来，挺直腰板："人力给了两个办法，你看怎么办？"

骆伽非常轻松，笑着回答："很简单，我们分手。"

自从被爆出办公室恋情，周锐就不敢在办公室里与骆伽泡在一起，两人吃饭也不能在公司附近，看电影更敏感，骆伽在霄云路上发现一个汽车电影院，躲在车里很安全。周锐跳上车里，电影声音传入车内，非常新奇。

"我们分手吧。"骆伽兴致勃勃地说道，一点儿都没有分手的样子。

周锐看着她："伽伽，别乱说。"

骆伽肯定地点头，搂起周锐的胳膊围在腰间："首先我们在办公室尽量不单独在一起，免得别人说闲话。其次，不一起出差，反正客户都在北京。最后，下班之后不在公司附近晚餐，看电影躲在这里看。只要他们抓不住证据,就拿我们没办法,对了,你也不能总帮我,别人的事儿也得放在心上。"

周锐皱着眉头:"伽伽,我们这不是说谎话吗?"

"那我们分手。"骆伽气得噘起嘴巴,周锐真是笨死了。

"不要!"周锐正在热恋,"要跟雷先生说吗?"

"什么事情能瞒住他那双眼睛?说了反而让他为难。"

96. 周二,上午十点十分

方宏伟输了山东的项目,注定无法完成目标,八个月薪水的补偿方案很合理,他没有理由拒绝。他不理不睬,反而发出这样一封奇怪的邮件,他到底有什么动机?既然事情已挑起,只能去解决。骆伽和周锐紧紧坐在一起,热恋的人确实难以瞒住他人。

"雷先生,北京通管局这周发软件标。"骆伽故意东拉西扯。

"呃,好。"雷励行答应,接着问,"你们还好吗?"

骆伽和周锐互相看看,猜不透这句话的意思,雷励行笑笑,直接捅破窗户纸:"我说过,公司内部禁止恋爱,尤其是同部门之间,还记得吗?"

周锐的血管瞬间冻结,肯定是那份电子邮件!骆伽可以敷衍方宏伟,却不能也不敢敷衍雷励行:"记得的。"

"你们有什么打算?"雷励行低头看着邮件,不去看两个人的肢体语言,给他们用目光交谈的时间。

"我辞职。"周锐毫不犹豫。

骆伽皱着鼻子,他应该先听再说,不该自以为是:"雷先生,我们应该怎么办?"

雷励行不想拆散他们,噼里啪啦在键盘上敲着,笑了:"你们应该想想,事情背后的动机。"

周锐不是笨人,豁然清醒,职场如江湖,背后有说不清想不透的谋划,方宏伟挑起办公室恋情,背后肯定有目的。雷励行早就想通,抬起头来:"这不是冲着你们来的,我可以肯定,这只是虚招。"

方宏伟背后一定有人支持,这个人会是谁?只可能是大中华区总裁赵大群,雷励行渐渐识破了圈套,他返回中国的时候,陷阱已经埋好,他启动新陈代谢的时候,陷阱渐渐张开血盆大口,以赵大群的手段,后招必定接踵而至,他将陷入腹背受敌的处境。他将电脑屏幕转向骆伽:"这是我的回复，你们看看。"

邮件只有短短一行：知道，口头警告。

这是大事化小的做法，用简单的警告便替代了逼迫他们分手或者辞职，有明显的偏袒意味。雷励行神情严肃："这次就这样，周锐以后必须一碗水端平，一视同仁，在工作上不能偏袒，能做到吗？"

"我能。"这是合情合理的要求，周锐确实花了过多时间支持骆伽。

"还有，我没看见你们恋爱，知道吗？"雷励行把重音放在看见，意思很明显，你们可以维持关系，但不能再被别人看见，周锐和骆伽一起点头答应。

97．周二，下午二点三十分

五环路改造是北京通管局的大事儿，李玉玺翘首以待。嘉宾云集，大都是厂商代表，主席台正中的位置还空着，刘永华会出席吗？他本不主张把刘永华名牌放上去，来了当然好，来不了就说明自己大势已去！王锴很有把握，坚持放上名牌，他有把握吗？这便是鱼漂，鱼漂一沉，便是大鱼出现的信号。还有五分钟就要剪彩了，刘永华没到，要不要延迟？北京交通堵成一锅粥，刘永华会不会受阻？

一辆奥迪鸣笛飞速驶进，刘永华带着慈祥的笑容健步下车，温暖着在场的群众，笑容泛滥成海洋，掌声如潮涌起。刘永华很给面子，与群众热情握手拍肩膀，以示鼓励："工人们在哪里，我去看看。"

李玉玺引导他走向主席台的工人代表，刘永华摆手："我们到一线去看看。"

刘永华一马当先，越过路基走向农民工中间，见到年龄长的拍肩膀，遇到年龄小的摸脑袋，嘘寒问暖，然后走向地势较高的土堆，用喇叭大声问候："大家好，谢谢你们辛勤劳动，祝你们新年快乐。"

掌声响起，刘永华看到农民工脸上洋溢着单纯的笑容，与主席台的上虚情假意完全不同，十分受用，谈兴大发："你们辛苦一年，回家看望父母子女，工资发了吗？奖金发了吗？"

群众很感动，用更加热烈的掌声来回答。刘永华指指主席台的嘉宾们，又指向身边的高耸的广告牌："我夸个海口，如果你们没有拿到工钱，就爬到这上面去。"

群众没听懂，连李玉玺也听糊涂了，哪有这样的领导？刘永华右臂一挥,大声喊道:"我陪你爬,老板们敢不付工钱,咱们就不下去。"

领导的这句话十分暖人,打动了群众,他们伸直起腰身,扬眉吐气,掌声从心底里爆发出来,刘永华指点着主席台上的老板:"你们听见了吗?要是哪位农民工欠了薪,我从工程款里面直接扣,加倍发。"

老板们弯腰鞠躬,纷纷表态,刘永华这才满意,在泥土堆中晃晃悠悠走到路边,他心情不错,甩开众人翻越栏杆,下足不稳,晃晃悠悠就要摔倒。一位眉清目秀的女子在他摔倒的刹那,扶在他腰间,另一手牵住,如同交谊舞般,李闹没有立即松手,扶持着他走向主席台。

只是瞬间,李玉玺就看出奥妙,她与刘永华一举手一投足都充满默契,不张扬却充满亲切,这女人不简单。永嘉集团!这竟是王锴的安排?他整整夹克,走到麦克风前,大声致辞:"各位领导,女士们,先生们,各位尊敬的来宾,值此新年之际,全长98.58公里的五环路按计划全线贯通,至此,北京高速公路里程数位居全国各城市首位。五环路是北京第一条环形高速路,也是2008年奥运工程中率先建成的大型基础设施项目。五环路连通了北京的七条放射性高速路,实现了高速对接,将为市区截流和疏导过境车辆起到关键的作用。2008年,五环路还将成为各奥运场馆的重要联结,全线贯通后,不仅使人们多了一条出行通道,更会疏解北京日益增大的交通压力。我代表首都人民,谢谢大家的参与和贡献!"

致辞和剪彩结束后,刘永华向李玉玺招手:"来,李局长,我们在五环上兜一圈。"

李玉玺爬上车的时候,发现王锴和那女子也在面包车中。

面包车宽敞,王锴坐在前座,刘永华坐司机身后,李玉玺识相地挤到后排,那女子自然而然坐在刘永华身边。此时是中午时间,雾气散去,面包车在黑油油的高速公路上狂野行驶,刘永华对施工质量赞叹不已。

将近一百公里的五环路从施工到建成只有一年多的时间,李玉玺颇感自豪:"关键是执行力,然后再有财政支持,没有办不成的事情。"

"执行力很重要,财政支持也很重要,缺一不可。好了,就看到这里吧。"刘永华已经看够,还惦记着去打网球。

司机在五环路上兜着圈子,挠着脑袋:"李局长,这五环路怎么上不了机场高速?"

"不可能,你再找找。"刘永华命令。

李玉玺揪心,五环路和机场高速是两条干线,支支吾吾回答:"市长,五环路确实上不了机场高速。"

刘永华挥手让司机停车，面包车嘎吱停在路边，他趴在高处向两边张望，以为眼睛花了，机场高速可以上五环，五环路上的车却出不去："奇怪啊，设计脑子进水了吗？"刘永华眼里不揉沙子，在五环路上一跑，竟然全部都看了出来。

李闹看出他的尴尬："您看，机场高速那么堵，如果把车都放进来，那不堵得更严重了。李局长，这是不是您的意思？"

几句话十分到位，既解释得通，也化解了李玉玺的难堪，王锴回头意味深长地看一眼。刘永华便不再挑剔，返回车中，冷不丁问道："玉玺，听说你们正在搞智能交通，进展怎么样了？"

李玉玺一惊，他怎么会知道这个项目？再想想王锴和那个女子，顿时明白了，今天的一切都是有意为之。他稳坐钓鱼台，抛出鱼钩："马上就要招投标了，正想向刘市长请示。"

刘永华点头，看来李玉玺很识相："如果把交通系统比作人体的脉络，智能交通就相当于大脑，十分重要。五环路给我启发很大，北京是首都，智能交通系统要使用最先进的技术为领导出行保驾护航，其次要有规模，不能修修补补，要一步到位，我们经不起折腾。对了，王总是这方面的专家，你们可以多交流。"

这段话值得品味，李玉玺也听明白了，系统要搞大，利润就更丰厚。答应吗？鱼儿吃了鱼饵，会不会游走？领导的事情办了，自己扶正的事情还有没有下文。明说太赤裸裸，不给领导面子，太不识相，李玉玺迟疑。李闹察觉到了变化，用笑声掩盖僵硬的气氛："看看，领导们时时都不忘工作，周日搞开通仪式，回家路上也讨论工作，首都的群众多有福气，修了八辈子福才赶上这么好的领导，可惜这里没有电视台的朋友，要是报道出去，群众们一定感动得痛哭流涕。"

王锴也打岔，缓和着气氛："现在还早，去朝阳体育馆打几圈？"

刘永华没有得到答复，略微扫兴，不答话。李玉玺忽然凛然而后怕，糊涂啊，这是讨价还价的时机吗？操之过急，差点儿犯了错误，立即表态："我明白了，一定重视智能交通系统的先进性，重视一步到位。"

刘永华脸上浮现笑容，对司机说："去体育馆，玉玺，听说你能打，今天比画一下。"

轻舟已过万重山，现在和领导进入了私交阶段，该陪领导办一件坏事儿了。

第二天上班后，他立即把项目组成员到会议室，等大家落座就开了口：

"昨天我们举行了五环路的通车庆典，智能交通是交通管理的大脑中枢，举足轻重，必须加紧建设先进的一步到位的系统。"

"好，马上整理招投标文件，尽快招投标，争取早日建成。"张大强答应。

98．周三，上午九点十分

周锐要唤醒赵洪河的沉睡点，打电话的肯定是骆伽，她掏出手机又收起来："哎，你扮演赵洪河，我们先试试。"

魔鬼训练之后，骆伽总玩这种角色扮演的游戏，她本就将销售当作演戏。酝酿好情绪，换上笑容："您好，请问是赵支队长吗？"

"你是？"周锐将右手做成电话姿势，放在耳边。

"我是捷科公司的骆伽，您今天上午有空吗？"

"你什么事儿？"周锐皱起眉头模仿想象中的赵洪河。

"我想见见您。"骆伽用很温柔的语气。

周锐爆笑："伽伽，你这么说话，赵支队肯定误解。"

"捣乱，你在这里影响我酝酿情绪。"骆伽走到一边拨通电话，赵洪河听说是厂家，语气生硬地说："这事儿我不管。"生硬地挂了电话。

"你约不到，我肯定也不行。"周锐钻进驾驶座，启动汽车，"直接去堵吧，查查赵支队在哪儿。"

看似很"二"的方法，却是最直接的解决方案，骆伽布下了内线，一个电话就问出来，赵洪河在四环路布置警力，抓捕追尾逃逸的司机。周锐方向盘转向四环，十几分钟之后，便看见一溜大货车停在辅道。他向右打轮，汽车沿着右侧的紧急停车道向赵洪河驶去。

"周锐，你疯了？"骆伽惊呼，平常循规蹈矩的周锐表现得十分胆大。

"怕什么，顶多罚两百元。一会儿你戳痛点。"

赵洪河在车窗前敬礼："请出示驾照。"

骆伽的大衣严严实实，挡住凛冽刺骨的北风，双手恭敬奉上名片："赵支队您好，很高兴认识您，我是捷科公司的骆伽。"

"你这是干什么？罚款两百。"赵洪河冷不丁接到名片，低头开出罚单，挥手让骆伽快走，"你这女娃娃，我很忙，别捣乱。"

周锐说："赵支队，我可以帮您抓住那个逃逸司机。"

赵洪问："你说什么？"

骆伽大吃一惊，低声说："别乱说呀。"

周锐戳他痛点："肇事发生在凌晨，没有交警值班，司机没有顾忌，超速又闯红灯导致恶性事故。没有目击，怎样抓获肇事逃逸的司机？"

赵洪河抬头盯着周锐："你到底是什么路数？"

周锐拿出死猪不怕开水烫的劲头，继续提问："如果在市区路口架设摄像头，布下天罗地网，肇事司机还能跑吗？"

趁赵洪河来不及细想，周锐继续问，就像审问犯人，犯了销售大忌："要是智能交通系统建设起来，摄像头替代交警监控路面，能避免多少惨剧？"

赵洪河被彻底问倒，说不出所以然来，语言间的短兵相接突然停止，沉寂下来。情绪稍微激化，便会转向负面，骆伽立即挡在前面："赵支队，周锐是工程师，做技术的，比较'二'，说话比较直，是不是惹您生气了？"

骆伽给了个台阶，赵洪河升腾的怒气被抚平，不甘心被周锐占上风，还想找回来："你既然看出问题，我倒要看看，你有什么办法。"

骆伽就等这句话，双脚弹簧一样交替踢踏地面："都被冻成冰棍了，能找个缓和的地方吗？"

"去支队，必须给我说出个所以然。"赵洪河点头。

"你呀，真'二'，刚才吓死我了。"骆伽踩在周锐脚面，语气却不是责备的味道。

周锐讲了很多案例，有了这套系统，三天内肯定把那撞人逃逸的司机抓住。骆伽用话套着赵洪河，诱他上钩："如果能解决这个问题，您认为有意义吗？"

赵洪河是性情中人，说话做事都在实处，重重击着桌子："早有这个东西就好了，唉！"

销售就像钓鱼，没有上钩就起竿，肯定将鱼儿吓跑，如果上钩却不收竿，就是喂鱼了。钩不上钩看鱼漂，判断客户是否上钩也有诀窍。现在时机成熟，骆伽抛下鱼钩："赵队长，您既然看到了问题的严重性，下一步应该怎么办呢？"

赵洪河听到这里，迫不及待道："嗯，我真得参与一下了。"

骆伽觉得还不到位，又悄悄点下赵洪河的兴趣点："哎呀，不知不觉天黑了，您这么忙，下班都做些什么呢？"

赵洪河实心眼，不会绕弯："在外面跑了一天，就想抱抱儿子，早点歇着。"

喝酒是赵洪河兴趣点，骆伽指着周锐说："他呀，每天跑来跑去很辛苦，睡觉前都要喝点儿，才睡得香。"

周锐被说成酒鬼，不满地矫正骆伽的说法："是啊，我要是半夜睡不好，就喝上半杯。"

骆伽有心看似无心，继续向他兴趣点上靠："赵队长，您一般喝什么？"

赵洪河肚里的酒虫都快爬出来了："北京人当然二锅头了，精选高粱清蒸，低温入池，贮陈精酿，后劲绵长，真正好酒。"

"哪能喝到正宗二锅头？"骆伽绕着弯要请他喝酒。

赵洪河拍拍肚子，看着骆伽："女娃娃有话直说，不用这么绕来绕去。"

"行，现在冬天喘气都带冰丝，咱们东来顺搭二锅头，热气腾腾，怎么样？"骆伽被看穿心思，脸上一红。

"还有，你俩什么关系？他睡觉前喝酒，你这女娃娃都知道？"赵洪河岂是傻瓜？

骆伽说漏了嘴，周锐却毫不含糊拷着骆伽胳膊："她是我女朋友。"

"头三尾四。"骆伽订了包间点了满桌的菜，第一道热菜便是红烧鲤鱼，鱼头对着赵洪河。

赵洪河端起拇指大的酒盅，连干三杯，他喝酒的方式与众不同，喜欢用小得不能再小的酒盅，连不会喝酒的骆伽都笑出来，他放下小酒盅，指着鱼眼睛："眼六肚七。"

"有这讲究？"骆伽嘟起嘴巴，服务员忙不迭笑着点头说有，她只好端起酒杯，一口一杯，火焰顺着喉管流淌，周锐将酸奶推给她，据说酸奶能在胃里形成黏膜，抵御酒精。酒精火焰在骆伽胃里燃烧，眼眸也被点燃，"您不能总叫我女娃娃，我都二十六了。"

"好好，女娃娃。"赵洪河答应。

"不行，不行，刚说不能叫女娃娃，罚三杯。"骆伽站起来抗议。

赵洪河干脆地仰脖喝干，骆伽站起来，学样一饮而尽："我陪您。"

"站着喝酒不算。"赵洪河笑眯眯，从上菜开始就与骆伽斗智斗勇，赢者少喝输者多喝。赵洪河指着鲤鱼眼睛，笑呵呵提醒还有酒没喝。周锐出来挡驾，六盅满当当的二锅头入肚。酒局才刚开始，饭桌上遍布数十杯星星点点的酒盅。下一道菜是甲鱼，骆伽转动盘子，嘴里命令："甲鱼，看队长，看队长，求求您了。"

甲鱼仿佛听见，速度减缓，停下时瞪着赵洪河，鼓鼓的肚子冲着周锐，骆伽拍着手哈哈笑，赵洪河酒品极佳，不用催促，举起酒盅二锅头入肚，指着甲鱼腿："腿二尾四，冲着你，女娃娃。"

还好，只有两杯，骆伽脸色酡红，一饮而尽，赵洪河不依不饶："每条腿两杯，总共四条腿。"

骆伽一口一杯，八个酒盅排在面前："还好呢，甲鱼只有四条腿。"

"上菜了，油爆蜈蚣。"服务员送菜上来，赵洪河笑声更响，"女娃娃，你来转盘。"一百条腿的蜈蚣！骆伽捂着嘴巴，踉跄着冲向洗手间。

骆伽回来，趁着没有醉倒端起酒盅："问您一个问题，行吗？"

"丫头，别绕弯，说。"赵洪河是直肠子。

"您为什么不介入二期工程？"骆伽努力打通关系，如果他不介入，力气就白费了。

"你呀，不懂，我跟你说几条。第一，人多的会不重要，重要的会人不多。第二，解决小问题开大会，解决大问题开小会，解决重大问题不开会。第三，上会的事不一定真干，真干的事不一定要上会。第四，会上发表的意见不要太当真，会下交换意见一定要认真。第五，开会的人基本不干事，干事者基本不开会。"赵洪河仰脖喝干杯中酒，拍拍胸口，"我这里有数，别急。"

99．周四，上午十点整

软件招投标正式开始，接着便是硬件投标，方恩山在会议室中绕来绕去，交警支队代表一直没到，他掏出电话："在哪儿？什么！你不来怎么行？老赵来，好好，这样最好。"

方恩山开始犯嘀咕，赵洪河怎么掺和进来了？招投标有好戏了。

"对不住，怎么堵成这样？"赵洪河推门进来，向评委们拱手拜年，他被周锐和骆伽打动，真的掺和进来。

"稀客，稀客，亲自来了？"张大强很开心，这说明一线交警的重视。

"学习学习，这个东西给我们用，必须搞明白。"赵洪河拉出椅子溜边坐下，他养成不泄露底细的习惯。

"您怎么能坐那儿？中间坐。"张大强比赵洪河低半级，人家手底下还管着几百人的交警队伍，实权还在方恩山之上。

"你们这高科技，我啥都不懂，让我坐中间，不是看我洋相吗？"赵洪河虎着脸，瞪起眼，没人敢和他叫板。

张大强本就是局外人，立即让步："行，您能来就行，座位随您便。"

方恩山满腹狐疑，赵洪河是刘树新亲信，在招投标的关键时刻，他有什么意图？

永嘉集团陈述方案，方恩山兜里揣着一张硬硬的卡片，昨晚王锴在酒桌上送过来的，说是春节买点儿猪肉，他今天上午查了，其实里面的钱都够买一百头猪了，方恩山开始计算，一头猪两百斤，猪肉多少钱一斤？真差不多。他冲王锴笑笑，说明一切，工作早就做好了。等永嘉集团讲完，王锴退出去，方恩山摆出公正公平公开的样子："各位评委，请大家说说吧。"

"保驾护航模块？听着新鲜。"一名年轻评委经验不多，问起来。

"这样搞，特权车不就更加肆无忌惮了吗？"议标就是这样，墙倒众人推，才能显出评委的水平。

张大强不理解这个功能，加入反对阵营："我同意各位评委的意见，我也觉得别扭，听大家一讲，恍然大悟，赵支队，您在一线，有什么看法？"

赵洪河趴在桌子上打盹儿，忽地坐直："这个，我是来学习的，你们讲，听你们的。"

保驾护航模块是刘永华提出来的，方恩山见形势不对，为永嘉集团说话："好了，请大家打分。"

专家评委们走进大会议室，张大强抓起麦克风，宣布公布技术评标成绩。工作人员打开投影机，把分数投射到屏幕上，一一念出：长天软件，六十五分；永嘉集团，五十八分……

专家评委对保驾护航模块产生分歧，张大强煽风点火，影响了技术得分，永嘉集团仅仅排名第三，与第一名落后将近七分。台下的王锴神色自若，毫无异样，方恩山不禁担心，走到张大强身边，轻声嘀咕："是不是向局长汇报一下？"

"不用，按照招投标流程办。"张大强挥手，从来都是开完技术标和商务标，才向领导汇报。方恩山被断然拒绝，非常不满，哼了一声站起来，离开会议室向外走去。

"公布商务标。"张大强不管不顾，大声宣布。

方恩山一肚子不满，出了会议室，上电梯直奔李玉玺办公室，推门自倒一杯茶水闷头喝起来。李玉玺很意外："老方，不是正在评标吗？"

"这个张大强！保驾护航功能是领导提出来的，他带头反对，煽动不明真相的评委们，永嘉集团技术得分五十八分，第三名。"方恩山在技术上说不过张大强，却能跟李玉玺说清楚。

放长线钓大鱼指望着王锴，万一有了闪失，怎么向领导交代？方案设计完成，张大强没了利用价值，该抓回项目主导权，用方恩山取而代之了，李玉玺琢磨着。方恩山是真生气，也在推卸责任："我低声下气地说，向局长请示一下吧，人家说什么？严格遵守招投标流程。扯淡，招投标流程禁止向您汇报吗？我还想再说几句，人家直接公布商务标。"

"结果怎么样？"李玉玺坐不住了，张大强独断专行，要坏事儿。

"凶多吉少，商务分总共才三十分，很难扳回来。"方恩山紧急汇报，就为商量对策。

谁设计的招投标流程？一开两瞪眼，没有回旋余地，不科学。李玉玺来不及更改流程，也没时间生气："快下去看着张大强，别让他公布招投标结果。"

方恩山愤愤不平，站起来："张大强无组织无纪律，拿招投标流程当挡箭牌，以后怎么弄？"

李玉玺真想下去看看，可是身份特殊，既不能坐在评委中间，也不能混在厂家代表里面，他把手中铅笔啪地掰断，必须废了张大强。

"还有，赵洪河参与投标，一言不发，不知道葫芦里面装的什么药。"方恩山很敏感，赵洪河是刘树新的铁杆心腹，他会不会有所警觉？

"你快下去，不能让张大强乱来。"李玉玺暂时顾不上赵洪河。

方恩山回到招投标现场，坐在后排，听工作人员公布价格。

"长天软件，五百五十五万元。"工作人员宣读，厂家代表站起来确认。

"永嘉集团，嗯？"工作人员突然停止，检查封条没有异常，走去与张大强协商片刻，回来宣布，"永嘉集团，一元。"

这数字匪夷所思，王锴举手确认，他一点儿都不傻，利润不在这几百万的软件，而在背后的硬件。会议室轰然，张大强慌了神，左右看看，评委们也一脸茫然。方恩山掐着手指细算，王锴竟有如此盘算，趁乱走到张大强身边："继续宣布。"

"还是向局长请示一下吧。"一元的价格肯定低于成本，张大强不敢做主。

张大强带队，专家评委排队进入李玉玺办公室，方恩山一脸轻松。

"商务标开了。"张大强取出表格递上去，第一行便是永嘉集团的一元报价。

王锴怎么会做亏本买卖？李玉玺以为看错："确认数字了吗？"

评委们一起点头，虽然有蹊跷，王锴肯定有盘算，李玉玺右手一挥："宣布吧。"

"这里面绝对有猫腻。"张大强多次组织招投标，第一次遇到这种事情，俗话说，杀头的生意有人做，赔本的买卖没人做。

"哦，为什么？"李玉玺端起茶水，悠然品了一口。

"一旦系统出了问题，永嘉集团拍屁股走人，我们吃不了兜着走啊。"张大强不糊涂，评委们一起点头。

"这是合法竞争的商业手段，我们不能得了便宜还卖乖。"方恩山打断。

张大强虽然有小毛病，却还是坚持原则的："还有那个保驾护航功能，不伦不类，咱们搞出这个功能，会被笑掉大牙的。"

评委们都是张大强挑出来的，纷纷表态支持，大有气吞方恩山的气象。唯独赵洪河闭着眼睛打盹儿，与这一切毫不相干。李玉玺早想拿到招投标的控制权，张大强公然跳出来，正撞在枪口上，他砰地一拍桌案，大声斥责："张大强，够了。"

李玉玺的动静吓住众人，方恩山抓住机会痛打落水狗："张主任，刚才在招投标过程中有争论，我建议汇报后再开商务标，你怎么说？严格遵守招投标流程。招投标流程禁止讨论和汇报了吗？这是不是拿招投标流程当挡箭牌？现在商务标开完了，违反招投标流程吗？没有，你又否认招投标结果，到底是怎么回事儿？"

没等张大强解释，方恩山又盛气凌人压下来："张主任，李局长考察厂家，谁把消息泄露出去的？"

"没有啊，局长。"张大强目瞪口呆，这从何说起？

方恩山继续猛烈抨击，从半年前的一期工程开始，张大强被炸得片甲不留，脸红一阵儿又绿一阵儿，痛苦指数不断升高，最后谈到信息中心不了解一线情况，闭门造车，这等于剥夺张大强设计方案和评审的资格，失去制定标准的权力。张大强如受重击，如坠深渊，然而，人在屋檐下不得不低头，诺诺回答："需求确实应该由一线提。"

赵洪河眼皮一跳，猛地抬头，张大强有小毛病，却能坚持主见。李玉玺注意到他动作，眼睛一眨："赵支队，有什么看法？"

赵洪河看不过去，说着不痛不痒的话："信息中心出过通知，我没有参加，害得你们闭门造车，坐井观天，我有责任。"

这句话很有味道，似乎认可了方恩山闭门造车的说法，又把张大强的责任揽过来，让人听不出来立场。张大强却听到心里去了，眼睛酸酸，深受感动，感激地望着赵洪河。

李玉玺不为已甚，抚慰张大强："巧妇难为无米之炊，现在好了，一线的同志们认识到智能交通的重要性，大家团结奋战，早日建成智能交通系统。"

张大强十分受用，起来表态："只要老赵和老方支持和配合，我一定完成任务。"

李玉玺必须选择永嘉集团作为软件供应商，才能继续放长线钓大鱼，只要张大强乖乖听话，也不一定非要置他于死地，笑眯眯地问道："软件招投标该怎么办？"

张大强退缩了，便能过了这一关，他却硬着脖子顶住："局长，一元钱的软件我张大强不敢用，出了责任我也扛不起。"

"大强，一切按照流程办事，不要意气用事。"方恩山口气软了下来，出意外总不好。

张大强气呼呼站起来："我负责技术，这种一元钱的软件，我不敢买。"

李玉玺盯着张大强几秒钟，他已经没了利用价值："各位专家，请大家休息一下，我们内部开个会。"

专家评委们退出，李玉玺抽出一份文件，啪地摔在张大强面前："二十世纪中叶，人类生存方式发生了重大变化，信息科学技术是科技革命的重要领域，带来很多新观点和新思路，使得人类从物质资源转向信息资源，知识可以不断创新和共享，不会消耗，知识与传统资源相比，具有无可比拟的优势。然而，信息技术革命是不是颠覆了马列主义？马列主义还管不管用？"

张大强看看左右："那个时代还没有互联网，没啥关系吧？"

李玉玺一指张大强，义正词严："你这样下去很危险，你要充充电了。"

完蛋了，张大强不仅在这个项目被废掉，而且脱产学习要一年半载，难以翻身。

100．周四，下午一点十分

无风不起浪。

流水不腐，户枢不蠹，新陈代谢势在必行，雷励行做好各种准备，先施加压力，再用猎头公司为他们找好工作，给出不错的补偿，却没有一人接受。第二个危险的信号是，他们冻结了订单，联手抗议，雷励行并不害怕，只是他们背后还有什么？

赵大群坐在正中偏左，助理甘怡站在他身后，赵大群从台湾来到大陆，只带她一人，三个月后开始安插人马和派系，可见她的重要。两人外表完全是两个极端，赵大群身材矮小，甘怡身材修长，赵大群相貌深沉，甘怡风采飞扬，赵大群总是那身西服，甘怡却每天表演着时装秀，公司就是她的T型台。赵大群身后一定有她，她身前却不一定是他。

骆伽坐在雷励行身边，她常有这种感觉，她和周锐就如同赵大群和甘怡的组合，两人截然相反，充分互补，如果有一种神奇的力量能够化解性格的差异，便能各展所长，爆发出惊人的能量。她和周锐之间的神奇力量是爱情，赵大群和甘怡之间呢？

捷科的销售团队必须在周五下班前填写销售报表，与一线的销售主管讨论并分析对策。主管们周一向上汇报，周二到达各个总监的层面，雷励行会在周四带着报表参加捷科中国的总经理会议，汇报上去。现在，甘怡便将销售报表投影在屏幕上。

雷励行的名字赫然排在最后！

赵大群忽然叫停，看着雷励行语气和缓道："你，需要努力一下。"

他是深藏不露的大内高手，工于心计，喜怒不形于色，除非情绪失控，绝对不会暴露出半分破绽。然而，一个眼神一个语气和一个动作都会透出丝丝压力。雷励行在会议室，心脏却怦怦跳起来，大内高手无敌于内，却难以专注于物，不能成为真正的大家，只是投资人中压榨利润的工具。企业过了创业期，就必须交给这类人吗？他拍拍牛仔裤上的灰尘，自己要成为这些人中的一员吗？

"我会努力。"雷励行明白了，方宏伟不是一个人在战斗，也不仅仅是五六个总监，他们的背后就是赵大群，他即将出手，下面会是什么？吃人不吐骨头的手法有很多。

赵大群来到大陆后想安插台湾嫡系，便需要腾出位置来，一位占着位置的本地主管，业绩优秀，不愿意离开。赵大群得知他太太刚生产，孩子不到两个月，便把这个岗位移到上海，逼着他去上海工作，直到他辞职。

还有一位主管是性情中人，手下有一帮兄弟，无意中得罪了赵大群。新年员工大会，他业绩极佳，甘怡当众宣布晋升。掌声响起来，他发现，新老板竟是以往死对手，痛苦三天后，最终毅然辞职。

赵大群就是这样的大内高手，精于人事，对自己，他会怎么出手？雷励行正在思考，甘怡飘飘然走到他身边，接着赵大群的话说："雷总，您的努力计划能发给我看看吗?"

骆伽在她眼中完全不存在,与生俱来的范儿竟然被甘怡的气场打破消散!

方宏伟像换了一个人,气势汹汹地把销售报表推到骆伽面前:"你试用期到什么时候?"

"月底。"骆伽有三个月的试用期,方宏伟明知故问。

"你业绩怎么样?"方宏伟看着报表,在她名字下画上黑框。

骆伽看透方宏伟,他既然来找茬,没必要和他纠缠:"您很清楚。"

"数字还是零,试用期就快结束了。"

无论怎么解释都是自取其辱,骆伽昂起头,看着他,方宏伟更加生气:"听到了吗?"

"我会努力的。"

"二期工程输了怎么办?"方宏伟要逼骆伽立军令状。

"我会努力寻找其他的销售机会。"

"如果季度末数字还是零,你的试用期怎么办?"

试用期不用承担销售目标,换句话说,销售数字为零很正常,方宏伟纯属无理取闹。争辩毫无意义,骆伽只想早点儿结束:"请您延长我的试用期。"

"这是你说的,是吧,你自己亲口说的。"方宏伟也没有更好的办法。

"我要准备二期工程的招投标了。"骆伽站起来,不等方宏伟回话,转身离开。这是雷励行与赵大群之间的战争,骆伽注定加入了雷励行的阵营,没必要与张宏伟决战。

101. 周五,上午九点十分

雷励行掉进了赵大群的圈套,不进行新陈代谢,以方宏伟为首的主管们便会造反。这是他最虚弱的时刻,新的团队没有培养起来,旧的团队造反,赵大群在这个时刻出招了。

顺其自然吧,雷励行看淡了。

周锐和骆伽进入咖啡厅,雷励行颇感欣慰,他将摧龙八式融化在故事中,没有形迹,甚至也不是按照步骤,只是在他们需要的时候,应景地讲一个故事。他们能够领悟吗?能够应用吗?雷励行架起腿来,等他们坐下:

"喜欢新加坡吗？"

"唔，喜欢喜来登酒店，喜欢培训课程，更喜欢巴西老师菲奥娜。"骆伽回忆起来，脸上便有笑容，她加入捷科纯属偶然，从新加坡之旅开始便真正喜欢上了这家公司。

"哈，很搭你的范儿。"雷励行指着骆伽的丝巾，说完喝口咖啡，"通管局的项目进展怎么样？"

"软件招投标结束，永嘉集团中标，下周就要开始招硬件标了。"骆伽面临大战，一阵酥麻的感觉涌起，自己对竞争这么如饥似渴？骆伽加入捷科，遇到了一个未知的自己。

"有一件事情。"雷励行想了一会儿，似乎犹豫，"我想让小希协助你们做这个项目。"

罗小希曾经是惠康的内线，风险巨大，周锐立即答应："好啊，小希肯定能帮上忙。"

骆伽绝对相信雷励行，点头："我相信您。"

罗小希来到咖啡厅，雷励行却不谈二期工程，舒服地靠在椅子上："我那个朋友，骆伽懂的。"

"呵呵，我懂的。"骆伽打听到那兰，这个让雷励行刻骨铭心的女子到底是什么样的范儿？骆伽极为好奇。

"那兰在北京待腻了，在海边住了一段时间，看见当地渔民养海参，有了兴趣，便在山东荣城一个叫作崂山屯的小渔村包了一片海。把积蓄买成石头，扔进海里，在那边请一些渔妇帮她养参苗和捕捞，两年时间，海参就生长起来了。"

雷励行又开始讲故事，肯定是要传授摧龙八式，骆伽却对那兰更感兴趣，她喜欢打高尔夫球，衣着极有品位，她让雷励行如此倾心，肯定秀外慧中，她去养海参，实在匪夷所思。

"每年春秋播参苗和收获的时候，她都去崂山屯。"雷励行说起那兰，不厌其烦，"可是她只管养，却没有考虑怎么去卖，我便每年都买些海参，送给亲戚朋友。去年春节我去超市，路过水产品区域，海参碧油油的，巴掌那么大，那兰的海参只有大拇指大小，黑乎乎跟木炭一样，价格还比超市贵了一倍。"

"肯定不会，那兰不会杀熟。"骆伽很肯定，周锐完全想不通。

雷励行当时也百思不得其解："打球的时候，我把超市所见所闻说了一遍，猜猜她怎么说？"

"她亲自养殖的海参，多贵都值得的。"周锐甜蜜地看着骆伽。

雷励行想起那天，满脸都是甜蜜："她问我，励行你养过海参吗？我当然没有，她摇头晃脑地说道，这个海产养殖行业鱼龙混杂！"

周锐不知道人工养殖和野生的区别："那有什么不同？都是海参。"

"怎么才能让海参长得快？喂生长素，什么又便宜又好弄？避孕药！海参本来几年才能长大，人工养殖两三个月就巴掌那么大。"

骆伽听得花容失色："够可怕的了。"

"那你还买吗？"

"坚决不买。"这是骆伽的声音。

"肯定不买。"罗小希说。

"要是便宜的话呢？"周锐想说可以考虑，看见骆伽鄙视的目光立即改口，"多便宜都不买。"

骆伽打开小雷达探测："这是装修房子前的事儿吧？"

雷励行拒绝回答，回想起他们在一起的岁月，过了一会儿问道："好了，这个故事说明什么道理？"

骆伽举手抢答："这种说法很巧妙，如果直接介绍优势，客户不见得有很深印象。"

罗小希结合以往经验，也有启发："我们经常犯一个错误，过早把产品和方案拿出来，其实应该先站在客户角度，分析各种可能。"

周锐分析总结能力最强，做了总结："打动客户有两种方法，第一种是介绍自己产品的好处，第二种是先砍竞争对手三刀。"

"想想吧，怎么用在二期工程上。"雷励行看着骆伽和罗小希，他们一点就通，实在省心，站起身来，"你们聊，我先走。"

骆伽机灵无比，立即明白："小希，我们心里总没底儿，能不能帮着出点主意？"

罗小希端着咖啡，极为矛盾，要不要说出韦奇峰的秘密？她又看看骆伽："我有一个问题，赢下项目的关键是什么？"

"李局长的支持。"骆伽没有把握得到他的支持。

"赢得李局长支持的关键又是什么？"罗小希追问。

他的燃眉之急，诱之以利？骆伽在李玉玺面前碰过壁："帮助他解决罚款流失和交通拥堵的问题。"

"这是通管局的痛点，并非李玉玺个人的燃眉之急。"罗小希在惠康的时候，曾经负责北京通管局，对韦奇峰的策略有所了解，"李玉玺急于坐上局长位置。"

骆伽手脚冰凉，罗小希一语中的，绝对是关键中的关键，自己却从无涉及！

"好了，我先去忙了。"罗小希不想把韦奇峰的秘密全部说出来，她曾经那么爱他。

周锐和骆伽呆呆地面对面坐着，韦奇峰半年前就布局李玉玺升迁的事情。他们仿佛闻到战场上的硝烟，他们全心全意地排兵布阵准备迎击，哪知敌人出奇兵绕到背后，将要发动出乎预料的雷霆一击。下周就要开战，敌人的刀锋将横扫而来，他们却面对错误的方向，武器和防线摆在错误的位置，最致命的弱点却毫无设防。

"我们还有机会吗？"骆伽问道，手中的咖啡冰凉。

周锐摇头，韦奇峰既然早就布局，以他的高手风范，寄希望于他的失误无异于将命运交给敌人。他们本就是菜鸟，傻乎乎地闯入敌军层层设防的大本营，对手又是罕见的高手，他们以为可以侥幸得手，其实已经处于万劫不复的包围之中。他们兵临城下，却是敌人发动的时机，张开血糊糊的爪牙，堡垒浮出地面，火力从四面八方探出头来。

"我们去找李玉玺的领导……"骆伽说了半句，就咽下后面的话，李玉玺都攻不破，谈何他上面的领导，下周就要招标，今天已经是周五。

前有敌军防线，后有追兵突袭，反身抵抗必是两面夹击，只是苟延残喘，周锐冷静下来："向前冲蹚出一条血路，才有生机。"

"怎么冲？向哪里冲？"骆伽轻拢耳边被风吹散的发梢。

"我很热。"周锐端起冰凉的咖啡，北风席地扫来，春寒料峭。

"嗯，我也是。"骆伽的目光中闪耀起光芒。

"这感觉真好。"周锐五脏六腑被热血滚过，身处绝境，才能爆发出全部潜力。

"希望越渺茫，反而越有趣。"骆伽看着周锐的目光，感知到了他的内心。

"赢又何喜，输又何悲？这只是一个过程，我们一起。"周锐将绝望彻底驱除体内，每个细胞都充满决战的渴望。

"赢了举杯相庆，输了拼死相救，我们还有什么遗憾？"骆伽站起来，紧紧拉着周锐的手，丝毫不顾忌所谓的办公室恋情，依偎在他怀抱之中。周锐不顾四周慌乱的目光，什么清规戒律，什么行为准则，都是扯淡，将骆伽拥在怀中。

周锐情绪渐平，眼睛闪亮："伽伽，我们并非毫无生机。"

"嗯。"骆伽仰头看着周锐,将一切判断都交给他。

"海参的故事。"周锐提示道,雷励行的每个故事看似随意,其实都与二期工程的进展不谋而合,恰到好处地指点着方向。周锐拥着骆伽,心神澄透,想着雷励行的故事:"伽伽,捷科是世界上最顶尖的公司,全球四十万员工藏龙卧虎,出过五名诺贝尔奖获得者。"

"所以?"

"师父是捷科中国二十年来最年轻的主管,四十岁便成为大中华区副总裁。"

"嗯,达到了最高的境界。"骆伽嘴角挂起笑容。

"剑人。"两人一起说出这个词,漫漫黄沙中可以看见对方弯弯的笑起来的嘴角。

"那兰养海参的故事。"周锐想出对策,在敌军奇兵出击之前,必须找出前方敌人的致命弱点,不顾一切,不计后果杀进去。他们能够冲出杀机无限的十面埋伏吗?这已经不重要,重要的是,在这个过程中,他们在一起。

"我们去找赵洪河。"周锐拉着骆伽返回办公室,时间无多,必须立即行动。

102. 周五,晚上七点十分

赵洪河嗅到了招投标中的奇异味道,王锴用一元钱中了软件的标,天方夜谭居然出现在活生生的现实中。张大强坚决反对,被派去学习,他是通管局公认的专家,高傲自大又缺心眼,栽跟头是难免的,却不该在招投标的节骨眼上被废掉,这次招投标不寻常。骆伽来电话的时候,赵洪河急不可待,也许从她嘴里可以套出一些信息,其他厂家都奔着张大强和方恩山,唯独周锐和骆伽总往他这儿跑。

三人无心点菜,只是喝茶,周锐将招标文件摊在饭桌上,他听懂了雷励行的故事,当务之急不是介绍集中方案的缺陷,而是砍翻分散的方案,否则捷科毫无胜算:"赵支队,我们看出点儿问题来。"

"什么问题?"赵洪河被招投标文件中的技术术语搞得一团糨糊。

骆伽推开招标文件,看着赵洪河:"如果一辆注册在顺义的机动车多次违章,被您在朝阳区的交警拦截了,查不到违章记录,怎么办?"

周锐画了一幅网络图:"这辆机动车的数据保留在顺义,数据十五分钟传送一次,在这期间,朝阳区的交警查不到新的违章记录,只能将他放走。"

顺义区过河就是朝阳区,机动车跑来跑去,这不乱套了?骆伽狠狠地戳着他的痛点:"万一司机是被通缉的罪犯,被交警拦截住又被放走,会有什么影响?"

那从上到下,大家都吃不了兜着走,赵洪河噌地站起来:"这是谁的方案?怎么办?"

周锐从那兰卖海参中悟出了屏蔽对手的办法,不介绍方案,先砍对手:"北京机动车数量远超其他城市,路况复杂,在设计方案的时候,有几种情况一定要注意。"

"第一种风险就是分散。"周锐把分散方案的缺点拎出来,一一呈现在赵洪河面前。

赵洪河认真地听着,他粗中有细,一点儿都不傻,周锐和骆伽当然有所图,慢悠悠地等周锐说完,他突然问道:"你们讲这些,就是要证明分散方案不可行?"

骆伽机警地去踩周锐的脚面,他已经回答:"对。"

"那你们推荐什么方案?"赵洪河仍然漫不经心。

"集中方案。"周锐不顾骆伽阻止。

"这样你们才能赢?"赵洪河的目光穿透周锐,他果然露出慌乱的神情,开始解释,无非是集中的方案对通管局更有利。赵洪河笑笑,"你们厂家当然把我们向对你们有利的沟里带,是不是?没关系,告诉你们一件事儿。"

"什么事儿?"骆伽抢在周锐前面,商场如战场,兵以诈立,他不会撒谎。

赵洪河却绕开骆伽:"小丫头鬼机灵的,我什么都问不出来,还被她灌迷魂汤,周锐,你坐这儿,我问你。"

周锐茫然坐着,看着赵洪河的目光:"您问。"

"王锴为什么用一块钱投标?"

"软件只有几百万利润,硬件却有数千万的钱赚。"

赵洪河侧头看着天花板,想明白了这个问题:"张大强为什么被废?"

"张大强被废?"周锐和骆伽一起惊呼,他们第一次听到这个消息。

赵洪河把会议情况讲述一遍,三人想破头也不明白所以然,周锐忽然蹦出一个主意:"解铃还须系铃人,去问张大强。"

赵洪河与张大强分属两个系统,关系一般,估计掏不出什么话来。骆伽笑呵呵挤进来："您别担心，我去找张大强，但是您得帮个忙。"

赵洪河嘴上斗不过机灵的骆伽，忽然笑着向外招手："服务员，点酒。"

"您不点菜？"骆伽听出了不同寻常。

"就点二锅头，来盘油炸花生米，必须先把脑筋喝直了，咱们再谈正事儿，三瓶。"

三瓶二锅头被砰地砸在桌面，服务员没有见过不点菜的客人，不满地转身离开。赵洪河不以为意，咔嚓咔嚓撬开三瓶，放在面前："来，当啤酒喝。"

骆伽抓起一瓶看着周锐，咬咬牙，向肚子里狠灌一口："队长，能说了吗？"

赵洪河喝了一口："你说。"

骆伽又喝一口："我帮您打听消息，您把分散方案改成集中的。"

李玉玺通过方恩山紧紧控住了二期工程，这件事绝不容易。赵洪河放下酒瓶，向门外大喊："服务员，点菜。"

103. 周六，晚上六点三十分

要和她在一起吗？赵勇回到北京，依旧白天泡通管局，晚上躲在售楼处对面的小饭馆里，透过透明玻璃偶尔可以看见田蜜，脑子里反复都是这个问题。可是她昨天没有出现，今天也不在，这不正常。赵勇坐不住了，离开餐厅抽烟，终于下决心横穿过去，推门进了售楼处，白涛很兴奋："哎，终于来了，那个戳痛点的方法，我运用起来总是有滞挂。"

赵勇把他拉到角落，压低声音问："田蜜呢？"

"她辞职了，你不知道吗？其实肚子根本看不出来，等几个月也不迟。"白涛话痨一样说个没完。

这都是自己惹的祸，赵勇走出售楼处，掏出手机。

"赵勇呀，嗯，我辞职了。"田蜜放下行李箱，坐下来。

"辞职之后怎么办？"赵勇愧疚不已，田蜜辞职，十有八九是因为被说出怀孕的秘密。

"呃，我打算先回父母家，休息一段时间，什么？你别来。"田蜜挂了电话，继续收拾行李箱，将证件和衣服装进去，她来北京将近五年，积攒下不少东西。算了吧，不是必需的就不带走了，以后也不会在这座城市居住了。自从赵勇在售楼处说出怀孕的秘密，同事便用异样的目光看着自己,田蜜反而放下心理包袱,干脆回家,在北京生活并非易事,冷暖自知,不管怎么样,父母都会收容。只是,还有一件事必须做了。

桌面空空荡荡,只有一个笔记本电脑,田蜜在键盘上敲出一封电子邮件。

锴,你好:

　　当你收到这封信的时候,我已经不在北京了,你不需要给我电话,更不需要去找我。

　　宝宝曾经是你的,但现在和你没有关系了。不管是男孩儿还是女孩儿,我都会尽心尽力抚养,让宝宝身体健康,快乐成长。如果想起宝宝的时候,可以去我的空间看看,我会把宝宝的照片放上去,毕竟宝宝有你的血缘。

　　我们曾经在一起,有过开心的日子,但这一切都过去了,现在,我后悔遇到你。

田蜜

她仔细检查一遍,发出邮件,手机铃声忽然响起来,肯定又是赵勇,她看也不看接起电话:"喂,赵勇,你别过来。"

"蜜儿,是爸爸。"

田蜜把手机拿到眼前仔细看,确实是爸爸:"爸,怎么了?"

"我们到北京站了,你哪都别去,在家等,我们就到。"

"你们怎么来了?"

"等等,你妈妈跟你说。"田爸爸把电话递给田妈妈。

"孩子,我们来照顾你,你工作忙,这个时候很关键,不能累着啊。"田蜜爸妈一起商量,做出来北京的决定。一来为照顾女儿,二来也要跟那个赵勇谈谈,虽然看着忠厚老实,连名分都不给,孩子生下来怎么办?总得有个说法吧。

王锴打开邮箱,看见田蜜的邮件。事情越来越失控,她要生下来意味着什么?她如果再嫁人,我的孩子管别人叫爸爸?这不是亏大了,事情到了这一步,怎么走下去好像都是自己倒霉。奉子成婚?不可能,田蜜就是用孩子来威胁自己,不能让她得逞。田蜜肚子里的孩子是自己的,如果告到法院要抚养费,我也吃不了兜着走。王锴不甘心,有没有其他办法?他翻出电话:"哎,帮我打听一下,田蜜最近在做什么,和谁在一起。"

第十一周　战火

104．周一，上午十点三十分

风雪会京师，高手云集，北京通管局抢在元宵节前发出标书。

智能交通二期工程硬件招投标正式启动，消息遍传江湖，各路厂家气势汹汹，摩拳擦掌地齐聚北京，气势远远压过一期工程。那次只是小范围试点，软硬件公司捆绑投标。这次招投标不仅包括惠康、捷科和中联这样的重量级选手，监控设备、软件和网络设备的厂家纷纷参与，再加上各自代理商，早将通管局大门挤得水泄不通。刘明君踱进信息中心，找个偏僻无人的角落，翻开招标文件，风向变了，方案明显倾向于中联，时间也很紧，下周三交标书，只有七天。

赵勇来到信息中心，他上下全熟，一路招呼过去，看着招标文件皱起眉头，扯过一位熟悉的客户，问有没有电子文档。唱过歌、喝过酒，办事儿就是不一样，对方嘿嘿一笑，从裤兜里摸出U盘，悄悄塞进赵勇手心。这种场合不便说什么，赵勇挤挤眼睛拍拍肩膀，说声告辞，直奔顶层豪华办公室，搭起腿来翻着文件，越看越开心。方案分成两级，核心系统自己没有产品，肯定是惠康和捷科打起来，终端设备中联却在十四区两县有绝对优势。他打开电脑，连上网卡，将文件发回公司，必须抓紧时间，只有七天。

骆伽取来招标文件，掏出电话，给方恩山发出信息：拿到标书了，是否方便见面？出租车还没有挪出几步，消息就回来了：抓紧时间做标书吧。

什么意思？骆伽把短信给周锐看。

"招标开始，客户遵守招投标规则，不能与厂家私下往来，他的反应也算正常。"周锐仔细看着标书，这是他的工作，闭上眼睛想了一会儿，"应该做分散方案，还是集中的？"

骆伽反问："客户能接受吗？"

"我们做两套方案，先严格遵守标书做分散方案，将集中方案作为补充。"

"只做集中的方案。"骆伽出乎预料地极为坚持。

"伽伽,知道后果吗?"

"不符合标书?"

"不仅不符合标书,还想推翻标书,结果只会有一个,废标。"

按照分散方案,便落入对手的圈套,结果也是输,骆伽昂起头:"死猪不怕开水烫。"

这本是周锐口头禅,他听得哈哈大笑:"好,放手一搏,我们本来就是新人,输了是应该的。"

105. 周一,晚上七点四十五分

招投标制度越来越完善,台面上和台面下都必须过得去。面上是指政绩,李玉玺任内修通五环路,这是硬指标,他从通县上来,没有市里和交通系统的人脉,这是台面下必须要补足的。

怎么加快这个进程?李玉玺没有时间慢慢培养感情。刘树新就要退休,不能再等,一万年太久,只争朝夕。李玉玺很清楚交易的内幕,将二期工程交给永嘉集团,王锴为自己运作,得到局长的职务,这就需要李闹。他推动王锴,王锴推动李闹,李闹推动刘永华,就是这么回事儿,驱动这个链条的便是二期工程的几千万利润,他们怎么分,李玉玺不知道,也不想知道。

李闹坐下来,李玉玺取出矿泉水递过去:"来瓶水。"

"局长,最近忙吗?有空出来打球?"

"哎,忙着智能交通二期工程。"李玉玺再次抛出鱼饵。

王锴在旁边插话,旁敲侧击:"李局长啊,你从通县调上来,区长变成常务副局长,工作任劳任怨,从来不和组织讨价还价。闹姐,得帮帮忙啊。"

"我打听了一下,应该就快和李局长谈话了。"

李玉玺心花怒放,组织谈话才是升迁的实质性的步骤。

李闹长袖善舞,上下通吃,只是吃法各有不同:"我哪那么不识相啊,你们一心扑在工作上,从来不为自己谋私利,我打听了一下,他们那些年轻人互相都通着呢。"

她办事不显山不露水,开始担心自己的利益:"哎,局长,您忙二期工程,会不会又耽误了啊?"

李玉玺是明白人,知道她所指:"闹姐,您放心,两件事儿都不耽误。"

"好，那等您好消息。"李闹就要这句话，三言两语之间，他们已经达成默契。

李玉玺上场打球，王锴坐到李闹身边："他什么意思？"

"不见兔子不撒鹰。"李闹并不喜欢李玉玺。

王锴怕双方谈不拢，极力帮李玉玺说话："哎，他也不容易，现在还是常务副局，过了这个村就没这个店了，必须抓住这个机会。"

"下周谈话，他该放心了吧？"

"希望如此，他不能太不识相，要是还卡着不放，我点点他，让他清醒一下。"

"那我们之间呢？"

"呵呵，好办，我一直有个理念，钱聚人散，钱散人聚。"

李闹满意，就算达成口头协议，现在该出手推动这件事情发展了，她走进球场在刘永华耳边嘀咕几句，王锴一溜小跑把他替换下来。刘永华下场坐在李玉玺旁边，擦擦手，喝喝水，目光看着球场："这几天，组织会和你谈话。"

"多谢，多谢。"李玉玺在更大的领导面前，没有了往常的沉着。

"任命一把手，要经过领导班子集体讨论，要有心理准备。"刘永华是领导，说话就是有水平，不过度承诺却又到位。

李玉玺频频点头，刘永华仍然看着球场，说出重点："话说回来，班子几年调整一次，机不可失，二期工程要抓紧，在决策前做出成绩来，让组织都能看见。"

这才是重点，把李玉玺的晋升正式与二期工程挂起钩来，李闹正好听见，立即插嘴："哎呀，你们这些领导工作废寝忘食，打球还研究工作。"

李玉玺谦虚地客气："是我不对，这么晚还谈工作，影响领导打球。"

刘永华顺其自然说出方针："玉玺啊，二期工程要代表最先进的生产力，超常规跨越发展，拿出气魄来。"

言外之意非常明显，请你选择王锴。李玉玺久混官场，哪能听不出来。

106．周二，上午十点十分

田蜜爸妈来了北京，她就只好重回售楼处上班，升起一种既熟悉又亲切的感觉，自从与客户接触之后，不断碰壁，也不断学习，她忽然意识到，销售的本质就是成为客户信赖的顾问，诚心诚意地帮助客户发现潜在的问题，并提供解决方案。在这一瞬间，豁然开朗，她喜欢上了这份工作，一份可以长期做下去的事儿。田蜜走到楼盘前，里面仿佛生活着快乐的家庭，父母、夫妻和宝宝。她走进样板间，想象着，厨房杂乱却堆满各种各样的食材，卧室那么温馨和舒适，宝宝间，啊，他正在欢笑，抬起头来甜甜地叫一声妈妈。田蜜擦拭泪水，自己一定会幸福的！

她回到售楼处，赵勇举着一份文件正在和白涛商量："她老公是决策者，应该用第二式。"

这是周锐为田蜜整理出来的销售套路，白涛不同意："我们砍过对手了，应该用第六式。"

"田蜜，那份合同签了，是顶层的大房啊，恭喜。"白涛看见田蜜，蹦起来冲过去，本想给个拥抱，却想起她的肚子。

她坐到白涛对面，递上去一杯茶水："你们都错了。"

赵勇见到面貌一新的田蜜，神情似乎与以往不同："呃，我们为什么都错了？"

"我们以前是心中无剑手中无剑，学了摧龙八式之后，是心中有剑手中有剑，还不是最高境界，所以才会讨论这个问题，高手中的高手不是这样。"田蜜双手搭在胸口，尽显专业，这句话她是从骆伽那边听来的。

"什么是最高境界？"赵勇问。

"呃，呵呵，田蜜几天没来，长见识了，说来听听。"白涛也感受到了她的变化。

"必须忘记摧龙八式，更不用讨论第三式还是第六式，这才是高手中的高手。"田蜜侃侃而谈，人的能力提高的时候，精神就会焕发出不同的面貌。

赵勇震惊于田蜜的变化，却想不通答案："为什么要忘记？"

"每个客户都不一样，性格、习惯和想法各不相同，怎么能生搬硬套？如果我们每次都要想，他在采购流程的什么阶段？应该用什么招式？话应该怎么说？客户早走到一边去看样板间了。"

"有道理。"白涛和赵勇一起点头。

"我们要把摧龙八式变成习惯，见招拆招，随机应变，无招胜有招，才是高手中的高手，达到剑人的阶段。"田蜜这段话也是来自骆伽。

"什么？贱人？"白涛兴致勃勃，听到最后一句突然糊涂了。

"剑人合一的阶段，知行合一，这下明白了？"

"好，就依田蜜，见招拆招，随机应变。"赵勇从田蜜的笑容中感到了变化，她似乎不再逃避，找到了在北京这座大城市中生存下去的希望。

田蜜走到落地窗边，那个招租的告示牌收了回去："白涛，那个房子不租了吗？"

白涛十分遗憾："估计是找到主儿了。"

田蜜转过来，正视白涛："我愿意入伙，你呢？"

白涛看着对面的空房："这地方真好，可惜来不及了。"

"有什么来不及，看我的。"赵勇抓起手机拨给房东，"您好，我看中了您那个房子，还出租吗？呃，收了定金了，没关系，您等我，我这就去，您有任何要求，只要合情合理，我都可以答应。"

赵勇伸出手来："我也愿意入伙。"

白涛伸手握在一起："我也加入，我们三三开，这样压力都小了。"

"还有周锐和骆伽，摧龙八式是人家的。"田蜜伸手与赵勇紧紧握在一起。

107．周二，中午十二点三十分

海棠居假花怒放。

王锴志得意满，拿下软件招投标，又为李玉玺搭上刘永华，二期工程尽在掌控。他粗略估了一下，硬件系统预计报价三点二个亿，惠康给百分之七十的折扣，按照百分之五十的折扣卖给通管局，做惠康产品可以赚六千四百万。

可是，如果做捷科产品呢？

王锴是商人，天职是追求利润，他有意在招投标过程中与惠康保持距离，美其名曰分进合击，其实有自己的盘算，捷科和惠康必须打起来，刺刀见红，利润才能最大化，因此王锴悠然自得坐在院落中，等待骆伽。

骆伽很准时，轻松地背着一个挎包，里面的东西显然不沉，那是什么？王锴等待的是报价单上的折扣，显然不用装在这么大的包包里。王锴站起来，双臂做出拥抱的姿势："情人节快乐。"

骆伽本可以双臂抱在胸口，与他轻轻一拥，但这样便发出错误信号，于是身体从王锴身边划过，很认真地看着王锴："不行的，我刚算过命，人家说我今年不宜拥抱。"

这句话把王锴说了个莫名其妙，明知她推脱，板起面孔，故意给她脸色："明天就硬件招投标了，你们折扣做好了吗？"

骆伽不着急，她对付王锴游刃有余："哎呀，好饿，王总，我饿得前胸贴后背了。"

这句话逗得王锴咧嘴，招来服务员点菜，骆伽喝了几口豆浆："王总，这里豆浆真好，喝几口就缓过来了，这是我们的报价和折扣。"骆伽敲入密码，屏幕正对王锴。王锴先看总报价，再看折扣，百分之七十五。粗略计算，拿到百分之二十五的差价，便有八千万利润，比惠康多了一千六百万。

"这个文件发我一份。"王锴心中有底，明天便可以相机行事。

骆伽每样菜都尝了几口，给了王锴面子，看他用餐巾纸擦了嘴巴，赶紧从大挎包里取出一个包装盒推给王锴，心里极为不舍，梦寐以求的铂金包只在手里转了一个圈："王总，我非常喜欢，但是实在不能收这么贵重的礼物。"

王锴摆手拒绝："那是开玩笑的，这是春节礼物，不是情人节礼物。"

骆伽退回礼物，从气势上重占上风，又取出一个包装盒："这是我送您的情人节礼物，在新加坡挑的。"

这算什么？王锴哭笑不得，礼物被骆伽退回，怎么能收她的礼物？骆伽偷偷扫了一眼爱马仕，如果王锴再劝几句，她肯定舍不得放弃："王总，我们的报价和折扣您满意吗？"

王锴微微一笑："捷科还是有诚意的，不过，关键在客户。"

108．周二，晚上八点三十分

晚上，白涛出面把田蜜、赵勇、周锐、骆伽聚集在酒吧，既为庆祝田蜜卖出第一套房子，也为商量开房屋中介公司。周锐与赵勇搞僵，本不想来，却被骆伽劝说同意了。

白涛是内行，将房屋中介的业务模式介绍一遍，先要预付半年房租，然后购买办公家具和电脑，这些由白涛负责，招聘三五名销售人员并训练，由周锐和骆伽负责。三个月后开始营业，每个月卖出两三套房子，就能收回投资。然而，每人都要平均摊到三万元左右的投入，这是一个说多不多，说少不少的数字。白涛和赵勇都有积蓄，恨不得当场去银行取钱，骆伽、周锐和田蜜三人却各有苦衷。

白涛很认真："你们有什么难处就说出来，既然合作，必须开诚布公。"

骆伽今天花明天的钱，举手先说："没什么积蓄，能不能我写借条，从工资里面扣？"

　　白涛同意："不能拖太久，你，周锐。"

　　周锐惦记着到了年底给骆伽买铂金包："我要买包。"

　　白涛摇头拒绝："一个包多少钱？理由不成立。"

　　"我要买的铂金包至少五万，也不知道人家会看中哪款。"周锐不敢直接抱怨，只敢用幽怨的眼神扫一下骆伽。

　　骆伽皱起鼻子噘起嘴，又笑出来："呵呵，那不用你买了。"

　　周锐知道说错话了，连忙摆手："心甘情愿，买，买。"

　　骆伽不接受："偏不要，我有工作有薪水，不用指望别人。"

　　周锐就像被骆伽训练好的小狗，承认错误："我错了，伽伽。"

　　"哼，知错不改和屡教不改，哪个更严重？"骆伽上纲上线地教训着周锐。

　　白涛被五万铂金包吓得吐舌头，随即点头："铂金质地，当然贵，可是你拎那么沉的一个金属包干吗？呃，明白了，防身用，美女都需要。这样吧，你俩合算一份，你，田蜜，呃，你正在用钱的时候，你就算干股吧，以后再说。"

　　"大功告成，举杯庆祝。"赵勇举起一扎啤酒，向肚子里灌去。

　　几轮酒后，赵勇向骆伽使个颜色，两人躲到角落，赵勇两边为难，一边是老师和周锐，一边是唐南军，都不能放弃："伽伽，半年前的事情，我知道周锐还在生气，我理解，不怪他，可我也有苦衷，大师兄那天晚上让我取合同，能不去吗？其他的我都不知道，后来老师出事儿，我才慢慢明白，可是这件事过去半年了，你说我能怎么办？"

　　如果赵勇所说都是实话，便没有大错，骆伽想想，走到周锐身边，贴在他耳边嘀咕几句，两人端起酒杯与赵勇轻轻一碰："嗯，我不怪你。"

　　"咱们是好朋友，明天招投标却是对手。"周锐大度地举起酒杯。

　　"我也祝你凯旋。"赵勇充满信心，心情大好，坏笑着说，"实话说，我没看出来你有一丝机会，哈哈。"他坐下来，犹豫一会儿贴近周锐，"有件事儿啊，我一直不明白，网上的大枪给我不少有用的信息，他跟你聊过吗？"

　　这个神秘的大枪没有理会过周锐，却偏偏指点赵勇，周锐百思不得其解。

　　忽然电话响起，骆伽看见名字脸色骤变，走到一边说了几句，匆匆挂掉，披上外套就要出门。周锐抓起衣服随她出去："怎么了？"

　　"方处长让我去一趟。"骆伽猜测着原因。

明天就要招投标,方恩山突然要见面,必有原因,周锐穿上衣服,陪她同去。骆伽隐隐约约觉得方恩山一定有说不出口的话:"他让我一个人去。"

周锐想起半年前的招投标,当时是张大强,现在是方恩山,台面上的事儿不用大半夜地密会,立即有预感:"伽伽,方处长找你什么事儿?"

"不知道。"

"我猜方处长有要求。"

"有可能。"

"怎么办?"

骆伽抬起头,方恩山很可能有个人的想法:"你说怎么办?"

"伽伽,我们宁可输,也不给回扣。"周锐拉着她的胳膊,走出餐厅,挥手打来出租车,驶向黑暗的夜色。

就是这个人!

王锴坐在海棠居的树下,紧紧盯着赵勇的资料,他肯定也是在酒吧认识的田蜜。这个窝囊废,田蜜怀着我的孩子,你凭什么去抢!现在的年轻人真不讲规矩,你要娶她?你要当我儿子的爸爸?明天就招投标,有你好看!

拱门外响起李闹的声音:"李局,喝碗豆浆再去打球,舒坦。"

王锴迎出去,见到李闹和李玉玺并不意外,吃惊的是他们身后还跟着一人,一身笔挺的三件套西装,韦奇峰!李闹悠然走过来,笑着介绍:"奇峰把我们送来的,你们都是一个圈子的,认识吗?"

这如同当头一棒,怎么会突然杀出韦奇峰?

"新年好,恭喜发财,红包拿来,不给红包,打成熊猫。"韦奇峰喜气洋洋地向王锴拜年,让人猜不透他们之间的关系,其实众人心里有数,只是觉得模糊些好。

"来来,喝碗豆浆。"李闹张罗起来,她说是喝豆浆,其实每款菜色都很争气,反正王锴买单,他这个项目赚几千万,此时不让他出血更待何时?

李玉玺是领导,率先入座,别人才敢坐,他指指韦奇峰:"刚过春节忙,奇峰带我打球,路过这里,咱们不用客套,来,喝完豆浆准备打球。"

这句话一点儿都不给王锴面子,反而显出韦奇峰的交情,王锴就像拼命折腾都跳不出如来佛掌心的孙悟空,千算万算,都在韦奇峰股掌之间,王锴一边喝豆浆一边想心事儿。李玉玺似乎有所顾忌,喝了两碗就站起来,李闹看出他不想久留。李玉玺扬长直奔洗手间,李闹留下来敲打王锴:"二期工程的事情,我不愿意蹚浑水,奇峰人脉深厚也不需我帮忙,但是他念旧，要帮你一把，王总，你心里要明白。"

韦奇峰很给王锴面子，替他解围："大家都在江湖上，抬头不见低头见，应该互相照应，我们是多年的生意伙伴，就像夫妻，王总即便出轨一次，只要惦记着情分，不去私奔，我便义无反顾不离不弃。不过，明天就要开始硬件招投标，王总，你必须给我一句话，你到底是跟我走，还是跟着捷科？"

韦奇峰的出现彻底打蒙了王锴，折腾半晌原来早在人家盘算之中。深啊！他和韦奇峰合作多年，全然不知道人家的底细，却被别人摸个底儿透。如果惠康支持其他软件公司，永嘉集团能拿下软件的招投标吗？王锴埋头喝着豆浆。李闯突然从软变硬，毫无顾忌放下木碗："这豆浆没磨好吧？没什么喝头，奇峰，我们换个地方。"

王锴慌了，李闯绝对得罪不起，韦奇峰站起来："咱们合作十年，你相信我吗？"

王锴想想这些年的交往，韦奇峰确实是说到做到，言而有信："我相信你。"

韦奇峰拿起衣服抖一抖，板起脸来："王总如果犹豫不决，站不稳立场，不妨直说。如果这样，北京通管局的订单永嘉集团不但肉吃不到，骨头啃不着，分一杯羹也不可能。你得罪了中国惠康，我保证你今年一个项目都拿不到，不仅在交通能源行业，而是所有行业。"

韦奇峰从未斩尽杀绝，这种狠话还是第一次说，就像迎面砸在脸上，王锴脸上一阵白一阵红："多谢韦总提醒，我没这个意思，永嘉集团与惠康合作多年，没有理由分道扬镳。"

韦奇峰在招投标前的关键时刻绝不客气，继续逼迫："王总为什么多次与捷科接触？"

"哎，私人的事情，韦总别多心。"王锴不好承认喜欢骆伽。

韦奇峰多次提醒，仍不见效，这次要彻底谈清楚："难道是为了那个骆伽？"

王锴暗呼倒霉，他本来想找李闯探路，没想到惹出韦奇峰这个煞星："您就别问了，我一心一意和惠康合作。"

"王总，商场如战场，不是情场，必须分得一清二楚。"韦奇峰看出来，王锴真是昏了头。低头又想起罗小希，自己不是也将战场和情场混在一起了吗？

李玉玺从洗手间出来，远远点燃一根烟，李闯站起来："奇峰，跟我们一起去打球吧。"

韦奇峰躲出几步,不想掺和:"我不去了,你替我照看李局。"

王锴对韦奇峰又敬又佩,起来长叹一声:"韦总,我王锴对你心悦诚服,今后没说的,你指哪儿我打哪儿,绝无二话。"

王锴早就是韦奇峰手中的一步棋,惠康是外企,规矩严格,账面上根本不可能操作,这就需要有一个白手套来处理。永嘉集团没少做这种事情,韦奇峰总是极为义气,从折扣中把这部分资金返回来。王锴彻底被打消了二心,永嘉集团如果与惠康分道扬镳,后果不堪设想。何况,自己怎么折腾也跳不出韦奇峰手心,还不如早点儿认栽。

方恩山酒量一般,骆伽谨慎地照顾着他的情绪,不去碰敏感话题,只是随口问了一句,便捅了马蜂窝:"最近您家人好吗?"

这本是一句普通的问候,却让方恩山抓住机会,放下酒杯叹气一声,骆伽心知要糟,他心里有事儿,拦也拦不住。方恩山果然一开口就耐人寻味:"能好到哪去?"

骆伽给他添酒,不去接这个话茬,方恩山喝了酒自顾自说起来:"我们就几千多块钱的工资,你在外企多少?你保密我也知道,至少一两万。我有老婆有孩子,在北京怎么养?"

方恩山的态度越来越明显,骆伽心里在挣扎,给还是不给?给了,明天方恩山为自己说话,不能赢也可以切下来一块,可周锐那个笨猪却一定阻挠,哪有这样做生意的?骆伽没有决定,埋头喝酒。方恩山皱皱眉头,骆伽机灵通透,不可能没有听出来。

骆伽继续喝酒,怎么办?只能把这件事挂起来,先赢了再说:"处长,是啊,永嘉集团王总是我们的合作伙伴,是不是一起聊聊?"

方恩山哪敢向王锴开口,那不是与领导虎口夺食?看着骆伽,等她退让。骆伽碍于周锐,也没有退路,举起酒杯:"处长,我再敬您一杯。"

"今晚不痛快!"方恩山没有索到好处,面如冰霜,啪地把酒杯向桌上一摔,离席而去。

109. 周二,深夜十一点三十分

赵勇送田蜜回到家,正为道别方式挣扎,握手再见太生分,结果田蜜张开双臂,两人紧紧相拥,时间静止在屋檐,心跳怦怦加速,赵勇望着她弯弯的眉毛和忽闪的眼睛，情不自禁吻了下去。

吱呀一声，房门打开，田蜜爸妈并立在门框之下。

赵勇连忙缩回，速度太快竟瞬间闪了脖子，她父母难道早就在这里？田爸转身进去："进来坐。"

"不用了，这么晚，不影响您休息了。"赵勇推辞，却发现人家根本不是邀请，而是命令。

"他明天上班。"田蜜猜到事情不妙。

田妈妈指着她的肚子："为这个。"

"妈妈，你们不知道……"田蜜不知道该怎么解释，要不要把王锴的事情说出来？

"不知道什么？"

"妈妈，我们说句话。"田蜜将妈妈推进去，从门缝望见爸爸坐在沙发上等待，关上门低声对赵勇说，"我还没有告诉他们，那件事儿。"

赵勇发呆的大脑想不清这句话的意思，田妈妈去而复返，将他扯进客厅，又把田蜜关进卧室，分坐在电视机两边："姓名？"

"报告，赵勇。"赵勇明白，今天事情严重了。

"年龄？"

"三十。"

"婚姻状况？"

"未婚。"

田蜜爸妈互相点头，他们就怕赵勇已婚："与田蜜什么关系？"

"朋友。"赵勇模糊应付。

"嗯？"田妈妈很不满意。

"好朋友。"赵勇为难极了，仍想糊弄过去。

"嗯？"田蜜爸爸一起嗯起来，声调跟唱豫剧一样。

"男朋友。"赵勇被逼无奈，低头承认。

"田蜜的情况你也清楚，你必须有个说法。"

"什么情况？"

田爸爸指指肚子，田妈妈啪地拍开他手掌，两人中间隔着电视机，胳膊竟能绕那么长，赵勇彻底看晕了，他们肯定是隐世的武林高手。田妈妈质问："什么情况？谁播种谁最清楚！"

赵勇连忙否认："没有，我没有啊。"

"不承认？不是你是谁？"田妈妈得理不饶人。

赵勇低头不语，认也不是，不认也不是："叔叔阿姨，给我几天时间考虑一下。"

田蜜妈妈业余唱豫剧，说话一套一套的："种瓜得瓜种豆得豆，谁种谁得，赖也赖不掉，给你一周时间考虑清楚，我们田蜜不是嫁不出去，告诉你，一周没有消息，这孩子俺们不要了，你看着办。"

"把电话留下来。"田蜜爸爸冲着赵勇喊。

赵勇放下手机，觉得不妥，为什么要留下电话？田蜜妈妈奇怪地问老伴：你要电话干吗？田爸爸指着老伴：你糊涂咧，电话号码！赵勇赶紧掏出名片，双手奉上，田蜜爸妈赌气地向桌子上挥手，放那儿吧。赵勇狼狈不堪地逃出来，还没到家，田蜜的电话就追过来，赵勇，真对不起，他们肯定说了很多难听的话吧？赵勇就是吃软不吃硬的脾气，硬扛下来："没事儿，你放心，不过……"

"不过什么？"

"他们让我一周内给个答复，难死我了。"

"别担心，我想好了，我这几天就和爸妈回郑州。"

"你要回郑州？"

"嗯。"

"你还回来吗？"

"等你们的房屋中介红火起来，我一定会回来的，我也是股东呀。"

110. 周三，上午九点五十八分

期待已久的硬件招投标终于开锣！

招投标情景仿佛重演，其实天翻地覆。张大强退出项目小组，王锴摇身一变，作为软件公司专家，堂而皇之地参与进来。这是李玉玺的建议，也合情合理，永嘉集团作为软件开发商，参与硬件的选择于情于理都说得过去。王锴与方恩山拱手作揖，一团和气，找个角落坐下来，他很清楚自己的地位，该说的话必须让客户说，自己只是项目组中的一个专家顾问。

北京通管局的招投标从来都快刀斩乱麻，当场开标，当场评标，当场出结果，二期工程也会这么顺利吗？赵勇来到招标现场，整整领带，将密封的招标文件交上去，唐南军拍拍他膝盖，这是一种鼓励，赵勇泡在通管局顶层整整两个月，脱胎换骨，从计划财务处突破，请柳庆元接待李玉玺，带着柳庆元杀个回马枪。动作流畅，没有拖泥带水，系列眼花缭乱的组合拳现出成效，中联限于技术和产品，虽然不能吞下最肥的那块肉，但价格优势加上柳

497

庆元这个大靠山，总能将十四区两县的终端设备收于囊中。

赵勇在哪儿摔倒，又从哪儿爬起来了！

刘明君进入会议室，毕恭毕敬地奉上标书，向中联那边望去，七八名工程师围着赵勇，这小子有出息。地盘就要被中联切下去一块，还好自己捞到最肥的那块肉。其实韦奇峰留着余地，打败中联并不难，只是白白让赵勇这小子占了便宜。捷科没有任何机会，菜鸟就是菜鸟。

骆伽踩着点儿来到会议室，王锴脸上现出暧昧笑容，低声说道："你们超时了。"骆伽震惊地指着时钟，还有两分钟。王锴意味深长地拍拍招标文件，"呵呵开个玩笑，你们有把握吗？"骆伽咬牙切齿，他竟敢在招标现场开这种玩笑，却又不能得罪，反问："您觉得呢？"王锴笑容更暧昧说："事在人为。"

骆伽的范儿本就引人注目，在主席台上与王锴附耳浅聊，引起厂家们的主意，她竟与王锴关系如此密切？难道我们忽略了捷科？骆伽退坐回来，下腭轻轻颤动，周锐看出她情绪波动，左手压在她膝盖上说："伽伽，不值得。"

骆伽深深吐了一口气："王锴，走着瞧。"

评分规则依旧，每个厂家有十五分钟方案介绍时间，然后评委提问和打分。方恩山变成当然的主角，与王锴一唱一和，控制着顺序和局面。方恩山先叫进一个二流厂商过堂，对方正在介绍方案的时候，便不耐烦地屡次打断，钻牛角尖般地追问，然后疾言厉色，直到对方承认缺陷，才向后一靠停止穷追猛打。厂家并非辩驳不过，在这种场合客户的需求就是真理，你怎么争辩？只能哭丧着脸频频称颂英明。

方恩山和王锴连续灭了几个二流厂家，赵洪河坐在角落一语不发，冷冷看着他们表演。

惠康的团队进来，他们的方案确实优于前面的厂商，王锴一改常态，频频点头，不时插笑几句，气氛大为不同。十五分钟介绍完毕，评委们习惯于轮番轰炸，当他突然闭嘴的时候，竟然没有做好准备，沉寂数秒，才象征性地提问。

王锴和方恩山清楚地表明了通管局的倾向性，评委们哪儿敢不会意？评委们很配合，惠康很争气，对答如流，方恩山满意地宣布："时间到。"

"等等，有个问题。"冷眼旁观的赵洪河第一次开口，"按照你们的方案，违章信息保存在各个区县，我们市局怎么核实这些数据？"

冤有头债有主，惠康的方案严格遵守标书，这个问题本与自己无关，刘明君久经商场，口气极为客气："赵支队的问题很重要，我们非常理解，按照招标文件，系统每天会将数据传送到市局。"

"一辆车转眼就从海淀开到西城区，你们每天传一次数据来得及吗？"赵洪河又放一炮，这纯属客户规划的事情，刘明君看着王锴寻求援助。

王锴果然义气，开口帮忙："招投标文件有规定，惠康是遵守招标文件的。"

赵洪河向后一靠，仰望天花板，轻轻说出一句："如果招投标文件有问题呢？"

他声音不大，却把评委们吓得够呛，如果招标文件有问题，招投标就必须推倒重来。王锴脸上红一阵白一阵，挥手让惠康的代表们离开。赵洪河插一杠子，将内部裂痕呈现在评委面前，他们对上次废掉张大强记忆犹新，这次招投标绝不会风平浪静，他们本想早点儿评完，看来要落空了。

"大家说说吧。"照例在打分之前，评委们会做一次讨论，对成绩影响极大。

"我问的那几个问题，惠康都没有答出来。"赵洪河只简单说一句，便闭嘴不言。

惠康答不出来，其他厂家也一样，这是软件设计的问题，方恩山向王锴寻求支持："软件是永嘉集团开发的，赵支队的问题怎么办？"

王锴昨晚被韦奇峰降服，倒向惠康，虽然嘴里公正公平，但关键时刻不能站错队："这些问题，软件都能解决。"

方恩山见好就收，不再纠缠："既然这样，请各位评委打分。"

赵勇走进小会议室的时候，王锴气不打一处来。无论选择惠康还是捷科都有利润，千万不能选择中联，那就是赔了夫人又折兵，这小子竟敢横刀夺爱！给我儿子当爹？赔了夫人又折兵，还赔上孩子，我比周瑜还惨，王锴鼓着腮帮子，必须把中联清除出去，于是不等中联用完十五分钟，便不停地打断。

碍于柳庆元面子，方恩山看不过去了，时不时出来挡炮火，其他评委搞不清楚水深水浅，便摸着石头过河，该问的问，不该问的不问，绝不刁难，既不帮着王锴，也绝不能得罪方恩山。赵勇冷冷看着喋喋不休的王锴，这就是田蜜的前男友，她肚子中孩子的父亲，抛弃了田蜜抛弃了孩子，他突然站起来看着王锴："那位评委，请尊重我们的十五分钟，不要打断。"

王锴一时下不了台，想不到反击口实："你是谁？"

赵勇脾气火爆，一点儿都不怵："中联的客户经理，赵勇。"

王锴腾地从台上站起来，走到赵勇面前，贴近他耳边："田蜜怎么样？"

火上浇油！赵勇的怒火被猛烈点燃，左手在王锴眼前一晃，右拳从下到上勾起，正中他下巴，王锴如同陀螺一样向地下软倒。赵勇撑着桌子跃出，扑过去将晃晃荡荡的王锴推出几步，掀倒在地，一阵猛拳。几位评委事后回忆，赵勇的动作让他们想起在景阳冈打虎的武松。

招投标变成擂台，众人措手不及，唐南军距离最近，上去抱住赵勇，惊慌失措的工作人员上来扶起王锴。赵勇占了便宜，抱着肩膀抬起下巴，鄙视王锴："有种你过来，再来一次。"

现场不成样子，方恩山抓起麦克风："技术交流暂停，中联退出。"

专家们面面相觑，居然出了这种事情，怎么处理？方恩山脑袋发蒙，把麦克风扔到一边，先去关心王锴："要不要休息一下？"

王锴鼻管被赵勇击爆，正在用一团手纸塞进去，哼哼哈哈很久，嘴里含糊不清："中联违反招投标规则，必须严肃处理！"

方恩山心里没谱，问众评委意见。一位极聪明的女评委指着工作人员说："读招投标规则。"

合情合理，取得大家一致赞同，方恩山苦笑："招投标纪律中没有这条。"

既然没有规则，便谈不上违反规则，王锴捂着鼻子查看规则："第五条，厂家不得采取不正当手段，私下收买或者威胁专家评委，否则取消招投标资格。他动手打人，赤裸裸地威胁评委。"

废掉中联的投标资格？一位评委小声嘀咕："刚才打架不是私下，是公开。"

另一位评委极好奇，小心翼翼地问："王总，您刚才在他耳边说什么了？"

王锴被这句话噎住，他不可能说实话，气咻咻坐回座位，仰起脖子让血液倒流回鼻腔，装作没听见。方恩山不想废掉中联，又不能不安抚王锴："我建议向局长汇报，再做决定。"

大家没有异议，也不敢有异议，一名评委问："中联还打分吗？"

方恩山拍着脑袋："我都糊涂了，打分，必须留下凭证。还有，局长没有定性，大家不要受外界因素干扰，该怎么打就怎么打。"

人精们侧着头，琢磨这句话的味道，提笔打分。王锴全部打了零分，站起来向外走，被方恩山叫住："王总，您去哪儿？"

王锴停住脚步："不是向局长汇报吗？"

"哎，能为这一件事儿专门请示局长吗？我们先评标，最后一起请示。"方恩山根本不想终止招投标，王锴泄气，这不等于白挨一顿揍吗？却也拿方恩山没辙。

由于刚才的波折，大家都希望少生事端，王锴受了打击，捂着鼻子发呆，埋头一言不发，一个问题都不问，招投标进展顺利，方恩山向门外招手："下一家，捷科。"

评委们眼前一亮，在招投标场合，大都是西装革履的男士，即便有几位女性，也被装在深蓝色的套装里，骆伽却能穿出不同的味道，几缕从黑色秀发中跳跃出来的紫色，腰线向内不可思议地收敛。她微微抬起头，与众不同的明星范儿，评委们仿佛走出空气污染的会议室，进入香甜的田野，心旷神怡。

骆伽看一眼王锴，他目光散开，神态不对。周锐打开电脑，投射到屏幕上："各位评委，针对招标文件，我们提出两套方案，第一套是按照建议书的分散方案，第二套方案是集中方案，供专家们参考。"

评委们脑袋轰然一响，立项的时候肯定做过各种方案的比较。厂家必须一字不差地严格遵守标书，甚至要逐条应答。捷科提出第二套方案，意味着对原有方案的否定，极为罕见。评委们都闭紧嘴巴，睁大眼睛看着形势，免得说错话得罪人。王锴听出挑衅的味道，甩开鼻孔里的纸团，从气势上压过去："两套方案？我们招标的方案有问题吗？"

"两套方案各有利弊。"周锐不卑不亢。

"严格按照招标文件进行。"方恩山不想纠缠，言外之意是，你不用提第二套方案了。

周锐心脏怦怦地跳起来，简短扼要地讲述第一套方案，骆伽暗暗摇头。还好他准备充分，倒也没有出大娄子。十五分钟过去，工作人员竖起提示牌，方恩山转向评委："大家对捷科方案有什么问题吗？"

赵洪河举起手来："既然还有时间，大家也没有问题，就说说你的第二套方案吧。"

客户内部再次暴露出分歧，评委们低头翻阅文件，竖起耳朵感觉风向，不盲目开口。周锐迅速翻页："两套方案各有利弊，我做了一个对比，分散方案简单实用，价格低廉，这是优点，缺点是不利于全局的分析和控制，要不要我再深入讲一下？"

"不用了。"这是王锴的声音。

"用。"赵洪河的声音压过来，向前倾着身体，"详细说说。"

王锴脸色憋红，鼻孔中流出鲜血，赵洪河挖苦着说："哎哟，又流血了，轻伤不下火线。"

王锴没听出来讽刺："是是，我先休息一下，你们继续评标。"

赵勇一拳打倒王锴,占便宜的却是捷科。周锐浑然不知,将演示文件投射到屏幕上,开始介绍集中方案的利弊……

"时间到。"方恩山厉声打断,满脸严肃。

"说完吧,不急,我还想听。"赵洪河满脸笑容,听得很开心。

赵洪河和方恩山如此不同调,极为罕见。周锐讲完后收拾电脑离开,会议室中鸦雀无声。方恩山的套话纯熟:"现在请评委们评分,还是老规矩,表格中共有五项,包括技术先进性、系统稳定性、可扩充性以及服务能力,十分最佳,一分最差,大家酌情打分。最后一项价格分空着,开商务标之后再填进去。"

赵洪河胸有成竹,刷刷点点在评分表上打起分数,又趴在桌子上写着什么。王锴洗净鼻子,伸长脖子去看,却被瞪回来。评标有记名和不记名两种,北京通管局一向采用记名的方式,如果评分不合主办单位的想法,下次就会失去评标资格。专家们心里权衡着,赵洪河明显支持捷科,方恩山向着惠康和中联,两人截然相反,该怎么押宝?该支持谁?该反对谁?

周锐讲得不好,但还算通顺,但是按照分散方案捷科毫无希望。各路厂家都集中在招标现场,彼此距离极近,只言片语都可能有致命的影响,因此说话方式都极为特殊,必须将嘴唇凑到对方耳边,不用声带,而是吐气成音,周锐嘴唇递到骆伽耳边:"怎么样?"

骆伽想到王锴散开目光不看自己,肯定心中有鬼,打开笔记本挡在身前凑近周锐:"王锴表情不对,他脚踩两只船,现在好像踩到惠康那边去了,必须找出原因。方恩山心不在焉根本没有听进去。赵支队知道我们的方案,仍然听得很认真,五名评委中有四名态度正面,都出现过记录或者点头的情况,而且有两三个评委有眼前一亮的感觉,我觉得集中方案打动了四名评委。但是能说上话的只有赵洪河,我能看出来,他想为我们说话。"

骆伽有强悍的观察能力,把每个评委的态度揣测了一番,周锐听得暗暗咂舌,她洞悉人心的能力竟不输于雷励行。

"我试探一下。"骆伽恶作剧般地将嘴唇贴在他耳边,轻轻吐气,装作说话的样子,外人只是以为两人在窃窃私语,谈论招标形势。呼吸丝丝缕缕钻进周锐耳中,他悄悄按住她的右手:"伽伽,别闹。"

骆伽吐吐舌头,笑着退回来,旁敲侧击地给赵洪河发出短信:给您带了好茶,下午有空吗?骆伽。她把手机在周锐面前一闪:"赵支队会怎么反应?"

"不理不睬,是最差的结果。"

"招投标期间，他不可能见我们。"

"他只能拒绝，这是最好的反应。"周锐觉得越来越有趣，他对二期工程不抱希望，但是能与骆伽肩并肩，输了赢了都不重要。

口袋振动，赵洪河摸出手机，弯腰在桌下匆匆看完，迅速将手机放回口袋。方恩山正在收评估表，结果会怎么样？还是等商务分数算出来？见到赵洪河机警的目光扫来，他立即命令工作人员："计算分数。"

工作人员聚集在电脑旁边，将评估表录入电脑，反复核对和确认，纯熟无比地统计起来，仅仅几分钟，技术分数就透过投影机投射在大屏幕上，惠康以六十三分的成绩位居第一，捷科紧紧跟随，六十分，中联五十八分排名第三。

方恩山站起来，向评委们示意："我们去大会议室，开商务标。"

趁着评委们出门的时候，赵洪河掏出手机，回骆伽短信：稍等。

短信回来，骆伽松了一口气，赵洪河是靠得住的！形势不利，按照分散方案希望微乎其微，难道在这里等死？通管局从来都是当场公布价格，当场汇报，当场拍板。

"见李局长。"骆伽看看时间，评委们随时都会回到大会议室，她站起来，借道而出。

"伽伽。"周锐喊出来，同样的地方和同样的招投标，仿佛时光倒流，他半年前被轰出局长办公室，骆伽竟然和做出同样选择。骆伽脚步不停，回眸一笑。

周锐起身追出去："骆伽，我们会被轰出去的。"

"我们？你跟我一起去？呵呵，来吧。"骆伽判断他肯定跟来，向电梯走去。

周锐拉住骆伽，注视着她的双眸："商场就像赌场，我们掷出骰子，只有老天才知道输赢，我们愿赌服输只能等结果，不能把骰子打乱。"

"人定胜天。"骆伽皱皱鼻子，推开周锐，背后逐渐传来一阵脚步声。

"且慢，还是向局长做个汇报。"赵洪河这句话威力极大，方恩山不得不停下脚步。

"我的意思是，既然有厂家提出了第二套方案，应该向局长汇报一下。"赵洪河把李玉玺拿出来说事，虽然提议不符合招投标流程，方恩山却没法反对。方恩山必须让步，一行人改了路线，转向电梯厅，听到传来争执的声音，周锐正拉着骆伽的手腕。

"你们,是一对儿?"王锴意外又郁闷。

"对。"周锐大声回答,招投标流程管不到办公室恋情。

方恩山向保安招手:"守在这里,招标期间禁止穿西服的上去。"

评委们鱼贯进入,赵洪河低头落在最后,走到骆伽身边,狡黠一笑,进入电梯。

他们显然是向李玉玺汇报,骆伽对着电梯发呆,赵洪河的笑容有什么含义?周锐与骆伽的视角和思维方式完全不同,却从对方目光中得到一个相同结论,骰子正在旋转,要掷出有利的结果了。

评委们坐在中间,赵洪河与王锴面对面相坐,壁垒分明,方恩山率先发言:"局长,技术评分结束了,惠康以六十三分位居第一,捷科紧紧跟随,六十分,中联五十八分排名第三。"

"很好,下一步?"李玉玺不动声色,他们现在汇报,肯定出了问题。

"下一步应该开商务标,但是赵支队有意见。"王锴话中带有幽怨。

"哦,王总,你鼻子怎么了?"李玉玺看见王锴鼻孔里塞着棉花团,突如其来转了向。

承认被厂家代表打的?王锴当然不想这么说,小不忍则乱大谋,为了六七千万的利润,不能节外生枝了,他苦笑着摆手:"没事儿,就当不小心被狗咬了。"

评委们哄堂大笑,方恩山咬着耳朵把经过讲了一遍,李玉玺也笑了。王锴尴尬不已,清清嗓子扯开话题:"作为软件公司代表,我听了技术交流,参与了评标,争执的焦点是分散还是集中,因此提议向您汇报。"

赵洪河不等李玉玺提问,先发制人:"分散方案肯定不行。"赵洪河胸脯鼓鼓,掷地有声,堂堂正正,气势非凡,竟将方恩山和王锴压得无法开口。

李玉玺无法直接反驳,寻找支持:"王总,你负责软件开发,这些问题考虑到了吗?"

王锴直起身子,底气比不过赵洪河,却掌握着部分话语权:"分散和集中各有利弊,我们都考虑了,软件功能都能支持。方处长的意见呢?"

方恩山拿出招投标流程当作挡箭牌:"我们应该按照招标流程来,即便有不同意见,也应该把流程走完,上百厂家代表都等着呢。"

商务标一开,流程走完,招投标就有了结果,赵洪河把文件夹抓在手里,嘿嘿笑着:"没必要了吧。"

"洪河,你要干什么?"李玉玺突然发现赵洪河今天十分反常,他背后有人。

"这次投标也不是没有收获,我看看底牌。"赵洪河举起招投标文件。

"这违反招投标流程。"方恩山头皮发麻,私自打开商务标严重违反招投标流程。

"奶奶的招投标流程,人定的东西,人就可以改。"赵洪河猛然撕破信封,一份份地读出报价,"惠康百分之四十八的折扣,一亿六千六百四十万。拿我们当冤大头!一堆破电脑就敢收一个多亿?"

评委们第一次遇到这种情况,一起傻眼,赵洪河胆大妄为,竟敢私拆招投标文件!难道没有原因?李玉玺勃然大怒,只要永嘉集团赢下订单,李闹得到好处,刘永华便会替自己说话,局长宝座板上钉钉,这是一环扣一环的交易,如果出了意外怎么办?他拍案而起,指着门外:"赵洪河,你公然违反招投标规则,眼中还有组织吗?还有纪律吗?招投标暂停,请各位专家先出去休息一下。"

紧张的气氛弥漫,大会议室沸腾成一锅开水。

午餐时间早已过去,碍于招投标纪律,紧紧关着大门,厂家代表们又饿又累,无法保持克制,来回走动探听消息。交谈本来都在耳唇间,现在人声鼎沸,纷纷猜测着,不是应该开商务标吗?有什么变故吗?周锐从背包中摸出一块巧克力递给骆伽:"吃点儿吧,还不知道到几点。"

骆伽肚子咕咕打鼓,克制地看着巧克力摇头,周锐又在她面前晃晃,这是她的最爱。骆伽双臂盘在肚腹,终于忍不住饥肠辘辘,抓过巧克力,掰下指甲盖那么大吞入口中,她很久没有尝到这种诱人的甜蜜滋味儿,凑到周锐耳边嘀咕:"形势有利。"

两人唇耳对调,姿势娴熟,周锐碰到她耳垂儿:"招投标很可能无疾而终。"

"所以?"骆伽判断着形势。

"重新招投标。"

"怎么办?"两人分工明确,周锐负责分析,骆伽负责执行。

"必须早做准备。"周锐俯在骆伽秀发间私语,忽然间,四周安静下来。

赵洪河进入会议室,评委们随后,王锴埋头走在最后,一溜坐在主席台上,却没有方恩山的身影。这种变化哪能瞒过骆伽,她轻声说道:"联络赵支队,等大家都反应过来就不好约了。"

周锐埋头发短信,如果招投标有变故,就必须抓紧时间去做台面下的工作,能约到什么级别的客户,基本上反映出关系的深浅。

"各位代表，谢谢大家耐心等待。"赵洪河抓来麦克风，举在嘴边神情自若，"我宣布，北京通管局智能交通二期工程中首轮招投标工作圆满完成，谢谢大家积极参与，请等待进一步的消息和通知，再次感谢大家。"

话说得很漂亮，厂家代表却呆若木鸡。圆满完成？商务标还没有开！招投标还没有结果！这就结束了？谁输谁赢？赵勇噌地站起来，没来得及开口就被唐南军拉回座位。他侧头看见骆伽和周锐，站起来："周锐，出来。"

赵勇埋头向外，靠在墙上，点了一支烟："来支儿？"

周锐挡开："什么事儿？"

赵勇按灭烟头，这件事与捷科有关："招投标为什么中断？"

这是极端商业秘密，一边是朋友，另外一边是骆伽和公司，周锐咬着嘴唇摇头："我们是最好的朋友，但是，我要问问骆伽。"

赵勇心里不爽，将烟头扔进垃圾箱说："不用了。"走出几步又转回来，拍拍周锐，"朋友重要还是骆伽重要？"

在周锐眼中，骆伽便是一切，满心满眼都是她的一笑一颦："赵勇，我不能说。"

111．周三，下午四点整

雷励行手握销售报表，感受到了明显的异样，以往开会时大家总是迟到，要骆伽一一催促才能勉强凑齐。今天七名下属准时到达，方宏伟远远地坐在会议桌另一端，难道他们约好了，集中发难？随着季度末来临，一场钩心斗角的大战即将爆发，雷励行嗅到了火药的味道。

应战？却势单力孤。他们即便结盟也只是出拳前的虚招，真正的危险是他们背后的赵大群，他将发出致命一击。不能乱了阵脚，雷励行放松心情，今天不是战场，也不是一场秀，必须从他们的虚招中探出背后隐藏的奇招，他坦然说道："我们看看上周的数字。"

骆伽从招投标现场匆匆赶回公司，又承担秘书的职责，她没有经历过大公司内部斗争，与往常一样，念出每个部门的数字："东北区，零；华南区，零；西北区，零……"

以往的数字即便很差，却从来没有零记录，骆伽抬起头来，注意力终于从招投标转移到内部斗争的战场，这里更加残酷，更加诡谲，甚至分不清敌友，形势非同寻常。雷励行笑笑："继续念。"

"华东区，一百五十六万。"骆伽舒口气，华东区是唯一业绩不错的区域，看来没有叛乱。她读完销售报表，壁垒分明，华东和香港的两名主管业绩正常，没有参与，其他六人结成了反对战线。

雷励行看着对面的方宏伟："你在北京，先说说吧，情况怎么样？"

方宏伟心里七上八下，雷励行威信尚在，最好别第一个放炮："现在正月十五，客户正在做计划，哪有销售机会。"

雷励行不与他纠缠，既然他们要出手，不如静观其变："华南情况怎么样？"

华南区销售总监并非广东人，电话里面传出粗粗的声音，口气中充斥着抱怨："第一季度目标太高，谁都知道中国有春节，节前节后一个月，客户哪有心思采购？我们这个季度肯定做不到！"

其他人依次发言，口气越来越强硬，抱怨越来越多，却没有实质性提议。谁是他们中的领头羊？看清他的招数才能找到破解的办法。雷励行诱敌深入，等他们出招："我理解，这是艰难的一个季度，希望大家努力，在三月份取得好的进展。"

雷励行这段话暗示要结束会议，六名反叛主管准时聚集在会议中，不可能没有动机，跳出来讲话的便是领头人，他继续试探："大家还有什么要说的吗？"

一片寂寞，领头人还在摇摆，不肯出头。骆伽悟出其中的奥妙，俯身在会议电话系统前，一一询问。华南区主管终于坐不住了："老方，你没有什么话说吗？"

方宏伟脸色猛然涨红，双手扶着桌子坐直身体，看着麦克风说道："我说几句，这个季度业绩不好，我认为是有原因的。"

果然是他，方宏伟在北京总部，上下联络都很方便，他说话间肚子顶着桌面："人员流失率过高，人心不稳，大家都没有心劲儿。"

立即有人一唱一和："公司不积极挽留，反而推行新陈代谢，赶我们走，实在让人寒心、伤心和心酸啊。"

争辩无济于事，雷励行继续探测他们的打算："你既然看到了问题，应该怎么解决？"

会议室中又充满连番不绝的抱怨，炮火明显指向雷励行，唯有香港和华东主管保持沉默，采取中立的立场。骆伽猜透了雷励行心思，在他们放炮的间隙，弯腰对着麦克风："除了抱怨，大家有什么建议吗？"

会议室立即沉寂，骆伽一一点名询问，方宏伟终于忍不住她的咄咄逼人，站起来说道："我们建议公司管理层做个圆桌会议，一起讨论。"

骆伽明白了，他们根本不打算讨论解决方案，而要把战火升级到更高的层面，一锤定音。

招投标为何无疾而终？韦奇峰坐在海棠居，听王锴叙述了一遍，从座位惊起，赵洪河竟敢撕开商务文件？韦奇峰通读《李卫公问对》，凡在商战之中必有奇正两手策略，现在看来，捷科也有两手准备，奇兵便是赵洪河。

"韦总，惠康轻敌了。"王锴把形势说得越严重，显得自己越有价值。

"轻敌？"韦奇峰仍难以置信，捷科负责二期工程的只是两个初出茅庐的新人，在通管局没有任何背景。

"骆伽是新人，却不是菜鸟，当初把她挖来就好了。明君工作扎实，算是高手，与骆伽相比却差了很多。"王锴旧事重提，拿出立项报告又指指刘树新的批示，"韦总，请看。"

文件正是通管局的立项报告，上面有李玉玺画圈和批示：智能交通意义重大，建议立即上马。随后是刘树新的批文：交警部门是使用部门，建议洪河参与项目。

赵洪河千方百计阻止永嘉集团和惠康赢取订单，其实早有预谋，难道刘树新看出李玉玺放长线钓大鱼的意图？如果这样，便牵扯到通管局内部，谁胜谁负，只有老天知道。韦奇峰举茶杯呆坐，骆伽仅仅加入捷科三个月，竟能把项目运作成这样，实在匪夷所思。

王锴脚踩两只船，踩得很舒服，又想两边押宝，想去做刘树新和赵洪河的工作："我们做生意，不用在一棵树上吊死。"

韦奇峰嗤之以鼻，王锴这种两面三刀的做法，早晚瞒不过李玉玺，一旦事情泄露，双方就会彻底翻脸，即便赢了生意也会丢了朋友。何况，捷科与赵洪河结盟，不是随便就可以拆开的。韦奇峰通过这个项目，越来越看穿王锴有奶便是娘的本质，口中却不得罪："我们技术过硬，不怕与捷科硬拼，不必悲观。"

王锴哦了一声，赵洪河背后是刘树新，哪有这么轻松？韦奇峰代表惠康，跨国公司家大业大，输了就输了，自己可输不起，完全可以脚踩两只船，左右逢源，既不与李玉玺在一棵树上吊死，更没必要与惠康绑在一起。

"王总，我找骆伽谈谈。"韦奇峰开始重视骆伽，也许早该把她挖来，亡羊补牢犹未晚也。

"这个节骨眼上人家能来吗？"王锴不以为然。

"王总说过，只要肯出代价，没有不可能。"韦奇峰下定决心，捷科内部斗争激烈，便有可乘之机。

"哦，什么代价？韦总，您说个数。"王锴用激将法。

　　韦奇峰意识到骆伽的实力，举起两根手指，用眼神询问王锴。二十万？王锴皱起眉头，嫌数字太低，故意挤对韦奇峰："二期工程好几亿，账要算清楚，这个数字我都不好意思替你做媒。"

　　跨国公司的薪酬体系与学历和工作经验都紧密挂钩，不是随便就能给出高薪，韦奇峰不去计较，继续喝茶聊天，把骆伽挖来，也许是个不错的主意。自己失去了罗小希，如果能挖来骆伽便能填补这个空缺。

112. 周五，下午四点三十分

　　雷励行出了咖啡厅，见到骆伽和周锐，笑着摆了摆手。雷励行想想，又开始启发两人："我还是讲个故事吧，我那朋友写了一本小说，有影视公司要改编成影视作品。"

　　那兰还会写小说？这就不难查出来。雷励行看着她的神色，随即笑起来："骆伽，你是人精了，什么都瞒不过你。"

　　骆伽装模作样地说："师父教导有方。"

　　雷励行不和她纠缠："影视公司经常买很多小说做储备剧本，不一定拍。她希望作品能够搬上银幕，存了很大顾虑。一家影视公司实力雄厚，又有很多好的影视作品储备，那老板拍着胸脯承诺：你放心，我们很喜欢这个故事，买了肯定拍，而且马上拍。但她不是傻瓜，便问导演、编剧和演员的人选，老板眼珠转转却答不出来。那兰一听一问，便猜出那家老板不打算立即开拍。"

　　骆伽连连赞叹："她好聪明，很会倾听和提问。"

　　"然后有另一家影视公司联络到那兰。"雷励行继续回忆着，"老板说，影视圈鱼龙混杂，什么人都有，这样吧，你给我一周时间，我拿出一个方案来。她答应了，一周以后，这家公司拿出了详尽的计划，包括导演、编剧和主演名单，但她仍不满意，于是老板说：你既然不放心，我干脆把改编权从五年压缩到两年，期满自动失效。于是她终于打消顾虑，签约了。"

　　骆伽继续探测那兰的信息："我最喜欢看小说了，书名是什么？我买来看看。"

　　雷励行一眼看透她的小算盘："你这么聪明，我怎么能告诉你？"

　　骆伽常常被人说聪明，扁起嘴角："现在这年头，尤其在商场上，被说聪明不是好事儿，我必须改。"

"哈，到达剑人的阶段，深藏不露了，那才是高手中的高手。"周锐这句话别有用心，是希望骆伽不要总是买名牌。

骆伽哪能听不出来，正要抗议，周锐已经想明白了故事的意思："我明白了，在成交的阶段客户往往会意识到潜在风险，因此顾虑重重，谁能打消掉客户顾虑谁就有可能拿到订单，我们必须制定预防方案和补救方案，才能达成交易。"

摧龙八式是为成交铺路，这临门一脚非常关键，否则前功尽弃，这便是第六式的精华。雷励行点头，再次提醒："要想想谁才是最关键的人，他的顾虑是什么？"

113．周五，晚上八点十分

招投标爆出意外，回过味儿来的厂家代表们一窝蜂地去找方恩山，赵洪河以往没有出现在厂家的视野之内，唯有骆伽请他晚上喝酒，肯定是要打听招投标的内幕。赵洪河在饭桌上，饭基本不碰，吃几口菜也是为下酒。

"今晚不喝酒。"赵洪河挥手，他眨着眼睛笑指周锐，"我说的是他，他今晚有工作，女娃娃得陪我喝好。"

周锐不想骆伽喝多，举起酒杯："我替骆伽敬您一杯。"

赵洪河不端酒杯，拍着招投标文件："先说正事儿，你抓紧时间给我弄出东西来。"

"什么东西？"骆伽耳朵立即竖起。

"集中方案可行吗？"赵洪河心中存有疑惑，全国都用分散方案，如果采用集中方案，北京将是第一个吃螃蟹的。

周锐点头，赵洪河从他的目光中看到信心："好，按照集中思路，给我一个方案。"

北京通管局以往十四区两县分别招标，吃肉的吃肉，啃骨头的啃骨头，喝汤的喝汤，厂家们都能吃到一些。按照集中方案，赢者通吃，竞争更加激烈血腥。周锐为做招标文件，既当裁判又是运动员，自己出题考自己，这是绝对的利好，骆伽怕赵洪河变卦，转移了话题："我那天喝完酒，胃里就像翻江倒海一样，一个礼拜没吃饭，脸都是绿的，别人以为我失恋了呢。"

"那是你喝得少，必须把酒量锻炼出来。"赵洪河心情格外好。

骆伽举起酒杯："您男子汉大丈夫，不许欺负我这个小女孩儿，不能点蜈蚣，我害怕。"

赵洪河不动酒杯，他是爽快人，肚里压不住话："那天招投标，知道怎么回事儿吗？"

骆伽立刻放下筷子，赵洪河嘿嘿抓起酒杯："喝好了，我就原原本本招出来。"

"哪敢让您招呢？"骆伽心中有一堆疑问，先饮一杯，她喝酒极快，酒力向上拱动，周锐在桌下握住她，示意她少喝。赵洪河一口嘬完，吧嗒唇齿之间的酒香，非常满足，手指酒杯，让骆伽喝干："哼，上次废掉张大强，这次硬要选惠康，招投标不正常，里面有猫腻，我看出来了。"

"什么猫腻？"骆伽不知不觉间喝了五六杯，脸颊滚热，皮肤几乎渗出酒液。

赵洪河只是猜测，没有把握，便低头喝酒。骆伽从罗小希那里得到提示，试探着点醒他："刘书记为什么让您参与项目？"

"嗯？"赵洪河果然有了反应，抬头看着骆伽。

"刘书记就要退休了。"骆伽每说一句话都仔细观察他的表情，判断着他的心思。

赵洪河十分机警地问："你是什么意思？"

周锐替骆伽反问："李局长会不会接任？"

"和招投标有什么关系？"赵洪河轮流看着周锐和骆伽，身体仿佛要爆炸，他知道不少内幕，这几句话对他威力巨大。

"刘书记可以建议，那谁决定？"骆伽这句话在赵洪河心中激起巨大波澜。

"谁？"赵洪河直勾勾地看着骆伽。

"分管交通的刘市长。"周锐提示。

"你到底在说什么？"赵洪河啪地拍桌子站起来，"你们有证据吗？这种事情不能捕风捉影。"

"您心里比谁都清楚。"骆伽没有证据，但是她相信，"您为什么撕掉招投标文件？"

赵洪河暗暗心惊，这个女娃娃竟然从蛛丝马迹判断出来，他被派入项目组绝非偶然，撕毁招投标文件就是为此。他举起酒杯，仰头干掉："周锐，你先去做文件，我和女娃娃有话说。"

周锐在桌下紧紧握住骆伽，不肯离开，骆伽笑笑，小指轻弹他手掌："去吧。"

周锐握得更紧，赵洪河哈哈大笑："你放心，她的安全包在我身上。"

出租车颠簸行驶，骆伽被周锐扶着七荤八素地回到家中，冲进卫生间，蜷成一团抱着马桶干呕。她的手指深入嗓子眼儿，刺激喉管痉挛，酒混着食物吐出来。周锐托起她的下巴，靠在自己的肩膀上，用餐巾纸将她脖颈清理干净。骆伽反手将周锐推出卫生间："别管我，去做招投标文件。"

周锐打开电脑找到招标文件，模仿着张大强初稿的格式忙碌起来。赵洪河明天下午要向李玉玺汇报，绝不能有纰漏，方恩山和王锴会怎么攻击？必须万无一失。骆伽披着浴袍走来，从冰箱里取了矿泉水放在他面前，右手轻轻拂在他的后背。

"伽伽，你好好休息。"周锐双手在键盘上噼啪敲击，抓起冰水喝了一大口，头都没有转过来看一眼。

骆伽又生气又怜惜，紧紧抱住周锐："不呢，就陪人家说会儿话。"

"深蓝不是一般产品，必须跟公司沟通好。"周锐对她似乎无动于衷，自言自语地说。

骆伽噘着嘴钻进他的怀抱，在他耳边吹气："我重要，还是招投标文件重要？"

周锐盯着屏幕按出发送键，意乱情迷，抱起骆伽倒在床上："伽伽，你重要，比一切都重要。"

骆伽摁灭台灯，将周锐压在身下，目光晶亮："你爱我吗？"

"爱。"周锐毫不犹豫。

"爱我，就要珍惜我。"

"我爱你，我珍惜。"

骆伽吻着周锐，浴袍从后背滑落，露出丝般晶莹的脊背。

骆伽清晨起来，周锐还在酣睡，于是柔软地钻进他的臂弯，看见厅里电脑的屏幕来回闪动两个大字：点我。她披上周锐的衬衣走过去，用鼠标点击屏幕，一份文件闪出：北京通管局智能交通二期工程需求说明书。

骆伽关上卧室门，来到厨房忙碌起来。做什么早餐？没有牛奶，没有咖啡，甚至没有面包和蔬菜，只有方便面。她手忙脚乱烧热水，折腾着锅碗瓢盆，发出乒乒乓乓的声音，端起两碗泡面准备出去的时候，发现周锐笑呵呵地挡在门口："你，你怎么不穿衣服？"

周锐的衬衣被骆伽穿走，笑着指指她："唔，某人穿男人的衬衣也很有范儿。"

骆伽将方便面递给周锐，趁机用拳头敲敲周锐的腹部："有腹肌，必火。"

两人吃完方便面就腻在沙发上，骆伽眼神飘在窗外，又在想事儿。按照集中方案,只有深蓝能够支持处理这么大的数据,如果深蓝引进中国,这是巨大的成绩,雷励行借此可以站稳脚跟,方宏伟等人的造反自然平息,赵大群只能认栽。想到这里,骆伽突然问道:"他们如果一定要对付师父,会在什么时候呢?"

"季度末,肯定会在新年晚宴上宣布。"这是捷科公司的传统,新的策略和组织架构都在此时宣布。

骆伽的对策越来越清晰,引入深蓝肯定是巨大的成功:"我们封锁消息,不告诉任何人关于深蓝的事,等他们自以为赢的时候,我们再公布。"

"引蛇出洞,给他们致命一击。"周锐明白,这样便可以帮助雷励行反败为胜,现在只有一个问题,他们能赢下来吗?直到现在为止,周锐都没有发现丝毫取胜的机会。下周就要再次招投标,战火重开,周锐说,"伽伽,师父的故事我们漏了一点。在做决定的最后时刻,真正决策人肯定充满顾虑,会仔细思考其中的风险,这个人并非赵支队。"

"刘树新,刘书记。"骆伽出了一身冷汗,这是唯一能与李玉玺对抗的人。

"他的顾虑是什么?我们必须要知道。"周锐终于明白,雷励行早就看透其中关键,用故事来点醒自己。

"我们去见刘书记。"骆伽惊呼,想起上次见李玉玺碰壁的经历,又不禁犹豫。

"记得吗?摧龙八式第三式,专门对付决策者的屠龙术,我们还没有派上用场。"周锐悟出了雷励行的故事,骆伽在李玉玺那里碰了壁,这次又可以派上用场。

"伽伽,我对张大强刮目相看,他顶住了李玉玺压力,出乎预料。"周锐总是隐隐想着张大强。

"可惜,他退出招投标了。"骆伽在张大强身上没少花功夫,虽然没有得到支持却也让他保持了中立。

"伽伽,张大强难道就一直在那儿学习?如果刘书记与李玉玺爆发斗争,他便奇货可居了。"周锐分析能力超强,又喜欢下围棋,经常能算出后着。

骆伽恍然大悟,张大强现在墙倒众人推,正是送温暖的好时机,何况这样百利而无一害:"好,我今晚去找他唱歌。"

"一定要砍分散方案几刀。"周锐叮嘱,这是决胜的关键。

第十二周　屠龙

114．周一，上午九点整

招投标小组成员们痛不欲生，已经一周了，招投标仍然遥遥无期。表面上是分散方案和集中方案的分歧，方恩山和赵洪河的冲突，背后却是李玉玺卡位之争的暗中较量，幕后影影绰绰地闪着大小领导的身影，这是评委们没有料到的情形。

李玉玺没有退路，一切都安排就绪，惠康和永嘉集团吃下这个订单，大家各自吃肉啃骨头喝汤，擦擦嘴巴各自满足，自己就能坐上局长位置。相反，如果大家满怀兴致而来，却没有得到该得到的，便会鸟兽散去，局长位置肯定泡汤。李玉玺仍然有信心，只有赵洪河在折腾，方恩山和王锴站在自己这边，现在的关键是取得专家评委们的支持。想到这里，李玉玺客气地问候："大家辛苦了，这里吃住条件怎么样？有意见尽管提出来，我们保证改进。"

即便吃住条件差，也不能在这种场合说，评委们纷纷赞好。李玉玺清清嗓子说："上周招投标没有结论，大家都想把事情办好，这很正常嘛！我们不怕不同意见，什么都可以讲，什么都可以谈，真理越辩越明，你们说对不对？"

赵洪河一言不发，专家评委点头如同鸡啄米："是，是。"

李玉玺充满信心地掌握话语权："争论的关键是分散还是集中，这是纯粹的技术问题，大家不要相信风言风语，信谣传谣，我们就事论事，把技术问题说清楚，谁先讲？王总，你开发的软件，你不先说谁敢说？"

王锴不敢再脚踩两只船，掂掂赵洪河，再量量李玉玺和方恩山，还是后者分量重些："全国各省的系统都是分散的，我们软件也能解决各个子系统之间的通信问题，这是最稳妥的方案。"

李玉玺很满意，又问评委们："你们的意见呢？"

规划设计院的林所长装起糊涂："分散集中各有利弊，要慎重啊，慎重。"

李玉玺懒得和他生气，点起赵洪河的名："洪河，你的意见呢？"

赵洪河为王锴那段话生闷气，也不想多说："我还是坚持集中方案。"

"这样吧，我们的意见都说了，民主集中制，少数服从多数，大家举手表决吧。"李玉玺无意过多辩论,要强行闯关。果然,举手表决毫无悬念,方恩山和王锴支持分散方案,评委毫无例外跟着举手,赵洪河孤掌难鸣。

骆伽和周锐不见刘树新心里就没底儿,一早坐在办公室中,苦口婆心劝说赵洪河,他频频摇头,于是骆伽问:"您有什么顾虑吗?"

"李局长主管,刘书记不好插手。"赵洪河确实有顾虑。

这绝不是真正原因,骆伽继续问:"您还有其他顾虑吗?"赵洪河抬起头来:"我如果带你们去,就不能为你们说话了。"

"赵队长,我自己去敲门。"骆伽掌握了屠龙术,跃跃欲试。

刘书记从来不见厂家,赵洪河脸色一变:"你就这么去敲门?找死!"

骆伽笑了,站起来给茶壶加满热水:"这壶茶的水如果凉了,您就别等着我了。"

骆伽就要硬闯刘树新办公室,这是反败为胜的唯一机会,可又没有绝对把握。她一向信心满满,现在却双手冰凉,扑进周锐怀中,像棉花团一样温软,柔声说:"抱抱我。"周锐把她揽进怀中,贴着她冰凉的脸蛋:"没关系的,不管输赢,我们开心就好。"

骆伽挣脱出来,敲着周锐的肩膀:"只准赢,不许输,走,我们去见刘书记。"

走廊空无一人,办公室大门虚掩,骆伽轻敲几下:"请问,刘书记在吗?"

"请进。"一个响亮的男声从屋内传出。他们进入办公室,办公室内大得可以打保龄球,刘树新坐在书柜和窗台的拐角,出人意料地年轻,没有李玉玺的江湖气、霸气和居高临下,却有一股书卷气息,多了一份儒雅和严肃。

骆伽双手递上名片:"刘书记,您好。"

刘树新眼角扫一眼名片,向沙发上一靠,就把她晾在一边儿:"你是?"

骆伽第一次遇到连名片都不接的客户,尴尬地放在桌子上,开始自我介绍:"我是捷科公司的骆伽,向您汇报智能交通的事情。"

刘树新一指门外:"这个项目是信息中心牵头,交警支队和计划财务处共同参与,找他们吧。"

骆伽不退却,坚持说:"这次我是专程来拜访您的。"

刘树新拒绝得很坚决:"我马上开会,没时间。"

两人短短时间你来我往,几乎是电光石火,骆伽偏不肯让步,刘树新一点儿机会都不给,他皱起眉头,有了不耐烦的神情。双方的理智都被情绪绑架,弄不好刘树新又要呼唤保安,周锐走上半步,挡在骆伽和刘树新之间:"刘书记,我们就占用您三分钟的时间,可以吗?"

刘树新坐回座位,把闹钟向周锐面前一推:"好,就给你们三分钟。"靠回沙发,他摆出一副看你三分钟能说出什么来的架势。周锐退回沙发,距离刘树新五六米,气势上落了下风,他右手垂在茶几下握住骆伽,不让她乱戳痛点:"刘书记,在十五期间,北京市道路交通取得了长足的进步,城市道路都以每年百分之三左右的速度增长,城市快速路网由二环、三环、四环和五环以及十五条快速联络线组成,道路总规划里程约三百八十公里……"

这番带有恭维兴致的话并没有打动刘树新,他看看时间说:"这些你就不用说了,我比你还熟。"他确实常在各种会议上念这些数据,"半分钟了。"

骆伽要去戳罚款流失的痛点,推开周锐使用顾问式销售:"刘书记,您去年交通罚款是多少?"

刘树新好奇地皱起眉头,他虽然不知道摧龙八式,却阅人无数,一眼看出骆伽要兜圈子把自己绕进去,呵呵笑着说:"你别绕弯,有什么话直说。"

他不上套,骆伽扁扁嘴角,正要继续戳痛点,被周锐紧紧按住:"北京交通虽然发展迅速,然而路修一尺,车堵一丈……通过前期的调研,我们有五个发现,首先交通拥堵成为北京城市管理中顽疾……"

这番话打得刘树新措手不及,骆伽是一个个地去戳痛点,周锐却把五个痛点同时抛出,只要有一个击中,便能奏效。骆伽顿悟,这才是雷励行故事的含义,刘树新果然被这些问题打动,为周锐奉上高帽:"哦,捷科是世界顶尖的跨国公司,想必有对策吧?"

骆伽肯定要转上一圈才会说,至少也要先砍对手三刀,周锐向来直来直去,毫不客套地用重火力扫射:"捷科是世界上首屈一指的信息咨询公司,全球数千顾问研究并致力于帮助客户解决交通运输领域的问题。针对北京市的交通现状,智能交通解决方案便能够全面完整解决上述问题……"

时间早已超过三分钟,刘树新却再也不看闹钟,寻思着周锐带来的价值。骆伽善于在倾听中发现心中的秘密,打开小雷达,寻找刘树新的顾虑:"刘书记,我们争取见您一面,是因为智能交通的招投标到了关键时候,您如果有任何顾虑,请告诉我。"

刘树新心中充满顾虑,这个项目绝不像表面那么简单,李玉玺夺取大位之心昭然若揭,在这个过程中,只有暗箱操作,没有合法的竞争。刘树新不知该怎么应对。这个项目是李玉玺分管,把赵洪河派进招投标小组成为内线，已经是很大的努力，刘树新无法说出顾虑，看着骆伽不发一言。

骆伽已经从一个不通世事的小女孩，掌握了阅读人心的能力，看出他的迟疑，猜到他心中必有不想说的秘密，再次坚持："局长，不管什么原因，请您告诉我。"

"那不是我分管的范围。"刘树新解释，这已经是巨大让步。

"刘书记，分散方案确实有很多问题。"周锐话题一转，从智能交通项目着手。

刘树新过于迂腐，想出手却找不到合理方式，现在都什么时候了，还在计较清规戒律，骆伽一语双关提醒："如果采用错误的方案，您知道后果吗？"

李玉玺并非刘树新心中最佳接替人选，否则李玉玺也不用这么折腾。刘树新却误解了骆伽的意思："是啊，如果这么搞下去，非堵死不可。"

骆伽失望，难道他也是只知道做事儿不知谋略的人？

刘树新居高临下反问："依你看该怎么办？"他身体向前紧绷，紧张的肢体语言与他不慌不忙的声音很不相配。他竟也是倾听和提问的高手！骆伽忽然明白，刘树新绝非凡人，他其实是逼自己透露更多的想法。人与人的沟通有两种方式，一种是直接说出想法，比如对自己的太太说，帮我洗洗洗衣服吧。第二种是委婉地问太太，西服真皱，明天还要参加公司会议，该怎么办？这种方法是说出问题，让对方提出解决办法，真正的沟通高手都会采用第二种方法。

"只要采用集中方案，便可以解决问题。"周锐仍然浑然不觉，歪打正着。刘树新三言两语逼迫周锐提出解决办法，自己挖坑自己跳。刘树新本来被痛点击中，短短时间反逼他拿出解决方案，高手风范一展无余，与简单粗暴的李玉玺相比，他才是深藏不露的大内高手。骆伽真人面前不露相，取出周锐准备好的文件，这是为刘树新准备的炮弹："我这里有一份两种方案的对比。"

骆伽偏偏不把文件送上去，抬起头来看着刘树新，眼神相碰，两人心中都有了底儿。刘树新站起来走过去，漫长的沉寂之后，点头："明白了。"

115．周二，中午十二点十分

王锴把骆伽约来海棠居，又一次伸出双臂，骆伽径直坐在椅子上。王锴习以为常，笑着坐下："明天就要发标了，有把握吗？"

"没有。"

"你如果赢了，能拿多少奖金？"王锴一边说一边取出薪酬表，递给骆伽。

三十万，比现在年薪翻了一倍，骆伽毫不动心，取出一份文件，这是发展永嘉集团为捷科代理的协议："王总应该脚踩两只船，以备万一。"

"我们都应该脚踩两只船嘛，如果输了订单，你怎么办？"王锴心里好笑，他劝骆伽跳槽，骆伽却要发展自己为捷科的代理商。

"我是新人，输了就输了。"

王锴当定了骆伽与惠康之间的媒人，这是最佳的解决方案，韦奇峰关系深厚，拼下去没有好处，骆伽废了第一次投标，是见好就收的最佳时机，他哈哈一笑："我介绍一个人给你认识。"

"雷励行还能留在捷科吗？如果他走了，你跟方宏伟继续混吗？"韦奇峰任何时候都是一尘不染，走过来向骆伽伸出手，"你好，我是韦奇峰，很高兴认识你。"

这句话刺中骆伽，雷励行岌岌可危，一旦他离开捷科，自己将处境艰难。韦奇峰出面就击中要害，竟比想象中还要高明，看来今天会面竟是有意安排，要把自己挖到惠康。

116．周三，上午九点十分

李玉玺愉快地夹着笔记本参加局务会议。

领导们亲切友好地寒暄，互敬互爱，各自落座，刘树新居中而坐，众人按照级别和资历在会议桌两面排开。

会议很成功，按照以往，会议就该结束了，李玉玺刚准备拍拍屁股站起来，谁知刘树新开了腔："还有一件事儿，跟大家研究一下。"李玉玺又坐下，刘树新从始至终都一动不动，"刚才，洪河跑到我的办公室，说那个追尾肇事逃逸的兔崽子还没抓到。"

大家都沉默不语。刘树新接着说："洪河还嚷嚷，路上越来越堵，所以我建议开个扩大会，商量一下解决办法。"刘树新拍板，获得一致同意。

李玉玺毫无提防，第二天的扩大会上，赵洪河和刘树新互相配合。李玉玺越听越糊涂，扩大会议怎么向智能交通上靠啊？这个项目我主抓！还有项目小组啊！怎么变成这种局面？他出言提醒刘树新："信息中心和计划建设处已经立项，正在招投标，这些问题都会尽快解决的。"

"哦，信息中心谁在主抓？"刘树新和蔼可亲看着李玉玺。

李玉玺心里犯了嘀咕，却绕不开张大强："信息中心张主任。"

"真巧，他最近在学习，我还遇到他了。"刘树新脸上的笑容更和蔼了。

李玉玺不信，又不能说出来：谁暗地里扎我针？刘树新的笑容越来越近，像贴在自己脸上，于是向后缩缩："现在，方处长负责。"

刘树新突然退后，老迈的身躯，速度如同武侠高手："不妥吧？这么重要的项目必须有技术把关，大强小毛病是有的，业务是精通的，大事儿是不含糊的，立场是坚定的，头脑是清醒的。这样吧，把大强叫回来，我们听听他的汇报。"

李玉玺脊背发凉，局势再次改变，他预感到了致命的威胁，如同正在坠落陷阱的野兽，陷阱多深？里面有什么刀山火海？抢回的主导权又被迫交出，怎么办？李玉玺脑中驰骋，思考对策，恍然间口干舌燥低头喝茶，手腕颤抖，杯水波澜，一泼茶水倾覆而出，哗critical跌落桌面。

刘树新眼皮一挑，抓起纸巾，轻轻拂去茶水，提醒他："玉玺，您歪了。"

"什么歪了？"李玉玺方寸大乱。

"杯具。"刘树新说。

李玉玺忍住冲天的怒火，自己怎么悲剧了？刘树新站起来送客："您的茶杯歪了。"他通过党委扩大会议，已经把二期工程抓了回来。

117．周四，上午十点二十分

人都是这样，受了猛烈打击或深度刺激，就会处在蒙圈的梦游状态，失去自信，对一言一行都深深怀疑和反思。张大强绕着校园慢悠悠地跑步，四十分钟跑了五六公里，往事一幕幕闪现，浑身皮肉吃紧。他经历了这次打击，从天上掉到地上，却有了脚踏实地的感觉，越发觉得以往都飘在空中。他不是笨人，以往眼珠长在头顶上，什么都看不见，吃一堑长一智，他学了很多。张大强换下了锃亮的皮鞋，蹬上五年前的翻毛皮鞋，油光发亮的大背头变成小平头，头发服服帖帖。一周过去，他甚至开始感激李玉玺和方恩山，栽个不大不小的跟头，清醒了，眼睛亮了，心沉下来了，这是好事儿，在摔得粉身碎骨之前。

当刘树新派人通知他回去汇报的时候，张大强荣辱不惊，提前半个小时来到会议室，检查投影机，将文件打印出来，在每个领导面前放上一份，连方恩山都不遗落。一切完毕，距离会议还有十分钟。方恩山进来，张大强客气且大度地挥手，表示一切都过去，不用再提。赵洪河第二个进来，张大强心里感恩戴德，但嘴里什么都不说。

两位局领导同时进来，张大强没有上前谄笑，反而把他们引到中间位置，每人手边都有一杯茶。刘树新翻开文件夹，第一页是宏观的概述，然后是精致的彩色介绍，他满意地点点头："大强，你学习一周收获很大。"

张大强没有张狂地自夸，而是含蓄地点头："谢谢领导，学习确实不是奢侈品。"

学习是必需品，并非奢侈品，张大强前半句没说，领导反而越琢磨越有味道，各自若有所思。这也是张大强的心得。李玉玺如坐针毡，张大强如果与赵洪河联手，方恩山势单力孤，便在刘树新面前失了优势，大事不好。

汇报开始，张大强从智能交通的由来，讲到解决方案，渐渐讲到有争议的部分："智能交通建设有两种方案，一种是分散思路，各省都在采用，另一种是捷科提出的集中思路。两种方案对投资和设备的要求完全不同，在项目组内产生了不小的分歧，这是下一步招投标的关键，我们势必要进行充分的论证。"

张大强将分歧摊在阳光之下，方恩山看着李玉玺，赵洪河看着刘树新，难道扩大会议会变成双方决战的战场。李玉玺大怒，这是自己分管的项目，不等项目建成，刘树新就要退休，怎么还乱管闲事儿？他拿定主意绝不放手："这个问题确实很重要，项目组应该充分论证，不能仓促。"

这句话合情合理，重点却在项目组，一旦摆脱刘树新，他就能掌控一切，刘树新听出言外之意，问张大强："你是技术大腕，你怎么看？"

各有利弊，张大强极为冷静，此时出手毫无把握，必须稳住，将战火引向方恩山和赵洪河之间，等他们斗得你死我活，自己再一锤子砸死："总的来讲，集中方案对于追踪交通肇事和保驾护航极有利，却对现有财务管理构成挑战，也不容忽视。"

张大强耍了滑头，为双方都说了话，既两不得罪，又模糊了立场，点燃了争执的关键，双方必然你来我往争成一团。刘树新目光一闪，张大强应对极佳，与以往判若两人，孺子可教也。

方恩山果然被挑起来，大倒苦水，赵洪河开始辩论，说："我们肯定不会反对，反而举双手支持，如果数据不集中，将给拦截交通肇事带来多少麻烦。"

张大强坐在投影机旁边，坐山观狗斗，狗咬狗一嘴毛。

两边各有各的理，争不出个所以然。李玉玺就是要这个结果，只要没有结论，就要回归项目小组，就有办法。这时刘树新却开了口："大强是专家，要不要深入谈谈？"

时机已到，张大强选择出手，打开投影机："两种方案各有利弊，我便做了一个利弊分析，请看。"内容清晰，方恩山和赵洪河的论点都在其中，而且更加全面和广泛，集中方案的缺点只有两三条，优点却有十条之多，利弊分析一目了然。方恩山看出形势不妙，立即反击："集中方案虽然优点很多，劣势却很严重，不能忽略。"

张大强笑着点头："方处长说得有道理，这几个问题确实很致命。"赵洪河猜不透他葫芦里面卖什么药："张大强，你什么意思？"

张大强按着键盘，屏幕上闪出一个方框："通过软件，这些问题都可以解决。"

张大强变卦了！刘树新戴着眼镜仔细看着屏幕，一条条看过去，不住点头："好啊，这是我退休前最后一个工程了，这样吧，大强的论证很清楚，我的建议是两种方案都试试，招投标的时候让厂家自由发挥，不是有专家评委吗？真理越辩越明嘛。"

标书必须精准规范，不能模棱两可，刘树新的建议不符合招投标流程，却是双方都能接受的办法。趁着众人沉思的时间，他起身拍板："既然大家没意见，就这么定了，大强，最快什么时候开始招投标？"

"下周一。"张大强心里早有主意。

118．周五，上午九点整

华南、西北、西南、东北的主管们飞到北京，参加圆桌会议，气势汹汹，仿佛审判席。华东和香港的主管中立，退在后排。赵大群没来，派来助理甘怡坐在中间位置，骆伽被她的气场压迫，浑身不自在，躲在靠门的角落。

雷励行端着咖啡准时到达，神色自若地打招呼，方宏伟低头看肚子，其他人笑容僵硬，浑身不舒服，仿佛是部门会议，而非平等的圆桌会议。雷励行放下咖啡杯，问："开始吗？"

甘怡不想被雷励行压住，气势压向骆伽："骆伽，给我们送些咖啡。"

她的范儿一点儿不比骆伽差，年龄大了五六岁，级别又高了三四级，身上的名牌比骆伽只多不少，仿佛是骆伽的天生克星。骆伽在她面前束手无策，她左右看看，不甘心，正在想主意对付，甘怡又提出新要求："咖啡要多巴湖,中杯,不加糖,牛奶不要用咖啡馆里的,我秘书有脱脂的,去吧。"

骆伽认栽,站起来走到门口,又被甘怡叫住:"等等,重复一遍。"

骆伽气场全消,低头重复,心里把降龙十八掌向甘怡打了一轮。这甘怡真是嚣张,一上来就把自己轰出去,雷励行更加孤立无援。

甘怡先把雷励行的助手打掉,再摆出不偏不倚的态度:"今天的圆桌会议希望大家将问题摆出来,不要背后嘀咕,有事当面谈,大家一起寻找解决办法。"

雷励行向六位主管伸手:"请讲,我洗耳恭听。"

方宏伟带头放了第一炮:"人员流失率过高,导致业绩下滑,原因就是您的新陈代谢,必须停止。"

华南区主管补充,语气更加挑衅:"还有,我们与雷先生领导风格合不来,您不管青红皂白只认数字,没有人情味儿。"

东北区主管第三个发言:"他总越过我与新员工沟通,他们有事便找雷先生,我还怎么管理?"

三炮放过,方宏伟站起来,指着雷励行的牛仔裤说:"我们号称蓝色巨人,公司从上到下都是正装,有人穿牛仔裤上班吗?这是不是对企业文化的公然蔑视?我们怎么教导下属着装规范?"

雷励行笑傲商场,如今虎落平阳被犬欺,他听一条罪状,便喝一口咖啡,一个巴掌拍不响,雷励行只听不说,方宏伟等人放炮之后,声音慢慢歇下去了。甘怡转向雷励行问:"雷先生,有什么要说的吗?"

雷励行笑笑,向对面拱拱手说:"多谢各位指教。子路云,人告之以有过,则喜。禹闻善言,则拜。大舜有大焉,善与人同,舍己从人,乐取于人以为善。"

文言文搞得大家莫名其妙,方宏伟怒不可遏地问道:"您这是什么意思?"

"这段话出自《孟子》。"雷励行详细地为方宏伟解释,"子路听到缺点就很高兴,大禹听到好的建议,就会拜谢,大舜从善如流,从农夫到渔夫,以致称帝,各种想法都从他人学习而来。"

方宏伟很认真地问:"子路是谁?"

甘怡掩嘴忍住笑声回答:"孔子的学生。"

方宏伟一拍桌子,腾地站起来:"都听见了吧?我们和雷先生沟通有问题,他总说这种黑话,谁听得懂?我们是跨国公司,有文化、流程和制度,哪能靠二十五史?封建帝王作风!"

雷励行今天是带着耳朵来的,必须知道他们怎么出手,才能设法防范和化解,深藏不露,根本没打算辩解,反问方宏伟:"大家既然看出了问题，有什么好的解决办法吗？"

在摊牌的关键时刻，六名主管谁也不吭声，骆伽正好回来，把咖啡拿给甘怡，她在里面灌了满满的全脂牛奶，心里默念：肥死你，肥死你，谅你也尝不出来。甘怡却抬头一笑，把咖啡奉还骆伽，眨眨眼睛小声说："谢谢你，这杯是给你点的。"

骆伽气结，这不是折腾人吗？啊，明白了，她就是想把我支开，于是坐下仔细观察会议室气氛。方宏伟等人气势汹汹过来，有毕全功于一役的味道，绝不可能没有动作。骆伽灵犀一闪，挑起话题："既然矛盾这么大，以后还怎么一起共事？"

东北区主管贸然接道："道不同不相为谋，还不如将这个部门拆开。"

这句话将他们的图谋暴露无遗，方宏伟恼羞成怒："骆伽，不要乱说。"

这句话果然打探出了他们的预谋，雷励行与骆伽目光一碰，猜测到他们的后招：分拆交通能源事业部，他低头思考，自己该如何应对？

"滚滚长江东逝水，浪花淘尽英雄。是非成败转头空，青山依旧在，几度夕阳红。白发渔樵江渚上，惯看秋月春风。一壶浊酒喜相逢，古今多少事，都付笑谈中。"雷励行饮着咖啡吟诵，他结束会议后心力交瘁，功名利禄都是转眼即逝的浮云，有何值得迷恋？这首诗是明朝杨慎所作，嘉靖皇帝朱厚熜以兄终弟及方式登上皇帝宝座，即位后议定他生父兴献王为皇考，爆发大礼之争，杨慎约集二百多人在金水桥大哭，声彻宫廷。嘉靖皇帝大怒，命人扒下杨慎的裤子打屁股，充军云南，杨慎在路上写出此诗。

"您为什么不留在美国？"骆伽恰逢其时问出这个问题，她通过出版社，辗转得到了那兰联络方式，以读者的名义与她在网上聊起来。

这句话绝对有后话，雷励行不答反问："你找到那兰了？"

"我的事业在中国。"雷励行低头饮起咖啡，将心思收拾整齐，夸奖骆伽，"你今天问了一个很好的问题，我猜到他的想法了，他要把这个部门一分为二，将优质资源切割出去。"

雷励行口中是他而非他们，肯定指赵大群，如果这样，雷励行在捷科的神话就破灭了。赵大群是高手，不战而屈人之兵，他直接下手一定会惹起议论，他利用方宏伟等人打破雷励行的业绩神话，剩下的便容易对付了。雷励行露出与以往不同的神色："骆伽，如果通管局选择集中的方案，只有深蓝才有这样的处理能力。"

骆伽恍然顿悟，他竟有这么深的计算和布局，赵大群挖好陷阱，雷励行将计就计，引发销售总监暴动，当赵大群出手发动致命一击时，雷励行却要用深蓝发动绝地反击，如果赢下通管局项目，深蓝在打败国际象棋冠军卡斯帕罗夫之后进入中国市场，将是捷科中国今年最伟大的胜利。这不啻是对赵大群最大反击，难怪他如此尽心尽力指导自己。

"封锁消息，不要让任何人知道项目进展，直到年度晚宴。"雷励行决心放手一搏，按照惯例，赵大群将在年度晚宴上宣布组织结构调整，捷科首席执行官葛士纳将会出席，引蛇出洞，反败为胜，这是最佳机会。

骆伽生出被利用的感受，不知是喜是悲，喝口咖啡后提醒雷励行："可是赢率不大。"

值得赌，雷励行本就处于绝境，无路可走，这是唯一的机会。

"雷先生，周锐想请其他工程师替他讲述方案。"方案陈述非常重要，直接关系到评分，周锐总是紧张，于是主动提出要求。骆伽本来坚决反对，临战换人，与客户都不熟悉，极为不利，可是周锐极为坚持。

"伽伽，周锐为什么紧张？"雷励行隐隐约约感到其中必有原因。

"他有心理障碍。"骆伽把周锐小学歌咏比赛受打击的经历讲了一遍。

雷励行详尽询问细节，放下咖啡沉默不语，周锐极其聪明，与人打交道却欠缺自信，对他未来发展限制极大，看来这就是原因："伽伽，如果他的心理障碍不解决，难以走出心理阴影，一辈子将一事无成，如果走出来了，以他的才智，前途不可限量。"

"唔，怎么治？"骆伽与周锐热恋，立即紧张起来。

"催眠术，帮助他找到丢失的记忆。"雷励行轻轻说道。

骆伽被吓一跳，雷励行博古通今，学贯中西，是商界奇才，催眠术却太过匪夷所思，在她印象中，催眠术类似巫术魔法。雷励行快速发出指令："你务必找到周锐的小学同学，他虽然在西安长大，想必在北京有同学。"

雷励行详述每个细节，骆伽一一记录，虽然还没有实施，但已经体会到其中高明之处，心中既惊骇又佩服，雷励行年纪不大，深不见底，他怎么会如此神奇？

119．周六，晚上八点三十分

黄静答应骆伽训练周锐唱歌，他却抱着电脑做文件，一首歌没有完整唱完。黄静唱了几首歌，渐渐觉得无聊，又开始为周锐挑选节奏简单又容易出彩的歌。

"别费功夫了，我不行的。"周锐头也不抬。

黄静气得皱鼻子,她费尽口舌,周锐又呆又蛮横,像泥巴一样扶不上墙面。她反而笑了,凑到周锐身边问:"听说你们在做通管局项目,那是做什么啊?"

周锐立即有了精神,回答:"智能交通,就是在路口架设摄像头监控路面。"

"我今年被警察罚了三四次了。"黄静瞪大圆圆的眼睛。

"静静,不是你想象的那样,智能交通不仅可以挽回罚款损失,还可以缓解拥堵,避免恶性交通事故……"周锐打开电脑,认真向黄静解释。

"好,我看看。"黄静举起一个杯子递给周锐,"去帮我倒杯橙汁,鲜榨的。"

周锐嗯了一声出门,黄静飞速打开电脑包,取出U盘拷出文件,删掉原文件。刚忙完这些动作,周锐抱着两杯橙汁回来,黄静呀了一声:"周锐,那个文件怎么找不到了?"

周锐笑笑不信:"呵呵,我来。"他发现文件不翼而飞,手指轻微颤抖,糟糕,这是通管局的集中方案,怎么会消失?黄静坐在一边,举着麦克风唱歌,时不时偷看额头渗出汗水的周锐问:"文件很重要吗?有备份吗?唔,这么关键的文件怎么能不备份呢?不能这么粗心哦。我觉得吧,这个项目不做也好。"

周锐拍着脑袋:"不对啊,刚才我打开文件给你看了,怎么会凭空消失?"

黄静举起歌单说:"嗯,就这首,《亲爱的,你为什么不在我身边》,伽伽最喜欢,唱好了文件就会恢复。"

周锐调转屁股看着黄静,全都明白了,她竟用这种办法逼自己唱歌:"文件在你那里?"

黄静忍住笑先点歌,又把麦克风递过去:"我先唱,你记歌词,你学会的时候文件就会恢复了,否则,哼哼,你明白后果!"

周锐装出生气的样子:"静静,别闹了,这个文件特别重要,这周就要交了。"

"唱不唱?"黄静拿着U盘,放在杯子上方,仅用指尖夹着,做出要扔进去的姿态。

当骆伽推门进来的时候,看到周锐与黄静肩并肩站在一起,低吟浅唱,没有看到她。她悄悄坐下来听歌,黄静使出什么魔法让一向不唱歌的周锐开了口?周锐音质不错,却总是跑调,额头上挂着汗水,看出来是尽力了,紧张的老毛病却仍然改不掉。

黄静看见骆伽，突然扔下麦克风，把U盘扔在沙发上："周锐，你努力了，你紧张什么？给你，文件。"

赵勇在招投标现场不顾一切揍了王锴后，虽然看起来一切风平浪静，唐南军却提心吊胆，害怕被报复，担心后面隐藏着巨大的风暴。赵勇不管这些，还是泡在通管局喝茶聊天。他晚上通常都去售楼处找田蜜，这几天没有去，天天泡在酒吧里，把自己灌醉，仍然无法入眠，让他失眠的不是订单，而是田蜜，她要回郑州把王锴的孩子生出来，自己该怎么办？这几天田蜜爸爸不断打来电话，软磨硬泡。

他从酒吧出来，电话又响起来，田蜜爸爸压低声音："赵勇，是我，考虑得怎么样？"

赵勇愣了半天，自己怎么成了他？更加无语，不能揭穿田蜜的秘密，又不敢答应去见面。电话中却传来咒骂声，电话被田蜜妈妈夺去："赵勇，你个缩头乌龟王八蛋，你还是男人吗？我告诉你，三天之内你再不来，我带着女儿去打胎！"

电话挂掉，赵勇郁闷地坐在路边台阶上，仰望黑沉沉的天空，毫无办法。

第十三周　决胜

120．周一，上午九点整

北京通管局取消第一次招标，竞争进入白热化，各路厂家轰动，电子邮件在公司转来转去，搞得鸡飞狗跳。惠康早有准备，工程师们在会议室中各就各位。招标文件便摊在面前，韦奇峰一页页粗略浏览，心里一个翻滚，竟有分散和集中两个方案。集中方案是捷科的优势，系统被集中到市中心，这无疑是更大的赌注，胜者通吃，输者连汤都喝不到。骆伽这个新人，悄无声息地瞒天过海，暗度了陈仓。他长长呼吸，保持镇静，不能让工程师们看出心中的慌张。

刘明君没来得及看文件，兴冲冲地介绍："北京是首都，我们拿下二期工程，就抢占先机布局全国，分散方案十分有利，希望极大，嘿嘿。"笑声充满得意，在会议室却显得滑稽。

"怎么会有两个方案。"

"客户关系肯定出了问题！"

"哎呀，只有三天时间，肯定做不完。"工程师们面面相觑之后嚷嚷起来，抗议声四起。

韦奇峰顿时感到刘明君与骆伽差距之大，他完全不知道状况："明君，估计你太忙，先看招标文件吧。"

工程师们吵成一团，发泄着情绪。韦奇峰两手扣在一起，围城必阙，他从来都给对手网开一面，不想斩尽杀绝，骆伽偏不识相，想弄成集中的格局，便是赢家通吃的局面，自己毫无退路。韦奇峰抚平领带，慢悠悠站起来，待会议室安静，才开口："人常说，商场如战场，我却觉得商场似江湖，大家在这个江湖讨生活，都不容易。无非是输赢胜负，然而是非成败转头空，留下不尽的恩怨情仇。因此我有肉吃，便不会让大家饿肚子，哪怕是对手，都让你能啃啃骨头，喝喝汤。无论多少都能吃到一些，用不着杀得血流成河。捷科的骆伽是新人，不地道，不守规矩，想吃独食，十四区两县合并成了市中心，大家都没退路。人家既然打响第一枪，我们只能迎战，反击回去，就让这江湖变成腥风血雨的战场吧！"

韦奇峰转身离开，回到办公室，抓起电话："闸姐，什么时候有空？帮我约刘树新。"

一个工程师探头进来问:"方案按照分散还是集中的来做?"

韦奇峰想都不想:"分散的。"

与此同时。

怎么会这样?两套方案!唐南军揉搓着招标文件,谁动了手脚?谁在幕后完成了布局?韦奇峰不会做这种孤注一掷的事情,难道是骆伽?他拨通赵勇电话,喊道:"去找方处长,查查怎么回事儿。"

"大师兄,按照什么方案做?分散还是集中?"

"都做,两边押宝。"

赵勇放下电话,铃声再起,又是田蜜爸爸:"是我,赵勇,你考虑得怎么样了?"话音未落,田蜜妈妈抢去电话:"赵勇,我跟你说,我今天下午陪女儿去医院打胎,你看着办,你儿子的命就捏在你手里了!"

周锐帮赵洪河写标书的时候就想好了思路。现在打印出来的文件在雷励行手中,三十二个节点的深蓝果然是方案的核心。当周锐和骆伽第一次提起通管局项目的时候,雷励行就判断出机会,用讲故事的方式指点骆伽和周锐。神奇的爱情力量将他们紧紧捆在一起,两只菜鸟迅速成长,突飞猛进,展翅翱翔。

然而,要将希望寄托在他们身上?雷励行没有这么天真,他抓起手机,压低声音:"何秘书吗,帮我约一下刘副市长。"他放下手机,心却累了,即便打败赵大群又能如何?威胁暂时消除,可还有一场又一场的硬仗,什么时候才是尽头?雷励行合上书本,不可抑止地想起了她,那兰,那才是让心平静的港湾。

骆伽和周锐问道:"雷先生,刘副市长是谁?"

雷励行是捷科大中华区副总裁,久在商场,岂能无知无觉?他通过骆伽和周锐的描述,早就看透形势,李玉玺要放长线钓的大鱼,便是刘永华。

121. 周四,晚上六点五十分

明天就要招标了,王锴做着最后的选择。

如果单从生意角度,王锴对终端设备毫无兴趣,终端设备说白了就是PC,满大街都是,价格透明,顶多百分之五的利润,金额仅有几千万,毛利顶破天就是一两百万，没什么赚头。他只是咽不下这口气，田蜜那档子事儿在圈内传为笑谈，不能善罢甘休，绝不能赔了夫人和孩子又折兵，不能比周瑜还窝囊，必须废掉中联。

核心设备支持谁呢？脚踩两只船，也必须选一只，从利润上看，做惠康赚六千四百万，做捷科赚八千万，看似利润不少。

"王总，想心事儿呢？"骆伽进了海棠居。

王锴笑着伸出双臂，恭喜骆伽，她走通刘树新，做出集中方案，扳回了局面，已经让人刮目相看。她却笑着再次躲开拥抱，问："恭喜什么？"王锴打开公文包，取出惠康新的薪酬条件，赵洪河突然强烈支持捷科，张大强重新归来，形势今非昔比。加上王锴的强烈游说，韦奇峰终于开出让人满意的薪水，年薪三十八万，几乎是骆伽现在薪水的三倍。

"三八，这是什么意思？"骆伽弹弹纸页，用眼角扫着王锴。

王锴顿悔，这个数字没过脑子。

"您看看我的数字，哪个更有诚意？"骆伽不等回答，从驴包中取出两份文件，一份递给王锴。这页文件只有一页纸，列着产品清单和详尽报价，深蓝，三十二个节点，五点五亿人民币，百分之八十折扣！王锴心脏怦怦跳起来，抽出计算器详尽计算，采用集中方案，报价从三点二亿增长到五点五亿，折扣又多给了五个点，一点六五亿的利润，比惠康整整高三倍。

一点六五亿的利润，王锴难以拒绝！

他瞬间忘记劝骆伽跳槽的事情，抬起来看着她，装作不动心："捷科很有诚意，我心领了。"

骆伽打开小雷达，不放过他的语气和眼神："明天就要开标，您怎么想？"

韦奇峰关系深厚，掌握着李玉玺转正的关键，刘树新也不好惹，骆伽又开出难以拒绝的利润，王锴大脑错乱，像夹在两垛草间的骆驼，两边各有各的好，反而难以选择。他继续脚踩两只船，两头讨好："你放心，我肯定支持你。"

骆伽早就熟悉他的目光，他眼神一虚便知心意，于是又抽出一份文件："王总，这是代理协议，我们将放入建议书中，您要么今晚签，要么永远也签不了。"

骆伽说话的时候，迸发出奇异的神采，王锴仿佛看花了眼，那个甜美的女孩儿短短几个月便能发出如此强大的气场，不在韦奇峰之下，假以时日不可限量。可是，二期工程谈何容易？骆伽将协议塞进王锴手中，再放重话："韦奇峰通过李闹放长线钓大鱼，做通刘副市长工作，便以为二期工程能唾手可得吗？"

骆伽把韦奇峰的秘密掏出来，摊在桌面，王锴的手竟紧张地哒哒抖动。骆伽眼中闪耀着一丝邪气，戳向王锴最致命的痛点："王总想必知道田蜜和赵勇的事情了，丢了女朋友没关系，可是儿子管别人叫爸爸，您心里的滋味好受吗？"

王锴勃然大怒，推开桌子站起来瞪着骆伽，怒吼："你是谁？凭什么管我闲事。"

骆伽端起豆浆饮了一口，笑着说："人生就是不断地选择，我也许可以帮您出些主意。"

王锴仍不消气，愤愤不平："你以为你能赢吗？你知道韦奇峰是什么人？他永远藏着你猜不到的后手。"

"刘副市长明天将会见捷科首席执行官葛士纳，签署智慧城市合作意向书。"骆伽轻松地靠在椅子上，心里一惊，她从王锴话中听出来，韦奇峰还有不为人知的秘密。

说服别人无非诱之以利，或者帮他发现燃眉之急，骆伽两手抓两手硬，先用一点六五亿的利润诱惑，再揭穿韦奇峰底细，让王锴感受到危机，迫使他屈服。

"我一定要赢，王总想知道为什么吗？"骆伽站起来，"走，我们去兜风。"

王锴招呼服务员结账，一溜烟地跟出去，骆伽坐进他的宝马驾驶位置，拍拍方向盘说："这车不错。"

王锴随口说："是啊，当然不错。"

骆伽侧脸看着他，面如冰霜："王总，您没听懂我的意思。"

王锴细一琢磨，恍然惊醒，竟呆呆地说不出话来。骆伽猛踩油门，唤起强大的推背感，速度急升，宝马狂啸着向黑暗中蹿出。

"慢点儿，时速一百八了。"王锴心惊肉跳，看见骆伽眼角挂着泪，"你哭了？"

骆伽用手狠狠擦掉泪水，泪珠又蓬勃涌出，被狂风扫去，医院刚打来电话发出病危通知书，骆南山病情恶化："爸爸又住院了，我就要成为没有爸爸妈妈的人了。"

王锴不知该怎么安慰，伸手去抹她眼泪，被骆伽推开。她再踩一脚油门："您知道我为什么加入捷科吗？为我爸爸，我要让那些人付出代价。"

"生意就是生意。"王锴只认钱，这数千万的利润绝不能放口，他又放软口气，"伽伽，你知道吗？韦奇峰熟读《李卫公问对》，熟知奇正兵法，他总会保留着出其不意的一招。"

"这么说王总是铁了心了？"

"二期工程涉及永嘉集团的上市计划，伽伽，我确实不能帮你。"王锴没有退路，明天就要招投标了，韦奇峰后招奇绝，骆伽必然会掉入陷阱，即便一点六五亿的利润王锴都不敢去碰。

滋啦！刺耳的刹车声响起，王锴脸孔撞在前挡风玻璃上，贴成面饼形状。骆伽把车钥匙扔给王锴，跳下车，砰地关门："王总，希望您不要后悔。"

122．周四，晚上八点三十分

明天就要招投标，仍然是周锐讲方案，他本想好好准备，却被骆伽拖到了KTV，黄静早在包间，你一首我一首，似乎没有什么不妥，就是唱歌。周锐取自助餐的时候见到一个消瘦背影，没认出来，却被他从侧面猛地撞在肩膀上，满口陕西口音："周锐，你娃也来唱歌？"

周锐看着这个瘦子，实在认不出来："你，你是？"

"我是二胖啊，曙光小学，记得吗？我结婚以后就瘦成这样了，唉！"

二胖？他排行老二，却是小学班级里最胖的同学，周锐仔细辨认五官，依稀想起来："你来北京了？"

"我大学毕业就在北京，听说你也在，今天真巧，我们正同学聚会呢就遇到你了，十几年没见了吧？还记得魏碧慧吧，她也在。"二胖精瘦了，性格没变，还是张牙舞爪的样子。

骆伽无巧不巧地出现，向二胖眨眨眼睛，蹭到周锐身边问："这位是？"

"我是二胖，周锐小学同学，你是他女朋友吧？周锐你有本事！"二胖竖起大拇指。

周锐奇怪地看着骆伽和二胖："你怎么知道她是我女朋友？"

二胖说漏了嘴，转着眼珠想强掰过来："唔，嗯，你们有夫妻相。"

周锐再不是以前那个不会用目光倾听的傻瓜，小狗看他几眼都要琢磨原因，何况二胖，立即判断出来不对，正要询问，骆伽怕二胖言多有失，急匆匆把他们拉向包间："一起唱歌吧，你们同学遇到多不容易！"

二胖端着盘子，细瘦身躯蹦蹦跳跳地向包间走去，周锐愈加奇怪，他怎么知道几号包间？再联想到刚才他目光转动，心中犯疑。他却猜不透骆伽的安排。不一会儿胖胖的戴着眼镜的女子进来，二胖反客为主，坐在沙发上介绍："她来插班的时候，曹老师让她自我介绍，她说，我未必会是最聪明的,我未必会是最美丽的,我未必会是最优秀的,我未必会是最瘦的,我们都称赞她谦虚时,她突然说,大家好,我的名字叫魏碧慧。"

二胖变成瘦子,魏碧慧却发了福,三个人中只有周锐变化不大。骆伽拍着双手:"你们同学相会,一起唱首歌吧。"

"好好,《打靶归来》。"二胖嚷嚷着,这是二三十年前的歌,现在很少有人听过。

周锐心脏狠狠被触了一下,就是这首歌。骆伽不由分说点了歌,她今晚操作的一切,雷励行是幕后导演,精心设计就为重现当年的场景,揭开伤疤才能刮骨疗伤。

音乐响起,瘦二胖率先扬起嗓子唱起来:"日落西山红霞飞,战士打靶把营归,把营归……"

魏碧慧把麦克风递给周锐:"来,一起唱。"

周锐低声跟着唱起来。这首歌曲无数次地在他童年梦境中出现,每个音节都萦绕在他耳边,泪水经常沾满枕巾。他轻轻唱着却发不出声音,接近结尾,那段让周锐刺痛终生的结尾。

二胖突然不唱了,转过来看着周锐,雷励行交代过,这段结尾必须由周锐完整地、大声地、独立地唱出来,才能抚平那段伤痛。周锐唱到最伤心的部分,歌声戛然而止,包间里寂静无声,他把麦克风向沙发上一扔,泪水在眼眶转动。

"继续唱啊,周锐,没关系的,都过去那么多年了。"魏碧慧又把麦克风递过来。

骆伽仔细观察,这是雷励行的交代,把他带回到童年找到失去的记忆,可是周锐到底忘记了什么?这段记忆真的能治好他的心理障碍吗?明天就要招投标了,如果治不好,技术得分肯定惨不忍睹。她灵机一动,抓来黄静的帽子斜戴上去,冲到前面:"我就是周锐,我唱,我唱。"

骆伽抢来麦克风,在曲调未落之前接了下去。

骆伽故意模仿周锐的样子,各种乱七八糟地走调,明显地刺激周锐,黄静暗暗着急,骆伽到底是什么目的?周锐果然紧紧皱起眉头。骆伽愈演愈烈,在最后停顿的刹那,忽然尖着嗓子走调唱出,这正是当年周锐唱错的地方,她右手一挥,一束鲜花在空中划出一道轨迹,扑哧掉在周锐脚下。周锐紧紧咬住下腭,狠狠看着骆伽,骆伽却突然转向二胖:"当时是这样的吗?"

二胖点头。

"然后呢？"骆伽也很担心周锐的情绪，但这是雷励行的叮嘱，要再现当时的情景。

魏碧慧难以忘记那一刻，详尽地说道："当时我在第一排，鲜花从我头顶飞过去，领唱的同学本来该唱出来，却被周锐搞坏了节奏，更糟糕的是，我没有反应过来，与好几个同学一起也抛出了鲜花。"

魏碧慧从茶几上抓起鲜花向空中扔去，再现当时的情形，二胖走到门口，挥着手模仿班主任："曹老师反应最快，示意大家重新唱起来。"

"然后怎么样？"骆伽询问周锐。

周锐记忆只到这里，那束鲜花画过空中，同学们的慌乱，舞台下评委们错愕的神情，童年的周锐已经吓傻了，然后发生了什么？他咬着嘴角摇头。

二胖替周锐回忆："我们下台后，只有周锐一个人孤零零地站在板凳上，我们都知道搞砸了，报成绩的大喇叭响起来，我们的分数果然垫底，我就忍不住冲了回来。"

"你做了什么？"骆伽拦在他面前，扮演周锐的角色。

"我把他掀翻在地面，周锐滚到舞台角落，掩面痛哭，膝盖流血。"二胖描述着当时的情形，比画当时的情形。骆伽模仿着，她本来就学表演的，大声惊呼，蜷缩在角落里，抱着膝盖，发挥着演技，眼中满是泪水。

周锐看着骆伽扮演的自己，那段过去活生生呈现在眼前，他仿佛回到童年，就是这样，膝盖痛得要命，更痛的却是心，梦寐以求的去北京的演出，毁在自己手里！他陷入深深的自责，不能原谅自己。

"周锐第二天来上课的时候不敢看同学，从此之后，他再也不和同学说话了。"魏碧慧说着，骆伽再次模仿童年的周锐，面朝墙壁，可怜巴巴地溜到沙发上，坐下来低头抱着膝盖，她歪戴帽子，活脱脱装出小学生样子。

"同学们都很失望，也不理他，还会结伙欺负他，比如打掉他的帽子。"二胖举手啪地拍掉骆伽头顶的帽子，骆伽全身哆嗦，更深地躲进角落。

"那是我应得的！我搞砸了那场演出！"周锐大喊出来，他只记得自己的错误，却尽力避免回忆起后来那段痛苦不堪的记忆。

"你去食堂吃饭，饭盒被同学打落了，那是应得的吗？"二胖问。

"你们到底要做什么？"周锐大吼。

糟糕，周锐必须回到过去，不能回到现实，骆伽突然蹲下，从地面装作捡起盘子："然后怎么样？"

"他捡起残羹剩饭,放在盘子上,走到角落默默地一个人吃着,脸上还有笑容。"二胖清晰地记起来,其实打掉周锐饭碗的就是他。

骆伽表演捡起饭菜,躲在角落,脸上挂着诡异的笑容默默吃饭,二胖走到周锐身边:"当时你为什么笑,吓死我们了。"

"那是应该的,我弄砸了比赛!"周锐脸上又挂起那种可怕的笑容,虽然时间过去将近二十年,心底的回忆仍是那么鲜活。

"你记得后面的事情吗?"二胖逼近周锐眼前,盯着他的瞳孔。

"哦,还发生了什么?"周锐抹掉了那段回忆,那太痛苦,一切都是自己造成的,应得的。

"我们踢开你的饭碗,质问你为什么破坏歌咏比赛,有人动手了,你不能呼吸。"二胖将周锐撞在墙上,用膝盖顶着他,手腕紧紧卡住脖子。

咳咳,周锐脸色涨红,那段记忆活生生地展现在面前,不容逃避,五六个同学包围了他,拳脚相加,唾沫、咒骂、拳头、鲜血四溅,还有周锐尖厉的哭声。骆伽尽力表现,还原当时的周锐,左躲右闪,躲不过周围的拳脚,撞到茶几,把桌面的水果饮料撞下去,她狠狠地惊叫,已经融入到周锐当时的情景,悲从中来,抱头放声大哭。

"你们在干什么?"黄静不解地看着这一切,她哪里明白雷励行的用心?看着满屋子的人进入癫狂状态,吓到了她。

周锐眼梢一动,现在并非二十年前,就要惊醒。这是最关键的时候,他一旦从过去的回忆中苏醒过来,治疗便要功亏一篑。骆伽急急走到黄静面前:"曹老师,他们打我。"

"曹老师不会原谅我的,她为了歌咏比赛费尽心血,怎么会原谅我?"周锐再次被拉回到二十年前。

"你忘记了吗?"魏碧慧走到周锐面前,挡在面前,二胖赶紧把黄静拉到一边,她差点儿破坏了这次诊疗。

"忘记什么了?"周锐茫然,这些早就被他刻意忘记。

"三天之后,你来上学的时候,曹老师在课堂上说的话,你爸妈也在。"魏碧慧对那一天记忆深刻,那是小学期间最严重的肢体冲突。

"我什么都没说,我说自己摔倒的,他们不相信。"周锐急急辩解,他想起来了,妈妈流着泪为自己换下撕破的衣服,包扎膝盖、额头和胳膊,所有流血的地方。爸爸含着泪水,紧紧咬着牙,在周锐印象中,爸爸第一次那么生气。

"从那天起,你更沉默自闭了,每天只学习,不和任何同学交往,你本来很调皮,学习成绩也不好,可是毕业考试的时候,你考上了六中,西安当时最好的中学。"魏碧慧没想到，记忆是如此的鲜活。

记忆清晰地浮现在眼前，妈妈拿到成绩，骑着自行车从楼前的小路风风火火地绕过来，脸上带着掩饰不住的兴奋，爸爸把自己举起来，全家开心地大笑，在家里流泪庆祝，不仅为庆祝考上最好的中学，也为摆脱那个噩梦般的经历。周锐没有被击倒，反而愈挫愈强，他更加勇毅和专注，坚忍不拔，却变得沉默寡言。这很难说清是好还是坏，他专注于学习，考上最好的中学，高考成绩超出录取分数线一百多分，他可以挑选清华北大最好的专业，但他默默选择了父母所在的大学，他自闭了，不敢离开父母的温暖，大学四年，他没有住宿舍，而是住在家里。直到大学毕业考到北京读研究生，他遇到了骆南山，然后便是骆伽，开始了新的生活。总之那一页揭过去了，但他幼小的心灵受到重创，埋下了变异的种子。

"二十年了，我们再也没见过，我一直想对你说，对不起。"二胖走到周锐身边，他的泪水沾湿了衣领。

"是我的错。"周锐顽强地承认。

"我们都曾经怪你，可是长大之后渐渐明白，我们那时都是孩子，谁不会犯错？你不是故意的，我们能看出来，当你头破血流蹲在地上的时候，我就后悔了，这么多年，我一直想亲口对你说，对不起！"

"我们曾经是好朋友，一起上学下课，无忧无虑，自从那件事之后你再也没有和我们说过一句话。"魏碧慧心里也压着这件事，"你知道吗？我们每年去曹老师家里拜年，她每次都问你，问你在中学的情况，非常细致，问你有没有和同学说话？成绩怎么样了？你高考成绩出来后她逢人便讲，周锐在六中考了第十名，清华北大随便挑，你知道她有多开心吗？"

"老师现在还好吗？"周锐听到这里，泪水又涌出来。

"她退休了，她常常责怪没有保护你，她当了三十年小学老师，一直为此耿耿于怀，我们去年去看她，她总用眼神寻找，她在寻找你，每次都是失望和伤心。"魏碧慧常与曹老师联系，往事仿佛就在眼前。

二胖递过来一张纸片："这是曹老师的电话号码，你随时都可以打过去，她等了二十年。"

二十年前的过去迅速闪回，记忆有了生命，曹老师严厉地训斥同学，她摸着自己的头劝慰，饱含泪水，轻轻抚摸自己的伤口，抱着自己受伤的肩膀叹气，目光像妈妈一样。一幕幕浮现在周锐眼前，二胖的道歉，魏碧慧悄悄地打来午饭，自己看见他们的歉意，却选择熟视无睹，只要说声没关系，他们便会重新接纳自己，他却选择了自闭，一律不回应，不理睬。

骆伽取来纸片，拿出手机递给周锐："打给曹老师吧。"

周锐眼眶中噙满泪水,眼前一片模糊,骆伽打开手机免提,按照号码拨了过去,铃声响了两声,那边便传出一个男声。骆伽替周锐问道:"请问,曹老师在吗?"

电话那头沉寂,二胖核对号码,没错:"请问,这是曹老师家吗?"

"是,可是我妈妈已经……"电话那头的男子哭泣起来,大家隐隐想到什么,他的回答果然证实了猜测,"两个月前离世,你们是妈妈的学生吗?"

二胖得知噩耗,脸色难看极了,魏碧慧已经抹起眼泪,他们无心再提歌唱比赛的事情,询问着老师身前身后的安排。骆伽却十分着急,周锐心障没有破去,明天就要开始招投标,方案介绍最为关键,曹老师却已离世,该怎么办?骆伽等他们话题渐微,试探着询问:"曹老师有留下什么话吗?"

"啊,妈妈有一段录音。"曹老师儿子被提醒,过不多会儿回来,"这是妈妈临终前给每一期学生的磁带,我放给你们听。"

曹老师念着每个学生的名字,叙述着熟悉的往事,从入学到期中期末的考试,每一次运动会,每一次大型的活动,她的声音极为虚弱,将要断绝之际,便停下来重新录制,她带过将近五六届学生,录制肯定用了不少的时间,她在燃烧着最后的生命。周锐骤然听到自己的名字出现在老师口中,恍如隔世,自从歌唱比赛之后,他就力图忘记这些记忆,却在骆伽的导演下活生生呈现在眼前。

曹老师说到了那次歌唱比赛,即便没有去北京参加比赛,他们仍然是雁塔区的冠军,一个令曹老师记忆深刻的时刻:"二胖,碧慧,你们在北京,听说周锐也在,自从他转学之后,我就没有再见过他,逢年过节你们都来,唯独他不在。我听说他在新学校里学习不错,考上很好的大学,我心里很难受。我一直说你们就是我的孩子,可是我没有做到,那次歌唱比赛,周锐失误,二胖和几个同学掉头回去,我可以阻止。我也应该找周锐好好谈谈,及时与同学们讲清楚,我也没有来得及,第二天便发生了那样的事情。我扪心自问,如果失误的不是周锐,而是我自己的儿子,我会怎么样?我肯定会把他搂在怀里,保护他不受伤害。"

曹老师讲到这里,声音极为虚弱,停了好一会儿才继续说:"二胖,碧慧,你们帮我找到周锐,放这盘录音给他听,周锐,请原谅老师,好吗?"

周锐泪流满面,拼命点头,他只记得自己搞砸比赛,内疚自责,强迫自己忘记了其余的记忆,心里本来就没有怨恨,反而满满的都是曹老师慈爱的回忆,他向电话中大喊:"老师,谢谢你培养我长大,都怪我搞砸了比赛。"

那边继续响起："周锐，谁都有失误和过错，这很正常，老师想请你做一件事，你能答应吗？我们再唱一遍那首歌，接受老师的道歉，好吗？"

电话中飘出曹老师的歌声，骆伽为周锐拭去纵横的泪水，击打节拍，陪他一起唱起来。周锐终于完整唱出这首歌曲，可是，明天的招投标，他能够超水平发挥吗？

123．周五，上午十点整

大会议室中人山人海。

赵勇早早来到会场交了标书，坐进后排位置观察形势。唐南军碰碰他胳膊，问："协议准备好了吗？"如果一切顺利，下午便能宣布招投标结果，中标厂家留下来协商合同条款，择日举行签约仪式，所以每个厂家都备好协议。

赵勇拍拍电脑："在这儿。"

"再检查一下。"

韦奇峰依旧穿着三件套西装，坐在第一排中间位置，感受着捷科咄咄逼人的气势。自从雷励行上任，很多项目都遭受巨大的竞争压力，他拐弯抹角打听到，对手竟然是捷科的新人。一支队伍正在锻造，走向强悍的巅峰，假以时日他们将一波波扑过来。骆伽就是其中的先锋。韦奇峰亲自上阵，凭着累积数年的关系，使出吃奶气力也占不到上风。他不寒而栗，雷励行，他到底是个什么样的神奇人物？幸好雷励行与赵大群势不两立，如此强悍的敌人终会被自己人干掉，也许这就是宿命。

骆伽踩着点儿进来，像磁石一样吸引着每个人的注意力，她不避不让走到中间，挨着雷励行坐下，周锐跟班一样在半步之后，挤进两人中间。韦奇峰依旧看着主席台，当周锐不存在，旧事重提："人力开出了新条件。"

周锐左右看看，才知道韦奇峰在与骆伽说话，她要去惠康？骆伽向他解释："他们通过永嘉集团来挖我。"

"满意吗？"韦奇峰转过头来看着骆伽的表情。

"我们赢下这个订单，你们会不会给她的待遇再多一点？"周锐的反问十分巧妙，也很合理，骆伽打得越狠就越有价值，惠康肯付的薪水就越多。

"据我所知你们公司不允许办公室恋情，曝光之后总得有人离开，何不未雨绸缪？"韦奇峰淡淡地用了一个完全不同的理由劝说骆伽辞职，这句话噎住了周锐，他们偷偷摸摸在一起，早晚都要被发现，必然有一方要辞职，韦奇峰占了上风："没关系，你可以再考虑一下，你们即便输了，我们也不会降条件。"

骆伽不肯吃亏，替周锐反驳："小希来了捷科，不用担心办公室恋情，你们为什么反而分手了？"

韦奇峰脸上一阵红一阵白，呆呆看着天花板，骆伽立即读出表情，他仍对罗小希念念不忘。

突然，会议室门开，众人纷纷抬头，方恩山带队进来坐在主席台的末尾，赵洪河自然而然居中而坐，评委们各自入座，王锴坐在两人之间，张大强最后进来，全场哗然，他怎么会再现招投标现场！他不是被废掉了吗？

"大枪！"

"张大强。"

"张主任。"

三种声音一起冒出来，各自体现出不同的关系，骆伽凝神观察销售代表们的反应和神情，周锐四处观察，嘴巴送到骆伽耳边："赵勇和唐南军很吃惊。"

神色如常的人肯定知道真相，才是真正的对手，周锐和骆伽倾听的基本功炉火纯青，在张大强出现的片刻，余光一扫，便能判断出关系深浅和竞争态势。众人之中只有韦奇峰神色如常，正在笑呵呵地看着自己。

张大强不像以往那样趾高气扬坐在中间，而是挤在靠门角落，视线扫下来，厂家代表们的目光躲躲闪闪，骆伽看着他，点点头，嘴角向两边一挑露出笑容。张大强露出难以察觉的笑容，目光掠过周锐直指韦奇峰，不怒自威，目光如同泰山凌空压下，韦奇峰不能硬扛，不得不低头，挫败感油然而生，这个张大强，一周未见，竟然变得如此强悍。骆伽眼观六路耳听八方，附在周锐耳边："张大强和韦奇峰对上了。"

"你怎么知道？"周锐小雷达的功率远不及骆伽，还浑然不觉。

骆伽的目光落在王锴身上，王锴不顾在大庭广众之下，向骆伽举手微笑，尽显支持的态度，引得韦奇峰赫然警觉。她目光再射向赵洪河，他却一副悠然神态，目光移向张大强，微微一笑。骆伽立即读懂目光中的含义，张大强回来了，那是绝对的利好，这就是赵洪河微笑的原因。骆伽转向方恩山，他却把目光飘开，按下麦克风，老生常谈地宣布："北京市智能交通系统二期工程硬件招标正式开始，请各个厂家提交建议书和相关文件，如果不能提交全部文件，或者文件不符合要求，将取消本次招标资格。"

骆伽目光这么一扫，立即辨别出来，赵洪河、王锴和张大强倒向自己,方恩山却仍支持惠康。她目光再向评委们扫去,去判断他们立场,两名评委目光发虚。骆伽记下他们名字,告诉周锐:"查查这两个人。"

"标书完整,进入商务标环节。"方恩山突然说道。众人惊住,技术标与商务标顺序调整,游戏规改变了,这次招投标不同以往。

"他不知道顺序调整了。"骆伽看着韦奇峰,看出了胜利的曙光。骆伽竟能在上百人间,感应到每个人的表情和目光变化,找出人心中的秘密,周锐与骆伽朝夕相处,仍然震惊,骆伽问,"我的小雷达是不是很强悍?"

周锐承认,骆伽突然贴在他耳边:"告诉我,你对静静是不是有好感?"

骆伽除了观察招投标的形势,竟然还有余力惦记此事?她在招投标现场眼观六路耳听八方,有百万军中取上将首级的气势。周锐惶然,慌乱地否认,却暴露内心秘密:"她是你朋友,我怎么能?"

骆伽转过头来,寻找他目光中的蛛丝马迹:"那天她怎么让你开口唱歌的?"

"中联集团,报价二亿五千六百万元,百分之五十折扣,最终一亿二千八百万元。"工作人员拆开文件包,宣布商务条件,打断了周锐与骆伽的对话,商务标一开两瞪眼,速度极快,"升阳电脑,报价一亿六千万元,百分之六十折扣,最终六千四百万元。"

升阳也是一家美国公司,规模比捷科和惠康小了不少,常常采用偷袭战术,这次报出跳水价,想靠低价偷袭赢标,引出一片惊呼,没想到招投标小组竟然将商务标提前,评委们先入为主,必会猛扣技术分,升阳偷鸡不成蚀把米,必死无疑。会议室的众人成天招投标,猜透升阳用意,哄堂大笑,连评委们也笑歪了嘴巴。

周锐皱紧眉头,骆伽手指轻挠他手掌:"怎么啦?"周锐嘴巴移到她耳边分析:"升阳报出超低价格,价格幅度被大大拉宽,得分差距将被压缩,对报出高价的捷科当然有利。"韦奇峰听见了,侧头看周锐一眼,向骆伽说:"你的工程师不错。"

"中国惠康,报价三亿五千万元,百分之五十五折扣,最终一亿五千七百十五万元。"

"捷科中国,报价五亿五千万元,百分之五十五折扣,最终二亿四千七百五十万元。"

会议室又一阵惊呼,捷科竟然报出天价,比升阳高出两倍之多,这种情况极为罕见。商务标公布完毕,工作人员经过反复检查和确认,价格分迅速算出,一目了然地投射到屏幕上,捷科仅得五分,惠康的商务分是

539

十二分，相差七分，很大的差距。

短短十分钟，商务标宣布完毕，结果也计算出来。方恩山提起麦克风，宣布进入技术评标环节，要求厂家代表不要离开现场，准备进行标书的技术应答。骆伽偷偷握住周锐："分析一下。"

"新的招投标流程压缩了操作空间，更加公正公平公开，谁会这么做？谁能这么做？刘树新出手了。"周锐低声说。

"骆伽能赢吗？"雷励行侧身问罗小希。

"很难。"罗小希对韦奇峰的布置十分清楚，骆伽即便破去李玉玺放长线钓大鱼的谋划，面前仍有致命的陷阱。

这个季度的最后一周，交通能源团队都被召集到北京参加公司年度晚宴，总结过去，规划未来。其他部门都在各自区域开会，唯独能源交通事业部聚集北京，大家心知肚明，必有大事儿。

会议室中间坐满来自全国的上百名销售人员，唯独没有正在参加招投标的周锐和骆伽。几位造反的地区主管整齐地坐在一排，中立的香港和华东区主管不蹚浑水，靠在墙边，销售人员密密麻麻聚集在后排，雷励行坐在会议桌的另一面，背后有二三十个新人，四方壁垒分明。雷励行坦然自若，不把即将来临的暴风骤雨放在眼中，对罗小希说："把数字放出来我们看看。"

销售业绩惨不忍睹，罗小希按照从好到差的顺序报出来：香港，目标5.2亿，实际完成6.35亿，完成率百分之一百二十二。香港团队和雷励行身后不明真相的新人们噼里啪啦地鼓起掌来，六名坐在第一排造反的主管们一声不吭，冰冷的气势让掌声迅速没落下去。罗小希继续宣布华东区，业绩也还不错，她继续读出越来越惨的数字，西南区目标，2.5亿，实际完成1.2亿，完成率百分之四十八；华北区目标5.6亿，实际完成1.8亿，完成率百分之三十二。

方宏伟的华北排在最后，不堪一睹，气氛凝滞，会议室死寂。罗小希关掉投影机，会议进入总结阶段："这是上个季度的情况，香港团队先说说吧，你们做得这么好，有什么经验分享？"

没等尴尬气氛融化，方宏伟突然一挥胖手，打断香港主管："经验别讲了，先总结教训吧。"

骆伽不在，罗小希像盾牌一样替雷励行挡上去："也好，哪位先讲？"

"请雷先生先讲。"方宏伟业绩垫底，总结教训等于自我批评，他出招极狠，直指目标。

罗小希岂能不知道他的心思，再次出头："这样吧，每人都有很多东西可以总结，不如给每个团队发张纸，大家同时写，然后每组选一人来讲。"

124．周五，上午十点二十五分

技术标的顺序按照商务分从高到低，升阳自然排在第一，他们弄巧成拙，哭丧着脸进入小会议室，挨墙坐下，如同被审的犯人。方恩山如同法官，确认出席者身份，干净利落地宣布："十五分钟介绍，十五分钟答疑，开始。"

升阳的代表连接投影机，开始介绍，评委们已经有了不好的印象，招投标多花点儿钱没关系，却怕项目失败追责，最忌讳这种搅局的厂家。没等十五分钟结束，评委们便不停插话，各种刁钻的问题抛来，将厂家代表轰晕，十五分钟介绍和答疑时间竟搅在一起，时间结束，升阳代表们带着红绿青蓝紫各种脸色出了门。

方恩山对升阳没有好印象，胳膊肘按着评估表："这升阳我不熟悉，请大家说说。"这句话耐人寻味，一句话便撇清了与升阳的关系，赵洪河和张大强也不说话，这升阳肯定是没人护的坏孩子，人精们哪能琢磨不出味道，说话便没有顾忌。

"升阳没有严格遵守标书，对建议书应答模糊，至少可以挑出五处来。"

"哪五处？详细说说。"方恩山鼓励。于是他们尽情发言，这种场合是言者无罪，方恩山对于批驳升阳的观点频频点头称许，对于少数支持的观点，请其他评委反驳，让群众斗群众，直到把支持的观点打压下去。

意见迅速统一，方恩山发下评估表，客户方意见明确，专家们埋头打分，他们知道倾向和好歹，工作人员收起评估表的时候，大家心里都明白，升阳被轻松废掉了。

125．周五，中午十一点三十五分

赵大群背手出现在会议室，与众人打着招呼，走到雷励行身边坐下，与叛乱的主管们面面相对："听说你们在开会，我来听听。"

雷励行与赵大群本是数年的对手，外表却相敬如宾，这就是高手的风度，小泼皮打架挥手就上，难看得要命，真正高手对决，即便生死相搏，

也不会缺了礼数。方宏伟得了强援，来了精神，自告奋勇抢先开炮："数字大家都看到了，白纸黑字，华北区比去年差，前所未有地差，为什么这样？我认为有三个原因，第一，士气消沉；第二，人员流失；第三，枪口对内而没有对外。这三者间有因果关系，因为枪口对内，导致人员流失，人心不稳便士气消沉。说到枪口对内，大家看看，我们流失了多少人？三十五个，流失了三分之一！赶走人的招数太多了，听猎头公司讲，我们内部居然有个黑名单，逼着猎头公司卖，不卖不给人家生意，听听，这招有多狠？"

赵大群打断："你有根据吗？"他表面质疑，其实是一唱一和，借题发挥。方宏伟做了不少准备工作，果然顺杆爬："这是黑名单，我们有人提供给猎头公司的。"

赵大群接来名单，仔细看一会儿，向雷励行确认："励行，有这种事情吗？"

雷励行不做无谓的争辩，承认："确实有。"

赵大群追问："哦，怎么回事？"

雷励行向来奉行不解释策略，否则便会被穷追不舍："宏伟讲得很好，我想先听完。"

赵大群很有风度，不再纠缠，伸手示意继续，方宏伟清清嗓子，振作精神："这些兄弟容易吗？有人供着房子，有人老婆怀孕，上有老下有小，没有功劳也有苦劳，狡兔藏，走狗烹，公司逼着人家走，谁有心思做销售？业绩能不下滑？"

方宏伟重话说完，转向其他叛乱主管，把话题延续下去："大家都在第一线，是不是这么回事儿？"

华南区主管打响第二炮："宏伟说得好，说得对，我赞成。我再说一点，雷先生到广州，成天就泡在楼下的咖啡馆，也不见客户。你听不见前线的炮火，就瞎指挥，我们这些一线主管怎么办？"

赵大群偶尔插话，看似询问，实则引导话题，攻向致命的所在，总结大会变成批斗大会。叛乱主管们炮火猛烈齐轰，新人们没有经历过这种斗争，目瞪口呆。赵大群忽然挥手暂停炮火，问雷励行："大家讲了这么多，你是不是也讲几句？"

一句辩解将招来十句反击，批斗就变成审判，这是赵大群精心策划的。然而雷励行躲也躲不开，于是放下手机，神情中看不出蛛丝马迹，起身走到中间："大家都是好医生，病根都看出来了，想必有好的解决办法，我洗耳恭听。"

赵大群抢在主管们前赞同："好，大家把解决办法列出来，再讨论吧。"

罗小希手机振动，雷励行的短信飘进来：一杯咖啡，几块巧克力。她走出会议室，拨通骆伽电话："投标有结果了吗？"

中联集团进来的时候，赵勇正紧紧盯着王锴，会议室气氛紧张起来。王锴却悠然地看着天花板，完全不理睬。方案介绍异常顺利，重点介绍终端设备，终端设备无关紧要，金额只有几千万，王锴淡淡听着，不插话不提问，其他评委反不适应，象征性提了几个问题便过关，中联退出门外，时间只用了二十分钟。

看来大家对中联比较放心，没有疑问，进入评委讨论时间，方恩山笑着调侃："请王锴首先发言，王总，你什么意见？"

评委们等着看好戏，王锴却神秘莫测地点头，一本正经回答："终端设备主要用在营业厅，技术比较成熟，我们软件产品都能支持，谁的都能用。"

方恩山听不出个所以然，便请赵洪河发言，他在招标中举足轻重，不可不问。赵洪河听说过中联，态度偏向支持："中联是国内PC的老大，产品和服务都没说，我没问题。"

方恩山最后问张大强，这包含着尊重的味道。经历仕途起伏，半年前与赵勇的那点儿冲突早已如同浮云一样飘过："我同意赵支队，中联的产品能满足要求。"

"好，请各位专家打分。"方恩山问不出太多信息，乐得早点儿打分，内部讨论不到三分钟，评委们疑惑不已，王锴就这样将中联集团放行了吗？

骆伽进到会议室，方恩山起来热情地招呼，与之前冷淡的态度判若两人："来啦，春节过得好吗？"

骆伽语气中透露着亲切，有一丝演戏成分："嗯，回家陪爸爸，又去新加坡参加培训了。"

两人演戏给其他评委们看，骆伽反而担心，方恩山此时客气是为一会儿砍刀子。张大强死死盯着周锐，半年多前的事情渐渐从他的记忆中褪色。那晚被唐南军放了鸽子，那个甜美的唱歌的小姑娘，都在他大脑的沟回之中沉浮消逝。张大强判断清楚，一期工程已经过去，当务之急是二期工程。

骆伽心里没底儿，评委们被灌了一天，一般的介绍没有新意，印象不深，就很难得到高分，周锐能行吗？评委们喝茶，伸懒腰，闲扯着笑话，完全无视周锐的存在，这是很不好的迹象，如果不能在三分钟之内抓住他们的注意力，后面的内容根本进不了他们的耳朵。

周锐连接电脑，面向评委，仿佛看见曹老师正看着自己。他先看一眼骆伽，她显然有些不安，再看正在呼噜喝茶的赵洪河，笑着点头，做出一个手势，请他放下水杯，嗯，不错，赵洪河很配合。周锐再看张大强，他正在与另一个评委咬着耳朵，周锐已经破去心理障碍，不畏惧与张大强相对，竖起手指嘘了一声，张大强猛地转身与周锐目光一对。周锐客气地点头，见到张大强脸上惊讶的笑容，他与方恩山和李玉玺势成水火，与自己那些小过节实在是不足道，果然他错愕之间坐直身体，进入聆听状态。

方恩山却举着一份报纸，像一堵墙挡住周锐的目光，摆足了居高临下的态势，透露出明确的含义：拒听你的方案。他好像看到什么笑话，竟嘿嘿笑出声来，评委们都注意到了他们的对峙。

骆伽紧张起来，方恩山这是明目张胆地支持惠康，举着报纸，向评委们传达着无言的反对，如果此时开始讲述，人家根本不听，谈何评分。周锐昨天破去心障，心中毫无滞挂，他左手搭在讲台，收起笑容静静看着那份报纸，以及藏在报纸后面的方恩山。

"开始吧。"张大强吩咐。

不能开始，方恩山仍然举着报纸，这已经不仅是拒绝听，而是一种强烈的抗议，可是怎么办？周锐总不能去扯报纸，骆伽也束手无策！周锐仍不说话，镇静地僵持，会议室陷入死寂，对峙的空气和不舒服的感觉弥漫开来。

"老方，我们开始吧。"赵洪河突然开口，他的级别和实力都不在方恩山之下，他是最好的打破僵局的人选。方恩山手腕一抖，不放下报纸便是不给赵洪河面子，心不甘情不愿地收起报纸，懒懒地端起茶杯。

噼里啪啦，敲击键盘的声音在寂静中十分清晰，林深来自规划设计院，周锐刚查过他的名字，他怎么会跳出来作对？这声音替代了方恩山的报纸，传达着不屑和对立。技术交流没有开始，无声的较量已经开始，反对者跳出来，用各种方式干扰着技术交流。要是以往的周锐，既观察不到也不敢反对，只会低头讲述，必然一败涂地！

今天的周锐却焕发出了神采，他向前压几步来到评委身边，西服衣角几乎扫到电脑屏幕，气势凌空压下去，迫得他合上笔记本，周锐悠然转身，走到评委中间，焕发出强大的气场："我们探讨智能交通解决方案之前，我常常想几个问题，北京每月有数万辆新车上牌，机动车保有数量翻番增长，道路怎么满足与日俱增的交通需求？市民素质良莠不齐，智能交通管得了车子，管不了市民，他们闯红灯，穿越车道，不遵守交通规则，我们有办法吗？"

周锐与评委们这场无声的较量如果用语言描述，至少十分钟才能讲清，其实却发生在瞬间，一般人甚至没有注意到这场交锋。骆伽被他举手投足折服，柔情蜜意泛上心田，看来爸爸极有眼光，周锐以往十分普通，甚至自闭，破解心障之后竟如同换了一个人。爸爸病情加重，盼着自己早有归宿，更盼着能抱上孙子孙女，来得及吗？也许，应该，骆伽突然脸色涨红，天哪！自己怎么胡思乱想想到了结婚！赫然一惊，她也是倾听高手，竟然被周锐气场笼罩，下意识思路狂奔。

招投标中，厂家都可以充分表达想法。评委们早已浸润于周锐气场而不自知，不明白他葫芦里卖什么药，皱起眉头深思，王锴忍不住问："你什么意思？难道北京交通没办法了？"

周锐秉持先砍对手两刀，再介绍自己的法则："全世界任何大都市，交通系统都没有北京这么复杂，到底有没有十全十美的解决之道？"

评委们听出不对味儿来，招投标就是要介绍方案，一名评委质问："你什么意思？"

周锐不去讲方案，反而去砍惠康："我们设计方案如履薄冰，有三个巨大风险，必须注意。"

在十五分钟内，周锐不需要征得评委们同意，只是为了试探听众反应，见到他们直腰挺胸，确认抓住了注意力："第一个风险是变化，车辆增长，公交运输的发展，都意味着变化。智能交通能不能随需应变？如果不能变化，系统就要被淘汰，这次投资就会被浪费，时间是否允许我们更新系统？我们该承担什么责任？"

各个厂家大谈方案的先进性，周锐的讲法与众不同，不断去给竞争对手埋地雷："第二个风险是分散，产品处理能力不够怎么办？增加处理单元，将任务分散处理，大家看看这张照片。"

周锐投放出一张照片，技术人员坐在电脑上无法落足，这是机房中的常见情景："占用地方没关系，处理器多久交换一次数据，十五分钟？一辆车从朝阳区跑到海淀区，数据就要从一台服务器跑到另外一台，带来多大负荷？交通高峰期怎么办？电脑系统不停折腾，最终会怎么样？崩溃，多少罚款将会流失？"

周锐用足了那兰卖海参的法子，两刀处处砍在惠康要害，十分钟屏蔽对手，五分钟介绍自己。没人打岔也没人提问，目光紧紧锁定每个客户，再不逃避，整个人散发出有魅力的气场，周锐的心障终于破去。介绍完毕，评委们爆发出一阵掌声，连方恩山都难以置信地看着自己左右交击的巴掌：不应该啊！我不能给捷科鼓掌啊。

骆伽似笑非笑地看着王锴："王总的意见呢？您负责软件设计，一定对硬件有很多要求。"

在别人眼中骆伽专业客气，而在王锴眼中却是妩媚动人，他左右摇摆，拿不准立场，此刻沉醉在骆伽笑容中，连声称好："捷科提醒有道理，硬件系统必须随需应变，还要注意分散带来的风险。"

介绍完毕之后，厂家代表就要入场，骆伽起来握手致谢，到张大强面前，他的记事本忽然滑落。张大强反应极快，弯腰捡起来，顺便说了句不错。

他们离开会议室，方恩山不动声色发出评估表。评委们埋头打分。评估表很快收集起来，方恩山将评估表递给工作人员：统计。

工作人员手疾眼快，三人一组，一人报出得分，一人噼里啪啦弹击键盘，一人监督核查，数字汇总进表格，打印机吱啦着吐出报告，被封进信封交回方恩山手中。

方恩山掂着轻飘飘的信封，感受数亿人民币的分量，站起来："走，汇报去。"

周锐出门气场全消，紧张地问骆伽："表现还好吗？"骆伽牵着他走进安全通道，看着他的眼睛："赵支队、方处长、张大强和王锴四个人，加上五名评委共有九人，赵支队记录五次，方恩山和王锴各记录三次，他们关注的要点，我都记录下来了。"

"张大强呢？"周锐摸不准张大强的态度。

"张大强做了记录，总共点头五次，皱眉一次，我在告辞的时候，他的笔记本掉了下来，他弯腰去捡的时候，我看了一眼，猜猜他里面写了什么？"

"哦，什么？"周锐尽管知道她的天赋，仍没想到她观察这么细致。

骆伽目光转向左上，露出回忆的目光："张大强的记事本非常潦草，右上角有分散两个字，被打上重重黑叉，显示他否决了分散的方案。还有，右边第二个评委，大约三十岁，戴着眼镜，穿着浅黄便裤，在你讲的过程中目光十分散乱，好像有心事儿，是唯一没有听进去的人。"

"他是谁？"

"他来自规划设计院，没有给我名片。"评委从数据库里随机抽取，也不用向厂家介绍，骆伽拉着周锐从台阶来到顶层平台，钻进他怀抱，"总的来说，棒极了。"

周锐揽着她的腰肢,闻着淡淡香味,虽然输赢变幻,此刻却感到全身心的满足。楼下二环路上车来车往,温暖的阳光照在头顶,她发丝凌空飞舞,他沉浸在无处不在的幸福中,此刻世界只有他们两人。忽然骆伽睁大眼睛向后一退:"那个评委眼神不对,非常反常,我猜到韦奇峰不为人知的秘密了。"她手指如同蝴蝶振翅一般发出短信。

126．周五,下午二点十分

赵大群换了座位,坐在会议室中间,俨然居高临下的法官,雷励行坐在长条桌一侧,叛乱主管们摩拳擦掌坐在对面,外围是近百名销售和两位中立主管,就像陪审团,批斗大会转换成审判。

唯有一个小小的细节破坏了完美的审判气氛,雷励行面前放着一杯提神的咖啡,旁边还有几张用于补充能量的巧克力纸,是他吃剩的残余。六位主管处于亢奋中,继续宣泄不满,竟然没有想过去吃点儿东西,但这一刻,他们看着咖啡杯和巧克力纸,忽然升起一种被算计的感觉。

罗小希尽力维持局面,必须撑到北京通管局有结果:"哪位先讲?"

既然翻脸,必须一棒子打倒,让他永世不能翻身,方宏伟豁出去抢先发言:"今年还有很多机会,我们有信心完成目标,我们不怕竞争对手,就怕有人从后面捅刀子。"

赵大群继续借刀杀人,问方宏伟:"你说怎么解决?"

"我不能跟雷先生共事下去了。"方宏伟抛出这句话就是摊牌,会议室中立即寂静。

中立的华东区主管举起手来,他瘦弱苍白,戴着金框眼镜,文质彬彬:"我说几句,雷先生来之前,我们业绩是很差的,这个季度上去了,主要由于新人有不错的贡献,一般新人加入公司,第一个季度只能做到平均数字的五分之一,但我们华东区,新人做到了百分之五十,他们下个季度肯定会有很好的收获,我有信心。"

业绩最好的香港区主管举手发言,他们也有销售人员流失,找到替代人选后,迅速成长,对今年生意也有信心。总算有人为雷励行说话,气氛稍有改观。赵大群却已经达到目的,低声问雷励行:"我们碰一下?"

"大家休息一下,午饭吧。"赵大群从座位上起身,这句话提醒了肚子震天响的众人,销售人员散尽,主管们却被叫住,"你们别走,一起参加。"

李玉玺面前有两个密封的文件袋,他缓缓拆开第一份商务文件,升阳第一,捷科最后。他继续打开第二个,表格跃入视线,他抓起计算器按出结果,手腕轻轻颤动,把两份表格合在一起,递给方恩山说:"念念。"

手机振动,王锴收到短信,是骆伽:那个戴着眼镜穿浅黄裤子的评委是谁?王锴想起来,他来自设计院,名叫林深。骆伽多疑了,专家评委都是随机挑选,应该不会有问题。然后张大强手机也响了,他低头看了看信息,目光锁定林深,他是什么来历?赵洪河掏出手机,看看林深,不认识,将手机放回兜内。

技术分第一名,中国惠康七十六分,第二名,捷科中国七十二分,第三名,中联六十五分。方恩山郑重地读出声来,捷科表现不错,技术分竟然落后?王锴怅然若失,他不偏不倚,给了惠康和捷科同样的分数。赵洪河紧锁眉头,他给了捷科高分,结果怎么会这样?张大强目光一滞,看看众人表情,分数不对!

订单是鱼饵,王锴会不会吞了鱼饵却跑了鱼?大鱼上钩不能急,必须在水中遛遛,李玉玺不慌不忙:"大家说说吧。"从何说起?评委们不敢乱说话,面面相觑。方恩山从简单的部分开始,举着评估表说:"我有个建议,这次招投标共有市中心和终端设备两个部分,中联在终端设备分数第一,惠康在市中心分数领先,是不是可以各取所长。"

这其实违反招投标流程,但是招投标流程本来就是个挡箭牌,可用可不用,这句话果然说到李玉玺心中,他一拍桌子:"好,就这么办。"

赵洪河对结果十分诧异,周锐的方案很合他心意,惠康分数不应该这么高,于是阻拦宣布结果:"且慢,是不是向刘书记汇报一下?"

"先宣布结果,再向书记汇报。"李玉玺耍了花枪,方恩山见机,起身带领评委们就要离开。

赵洪河站起拦在门口:"局长,都宣布结果了,还有什么好汇报的?"

方恩山带着评委:"我们必须按照招投标流程宣布结果。"

"等等。"张大强突然开口,这是他在招投标过程中第一次表态,与以往的张扬霸气判若两人。

"大强,请讲。"李玉玺语气客气,显得极为生硬。

"这份评估表有问题。"张大强从一叠评估表中挑出两份,递到李玉玺面前。

李玉玺先看右上角的名字,林深,来自规划设计院,两份评估表并排放在桌面,秘密顿时揭开,惠康全是满分,捷科全是一分!

壁垒分明，香港和华东区主管支持雷励行，但碍于赵大群的面子，保持暧昧的中立，其他六名主管都是造反派。赵大群摸清了态势，做好开战准备："励行，你是什么意见？"

雷励行盘着胳膊苦笑："我能有什么好办法，听您的吧。"

"解铃还须系铃人，你们说吧。"赵大群从来不直接冲突，把球踢给他人。

方宏伟斩钉截铁，不留余地回答："我们没法与雷先生共事了。"

"都是这个意思吗？"赵大群追问，六名叛乱主管一起点头，赵大群转向雷励行，等他答复。

雷励行暂时缓和："今天对我触动很大，我需要时间考虑一下。"

"应该的，今晚就是年度晚会，应该有个结果，还有五个小时，你考虑一下。"赵大群拉开椅子走出会议室，雷励行掉进了陷阱，没有翻身的可能。

骆伽连续拨电话给各种内线，消息很快传来。评委是昨天下午通管局从专家库中随机抽取，随即通知的。如果林深真有问题，要么就是抽取评委之前已经被搞定，要么就是有人连夜做通了他的工作。骆伽相信直觉，又开始想办法打听林深的背景。真相渐渐揭开，他是交通建设规划院的，多次参加通管局的招投标工作，主要从事公路和市政勘测、设计和咨询工作，完成过上千公里的高速公路设计。

"啊，我记起来了，林深参加过一期工程招投标，我有印象。"周锐忽然高喊一声，如果这样，他便很有可能与惠康早有来往。

在李玉玺办公室，众人目光都聚集在林深身上，这个评分极不正常，彻底改变了招投标格局。从来没有人能够在评估表的所有项目上拿满分，就像奥运会的跳水比赛。何况，捷科的表现有目共睹，一分绝对说不过去。

"集中方案没有照顾到基层利益，根本行不通，危害极大，不如不搞，评估表要是有负分，我肯定给。还有，集中方案是捷科擅长的方案，他们推荐的深蓝系统是超级计算机，先进归先进，在中国有使用过吗？有没有风险？这些考虑过吗？"林深有准备，语气一点儿都不含糊，铿锵有力，气势汹汹压过来，让极为反常的打分显得合情合理。

仍有一名评委反驳道："捷科承诺派出最有经验的工程师，二十四小时驻守现场值班，还是有保障的。"

"我们不当白老鼠。"林深很严肃，很认真，放炮很准，击中捷科的弱点，肯定有人为他出过主意。李玉玺深为满意，环顾众人："大家还有问题吗？"

这里面肯定有猫腻，赵洪河却无法反驳，张大强埋头研究林深的评估表，也不作声。李玉玺心情畅快，第二次拍板决定："现在就宣布招投标结果，那些厂家代表要饿昏了吧？以后招投标，要不要找几位医务人员？哈哈。"

"林所长，我有几个问题。"张大强不慌不忙，举起评估表问道，"请看您的打分项，第一项是整体方案可行性，按照您的思路，一分合情合理，后面是处理能力、可靠性以及可扩充性，分数就不能这么打了，打一分不合情合理。"

林深沉吟不语，方恩山上去化解："林所长自然有他的道理，招投标流程没有禁止。"

李玉玺找到了更完善的理由，为林深辩解："如果可行性都有问题，可靠性和可扩充性还有意义吗？皮之不存，毛之焉附？林所长的认真态度是值得我们学习的。"

公布结果便覆水难收，赵洪河越来越感到这次招投标的异常，坚决阻止："局长，二期工程事关重大，我们还是应该充分论证，确定方案之后再行招投标。"

"不行，招投标有纪律，怎么向组织交代？外面还有上百厂家代表，怎么向他们交代？现在必须宣布招投标结果。"李玉玺起来向外走，不打算再听一句。

这时会议室大门突然打开，传来朗朗笑声，刘树新推门进来："听说你们在评标，我来看看，这是我的退休工程啊。"

刘树新公然介入二期工程，实属过分，李玉玺嘴里不能说什么，站起来让开座位。刘树新向中间一坐，端起茶杯喝了一口，先叮嘱评委们要从专业角度公正公平公开地评标，不要受到外界的干扰，又特意向李玉玺强调："我听到很多风言风语，又听说上百个厂家代表都在楼下的会议室等候消息，我们这边迟迟不能决定，便来看看，帮你们出出主意，把把关。"

他又转向张大强："大强，说说情况。"

张大强被召回项目组，曾与刘树新深谈，将招投标过程中的异常进行了汇报，他才是刘树新派入招投标小组的内线。赵洪河趁乱去了卫生间，给下属小黄发个消息：查查林深。

雷励行来到咖啡厅外看起线装书，心思散了，只要多给他一个季度时间,一支巅峰铁军就能铸成,杀向战场,摧枯拉朽。然而赵大群今天就要切割他的团队,七零八落。这就是职场,雷励行不屑为之,却无法避开。

罗小希情绪低沉,坐在雷励行对面,盼着骆伽能够赢下来通管局的项目,可是韦奇峰已经在招标小组中布下林深这着棋,她没有说出这个秘密,因为她心里还有韦奇峰。可是,雷励行怎么办?捷科总裁葛士纳来到中国,雷励行手下的上百名员工也到了北京,赵大群势必发动雷霆一击,几个小时之后,晚宴上就要宣布新的组织结构。

罗小希手机响起,骆伽!"招投标有了消息?"她语气匆匆:"小希,我打听一个人,林深和惠康是什么关系?"

罗小希沉默,骆伽竟摸到韦奇峰最关键的罩门,她怎么知道了林深?要不要说出来?说了等于出卖了韦奇峰,如果不说,雷励行就失去反败为胜的机会,罗小希咬着嘴唇:"伽伽,我想想。"

罗小希挂上电话,双手捧着滚热的杯子,闻着咖啡散发出来的味道,林深是韦奇峰的秘密武器。半年前第一次招投标之前,酒吧里只有林深、韦奇峰和自己三个人,达成了秘密交易。

"小希,你有心事。"雷励行听出端倪,更看出来罗小希的犹豫。

韦奇峰耕耘数年,对专家库里的几十名专家极为礼遇,逢年过节常来常往,无论抽到哪个评委都不吃亏。他在其中有最铁的桩脚,林深就是其中一人,他在一期工程后被惠康安排到美国考察,一家三口,从美国东部开始,旧金山的唐人街,洛杉矶的好莱坞,圣地亚哥的海洋世界,拉斯维加斯的赌场和表演,飞到西部,纽约百老汇,华盛顿的纪念塔,名义上参观考察,其实是豪华旅游。吃喝都不用花钱。

林深在评标中潜水不出,在最关键的时刻力挽狂澜,他终于出动了!就算骆伽在短短时间成为高手中的高手,关系却不是一朝一夕可以培养起来的。即便说出这个秘密,仍然对二期工程无济于事。

罗小希语气不对,骆伽听出蛛丝马迹,她肯定认识林深,她肯定隐瞒了关键的信息,她心里放不下韦奇峰。林深参加了一期工程,肯定得了惠康的好处,他被抽进项目小组,便成为韦奇峰潜伏的内线。

"骆伽吗?我是小黄,队长给我短信,让我查林深,就是你刚才问的那个人。"

"他和惠康关系很好。"

"他曾经参加过一期工程招投标。"

"林深十月请了半个月的假期,加上国庆假期总共有三周。"

"他去哪儿了。"骆伽思索着其中的关联,一期工程招投标在八月份结束，他便请了三周的假。

"他和家人出国了。"

挂掉电话后，周锐已经猜到答案："小希那时候还在惠康，肯定知道这件事儿。"

"我再探探她的口气，嘻嘻，对不起小希了。"骆伽再次拨出罗小希的号码。

罗小希调整心情："伽伽，招投标有结果了吗？"

"快了，你们那边怎么样？"骆伽打算旁敲侧击，两个倾听高手绕来绕去。

"不太好，方宏伟他们想独立出去，赵大群要在晚宴上宣布新的组织结构。"罗小希捂着话筒放低声音，雷励行仍然看出异常，抬头观察她的表情。

骆伽希望引来罗小希的同情心，问道："那雷先生会怎么样？"

罗小希看一眼雷励行，走出五六步回答："他很难妥协，估计会辞职。"

"有什么好办法？"骆伽距离目标越来越近。

除非赢下来，把深蓝引入中国，雷励行便会渡过危机，罗小希压力越来越大，如果不说出韦奇峰的秘密，便是害了雷励行，她思路已乱。

"我们一起赢下来，把深蓝引入中国，小希！"骆伽煽情地强调。

罗小希正在品味这句话的时候，骆伽突如其来地抛出问题："小希，林深十月份去美国访问的时候，为什么没去惠康在硅谷的总部？"

"他去了啊。"罗小希脱口而出，才察觉到失言，这个骆伽竟然套自己的话。

骆伽仍不满足，发现了林深的秘密并不能解决问题，必须从罗小希口中掏出解决方案："小希，记得你说过，你十月也去了美国。"

罗小希猛然惊醒，这是韦奇峰不能说的秘密，骆伽从寂静中听出玄机，看看身边的韦奇峰："小希，他就在我身边。"

"谁？"罗小希被骆伽搞乱了心情。

骆伽轻轻吐出韦奇峰的名字："韦奇峰在参加通管局的招投标，他愁眉不展，却不为这个项目。"

"他为什么？"罗小希先为雷励行担忧，现在又被韦奇峰情感所困。

"他是爱你的，我能感觉到。"骆伽探知了人心的秘密，在其间穿梭无碍。

"哦，真的吗？"

"你们为什么分手，你明白吗？"

"你说。"罗小希咬紧牙齿。

"他是追求完美的人,有过失败的婚姻,极为恐惧,所以当你表达出结婚的意愿,他只能逃跑,但是从始至终,他是爱你的,他从来没有利用你,即便在山东的项目上。"

"所以,我更不应该出卖他。"

"小希,你不能总是为他考虑,委曲求全,越这样,他警惕性越强。你必须帮助我,打败他的完美,让他品尝痛苦滋味,让他遇到未知的自己,才能够明白你的价值,理解你为他做的一切。小希,你必须自私一些,有些人你错过了,这辈子就再也遇不到了。"

罗小希擦去泪水,也许骆伽说得对,打败韦奇峰才能让他回心转意,她抽泣着:"伽伽,也许你是对的,但是我做不到,我不能出卖他,哪怕失去他,我也不能对不起他,伽伽。"

骆伽呆呆地听着电话中的忙音,罗小希挂了电话,仍然没有说出韦奇峰的秘密,周锐从电脑间抬起头看着她,她现在越来越可怕了。骆伽没时间废话,林深出国,王锴肯定知道,这是另外一条线索,也许牵连着击败韦奇峰的秘密。她发出信息:王总,从北京飞洛杉矶要多长时间?她打算从此套出王锴的消息。

周锐狡黠地眨眼睛:"其实不用这么麻烦,伽伽,有的时候最直接的方法反而是最有效的。"

"你什么意思?"骆伽用尽了各种方法,也没有找到打倒林深的办法。

周锐把电脑推向骆伽,他用林深的名字在网上搜索,发现他有写博客的习惯:"猜猜我发现了什么?"

骆伽有种接近目标的预感,手机响起,是王锴:林深是惠康的内线。

"去年十月的博客,去美国的,猜猜还有什么?"周锐开心地笑着,他找到了打垮林深的武器。

骆伽冲进周锐怀中,揪着他的鼻子:"还有什么?"

周锐点击鼠标,翻到博客里的照片,林深一家三口在惠康总部门口,笑得喜气洋洋,后面是访问惠康总部的心得:"伽伽,为了保证专家公平公正公开,按照招投标流程,林深去年十月访问美国惠康总部就失去中立性,半年内没资格参与招投标。"

骆伽兴奋地揪着周锐的鼻子:"快说说,怎么办?"周锐把图片存下来:"有好戏看。"

骆伽正要起身,忽然被周锐搂入怀中:"伽伽,我想说,无论商场输赢变幻,我都不怕,只要我们在一起。"

车水马龙的喧嚣，深不可测的北京城，都淹没在二人世界中。

"嗯，我知道。"骆伽乖乖地点头，"虽然你什么都没有，我还是爱你，一切都会有的。"

周锐不想结束这种奇妙的感觉，时间却不等人，他托起骆伽的下巴，轻轻一吻："伽伽，招投标现场不能没有人，你去那里，什么都不要做，等我。"

127．周五，下午四点十分

厂家代表肚腹空空，恨不得去挠墙。厂家代表们不敢抗议客户延迟开标，却可以向工作人员撒气。一名工作人员匆匆跑到楼上，向领导们汇报："局长，各位专家评委，厂家代表们闹事儿了。"

"他们敢？怎么回事儿？"李玉玺正在生闷气，拍案而起。

"没矿泉水了。"

厂家代表没吃没喝坚持到下午四点，确实不易，刘树新很理解："我们工作不到位，至少矿泉水应该管够嘛，把各个办公室的饮水机支持出来，会议室四面八方摆上八台，管够。"

小小插曲打断了专家小组的汇报，也改变了气氛，在这个关键时刻，绝不能退缩，李玉玺坚持立场："惠康和中联分别在核心设备和终端设备上评分第一，按照招投标流程，我们应该公布结果。"

刘树新把球踢给评委们："大家有不同意见吗？"

赵洪河先发言，还是围绕林深打分不合理。林深豁出去了，立即跳起来，将准备好的炮弹振振有词地放出来，无非还是二点，第一，集中方案损害下级利益，不可行；第二，捷科的深蓝第一次进入中国，风险太大。咬死不放。最后拍了桌子："我是评委，我是专家，身上流着道德的血液，必须从良心出发，我也不怕得罪人，我头可断，血可流，绝不能举手赞同。"

话说到这个份儿上，任何语言都是苍白的，王锴又开始琢磨脚踩两只船。李玉玺暗自为林深叫好，二期工程非比寻常，如果不能让惠康中标，便前功尽弃。他一拍几案，猛然站起："刘书记，各位专家评委，林所长坚持原则，他的意见评分违反招投标流程吗？既然不违反，我们有什么资格质疑他的打分？我们不要再争论所谓的分散和集中的问题，应该无条件地按照现有规则评分，宣布招投标结果。"

李玉玺拿招投标流程当挡箭牌，刘树新面色冰冷，一语不发，赵洪河找不到反驳的理由。双方壁垒分明,剑拔弩张,不是你死就是我活,方恩山站起来,支持李玉玺:"既然林所长打分有效,应该立即宣布招投标结果。"

"这样吧,休息一下,我和李局长谈谈。"刘树新挥手,仿佛已经筋疲力尽。

这是最关键的时刻,绝无妥协的可能,李玉玺抢先开口:"刘书记,我对您一直很尊重,您的话,我一向都听的,即便有异议也服从。"

刘树新不理这句话,也不谈招投标:"玉玺,你的能力和魄力都非同一般。我们修路本来囊空如洗,你成立交通道路发展总公司,亲自担任总经理,贷款修路收费。首都机场高速收费的问题,舆论压力那么大,你顶住压力,不降反涨,硬是把资金筹集起来。"

这些都是李玉玺引以为傲的政绩,他很听得进去。刘树新继续说:"在这么短的时间,五环路修起来了!这是大局,我做不到的事儿,你毫不含糊就办了,我跷大拇指,不服不行。"

李玉玺难得有机会袒露心声,今天已经摊牌,便没了顾忌:"老百姓堵着车,交着养路费、过路费和罚款,心里堵得慌,这些我都知道。"

"我们也要对得起良心,我们当了领导心就黑了吗?就猪狗不如了吗?我们每天人模狗样,猪鼻子里插葱装象,那是人家有求于我们。"刘树新拍拍胸脯,掏着心窝子说。

李玉玺叹气一声,两人思路不一致,多说无益,刘树新语气一转:"跟你实话实说,组织部跟我谈话了,征求意见,我推荐了你,现在交通建设大发展,需要能人,这副担子只有你能扛起来,组织上已经有安排了。所以你不要顾虑,也不要牵挂,该怎么办就怎么办,不要因为局长职务,影响了智能交通的建设,我的心思你明白吗?"

李玉玺心里又惊又喜,喜的是自己终于有机会扶正,刘树新向来话都说在实处,局长位置是板上钉钉的,惊的是,辛辛苦苦放长线钓大鱼,全是无用功,早知如此,何必把智能交通的项目折腾成这样?

刘树新喘喘气:"玉玺,二期工程牵涉到北京几千万老百姓的出行,我必须坚持主见。"

可是开弓没有回头箭,李玉玺无法回头,继续拿招投标流程当作挡箭牌:"刘书记,还是那句话,这个项目我负责,必须严格遵守招投标流程。"

刘树新气得七窍生烟,拍着桌子,茶水翻了一桌:"玉玺,别拿鸡毛当令箭,你这样一意孤行,要知道后果。"

"书记,必须严格按照招投标流程办事。"李玉玺腾地站起来,拂袖而去,关键时刻绝不能心慈手软。

他如此专横跋扈，面目如此狰狞。当年李玉玺在通县得罪了同僚，走投无路时自己力排众议，将他调入通管局，扶持上常务副局长的位置。刘树新捂着胸口，血气上涌，满面通红，忽然天旋地转，扑通栽倒在地。

评标小组坐在会议室中，互相间说些无关的话题，李玉玺大步走进来，满脸杀气地坐在中间，端起茶杯喝了一口："招投标必须严格遵守流程，坚持公正公平公开的原则，做出专业和科学的判断。我们领导不该介入，方处长，你主持。"

方恩山毫不含糊，立即发言："林所长坚持原则，打分不违反招投标流程，我们必须遵守打分结果，中国惠康在核心设备总分第一，中联在终端设备总分第一，毫无异议，现在宣布招投标结果。"

赵洪河猛地站起来："这样不行，我们交警支队坚决反对。"

张大强站起来："我们信息中心不保证项目能够顺利实施。"

工作人员匆匆跑进来，惊慌失措："不好了，刘书记心脏病发作晕过去了，救护车已在路上。"

局势骤变，赵洪河抢出会议室，其他人望向李玉玺。天赐良机，一不做二不休，当断不断，必有后患，李玉玺腾地起身，命令评委们："走，几百个厂家代表都在等着，去宣布招投标结果。"

韦奇峰从容地吃着巧克力，笑着问骆伽："要巧克力吗？"

在招投标现场，巧克力奇货可居，骆伽笑着接过来一块，看看又还回去："不是我喜欢的口味儿。"

她打开包包，露出一盒精致的Godiva的松露巧克力，限量版的。韦奇峰识货，在中世纪的欧洲，一位比利时伯爵因为战争决定征收重税，他善良美丽的妻子Godiva夫人恳求减收。伯爵大怒，认为为贱民哭哭啼啼地哀求是在丢脸。Godiva夫人回答，人民绝非贱民。于是他们打赌，Godiva夫人赤裸身躯骑马走过城中大街，仅以长发遮掩身体，假如人民留在屋内不偷望，伯爵便会减税。第二天，她骑马穿越城市，所有百姓诚实回避，令她不致蒙羞。伯爵信守诺言，全城减税，比利时百姓为纪念此事，制造出了以Godiva为品牌的顶级巧克力。

骆伽连巧克力都准备充分，韦奇峰落了下风，刮目相看，仍然不信她能赢下订单："我们打个赌。"

"哦？赌什么？"

"雷励行今晚辞职。"

雷励行危在旦夕，骆伽却不肯服输："如果我赢了呢？"

"如果你赢了，我退出江湖。"韦奇峰并不吃亏，自己占据天时地利人和，如果连初出茅庐的骆伽都打不过，他还有什么脸面？

"你退不退出，跟我有什么关系。"骆伽盘起胳膊，看着韦奇峰的眼睛，"你想要一个十全十美的爱人，就像你一尘不染的西服，是吗？"

韦奇峰想起罗小希，她不是完美，却最接近完美，在他愣神的工夫，骆伽用语言搅乱他内心的波澜："小希常常发呆，她很想你，如果你输了，你应该给她一份礼物。"

"什么礼物？"韦奇峰恍然惊醒，这是招投标现场，而骆伽是她的对手，这个女孩子竟能深入自己的内心世界。

"随便什么礼物都行。"骆伽这个赌注没有一点儿难度，但是她相信，只要韦奇峰与罗小希重逢，便能破镜重圆。

韦奇峰失神片刻，恢复高手风范："如果我赢了呢？"

骆伽断然回答："我离开捷科。"

"好，那你看看这个。"韦奇峰从公文包里取出薪酬表。

骆伽目光一扫，却不接过来："哦，有什么新鲜的内容吗？"

韦奇峰坚持把文件送到骆伽眼前："我们改了数字。"

骆伽打开薪酬表，固定薪水，浮动薪水，五险一金，各种补贴列在表格中，汇总下来是五十多万元。她笑着折起来，放进包中笑着说："我赌了！韦总不觉得代价太高吗？"

"不高。"韦奇峰倾尽全力，凭着累积数年的关系，占尽优势，亲上战场，如果还打不过骆伽，他就认了。

128．周五，晚上七点十分

喝了一肚子矿泉水的厂家代表已经饥肠辘辘，天黑时终于迎来招投标小组，其中却没有赵洪河和张大强的身影，他们马上像老鼠见了猫一样乖乖坐好。方恩山清清嗓子，不想客套，直接宣布："谢谢大家的坚持，我们现在宣布招投标结果。"

嘀嘀，手机响起，按照招投标流程，评委在招投标期间必须上缴手机，隔绝与外界联系。方恩山看了一眼，竟是林深，便不追究，向工作人员挥手，两台投影机同时打开，射向左右两面巨大屏幕。嘀嘀，方恩山的手机也响了，他只好暂时放下麦克风，狠狠按掉手机声音。

表格出现在投影屏幕上，依次按照核心设备、终端设备、网络设备、数据库等产品顺序显示着厂家的技术分和商务分。中国惠康在核心设备赫然排在第一，中联在终端设备排名第一，捷科在两项都排在第二，投影机切换，中标厂家名单显现。方恩山大声宣布："我们宣布，中联集团赢得智能交通二期工程终端设备，中国惠康赢得智能交通二期工程核心设备。"

韦奇峰心里石头落地，悠然看着骆伽："你们输了。"

"未必。"骆伽的电脑里有林深去惠康考察的照片，能改变招投标结果吗？周锐去了哪里？在这个关键时刻，她猛然举起手来，大声说道，"我有话说。"

骆伽本就是众人焦点，她又坐在第一排，会场立即安静下来，在招投标过程出现争议十分正常，也出现过不服输的厂家大闹现场的情况，保安立即紧张，五六个人向骆伽围来。方恩山却不让她说话，立即宣布："如果有不同意见，请遵照招投标流程申述，北京智能交通二期工程招投标到此为止，感谢大家参与。"

方恩山已经被折腾得够呛，扣下麦克风，向保安招手，让他们把骆伽带走，被关了声音的手机又在桌面振动起来，他懒得去看，抓起来放入兜里。然而，评委们的手机短信声音成片响起，如同深秋池塘不停歇的蛙叫。有人打开手机，厂家代表们挨个凑过去看，数百人做起广播体操的同一动作，他们最后的动作非常统一，抬头望向林深。

林深还在回想刚才的表现，简直是滴水不漏，正大光明，痛快，韦奇峰该怎么感谢自己？必有重礼！众人目光射来，他的第一个反应是去看看裤子拉链有没有拉好。嗯，是没拉好，偷偷拉上，不对呀，自己在桌子后面，他们看不见。他们好像都举着手机。林深在毫不知情的情况下，突然变成众人关注的焦点，摆摆手，笑一笑，比哭还难看。

刹那间，会议室都被这条群发的短信惊住了。

129．周五，晚上八点整

亚运村国际会议中心的大堂人满为患。

捷科是顶尖的跨国公司，内部藏龙卧虎，女员工平常总是穿着蓝色的套装，被包装到单调的专业形象里，唯独每年的晚会才会争奇斗艳。她们正处在如花绽放的年龄，收入丰厚，平常累积的那些衣服和饰品，不得不锁在衣柜之中，而今天是唯一可以展现的机会。为了今晚，她们结伴飞到香港,一掷千金,重装上阵。

晚礼服是最基本的装备,从发型、包包、鞋子到最小的饰品都有讲究。男士们分成两类,基层的员工处于手中无剑的境界,仍然穿着普通西服,头头脑脑则穿起黑色礼服,系着领结,看似普通,却能够从他们的手表或者袖口看出过人的身价,一眼就能从人群中辨认出来。

甘怡当然是焦点中的焦点,无论哪个方面她都是佼佼者,美国常春藤名校的MBA,大老板赵大群的助理,高挑的身材偏偏要踏着高跟鞋,鹤立鸡群。精心修饰的发型,价值昂贵的晚礼服更显高贵,耳环和项链价值不菲,闪闪耀目。国际会议中心,五六千捷科北京的员工,灯光舞台,请来助兴的大明星们都是她的陪衬,甘怡才是唯一的主角,整个会议的主持人。今晚将属于她,在整整一年当中,公司都忘不掉她的风采!

而且,唯一的对手,那个小姑娘,骆伽,竟然还在招投标现场,甘怡愤愤不平,没有什么比这更遗憾的了,自己尽显魅力,对手却逃跑了。八点整,灯光熄灭,锣鼓喧天,两排舞狮蹿出,龙腾虎跃,在聚光灯的衬托下,甘怡款款走向舞台中央,伸开双臂,什么都不说,用目光向捷科的员工们散发出无可抵抗的魅力光束。

罗小希频频看表,骆伽还没有消息,赵大群在演出后就要宣布新的组织结构了。

周锐打开手机后盖,取出电话卡扔入垃圾桶。短信群发完毕,后果是什么,周锐不知道,他只有一个想法,绝不放弃,绝不认输。

韦奇峰冷汗横流,规划设计院至关重要,大型项目都由他们规划,经常作为专家小组成员参与招投标。韦奇峰与林深认识多年,一期工程便参与规划,林深这次进入招投标小组,是自己早就布下的一枚秘密棋子。林深在一期工程中为惠康出了力,韦奇峰亲自陪他去了美国考察,其实就是超级豪华旅游,当然惠康买单。罗小希都不知道这张照片,怎么会跑到这里?他忽然意识到骆伽俏皮的目光,强作镇定:"看来,今天的招投标很不平凡。"

骆伽暗为周锐叫绝,这么一群发,肯定打乱招投标,她打开手机给韦奇峰看:"因为这张照片?"

韦奇峰心思已乱,心口狂跳:"是你?"

骆伽有备无患,心思透亮,哪会泄露底细,笑着说:"您看,大家都收到这张图片了呢。"

赵洪河听见短信声音,也打开手机,林深一家三口在惠康总部的照片?

从手机号码看不出发送者是谁，图片意味着什么？张大强低头看手机，抬头和他目光碰在一起，他和李玉玺彻底决裂，如果他走马上任，便彻底没了前途，轻轻说："林深隐瞒出国经过，应该取消评委资格。"

方恩山急中生智，抬起麦克风，强行闯关："各位厂家代表，招投标到此为止，散会。"

"等等。"张大强从门外绕回来，径直走上主席台，夺下麦克风。

方恩山不满地瞪着张大强，质问道："大枪，你有什么事儿？"

张大强与方恩山明争暗斗多时，早就不满这个称呼，恩怨翻滚在胸臆，他以往只敢装作听不见，现在破釜沉舟，再也不避讳："方处长，您嘴里干净点儿，不是大枪，是张大强，或者张主任。"

方恩山愣住，脑子在转弯，目光妥协："张主任，什么事儿？"

"按照招投标流程，备选专家必须申报与厂家的往来记录，确保与厂家没有利益关系。"张大强滚瓜烂熟，直击林深的致命弱点，他径直向全场宣布，"招投标暂停，请大家稍候，谢谢配合。"张大强再问门外挥手，"各位评委，我们向局长汇报。"

方恩山又惊又怒又没辙，评委们听说向局长汇报，暗暗叫苦，一天都汇报无数遍了，天呀，都晚上八九点了，午饭还没吃！方恩山不怕向李玉玺汇报，丢下身后的评委们，抢在前面，直奔李玉玺办公室。走了一半，脚步声消失，回头看，身边只有形只影单的林深，嚷嚷起来："哎，你们去哪儿？不是向局长汇报吗？"

张大强笑笑说："我们向刘书记汇报。"

130．周五，晚上八点二十分

李玉玺彻底与刘树新决裂，心烦意乱，招投标事关局长宝座，不容退缩。手机忽然响起，打开一看竟是林深的照片，一家三口在惠康总部。这意味着什么？方恩山电话打进来，他顿时情绪爆发，冲着手机怒吼："又怎么了？上百亿的五环路工程都没这么复杂，一个项目怎么搞成这样？"

"他们找刘书记汇报去了，怎么办？"方恩山来不及解释，等着他拿主意。

刘树新不是心脏病发作了吗？李玉玺坐立不安，张大强和赵洪河自作主张，越过自己向刘树新汇报，怎么办？他起来又坐下，人家没有请，不能这样去，不去也不行。电话又响起，李玉玺接起电话，是刘树新虚弱的声音:"玉玺,你来一下。"

不去也得去,李玉玺没有选择,夹着笔记本出门疾行,七八步便到了刘树新办公室门口。大办公桌被改造成临时病床,医护人员守在四周,张大强、赵洪河和评委们把办公室挤得满满当当,林深孤零零坐在角落。李玉玺承担不起与刘树新反目的后果,他抢前几步表示关心:"刘书记,身体要紧,先去医院吧。"

刘树新摆手,这是老毛病了,他服了药,血压慢慢就会下去,他颤巍巍抓起手机打开图片:"林所长,你去年十月在美国参观了惠康公司?"

证据确凿,林深不敢抵赖,一声不吭,后悔得冒酸水,手贱啊,何必多此一举拍照片,怎么泄露出来的?刘树新等不到回答,吩咐方恩山:"你主持招投标,读读纪律。"

李玉玺在众目睽睽之下无法暗示,张大强将招投标纪律塞给方恩山,提醒:"第八条。"

方恩山尴尬地应了一声,低头读起来:"第八条,为保证招投标公正公平公开,备选评委必须申报与相关厂家的交往,经过审查参与抽取评委,如果没有申报,或者申报不实,将取消备选评委资格,从专家数据库中删除。"

刘树新躺着,以一股不可抗拒的威严力量,质问方恩山:"第八条很清楚,应该怎么办?"

如果林深被取评委资格,招投标便会发生天翻地覆的变化,但事到如今,还有什么办法,方恩山慢吞吞回答:"请林所长退出招投标。"

林深看看方恩山,又看看李玉玺,这件事绝非儿戏,追查下来,失去评标资格还在其次,回到单位肯定要受处分,他支支吾吾出声求情:"方处长,我们一起出国,您不是不知道啊。"

糟糕,林深要狗咬狗一嘴毛,方恩山差点儿坐在地上,出国并非林深一家,方恩山在一期工程出过力,当然得了好处。事情不妙,李玉玺害怕惹火烧身,一拍桌子,斥责林深:"林所长,你明知招投标纪律,不但不申报,还在评标过程中明显偏袒惠康,必须退出招投标小组。"

林深不敢申辩,像软脚虾一样向门口摸去。张大强站起来,拿出痛打落水狗的精神:"且慢,林所长,你刚才说什么?"

林深痛苦万分,怒气冲冲,凭什么你们都当了缩头乌龟,让自己硬扛,难道你方恩山没拿惠康好处:"我跟方处长说了,他不让我申报。"

方恩山跳进黄河也洗不清,李玉玺没有选择,唯有壮士断腕,撇清关系:"方处长,你怎么能做出这种事情?"

方恩山不糊涂，这种局面必须死扛，把领导招出去，罪责不少一分。保住领导，才会有人在旁边周旋说话，大事化小。即便被打入大牢，家人的衣食住行也会有人照料，以后不难弄个保外就医。出来之后，便和领导是患难见真情的，经历过考验的，什么生意做不了？他毫不含糊地揽下责任："林所长提过，我没当回事儿，确实疏忽了。"

他识趣地没向上咬，筑起了防火墙，李玉玺颇为满意，心中稍安。刘树新不想无限地上纲上线，外面几百名厂家代表都在等着。"林所长，请出去吧。"

林深眼泪汪汪退出会议室，惨了，毁了，前程就毁在这次招投标上了。回去赶紧活动吧，只要把下半生搭进去，怎么都行。

刘树新毫不手软："恩山，林所长的成绩怎么办？"

取消林深的成绩，惠康便要完蛋，李玉玺就钓不到大鱼，坐不上局长宝座，可是事到如今还有什么办法："取消成绩。"

刘树新拼命咳嗽几声，胸口剧痛："好，重新计算。"

工作人员算了无数次数据，熟能生巧，表格很快回到刘树新手中，他戴上眼镜，仔细看了结果，把表格递给李玉玺。排除林深成绩之后，捷科在核心设备排名第一，中联仍然维持终端设备第一，李玉玺把表格向桌子上一放："刘书记，我们招投标工作中出现失误，这是我的责任，我建议重新选择评委，再次论证评标。"

评委们愕然，李玉玺彻底否定了招投标，怎么向饥寒交迫的厂家代表交代？刘树新不以为然，不直接反对，先判断招投标小组的立场："大家的意见呢？"

张大强立即领悟，他以往飘在空中，自从受打击之后，深深钻研和领悟，已有心得。如果李玉玺晋升局长，他就毫无出路，必须站稳立场，抢先发言："按照招投标流程，取消林深评标资格就可以了。"

刘树新靠回病床，放出信号："嗯，大强的意见很中肯，其他人呢？"

立场暴露无疑，评委们纷纷表态，刘树新看出形势有利："发扬民主嘛，我提议举手表决。"

张大强和赵洪河一起举手，王锴这次不敢脚踩两只船，乖乖举手支持，评委们看出局面，纷纷举手。方恩山受不了压力，四周看看，也缓缓举起手来，刘树新一拍办公桌改成的病床："看看，群众的眼睛是雪亮的，大家一致通过，取消林深资格成绩，重新计算招投标成绩，宣布！"

捷科财大气粗，每年都投入巨资，邀请各界明星参与演出，包括小品、时装表演和演唱等等，总能引来轰动和叫好，会场气氛愈加炙热。

甘怡趁着空当，匆匆走到罗小希身边："骆伽来吗？下个节目是她的。"

罗小希更急，通管局招投标还没有消息，肯定来不及了，甘怡撇撇嘴巴说："算了。"

"谢谢大家等待，我宣布，北京市通管局智能交通二期工程建设招投标结果。"张大强替代方恩山坐在主席台正中，灯光熄灭，全场漆黑，两道光束投射到屏幕上，捷科成绩赫然名列第一，他清清嗓子读出结果，"捷科公司获得二期工程核心设备标段，中联公司获得终端设备标段……"

赢者欢呼雀跃，输者一脸沉默，骆伽跃起，不管四周无数的目光，投入周锐怀抱，紧紧相拥。

"伽伽，我们赢了。"周锐轻拍她后背，人群都向这边看来，办公室恋情不能暴露，当众拥抱实在太惹人注目。"伽伽，注意影响。"

骆伽喜极而泣，泪水滑进周锐脖子，她贴在周锐耳边："不管了，谢谢你。"

"哦，没事儿，我们赢了这么大订单，抱抱应该的。"周锐将她搂在怀中，却被骆伽狠狠掐在胳膊，这猪头，总想那么多。

"上述厂家明天上午九点签署合同，谢谢大家参与，期望再次见面。"张大强放下麦克风，带着专家小组退出会场，招投标终于落幕。

骆伽轻轻亲了周锐额头，拉他坐下，雷励行还在等待消息。周锐打开电脑，发出电子邮件：

雷先生：

　　北京通管局智能交通二期工程刚刚宣布招投标结果，我们赢取核心设备招标，三十二节点的深蓝将进入中国市场。

　　最后，谢谢您的支持和指导，没有您，我们不可能赢得这个胜利。

交通能源事业部客户经理骆伽
售前工程师周锐

邮件直接发给雷励行，绕开大中华区的赵大群，抄送给美国总部的技术支持团队，那边现在是早上七点多，还没有上班。骆伽看看手表："啊，我的演出，快回去换晚礼服。"

"伽伽，来不及了，我们直接去吧。"

"我穿这个去晚会?"骆伽日思夜想的晚礼服,斜肩长裙,左肩金色的扣子,搭配碧绿的手镯,她要出尽风头,压倒甘怡。如果只是晚会周锐倒不在乎迟到,可是赵大群要宣布组织架构,雷励行危在旦夕。

骆伽进入副驾驶,恳求周锐:"求你,我不能穿着套装去晚会,至少让我穿上裙子可以吗?"

她为了晚会准备了一个冬天,周锐看着她的眼睛,于心不忍,向车窗外张望,看见一家服装店:"好,我们去买裙子。"

"人好看,穿什么都好。"周锐挑选了一条连衣裙,把骆伽推进更衣室,付钱回来时,在外面转圈催促,"伽伽,快一点。"

骆伽终于穿着白色连衣裙出来,对着镜子皱眉头,颜色不搭,鞋子不配,腰身偏粗,处处不满意:"还是回家吧,我们在新加坡一起挑的晚礼服,而且我这么披头散发,怎么上场唱歌?"

"伽伽,唱歌肯定是赶不上了。"周锐拉她强行离开,骆伽是没范儿毋宁死的性格,甩开周锐说:"不行,这样去我一年都抬不起头。"

固执的周锐做了销售,学会变通,夸奖骆伽:"说真话,你穿什么都好看。"

是吗?骆伽贴近镜子。周锐拍对了地方,继续拍:"伽伽,你穿着打扮达到剑人阶段了,你就是时尚,时尚就是你,一木一草在你手上都是神兵利刃。"

"神兵利刃?"骆伽很少听见周锐夸奖,故意让他继续说。

"一块布,一根丝,在你身上都能化腐朽为神奇。"周锐受了鼓励,绞尽脑汁顺着使劲儿想她爱听的话。

"唔,我决定买这件了。"骆伽岂能听不出来奉承的味道,时间确实不允许回家。

还有一场战争。深蓝进入中国的消息肯定会震惊美国总部,但是现在是美国上午七点多,邮件仍然躺在邮箱里睡大觉,来得及吗?

此时,甘怡向台下一指:"请我们用热烈掌声,欢迎我们的CEO葛士纳先生,指挥大象翩翩起舞的男人。"

十年前,捷科巨亏,人心惶惶,华尔街预测这家拥有百年历史和四十万员工的美国企业即将摔入历史的尘埃。葛士纳走马上任,壮士断腕,将员工裁减一半,引领公司转型,从硬件制造商转变为四海一家解决之道的供应商。捷科焕发青春,基业常青,葛士纳也成为全球最受尊敬的企业领袖之一。

他像伟人一样登上讲台，这是他的风格，他的威严可比恺撒，他的战术如同拿破仑，他的铁腕可比俾斯麦，他的讲话方式如同专业主持人："如果我现在二十几岁，我肯定不会生活在美国，而愿意来到中国。"

会场掌声如雷，葛士纳等动静平息继续说道："你们很幸运，在最好的时间来到最好的市场，服务于一家世界上最好的公司。"

又是一阵掌声，气氛活跃，葛士纳直截了当地进入正题："按照中国的习俗，春节算过年，那么新年刚刚开始，每年我们都必须有一些变化。变化有两种，一种是你自己想变，还有一种是别人逼着你变。我们不喜欢第二种变化，却不得不面对，我期望大家保持积极的心态，用中国话说，塞翁失马焉知非福。"

葛士纳突然停止讲话，摘下眼镜放入口袋，指向第一排。赵大群在聚光灯中站起来，攥着组织结构名单走上舞台，与葛士纳擦肩而过。雷励行曾在总部担任葛士纳助理，这是一场无可避免的赌博。赵大群站上讲台，灯光聚集，他先用半个小时总结了去年业绩，报表有意无意地停留在屏幕上，雷励行的名字显著地出现在最后，这其实并不公平，雷励行年底才开始负责这个市场。赵大群开始介绍新年度的计划："今年，我们将继续深耕客户，拓展市场，随着中国经济发展，新兴行业不断涌现，大有超过传统行业的趋势，医疗健康、零售连锁、能源交通迅猛发展，这是新的战场，我们是逃避还是迎战？"

会场鸦雀无声，没人回答，赵大群抓起麦克风，走下舞台，用挑战的语气，刺激近在咫尺的员工们："我们面对，还是逃避？"

终于有人坐不住了，大喊迎战。赵大群继续鼓动士气："迎战？你们怕吗？"

声浪汇聚进来呐喊：不怕。赵大群激荡起气氛，有意无意地来到雷励行身边，笑着问："励行，你怕吗？"

雷励行的面孔被摄影机投射在大屏幕上，他露出笑容："害怕有用吗？"

"很好，可是输了怎么办？"赵大群挂着狡黠的笑容，麦克风举在雷励行嘴边，仿佛拔剑在手，以他的高手风范，必然一招制敌，绝不给对方生机。

这句话暗示性非常强，输了便要被新陈代谢，谁都不能例外，雷励行站起来表态："商场如战场，胜者为王败者为寇，没什么好说的。"

赵大群要的就是这句话，他收回麦克风，返回舞台："今年将是迎战的一年，我们将投入重兵，不惜代价，不惜牺牲，毫不退缩，我们将取得压倒性的胜利。"

他等掌声停歇，将音调放低，看着黑压压的听众："在这场战争中，我们将集中优势兵力，各个歼灭敌人，杀敌一千自伤八百的事情，我们不做！细分非常重要，我们要把市场切割出来，在局部形成绝对优势，配置资源，灵活应变。团队也要细分，形成新的作战序列，这个道理大家都懂，但是做起来可不容易，我流血流汗打下的市场，我的地盘，怎么能好端端地交给别人？我的下属为什么独立出去，和我平级？日后还要向他汇报？我们必须想清楚一个道理，你的客户，你的下属，哪怕你含辛茹苦培养出来的团队，并非你个人的资产，而是公司的资产，想明白这个道理，一切就想通了。"

听众们都听出来其中的杀气，这显然是为组织机构调整做铺垫，五六千人屏住呼吸，气氛凝结成冰块。赵大群是演讲高手，语气一转，氛围又有不同："如果我们做到细分市场，灵活应变，大象也能翩翩起舞，当我们抬起脚步，舞步将震撼整个世界！这是带动世界的脚步！"

赵大群激情四溢的讲话感染全场，五六千人集体起立，鼓掌欢呼。项庄舞剑，意在沛公，只听他话音一转："现在，有请新的管理团队。"

周锐开车到国际会议中心，跳下车，拉着骆伽的胳膊，牵手走进国际会议中心，迎面看见公司标识，想起禁止办公室恋情，又甩开骆伽，保持一步距离，骆伽掩嘴呵呵笑，伸出手来："敢吗？"

"有什么不敢？"周锐流露出自信的笑容，办公室恋情有什么可怕？何必躲躲藏藏？骆伽点头，自从破去心障之后，周锐流露出强大的自信，压倒一切。

周锐带着笑容，骆伽更不怕生，也不怕高层，她天生有让人过目不忘的范儿，两人手拉手从同事中间穿过去，骆伽眨着眼睛小声道歉："对不起，迟到了。"

五六千名捷科员工中有四千多人感到意外，五百多人糊里糊涂，三百多人分心，仍有两百多人不怀好意地鼓起掌来，带来更多糊涂掌声。骆伽抬头挺胸顺着红地毯向舞台大步走去，甘怡又气又恼又好笑，怎么能穿连衣裙参加晚会？她故作幽默把麦克风递过去："骆伽，你什么时候加入的公司？"

"四个月前。"骆伽在台阶下低甘怡一头，彻底没了气场，穿着不知品牌的连衣裙，算是糗大了。

"所以，你还不知道晚宴的着装要求。"甘怡占尽上风，公司最顶尖的美女交锋，观众们乐不可抑。甘怡贴着骆伽，用高贵的晚礼服衬托她的连衣裙，"为什么穿这样的裙子？"

"招投标刚结束,来不及了。"骆伽心虚解释,她想挤上舞台,却被甘怡拦在下面。

　　赵大群做个手势,示意甘怡宣布新的组织结构,她立即乖巧地转换话题:"很好,我们给你的敬业精神一些掌声,请入座。"

　　然而骆伽却登上舞台:"我有个消息,只占用十秒钟的时间。"

　　甘怡意外地捂着胸口退出半步,骆伽干脆将她挤到一边。赵大群动怒,板起面孔,甘怡迅速宣布:"请我们新的管理团队,闪亮登场。"

　　灯光熄灭,全场黑暗,音乐响起。

　　周锐摸黑走到雷励行身边说:"赢了。"

　　雷励行脊背笔直:"呃,说说。"

　　"我们赢下全部的核心设备,包括三十二节点的深蓝,大获全胜。"会场两边的巨大屏幕投射出新的组织结构,雷励行位置被降下来,周锐极为郁闷,即便赢下订单,也不足以改变雷励行在职场的挫折。来不及了,组织结构调整涉及人力资源和老板层层审批,绝不可能改变,周锐和骆伽千辛万苦,仍然迟了一点点。

　　音乐骤停,管理团队鱼贯而入,甘怡的声音饱含激情:"我们欢迎新的管理团队,期待他们在新的一年里面取得佳绩。"

　　聚光灯转向舞台中央,应该空空荡荡的台上却有一个人影,竟是连衣裙飘飘的骆伽,全场愕然,她趁着全场黑灯的瞬间登上讲台。甘怡觉得好笑,她这个装扮算是糗大了,她却偏要出头露面。骆伽走到讲台中间,向台下招招手,按下麦克风:"在我们的年度晚宴上,我这里有一个好消息还有一个坏消息,大家想听哪个?"

　　五六千名员工鸦雀无声,一起抬头呆呆地看着骆伽,她肯定疯了,年度晚会都是按照时间表进行,从来没有发生过差错。骆伽骤然紧张起来,这是她的表演:"我还是先宣布不好的吧,这个消息是,大家肯定以为我疯了,每个人都会议论,你们知道,我很低调的。"

　　国际会议中心爆发出笑声,骆伽向周锐招手:"上来,宣布好消息。"

　　周锐正在为她捏把汗,聚光灯顺着骆伽的手势打下来,他顿时紧张得汗流浃背,面对五六千人奇异的目光,手足无措:"伽伽,别闹了,快下来。"

　　骆伽当作听不见,她一袭连衣裙,神态却像好莱坞明星:"我听不见,你上来说。"

　　赵大群做个手势,甘怡强行按下麦克风:"对不起,骆伽,你必须下去,不要影响晚会。"

工作人员围拢过来，摆出你不下去，就把你押下去的架势。她举起双手仿佛投降，在离开讲台的瞬间，转向麦克风："周锐，协议在你那里。"

　　一只麦克风传到周锐手中，雷励行的声音坚定沉稳："宣布吧。"

　　周锐看见他的目光，干脆跳上椅子面对五六千人。突如其来的意外搅乱了赵大群的布局，重要的发布仪式被两个年轻人搅局，在葛士纳面前出丑。工作人员跑着围过去，打算强行将周锐带走。骆伽从舞台下来："周锐，看着我，别看他们，说吧。"

　　周锐目光从纷乱的局面中移到骆伽身上，那么甜蜜和可爱，杂念从心头逝去，大声宣布："我们赢下了北京通管局二期工程，客户决定采用三十二节点的深蓝。"

　　深蓝风靡全球，是捷科的明星产品，这绝对是重头新闻，五六千捷科员工冷不丁听到这个消息，立即原谅骆伽的胡闹，先是震惊，然后起立鼓掌。甘怡脑筋急转，必须快速了结此事，将晚会继续下去，她双臂拥抱骆伽，做出恭喜姿势。

　　两人紧紧相拥，在外人看来十分感人，掌声更加激烈，骆伽就怕没范儿，压低声音解释："我有斜肩的晚礼服，来不及回家换了。"

　　"谢谢这个好消息，恰逢其时，这将是捷科中国公司的里程碑。"甘怡推开骆伽，走向舞台，赵大群渐渐放心，经过这个波折，组织结构调整的格局不会改变。

　　"等等。"葛士纳嗅出了味道，阻止甘怡，与赵大群低声交谈。会场灯光闪亮，捷科员工们看出变故，猜测起深蓝对组织结构的影响，嗡嗡的议论渐渐变成喧腾，最终沦为可怕的死寂，短短的时间如同黑夜一般漫长。骆伽坐到雷励行身边，罗小希长舒一口气："谢天谢地，你们终于到了，晚一步就宣布了。"

　　甘怡宣布会议休息，会议中心门外已经准备好食物、各种各样的啤酒和红酒。葛士纳与赵大群起身，走向贵宾休息室，甘怡去而复返："雷先生，请来一下。"

　　偌大的贵宾室只有葛士纳和赵大群，雷励行进来，他应该坐在赵大群下首，可是两人已经摊牌，选这里就等于认输。坐在葛士纳旁边也不符合办公室基本礼仪，两边都不能坐，雷励行干脆轻松地在门口的沙发上远远坐下，似乎不愿意打扰两个人的谈话，又有随时离开的意思。赵大群心里明白，连座位都不肯屈尊，显然决裂到底，他硬要压雷励行一头，拍拍身边座位："来，坐这里。"

雷励行过去便是退让,他偏偏不让:"没关系的,听得很清楚。"

葛士纳站起来,指着旁边的茶几和沙发,三个人转移过去,他脸色和蔼,直言无讳:"励行,我想听听你的意见,关于组织结构调整。"

雷励行掉进赵大群的圈套,赢下深蓝纯属侥幸,职场似江湖,永恒的是利益和权谋,各种恩怨情仇不是说斩断就斩断,保住副总裁位置又能如何?即便赢了赵大群又会怎么样?这一切有何意义?

赵大群也是满腹心事,骆伽将深蓝引进中国,这将是大新闻,在中国这个战略性市场引入了战略性的产品,意义大于赢了国际象棋世界冠军。雷励行厥功至伟,这个时候将他部门拆散显然不合时宜。赵大群布局已久,倾尽全力,以为把雷励行诱入埋伏,却在最后关头出了洋相,现在组织机构调整已经宣布,骑虎难下的反而是自己。

骆伽没有晚礼服,仍然成了晚宴上的明星。

不管政治斗争多么厉害,都没有人能够忽略她的胜利。一群副总裁举着酒杯走过来,说一堆客气的祝福话,抿抿酒杯离开,纯粹是客套和例行公事。然后就是相关的同事们,骆伽浅尝,脸色酡红。

休息时间过去,人流渐渐回归会场,周锐过来说:"回去吧。"

骆伽眨眨眼睛:"晚会可以带家人吧?"

这是捷科的传统,年底晚会都可以邀请家人一起参加,年轻人无家无室,也可以带恋人参加。这也是一道风景,大家都会好奇地看着谁又有了主。周锐不明白骆伽的用心:"伽伽,可以的,怎么了?"

骆伽笑着躲在一边,接了一个电话,将周锐推回会场:"你先去开会,我一会儿回来。"

周锐返回会场的时候,葛士纳站在讲台上发言:"我刚收到几封邮件,一封来自董事会,我念念:恭喜你们,深蓝进入中国市场,是历史性的一刻,在中国这个充满机遇和挑战的快速成长市场,我们将坚定地扩大这个市场的投资,再一次谢谢你们的非凡成就。现在是美国时间九点整,董事会正在发布这个消息,今天的《华尔街日报》和CNN都报道深蓝进入中国的消息,这将反映在公司股价上,股东将会收获百亿美元的回报。"

葛士纳关闭电脑,摘下眼镜,走到舞台边缘:"刚才那位赢得订单的女士在哪里?还有你的工程师。"

周锐找不到骆伽,独自站起来,葛士纳招手:"上来,你叫什么名字?加入公司几年?"

"周锐,三个月,她叫骆伽,四个月。"捷科采用矩阵式作战序列,销售都搭配售前工程师。深蓝是捷科最复杂的技术，只有最好的工程师才能做出方案，很难想象他们加在一起只在捷科工作了七个月。骆伽回来了，从后面很有范儿地走过来，想起没有穿那件晚礼服，非常懊恼，这种场合正配那条斜肩曳地长裙，自己却穿着连衣裙，人生一大憾，她别扭地躲在后面嘀咕，出丑出大了。葛士纳与他们握手后问道："我要把这个奇迹带到董事会，我们可以合影吗？"

这种场合不乏摄影师，他们说到就到，架起三脚架和闪光灯，骆伽躲在周锐身后，遮住连衣裙，露出一个脑袋面向镜头，却被葛士纳拉到中间。

摄像师举起闪光灯，向三个人说道："我问个问题，你们一起回答。"

周锐和骆伽答应，摄影师大声问，西瓜甜不甜？周锐和骆伽大声说甜，嘴形正好是笑容，葛士纳不懂中文，侧头询问，被拍入照片。葛士纳心情极佳，开起玩笑："这张照片说不定要上明天的《华尔街日报》。"

"《华尔街日报》？我，我……"骆伽几次开口又闭口，她想换了晚礼服再来拍照，这要求实在太"二"，周锐恐怕都做不出来。如果这张照片刊登在《华尔街日报》上，一定会被黄静笑歪。骆伽舍不得最后的机会，犹犹豫豫。葛士纳是何等人物，看出她的踟蹰："你还有事情吗？"

骆伽说没有，仍不舍放弃，周锐最懂她，直截了当说出来："我猜，她想穿上一件更正式的服装和您拍照。"

骆伽甜到心里，周锐很"二"，这次却"二"得很到位。

甘怡打断周锐："不行，葛士纳先生明天就要返回纽约总部。"

骆伽忽然有了一个主意，甘怡的身材与自己相似，穿上她的礼服也是不错的效果，转起眼珠，怎么才能让她心甘情愿脱了礼服给自己？哈哈，骆伽想到妙招，胳膊绕个弯，趁着聚光灯射向台下，从周锐和葛士纳背后，向甘怡腰间的裙带拉去。

看一个人的胸襟，要看他如何面对失败。

韦奇峰面对穿衣镜，看着自己的西装革履：我输了，输给一个初出茅庐的菜鸟，一个比自己年轻十岁的小女孩儿。韦奇峰输得惨不忍睹，他在能源交通行业十年，关系盘根错节，在占尽优势的情况下精心布局，竟被打败了。他心中的自信轰然倒塌，他自视极高，更加难以接受失败，而且捷科新团队锋芒一现，难以争锋，天外有天，山外有山，与这支走向巅峰的团队继续打下去，毫无希望。

急流勇退！

韦奇峰心服口服，长江后浪推前浪，前浪死在沙滩上，该收手了。

他抚摸着西服,这是他的战衣,也是他的防线,现在自信溃败,外表却还光鲜。韦奇峰笑了,小希说过雷励行的故事,他还需要这身衣服来证明自己,仍是心中有剑手中有剑的阶段,并没有达到剑人合一的境界。

他举起剪刀,探入袖口,手指飞快合拢,撕拉剪开袖口,他右臂向上,熨帖的西服如同波浪般分开,剪刀快速斜切,整条袖子飘落地面。韦奇峰笑着,破茧而出,成功只会让自己越走越远,失败才可以悬崖勒马,韦奇峰品尝着失败,必须打破完美,打破常规,突破自己!我只是普通人。西服的碎片如同灰尘一样飘落,韦奇峰心里越来越清晰,辞职,暂时脱离这个江湖,游学和漂流,穿着最脏的牛仔裤,读书的时候不也是那样吗?去新疆吃烤串儿,去丽江躲进舒适的沙发里和她聊天,看着她明亮的眼睛,回家去见父母,住上两三个月,为什么不呢?我不是工作的奴隶,我是自己的主人!

她?只有她陪伴在身边才有意义,才会鲜活,才会明亮。韦奇峰撕掉最后一片衬里,这件两万多的西服变成一堆破布,他穿上牛仔裤和夹克,身体似乎难以适应。他冲进卧室,拉开橱柜,有一个红色的包装盒。

电话突然暴躁地响起,王锴怒气冲冲:"韦总,海棠居,咱们得议议。"

韦奇峰输得起,他只是给惠康打工;王锴输不起,永嘉集团是他的命根子。

"骆伽机灵聪明,万中挑一,哪会一窝蜂拥来。"王锴见到穿着牛仔裤的韦奇峰,恍然一惊,却顾不得上这些。着急忙慌地在海棠树下商量对策,捷科如果真培养出十几个骆伽,韦奇峰就完蛋了。二期工程虽大,对于惠康只是九牛一毛,对自己却是伤筋动骨:"韦总,整个华北项目都让你拿下来了,丢个北京也不算什么,吃肉的吃肉,喝汤的喝汤,啃骨头的啃骨头,大家都分一杯羹。可是我们永嘉集团就不一样了,不瞒您说,我们这个项目投了资的,韦总,没到认输的时候。"

韦奇峰从包里掏出一个小小的盒子,放在桌上:"我明白了一个道理,人如果总在赢,便会沿着这条路走下去。输了反而轻松,换个思路,人生就有改变。"

王锴久混官场和商场两道,深有同感,忽然想起田蜜,心里泛出乱七八糟的感觉,硬将这种想法压下去,劝说韦奇峰翻盘:"合同还没有签,我们去找找刘市长,他打个招呼还是有用的。"

韦奇峰说:"王总,我无心于此了,你去找刘市长,希望渺茫。即便能翻过来,也得不偿失,我该退出了,人比任何事情都重要。"

"那韦总吃吧，我去活动一下。"王锴看看时间，悻悻站起来，必须抓紧时间去找刘永华。

"我和骆伽打了一个赌，我输了，输了一个礼物。"韦奇峰从口袋里掏出小红盒子，这本是几个月前就买好的，他却没有送出去。

王锴哪有心情说这些，鞠个躬匆匆离去。韦奇峰用袖子擦擦双手，小心揭开，亮晶晶的钻戒照耀着韦奇峰的眼。

王锴向球场做个手势，李闹手腕一偏，打了出界球，擦擦额角汗水，收了球拍："您上上下下，来来回回这几十下，累趴我了，全身都是汗，歇会儿吧。"

刘永华被撩拨得开心，走到网前意犹未尽："看来我是宝刀未老啊。"

李闹说："您力度比小伙子还猛，手脚又那么快，哪儿受得了啊。"

李闹递上一瓶矿泉水，招投标刚结束，王锴为什么来这里？嘴里习惯地拍着刘永华："一定要注意休息，您可不能累坏了。王锴，这么晚了做什么？"

王锴一脸哭丧，脚踩两只船押错了宝，赔了夫人和孩子又折了兵，现在只有刘永华才能帮自己："市长，通管局那边招投标有结果了，捷科赢了。"

李闹手腕一晃，矿泉水泼出来半杯，捷科赢了？她的好处来自惠康和永嘉集团，今晚的好事儿恐怕要泡汤。她气哼哼一甩球拍，二期工程本来十拿九稳，李玉玺放长线钓大鱼，用二期工程来换局长位置，办事不得力，将煮熟的鸭子弄飞。

"我实在太累了，不能再陪您玩了。您也该早点儿休息了。"李闹为这个项目运作半年，没了生意，一肚子不满，将网球拍放入袋中，转身走向更衣室，她必须先晾他几天，欲擒故纵。

刘永华被撩拨起来的欲火难填，怒气难平："李玉玺无组织无纪律，将材料转给纪委，无论牵扯到什么人，无论谁是他的保护伞，都必须一揪到底，查个水落石出。"

王锴极为郁闷，二期工程算是没戏了，忽然，手机嘀嘀响起，骆伽？她怎么会打电话给自己这个失败者？

就在骆伽去拉甘怡腰带的刹那，她被葛士纳拉过来。葛士纳打开麦克风："我讲一个故事，二次大战的时候，我们与日本人在瓜达尔卡纳激战，阵亡三万多人，那是太平洋战场上最惨烈的战争。几名士兵被困在岛上，没吃没喝，军服被炸弹炸得稀巴烂，头发胡子一把抓，可他们终于坚持到了胜利。麦克阿瑟将军登上岛屿，在滩头阵地检阅士兵，他们衣衫褴褛，面黄肌瘦，军需官要让他们刮胡须换衣服再来，麦克阿瑟却阻止了他，说道，在我看来，这些破烂的军服和掉底的军靴，是最美丽的战衣，只有最伟大的战士才配得上。"葛士纳退后半步，让骆伽独享聚光灯，"我现在要说，这条连衣裙超过世界上任何华贵的晚礼服，因为它穿在你的身上，因你而美丽。"

葛士纳的说法与雷励行的剑人合一略有相通，骆伽不相信，悄悄问周锐："这连衣裙真比晚礼服好看？"

"嗯，有范儿。"周锐毫不吝啬地夸，骆伽放弃了穿甘怡裙子的想法。

葛士纳向台下发出邀请："励行，你总让我惊讶，上来说几句。"

雷励行一身得体的西装，系着暗红色领结，没有特别的修饰和打扮，也没有奢侈的亮点，却与他气质相得益彰，足以吸引全场目光。他上台与骆伽和周锐轻轻拥抱，转身面对会场，五六千人从那么远的距离里，感到他目光的深邃。骆伽赢，赵大群输，局面改变，这又有什么意义？雷励行感到前所未有的孤独，自己快乐吗？和那兰在一起才快乐，自己为什么要留在这个地方？雷励行开口又闭上，自己该说些什么？

周锐回到座位，身边多了一个人，淡淡地坐在那里，骆伽保持神秘，拒绝回答。

"我想问大家一个问题。"雷励行终于开口，"我们的父母重要，还是老板重要？"

会场中的员工们被问住了，这个问题不难回答，却有些不合时宜，周锐大声回应："当然是父母。"

雷励行点头，又问："那么，我们陪父母的时间多些，还是陪老板的时间多些？"

骆伽想起病重的骆南山，泪水溢出，是啊，自己只在春节的时候回家五天。雷励行举着麦克风走近台下："我们的下属重要，还是自己的孩子重要？"

这次的回答坚决起来，很多妈妈大声回答："孩子。"

"可是，我们陪孩子时间多，还是陪下属时间多些？"雷励行又问出一个让全场寂静和深思的问题，他走到众人中间，"客户重要，还是我们的爱人重要？可是，我们陪客户的时间长，还是陪爱人的时间长？到底是事业重要，还是生活重要？"

这段讲话不合时宜，却打动了全场员工的心。这是他们的生活状态，难以摆脱的困境。雷励行轻轻笑一下，讽刺自己："连父母都不陪，禽兽不如，岂能真正为老板服务？全是虚情假意！连孩子都照顾不了，去培养下属,笑话!把最心爱的人抛在国外,反而去和客户应酬,这是什么逻辑!生活和事业,到底哪个重要?事业是为更好的生活,而不是相反!"

雷励行的话引人深思,却难住会场的每个人,尽心尽力工作都不容易,何况做到生活与事业的平衡,他放缓声音:"一个连生活都照顾不好的人,事业肯定不会成功,生活中最重要的是人,只要和心爱的人在一起,生活便会充满快乐。用心珍惜他们,而不要利用;用心发掘他们,而不是命令;用心培养他们,而不是压榨,我们就能做到生活和工作的平衡,得到生活的乐趣,其实输赢并不重要,因为人生只是一个过程!"

骆伽带头鼓掌,聚光灯从雷励行身上向会场扫去。第一排位置上出现了一位陌生的女子。她静静地坐在那里,却可以吸引全场的注意,连聚光灯都被她吸引,她就是这么不彰自显。

"那兰?"雷励行如受电击,失魂落魄地看着她。

"我来了。"那兰回答。

"你怎么来了?"

"伽伽找到我,所以我就来了。"

"那兰,我想你。"

"我也是,可是,我们可以悄悄说的。"那兰俏皮地笑着。

雷励行恍然清醒,这里有五六千捷科的员工,这种场合确实不恰当,他整理纷乱的思绪,将澎湃的心潮压下来,再次说道:"我今天有些混乱,呵呵,却让我想通一个道理,找到你生活和事业中最重要的东西,紧紧抓住,别让她溜走。"

雷励行跳下讲台,像小伙子一样,冲入那兰怀抱紧紧拥在一起。全场掌声响起的时候,骆伽却悄悄向外走去,周锐跟出来:"伽伽,你太神奇了。"

骆伽将周锐推回会场,笑着说:"你呀,很多事情都不知道,我先走了。"

131. 周五,晚上十点三十分

代理协议摆在海棠树下,王锴眼珠亮起来,伸手去取,绝处逢生,就像输光的赌徒在最后关头拿到一副好牌。骆伽按住协议:"王总,我急匆匆赶过来,渴了,您待客礼数不周全。"

王锴早被利润冲昏头脑,立即倒上豆浆,笑容扭曲:"您先喝。"

"要记住,你以前表现不好,我不跟你计较,以后,我没喝,你不能先动,我进门,你得拉开门,我手里有包,你必须帮我提着,我要坐下,你应该怎么办？"

"我帮您拉椅子。"王锴人在屋檐下不得不低头，韦奇峰都被骆伽打得心服口服，何况代理协议中藏着一亿多的利润，做牛做马都行。

骆伽喝完豆浆，王锴已经被彻底降服，她笑着问："你脚踩两只船，感觉怎么样？"

协议里面藏着巨大利润，王锴诚恳地低头认输："骆伽，你能赢，我没想到。这是我的错吗？任何正常思维的人都会和我判断一样。你的外表迷惑了我，征服了我，谁能想到一个初出茅庐的小女孩，在短短的三个月里，突飞猛进，在盘根错节的北京通管局，在惠康苦心经营的堡垒中，面对韦奇峰这样的高手，将这样板上钉钉的二期工程翻盘，硬碰硬攻进去，赢得这么漂亮，赢得这么彻底，我心服口服，还有什么好说的？"

王锴七分马屁，三分辩解，骆伽不为所动，赢了二期工程，帮助雷励行赢了内部斗争，这只是开始，她还有更大的企图："王总，好听的话就不用说了，我对你很失望，代理协议虽然在这里，我仍然没有决定把代理权交给你。"

王锴不笨，听出话中之话："我知错了，你有什么要求？"

骆伽举起手指："我有三个要求，第一，你是我发展的代理商，我自然会罩着你，我赢下来的订单，你都可以分一杯羹，但是生意是生意，我有男朋友，你不能有任何非分之想，能做到吗？"

王锴知道孰重孰轻，连连点头："我是生意人，我明白。"

骆伽加入捷科是为父亲："半年前，有人用阴阳合同栽赃我父亲，你必须帮我。"

"我查过了。"王锴拿出协议摆在桌面，中联的付款条款被拆成两条，合同款的百分之五作为维护和服务的费用支付给一家叫作鼎天基业的公司。

"二百五十万。"骆伽快速找到这一条，客户按照协议付款到鼎天基业账户，中联那份合同肯定没有这个条款，逃避合同审查，半年前，唐南军就是用这种手法瞒过了骆南山。

"如果不出意外，两份协议肯定要在签字仪式上偷梁换柱。"骆伽聪明过人，签字的瞬间是唯一的破绽，只要协议回到唐南军手中，交回公司封存，便没有人来核对。

王锴正好趁机报仇，这件事与赵勇脱不了干系。哼，敢抢我的女朋友！他连连答应，继续追问："第三件事是什么？"

骆伽喝了豆浆，抓起王锴的车钥匙，笑着说："我们先兜兜风，你的车

575

不错。"

骆伽跳上驾驶座，拍拍方向盘："王总，你这个项目毛利一点五个亿，刨除各种成本，多赚了七八千万吧？"

王锴瞒不住骆伽："嗯，七八千万。"

"一辆全新的宝马值多少？"骆伽抓紧车钥匙，盯着王锴。

王锴恍然大悟，明白了她的意思，骆伽打败自己，又把生意奉还，还奉送更多利润。王锴启动汽车："哈哈，最顶级的宝马越野不过几百万，我们走。"

132．周六，下午四点三十分

一辆鲜红的宝马车驶入车库，骆伽跳下车，轻轻抚摸着漆面，这才是自己的范儿。永嘉集团签署了捷科的代理协议，多赚七八千万利润，这辆宝马何足挂齿，关键是怎么向周锐解释？

骆伽打开房门，打开电脑，弹出大枪的页面，她迅速敲入密码，进入空间，随手点击聊天记录，她用这个账户不断指点赵勇透露信息，中联才能赢得终端设备合同。见利忘义的唐南军哪会错过赚钱的机会，阴阳合同再现，唐南军跑不掉了。

这个账号已经没有意义，骆伽删去所有信息，点击注销，这个账号将成为历史，没有任何蛛丝马迹。

"爸爸，谁害了你，我都不会放过！"

白涛打算近期辞职，一心一意扑在中介公司上。然而几个合作伙伴却提不起兴致，田蜜定了三天后的火车回郑州，搞得白涛莫名其妙。他把大家请到空房子，见到赵勇劈头问道："你和田蜜怎么回事儿？人家怀着你的孩子，她为什么又要回郑州？"

赵勇看一眼白涛，走到门口点燃一支烟，她怀着别人的孩子，自己能怎么办？骆伽最懂田蜜的心思，为她不平，揪下烟头："有女士在的时候，抽烟要先申请，明白吗？"

赵勇和周锐一样，遇到骆伽总是无能为力，干脆任她摆布："好，好。"

骆伽把烟头扔进垃圾桶，一连串问起来："你早知道人家怀孕，如果不想在一起，为什么要把她送到郑州再接回北京？还去见人家父母？我和周锐哪有兴趣开这个房屋中介，不都是为了撮合你们吗？"

赵勇矛盾万分，既爱着田蜜，又难以接受她怀孕的事实，骆伽说下去："你有没有想过，田蜜为什么留在北京，就是因为对你有期望，可是你不情不愿，人家只能离开。我告诉你，她走了就不会再回来，你想清楚了，不要后悔。"

"你们站着说话不腰疼，替我想想好吗？"赵勇看见骆伽揶揄的笑容，立即改口，"就算我爱田蜜，她怀了别人的孩子，任何男人都要犹豫吧。"

"你自己看着办，周锐，我们走。"骆伽走出几步，又愤愤不平地回来，"赵勇，我一直以为你是敢作敢当的男人，原来你是一个孬种。"

"哎哎，房子还租吗？"白涛着急了，张牙舞爪追出来，担心创业的事情。这空荡荡的房子成了赵勇和田蜜爱的象征，赵勇看着白涛问："你有把握吗？"

"绝对有，这里风水极佳，大吉大利，买卖兴隆，多子多孙。"白涛摊开双手，"我请了位大师来看风水，他说的。"赵勇听到后面这句，瞪大眼睛，哈哈咧嘴笑起来，这似乎寓意着田蜜还会再生孩子："奶奶的，我想通了，白捡一个儿子，房子租下来，风水好，多子多孙好。"

第十四周　江湖

133．周一，上午十点整

签约仪式在通管局大会议室举行，桌椅都被移开，中间有一个铺着鲜红绒布的长方桌，四壁摆放鲜花盆景，肃穆的大会议室立即有了不同味道。此时此刻没有了竞争的刀光剑影，气氛和谐。精心修饰的骆伽，与周锐一前一后进了会议室，将大衣挂上，露出紫色的外套，取来一杯红酒，衬得脸色更加娇俏，立即从一屋子深色的人群中显了出来。

赵勇穿着崭新西服，冲在唐南军前面，直奔周锐击掌庆祝，这是最好的结局，他们挤掉惠康，胜利会师。周锐问，田蜜今天的火车？下决心了吗？赵勇一脸兴奋，想通了，签字仪式之后就去火车站把她拦下来。

张大强经历二期工程招投标的考验，脱胎换骨，沉稳地对着麦克风说道："各位厂家代表，恭喜大家赢得了二期工程的招投标。这只是开始，而不是结束，希望合作能够天长地久，地老天荒。"

这段话很到位又很煽情，厂家代表们也很喜欢听，掌声立即就起来了。王锴作为软件开发商代表第二个发言："张主任说得好，今天签合同，就像领结婚证，不是恋爱的结束，而是新生活的开始。我们作为厂家，必须提供满意的售后服务，就像丈夫早早起来，给新婚妻子倒好洗脸水，备好热毛巾，做好早饭，送到单位，下班接回家，请她坐在沙发上看着韩剧，我们去厨房做饭做菜，端上桌来，咱们应该干什么？"

"洗碗。"一名厂家代表顺嘴接道。

王锴板着脸一本正经地批驳："老婆还在吃饭，你洗什么碗？人家辛苦一天，你应该学好足底按摩，伺候好，等她上床歇了，你再洗碗熨衣服。你们别笑，做好售后服务，才能留住客户。好，我不多说了，我们现在就领结婚证。"

会议室的厂家代表被他的幽默打动，哄笑起来，赵勇气得脸红脖子粗，嘴里哼哼："这王八蛋，我们是一夫一妻，你是一夫多妻。"

讲话完毕，会议桌成为签约现场，厂家代表逐一上台，交换协议，签字、握手拍照，流程十分顺畅，按照通常流程，厂家取回各自协议，存入公司财务部门，以备查询。意外的是，工作人员拦住厂家代表，将协议取到旁边，王锴开始审阅。

一杯杯红酒被送入会议室，张大强举起酒杯："为了保证合同的严谨，按照新招投标流程，合同每一页都将盖章，我们正在逐页核对。现在请大家举杯，预祝合作顺利，圆满完成二期工程。"

唐南军脸色一变，怎么会多出一道环节？他趁无人注意，偷偷转身离开。赵勇看看时间，不能再拖下去了，田蜜下午二点十分的火车回郑州。反正签约仪式没我什么事儿了，我可以先走。他转身去找唐南军请假，他去了哪里？

这一切都在骆伽眼中，唐南军要跑！

与此同时。

"蜜儿，不能这么走，白白便宜那个白眼狼？"田妈妈面前是堆积起来的行李箱和包裹。

"妈妈，强扭的瓜不甜。"田蜜劝了好几天，马上就要去火车站了，还是讲不通。

必须要有个说法，田爸爸真心实意地妇唱夫随，田妈妈点头，他又说道："其实，我看赵勇不像坏人。"

田妈妈大怒："他把女儿害成这样？你怎么还替那龟孙子说话？"

田爸爸替赵勇辩解："男人结婚前都犯蒙，当年……"

这下捅了马蜂窝，田妈妈不依不饶："哼，当年，你心不甘情不愿，还惦记着那谁？"

田爸爸又扯回来："说那些有啥用，要是女儿没怀着，咱们可以不认那龟孙子，现在只能认了。"

"认什么？孩子不要了！"

吵得不可开交之际，田蜜拉着行李，流着泪向外走："咱们回去再吵吧！"

"赵勇必须有个说法。"田蜜爸妈难得达成一致。

"你们不走，我走。孩子不是赵勇的，他能有什么说法？"

"啥？啥？"田妈妈和田爸爸大眼瞪小眼，扛起包袱出了门，追上田蜜去理论。白涛突然出现在楼梯口，拦住田蜜："哎，你真要回郑州啊？"

田蜜怕爸妈乱说话，把行李箱递给白涛："帮忙把这个弄下去。"

趁白涛下楼，田蜜向呆若木鸡的爸妈说："他们不知道，别说出去，先回郑州。"

田蜜爸妈憋着要找赵勇算账，现在这笔账算不到人家头上，抢来女儿手拎的行李，摇头晃脑走在前面。白涛绕回来，继续施展他说死人不偿命的功力："房屋中介靠什么？一靠信用二靠销售，我们有了摧龙八式，一年回本，第二年发展连锁，争取开三十家店，第三年争取累计利润达到一千五百万元，筹划在纳斯达克上市。融来资，圈到钱，咱们就把企业做到全国，在郑州开几家，你当总经理，那个时候风风火火回老家多好？"

田妈妈脚步放慢，退到白涛和田蜜之间："好好，你们缺人手吗？我们给你打工，她爸爸以前在纺织厂，管着几千个女工呢。"

田爸爸挤进来，他不会绕弯，直白地问："除了赵勇，还有谁喜欢我们田蜜？"

白涛也没心眼，大声说着："田蜜在我们公司，人见人爱，花见花开，喜欢的人多了去，不过前段时间，有一个大款开着宝马，天天接送到门口。田蜜，最近怎么没见到了？"

白涛喜欢说话，不知道会说出什么来，田蜜扯着他胳膊向前走："白涛，别乱说。"

田爸爸的倾听能力也不一般，停住脚步嘀咕，哪个大款？田妈妈却没听出来，继续唠叨："我就说女儿条件好，还怕没人追？我陪你去医院。"

田蜜只想生下孩子，招手叫来出租车："司机，火车站。"

签约仪式意外延长，唐南军悄然消失，田蜜一家正在去火车站的路上，赵勇不知所措。忽然，工作人员发现意外，碰头讨论，很快拿着一份协议送到张大强面前，王锴也加入进去，出谋划策。

厂家代表们悠然举着酒杯，突然注意到反常，出事儿了。果然，张大强有了结论，招来工作人员，前后门口出现四名保安，关闭大门，严阵以待。厂家代表们意识到情形不对，放下酒杯。

"我宣布，智能交通二期工程签约仪式圆满结束，请厂家分别领取协议。"张大强口气如常，缓解了众人的情绪。工作人员宣读名称，厂家代表领取协议，从保安严密把守的大门离开，欢天喜地各自庆祝。

气氛明显不对，一切却平安无事，周锐领取了协议，走到赵勇身边说："我在外面等你，一起去接田蜜。"

会议室越来越空，赵勇恍然发现，空荡荡的会议室只有他一个人，周围是七八名保安，再向外是工作人员，招投标小组成员远远注视，王锴露出幸灾乐祸的笑容。赵勇有了不祥预感，冲着周锐的背影大喊："快，去火车站，把田蜜接回来，别让她走。"

门砰地在赵勇身后关上。

唐南军惶恐不安，他先在外企目睹公司高层尔虞我诈，职位越高压力越大，拿不到销售提成，收入不见得好多少，反而扎扎实实待在一线跟客户搞好关系，吃喝嫖赌在一起，渐渐地，客户提出非分的要求，他不免答应，将大把资金用各种方式转移。他先动了心，有些客户不敢吃独食，便会给他一些好处。外企的财务往往不能直接给客户回扣，这个时候，便把经销商拉进来当白手套，既捋顺了流程，又减轻了法律责任，逃避制裁。一来二去，唐南军便找到一条发财之路，阴阳合同便是最直接拿钱的伎俩，屡屡得手。然而没有不透风的墙，他的所作所为渐渐为人察觉，谁也不敢打开这个潘多拉之盒，一旦走入法律程序，谁都不敢承担后果，只是把他清理出去，挂入黑名单。唐南军不能在外企混，在宇天做主管销售的副总，骆南山不肯妥协，不给回扣，他断了财源，唯一可行的方法便是用阴阳合同直接打开水龙头，从客户账户里取钱。

谁知道阴阳合同不是天衣无缝，客户意外出事儿，被顺藤摸瓜查到一笔资金来历不明，要是在外企，公司肯定不会声张，暗自处理，偏偏骆南山认死理，一定要查个清楚。唐南军擅长笼络人心，赵勇便是他亲自招进来，于是让他偷偷取回协议，撕掉那页内容，逃过一劫。唐南军到了中联，四处寻找赚钱的法门，而且中联是大公司，部门负责，有空子可钻，这次二期工程的硬件有数百万利润，他禀性难移，便打起主意，一切顺顺当当，坐等收钱，却在最后关头掉了链子，他见势不妙，第一反应便是尽快逃离。

他沿着走廊出来，按下电梯，想赶紧回公司销毁证据，希望能够逃脱劫难。叮咚一声，电梯门关上又打开，骆伽跟了进来。

白涛跳下出租车，不停劝说："再等等，赵勇肯定来。"

"那等等吧。"田妈妈坐在台阶上，被田爸爸拉起来说："走，别丢人现眼了。"

白涛掏出手机，拨出赵勇号码："喂，你还来不来？我们到车站了。"

电话咔嚓被挂掉，白涛再也拨不通，赶紧去追田蜜，哎，等等，赵勇说要来，就肯定来。田蜜嗤之以鼻。白涛挠挠头说："我信赵勇，哎，我去买站台票。"他手机还没有放回去，周锐电话打进来，白涛找到主心骨，大声求援，"快来，田蜜要上火车了。"

周锐越想越不对，转身看着骆伽眼睛，她如此镇静，肯定有原因："伽伽，怎么回事儿？"

骆伽瞳孔中闪过一丝犹豫，她学过表演，从目光根本看不出内心波动，手掌却会泄露秘密，她紧张的时候，便会流出轻微的汗水。周锐手指贴上她的掌心，感受到丝丝渗出的汗滴："伽伽，赵勇怎么了？"

"半年前我爸爸的事情，那是阴阳合同。"骆伽决定不隐瞒，坦然相告。

周锐猜出前因后果："伽伽，你怎么能做这种事情？"

骆伽奋力甩开周锐的手掌："爸爸被人陷害，你可以不管，我是他女儿，我必须要管，必须要找到那个人。"

"可是，赵勇要去火车站接田蜜。"周锐退缩了，她理由充分和正当，自己换在她的立场，也会做这样的选择。

"傻瓜，快点儿去火车站帮赵勇拦下田蜜。"骆伽返回通管局大楼。

布局完成，唐南军踏入陷阱，不能再让他逃脱，骆伽从大门向内，正好在另一个电梯门口遇见唐南军，她当即进去。电梯中空空荡荡只有两个人，心里骤然害怕，唐南军会不会狗急跳墙？唐南军面孔对着电梯显示屏，如同不认识骆伽。

"唐总。"这里是通管局，到处都是交警，骆伽压下紧张情绪，毫无顾忌地打招呼。

"嗯？"唐南军缓缓转身，目光却不敢对视，电梯开始下降。

"中联就要交换协议，唐总要去哪里？"骆伽常去骆南山的公司，周锐都会陪在身边，与唐南军很少来往，现在看过去，他面目狰狞，仿佛不认识一般。

"我，我，出去办点儿事情。"唐南军急欲摆脱。

电梯门打开，大楼里到处都是交警，唐南军不敢快跑，急匆匆向外走。骆伽仿佛有了主心骨，追上去问道："半年前，你也是这样害我爸爸的吗？"

唐南军不答话，闷头疾行。

"你想跑吗？阴阳合同，黑字白纸，你跑得掉吗？你注册的洗钱的公司能销毁吗？恶有恶报，你逃不掉了。"骆伽想起父亲苍老的身躯，又悲又怒。唐南军狡兔三窟，他盗用赵勇身份证注册公司，与客户接触的也是赵勇，只要毁去电脑中的文件，便无证据。转眼间，唐南军出了大楼，周围人少一些，他加速向停车场走去。

糟糕，他要逃跑，骆伽拦不住唐南军，红色宝马就停在不远处。

唐南军找到自己的雅阁，钻进去，启动汽车，脚踩油门。只要能够开出大门，便可以回公司销毁证据，上次逃脱了，骆南山成了替罪羊，这次也可以。大门越来越近，他用力地再踩油门，发动机轰鸣。

一辆红色宝马越野车在对面出现，里面竟是骆伽，不能被她拦住出口，唐南军测算距离，两辆车距离那个交叉点有十米距离。哼，拼了，谅她不敢撞我！雅阁咆哮着夺路而逃。只要被唐南军冲出停车场，便无法拦截，然而，雅阁冲向交叉点，向前便是相撞，除非有人退缩。哼，难道我的越野车还怕你的雅阁？骆伽猛踩油门，宝马凄厉吼叫，向那个交叉点狂飙疾驰！

宝马与雅阁迎面而来，两辆车狭路相逢！

134．周一，下午二点三十分

周锐在站台上找到田蜜一家三口的时候，白涛还在口若悬河地说着开房屋中介的计划，周锐拦着田蜜："赵勇让我请你回去。"

"他自己呢？"田蜜受够了赵勇的反反复复，转头看着周锐。

"他现在很忙。"这个理由太过牵强，周锐又补充说，"他让我来的。"

田蜜笑笑，这种事情也可以让别人来？周锐跟上去，不管不顾地解释："赵勇被抓了，所以来不了。"

"哦，为什么？"田蜜不信。

阴阳合同？越解释越乱，周锐没法开口，又碍于田蜜爸爸在场，小声说道："赵勇确实来不了，你先别回郑州，留在北京，我慢慢给你讲清楚。"

田蜜春节从郑州回来，就是给赵勇一个机会，将近一个月了，他还在犹犹豫豫，她心已经凉透了，摇头向周锐说："火车要开了，你也要去郑州吗？"

周锐看着田蜜："赵勇是我最好的朋友，他让我把你留在北京，如果做不到，我就不走。"

正说话间，周锐手机响起，他大喊："赵勇，你在哪里？"

赵勇孤零零坐在大会议室的中间，田蜜坐的火车就要离站，带着伤心离开北京。张大强问道："赵勇，你看过协议吗？"

这份协议是赵勇和工程师一起完成的，他仔细检查过每个细节："协议是我做的，能不能让我先走，我有急事儿。"

"每一条你都看过吗？"张大强不厌其烦，等赵勇承认，把协议推到赵勇面前，"你看看第八条。"这是关于售后服务的条款，中联将承担第二个工作日的上门维护，这是公司标准的服务条款，赵勇再次点头，这条看不出来有任何问题。

张大强又拿出另外一份协议：你再看看。赵勇低头看去，顿时傻眼，第八条被拆成两条，规定将合同款的百分之五作为维护和服务的费用支付给鼎天基业公司。赵勇全身冰冷，两份协议怎么会不一样？这可不是开玩笑的。王锴笑吟吟地走过来，看着赵勇："阴阳合同？二百五十万，你知道后果吗？"

后果是什么？千辛万苦赢下来的订单肯定丢失，合同欺诈？法律责任？赵勇心思已乱，大声抗议："这件事跟我一点儿关系都没有，你们放我走，我有急事，必须立即去办。"

王锴哼了一声："协议白纸黑字，还能抵赖吗？你三五年都别想出去了。"

赵勇一按桌子站起来，向后退一步，怒气猛然爆发："王锴，知道我去哪里吗？我要去火车站，田蜜一家三口就要离开北京了，这个让她伤透心的地方。你还是一个男人吗？她肚子里是你的孩子，你这个王八蛋把她赶出家门，逼她流产，你看着人模狗样，其实猪狗不如！告诉你，我赵勇向来堂堂正正，阴阳合同这种偷鸡摸狗的事情，我做不出来，我一点儿都不担心，没关系就是没关系。

"让我离开这里，去火车站把田蜜接回来，她怀着你的孩子，我也爱她，我想明白了，找老婆还搭个儿子，我划算。我就认了这个女人。"赵勇恳求，张大强依稀想起那天晚上唱《天仙配》的女孩儿，哦，是她。

王锴不敢让赵勇继续说："这些与招投标无关，你还是好好想想这个阴阳合同吧。"

张大强摆手制止王锴："赵勇，你继续。"

"我在见到她的时候，她怀着这个王八蛋的孩子，被他抛弃，我犹豫过，反复过，我白天泡在通管局，晚上泡在田蜜家门口，我爱着她，她却怀着这个王八蛋的孩子！"赵勇不管不顾，泪水纵横，"我爱她，我认了，反正田蜜会给我再生一个，这王八蛋的孩子管我叫爹，我他妈的不亏！"

王锴恨不得找个地缝钻进去，向工作人员摆手："把他拉下去。"

张大强伸手，拦住工作人员："等等，大家说说，怎么处理？"

一名女评委被赵勇感动："我说，让他走吧，去把那个女孩子接回来。"

王锴大声质问："赵勇涉嫌阴阳合同诈骗，触犯法律，怎么能放他走？责任由谁来承担？"

一直默不作声的赵洪河站起来，化解双方分歧："这样，我带走吧，留你们这里也不算什么事儿，拘人都没地方。"

赵洪河把赵勇推到门口,伸手要来身份证,挥手说:"你身份证押我这里,走吧。"

"走?!"不但王锴,连赵勇都惊大了眼睛。

赵洪河挥手放行:"鼎天基业是谁注册的,谁就是幕后黑手,我相信不是赵勇,你们信吗?"

众多评委有人点头,有人摇头,赵洪河摸出车钥匙递给赵勇:"开车去。"

张大强拦在门口,这种事情不能含糊:"等等,赵勇,阴阳合同事关重大,你不能走。"

赵勇眼珠一转:"我打个电话。"张大强没有拒绝这个要求,赵勇走到一边,"周锐,你在哪里?"

"我在火车上。"

"你等我。"

"来不及了,还有五分钟就开车。"

"没有什么是来不及的。"赵勇大步一冲,猛地推开保安,拉开大门冲了出去。

张大强大惊:"拦住他!"

"周锐,快下来。"白涛劝不住田蜜,使劲儿向周锐招手,火车只有一分钟就要开了。田蜜爸爸过来劝说:"下去吧,赵勇是好孩子,这事儿和他没关系。"

周锐抢到田蜜面前:"赵勇正在路上,你见见他,如果谈不拢,再搭下一列火车回去。"

田蜜妈妈也来劝说田蜜:"赵勇这孩子不错,听妈妈的,留下来吧。"

周锐坐在田蜜身边:"难道你不爱赵勇吗?"

田蜜抬起头,泪水盈满眼眶:"我爱他,他就是我等的那个人。"

"你爱他,为什么不能留下来,赵勇也爱你!"

田蜜的泪水顺着脸颊流淌:"我相信你,可是你明白吗?我怀着别人的孩子,我们之间有难以跨越的大山,我凭什么去争取?我有什么资格和他在一起?我走了,不是因为我不爱他,而是因为我太爱他。"

车厢颤动,火车启动,咣当的轨道声音有节奏地响起,窗外的白涛渐渐倒退,喊着周锐的名字。

赵勇逃跑并非因为害怕,而是为了把田蜜追回来,他看看手表,时间已经来不及了,还去火车站吗?跑着跑着,忽然冲过来一名保安,大喊:

"赵勇，你，站住。"赵勇甩腿继续跑，后面四五个保安紧紧追来，在大楼拐角迎面又来了几个保安。赵勇掉头想往回跑，只要能跑进安全通道，他自信能够找到出路。可是这时张大强带着五六个评委从大楼门口拥出来："赵勇，别跑了，越跑越说不清。"

赵勇背靠墙壁，被三个方向包围，他弯着腰如同困兽，吼道："那个阴阳合同跟我没关系。"

张大强和赵洪河都同情他，但是被他这么一折腾，谁也不敢把他放走，张大强上前几步："赵勇，你既然没事儿，就不怕调查，但是你不能跑。"

保安不跟赵勇啰唆，立刻从四面八方拥上来，赵勇知道抵抗不住，仍然拼命挣扎："求求你们，押着我去火车站，戴上手铐也行，我必须去。"保安根本不听，赵勇偏要挣扎，三拳两脚下去，赵勇鼻孔冒血，衣服撕裂，被压在地上。

"队长，邪门了。"赵洪河正要上去问赵勇，被一名交警拦住，"我们天天处理交通事故，今这还是头一遭，两辆车竟在咱们通管局停车场撞了，这不是虎口拔牙吗？"

赵洪河听糊涂了，这确实是通管局成立以来头一遭，那名交警又继续说："一辆X5，一辆雅阁，正面相撞，你说这司机没长眼睛吗？"

这年轻交警是个车迷，唠唠叨叨，赵洪河看看那边已经被制服的赵勇，又望望停车场，不知道该先处理哪边。"别婆婆妈妈的，直接说。"

"哎，那雅阁车头都快被撞肚子里去了，没脑袋了，车身变形，车门卡住，司机硬是出不来，这不正在用电锯割呢。"

"走，瞧瞧。"赵洪河做了决定，先处理交通事故吧，在通管局院内撞车还是破天荒第一次。

赵洪河对赵勇印象不错，也不知道该怎么处理，干脆带着一起去停车场，远远看见一群交警围着一辆红色的宝马，然后听见电锯的声音。骆伽靠在车上，悠哉地看着，两名交警正在用电锯切割车门。赵勇立即认出唐南军，显然受了伤，却不知道有多严重。

"大师兄，你没事儿吧？"赵勇奔过去，冲着门缝向里喊，恨不得抢过电锯来帮忙。

赵洪河的职业习惯是勘查现场，绕着两辆车看了几圈，冲着骆伽说："女娃娃，这是你撞的？"

"嗯。"骆伽神色自若。

"我服了你了，你就这么开车的？你不会刹车吗？我看你是成心的，胆子太大了，在别的地方撞，你还有逃逸的机会，竟撞到我们通管局来了！我这几十年也没见过这么嚣张的司机啊！再说，你不心疼吗？宝马越野车至少一百万吧，我看看，才跑了一千多公里，你舍得？"赵洪河看现场，受了刺激，也啰唆起来。

骆伽是学表演的，在三个月中突飞猛进，早就成为控制情绪的高手，左手捂着膝盖，眉头皱起来，表现出楚楚可怜的样子，眼泪好像就要出来。赵洪河果然心软，以为吓住了骆伽，拍起胸脯："哎哎，你别哭，我怕你这眼神，严肃点儿！好了，好了，伤着没有，别怕。"

正当众人注意力都在骆伽身上的时候，唐南军捂着额头被赵勇扶出，大约是撞到了玻璃，一条胳膊不能动弹，想必骨折了，他犹惊魂未定，嘴里嘟嘟囔囔："真坑爹！"

这句话惹出一阵笑声，骆伽拉开赵勇，看一眼唐南军说："放开他，就是他在陷害你。"

赵洪河和张大强并不知道事情的原委，众人更是莫名其妙，只有王锴心里明白，骆伽目光一动，便立即配合有问有答地把真相揭开。这件事很容易理解，中联采用阴阳合同，经手人无非赵勇或者唐南军，唐南军逃出签约现场就说明一切，在王锴和骆伽质问下，他低头不语便是默认。众人终于明白，唏嘘不已，骆伽走到赵勇旁边："你别在这里耽搁时间了。"又问众人，目光却锁定王锴，"赵勇能走了吗？"

王锴此时对骆伽心服口服，又获得巨大利润，他是商人，哪还记得田蜜的事情，被骆伽目光一点，立即应道："事情已经查明，都是唐南军做的，与赵勇无关，走吧。"

众人都知道他和田蜜、赵勇那些事儿，他竟第一个要放走赵勇，都觉得好笑，何况这里做决定的是赵洪河，其次是张大强，哪轮到他发言。不过，他这句话说到赵洪河和张大强心里，他们都不阻拦，张大强还走到赵勇身边，拍拍肩膀："赵勇，不打不成交，从此我当你是朋友，快走吧。"

赵勇却不走，扶起唐南军："大师兄，我先送你去医院。"他转身向众人喊道，"看见没有，车祸了，不知道救人吗？"

赵洪河慨然长叹，好样的，交朋友就要交这样的，过去帮着赵勇搀扶唐南军。

当赵勇赶到火车站的时候，火车已经开走半个小时了，他狂怒地在原地兜圈，骆伽把手机递给他："给周锐电话，他在火车上。"

赵勇摇摇头："算了，我们回去吧。"

骆伽拨通电话，凶巴巴地命令："赵勇，你听电话。"

周锐的声音传出来："火车马上就到涿州了，你赶快去机场飞到郑州，在火车站等我们。"

"我不去。"赵勇梗着脖子，倔脾气又上来了。

周锐看着田蜜一家三口："她离开北京不是因为不爱你，而是太爱你，来，田蜜，你亲自说给他听。"

周锐把手机递给她："赵勇的电话。"

田蜜接起电话："喂，赵勇，你在吗？"可是却只听到断线的声音。她望向车窗，任由泪水放肆飞舞，树木和麦地飞速向后退。赵勇，九个月前的那个晚上，我遇到你却错过你，你才是我的真爱，那时我不知道，时间可以回头吗？

赵勇打开航班页面，只有明天的飞机了。骆伽把车钥匙递给赵勇："开车追。"

白涛反对："你们疯了？"

赵勇推开他向外跑去："追，哪怕追到郑州。"

骆伽跟出了车站，附近有个小卖部，有各种各样五颜六色的气球，她掏出钱扔过去："气球都给我。"

135．周一，下午五点十分

天色渐渐黑下来，田蜜爸爸泡了碗泡面递给周锐："小伙子，吃碗面吧。"
周锐抓起筷子，狼吞虎咽地吃起来。

"前面就是石家庄了，你下车吧，帮我传个话给赵勇，我们误会他了，请他不要介意。田蜜遇错了人，那是她自己没长眼，不怪别人，我们认了。"

周锐看着时间，赵勇能在石家庄追上吗？可那又有什么关系，赵勇既然决定便绝不放弃，追到郑州又怎么样？他碰碰田蜜爸爸的胳膊："赵勇认准的事情绝不会放弃，他就是这个性子。"

忽然，一个小孩子指向车窗外："气球！"

一辆枣红色的宝马越野车在轨道旁的路上狂奔，车窗冒出一个、两个……好几个气球，被风横着车到尾部，越追越近。火车突然咆哮，转弯抛下公路上的越野车，气球也随之消失。夕阳西沉，华北平原正在迎来春天，火车向南，田野渐渐有了绿色。列车员报出石家庄的站名，乘客们收拾行李，田蜜爸爸又过来劝周锐："你下车吧。"

周锐电话铃声响起，骆伽在电话中说："我们看见火车了，挂着气球的车就是我们。"

"气球，又来了。"童音在车厢响起，枣红色的宝马拖着五六个气球，顽强地追上来。田蜜发现异常，仔细去看。汽车终于与火车平行，赵勇伸出半个身子，奋力摆手。

"是赵勇吗？"田蜜妈妈喊出来，田蜜的泪水又一次涌出。火车越过桥梁，越野车又被远远抛下，天色越来越暗，再也看不见车的踪影。

石家庄车站，赵勇没有出现。

邢台车站，还是看不见赵勇，他们去了哪里？

列车进入邯郸车站，乘客涌动，气球又出现在站台，每个气球上都有一个字，大家七嘴八舌把字凑出来：请你嫁给我。气球下面，赵勇还穿着招投标时的西装，怀里捧着一束鲜花，迎着缓缓驶入的列车。

田蜜左手捂着肚子，右手抹去泪水，在周锐的搀扶下走出车厢，自己可以接受吗？也许这只是他一时的主意："赵勇，你别冲动。"

赵勇把鲜花送上，大声表白："你，愿意嫁给我吗？"

赵勇向西服兜里一掏，竟是一个包装盒，双手打开，里面是晶莹的钻戒："回答我，愿意吗？"

"愿意。"田妈妈大喊，周围人群愕然，新娘子怎么会这么老？一个男旅客大喊："不要。"

田蜜扑进赵勇怀中："我愿意。"

赵勇轻轻抓着她的手指，为她戴上钻戒。

"哎呀，火车要开了。"上车的下车的挤成一团。

当车站重归寂静的时候，周锐搂着骆伽，空荡荡的车站一个人都没有，连白涛也不见了。

"他们呢？"骆伽蜷在周锐怀抱中。

"也许都去郑州了。"周锐吻着骆伽的头发。

列车灯光熄灭，赵勇偷偷搂着田蜜的后背，田蜜爸妈昏昏欲睡，白涛仍然戴着白手套，在他们面前画着装修图，用能把死人说活的口气："这里人流特旺，车水马龙，川流不息，实乃风水绝佳的宝地，挂上户型图，肯定引无数英雄竞折腰。还有，我们要起一个叫得响的名字。"

136．周二，上午九点十分

方宏伟收拾着办公桌，这是他在捷科工作的最后一天，他舔舔嘴唇，像一只受伤的野兽，他不甘心！自己在能源交通行业孤军奋战，与强大的对手拼杀，屡败屡战，为捷科在市场上保留着根据地。然而雷励行来了，带来新鲜血液，锻造着巅峰团队，却把枪口对准自己，扣动扳机。方宏伟不得不与赵大群合谋，这有什么错？他是捷科大中华区总裁。

方宏伟一面恨雷励行，一面不得不佩服。

他在三个月内便培养出一批新人，他们分布在东北区的沈阳、华北区的北京、华东区的上海、华南区的广州、西北区的西安、西南区的成都、中部的武汉、香港和台湾。这些初生牛犊，毫无畏惧，在各地开花结果。骆伽就是其中的佼佼者，在惠康的大本营北京与韦奇峰对决，竟然取得完胜，这将是冬季北风横扫下掉落的第一片树叶，没有人怀疑，郁郁葱葱的树梢将被席卷。

吃着碗里的订单，惦记着盆里的机会，想着锅里的目标客户，这才不会饿着。现在，碗里、盆里和锅里都满满登登，连方宏伟都不怀疑未来的业绩，到了年底，雷励行便将市场份额扩大几倍，再次上演百战百胜的神话，捷科中国公司的所有员工都相信这一点。那么，赵大群的好日子便要结束了，这是众望所归，大家等着他体面地下台，这是捷科的传统。

方宏伟抬起头看看窗外，大势已去，他无法湮没心中的恨意，他打开电脑，发出最后一份电子邮件，虽然不能改变，却可以发泄。

各位领导：

为了赢，捷科是不是可以抛弃最基本的准则和道德标准？

如果您的回答是可以，那请把这份邮件直接删除，否则请您花几分钟时间看看，想想。作为一个为捷科服务八年的老员工，在离开公司之前，除了表达感激之情，还希望能够给一些建议，也许这是一个老员工的义务。雷励行先生担任能源交通行业总经理以来，取得了卓越的成绩，然而也存在严重的问题，严重地违反了公司的行为准则和道德标准：

1．枪口向内，没有花时间在客户和对手身上，而是处心积虑地对付内部员工，美其名曰：新陈代谢，造成大量的人员流失和严重的内耗。

2．漠视公司规定，纵容亲信，骆伽和周锐发展办公室恋情,影响其他项目的支持,他们公然在公司年度晚会上手拉手和拥抱,雷先生竟然睁一只眼闭一只眼,完全不管不顾。

3．不顾员工感情,提供黑名单给猎头公司。

4．捷科有完善的知识和学习体系,雷先生却不采用科学的管理方法,总是抱着二十五史,用中国文化中的糟粕,与人斗其乐无穷。与下属沟通也用古文中的文言文,谁能听得懂他在说什么?

5．捷科的着装标准是持续百年的优良传统,从创始人托马斯·沃森开始,就极其重视,然而,雷励行公然蔑视和践踏,在办公区域也穿着牛仔裤和帆布鞋,是可忍孰不可忍!

6．雷励行不遵守公司规定,公司九点上班六点下班,他却总说,父母比老板重要,爱人比客户重要,孩子比下属重要,身体比工作重要,生活比事业重要。从来不准时上下班,迟到早退,上班时间还经常去健身房,然后就泡在咖啡馆里看古书。

7．越级领导,不尊重中层管理者,新员工们只知道雷励行,不知道自己的直接主管。

8．雷先生不顾公司利润,在北京通管局项目中,我们已经赢得订单,完全不用给那么多的折扣,他却仍然坚持给永嘉集团80%的折扣。

方宏伟洋洋洒洒写了八条,还不解气,却想不出新的条目,便在地址栏加入亚太区和全球的十几个高层负责人,对着屏幕检查了一遍,然后发送出去。方宏伟狠狠地关上电脑,抱起盒子,抬手抹抹眼泪,离开了这家国际大公司。

赵大群叹气一声,站起来去倒了杯茶,这本来是甘怡的事情,她依然花枝招展,却不在自己的办公室了。这也正常,雷励行已经是亚太区副总裁了,在公司的职位甚至高自己一头。

叮咚一声,一封邮件跳进来,赵大群鼠标一点,是方宏伟的投诉,他看了第一句,就扑哧把茶水笑喷了出来,商场如战场,职场似江湖,胜者王侯败者贼。在赵大群看来,方宏伟的投诉其实是赞美,雷励行举重若轻,治大国如烹小鲜,谈笑间对手灰飞烟灭,还有用不完的余力。他拨通电话:"甘怡,帮我订本书。"

"好的,什么书?"甘怡正在帮雷励行买咖啡的路上,她久在职场江湖混,深知赵大群是百足之虫死而不僵,客气地应承下来。

"二十五史。"

"嗯,好的,全部吗?"甘怡确认着。

"全部。"赵大群并不知道二十五史有多少本。

咖啡厅外,那兰轻轻沏茶,骆伽听着潺潺的流水声音,雷励行抱着古书,三个人之间气氛古怪。甘怡端着咖啡出来,先给雷励行,再递给骆伽:"伽伽,让我看看你的牛仔裤,不错,什么牌子的?"

"杂牌。"骆伽说。

"你赢了。"雷励行放下书,看着骆伽眼睛。

"您也赢了。"骆伽的目光从古书转向雷励行,赵大群精心设计的圈套失效了,在年度大会上当着五六千员工出丑,尽显颓势。雷励行锋芒大盛,一支巅峰团队已经成形,即将摧枯拉朽,席卷全国。

"人生只是过程,输赢并不重要。"雷励行淡然,看着骆伽的爱马仕问道,"哪家公司供货?"

骆伽瞒不过雷励行,也不想瞒着:"永嘉集团。"

雷励行坐直身体,用目光继续洞悉骆伽:"折扣是多少?"

"百分之八十。"骆伽早有准备,仍然一阵慌乱。

雷励行再问:"周锐知道吗?"

"我爱他,他也爱我。"骆伽十分自信。

那兰看出他们有话要说,拉着甘怡走开了。

崭新的宝马越野车和爱马仕不会从天上掉下来,骆伽目光慌乱,里面有玄机。被欺瞒产生的极端失望和烦躁让雷励行难以控制胸口的怒气,他看着骆伽,这么多年来,他带过上千人的队伍,她是当之无愧的佼佼者,聪明又有天赋,野心勃勃。显而易见,骆伽拿下通管局订单,硬件中便有上亿的利润,捷科、惠康和中联这些超级公司为此你死我活,王锴、李闱和方恩山都想分一杯羹,李玉玺想凭这个利润钓来局长的位置。然而,骆伽赢了,她留了一部分给自己,谁也不知道她分了多少。大家你争我夺,她才是最终的赢家,连雷励行这个老江湖,竟也栽在她的盘算中,直到现在才恍然大悟。

"周锐知道吗?"雷励行平静地看着骆伽。

"不知道。"骆伽瞒不过,不如坦率承认。

雷励行轻轻吐一口气,事情已经发生,他必须想出解决方案,骆伽精明无比,深思熟虑,安排得天衣无缝,永嘉集团作为白手套,签署捷科的代理协议,供货给通管局,一切交易都是合法,她的利益来自永嘉集团,连捷科也拿她没有办法。雷励行不想多费口舌："既然如此，你有什么打算？"

骆伽过于张扬，被雷励行从包包和Tiffany挂坠儿看出端倪，不禁后悔。然而只要永嘉集团不举证，自己便十分安全。王锴在这个项目中吃饱喝足，俯首帖耳，以后指望自己拿下更多订单，绝不会这么做，雷励行不能拿自己怎么样。骆伽手放在包包上，里面就是惠康的充满诱惑的待遇书，想到这里，安下心来："雷先生，我听您的。"

137．周三，上午九点整

赵大群一进办公室就惊呆了，发现里面堆了一座书山，没错，一座书山。

"这是谁的书？"赵大群大声抗议，自己还没有离开，竟有人胆敢随意占地方？

甘怡娇喘吁吁地跑来："您订的书，今天到货了。"

"我订的？"赵大群想起来，订了《二十五史》。

甘怡掰着手指数起来："二十五史包括《史记》《汉书》《后汉书》《三国志》《晋书》《宋书》《南齐书》《梁书》《陈书》《魏书》《北齐书》《周书》《隋书》《南史》《北史》《旧唐书》《新唐书》《旧五代史》《新五代史》《宋史》《辽史》《金史》《元史》《新元史》《明史》，其中司马迁的《史记》就有十二本纪、七十列传，共八十卷。"

赵大群哭笑不得地抽出一本，满篇的文言文，一目数行，不知所云，不由兴叹，唉。

138．周五，下午五点十分

东三环，车水马龙。

周锐满心疑惑地坐在副驾驶位置，这辆崭新的越野车行驶了大约一千公里，完全是辆新车。

"你是不是好奇，这辆车从哪里来的？"骆伽忐忑不安，侧眼看着周锐，又转回路面，"我们帮助王锴的永嘉集团赢了订单，他多赚几千万，便借车给我开。王锴第一次见我们的时候居高临下，现在就像我的马仔。"

永嘉集团作为软件开发商，供应硬件产品理所当然，骆伽这几天在公司外面忙碌，想必为了此事，可是这明明是辆新车，骆伽怎么会这么有钱？周锐低头沉思。

"伽伽，你最终给了王锴多少折扣？"

"百分之八十。"

"为什么这么多？你打赢了永嘉集团，根本不需要给这么多的折扣。"

"我们答应了王锴，不能变卦。"骆伽这是强词夺理，王锴在招投标前曾拒绝了合作。

"永嘉集团一点五亿的利润与这辆宝马有没有关系？"周锐直截了当地问，他从来没有用这种语气和骆伽说过话。

骆伽窒息一阵，全身僵硬，过了好一会儿才回答："你语气好冷，不像对女朋友。"

周锐从她的神情和话语中猜到了结果。突然一拉右侧把手，冷风席卷而入，车内被外面寒冷的空气充斥，骆伽的头发在空中飞舞，车身一斜，后面的货车惊起按喇叭。"周锐，你做什么？"

"停车。"周锐推开车门，好像随时要跳下去。

骆伽一脚刹车，停在路边："周锐，你听我解释。"

"我下车。"

"周锐，你看着我的眼睛。"骆伽与周锐对视，恳求道，"我爱你，你爱我吗？"

"让我想想。"周锐跳下车。东三环主干路的立交桥上，车水马龙，只有他一个人孤零零地在行走。后面喇叭声响成一片，骆伽不得不把车开走。

周锐擦擦汗水，他并不笨，从头到尾把事情串在一起。一幅幅画面闪回，仅仅一年前，骆伽还是刘海齐额的学生，父亲公司骤变，她就放弃学业在公司做前台，黑框眼镜却掩盖不住她明亮的双眸，在面试中脱颖而出，从前台变成销售，在魔鬼训练中脱胎换骨，彻底改变。她周旋于张大强、王锴和赵洪河之间，依靠刘树新挫败放长线钓大鱼的李玉玺，在惠康的根据地里击败韦奇峰这样的高手，把王锴这样的商场老手驯得服服帖帖如同马仔，还协助雷励行完成团队的新陈代谢，在年度晚会上力挽狂澜，竟把甘怡这位曾经的公司第一美女风头盖过。

然而这只是皮毛，她精心谋划，找到陷害父亲的罪魁祸首，绳之以法，这还不算，她竟然还有本事虎口夺食，利用永嘉集团挖出一辆宝马越野车，也许还有更多……

周锐笑了，自己的女朋友真不一般，竟把这些商场、职场和官场的大人物玩得团团转。可是，她和自己在一起，却那么乖巧可爱，她喜欢穿自己的白衬衣，在厨房里冲泡方便面，在电影院看恐怖电影的时候掐着自己的胳膊。哈，她竟然找到二胖和魏碧慧，为自己寻回失落的记忆，抚平童年的创伤。

　　周锐在东三环主路上孤零零地走着，旁边是无边无尽的汽车，晚高峰到了，各种各样的人离开公司，各有各的生活，周锐却站在一个十字路口不动。她爱我，我爱她吗？答案非常肯定，周锐五六年前就爱上骆伽，直到现在从无改变。

　　可是，周锐有自己的原则，在这个乱七八糟的时代，他不想妥协。不管这多么愚蠢，多么可笑，他都不愿意改变和放弃自己的原则。

　　周锐看到骆伽的车停在不远处。她在前面等我，只要我继续走下去，便可以回到她的身边，一起去看恐怖电影，去吃她亲手做的泡面。哦，还有，老师把她托付给我，我有照料她的责任，我将是她世界上唯一的亲人，唯一可以相信的人。

　　周锐停住脚步。她瞒着我做了那么多事情，我能够相信她吗？即便我们在一起，她能够不做那些事情吗？如果一直做下去，我们会不会一起粉身碎骨？会不会备受良心责备？远处，骆伽从车上下来，口中呵出的寒气清晰可见，她伸开了双臂，等待周锐的回归。

　　怎么办？冲过去把她拥入怀中，还是离开？周锐一动不动，这是一个人生的十字路口，将是两条完全不同的旅程，你选择了一边，永远不知道那条路通向哪里，会不会更美好，但是，必须选择。

（全文完）

输赢

作者_付遥

编辑_陈曦　　装帧设计_王楠莹　　主管_岳爱华　　技术编辑_白咏明
责任印制_刘世乐　　出品人_王誉

果麦
www.goldmye.com

以 微 小 的 力 量 推 动 文 明

图书在版编目（CIP）数据

输赢 / 付遥著 . -- 成都：四川文艺出版社，2021.4（2025.8 重印）
ISBN 978-7-5411-5965-7

Ⅰ.①输… Ⅱ.①付… Ⅲ.①长篇小说—中国—当代 Ⅳ.① I247.5

中国版本图书馆 CIP 数据核字（2021）第 043971 号

SHU YING
输赢
付遥 著

出 品 人	冯 静
责任编辑	邓 敏
责任校对	段 敏
装帧设计	王楠莹
出版发行	四川文艺出版社（成都市锦江区三色路 238 号）
网　　址	www.scwys.com
电　　话	021-64386496（发行部）　028-86361781（编辑部）
经　　销	果麦文化传媒股份有限公司
印　　刷	北京盛通印刷股份有限公司
成品尺寸	152mm×229mm
开　　本	小 16 开
印　　张	37.75
字　　数	660 千
版　　次	2021 年 4 月第一版
印　　次	2025 年 8 月第八次印刷
书　　号	ISBN 978-7-5411-5965-7
定　　价	98.00 元（全二册）

版权所有 侵权必究

如发现印装质量问题，影响阅读，请联系 021-64386496 调换。